Aldinei Sampaio

LASSAM
Um conto imperial

Appris
editora

Editora Appris Ltda.
1.ª Edição - Copyright© 2021 do autor
Direitos de Edição Reservados à Editora Appris Ltda.

Nenhuma parte desta obra poderá ser utilizada indevidamente, sem estar de acordo com a Lei nº 9.610/98. Se incorreções forem encontradas, serão de exclusiva responsabilidade de seus organizadores. Foi realizado o Depósito Legal na Fundação Biblioteca Nacional, de acordo com as Leis nºs 10.994, de 14/12/2004, e 12.192, de 11/01/2010.

Catalogação na Fonte
Elaborado por: Josefina A. S. Guedes
Bibliotecária CRB 9/870

S192l
2021
	Sampaio, Aldinei
	  Lassam: um conto imperial / Aldinei Sampaio.
	- 1. ed. - Curitiba: Appris, 2021.
	  407 p. : il. ; 23 cm.
	
	  ISBN 978-65-5820-944-7
	
	  1. Ficção brasileira. I. Título. II. Série.
	
	                                      CDD – 869.3

FICHA TÉCNICA

EDITORIAL
Augusto V. de A. Coelho
Marli Caetano
Sara C. de Andrade Coelho

COMITÊ EDITORIAL
Andréa Barbosa Gouveia - UFPR
Edmeire C. Pereira - UFPR
Iraneide da Silva - UFC
Jacques de Lima Ferreira - UP

ASSESSORIA EDITORIAL
Beatriz de Araújo Machado

REVISÃO
Andrea Bassoto Gatto

PRODUÇÃO EDITORIAL
Jaqueline Matta

DIAGRAMAÇÃO
Bruno Ferreira Nascimento

CAPA
Pauline Becker Hellinger

ILUSTRAÇÕES
Pauline Becker Hellinger

COMUNICAÇÃO
Carlos Eduardo Pereira
Débora Nazário
Karla Pipolo Olegário

LIVRARIAS E EVENTOS
Estevão Misael

GERÊNCIA DE FINANÇAS
Selma Maria Fernandes do Valle

Appris editora

Editora e Livraria Appris Ltda.
Av. Manoel Ribas, 2265 – Mercês
Curitiba/PR – CEP: 80810-002
Tel. (41) 3156 - 4731
www.editoraappris.com.br

Printed in Brazil
Impresso no Brasil

*Para minha mãe,
aquela que sempre esteve
e sempre estará
em meu coração.*

"Tenho em mim todos os sonhos do mundo"

– Fernando Pessoa –

*"Você nunca sabe a força que tem
até o momento em que ser forte seja sua única alternativa"*

– Johnny Depp –

Sumário:
O Mapa da Aventura

Agradecimentos: **Valorosos Aliados** 11
Prólogo: **Desafio** 13
Capítulo 1: **Prioridades** 17
Capítulo 2: **Clichê** 30
Capítulo 3: **Laços** 46
Capítulo 4: **Envolvimentos** 63
Capítulo 5: **Arranjos** 83
Capítulo 6: **Verdades** 99
Capítulo 7: **Revoada** 115
Capítulo 8: **Impulsividade** 132
Capítulo 9: **Consequências** 152
Capítulo 10: **Aposta** 172
Capítulo 11: **Confiança** 191
Capítulo 12: **Rebeldia** 211
Capítulo 13: **Cerco** 230
Capítulo 14: **Genealogia** 248
Capítulo 15: **Decisões** 266
Capítulo 16: **Perigo** 285
Capítulo 17: **Ofensiva** 304
Capítulo 18: **Determinação** 324
Capítulo 19: **Recursos** 345
Capítulo 20: **Superação** 365
Capítulo 21: **Incursão** 382
Epílogo: **Destino** 401

Agradecimentos:
Valorosos Aliados

    Deixamos aqui nossos agradecimentos especiais àqueles que tornaram possível a conclusão desta obra:

- *à minha esposa, Édina, pelo carinho e paciência;*
- *à minha irmã, Vilma, por toda a ajuda;*
- *ao meu sobrinho Luis Fernando, por atuar como leitor beta;*
- *ao meu amigo Luciano Jocowski, pela grande força na busca por gráficas e editoras;*
- *à revisora Carla Maria, que me ensinou uma porção de coisas das quais eu não fazia a menor ideia;*
- *à ilustradora Pauline, pela ajuda na elaboração da ideia principal da capa, e por toda a paciência com um marinheiro de primeira viagem;*
- *a todos que acompanham nosso trabalho por meio do Facebook e do blog;*
- *a tantas outras pessoas que nos encorajaram e ofereceram palavras de incentivo;*
- *e a você, leitor, por nos conceder a honra de prestigiar nosso trabalho.*

A todos vocês, agradecemos do fundo do coração.
Muito obrigado!

Prólogo:
Desafio

O cheiro de terra úmida permeava o ar, provocado pela pancada de chuva que se foi tão rápida quanto surgiu. Pelo visto, as chuvas de verão continuavam sendo assim naquele lugar, pegando as pessoas completamente desprevenidas.

Aquele pensamento trouxe uma inesperada sensação de paz a Delinger Gretel. Saber que algumas coisas nunca mudam certamente era um conforto, refletia ele, enquanto saía de sua casa recém-alugada e lançava um breve e apreensivo olhar para o céu. Ao ver que as nuvens estavam se dispersando, dando lugar ao céu azul do verão, ele caminhou pela calçada até o portão de ferro, abrindo-o com facilidade antes de sair para a rua e observar a movimentação das pessoas. Assim como ele, todos estavam voltando a seus afazeres após a brusca e violenta chuva que, por alguns momentos, assemelhara-se às lendas mitológicas que falavam sobre "a fúria dos céus".

Então ele virou-se e contemplou sua nova casa, concluindo que era um bom lugar. Sólido, durável. Uma construção bastante intrincada, erguida sobre uma fundação resistente e habilidosamente bem estruturada. Pessoas comuns costumavam dar bastante valor à aparência majestosa do lugar e a seus belos e bem cuidados jardins. Mas Delinger há muito tempo havia desistido de tentar pensar como os outros habitantes do Império e considerava a casa apenas como um abrigo, um lugar para proteger sua família da fúria dos elementos. E, para tal finalidade, nada melhor do que um prédio bem construído como aquele.

Delinger tinha a aparência de um homem que já tinha entrado na casa dos cinquenta anos, o que, naquela época, era considerado o fim da linha para muitos, uma vez que superava a média de longevidade da população em geral. Tinha cabelos pretos revoltos e olhos de um tom incomumente claro de castanho. Sua pele também se destacava entre os habitantes da cidade, tendo uma tonalidade acastanhada que lembrava o bronzeado natural exibido pelos que trabalhavam ao ar livre, mas de uma cor bem mais rica e intensa. Seus trajes deixavam clara sua posição na sociedade: alguém que tinha posses e se interessava em usar tecidos de qualidade, sem se importar muito com o preço.

A família que ele havia contratado para transportar sua mudança também já estava voltando ao trabalho e começavam a descarregar os móveis de dentro dos carroções, que formavam uma pequena fila, estacionados um atrás do outro junto à calçada de pedras irregulares.

Ele estava cansado. Tinha sido uma longa viagem, e uma que ele nunca imaginou que faria desde que partira dali anos antes. Mas promessas não valem nada quando não se tem intenção de cumpri-las, por isso ele não teve escolha. Também existiam formas muito mais rápidas – e bem mais caras – de se viajar hoje em dia, mas ele fizera questão de vir com o filho pelas estradas de Mesembria, de forma a vivenciarem toda a grandiosidade da província e sua incrível variedade de paisagens, cidades e pessoas.

Na calçada, do outro lado da rua, alguns trabalhadores fincavam um alto poste de madeira, em cujo topo havia um artefato brilhante no interior do que parecia ser uma pequena cúpula de vidro. Provavelmente se tratava do novo dispositivo de iluminação noturna, do qual o prefeito tanto gostava de se gabar.

A cidade de Lassam tinha mudado bastante nas últimas décadas, mas continuava tendo a mesma atmosfera mística e envolvente de sempre. A mesma atmosfera que fizera com que ele decidisse abandonar seu povo para viver ali. Só esperava que o destino estivesse ao seu lado e que a decisão de retornar a esse lugar não se mostrasse um completo desastre.

Existiam algumas vantagens em morar por ali, como a Grande Academia, que seria perfeita para seu filho, ávido por conhecimento e carente de disciplina e boas amizades. Delinger só esperava que pudesse continuar vivo por tempo suficiente para ver o filho se estabelecendo naquela sociedade.

Uma súbita e incômoda sensação fez com que ele estreitasse os olhos e se virasse, olhando para a rua que se estendia à distância, margeada ocasionalmente por muros, cercas verdes e bosques.

Aparentemente, já sabiam que ele se encontrava ali.

Após uma rápida conversa com um dos carregadores, Delinger os deixou trabalhando e saiu caminhando pela calçada, ignorando as pequenas poças de água e o barulho dos cavalos e carruagens que trafegavam por ali. Após alguns minutos, chegou a uma praça, onde pequenos bancos e mesas esculpidos em pedra pareciam disputar espaço com as árvores. Era um daqueles lugares onde as pessoas gostavam de passar tempo conversando, comendo fora de casa ou levando os filhos para brincar. Mas, naquele momento, havia uma única pessoa ali, recostada em um grosso tronco, obviamente esperando por ele.

Uma fêmea.

Estreitando ainda mais os olhos, ele se aproximou, até parar a alguns metros de distância dela, analisando-a com cuidado.

Apesar de ela estar usando um chapéu grande e pontudo, bem como uma espécie de tapa-olho que cobria boa parte do lado esquerdo do rosto, ele pôde perceber que ela tinha a mesma cor de cabelos, olhos e pele que ele, o que não era nada comum entre os membros de sua tribo. Por um momento, ele imaginou se aquilo não representava algum tipo de provocação por parte deles. Ela parecia ser mais jovem que Delinger, deveria ter nascido uma ou duas décadas depois dele. Seu corpo estava quase totalmente escondido por trajes escuros e pesados.

— Você não deveria estar aqui – disse ela, num tom rouco e levemente anasalado, que comprovou a suspeita dele de que essa estranha estava sofrendo do mesmo mal que tinha levado sua esposa, tantos anos antes.

— Eu moro aqui, você não – respondeu ele, deixando de lado o fato de ter acabado de chegar à cidade.

— Logo este lugar deixará de existir.

— Não enquanto eu estiver respirando.

— Por que insiste nisso? Já não teve o suficiente dessa rixa idiota? Por que, simplesmente, não esquece tudo isso e volta para casa?

— Minha casa agora é aqui. E mesmo que não fosse, não iria ficar quieto e deixar que vocês fizessem o que quisessem com essas pessoas, como se a vida delas não fosse mais importante que os caprichos de velhos insanos.

Ela estreitou o olhar.

— Você não pode nos impedir.

— Talvez não, mas se eu morrer levarei alguns de vocês comigo.

— Acha que temos medo de você?

— Quer saber o que eu acho? Acho que estão preocupados o suficiente para tentar me abalar mandando uma fêmea nesse estado para ter essa conversa comigo.

— Ora, tem algo contra fêmeas? Os humanos não costumam dizer que "homens e mulheres possuem direitos iguais perante a lei"?

— É, mas para vocês, fêmeas não servem para muita coisa além de ficar na toca e procriar.

Aquilo pareceu tocar num nervo sensível.

— Você fala como se não fosse um de nós. Como se não precisasse passar seus dias contando mentiras para poder ser aceito neste lugar. Como se algum deles fosse aceitar você se soubesse da verdade.

— Eles tratam melhor a um estranho, do qual nada sabem, do que vocês fizeram comigo durante toda a minha infância e juventude.

— Está se iludindo, e sabe disso. Quando souberem o que você é...

— Você não sabe nada sobre eles. E mesmo que soubesse, isso não é de sua conta. Você não tem mais nada a fazer aqui. Vá embora.

— Será mesmo? E se eu tiver sido enviada para matar você?

— Não me faça rir.

— Sério, o que você faria? Iria me prender e me forçar a viver com você, se escondendo entre eles sem ajuda, perspectivas ou esperança, até que a degeneração acabasse comigo?

Delinger inspirou fundo, tentando se acalmar.

— Norel nunca recebeu ordens para tentar me matar e eu nunca a obriguei ou a persuadi a fazer nada. Além disso, ela teve toda a ajuda possível. Vocês se acham superiores, mas o conhecimento deste lugar é muito mais vasto e abrangente do que o de vocês jamais será.

— Compreendo. Seu conhecimento é tão vasto que não foi suficiente para encontrar uma forma de ter um filho legítimo com aquela que você chamava de "esposa". Aliás, como vai o bastardo? Já começou a degenerar? Ele, pelo menos, *sabe* pelo que vai ter que passar quando crescer?

Delinger apertou os punhos.

— Esta conversa está encerrada. – Ao ver que ela abria a boca para responder, ele a interrompeu levantando um punho. – Se me lembro bem, quase todos os seus anciãos já mataram fêmeas por muito menos do que você fez comigo hoje.

Ele podia sentir o cheiro da raiva dela. Estava no limite da fúria. No entanto, como ele previu, o condicionamento à obediência recebido desde a mais tenra infância acabou falando mais alto e ela se virou, pisando duro enquanto se afastava pela trilha entre as árvores.

A declaração de guerra tinha sido feita, pensou ele, suspirando enquanto tentava se acalmar. Agora não havia como evitar, nem fugir. Delinger não se preocupava consigo próprio, afinal, tinha vivido uma longa e produtiva vida, tivera um casamento maravilhoso e um filho do qual se orgulhava muito. Só esperava que, quando o garoto descobrisse a verdade, fosse sábio o suficiente para conseguir tocar sua própria vida, apesar de todos os erros cometidos pelo pai.

Capítulo 1:
Prioridades

Para Cariele Asmund, a Academia de Lassam era um lugar esquisito. Por fora, o edifício principal era cheio de abóbadas, arcos e colunas, com estátuas de mulheres seminuas ladeando a grande escadaria. Aliás, o pessoal devia gostar muito de estátuas por ali, pois elas podiam ser encontradas em todo lugar: nos jardins, nas paredes e até nos telhados. Havia estátuas de pessoas, de cavalos, de pássaros, de elefantes, de cachorros... Enfim, de quase tudo o que você pudesse imaginar. Pelo menos, as estátuas de humanos retratavam pessoas vestidas ou com certas partes ocultas de alguma forma. Aquele lugar passaria muito do nível do bizarro se acrescentassem nudez a essa lista.

A decoração do interior dos prédios era pior: além de contar com um número desnecessário de estátuas, ainda existiam candelabros, vasos, luminárias e quadros por todos os cômodos. Os quadros, geralmente muito velhos, retratavam cenas absurdas ou tão mal pintadas a ponto de serem impossíveis de uma pessoa normal entender. Nem mesmo as salas de aula escaparam das garras do decorador mais criativo e insano de todos os tempos. Mesas e cadeiras de madeira escura, cheias de detalhes e decorações inúteis, faziam com que você se sentisse como se tivesse passado por um portal mágico e ido parar no passado, pelo menos uns cinquenta anos antes. Era incrível como as coisas podiam parecer tão novas e tão velhas ao mesmo tempo.

A única parte daquele lugar de que ela realmente gostava eram os gigantescos jardins. Ali, a grama e as flores bem cuidadas formavam um espetáculo à parte, tão bonito e envolvente, a ponto de Cariele conseguir se esquecer da existência das onipresentes estátuas. Havia muitas e muitas árvores por ali, e naquela época do ano muitas delas estavam completamente floridas, num multicolorido espetacular.

Se pudesse, Cariele preferia fazer tudo nos jardins: estudar, praticar exercício, comer, dormir e, principalmente, namorar.

Na falta de um namorado, no entanto, dormir parece uma ótima alternativa – ela pensava, enquanto jogava os cabelos para trás e recostava a cabeça no encosto do banco de pedra, olhando distraída para a cobertura natural formada por galhos, folhas e flores, acima dela.

Com 19 anos de idade, Cariele tinha longos e ondulados cabelos, cujos fios tinham coloração que variava do loiro claro até o dourado, formando uma massa exótica e volumosa que lhe chegava quase até a cintura. Era um pé no saco tomar conta daquela cabeleira, mas o efeito visual era fantástico e valia muito a pena. Seus olhos, de um tom claro de azul, destacavam-se de forma intrigante com sua pele clara e com a delicadeza do rosto em formato oval. Para completar aquele quadro, ela ainda tinha um corpo espetacular, de estatura mediana, com todas as curvas nos lugares certos, que ela fazia questão de manter sempre em forma através de uma rotina de treinamento aprendida no Exército e praticada diariamente de forma quase religiosa. O resultado é que ela preenchia o uniforme da academia de uma forma como poucas mulheres conseguiam, com a calça comprida e a camisa clara aderindo de forma tentadora às suas curvas, enquanto o blazer escuro acrescentava um elemento de seriedade e mistério à sua figura.

Sua aparência física causava impacto onde quer que fosse e ela gostava disso. *Pena*, pensava ela, *que muito pouco de toda essa beleza seja natural.*

— Cari!

De forma preguiçosa, Cariele levantou a cabeça para ver uma de suas amigas, correndo por entre as árvores e sorrindo de forma entusiasmada.

— Oi, Gê. Que cara de felicidade é essa? Quem você andou comendo hoje?

A amiga se aproximou do banco ofegante pela corrida e levou a mão ao peito enquanto tentava recuperar o fôlego.

— Por enquanto, ninguém, mas a noite ainda nem começou – respondeu a recém-chegada, divertindo-se com a brincadeira, antes de soltar um suspiro dramático e se jogar no banco ao lado de Cariele. – E você, como foi com o Falcão? Me diga, quero detalhes!

Cariele voltou a recostar a cabeça no banco.

— Não foi.

— Como assim, não foi? O cara estava, tipo, totalmente a fim!

— Só não rolou, Gê. Isso acontece, sabia?

— Quem é você e o que fez com minha amiga?

Aquilo fez com que Cariele se endireitasse no banco, rindo, e se inclinasse para frente, apoiando os antebraços nos joelhos.

— Agneta Eivor Niklas!

— Ah, não! Ela me chamou pelo meu nome completo! E agora, quem poderá me defender?

Agneta, ou "Gê", para os íntimos, era uma garota pequena e magra, da mesma idade de Cariele, e que parecia não ter preocupação alguma na vida além da diversão. Era irrequieta e gostava de ficar em movimento o tempo todo. Mesmo agora, no breve tempo em que ficara sentada ali, já tinha cruzado e descruzado as pernas duas vezes e agora brincava com as pontas de seus curtos cabelos castanhos. Eram amigas desde que Cariele abandonara o serviço militar e se mudara para a cidade, havia pouco mais de dois anos.

— Eu defendo você – disse Cariele – se me contar o motivo dessa alegria toda.

— F-a-l-c-a-o-til!

— Já disse, não aconteceu nada.

— E por que não aconteceu nada? Normalmente, você estaria se gabando de quantas vezes chegou lá e de o quanto sua estamina é maior do que a de quem quer que seja.

Cariele encarou a amiga, genuinamente surpresa.

— O quê? Eu não faço isso!

— Claro que faz! Toda vez. E você sabe muito bem, não se faça de besta!

Desviando o olhar, Cariele forçou um sorriso brincalhão, enquanto balançava a cabeça.

— Está bem, está bem, eu faço, admito.

— E então?

— Então o quê?

— O encontro, sua tonta! Desembucha logo!

— Ah, não foi nada demais. Só... Não somos compatíveis, eu acho.

— Você está brincando comigo? O cara é todo bombado, gentil e apetitoso! Que história é essa?

— Bom... Eu acho que não posso contar.

— Hã?! Que frescura é essa agora? Desde quando nós guardamos segredo uma da outra?

Ah, se você soubesse, pensou Cariele.

— Bom, digamos que ele... Bem, ele é pobre.

O queixo de Agneta caiu e ela ficou olhando, embasbacada, para a amiga, e totalmente sem reação, o que era uma cena muito rara, mesmo tendo durado apenas alguns segundos. Ao vê-la abrir a boca para proferir mais uma enxurrada de perguntas, Cariele ergueu uma das mãos, pedindo calma.

— Escute, isso é sério, está bem? – Cariele suspirou. – Não pode contar isso para ninguém. Ninguém *mesmo*!

— Tá, tá, entendi. Desembucha!

— Ele não quis me levar para a casa dele. Aí comecei a fazer perguntas e, conversa vai, conversa vem, ele acabou soltando a bomba: o pai dele perdeu a fortuna. Até mesmo a mansão onde moravam teve que ser vendida. Ele está morando de favor na casa de um parente.

— Que barra! Como isso aconteceu?

— Ele não entrou em detalhes e eu também achei melhor não perguntar.

— A família dele era uma das mais badaladas da cidade. Que coisa! – Agneta ficou em silêncio e estudou com atenção o rosto de Cariele por alguns instantes. – Tá, eu sei que você não se aguenta de vontade de arrumar um cara rico. Sei que você investiu muito nesse seu visual de garota fatal aí e merece ter retorno disso, mas você ficou sabendo que o cara não tem mais onde cair morto e simplesmente resolveu dar um pé na bunda dele, sem nem mesmo tirar um gostinho?

Mais de três anos já tinham se passado, mas mesmo depois de todo esse tempo, Cariele ainda não conseguia evitar sentir uma pontada no peito a cada vez que alguém se referia aos métodos que ela utilizara para obter aquela aparência. Por um momento, ela se perguntou se continuaria sentindo vergonha do fato pelo resto de seus dias. Mas se tinha uma certeza na vida era de que nunca deixaria que alguém percebesse.

— Para resumir a conversa, sim, foi mais ou menos isso. E ele... Bom, ele não gostou muito.

— Também, pudera, né, sua tonta? Sabe, eu não te entendo. Não querer se casar com o cara eu até aceito, pois você quer se dar bem na vida e tal. Não concordo, mas aceito. Agora, deixar de encarar uma festinha romântica a dois por causa disso? Por acaso, sabe o significado da palavra "desperdício"?

— Substantivo masculino. Ação ou efeito de desperdiçar ou gastar em excesso.

Agneta ficou olhando incrédula para ela durante um instante, até entender e soltar uma risada.

— O que é isso agora? Você está imitando um *dicionário*? Desde quando *você* faz esse tipo de piada?

— Acredito que deve ser por falta de uma boa noitada.

— O que, pelo que eu entendi, você não teve porque não quis.

Cariele suspirou.

— Sim, isso, continua, pisa, pisa mais.

— Quando sei que você merece, eu piso mesmo.

— Agora, esquece isso e me conta o motivo da sua alegria.

O rosto de Agneta se iluminou.

— Menina, você não vai acreditar. Conheci um cara muito gostoso hoje. Mas muito mesmo. Acho que é o melhor que já vi na minha vida. Estou apaixonada!

— É mesmo?

— Sim! Ele é tipo autoritário e tal, tem todo aquele charme antiquado que te deixa toda arrepiada, sabe? Ele se mudou para cá faz uma semana e já roubou o posto de barão da república Alvorada.

Os estudantes da Academia se dividiam em grupos chamados "repúblicas", também conhecidas como "fraternidades". Cada república tinha seu próprio espaço, que era composto por um ou mais prédios contendo ambientes de estudo, laboratórios, alojamentos, piscina, sauna e o que mais conseguissem manter com um limitado orçamento mensal fornecido pela Academia. Era tarefa dos estudantes se organizar e gerenciar aquele espaço da melhor forma possível, responsabilizando-se pela limpeza e manutenção do lugar. Participar de uma república não era simplesmente uma atividade extra: era parte oficial da grade curricular da instituição. Se uma república fosse mal administrada ou desorganizada a ponto de não atender aos critérios preestabelecidos, os membros perdiam créditos e podiam chegar a perder todo um período, assim como acontecia com disciplinas normais, como Matemática ou História. Os estudantes não eram, necessariamente, obrigados a morar na república, mas todos tinham que pertencer a uma.

As repúblicas se dividiam em três tipos: masculinas, femininas e mistas. Alvorada era o nome da república masculina mais popular e influente de todas. O líder da república era conhecido como "barão" ou "baronesa".

— A república Alvorada mudou de barão? – Cariele ficou subitamente interessada. Os membros daquela república tinham fama de serem delinquentes, dando mais valor a festas e a diversão do que aos estudos, mas eram, em sua grande maioria, muito ricos. – Quem é ele?

— É um gato! E tem um rosto espetacular, todo másculo e imponente. E a voz dele, então?

— Qual o nome dele?

— Daimar. Não é um nome fofo?

— Tem certeza de que ele não é mais um causador de problemas?

— Que pergunta! Mas é claro que é! Dizem que é o pior de todos, por isso elegeram ele como barão. Lindo, gostoso e malvado. É ou não é o homem perfeito?

Cariele riu.

— Com certeza. Agora detalhes, menina! Quero detalhes! Como conheceu ele?

Para Daimar Gretel, a Academia de Lassam era um lugar fascinante. O edifício principal era uma verdadeira obra de arte em estilo neoclássico, originalmente projetado para ser uma construção simples e funcional, tendo sido posteriormente adornado com diversos símbolos da cultura damariana, como as tradicionais colunas e as imponentes abóbadas, sem contar a majestosa escadaria principal. Estátuas representando as mais diversas entidades místicas conhecidas, bem como de grandes heróis dos últimos séculos, podiam ser vistas por todos os lados. Parecia não haver um único objeto naquele lugar que não fosse a representação de algo mais antigo, mais profundo.

A decoração do interior dos prédios era ainda melhor. Obras de arte de vários séculos de idade podiam ser vistas por todos os lados e nas mais diversas formas. Desde quadros pintados pela esposa do primeiro imperador de Verídia até vasos confeccionados pelos chamados "Grandes Imortais", que habitaram a região da província de Halias há milênios. A maioria das salas era iluminada por candelabros de origem inguna, que possuíam pedras de luz contínua com uma discreta variação de cor, com a habilidade de formar imagens ilusórias de diversas cenas históricas, dependendo da direção e da forma como você olhasse para elas. Os móveis eram todos da melhor qualidade, sempre com acabamento neoclássico, cheios de detalhes criados com técnicas milenares de talhamento de madeira. Era incrível como aquelas coisas podiam parecer tão novas e tão antigas ao mesmo tempo.

Mas a parte daquele lugar que ele mais gostava era a gigantesca biblioteca. Com câmaras e mais câmaras nas quais as paredes eram preenchidas até o teto com prateleiras repletas de livros e grandes espaços de leitura com ventilação, umidade e temperatura meticulosamente controladas, o lugar representava a epítome da civilização, com tudo o que a humanidade tinha de melhor para oferecer.

Daimar gostaria de poder passar todo o seu tempo ali dentro, mas, infelizmente, isso não era possível. Recostando-se na cadeira de estudo, ele levantou a cabeça e olhou para o teto da sala, que era quase totalmente tomado por uma pintura retratando uma cena doméstica de uma mãe escrevendo num livro com uma pena, enquanto um menino a observava com olhos brilhantes de expectativa. Reconhecendo a assinatura do artista, ele concluiu que aquela obra de arte tinha séculos de idade e que fora cuidadosamente preservada durante o passar dos anos. Considerando que os prédios da Academia não tinham sido construídos há mais do que algumas poucas décadas, aquela pintura com certeza devia ter sido trazida de algum outro lugar, mas o acabamento fora tão bem feito que dava a impressão de ter sido pintada ali mesmo. Claro que sempre havia a possibilidade de ser apenas uma cópia da pintura original, mas ele duvidava disso.

Com seus 20 anos de idade, Daimar, assim como seu pai e sua falecida mãe, tinha cabelos pretos e olhos de um tom castanho claro bastante incomum. Tão incomum que nunca vira nenhuma outra pessoa, além de seus progenitores, com íris daquela mesma tonalidade. Sua pele, também herança genética de seus pais, apresentava uma cor natural que lembrava um saudável bronzeado. A semelhança com os pais, no entanto, terminava por aí. Seu rosto tinha um formato um tanto quadrado, com uma estrutura óssea que passava uma impressão de força e determinação, o que era intensificado por sua altura, bem acima da média.

Ele não se importava, particularmente, com a própria aparência, e gostava de usar os cabelos bem curtos, para não ficarem atrapalhando. Também não se importava muito em ficar fazendo centenas de flexões e agachamentos para ganhar massa muscular, como uma quantidade considerável de rapazes da idade dele gostava de fazer. Tinha um porte que poderia ser considerado atlético e que lhe proporcionava uma considerável afinidade com esportes de corrida, mas pelos quais ele não tinha nenhum interesse, além dos créditos acadêmicos em Educação Física. Ele admitia que estava alguns quilos acima de seu peso ideal, mas não se importava muito com isso. Da mesma forma como não se importava muito em manter o próprio uniforme engomado e impecável, como seus colegas. No momento, sua camisa apresentava alguns amassos por ter sido jogada descuidadamente no chão do quarto na noite anterior, e a calça tinha uma pequena mancha na coxa direita, causada por algo que ele nem sequer se lembrava de ter derramado ali. O blazer, pesado demais para o clima do lugar (pelo menos na opinião dele), estava pendurado na cadeira ao lado.

O discreto som de um sino chegou até ele, que reconheceu o sinal de que o prédio seria fechado em breve. Suspirando, massageou os olhos por um instante antes de se endireitar e começar a juntar suas anotações e a empilhar os diversos livros que estivera pesquisando. De repente, sentindo-se observado, ele levantou os olhos e notou Egil, um de seus colegas de república, na porta da sala. Depois de fazer alguns gestos rápidos com uma das mãos, o rapaz afastou-se, fazendo com que Daimar suspirasse de novo. Se queriam falar com ele com urgência, provavelmente era porque alguém tinha aprontado. De novo. Pelos céus, mal completara uma semana ali e já tinha enfrentado três emergências envolvendo seus colegas. Com que tipo de delinquentes ele estava se misturando, afinal?

Ao sair da biblioteca carregando o blazer e sua mochila pendurados sobre o ombro, ele se dirigiu a passos largos na direção da república Alvorada, sua expressão de poucos amigos fazendo com que os estudantes que encontrava lhe abrissem caminho sem nem mesmo pensar duas vezes.

Ele irrompeu porta adentro na sala de reuniões da república, onde Egil e mais dois rapazes estavam sentados ao redor da grande mesa.

— O que houve dessa vez?

— Bodine vai ser expulso – respondeu o ruivo, enraivecido. Seu apelido era "Falcão" e tinha estatura mediana e um corpo entroncado, musculoso. Normalmente era calmo, sensato e comedido, razão pela qual Daimar gostava dele, mas naquele momento parecia estar com os nervos à flor da pele.

— Cala a boca, Falcão! - Bodine, um loiro com pinta de "garoto malvado", que costumava se dar bem com mulheres, mas que agora tinha o rosto muito vermelho, indicando que andara abusando do álcool, fez cara feia para o ruivo. – Não vai acontecer nada!

— Na paz, vocês dois, na paz! – Egil, o segundo cara que Daimar mais respeitava naquela fraternidade, levantou as mãos em um gesto conciliatório. Ele era moreno e tinha um corpo compacto, mas era muito esperto e proativo.

Ao ver Falcão e Bodine se preparando para continuar o bate-boca, Daimar jogou suas coisas num canto e agarrou uma das cadeiras, levantando-a e, em seguida, batendo os pés dela com força no chão. Os outros rapazes deram um pulo, sobressaltados, ficando em completo silêncio, enquanto Daimar se sentava de forma desleixada e apoiava os tornozelos sobre a mesa. Displicentemente, ele pegou um pequeno embrulho do bolso da calça e o desenrolou, revelando um pequeno tablete de geleia desidratada de cereais, no qual deu uma mordida, encarando Bodine por um longo tempo enquanto mastigava, em silêncio. Quando achou que já tinha criado tensão suficiente no ambiente, ele voltou-se para Egil.

— Fale. E seja breve. Estou cansado e quero encher a cara hoje.

Se meu pai me visse agora, me deserdaria com certeza, pensou Daimar.

— Conhece a Ebe Lenart? Aquela morena baixinha de trancinhas do terceiro ano? – Egil aguardou o assentimento de Daimar antes de prosseguir. – Ela disse que vai registrar queixa contra o Bodine. Ela diz que ele... Bom, que ele usou poder de hipnose para... se divertir com ela.

— Ah, pela misericórdia! – Daimar olhou para Bodine, irritado. – E você conseguiu ser incompetente o suficiente para deixar a garota perceber?

Os outros três encararam Daimar com expressões variando entre surpresa e choque.

— Você sabia que ele fazia isso? – Egil arregalou os olhos, incrédulo.

— Não foi culpa minha! – Bodine levantou as mãos, como se com isso pudesse se proteger do olhar do barão.

— Como assim, "não foi culpa sua"? – Daimar elevou ainda mais o tom de voz. – Você provou ela sem permissão ou não?

Acuado pela expressão de Daimar, que continuava com os tornozelos cruzados indolentemente sobre a mesa enquanto dava outra mordida no doce e o encarava com aqueles olhos que, de alguma forma, pareciam misturar frieza e fúria, Bodine começou a gaguejar.

— E-eu... acho que tinha bebido um pouco além da conta, aí... aí acho que o encanto acabou saindo meio zoado. Mas não dá nada, não tinha ninguém perto, a vagabunda não vai conseguir provar nada.

Subitamente, Daimar tirou os pés de cima da mesa e bateu as solas dos sapatos no chão, com força, levantando-se e apoiando as mãos na mesa.

— V-você sabe como ela é, não sabe? – Bodine estava cada vez mais intimidado. – É a maior vadia da academia, sai com todo mundo. Inclusive, ela mesma já pediu para um monte de caras fazer hipnose com ela. É uma tara que ela tem.

— Se você fez sem ela pedir isso não quer dizer nada, seu arrombado! E, vadia ou não, ela agora é a menor das suas preocupações. Falcão, vai no alojamento e traz todo mundo que estiver lá. Agora!

O ruivo não pensou duas vezes antes de levantar-se e sair correndo pela porta lateral.

Bodine bufou e se levantou num salto, derrubando a cadeira, que caiu para trás com um estrondo. Egil levantou-se, pálido, e deu vários passos para trás até quase encostar na parede.

— O que você vai fazer? Para que chamar todo mundo?

— Vou acabar com você. E chamei todo mundo para que isso sirva de exemplo.

Sentindo-se acuado, o jovem loiro fechou os punhos e pronunciou algumas palavras, recitando o encanto de aumento de massa muscular, uma das poucas habilidades místicas que era capaz de invocar com considerável competência. Segundos depois, ele empurrava a pesada mesa violentamente para o lado e corria para cima de Daimar, como um rinoceronte descontrolado.

Meia dúzia de estudantes entrou correndo pela porta lateral bem a tempo de ver Daimar acertando um soco no queixo de Bodine, que não só parou seu movimento como o arremessou vários metros para trás, onde ele caiu inconsciente e sangrando abundantemente pela boca, nariz e orelhas.

— Gunvor! – Daimar olhou para um moreno alto que estudava para ser curandeiro. – Dê primeiros socorros a esse traste e depois leve para a enfermaria. Egil, vá até a reitoria e cuide da papelada. A república Alvorada está entrando com queixa-crime contra ele. Nunca mais quero ver esse energúmeno na minha frente, e não me importo, ou melhor, até prefiro que ele pegue a pena capital por estupro. E que vocês todos fiquem avisados: se querem aprontar por aí, aprontem, se divirtam, que se explodam, não me importo. Mas eu nunca vou ver a cor da grana do meu velho se eu não conseguir passar nessa porcaria de curso! E eu quero essa grana, podem ter certeza disso! Então, se quiserem zoar por aí, não deixem que eu tome conhecimento. Porque, se até eu ficar sabendo, os pau-mandados do comitê disciplinar provavelmente vão saber também. E eu não vou ficar aqui parado olhando alguém melar a minha vida desse jeito. Se vocês não se importarem com suas próprias vidas, podem ter certeza de que eu também não vou me importar! Ah, e outra coisa: se mais alguém tiver a brilhante ideia de querer me encarar na base da pancada, que esteja preparado para passar algumas semanas na câmara de regeneração!

Seguiu-se um tenso silêncio enquanto Egil saía correndo pela porta e dois dos rapazes ajudavam o magricela chamado Gunvor a realizar alguns encantamentos de forma a preservar a vida de Bodine até que ele chegasse à enfermaria.

— Falcão, você vem comigo. O resto de vocês, preparem-se para arrumar essa bagunça assim que o monitor liberar. Se um daqueles puxa-sacos vir uma gota que seja de sangue nesse chão vamos perder uns 30 pontos e eu já estou de saco cheio daquela biblioteca. Não aguento mais fazer exame complementar.

Depois de pegar suas coisas do chão, Daimar saiu pela porta com a mesma brusquidão com a qual tinha entrado minutos antes. Falcão teve de se apressar para conseguir alcançá-lo.

◆ ◆ ◆

Daimar considerava o nível de organização da Academia impressionante. Era um sistema muito mais eficiente do que o utilizado em outros lugares. Até mesmo os governadores de algumas províncias haviam adotado técnicas de administração aperfeiçoadas nas academias de Mesembria. Infelizmente, no entanto, a burocracia em situações como aquela era tão tediosa ali quanto em qualquer outro lugar.

Encontrar um monitor para relatar o ocorrido foi fácil, passar por todos os trâmites e entrevistas, no entanto, levou várias horas. Felizmente, a possibilidade de a fraternidade ter problemas por causa daquilo era muito baixa. Havia testemunhas e evidências suficientes para acionar o dispositivo legal que permitia quebrar a privacidade de um acusado e submetê-lo ao chamado *encanto da verdade*, uma forma de sugestão hipnótica que fazia com que a pessoa fosse incapaz de mentir em relação a uma determinada ocorrência.

A queixa-crime também fora protocolada e aprovada, o que significava que Bodine estava oficialmente expulso da fraternidade a partir de então, independentemente do veredito da investigação.

De qualquer forma, depois que todos os depoimentos foram dados e todos os documentos assinados, já passava da meia-noite e a exaustão era grande. Mas não o suficiente para impedi-los de sair para "encher a cara".

Quando já estavam sentados na mesa de um bar, com canecas de cerveja à frente deles, Daimar olhou para o amigo.

— Falcão, me diga uma coisa: por que ninguém te chama pelo nome verdadeiro?

O ruivo riu.

— Sei lá. Acho que é assim que funciona depois que um apelido pega.

— Sério? Eu nunca tive um apelido.

— Depois do que você fez hoje, eu garanto que vão inventar alguns para você.

Daimar suspirou.

— Acha que eu peguei pesado?

— Na boa? Eu já estava tão injuriado que se alguém não descesse o cacete naquele infeliz, eu mesmo ia fazer isso. E também diria adeus para essa fraternidade de privada.

Aquilo parecia estranho para Daimar, pois Falcão geralmente era calmo e não ligava muito para as estripulias dos colegas.

— Sério? Está pensando mesmo em sair?

— Ah, qual é? Parece que ali só tem babaca riquinho que não se importa com nada além do próprio umbigo. Quantas pisadas na bola tivemos só esta semana? Três?

— Com essa foram quatro. Mas essa passou de todos os limites.

— Olha isso, cara! Como é que conseguiram juntar tanto cafajeste num lugar só? Será que foi de propósito?

— Se for, acho que consideram nós dois como "cafajestes" também.

— Vai saber? Talvez tenham razão.

Ambos riram e levantaram suas canecas num brinde antes de tomarem um longo e refrescante gole. Depois de limpar a boca com a mão, Falcão voltou a falar:

— Mas, sabe? Depois do que você fez ali acho que até mudei de ideia em relação a sair da república. Você colocou ordem na casa e pôs todo mundo para trabalhar, resolvendo uma porcaria daquelas tão rápido que duvido que algum mané tenha coragem para fazer besteira de novo tão cedo. Estou até curioso para ver como esses pulhas vão agir daqui para frente. A propósito, onde aprendeu aquele golpe?

— Em um livro – mentiu Daimar. Por mais que gostasse do amigo, não tinha a menor intenção de revelar detalhes de sua conturbada adolescência.

— Sério? Acho que preciso ler mais. Foi até meio assustador. Quero dizer, com a força que você bateu, eu achei que ia explodir a cabeça ele.

— Foi só um movimento de *contragolpe balanceado*, do tipo que absorve e reverte a energia cinética de um corpo em movimento. Com um golpe desses não importa muito onde você acerta. A força é aplicada por toda parte ao mesmo tempo. Tanto que o curandeiro disse que ele estava com o fêmur, o rádio e mais umas cinco costelas quebradas.

— Caracoles! Isso é poderoso, hein?

— Na verdade, eu joguei a força dele contra ele mesmo. O imbecil aumenta a própria musculatura sabe-se lá quantas vezes e vem para cima de mim espumando e sem nenhuma estratégia, como se nunca tivesse assistido a uma aula de treinamento de combate na vida. Estava pedindo por uma dessas.

— Agora que você mencionou, eu lembro de ter tido uma ou duas aulas sobre esse tipo de golpe. Mas se não me engano tem um limite para quanto dano alguém consegue causar com isso.

Daimar desviou o olhar.

— Acho que o livro que estudei se aprofundava um pouco mais na técnica.

— Sei. Você também falou um monte de bobagem lá, não é? Sobre "não aguentar mais ter que estudar" ou "não se importar com o que os caras façam", e tal.

Daimar tomou mais um gole de sua caneca, refletindo sobre como responder àquilo. Acabou optando por ser sincero.

— Eu gosto de estudar. Só não espalha isso por aí.

— Só! – Falcão riu.

— E eu acho que a maioria dessa galera poderia até virar gente boa. O problema deles é que não têm disciplina. Os pais não impõem limites e aí vira essa nojeira. Aí, o único jeito de conversar com eles é falando a língua que entendem.

— Ou seja: a boa e velha "porrada" – disse Falcão, voltando a rir.

Ambos tomaram mais um gole, antes de Falcão voltar a falar.

— Mas se você pensa assim da galera, por que escolheu entrar para esta república, com tantas outras por aí?

Porque sou um idiota, pensou Daimar.

— Ah, nem sei direito, mas não importa. Me colocaram de barão e agora não saio mais. Vão ter que me engolir até acharem alguém melhor para o cargo. Mas, mudando de assunto, você parece no fio da navalha hoje. O que houve? Saudades da família?

— Quem me dera! A família vai bem, o problema é ser pobre.

Daimar riu, mas Falcão apenas estreitou os lábios, desgostoso.

— Estou falando sério! Para ter uma noção, fui chutado ontem porque não tinha mais um casarão para mostrar para a mina.

— Sério? E quem é a dona dessa personalidade fascinante?

— Já ouviu falar da Princesa Prateada? Segundo ano, cabelão loiro claro, corpão sarado, pele de porcelana, nunca vi coisa igual.

— Como ela se chama?

— Cariele Asmund. É uma gata daquelas que você tem a sorte de encontrar uma vez na vida e olhe lá. Levei meses para conseguir a atenção dela e marcar um encontro e então... Puff! Deixo escapar que não tenho mais nenhum trocado na carteira e ela me manda pastar.

— Uau! Sinto muito.

Falcão terminou a cerveja e fez sinal para o atendente trazer outra.

— Não é como se fosse o fim do mundo. Eu nem estava realmente a fim dela. Quero dizer, ela é gostosa até não querer mais, só que o que eu pretendia mesmo era experimentar, sabe? Me divertir um pouco.

— Sei. – Daimar ergueu uma sobrancelha em sinal de descrença.

— É sério. E acho que a beleza dela nem é natural. Ela ganhou aquilo num ritual.

Daimar arregalou os olhos.

— Ritual? Você quer dizer daqueles que...? – Daimar olhou para os lados e baixou o tom de voz. – Modificação corporal?! Misericórdia! Como você ficou sabendo disso?

— É de uma fonte confiável, mas não espalha por aí. A verdade é que ela é uma caçadora de fortunas. O objetivo dela é fisgar um marido rico, por isso investiu tudo o que tinha e o que não tinha nessa parada. E é por isso que ela não tem tempo para perder com caras como eu. Aliás, se eu fosse você, tomaria cuidado. Você é uma vítima perfeita para ela.

Capítulo 2:
Cliché

Cariele Asmund sentia-se esgotada. A lição prática daquele dia se estendera desde o nascer até o pôr do sol e os estudantes não tiveram folga nem mesmo no horário de almoço, uma vez que a pauta de estudos do dia envolvera também práticas de boa alimentação. Diferentemente da maioria de seus colegas, no entanto, ela não se ressentia com a pesada carga física e mental de lições como a de hoje. Afinal, ela aprendera algumas coisas bem interessantes, que permitiriam que ela aprimorasse diversas de suas técnicas de combate. De qualquer forma, o dia fora bastante exaustivo, o que era um problema, uma vez que, para ela, a parte mais interessante dele começaria agora.

Tentando fugir do cansaço e do sono, ela deu alguns tapinhas nas próprias bochechas e depois sacudiu a cabeça algumas vezes, controlando a respiração da forma como aprendera anos antes. *Inspire. Concentre. Expire. Libere. Expanda a consciência. Repita.*

Agneta aproximou-se e sentou-se ao contrário na cadeira da frente, apoiando os braços no encosto enquanto reclinava-se na direção de Cariele, encarando-a com curiosidade.

— O que está fazendo?

— Meditação expansiva.

— Para quê?

— Preciso ficar afiada para a noitada de hoje.

— Você vai ter um encontro hoje? Sério? Depois de ficar mais de doze horas ouvindo sermão e aprendendo coisas que provavelmente nunca iremos usar na nossa vida?

Depois não sabe por que nunca tem créditos suficientes para avançar no curso – pensou Cariele, incomodada com o pouco-caso que a amiga fazia daquelas disciplinas. Não que fosse deixar Agneta ou qualquer outra pessoa saber que não concordava com aquilo.

Ela deu um sorriso travesso.

— Está brincando? Eu praticamente *vivi* para esse encontro, hoje. E, se no processo, eu consegui convencer alguém de que prestei atenção nos instrutores, eu considero como um bônus.

Cariele se levantou e pegou seus livros, dirigindo-se para a porta da sala, enquanto Agneta a seguia, levando a mão à boca para ocultar um bocejo.

— E quem é o gato da vez?

— Não sei ainda.

Agneta levou vários segundos a mais do que o normal para entender. Sinal claro de que estava realmente acabada.

— Você está toda animada por causa de um encontro às cegas?

— O que posso dizer? O cara é bonito e rico.

Cariele olhou para os dois lados do longo corredor. Ali era bastante movimentado naquele horário, com o encerramento das últimas aulas das turmas do período da tarde. Havia dezenas de estudantes indo e vindo, alguns conversando apoiados nas paredes, outros andando apressados, correndo o risco de tomar bronca dos monitores. E, falando em monitores, Cariele conseguiu identificar quatro deles se movendo por entre os estudantes, fazendo seu trabalho de vigiar, reportar e encher o saco daqueles que saíam da linha.

— Só você, mesmo. – Agneta sacudiu a cabeça. – Aliás, por que cargas d'água alguém como você iria precisar de um encontro desses? Os caras fazem fila para sair com você.

— Esse me pareceu promissor. Minha colega de quarto finalmente conseguiu um encontro com o que ela acha que é o amor da vida dela, mas por alguma razão, em vez de quererem ficar sozinhos, eles decidiram marcar um encontro a quatro, cada um deles levando um amigo.

Pelo canto dos olhos, Cariele percebeu a negra alta em roupas casuais, que as seguia discretamente à distância. De novo. Ela sabia que essa monitora só estava fazendo o trabalho dela e que provavelmente aquilo não era pessoal. Mas não deixava de ser um pé no saco. Tentou ocultar a irritação estendendo um dos braços e se espreguiçando, buscando aliviar um pouco a sensação de desconforto dos músculos cansados.

Agneta olhou para ela com um sorriso provocador.

— Céus, encontro às cegas é tão clichê!

— Clichê ou não, garanto que amanhã você vai estar me implorando para saber de todos os detalhes.

— Ora, mas isso é o mínimo que eu posso fazer, como uma boa amiga. Acha que eu iria te negar o prazer de se gabar do seu novo brinquedinho? Aliás, como sabe que já não conhece esse cara?

— É um moreno do terceiro ano de Comércio. Tenho certeza de que ainda não peguei nenhum moreno daquela turma.

— Com a frequência com que você sai com caras, nem sei como seria possível ter certeza de uma coisa dessas.

— Rá! Amadora!

— Não tenho energia no momento para discutir com você. A propósito, ficou sabendo das últimas notícias sobre o meu príncipe encantado?

Cariele olhou para a amiga com expressão irônica. Agneta só falava de um único homem há dias, mas ela decidiu perguntar assim mesmo, só para provocá-la:

— Quem?

— Daimar Gretel, oras! Por acaso existe algum outro?

— Não para você, aparentemente.

— Ele expulsou um cara da fraternidade Alvorada.

— Imagino que isso seja prerrogativa do cargo de barão.

— O cara que foi expulso está sendo acusado de estupro.

Cariele encarou a amiga, séria. Aquele crime era considerado o mais hediondo de todos, geralmente punido com a pena capital.

— Quem foi a vítima?

— Dizem que foi a Ebe Lenart, do terceiro ano de História.

— Você está brincando?

— Por quê?

— Essa garota pega mais caras do que eu. Às vezes, até mais de um ao mesmo tempo.

— E daí?

— Para que alguém iria ter o trabalho de forçar ela a fazer uma coisa que ela faz com qualquer um, e de boa vontade?

— Uau! Estou vendo uma ponta de inveja aí?

Cariele riu.

— Não seja ridícula. Essa vadia já fingiu estupro uma vez para se vingar de um cara que não quis se engatar com ela.

— Sério? Onde ouviu isso?

Droga! Devo estar mais cansada do que imaginava – pensou Cariele, respirando fundo.

— Esquece. Acho que foi só um boato infundado. Você tem razão, eu não deveria estar falando assim dos outros. Devo estar mesmo com um pouco de inveja da técnica dela. Pegar dois de uma vez parece interessante, mas nunca tive coragem.

Agneta não se convenceu muito com aquela explicação, mas estava cansada demais para insistir.

Daimar Gretel também estava exausto. Não tivera aulas no período da tarde, por isso resolvera se fechar na biblioteca e se dedicar integralmente ao seu projeto particular. O artigo estava ficando maior e tomando corpo conforme ele se aprofundava no assunto e encontrava mais evidências, contra e a favor de sua tese. Se aquilo funcionasse, seria uma invenção que provavelmente revolucionaria a vida das pessoas. Pena que aquele artigo iria demorar um pouco para ficar pronto, afinal, ele tinha pouca – para não dizer nenhuma – afinidade com as disciplinas de Física Energética e Cálculo. Ele sempre se deu muito melhor com as disciplinas humanas do que com as exatas, mas aquele projeto em particular exigia certo nível de conhecimento nas duas áreas, então ele se debruçara boa parte do dia sobre livros de matemática, tentando encontrar algum sentido em todos aqueles "x", "y" e "z", necessários para cálculos de velocidade, aceleração, área, volume e intensidade energética.

Ele massageava os olhos cansados no momento em que Egil entrou na sala e o encarou com uma expressão de expectativa. Daimar sussurrou para ele:

— O que houve?

Egil respondeu, no mesmo tom:

— Você esqueceu?

Daimar ficou vários segundos encarando o amigo, até notar as roupas novas e o cabelo dele, penteado com capricho. Então, num gesto lento e desanimado, apoiou o cotovelo na mesa antes de dar um tapa de leve na própria testa.

Egil apoiou-se na parede e cruzou os braços, com um sorriso divertido no rosto.

Finalmente, Daimar levantou a cabeça e começou a juntar suas coisas, em silêncio. Por mais desinteressante que fosse a perspectiva dos próximos eventos daquela noite, ele assumira o compromisso de ajudar o amigo.

Minutos depois, ambos saíam da biblioteca e tomavam o caminho dos alojamentos.

— Desculpe – disse Daimar. – Acabei me distraindo com os estudos e esqueci da hora.

— Sem problemas – respondeu Egil. – Mas cuidado para não estudar demais ou essa sua fachada de delinquente de que você tanto gosta não vai durar muito.

— Tenho apenas pouco mais de uma semana de prática. Com o tempo eu vou melhorar. Espero.

Egil riu.

— Não se preocupe. A noitada de hoje vai te dar bastante experiência.

Daimar franziu o cenho.

— Hei! Eu pensei que isso seria um encontro de casais. No que é que você está querendo me meter? Algum tipo de orgia?

Dessa vez Egil gargalhou.

— Aí depende de você. Mas ouvi falar que sua acompanhante tem material mais que suficiente para satisfazer qualquer um, sozinha.

— Devo informá-lo que tenho a saudável política de olhar com desconfiança para uma afirmação como essa quando a identidade da pessoa em questão é mantida em sigilo.

— Isso é só para tornar as coisas mais interessantes.

— Você sabe quem ela é.

Egil deu de ombros.

— Posso dizer que ela vale a pena, e muito. Pode me agradecer depois, viu? Não costumo fazer favores dessa magnitude para ninguém, mas eu quis te compensar pela ajuda que você me deu e por tudo o que fez na fraternidade.

— Até o momento isso está soando mais como castigo do que como compensação. Espero mudar de ideia até o fim da noite. Ah, e que me lembre, nem fiz tanta coisa assim para merecer essa consideração, então, essa história ainda me soa como algum tipo de pegadinha.

— Você colocou aquela cambada para trabalhar. Hoje eu consegui até mesmo usar o banheiro do vestiário sem vomitar antes. E nem depois.

Daimar tirou uma pequena caderneta do bolso e colocou-a sobre a pilha de cadernos e papéis que carregava, abrindo-a e virando algumas páginas.

— Antes que eu me esqueça, tenho uma lista de coisas para serem providenciadas. Pode passar para nosso tesoureiro?

Egil se aproximou e deu uma olhada nas anotações, como sempre se impressionando com o nível de organização com que o novo barão gostava de trabalhar. O antigo ocupante daquele cargo fez um verdadeiro favor à fraternidade ao se mudar para outra cidade.

— Tome, tire a folha – disse Daimar, estendendo a caderneta. – Veja se o indivíduo ainda não saiu para a gandaia e passe para ele. Vou me trocar e encontro você no bar.

◆ ◆ ◆

O local escolhido para o encontro era um ambiente neutro e sem nada muito digno de nota acontecendo ao redor. O bar era discreto, sem muitos chamativos e bastante comum, se comparado a outros que existiam na cidade. Era um lugar calmo, com iluminação suave e com garçons e garçonetes usando uniformes pretos circulando por entre mesas cobertas com toalhas escuras.

Um homem arrancava acordes melodiosos de um piano aos fundos, enquanto uma moça bastante jovem em vestido de noite soltava a voz, entoando uma antiga canção romântica popular.

Os quatro chegaram quase ao mesmo tempo, todos vestidos com roupas formais e elegantes, como era de praxe naquele tipo de situação. Egil e a companheira de quarto de Cariele se cumprimentaram com beijinhos no rosto e sorrisos luminosos, trocando algumas amenidades. Tudo muito normal, muito simples, muito clichê.

Cariele Asmund, no entanto, sentia-se como se tivesse tomado um soco no estômago. O que também não deixava de ser um clichê. O homem que deveria ser seu acompanhante era um espetáculo, muito melhor que suas mais loucas fantasias. Pele super bronzeada, cabelos negros como a noite e olhos castanhos que a encaravam com uma fascinação que espelhava a dela. As roupas dele eram de excelente qualidade, mas discretas, em tons escuros. A forma como ele se movia e sorria também era de arrasar. Uma sensação de agitação e euforia a envolveu por completo e até mesmo os pelos de sua nuca se arrepiaram. Percebendo que estava prendendo o fôlego por tempo demais, ela se forçou a voltar a respirar, desejando que ninguém tivesse percebido. Para alguém que tinha tanta experiência com homens, sentir-se daquela forma com um completo desconhecido era desnorteante, quase assustador.

Daimar Gretel, por sua vez, ficou completamente embasbacado ao encontrar aquela loira. Os elogios velados do amigo lhe pareciam agora insuficientes e frívolos ao serem comparados com a realidade. Os longos cabelos dela acabavam com qualquer determinação que alguém poderia ter de ignorá-la. Macios. Brilhantes. Perfumados. Ela usava um vestido longo em tom escuro, com uma fenda lateral que chegava até quase a metade da coxa e deixava antever a renda da parte superior da meia escura. A parte de cima do vestido era fechada até o pescoço e tinha mangas curtas, revelando braços longos e surpreendentemente fortes. Os inúmeros detalhes em couro e metal no corpete não permitiam ter muita certeza, mas ela parecia ser bastante curvilínea. Os olhos azuis o encaravam como em transe, tão agradavelmente surpresos quanto os dele deveriam estar. E aquele perfume... Mesmo à distância, ele podia perceber claramente o cheiro dos cabelos e da pele dela, ambos realçados por cremes ou outros produtos de beleza. De qualquer forma, seu perfume natural era intenso e estava mexendo com ele de uma forma que nunca experimentara antes.

Egil e a namorada perceberam a demorada troca de olhares entre os dois e sorriram com cumplicidade um para o outro.

— Daimar, deixa eu lhe apresentar – disse Egil, depois de alguns instantes. – Esta morena aqui se chama Malena Ragenvaldi, e é do primeiro ano de Artes. E essa loira é Cariele Asmund, do segundo ano de Ciências Místicas. Garotas, esse aqui é meu amigo Daimar Gretel, do terceiro ano de Comércio.

Para Daimar, aquilo foi totalmente inesperado. Então aquela era a caçadora de fortunas da qual tanto ouvira falar? Não fazia sentido. O brilho daqueles olhos azuis profundos indicava claramente que tinha muito mais personalidade ali do que a aparência sugeria. Ela não era, nem de longe, uma garota superficial ou frívola, de alguma forma ele tinha certeza absoluta disso. Ou será que aquilo era apenas o que ele *queria* acreditar? Será que ela provocava propositalmente esse tipo de reação nos homens? De repente, sentiu-se muito decepcionado.

O leve estreitar de olhos do moreno indicou a Cariele que ele estava chocado ao conhecer a identidade dela e forçava-se a disfarçar. Ela também tentou acobertar a própria decepção jogando o cabelo para trás e colocando um sorriso brilhante no rosto. Então aquele era o tal barão? Ela podia entender agora por que Agneta sonhava tanto com ele. Afinal, a amiga dava muito valor a aparências. De repente, ela se deu conta de que a amiga poderia muito bem vir a desprezar a própria Cariele se um dia viesse a descobrir a verdadeira aparência dela. Aquele pensamento causou uma dolorosa pontada no peito e então veio a irritação. Quem aquele homem pensava que era para encará-la daquele jeito e fazê-la sentir-se insegura daquela forma?

— Prazer – disse Cariele, por entre os dentes, estendendo a mão para Daimar, que notou o desprezo por trás do sorriso.

— Digo o mesmo – respondeu ele, no mesmo tom, enquanto apertava a mão dela no que devia aparentar um cumprimento formal. Mas ambos puseram tanta força naquele aperto que ele pareceu mais uma declaração de guerra.

— Que bom conhecer você pessoalmente, Daimar – disse Malena, com voz hesitante, antes de se voltar para Egil. – Vamos nos sentar?

Daimar não se deu ao trabalho de cumprimentar a morena, pois estava certo de que não a reconheceria se a visse outra vez. Seu olfato aguçado estava completamente tomado pelo aroma da loira, que eclipsava tudo o mais que acontecia ao redor. E isso o estava deixando muito desconfortável. Por que, em nome dos céus, ela o afetava tanto?

— Sim, vamos – respondeu Cariele, lançando um olhar ameaçador à sua colega de quarto. Mataria Malena mais tarde. Isso, é claro, depois que matasse aquele bastardo atrevido que volta e meia levantava a cabeça sutilmente na direção dela como se a estivesse... *farejando*. Que raios havia de errado com aquele cara? Que raios havia de errado com *ela*?

Egil olhou de um para o outro, um pouco inseguro com o climão.

— Que tal jantarmos? A comida daqui é muito boa.

— Sim, estou morta de fome! – Malena exibiu um sorriso trêmulo, parecendo tão encabulada quanto o namorado.

Infelizmente, nem a comida e nem a conversa sobre trivialidades ajudou a quebrar aquele clima incômodo. No começo, Cariele e Daimar trataram de se ignorar mutuamente, mas a tensão pareceu ir crescendo cada vez mais e, ao final da refeição, já estavam quase chegando ao ponto de trocarem olhares raivosos abertamente.

— Que tal se a gente agora... – começou Egil.

— Estou cansado de segurar vela – disse Daimar, interrompendo o amigo. Então ele virou-se para Cariele, com um sorriso forçado. – Que tal deixarmos os dois pombinhos aproveitarem a noite deles?

— Essa é a melhor ideia que ouvi a noite toda – respondeu ela, com expressão satisfeita.

— Mas seria indelicado de nossa parte deixarmos vocês sozinhos. – Insegura, Malena buscou o olhar de Egil.

— Não se preocupem conosco – disse Daimar. – Temos alguns assuntos para discutir e depois iremos para casa. Vocês vão em frente com o que quer que tenham em mente.

— Está mesmo tudo bem? – Malena perguntou a Cariele.

— Sim, claro, não se preocupe.

Daimar se levantou da cadeira e estendeu a mão a Cariele.

— Me acompanha?

— Claro – disse ela, levantando-se também e agarrando a mão dele, fazendo questão de apertar com bastante força e recebendo o mesmo tratamento em troca.

Egil olhou para o amigo com uma expressão de culpa.

— Daimar, me desculpe, eu não queria que as coisas acabassem assim...

— Do que está falando? – Daimar desviou o olhar da expressão fascinantemente desafiadora do rosto de Cariele para encarar o amigo. – Não era esse o plano? Cada casal seguir seu caminho no fim da noite?

— Mas não faz nem uma hora que chegamos...

— Então, estamos só adiantando um pouco as coisas – disse Cariele. – Divirtam-se. Conversaremos amanhã.

— Quanto à conta... – começou Daimar.

Egil levantou uma mão e sacudiu a cabeça, enfático.

— Deixa comigo.

— Vamos! – Cariele saiu caminhando, quase arrastando Daimar, que mal teve tempo de fazer um gesto de despedida ao outro casal.

Cariele não entendia por que se sentia tão irritada e tão ansiosa por confrontar aquele delinquente. Ela realmente não queria estragar mais ainda a

37

noite da amiga, mas não podia negar que seu desejo de ficar sozinha para falar o que quisesse para aquele homem era uma possibilidade tentadora demais para deixar passar.

Daimar se sentia aliviado ao sair daquele lugar. Não precisaria mais tentar fingir interesse na comida, na bebida e nem na conversa. Agora podia se concentrar totalmente naquilo que estava lhe aguçando todos os sentidos. Sentia-se ansioso por uma briga e aquela loira não parecia a fim de terminar a noite sem provocar uma.

Nenhum dos dois se importou com o fato de estarem andando pela rua de mãos dadas. Os olhares curiosos dos transeuntes também foram totalmente ignorados, bem como a beleza da cidade banhada pela suave luz da lua crescente, complementada por cristais de luz contínua no alto de postes a intervalos regulares. No momento, ambos tinham coisas demais na cabeça para se importarem com qualquer coisa além deles mesmos.

Subitamente, dando-se conta de que tinham entrado nas dependências da academia e que se encontravam em meio aos amplos jardins, Cariele parou e olhou ao redor, confusa. Ao ver que ainda segurava a mão de Daimar, tratou de soltá-la e se afastar alguns passos dele. Sua mente agora estava em branco. Simplesmente não conseguia mais se lembrar da razão de tê-lo arrastado até ali. *O que foi que deu em mim, afinal? E quantas vezes já me perguntei isso essa noite?*

A atmosfera tinha se modificado completamente de uma hora para outra, o que deixou Daimar totalmente perdido. A raivosa e provocadora loira agora parecia indecisa e insegura, o que, por alguma razão inexplicável, o fez sentir-se culpado. Tentando não parecer ameaçador, ele caminhou até um banco ali perto e sentou-se, suspirando enquanto fechava os olhos. Não sabia qual era o problema dela, mas se o que quisesse era dar a noite por encerrada e esquecer aquela confusão toda, ele, com certeza, não iria protestar. Considerando o quanto ansiara por um bate-boca minutos antes, essa súbita vontade de deixar tudo de lado não tinha a menor lógica. Não que a maior parte daquela noite tenha feito muito sentido.

Vê-lo sentar-se em um dos bancos preferidos dela fez com que Cariele se sentisse bastante incomodada.

— Certo, vamos esclarecer algumas coisas – disse ela, o que fez com que ele abrisse os olhos, surpreso por ela ainda estar ali e mais ainda por ter se aproximado e parado bem na frente dele. – Não costumo ser rude daquela forma, mas algumas coisas que você faz me deixam desconfortável.

— Hã? – Ele franziu o cenho. – E o que foi que eu fiz?

— Para começar, isso – disse ela, apontando para o rosto dele.

— "Isso" o quê?

— Quando eu chego perto parece que... Bem, você levanta o rosto dessa forma, e isso me incomoda porque parece que você está... sei lá, me cheirando.

Daimar a encarou, muito surpreso, por um instante.

— Ah, *isso*.

— Então você sabe do que eu estou falando?

— Bem, sim...

— E por acaso faz de propósito, para irritar as pessoas?

— Não, não, isso é meio que por instinto. Mas estou surpreso que tenha percebido já que quase ninguém nota, a menos que conviva comigo por bastante tempo.

— O que quer dizer com "por instinto"?

Ele suspirou. Como explicar algo que nem ele entendia direito?

— Eu acho que tenho o olfato um pouco mais desenvolvido que o da maioria das pessoas. O estímulo é tão forte que às vezes faz com que eu mova o corpo sem perceber para sentir melhor.

Era uma explicação racional, clara, objetiva, que justificava perfeitamente aquele comportamento dele. Mas, por algum motivo, ela não conseguia digerir aquilo.

— E que tipo de cheiro estava sentindo em mim? – Ela cheirou os próprios pulsos e embaixo dos braços, o que fez com que ele sorrisse.

— Nada com que deva se preocupar. Sua pele e seus cabelos têm um aroma único e muito agradável. Quero dizer, pelo menos depois que consegui isolar a essência dos perfumes artificiais que está usando, pois eles dificultam sentir qualquer outra coisa.

Aquilo a fez corar como uma adolescente, o que era irritante, uma vez que achava ter perdido toda sua inocência muito tempo atrás.

— Você é esquisito.

— Sou diferente. – Ele deu de ombros, mostrando um sorriso charmoso. – A maioria das pessoas têm algumas características únicas. Essa é apenas um pouco mais pronunciada.

— Você não é um delinquente.

Ele franziu o cenho.

— E por que diz isso?

— Porque parece ter cérebro.

— Sinto decepcionar você, mas devo informar que todos os delinquentes possuem cérebro, sem exceção. Só não têm o hábito de usar.

Ela soltou um riso involuntário e se sentou ao lado dele no banco. Ficaram ambos olhando para a lua por um longo e confortável momento.

— Você também não parece se encaixar no perfil de interesseira e aproveitadora.

— E por que não? – Ela tinha ficado genuinamente curiosa. Afinal, tinha plena consciência de sua má fama e algumas vezes até alimentava os rumores de propósito.

— Você é muito perspicaz e inteligente. E parece mais interessada na minha pessoa do que na minha aparência ou nas minhas posses. Só não sei como consegue encarar esse curso de Ciências Místicas.

Foi a vez de Cariele franzir o cenho.

— Para alguém cursando Comércio você não tem muita moral para fazer pouco de mim.

— Ora essa, Comércio estuda relacionamentos humanos, cultura, economia, leis, organização social e política. São todas disciplinas importantes e que fazem a diferença em nossa sociedade.

Ela suspirou.

— Que tal deixarmos de lado essa velha briguinha de humanas versus exatas? Já me basta ter que ouvir minhas amigas discutindo interminavelmente sobre isso todo dia.

— Como quiser – disse ele, sorrindo de novo.

— Soube que você expulsou um membro da sua fraternidade.

— Sim – confirmou ele, levantando uma sobrancelha.

— Foi por causa de uma denúncia de Ebe Lenart?

— Sim.

— Sabia que não dá para confiar em tudo que aquela figura fala?

De repente, a irritação dele estava de volta. Qual era a dela? E por que se achava no direito de julgar a decisão dele?

— Estranho, você não deveria estar do lado dela?

— E por quê? – Ela sentia que a raiva irracional de antes ameaçava voltar com tudo.

— Porque você é mulher.

— Na nossa sociedade, estupros masculinos são tão frequentes quanto os femininos, talvez até mais. Você estuda Ciências Sociais e não sabe disso?

— Na nossa sociedade, estupradores são mortos, independentemente de serem homens ou mulheres. Mas uma coisa que não sei se você sabe é que tentar se casar com alguém por dinheiro, apesar de não ser crime, não costuma ser muito bem recebido.

— E o que houve com o "você não parece se encaixar nesse perfil"?

— Não sei. Analisar o seu perfil é complicado quando você fica me julgando.

Cariele estava grata por não encontrar sua colega de quarto quando voltou ao alojamento. Na verdade, esperava que ela se divertisse com Egil pela noite inteira, pois não estava com ânimo para conversar com ninguém naquele momento.

Só queria ficar ali, abraçada ao travesseiro, enquanto tentava acalmar as batidas do próprio coração. Aquela noite tinha sido surreal, ela nunca havia se descontrolado tanto, nem revelado tanto de si mesma para alguém em tão pouco tempo.

Aquele homem tinha um tempo de reação inacreditavelmente curto. Tinha conseguido neutralizar dois dos melhores golpes dela com movimentos simples e um controle de fluxo de energia surpreendentemente bom. Bem longe de ser "ótimo", mas, com certeza, muito bom. Mesmo a "briga" não tendo durado mais do que poucos segundos, ela tinha certeza de que, se tivesse um pouco mais de disciplina e um treinamento adequado, ele poderia ser praticamente invencível.

Tentando sufocar uma pontada de inveja, ela enfiou o rosto no tecido macio. Afinal, ela tivera o melhor treinamento possível e sempre fora um dos mais bem disciplinados soldados de sua antiga unidade, e, mesmo assim, chegara ao ponto em que estava apenas à custa de muito suor e lágrimas. E, no final das contas, todo o esforço se mostrara inútil, pois ela perdera tudo no que lhe pareceu um piscar de olhos. E agora ela não tinha nada. Isto é, nada além daquela megera a seguindo por todo lado, louca para vê-la sair da linha.

Pensando bem, Daimar não tinha afirmado que o monitor albino o tinha seguido também?

Cariele se deitou de costas, deixando o travesseiro de lado enquanto olhava para o teto, pensativa. Ele também estava sendo monitorado de perto? O que será que ele tinha feito para serem tão cuidadosos com ele dessa forma? E quanto àquela história sobre o olfato apurado dele? Seria algum tipo de habilidade mística? E por que todos diziam que ele era um delinquente? O comportamento dele não sugeria que ele fosse desleixado, bagunceiro ou mulherengo. Afinal, ele não fizera nem mesmo um único avanço na direção dela, não é?

Uma última pergunta passou pela cabeça dela antes de cair num pesado e abençoado sono:

Quem é ele?

Já Daimar estava convencido de que não dormiria naquela noite.

O perfume dela continuava em suas narinas, enviando aquela sensação quente e turbulenta para todo seu corpo, o que o deixava excitado, frustrado e irritado.

Cariele Asmund era muito bem treinada, ele tinha certeza disso. Já vira soldados se moverem como ela, canalizando energia de forma eficiente, o que permitia que lutassem melhor e por muito mais tempo. Mas seria ela militar?

— Não temos permissão para discutir esse assunto.

— Você viu o que aconteceu aqui, não viu? Ela tentou me agredir!

— Depois de você a ter provocado – disse a negra.

— E explicar a ela o que aconteceu não seria uma forma inteligente de resolver esse conflito?

Cariele viu os monitores trocarem um olhar resignado e mais uma vez ficou impressionada com o barão da Alvorada. Ele não parecia agressivo, conversava com os monitores em um tom baixo e sério, um pouco irritado talvez, mas sem nenhum tipo de ameaça ou exigência. E, com isso, conseguiu manipulá-los a fazer o que queria.

O albino olhou para Cariele.

— Esse assunto é sigiloso, pois é um caso de vida ou morte. Entende isso?

— Sim, senhor – respondeu ela.

— Às 20 horas do terceiro dia desta semana, Daimar Gretel foi convocado por seus colegas de fraternidade para uma reunião. Durante o encontro, Bodine Gersemi confessou ter se engajado em relações íntimas com uma estudante chamada Ebe Lenart sem o consentimento dela. Daimar anunciou que não toleraria aquele comportamento e Bodine se descontrolou, forçando Daimar a se defender de um ataque físico. No processo, Bodine foi gravemente ferido e enviado à enfermaria, onde aguarda a conclusão do tratamento regenerativo para responder juridicamente pelas acusações registradas pela vítima e por nove membros da fraternidade Alvorada. Usando sua posição de barão, Daimar expulsou Bodine da fraternidade, mas isso não é mais relevante, uma vez que o acusado já confessou o crime ao promotor, sob o *encanto da verdade*. O julgamento deve terminar nos próximos dias, mas a expectativa é de que o réu seja condenado à pena máxima.

— Entendo – disse Cariele, surpresa e um tanto insegura. Ela virou-se para Daimar. – Me desculpe por aquilo.

Ele deu de ombros.

— Você parou quando eu me rendi e sou grato por isso.

— Você sabe que se meter em brigas é uma violação do seu acordo – disse a negra, encarando Cariele. – Como ele parece estar bem e essa disputa acabou antes que alguém se machucasse seriamente, vou relevar dessa vez, mas estarei de olho em você.

— Sim, senhora – resmungou Cariele, por entre os dentes.

— Agora, para casa os dois!

◆ ◆ ◆

a energia mais para baixo. No entanto a moça era muito mais forte do que imaginara e ele não tinha energia suficiente para absorver um impacto tão intenso. Por puro instinto, ele acabou espalhando a carga cinética, de forma a distribuir o impacto por todo o corpo. No fim, ele acabou caindo de costas, mas se recuperou rapidamente, rolando para o lado e se levantando com agilidade.

Ao vê-la se aproximando para atacar novamente, ele levantou os braços, num gesto de rendição e ficou imóvel. Ela imediatamente parou, encarando-o com desconfiança.

— Achei que você poderia aguentar um pouco mais do que isso – desdenhou ela.

— Não há sentido em tentar me defender. Você obviamente é muito mais ágil e tem muito mais experiência e treinamento que eu. Se quiser continuar, vá em frente, vamos acabar com isso logo.

— Você ainda não sofreu nenhum arranhão, seu covarde!

— Fisicamente, talvez, mas meu orgulho está em frangalhos.

Cariele estava mais do que impressionada pela reação dele a seus ataques. Mesmo assim, ela calculava que poderia derrotá-lo em poucos minutos se a briga continuasse. Na verdade, ansiava por desferir alguns bons golpes, mas vê-lo se render daquela forma a fez se perguntar, mais uma vez naquela noite, que raios estava fazendo.

Então uma voz masculina e autoritária, vinda da direção dos portões, chamou-lhes a atenção.

— Certo, crianças, a brincadeira acabou!

Daimar e Cariele abaixaram os braços e viraram-se naquela direção, vendo um casal de monitores se aproximar.

Cariele imediatamente reconheceu a negra que vivia vigiando-a dentro da academia.

— Será que não tenho mais direito à privacidade nem para namorar?

— Venho monitorando você a tempo suficiente para saber que o seu conceito de "namoro" é um pouco diferente do que estava acontecendo aqui.

— É hora de vocês dois esfriarem a cabeça e irem para casa – disse o homem, que era tão alto quanto sua companheira, mas contrastava enormemente com ela na cor da pele, pois ele não podia ser mais branco. Até mesmo os cabelos e sobrancelhas pareciam prateados sob o brilho suave da luz contínua vinda da fileira de postes que margeavam as trilhas por todo o jardim.

Daimar encarou o monitor.

— Já que você me seguiu até aqui, poderia, por favor, explicar para essa cabeça quente o motivo de eu ter machucado Bodine e o expulsado da fraternidade?

— Vai dizer que não é verdade que você espancou aquele rapaz?

Parece que os fofoqueiros de plantão estão trabalhando a todo vapor, pensou ele.

— Quebrei alguns ossos dele, sim. Por quê?

Ela se levantou e pôs as mãos na cintura.

— Talvez alguém devesse quebrar alguns dos seus para lhe mostrar o quão agradável isso é.

Ele se levantou também, imitando a postura dela.

— E talvez alguém devesse dar uma lição em você para aprender a não meter o nariz onde não é chamada.

Ele sabia que ela estava por um fio, podia sentir o cheiro da irritação dela. Sabia também que a provocar daquela forma a faria perder o controle. Na fração de segundo em que ele levou para perceber o movimento dela, retesando os músculos e inclinando-se de leve, modificando seu centro de gravidade em preparação para o impacto iminente enquanto começava a projetar o braço direito para frente na direção dele, Daimar se sentiu subitamente satisfeito consigo mesmo. O orgulho de ser capaz de provocar aquela reação era estranho à natureza dele, mas não podia negar que aquilo era muito prazeroso e valeria a pena tomar alguns golpes por causa daquilo. Não que ele pretendesse apanhar sem reagir.

Então ele levantou antebraço direito para bloquear o soco dela, ao mesmo tempo em que concentrava energia onde seria o ponto de impacto para realizar um contragolpe balanceado, da mesma forma como fizera com Bodine dias antes. No entanto, para sua surpresa, ela retardou o próprio movimento alguns milésimos de segundo e, ao invés de socá-lo com força, como ele esperava, ela agarrou o pulso dele aplicando outro tipo de contragolpe que não só anulou completamente a energia que ele tinha concentrado, como enviou para todo o corpo dele uma pequena onda de choque que o fez ter um sobressalto, impedindo-o de se mover por um instante. O efeito era efêmero, ele se recuperaria em um piscar de olhos, mas aquilo era tempo suficiente para ela emendar outro golpe sem nenhuma chance de bloqueio por parte dele.

Daimar desejou não ter ficado tão intoxicado pelo perfume da pele dela. Por causa daquela distração, ele não se lembrara de acumular um pouco de energia antes de provocá-la. Nunca tinha sido tão relapso numa briga antes. Agora, tudo o que ele podia fazer era esperar que ela optasse pelo ataque mais simples, que considerando a posição de ambos, seria focar no abdômen dele. Não havia energia suficiente para proteger mais de uma parte de seu corpo, então, ele enrijeceu os músculos da barriga e concentrou o fluxo místico ali.

Ao invés de uma joelhada no abdômen, no entanto, ela preferiu desferir um chute em sua virilha. Felizmente, ele teve tempo suficiente para direcionar

Isso não fazia sentido, pois existiam academias militares muito mais bem-conceituadas que a de Lassam. Estaria ela em algum tipo de missão? Ela podia estar disfarçada como uma simples aluna enquanto investigava algum crime. Talvez, o alvo dela fosse algum professor corrupto. Ou um dos estudantes, talvez o filho de algum figurão, o que explicaria aqueles rumores sobre ela estar atrás de um marido rico.

Fechando os olhos, tentou deixar o assunto de lado, pois ele não tinha nenhuma evidência de nada daquilo e provavelmente estava imaginando um monte de bobagens. A única coisa que tinha certeza é que ela era intrigante.

E também era linda. Tinha uma beleza muito acima de qualquer parâmetro. Na verdade, a aparência dela era tão agradável aos olhos que parecia não combinar muito com ela. Cariele era forte, tanto de corpo quanto de espírito. Tinha uma personalidade marcante e gostava das coisas de seu jeito. De alguma forma, aquela aparência suave e angelical destoava um pouco disso. Seria mesmo verdade que ela fizera um ritual de modificação corporal? Aquilo era um tabu muito grande na sociedade deles, mas talvez ela tivesse um bom motivo.

Vendo que não conseguia parar de pensar nela, ele se deitou de bruços e tentou limpar a mente. Precisava descansar. Talvez depois de uma boa noite de sono os acontecimentos de hoje não parecessem tão irreais.

Mas suas narinas se recusavam a colaborar e continuavam a sentir a fragrância dos cabelos e da pele dela.

Capítulo 3:
Laços

Já estava quase amanhecendo quando uma batida na porta do quarto fez com que Daimar se sobressaltasse.

— Entre – disse ele, massageando os olhos cansados enquanto deixava de lado o livro que estava lendo.

Delinger Gretel abriu a pesada porta de madeira e passou os olhos pela cama desarrumada e por livros e maços de papel espalhados pelo chão, antes de lançar um olhar crítico ao filho.

Daimar estava sentado à escrivaninha, em que também havia livros e papéis espalhados por todo lado, e fechava com cuidado um volume de História Contemporânea bastante gasto. O rapaz apresentava olheiras fundas e uma postura um tanto encurvada, o que denunciava um nível preocupante de cansaço.

— Você passou a noite acordado.

— Eu estava lendo. Acho que acabei me empolgando e esqueci de ir dormir.

— Já pedi para não tentar me ludibriar. Algo o está incomodando. O que é?

Tentar mentir para o pai sempre fora um esforço inútil. Daimar se espreguiçou, alongando os músculos doloridos. A última coisa que queria naquele momento era incomodar o pai por causa de um problema idiota como aquele.

— Não se preocupe, pai, não é nada.

— Você não costuma ter crise de insônia por causa de "nada". O que aconteceu?

— É sério, não é nada que o senhor precise se preocupar. – Cansado, Daimar soltou um bocejo. – E com o senhor insistindo, isso fica cada vez mais embaraçoso.

Delinger apoiou o ombro no batente da porta.

— Fale logo de uma vez que eu paro de insistir.

— Sim, senhor – respondeu Daimar, desanimado, e inspirou fundo enquanto tentava encontrar uma forma de contar o ocorrido que não o matasse de vergonha. – Conheci uma garota ontem.

— Você já saiu com várias garotas.

— Essa é diferente, não sei bem por quê.

— Como assim?

— Bom, não consigo me livrar do... cheiro dela. Parece que impregnou em mim de tal forma que nem tomar banho ou trocar de roupa resolve.

— Entendo.

— Parece que eu... – Daimar interrompeu o que estava dizendo e arregalou os olhos. – Hã? Como é que é? O senhor *entende*?

— Sim, entendo. Sentidos aguçados são uma herança da nossa família. Esse tipo de coisa é bastante comum entre os adultos. Na verdade, eu estava esperando que acontecesse com você já há algum tempo.

— Sério? Eu pensei que estava começando a enlouquecer.

— Não há nada de errado com você. Mas essa experiência intensa é um sinal de que seus sentidos começaram a se expandir e que provavelmente continuarão se desenvolvendo. Você vai precisar se adaptar.

— Mas eu saí de perto dela há tantas horas e mesmo assim continuo sentindo o perfume como se ela estivesse do meu lado. Como me adaptar a isso?

— Seus sentidos estão apenas comunicando algo a você. Até que você entenda e faça algo a respeito, isso provavelmente não irá parar. Ou pode parar agora e voltar de novo amanhã ou depois.

— O senhor não está me ajudando.

— Por que não faz algo em relação a essa moça?

Daimar riu.

— Não sei se ela é o tipo de namorada que o senhor aprovaria.

— Você já atingiu a maioridade. Não precisa de minha aprovação para mais nada.

— Sim, eu sei, mas... – Daimar hesitou e encarou o pai por um momento, com olhar especulativo. – Me diga uma coisa... Como conheceu a mamãe?

Delinger adentrou o quarto e sentou-se na beirada da cama desarrumada, antes de apoiar os cotovelos nos joelhos.

— Eu e sua mãe tínhamos ideais em comum. Ambos abandonamos nossas famílias e nos mudamos para esta cidade por causa deles. Creio que quase todo o nosso relacionamento teve como base a ajuda mútua. Não foi, exatamente, uma história romântica ou empolgante.

— Você também teve problemas com ela? Tipo o cheiro, quero dizer.

— Eu passei a sentir o aroma dela constantemente desde que começamos a nos envolver, e isso nunca parou, até hoje.

Daimar arregalou os olhos de novo. Seu pai encarou esse tormento por *vinte e oito anos*? E olha que já faziam quinze desde o falecimento de Norel Laine Gretel.

— Mas devo dizer que isso, em si, nunca me tirou o sono – continuou Delinger. – O que mais me causou problemas no relacionamento com Norel foi minha própria ansiedade. A vontade de fazer tudo o que a agradasse, a compulsão de querer acertar em tudo sempre, e a enorme frustração de quando algo saía errado. Sua mãe era uma mulher maravilhosa, mas se tem algo que eu posso te dizer com certeza é que são necessárias duas pessoas para forjar um relacionamento. É necessário comprometimento, esforço e aceitação de ambas as partes. Depois que eu aprendi isso, as coisas ficaram muito mais simples para mim.

— O senhor está me dizendo que... se eu chamar a garota para sair, isso vai melhorar?

— Não. Estou dizendo que você tem que perguntar a si mesmo o que há de errado. Descubra o que realmente o está incomodando e faça algo a respeito.

— Eu não entendo. O que há de errado com a nossa família? Eu não preciso de nada disso... Já tenho problemas suficientes! Por que isso tinha que acontecer logo agora? Foi a primeira vez que encontrei a moça e ela nem gosta de mim! O que eu vou fazer?

— Você precisa descansar. – Delinger se levantou e tirou um pequeno recipiente cilíndrico do bolso, aproximando-o do rosto de Daimar, antes de abrir a tampa. – Aqui, aspire uma vez.

Sem entender direito, Daimar obedeceu e sentiu uma sensação refrescante se espalhar pelo interior de seu corpo, como se tivesse inspirado uma lufada de ar gelado. Sua cabeça de repente ficou leve e seus membros, extremamente pesados. A última coisa que teve consciência foi de seu pai o ajudando a deitar-se na cama, segundos antes de cair em um profundo e abençoado sono.

◆ ◆ ◆

Homens e mulheres vestidos em macacões verdes andavam de um lado para o outro, entrando e saindo das salas de ambos os lados do corredor, enquanto carregavam roupas, poções e cristais especiais. O cheiro característico de hospital invadiu as narinas de Cariele, causando uma sensação de náusea. Ela sabia que o odor era proveniente de ervas especiais que purificavam o ambiente, impedindo que energias com efeitos negativos pudessem atingir os doentes, o que era essencial para a cura de moléstias mais graves. No entanto saber do que se tratava o cheiro era muito diferente de conseguir tolerá-lo.

Ela tentou apressar o passo, para chegar mais depressa a seu destino, mas foi obrigada a se espremer contra a parede de pedra para poder dar espaço a dois enfermeiros de expressão entediada que carregavam uma cama. Depois que eles passaram, ela moveu-se o mais rápido que pôde e virou à esquerda, entrando por uma porta que, graças aos céus, estava aberta. Ignorando completamente as pessoas que estavam ali, ela correu até a janela e pôs a cabeça para fora, respirando fundo e fazendo uma prece para que o mal-estar diminuísse.

Estava quase se sentindo humana de novo quando sentiu uma mão em seu ombro.

— Tudo bem com você?

— Sim, sim, tudo bem – disse ela, encarando o velho homem de barba e cabelos brancos que usava um uniforme verde com colarinho e mangas pretas. Tratava-se de um dos melhores profissionais de saúde que ela já tinha conhecido. – Eu só tenho um problema com o cheiro das ervas. Mas já estou me acostumando, não precisa se preocupar.

— Isso não é normal, eu já disse isso a você. Por que não deixa que um de meus ajudantes a examinem?

— Não há necessidade, estou bem.

— Bom, é melhor você se cuidar. Não queremos seu pai preocupado com a sua saúde, queremos?

Cariele virou-se na direção da cama, onde uma moça não muito mais velha do que ela, usando o uniforme de enfermeira, manuseava uma varinha com ponta brilhante, como se escrevesse no ar. Um tipo de pó fosforescente se desprendia do objeto e caía por sobre o corpo do homem idoso, que parecia dormir tranquilamente.

Depois de alguns momentos, o homem soltou uma tosse fraca, indicando que estava recobrando os sentidos. O curandeiro e a enfermeira o ajudaram a se sentar, apoiado nos travesseiros, enquanto o homem abria os olhos e olhava ao redor.

Cariele se aproximou e o pai a reconheceu, encarando-a com aqueles olhos tão azuis quanto os dela.

— Pai.

— Cariele!

— Aqui, senhor Baldier, tome isso – disse a enfermeira, levando um copo aos lábios dele.

— Obrigado – agradeceu Baldier Asmund, depois de ingerir o líquido. Ele então cumprimentou a enfermeira e o curandeiro com um gesto de cabeça, antes de se voltar para a filha. – Você demorou um pouco mais dessa vez. Como estão indo os estudos?

O curandeiro dispensou a enfermeira e pegou uma pena para fazer uma anotação em um livro sobre uma mesinha lateral.

— Tudo sob controle – respondeu Cariele.

— Tem reservado um tempo para se divertir?

Ela sorriu.

— Sim, pai. Estou tendo uma estadia muito agradável na academia.

— Lembre-se do que eu disse, mocinha – disse o curandeiro, voltando-se para ela. – Quando foi a última vez que você fez um exame completo?

— Pelo que me lembre foi há uns dois anos – respondeu ela, evitando encarar o homem.

— Senhor Baldier, eu recomendo que converse com sua filha em relação à necessidade de cuidar da saúde dela. Não é saudável ignorar os avisos que nosso corpo nos dá.

— Farei isso, obrigado.

Assentindo, satisfeito, o curandeiro saiu do quarto, deixando pai e filha sozinhos. Cariele sentou-se na beirada da cama e tomou a mão do pai entre as suas.

— Senti sua falta.

— Eu também, filha, eu também. Mas ele tem razão, não tem? Esse seu enjoo está ficando mais forte cada vez que vem aqui. – Ao ver que a filha abaixava o olhar, com certa tristeza, ele levou uma mão ao queixo dela e a fez encará-lo. – O que foi?

— Talvez não seja nada de mais, mas voltei a sentir aquele formigamento atrás dos joelhos.

— E o que Hadara disse?

— Ainda não tive coragem de contar para ninguém.

— Cariele! Você precisa de ajuda!

— Pode não ser nada. Quando fiz o ritual, eu sabia que iria ter alguns sintomas por bastante tempo, talvez pela vida toda.

— Você não tem como saber se isso é um sintoma do ritual. Pode ser outra coisa, muito mais séria.

— Puxa, que otimista você está hoje.

— Vou pedir para Hadara te fazer uma visita.

Ela suspirou. Melhor fazer as coisas do jeito dele, para não o cansar muito.

— Está bem, pai. E como o senhor está?

Baldier estreitou os olhos, desconfiado. Não era do feitio de Cariele concordar tão fácil em ver um curandeiro. E nem tentar mudar de assunto daquele jeito.

— Estou como sempre. O ambiente do hospital minimiza os efeitos da doença e me deixa ter uma vida até confortável. De vez em quando preciso hibernar por um ou dois dias para ajudar com a medicação e por isso você me pegou dessa forma. Devia ter avisado que viria hoje, assim eu teria acordado um pouco antes e tomado um banho, pelo menos.

— Desculpe. Eu nem pensei direito, só queria passar um tempo com você.

— Aconteceu alguma coisa? Além do problema nos joelhos, quero dizer?

O que ela poderia dizer? *Estou sofrendo de uma crise de paixonite aguda por um cara que acabei de conhecer?*

— Não, nada de mais. Acho que é só saudade mesmo.

Foi a vez de Baldier soltar um suspiro frustrado. Mas não insistiu mais no assunto.

— Bom, de qualquer forma, fico muito feliz que tenha vindo. Agora me conte, quero saber tudo o que você aprendeu nessas últimas... o quê? Três semanas?

Baldier Asmund era um dos maiores matemáticos do Império. Tinha uma verdadeira paixão por trigonometria multidimensional e era um expert na elaboração e resolução de equações que descreviam o comportamento de flutuações energéticas. Cariele tinha herdado um pouco daquela paixão e, durante toda sua adolescência e juventude, discutira com o pai tudo o que aprendia na academia militar. Mesmo depois que ela pediu baixa do Exército e se matriculou na academia de Lassam aquele hábito permanecera, mas, infelizmente, a doença do pai agora não permitia mais que ela o visitasse com frequência.

Assim, durante as duas horas seguintes, os dois discutiram sobre postulados, axiomas, vertentes teóricas confirmadas ou não e diversos outros assuntos relacionados à manipulação de energia mística e cujos efeitos podiam ser medidos e previstos através de trigonometria e álgebra. O pai pareceu satisfeito com o progresso das disciplinas do curso dela e, como sempre, mostrou-se muito orgulhoso da filha que tinha.

A despedida dos dois foi um pouco triste. De acordo com as regras do hospital para aquele tipo de situação, ela sabia que não teria permissão para vê-lo novamente dentro de um período menor do que dez dias.

— Como consegue não morrer de tédio aqui dentro?

— Trabalho. Cada vez aparecem mais enfermeiros e residentes precisando de aulas de reforço. Às vezes, chego a ministrar cinco aulas por dia.

— Fico contente que a próxima geração de curandeiros tenha a oportunidade de estudar com um professor tão bom.

— E eu fico contente de você estar caminhando na direção de um futuro promissor. Que a Fênix a acompanhe e proteja, minha filha.

Depois que Cariele foi embora, Baldier ficou um longo tempo olhando para o teto, pensativo.

— Parabéns, senhor Baldier, você tem uma linda filha – comentou a enfermeira quando entrou trazendo a bandeja com o almoço.

— Ela é um prodígio em várias áreas – disse ele, sem falsa modéstia. – Eu costumava pensar que ela tinha um futuro garantido, mas, ultimamente, estou tendo dificuldade em entender o que ela está pensando.

— Jovens são assim mesmo. Mudam objetivos como mudam de roupa. Ela tem namorado?

— Não que eu saiba.

— Então se prepare, porque quando ela arrumar um que valha a pena, aí sim, as coisas vão mudar para valer.

— Assim você acaba com a minha paz de espírito.

Ela sorriu.

— É bom estar preparado. E o que ela achou da alta condicional? Aposto que vai gostar de ter o pai só para ela por quanto tempo quiser.

Ele suspirou e desviou o olhar para a janela.

— Não pude contar a ela.

— Por que não?

— Ela está com algum tipo de problema, e parece sério. Sei que ela vai ficar preocupada ao saber que minha doença já chegou a esse ponto e não quero aumentar ainda mais o fardo dela agora. Vou aguardar até um momento mais adequado.

Já passava do meio-dia quando Daimar acordou, sentindo-se um pouco grogue. No entanto, depois de um banho ele já se sentia bem melhor. Saindo do quarto, ele desceu as escadas para encontrar o pai sentado na cabeceira da mesa, analisando um maço de papéis, com uma caneca fumegante à frente dele. Pelo cheiro, ele conseguiu identificar que se tratava de um chá de ervas, provavelmente feito com o conteúdo da lata azul da prateleira de cima do armário da cozinha.

Divertido, ele se deu conta de que nunca havia se interessado por chá antes, muito menos em xeretar o conteúdo daquelas latas multicoloridas, mas ele tinha certeza de que tinha chegado à conclusão correta. Identificar coisas como aquela estava se tornando relativamente comum ultimamente, mas ele nunca tinha imaginado que isso pudesse ser uma característica hereditária. Será que a *expansão de sentidos*, como o pai tinha chamado, iria trazer outras surpresas?

Bom, primeiro tinha que agradecer a Delinger por cuidar dele.

— Olha, não sei o que era aquele negócio que o senhor me fez respirar, mas fez efeito que é uma beleza. Estou me sentindo bem melhor, obrigado.

O pai lançou-lhe um olhar avaliativo.

— Você parece bem.

— Estou morto de fome. Acho que vou até a cozinha ver se tem algo que eu possa...

— Daimar?

— Sim?

— Sente-se um pouco. Preciso falar com você antes de sair.

Curioso, Daimar puxou uma cadeira e sentou-se ao lado do pai.

— Claro, pode falar.

— Eu preciso sair numa viagem para resolver um problema.

— Até aí, não vejo nenhuma novidade. O senhor está sempre viajando.

— Tenho muitas coisas para conversar com você. Coisas que você precisa saber. Infelizmente, meu tempo está acabando. Aqui, tome.

Daimar pegou o pequeno envelope de papel que o pai lhe estendeu.

— Se eu demorar a voltar, quero que vá até esse endereço. Esse homem poderá explicar tudo a você. Não abra isso em hipótese alguma, apenas entregue para ele.

Olhando do envelope para o pai, Daimar estreitou os olhos.

— O que está acontecendo? Tem algo a ver com essa história de *expansão de sentidos*?

Delinger suspirou.

— Sim.

— Entendo. Então as coisas não são tão simples como imaginei.

— Infelizmente, não. Eu gostaria de passar um tempo com você e esclarecer tudo, mas estou no meio de uma emergência e tem muitas pessoas dependendo de mim. – Delinger apontou para o envelope. – Se tiver algum problema vá conversar com ele.

— Tudo bem.

Delinger terminou de tomar seu chá e se levantou, mas pareceu lembrar-se de algo e voltou a encarar Daimar.

— Ah, tenho um recado para você. Um garoto da sua fraternidade, chamado Egil, parece estar com algum tipo de problema. Um mensageiro enviado por ele veio aqui há cerca de meia hora, solicitando sua ajuda. É para você encontrar com ele no alojamento da fraternidade assim que possível.

Desanimado, Daimar deixou a cabeça pender para trás, apoiando-a no encosto da cadeira alta, enquanto fechava os olhos.

— Droga. O que será que foi dessa vez?

Sendo o último dia de uma semana comum, pouquíssimas turmas tinham algum tipo de atividade, o que explicava o fato de a academia estar praticamente deserta. Até mesmo os alojamentos apresentavam movimento bem menor, uma vez que a maioria dos estudantes saía para passar o fim de semana com a família, ou, para aqueles que tinham parceiros, um interlúdio romântico na parte mais afastada e paradisíaca do Império que a mesada deles conseguisse pagar.

Claro que isso era um privilégio para poucos. A grande maioria dos estudantes não tinha condições nem mesmo para sair da cidade, o que dizer da província. Pergaminhos de transporte pelas *pontes de vento* tinham ficado particularmente caros, recentemente. *Esse é o nosso país*, pensava Daimar. *Você pode ir para qualquer lugar em um piscar de olhos, desde que consiga pagar por isso.*

Egil estava andando de um lado para o outro, segurando um cantil nas mãos do qual ele volta e meia tomava um gole. Vestia roupas velhas e gastas, provavelmente algum tipo de pijama, e tinha os cabelos negros desalinhados e a pele morena dele parecia estar um pouco mais pálida do que a de costume. Daimar parou na porta da sala de reuniões e ficou observando o amigo por algum tempo, franzindo o cenho, ao perceber que Egil não iria notar a presença dele tão cedo.

— O que há com você?

O outro se sobressaltou e deu um pulo para trás, derrubando o cantil, que rapidamente formou uma poça de água no chão.

— Que susto!

Com uma careta de desgosto, Daimar se adiantou, recolhendo o cantil do chão e o entregando ao amigo, antes de entrar por uma porta lateral e voltar, instantes depois, com um balde e um pano de limpeza, que tratou de usar para secar o chão.

E, durante todo esse tempo, Egil não fez nada além de olhá-lo com uma expressão de perplexidade e confusão.

— Não tem ninguém além de você aqui?

— Não. O pessoal convidou umas garotas... e foram todos para a cachoeirinha.

A uma distância de cerca de uma hora da cidade, um córrego serpenteava por uma região acidentada formando várias cachoeiras e pequenas lagoas. "Cachoeirinha" era o nome popular da queda d'água menor, que também era a mais próxima da cidade.

Daimar terminou o trabalho de limpeza e jogou o pano dentro do balde com força, antes de encarar o amigo.

— Certo. Agora vamos falar sério. O que está havendo? O que você andou tomando?

— Eu... Eu estou bem. Quem precisa de ajuda não sou eu. – Egil apontou para o corredor que levava aos quartos. – Se puder ver...

Subitamente, Daimar sentiu um cheiro familiar, que fez com que uma espécie de carga elétrica percorresse seu corpo inteiro. Não se surpreendeu quando ouviu o brado de Cariele Asmund vindo da porta aberta, às costas dele.

— Onde está Malena? – Ela irrompeu pela sala, com passos largos e decididos.

Daimar voltou-se para ela e teve o prazer de vê-la se encolher toda, arregalar os olhos e, ao menos por um momento, esquecer de toda a irritação que parecia estar sentindo quando entrou.

Em roupas casuais, ela, de alguma forma, conseguia ficar ainda mais bonita que no traje de noite. A túnica simples de cor branca tinha alguns babados nas mangas curtas e na bainha pouco abaixo da cintura. A calça em um tom marrom escuro era um pouco justa e de comprimento indefinido, uma vez que o cano das botas pretas em estilo militar chegava quase à altura dos joelhos. O decote um pouco mais pronunciado da túnica e a calça apertada davam à imagem dela um toque erótico bem difícil de ser ignorado. Ainda mais com aquela cascata de cabelos loiros amarrada com uma fita vermelha na nuca, mas que logo voltava a se espalhar pelas costas dela até a cintura, sem falar daqueles olhos azuis brilhantes, tomados pela surpresa.

Era ótimo para seu ego saber que era capaz de causar aquele efeito nela, uma vez que a reação que ela provocava nele não era muito diferente. No entanto ela não demorou mais que um piscar de olhos para se recuperar.

— Então você também está aqui. Cadê a Malena? O que fizeram com ela?

— Eu acabei de chegar, assim como você. – Daimar, virou-se para Egil, que continuava parado, com cara de bobo, e apontou com o dedão por cima do ombro na direção de Cariele. – Você chamou ela também? – Ao ver Egil assentir, Daimar balançou a cabeça desgostoso, antes de voltar a falar. – Malena é a moça que estava com você ontem, não é? Onde está ela?

Aparentemente incapaz de falar, Egil virou-se e tomou o caminho dos quartos. Daimar lançou um breve olhar a Cariele antes de ir atrás dele.

Estreitando os olhos e perguntando-se no que estava se metendo, Cariele seguiu os dois. Ela notou que Daimar Gretel estava usando um conjunto esportivo em um tom mostarda que parecia realçar ainda mais os olhos castanhos dele. Por alguma razão, o barão parecia ficar atraente não importa o que vestisse. E aqui estava ela de novo, babando pelo cara, nem cinco minutos depois de encontrá-lo pela segunda vez. Aquilo era um mau sinal.

O quarto de Egil era pequeno, mal cabia uma cama, um pequeno armário e uma arara com várias roupas penduradas. Deitada na cama, de bruços, Malena Ragenvaldi tinha o rosto voltado para a porta, exibindo uma espécie de sorriso torto.

Egil posicionou-se perto da cabeceira da cama, olhando para a namorada sem saber direito o que fazer.

— Ela... ela não acorda. Já tentei até... jogar água no rosto dela.

Daimar segurou o amigo pelo ombro.

— O que houve ontem à noite, Egil? O que vocês tomaram?

Cariele empurrou Daimar para o lado e se ajoelhou do lado da amiga, abrindo-lhe uma das pálpebras e franzindo ainda mais o cenho ao notar a pupila muito dilatada. Então ela também se virou para Egil.

— Dolaneodiproma! Vocês tomaram dolaneodiproma, não foi?

Os dois olharam para ela com expressão confusa. Aquele nome era vagamente familiar a Daimar, mas ele não conseguia lembrar onde o ouvira.

Ela suspirou, como se reunisse paciência.

— *Pó de estrela*!

Oh, aquilo, pensou Daimar. Aquele era o nome popular de uma substância alucinógena bastante perigosa, ilegal e, infelizmente, muito popular entre os jovens.

— Sim – admitiu Egil, engolindo em seco. – Só um pouco.

Cariele olhou para ele com expressão implacável.

— Quanto álcool vocês tomaram ontem à noite?

— Não sei dizer, mas acho que... exageramos um pouco.

— Seu tapado! – Daimar fulminou o amigo com o olhar, enquanto Cariele estava ocupada sentindo o pulso da colega de quarto. – Nunca te disseram que para usar esse negócio você precisa estar sóbrio? Essa porcaria já é perigosa por si só, potencializada por álcool então, nem se fala! Que tipo de bebida vocês tomaram?

— De... de tudo um pouco... eu acho. Cerveja... vinho... hidromel... umas três ou quatro de que eu não me lembro do nome...

— Resumindo, vocês resolveram provar de tudo que tinha no bar.

Cariele largou o pulso e começou a pressionar alguns pontos do rosto de Malena com cuidado, observando-lhe o tom da pele, enquanto dizia:

— Deixa eu adivinhar. Ela usou as velhas histórias de que "só se vive uma vez" ou "estamos na idade em que temos que aproveitar as coisas" ou "quando mal se der conta, já será um velho encarquilhado" e te convenceu a "ter uma noite inesquecível" com ela, não foi?

— Bem... – Egil estava muito vermelho, constrangido demais para conseguir concluir a resposta.

— Você parece conhecer bem sua amiga – comentou Daimar, levantando a sobrancelha.

— Ela é uma idiota – disse Cariele, examinando novamente os olhos de Malena. – Sofre de pressão alta, febre insular, tem sabe-se lá quantos tipos de alergia e ainda precisa tomar tônico quase todo dia. Mas não perde uma oportunidade de fazer besteiras como essa.

Egil ficou pálido. Daimar olhou para o amigo sem saber se sentia pena dele por ter sido manipulado ou raiva por ele ter sido tão estúpido. Não, na verdade, ele não tinha dúvidas: a estupidez tinha sido grande demais para esse infeliz merecer pena.

— Há quanto tempo ela está assim?

— Fomos dormir uma ou duas horas depois da meia noite, mas de manhã, eu acordei e ela, não. Ela tinha essa... expressão no rosto e quase não respirava... Quando já era perto do meio-dia eu tentei acordá-la e não consegui, então pedi para chamar vocês dois.

— E por que, ao invés disso, não chamou alguém para levar ela direto para o hospital?

— Eu... Não queria prejudicá-la... Quero dizer, dar entrada no hospital vai alertar o comitê...

— Ah, pela misericórdia! – Cariele encarou Daimar com uma expressão entre desgostosa e preocupada. – Me traga um cristal de luz contínua. Qualquer um serve! Nem que seja para quebrar o vidro de um poste lá de fora, mas seja rápido!

Considerando que ela parecia saber muito bem o que estava fazendo, Daimar não discutiu e saiu da sala, voltando momentos depois com dois cristais que ele removera de um dos lustres do refeitório. Ele entrou no quarto no momento em que Cariele terminava de virar a amiga na cama, deixando-a deitada de costas. Malena continuava com aquele sorriso torto, como se estivesse satisfeita consigo mesma por pregar uma peça em alguém. No entanto, com os olhos dela fechados, aquela expressão facial ficava com um aspecto macabro.

Cariele pegou um dos cristais das mãos de Daimar e, com movimentos rápidos, embrulhou-o em um lenço que ela tirou do bolso. Fechando os olhos, ela segurou o pequeno embrulho entre as duas mãos e fez alguns movimentos aparentemente aleatórios para cima e para baixo, enquanto resmungava alguma coisa ininteligível. Depois de algum tempo, ela abriu os olhos e encarou Daimar.

— Venha para frente e segure a cabeça dela. Bem firme. Isso não vai machucar, mas ela vai se debater um pouco.

— Vou precisar me proteger de algo?

— Não, isso não tem efeito em agentes que estejam em equilíbrio. Egil, vá buscar água. Se ela acordar, vai estar morta de sede.

O rapaz assentiu, parecendo muito confuso com aquilo tudo, enquanto saía pela porta.

Então Cariele desembrulhou o cristal, que agora tinha um aspecto completamente diferente. Parecia maior e emitia uma luz vermelho escura. Ela aproximou a pedra do rosto da moça, que estremeceu.

— Firme! Segure firme!

Ela então, levantou uma das pálpebras da amiga e aproximou o cristal do olho dela. A moça adormecida teve uma espécie de convulsão por um momento e involuntariamente tentou virar a cabeça para fugir da luz. Cariele e Daimar a seguraram o melhor que puderam para forçá-la a receber a energia avermelhada, primeiro num olho e depois no outro. Depois de muito trabalho para conseguirem conter os espasmos involuntários, Malena finalmente começou a relaxar e Cariele pôde ver as pupilas diminuindo de tamanho até voltarem ao normal. Então ela soltou a amiga e voltou a enrolar o cristal no tecido, guardando-o no bolso da calça.

Egil acabava de voltar e estava na porta, segurando uma jarra numa mão e uma caneca na outra.

— Ela está melhor?

Cariele voltou a se aproximar de Malena e tocou um ponto na testa dela com dois dedos.

— Malena! Malena? Pode me ouvir?

Bem devagar, a moça abriu os olhos e piscou diversas vezes.

— Cari? O que está fazendo aqui?

Egil suspirou, aliviado, enquanto Daimar observava a cena, fascinado pela presença de espírito e pelo óbvio conhecimento de cura daquela loira. Ela era uma caixinha de surpresas, volta e meia revelando uma faceta diferente de sua personalidade. Quantos segredos mais ela ainda guardava?

— Como se sente? – Cariele gentilmente virou o rosto da amiga de um lado para o outro enquanto a olhava atentamente.

— Estou um pouco tonta e minha cabeça... dói. Acho que... bebi um pouco demais. Estou com sede...

— Aqui – disse Egil, aproximando-se e oferecendo a caneca cheia de água, parecendo bem mais proativo agora que a namorada estava acordada.

— Obrigada – agradeceu Malena, com um sorriso, antes de ingerir todo o conteúdo da caneca em tempo recorde e voltar-se novamente para Cariele. – Você veio me buscar?

— Você andou tomando entorpecentes, sua doida?

Malena sorriu, sem graça, enquanto fazia um gesto para Egil pedindo mais água.

— Uma ou duas doses de pó não são nada.

Daimar arregalou os olhos.

— *Duas* doses?

Cariele, praticamente, gritou:

— Depois de tomar todo o álcool que tinha no bar?!

— Foi uma experiência e tanto – disse Malena, com uma careta, enquanto voltava a tomar água com avidez.

— Acho que o maior problema foi o álcool, não o pó – disse Cariele, olhando para Daimar. – Alguma das bebidas devia ter alguma impureza. A combinação causou um desequilíbrio que fez com que o corpo dela se desalinhasse do fluxo primordial.

Malena estava confusa.

— O que isso quer dizer?

— Quer dizer que você dormiu e não acordava mais.

— Acho melhor levar vocês dois ao hospital – declarou Daimar.

Egil protestou.

— Não!

— Não podemos ir lá! – Malena ainda fazia caretas devido à forte dor de cabeça. – Todos vão ficar sabendo o que fizemos. O comitê disciplinar vai nos punir!

— É melhor enfrentar uma punição com saúde do que ficar com tontura e dor de cabeça por sabe-se lá quanto tempo – interveio Cariele.

— Mas ela já está melhor agora, não está?

— Eu não fiz nada além de estabilizar o fluxo. Foi só uma espécie de primeiros socorros. Eu não tenho a mínima ideia de o quanto essa "aventura" danificou o corpo de vocês dois, seus idiotas. Não sou curandeira e nem tenho instrumentos adequados para fazer exames. Droga, e mesmo que tivesse, eu não tenho treinamento para usar essas coisas.

Egil olhou para Daimar.

— Por favor, cara! Não quero perder o semestre por causa de uma bobagem.

Daimar o encarou de volta, muito sério.

— Lembra do que eu disse aquele dia? Eu disse que, se quisessem aprontar, não me deixassem ficar sabendo. Isso valia para todo mundo, incluindo você.

— Achei que fosse meu amigo.

— Caso você não saiba, o conceito de amizade também envolve evitar que o outro faça idiotices, além de incentivá-lo a lidar com as consequências das bobagens que ele faz. Para o hospital, os dois. Agora!

Daimar nunca tomara uma decisão tão acertada na vida quanto a de levar aqueles dois cretinos para o hospital. Ambos precisaram ser internados, pois estavam com sérias complicações internas que precisavam ser tratadas antes que causassem danos permanentes. O curandeiro elogiou efusivamente a atitude de Cariele de fazer um tratamento energético de equilíbrio na amiga e chegou até a dizer que aquilo provavelmente havia salvado a vida dela.

Já era o fim da tarde quando a desintoxicação terminou e o casal foi colocado em um quarto isolado e monitorado para passar a noite. Daimar e Cariele, que permaneceram ao lado dos amigos por todo o tempo que puderam, estavam exaustos.

— Devo dizer que você foi incrível hoje – disse Daimar, abrindo a porta e fazendo sinal para que ela passasse primeiro.

Saindo do prédio bem a tempo de ver os últimos raios do sol poente colorindo as nuvens com diversos tons de roxo, ela perguntou, desanimada:

— Incrivelmente inepta?

— Você salvou uma vida.

Ela soltou uma risada sem humor, enquanto tomava o caminho da academia. Ele a seguiu por um bom tempo, em silêncio.

— Eu não consegui perceber a gravidade da situação dela! Eu... Eu não tinha ideia do que estava fazendo – admitiu, passando a mão pelos cabelos que, mesmo depois de tanta agitação, continuavam brilhantes e cheios de vida.

— Isso é bobagem!

— É sério. Eu nunca fiz nada assim antes. Fiquei só indo de um lado para o outro tentando imaginar o que alguém competente poderia fazer numa situação como essa.

— Você me pareceu bastante competente enquanto examinava ela.

— Depois de dez minutos eu não conseguia mais me lembrar de nenhuma medição que eu fazia.

— Mas você chegou a um diagnóstico e pensou num tratamento.

— Esse tratamento é para vítimas de paralisia, matéria do período passado, em que Malena bombou, diga-se de passagem.

— E por que você resolveu aplicá-lo?

— Porque ela não se mexia. E estava com pulso baixo. E os músculos do rosto estavam... daquele jeito. E porque a pele estava com pouca elasticidade. E também porque... se eu estivesse errada, a luz contínua pelo menos não iria causar mais danos. O cristal era pequeno demais para afetar alguém de forma negativa.

— Me parece que você tomou uma decisão bastante lógica e muito bem pensada.

— Você não entende! – Ela fechou os punhos e abaixou os braços com força. – Eu não faço esse tipo de coisa! Não saio por aí salvando amigos com problemas! Eu não me importo com ninguém além de mim! Não entendo o que está acontecendo comigo! Desde que conheci você, eu não consigo me reconhecer mais!

Ela parecia prestes a chorar. Daimar tratou de engolir a onda de sentimentos causados por aquela revelação dela.

— Escute, hoje foi um dia muito cansativo. Talvez o melhor seja esquecer esse assunto e descansar um pouco. Amanhã pode ser que você tenha uma perspectiva melhor sobre as coisas.

— Que a Fênix o permita! Não vejo a hora de tomar um longo banho, comer algo e ir para minha cama.

Daimar parou de repente e olhou para trás.

— O que foi? – Ela se virou também, mas não notou nada de estranho.

— Droga. Parece que nosso casal de "fãs" está vindo para cá.

Aquela parte da cidade era bastante tranquila, com casas modestas dividindo espaços com árvores e com crianças e cachorros correndo pelas ruas.

Cariele olhou na direção indicada por Daimar e viu duas figuras virando a esquina. O homem tinha cabelos e sobrancelha brancos e a mulher tinha pele e cabelos escuros. Por identificar duas pessoas àquela distância, o "olfato sensível" de Daimar realmente era impressionante.

O casal olhou na direção deles e começou a se aproximar, com passos decididos.

— Monitores – suspirou ela. – Tudo o que eu precisava para terminar bem o dia.

Instantes depois, o casal parou diante deles e Daimar os saudou, irônico.

— Ora, ora! Se não são nossos sanguessugas favoritos. A que devemos o desprazer deste encontro?

— Você não está nos prestando o merecido respeito. – A negra cruzou os braços, indignada.

— Passei o dia todo no hospital hoje, conforme vocês devem saber muito bem. Estou cansado e com muito pouca disposição para ser sociável. Ou razoável.

— Nesse caso, não precisa se preocupar – disse o albino. – Só viemos dar um recado a vocês.

— Sim, e decidimos vir pessoalmente porque, diferente de vocês, nós sabemos tratar os outros com educação – completou a monitora.

— Ah, me poupe! – Cariele revirou os olhos.

— Qual é o recado? – Daimar colocou as mãos na cintura, impaciente. – Desembuchem logo e nos deixem em paz.

O monitor albino abriu um irritante sorriso.

— Parece que vocês se meteram em mais uma confusão. E dessa vez envolvendo drogas ilícitas.

— Como assim? – Cariele apontou na direção do hospital. – Tudo o que fizemos foi trazer os dois para o curandeiro!

— Sabemos que vocês quatro saíram juntos ontem à noite – respondeu a monitora.

Daimar bufou.

— Vocês viram muito bem que não ficamos o tempo todo com eles. Vocês mesmos nos mandaram embora, não lembram?

— Isso não importa – retrucou o homem. – Vocês dois já se meteram em tantos problemas que a partir de agora qualquer insinuação de deslize é razão suficiente para aplicar uma punição.

Cariele estreitou os olhos.

— Como é que é? – Cariele apontou para Daimar. – Esse cara aqui se transferiu para cá há umas duas semanas. Não tem como ele estar com a ficha tão suja quanto a minha em tão pouco tempo!

Os monitores sorriram um para o outro.

— Pelo visto ele não te contou o quanto ele aprontava na academia anterior, não é? – A negra parecia muito satisfeita consigo mesma. – Ele era um estudante tão... peculiar, que não conseguiu anistia por nada durante a transferência. Posso garantir, querida, que perto da dele, a sua ficha parece a de uma aluna exemplar.

Daimar suspirou.

— Essa conversa vai chegar a algum lugar? Senão vou para casa.

— Então vamos ao que interessa – disse o albino. – Vocês dois vão cursar aulas complementares a partir da próxima semana.

— E como um favor a vocês, decidimos deixar que frequentem essas aulas na mesma turma – completou a mulher. – Animem-se. Vocês não terão mais tempo para farras noturnas e as aulas às vezes ocorrem até nos finais de semana, mas a boa notícia é que estarão juntinhos, do jeito que vocês parecem gostar tanto.

Capítulo 4:
Envolvimentos

— *Isso* é o tal mundo das pedras?

A voz da mulher saía abafada por causa da máscara de tecido xadrez embebida em vinagre que estava firmemente amarrada por um nó atrás da cabeça, ocultando quase todo seu rosto.

Delinger Gretel não viu sentido naquela pergunta e rapidamente a classificou como um comentário retórico, coisa que os humanos gostavam bastante de fazer. Isso era uma das poucas características do comportamento deles capaz de irritá-lo. Se ele estivesse num lugar desconhecido, hostil, com leis físicas diferentes do que estava acostumado e tendo que economizar cada respiração devido ao ar pesado e venenoso, a última coisa que pensaria em fazer era desperdiçar suas forças comentando o óbvio.

Não dava para ver nada além de pedras, literalmente, por todos os lados. De todos os tamanhos e formas imagináveis, desde pequenos pedregulhos até formações com vários quilômetros de diâmetro, todas flutuando no ar, a maioria estacionária, mas algumas se movendo lentamente de um lado para o outro.

Não havia sol ali. A iluminação do lugar também era gerada por pedras, cujo processo de ignição fora iniciado por algum mecanismo bizarro da física do lugar, transformando-as em algo similar aos cristais de luz contínua, muito utilizados no mundo dos humanos. Era possível ver pedras brilhantes por todos os lados, apesar de elas, obviamente, serem em número muito pequeno se comparadas a todos os tipos de rocha que vagavam por aquela imensidão.

A locomoção não era difícil, você podia facilmente pular de uma pedra para outra. A gravidade ali era criada pelas rochas individuais, então, se você saltasse longe o suficiente para ultrapassar a metade da distância até a rocha seguinte, ela iria atrair você e fazê-lo cair sobre ela. Se saltasse diretamente para cima e tivesse uma flutuando sobre você, estaria correndo o risco de ser atraído para ela e acabar caindo de cabeça.

A temperatura era amena, constante o tempo todo, exceto perto das pedras mais brilhantes, onde as coisas ficavam um pouco mais quentes. Uma brisa suave passava pelo local onde estavam, mas Delinger sabia que os ventos daquele lugar eram bastante instáveis e podiam se tornar um problema se subestimados.

Por incrível que pareça, existia bastante vida por ali. As rochas maiores, principalmente as que tinham formato circular, costumavam apresentar vegetação na superfície e até vida animal. Algumas delas chegavam a ser totalmente cobertas por florestas.

Para se chegar a qualquer lugar naquele labirinto tridimensional eram necessárias duas coisas. A primeira era ter algum tipo de aparato ou habilidade especial para saber se orientar. E a segunda era conhecer o caminho. Poderia levar anos para mapear uma trilha segura de poucos quilômetros.

Delinger conseguia se orientar muito bem pelo olfato, uma vez que o fedor do lugar para onde deviam ir era tão forte e desagradável que podia ser sentido por várias dezenas de quilômetros. Assim, assumiu a dianteira, fazendo sinal para que os outros dois o seguissem.

Ele podia muito bem dar conta daquela missão sozinho, tinha certeza disso. Mas a engenhosidade dos humanos já o surpreendera por tantas vezes que ele sabia que não devia recusar uma oferta de ajuda como aquela. Com outros de sua raça Delinger sabia lidar, estava preparado para eles. Também não tinha problema em se virar naquela dimensão artificial; já viera tanto ali que era quase um segundo lar para ele. Sua preocupação era com o imprevisto, o desconhecido. Era impossível se precaver contra todas as variáveis envolvidas numa situação como aquela. E, por causa disso, ter aliados com mente aberta e adaptável poderia fazer toda a diferença.

Os companheiros o seguiram sem dizer nada, movendo-se silenciosamente sobre a superfície da rocha alaranjada sobre a qual estavam.

A mulher se chamava Cristalin Oglave, mas gostava de ser chamada pelos apelidos "Cristal", "Crista" ou "Cris". Quanto maior o nível de intimidade que se tivesse com ela, menor era o diminutivo pelo qual você tinha a honra de poder chamá-la. Quem acabava de conhecê-la era relegado a usar os títulos "oficial" ou "tenente". Por alguma razão, ela considerava que Delinger estava no nível máximo de intimidade com ela, podendo não só chamá-la do que quisesse, mas também reivindicar diversos outros privilégios. Ele não tinha muito interesse em estabelecer vínculos com ninguém no momento, mas tinha que admitir que ela era bastante tentadora. Na casa dos 40 anos, mas com o corpo muito forte e bem cuidado graças à rotina de treinamento militar, ela tinha a pele escurecida por anos e anos de trabalho ao ar livre, cabelos negros e sedosos, que mantinha muito curtos para não prejudicar seus movimentos, e olhos inteligentes, de um castanho bem escuro. Ela vestia um traje curioso, composto por uma camisa sem colarinho nem mangas, aliás, as mangas pareciam ter sido arrancadas, sabe-se lá se de propósito ou não. Usava também uma calça cortada pouco acima dos joelhos e um par de botas militares bastante gasto. O decote da camisa dela era profundo o suficiente para deixar antever a faixa de tecido com a qual ela envolvia os seios com várias voltas.

A característica mais interessante de Cristalin, no entanto, não era a aparência, mas suas habilidades de combate. Quando necessário, ela podia ser extremamente rápida e mortal. Ela levava uma pequena mochila nas costas, que Delinger sabia não conter apenas rações de emergência, pois ela nunca saía em missão sem carregar consigo diversos tipos de arma.

O outro homem era chamado Edizar, e era um daqueles que se orgulhava de ser chamado de "sábio". Com quase 50 anos, devia ter, no mínimo, uns 30 de experiência dando aulas nas academias de Mesembria. Tinha pele pálida, cabelos castanhos curtos, desgrenhados e um pouco oleosos. Os olhos verdes eram um pouco pequenos demais para seu rosto, que no momento estava parcialmente coberto por uma máscara de tecido igual à de Cristalin. Usava trajes comuns às pessoas de sua profissão: manto longo de um tom marrom escuro e um chapéu pontudo da mesma cor, que ele provavelmente usava para evitar se queimar ao sair no sol. Era um profundo conhecedor de física e possuía grande afinidade energética, sendo capaz de conjurar efeitos místicos bastante poderosos. Carregava um bastão velho e retorcido que parecia mais com um emaranhado de cipós, mas que Delinger sabia ser muito poderoso nas mãos certas.

Dos três, Delinger era o que parecia mais desleixado, pois usava um de seus trajes de montaria mais velhos, que era bastante gasto e apresentava furos em diversas partes devido ao excesso de uso. Ele sabia que as chances de ter suas roupas completamente destruídas durante aquela missão eram bem grandes, por isso, nem valia a pena se preocupar com aparência.

— Estamos muito longe? – Edizar olhava ao redor, parecendo fascinado.

— Infelizmente, sim – respondeu Delinger. – O portal nos trouxe para uma região isolada das ilhas principais. Teremos que dar várias voltas e isso vai demorar um pouco. Lembrem-se de racionar a água. Duvido que algo daqui seja adequado ao consumo de vocês.

— Nem precisa falar duas vezes – comentou Cristalin, olhando para um buraco no chão ali perto, que estava cheio de um líquido viscoso e esverdeado de aspecto nojento. Para completar a cena, alguma coisa ainda parecia estar nadando no meio daquela gosma.

Depois de várias horas saltando de pedra em pedra, finalmente chegaram ao destino: uma rocha negra gigantesca coberta por todos os lados pelo que parecia ser uma floresta de árvores mortas. Numa determinada região, podia ser avistada uma clareira e uma espécie de altar feito com pedras polidas.

O cheiro ali era forte demais, obrigando Delinger a proteger o nariz e a boca com um pano, da mesma forma que os outros dois. Eles tinham muita sorte por seus sentidos não serem capazes de captar aquele odor.

Aproximaram-se com cuidado, atentos aos arredores, mas ali não parecia haver nenhuma alma viva a quilômetros. A única coisa que se ouvia era o uivar do vento soprando sobre as pedras que flutuavam acima deles.

Delinger parou diante do altar e olhou para Edizar. Se o homem realmente era tudo o que disseram dele, saberia o que fazer.

Encostando a ponta do curioso bastão no chão, o sábio encostou nele seu antebraço direito e fez alguns movimentos com o pulso.

— Tem bastante energia armazenada aqui – concluiu Edizar, olhando para Delinger. – Suficiente para exceder minhas escalas. Mas não há nenhum catalisador, e duvido que os materiais deste lugar possam reagir a essa frequência. Isso é um ponto de extração de energia, e construído por alguém do nosso mundo, ou que, pelo menos, usa uma faixa energética similar à nossa.

— Imagino que isso signifique "alvo confirmado" – disse Cristalin. – Como destruímos esse negócio?

— Não creio que seja possível – respondeu Delinger.

— Talvez até seja, mas está fora de cogitação. Seria perigoso demais. Tem tanta energia acumulada aqui que nem consigo medir – comentou Edizar. – Mas dá para selar.

— Selos não são permanentes – disse Delinger, balançando a cabeça. – Precisamos dispersar o fluxo.

— Dispersar? – Edizar fez uma careta, perplexo. – Como?

Delinger conhecia mais de uma forma de fazer aquilo, mas tratava-se de habilidades naturais de seu povo e que os humanos não tinham. Ele pesava suas opções quando seus pensamentos foram interrompidos por uma súbita vibração no ar, captada por seus sentidos especiais.

— Tarde demais! Estão aqui. – Delinger arrancou o tecido que tinha amarrado sobre o nariz e a boca, fazendo uma careta por causa do cheiro forte. – Vou distraí-los. Vocês dois, achem uma forma de inutilizar esse altar. Ou fazemos isso, ou morremos tentando.

Cristalin se adiantou.

— Eu vou com você!

— Esqueça! Sua missão é proteger a ele – disse Delinger apontando para o sábio. – Vocês dois vieram aqui por uma razão, com a qual ainda não sei se concordo. Provem que eu estou errado.

Dito isso, Delinger se afastou, correndo numa velocidade inacreditável e executando um absurdo salto de mais de cinco metros de altura, girando no ar de forma a cair em pé sobre a rocha maior acima deles. Em seguida, continuou correndo até sumir de vista.

— Que bom ser valorizado – ironizou Edizar.

— Se ele não acreditasse em nós, não estaríamos aqui – respondeu ela, encarando o altar. – E agora, como faremos isso?

— Não sei como dispersar essa coisa. Mas conheço um tipo de selo que pode extrair energia da fonte e dissipar pelo ambiente com o passar do tempo.

— E levaria quanto tempo para dissipar tudo?

— Com essa quantidade de energia e os materiais que tenho comigo? Provavelmente uns 234 mil e 500 anos.

Cristalin olhou para cima e ouviu estanhos rugidos e sons de pedras se partindo.

— E como podemos reduzir esse tempo para menos de meia hora?

— Precisaríamos gerar vibrações harmônicas de Moriak para estabilizar um catalisador. Depois teríamos que energizar um médium, mas dá para fazer isso direto da fonte com o catalisador funcionando. O médium precisaria ser envolvido por proteções de Rochald... Não, Adelamont seria melhor. E então seria só invocar um selo épico. Mas não tenho como gerar as vibrações e nem...

— Que tal usar bastões de madeira envolvidos com antigliterase?

Edizar olhou para ela, surpreso.

— Para as vibrações harmônicas, você diz? Pode funcionar. Mas onde vamos encontrar isso?

— Deixa comigo!

Ela então saiu correndo na direção do buraco cheio de gosma verde mais próximo do qual se lembrava.

Vinte e sete minutos depois, Delinger retornou. Estava coberto de sangue e tinha as roupas todas rasgadas, apesar de não parecer ferido. Cristalin e Edizar apenas lançaram um rápido olhar a ele antes de voltarem a se concentrar no que estavam fazendo.

Sobre o altar havia uma flutuação energética formando um estranho caractere, como se alguém tivesse desenhado no ar com tinta dourada. Os dois humanos estavam fincando estacas de metal no chão, formando um semicírculo diante do altar. Para isso usavam porretes de madeira, que já estavam bastante danificados, o que fazia Delinger concluir que estavam envolvidos naquela atividade já havia um bom tempo.

Sem falar nada, ele se moveu silenciosamente até a mochila de Cristalin que estava no chão em um canto e tirou dela um cantil. Então, com um gemido de dor, ele se sentou com as costas apoiadas em uma rocha e tomou um abençoado gole de água enquanto observava o trabalho dos humanos.

Depois de fincarem as últimas estacas, eles se afastaram vários passos antes de Edizar pegar seu cajado, que estava todo melecado com alguma substância azulada, e erguê-lo no ar, balançando-o algumas vezes. Imediatamente, colunas de energia quase transparente surgiram de cada uma das estacas, elevando-se a vários metros de altura. Então, o caractere dourado que pairava no ar brilhou um pouco mais e do altar brotou uma forte rajada do que parecia uma fumaça amarelada, que atingiu as colunas de energia e espalhou-se por todas as direções, dissipando-se aos poucos. No fim, as colunas de energia desapareceram e as estacas de metal tinham sido todas misteriosamente arrancadas do chão pedregoso, e estavam espalhadas por todo o lugar.

Recolhendo as estacas e as guardando dentro de um objeto pequeno, que deveria ser uma bolsa de *fundo infinito*, Cristalin perguntou:

— Terminamos?

Edizar encostou o bastão no chão e apoiou o antebraço nele, ignorando a gosma azul, enquanto fazia os gestos necessários para medir o fluxo de energia do altar.

— Sim – respondeu ele. – Ainda tem muita energia lá, mas a escala é exponencial decrescente e já passamos muito do ponto médio. Daqui para frente precisaremos de um número absurdamente maior de tentativas de cada vez para conseguir o mesmo efeito. Em alguns dias, a runa dará conta do resto, se ninguém quebrar o selo antes.

— Bom trabalho – disse Delinger, tapando o cantil e deixando-o de lado. – Nem vou perguntar como conseguiram erradicar a energia dessa coisa, mas bom trabalho!

— Obrigado – respondeu Edizar, tentando inutilmente limpar a gosma de sua manga.

Cristalin lançou um olhar crítico a Delinger.

— O que houve com você? Está ferido?

— Só no orgulho – respondeu ele, fechando os olhos por um instante.

Espero que esteja feliz onde quer que esteja, Norel, e que me perdoe por eu ter gastado todo o restante da essência que me concedeu dessa forma.

— Você parece acabado – comentou Edizar.

Delinger apenas soltou mais um suspiro cansado.

— Esse é o momento em que você deveria dizer algo como "É porque você não viu o outro cara" – disse Cristalin, lançando um olhar zombeteiro para Delinger.

Aquele comentário lhe soou extremamente mórbido, considerando que ele acabara de abreviar a existência de vários membros de sua tribo, e da forma mais violenta, mais extrema, que ele jamais imaginara a si próprio empregando. Mas não havia tempo e nem necessidade de discutir esse assunto.

— Vamos embora – disse ele, levantando-se com dificuldade. – Mais deles podem aparecer a qualquer momento.

Cristalin observou o semblante fechado dele por um instante antes de voltar ao trabalho de juntar suas coisas.

— Quanto antes, melhor.

— Vamos voltar por ali – disse Delinger, tomando a dianteira.

Enquanto saltavam de rocha em rocha, Cristalin perguntou:

— Então quer dizer que salvamos o mundo?

— Não, mas eu diria que evitamos que Lassam fosse varrida do mapa – respondeu Delinger. – Pelo menos pelas próximas semanas. Não sei exatamente o que fariam com toda essa energia, mas a julgar pelas ameaças deles, seria algo bastante destrutivo.

— Esses seus conterrâneos possuem recursos perigosos – comentou Edizar.

— Sim – concordou Delinger. – E é por isso que vamos tirá-los deles.

Cariele Asmund tinha saído com uma quantidade considerável de homens nos últimos dois anos. E, de certa forma, aquilo fora divertido e gratificante, além de muito educativo. No entanto ela não se lembrava de nenhuma vez em que realmente tenha se sentido atraída por alguém *antes* do encontro. Ela sempre encarara sua vida amorosa como uma espécie de treinamento, necessário para saber satisfazer o cara ideal quando o encontrasse. Ela descobrira que boa parte dos homens, principalmente os que se encaixavam na maioria de seus requisitos, tinha o ego bastante sensível e por isso tinham tendência a ficar muito satisfeitos ao conseguir satisfazer sua parceira. Então, ao invés de simplesmente deixar o homem fazer o que quisesse com ela, ou de fazer o que ele desejasse, ela adotou a estratégia de sempre encontrar formas para que ambos pudessem relaxar e se divertir. Com isso acabara ganhando alguns bons amigos do sexo masculino. E também um número considerável de antagonistas, de ambos os sexos.

Mas o que a estava preocupando era o fato de, pela primeira vez, estar tentada a sair com alguém apenas porque queria. O barão da Alvorada nem mesmo se enquadrava em seus requisitos. Quer dizer, ele até que era rico, bem--apessoado, inteligente, forte, tinha bom senso, sabia lutar e... Oh, droga! Em qual requisito ele não se encaixava mesmo? Ela tinha certeza de que existia uma meia dúzia de bons motivos para ficar longe dele, mas no momento não conseguia pensar em nenhum.

O mais enervante é que ela tinha um encontro marcado para hoje. E era com um dos melhores "candidatos" que ela tinha encontrado. O cara era gentil, amigável, divertido e... entediante. Droga de novo! Ela nunca nem pensara em usar qualquer coisa similar a "tédio" para descrever esse rapaz antes, mas agora o pensamento lhe vinha à mente automaticamente, como se seus padrões tivessem subitamente aumentado para um patamar absurdo.

Furiosa consigo mesma, Cariele terminou de enrolar uma toalha nos cabelos, envolveu o corpo com outra e deixou o banheiro do alojamento, andando descalça pelo corredor, cumprimentando com um sorriso duas garotas que passaram por ela. As duas a ignoraram, como sempre, mas isso não a afetava mais. Arrumara tanta briga por causa de suas paqueras que hoje em dia era desprezada por quase todas daquela fraternidade. De vez em quando ela se sentia um pouco solitária por causa disso, mas então se lembrava de que estava quase atingindo seu objetivo e que logo nada daquilo iria mais importar.

Entrando no quarto, que parecia mais vazio do que nunca uma vez que Malena ficaria internada por mais alguns dias, ela fechou a porta e se aproximou do grande espelho na parede, olhando-se criticamente. Ela parecia saudável, mantivera o peso, sua pele estava perfeita, os cabelos também. Enfim, por fora parecia tudo igual, mas por dentro ela sentia que estava uma bagunça total. Então, suspirando, ela desenrolou os cabelos com cuidado e pegou o primeiro recipiente de uma porta de seu armário, preparando-se para o tedioso e quase diário ritual de tratamento para manter aquela cabeleira apresentável.

Então voltou a olhar no espelho enquanto passava a mão por entre os cachos. E parou, petrificada, ao perceber que uma das vibrantes mechas simplesmente se soltou, escorregou por sua mão e caiu no chão, formando um pequeno monte prateado ao lado de seus pés.

◆ ◆ ◆

Daimar passou o primeiro dia da semana em casa, trabalhando em seu projeto particular. Ou, pelo menos, tentando. O pai tinha lhe entregado aquele maldito envelope, gerando mil e uma dúvidas na cabeça dele. Egil e Malena continuavam internados, em observação; aparentemente, algo estragado tinha caído no barril de cerveja do bar, e essa... mistura tinha reagido com a *dolaneodiproma* e causado um quadro crônico de intoxicação. Se fosse apenas um caso de *sobredose*, eles já estariam em casa agora. Cariele tinha feito um diagnóstico absolutamente perfeito.

Cariele.

Ela era a principal causa de sua dificuldade de concentração. O perfume dela continuava com ele o tempo todo. Aparentemente, ele tinha conseguido superar o problema de insônia, pois dormira muito bem na noite anterior, mas a presença dela era uma constante em seus sentidos e pensamentos.

Depois de algumas perguntas a membros da fraternidade, ele descobrira que ela era muito mais popular do que ele imaginara. Entre os estudantes mais ricos e mais promissores da academia, ela parecia já ter namorado todos. A garota era uma contradição ambulante. Parecia que, a cada vez que a encontrava, descobria coisas que o fazia mudar a concepção que tinha dela. E nada do que ele vira até então parecia combinar com aquela história de ela estar caçando um marido rico. Mas ela mesma não desmentira aquilo, então devia ser verdade.

Ele tinha que parar de pensar naquilo, pois sabia que não levava a nada, mas não conseguia impedir que seus pensamentos se voltassem na direção dela com uma frequência irritante.

De repente, algo na brisa vinda através da janela chamou sua atenção e ele estacou, tentando farejar melhor. Então, estreitando os olhos, deixou a pena de escrever de lado, levantou-se e saiu do quarto, descendo as escadas devagar e com cuidado.

O homem estava vestido com trajes amarrotados e usava um chapéu velho, de tecido, enfiado na cabeça a ponto de quase ocultar os olhos. Estava sentado em um banco do outro lado da rua, a uns 60 metros à direita. Dava mordidas ocasionais em um pedaço de carne seca, que ele mastigava um pouco e depois forçava garganta abaixo com goles de rum, que ele tomava direto do gargalo da garrafa. Parecia um mendigo.

Daimar apareceu do lado dele de repente, fazendo com que o homem tivesse um sobressalto, derrubando a garrafa com o resto da bebida no chão.

— O que está fazendo aqui?

Ao ouvir aquilo, o homem limpou a boca com a manga e levantou a cabeça para ele, revelando a pele albina e as sobrancelhas brancas.

— E o que isso lhe interessa?

— Você não tem o direito de me seguir fora da academia.

— E por que acha que estou te seguindo?

— E o que faz aqui, bem diante da porta da minha casa? E vestido desse jeito?

O monitor suspirou, levantando-se e recolhendo a garrafa.

— Certo, já que pareço estar incomodando, vou procurar outro lugar para fazer meu lanche. A propósito, você está com ótima aparência hoje. Que bom que não está mais perdendo o sono por causa de rabos de saia.

Dizendo isso, o homem saiu andando como se nada tivesse acontecido, tomando o último gole da garrafa e a arremessando dentro de um barril de lixo.

Daimar cerrou os punhos com força, mas permaneceu no lugar, observando o outro até que sumisse de vista.

Que raios significa isso? Como foi que ele ficou sabendo que tive problemas para dormir? O que está acontecendo aqui?!

♦ ♦ ♦

A julgar pelas sombras no teto e paredes do quarto, o sol já estava se pondo. Cariele estava encolhida na cama, onde passara as últimas horas, quando, finalmente, ouviu uma batida na porta.

— Quem é? – Quase não reconhecia aquela voz hesitante como a sua própria.

— Sou eu, menina! Abra logo essa porta, que coisa!

Reconhecendo a voz de Hadara, Cariele tratou de pular da cama e correu para destrancar a porta, antes de escancará-la, agarrar a velha senhora pelo pulso e puxá-la para dentro do quarto, trancando novamente a porta em seguida.

— Você está enlouquecendo, por acaso? O que deu em você?

Hadara era uma curandeira aposentada, que havia cuidado da família Asmund desde muito antes de Cariele ser concebida. Tratava-se de uma mulher no final da casa dos 40, com a pele branca levemente enrugada e marcada ocasionalmente por uma ou outra sarda. Tinha olhos castanhos inteligentes e cabelos castanhos encaracolados, que chegavam até os ombros. Usava um vestido azul simples, com mangas curtas e saia rodada longa de cor azul escura já um pouco desbotado devido ao longo tempo de uso. Trazia uma pequena maleta de couro em uma das mãos, na qual normalmente carregava seus apetrechos e produtos de cura. Era uma das pouquíssimas pessoas que sabia a verdade sobre a aparência de Cariele e, nesse momento, a única em quem ela podia confiar.

Aflita, Cariele apontou um dedo hesitante para o pequeno monte de cabelo no chão.

— Olha aquilo!

— De onde saiu isso? – Hadara abaixou-se e pegou alguns fios, apertando-os entre os dedos. De repente, encarou Cariele, de olhos arregalados. – Não me diga que...

Cariele virou a cabeça de leve e levantou algumas mexas, deixando visível uma pequena região do couro cabeludo que estava limpa e lisa, como se fosse uma clareira em uma floresta.

— Oh, querida! – Hadara largou o cabelo no chão e puxou Cariele para si, num abraço apertado. – Estou certa de que há uma explicação. Não precisa assumir o pior. Isso não vai fazer bem a você e nem a ninguém!

— Papai contou a você sobre os outros sintomas, não contou?

— Sim, sim, mas mesmo assim não podemos assumir nada antes de fazer alguns testes. Você tem que ir a um hospital.

— Não!

— Cariele!

— Não, tia! Não quero ir. Muita gente lá me conhece. Se a notícia disso se espalhar vou perder tudo o que consegui nesses últimos anos. Você não pode me pedir isso!

— Você estudou sobre isso, não estudou? Você sabe o que está em jogo aqui. Tenho certeza de que esses sintomas não são nada com o que se preocupar, mas você precisa ter a melhor assistência possível.

— Por favor, tia!

Não passou despercebida a Cariele a ironia da situação, pois no dia anterior uma amiga tinha lhe feito exatamente a mesma súplica e ela a ignorara completamente. E o fato de ela ter levado a amiga ao hospital à força salvara a vida dela. Mas, no momento, o medo e a frustração que sentia eram grandes demais para lhe permitir pensar com clareza.

Hadara suspirou.

— Tudo bem, que tal fazermos um acordo? Eu faço todos os exames que conseguir e, se realmente não tiver nenhum sintoma grave, que é o que eu acho que vai acontecer, fazemos do seu jeito. Mas se eu encontrar qualquer leitura problemática, suspeita ou que eu não saiba interpretar, você vai direto para o hospital, sem reclamar. Pode ser?

Cariele acenou afirmativamente com a cabeça, aliviada.

— Ótimo. Agora, sente-se na cama. Ah! E antes que eu me esqueça, tome. – Hadara tirou um envelope de um bolso do vestido e estendeu para ela. – Uma moça mal-humorada pediu que eu entregasse a você.

Cariele pegou o envelope, curiosa, tirando de dentro dele uma carta escrita à mão que ela começou a ler enquanto Hadara colocava a maleta em cima da cama e a abria, imaginando por onde começaria os exames. Quando finalmente se decidiu por uma varinha de ponta brilhante, percebeu que Cariele tinha ficado muito quieta de repente e olhou para ela, ficando preocupada ao ver que a moça estava muito pálida.

— O que houve?

— Estou sendo expulsa. Estão me expulsando da fraternidade!

— Mas isso é um absurdo! Qual é a razão?

— Diz aqui que eu me envolvi com uso de entorpecentes!

— Oh! Pela Deusa!

Agora, lágrimas escorriam pelo rosto de Cariele.

— E tudo porque eu ajudei uma amiga! O que elas queriam que eu fizesse? Que deixasse ela lá para morrer?! Aquelas malditas, meleiquentas, miseráveis! Elas nem fazem ideia de quantas vezes eu salvei o traseiro de todas elas!

Hadara voltou a abraçar Cariele.

— Calma, minha filha! Calma!

— Você não conhece essas vadias! Elas adoram aumentar histórias! Vão inventar um monte de coisa, vão fazer de tudo para acabar comigo, e por pura diversão!

— Nesse caso, é uma boa coisa você se desassociar delas, não? Qual a razão para permanecer num lugar onde não te respeitam?

— Não sei, tia, eu não sei mais!

No dia seguinte, quando um funcionário de cara sonolenta chegou para abrir a porta da sala da equipe de supervisão da academia, topou com Daimar, aguardando impacientemente do lado de fora. O homem o cumprimentou com um "bom dia" desanimado e destrancou a porta, entrando e escancarando as janelas antes de se sentar atrás de uma mesa e lançar um olhar desanimado ao garoto, que também havia entrado e parado no meio da sala, de onde o encarava.

— Qual o problema, barão?

O título de "barão" não tinha valor em nenhum outro lugar além da fraternidade, mas as pessoas, por alguma razão, gostavam de chamá-lo daquela forma. Talvez fosse apenas para mostrar que sabiam quem ele era.

— Quero fazer uma queixa contra um dos monitores.

O supervisor levou a mão à testa e a massageou por um instante, antes de sacudir a cabeça, aparentemente tentando afugentar o sono.

— E qual é a queixa?

— Ele anda me seguindo pela cidade, fora dos limites da academia.

— E por que ele faria isso?

— É o que eu gostaria de saber. A propósito, não vai me perguntar de qual monitor estou falando?

— Não. Eu sei quem é.

Daimar estreitou os olhos.

— É mesmo?

— Sim. Vou ser bem claro com você, filho. Tem muitos figurões preocupados com você.

— Mas por quê? O que eu fiz para atrair tanta atenção?

— Não estou autorizado a dizer.

— Isso é algum tipo de brincadeira?

— Não, garoto. – O homem o encarou. – Posso garantir a você que isso é muito sério. Faça um favor a si mesmo e finja que não tem uma sombra seguindo você. Vai ser melhor para todo mundo.

Daimar bufou e virou-se, saindo intempestivamente pela porta.

Por que seu pai tinha que ter saído de viagem logo agora? Bem, de qualquer forma, ele tinha certeza de que, quando voltasse, não ficaria nada satisfeito por estarem tratando o filho dele dessa forma.

Depois de um dia cansativo, com muitas aulas teóricas e práticas, principalmente de matemática, Daimar não estava se sentindo particularmente sociável. O fato de ter que encarar sabe-se lá quantas horas a mais de aulas complementares não ajudava a melhorar seu humor.

Durante o dia ele chegara a fantasiar algumas vezes como seria ter aulas na mesma turma que Cariele, de estudar junto com ela, de serem colegas, mas depois se lembrou de que aquele albino infeliz só começou a segui-lo daquela forma depois que Daimar a conhecera. E, pelo que pudera perceber, ela também tinha uma monitora a vigiando o tempo todo, então era bem provável que ela fosse o foco daquele problema.

Daimar não conseguia entendê-la, não fazia ideia do que pensar sobre ela. Mas isso, infelizmente, não era suficiente para impedir seu coração de se acelerar estupidamente ao senti-la se aproximar, como naquele momento.

No corredor, a dezenas de metros de distância, Agneta observava a aproximação de Cariele, com sua usual animação.

— Cari! Adorei o visual. Nunca tinha visto você cobrir a cabeça antes! – Agneta sacudia a cabeça enfaticamente em aprovação ao lenço branco com estampa floral que Cariele tinha amarrado em forma de faixa, deixando apenas a franja e a parte de trás da cabeça descobertas.

— Oi, Gê – Cariele cumprimentou a amiga, sem muito entusiasmo, enquanto continuava caminhando devagar na direção da sala onde teriam a primeira aula complementar da semana. Pela primeira vez, ela sentiu-se feliz por sua amiga ser tão relapsa nos estudos. Já que seria forçada a ter aulas que não precisava, ao menos não ficaria sozinha em meio aos seus novos colegas, que ela sabia serem compostos em boa parte por preguiçosos e delinquentes.

75

— Uau, você parece péssima, amiga! Que baixo astral é esse? O que está rolando?

— Estou pensando para onde eu vou agora. As *hortênsias* não me querem mais.

— Como é? As vadias da sua fraternidade estão te chutando?

— Sim.

— Que barraco! Mas por quê? Andou batendo boca com elas de novo?

Cariele olhou para a amiga com expressão irônica.

— Vai dizer que você não ouviu nada sobre o que aconteceu no fim de semana?

— Quer dizer, o fato de você ter me passado a perna e conseguido um encontro com o meu príncipe antes de mim? Sim, eu fiquei sabendo, sua traidora!

Meio contra a vontade, Cariele acabou rindo.

— Me disseram que vocês fizeram uma festinha e tanto e que rolou de tudo, e que o outro casal foi parar no hospital. Achei essa história estranha, quer dizer, você fazendo festinha já virou tradição, mas a parte do pó de estrela me pareceu forçada. Espera aí! Vai dizer que aquelas hienas estão te chutando por causa de um boato infundado?

Cariele suspirou, aliviada e feliz por ter a confiança incondicional da amiga.

— Ao que parece, sim.

— Que vadias! Quer saber? Acho que isso é a melhor coisa que te aconteceu! Se agem desse jeito é porque não são suas amigas de verdade. Você merece coisa muito melhor! – Agneta fez um biquinho, que, na opinião de Cariele, era muito fofo.

— Eu te amo, Gê. Já te disse isso?

— Sim, mas pode repetir à vontade, não me importo. Ah! Tive uma ideia! Vem cá, vem cá! – Muito excitada de repente, Agneta puxou Cariele para um caminho que levava a um jardim, um pouco afastado do corredor principal.

Cariele riu de novo enquanto era arrastada pelo braço.

— O que é isso, sua maluca? Está me sequestrando por quê?

— Psiu! Fale baixo! Escute, você realmente saiu com o príncipe?

— Você quer dizer o barão? Não acho que aquilo possa contar como um encontro. No final, tivemos uma briga e quase acabamos saindo no tapa.

Bem, tinha sido um pouco mais violento do que aquilo, mas Agneta não precisa saber, precisa?

— Melhor ainda. Quer dizer que você causou uma impressão forte nele.

— Sim, uma impressão *fortemente negativa*.

— Detalhes, detalhes. Escuta, tive uma ideia que pode resolver o seu problema e ainda me aproximar do meu príncipe. Ah, eu sou um gênio!

— Agneta, o que você...

— Não! Psiu! Fale baixo! Que tal eu e você entrarmos para a fraternidade Alvorada?

— Quê? Do que está falando? A Alvorada é uma república masculina!

— Sim, mas o barão tem poder para mudar isso, não tem?

— Eu sei lá! Que conversa é essa, Agneta?

— Pense bem! Todo mundo está comentando sobre um suposto caso entre vocês dois. Se acharem que as coisas entre vocês são sérias, logo vão perder o interesse. E pronto! Você tem uma fraternidade nova, cheia de ricaços dando sopa, eu saio da minha e vou com você para fazer companhia e ainda de bônus fico coladinha no meu príncipe.

— Isso é ridículo! E acha que ele vai querer enfrentar a burocracia de mudar as regras da fraternidade apenas para aceitar nós duas como membros?

— É mesmo, não é? E se convidarmos mais algumas amigas para irem conosco?

— Gê, eu acho é que essa ideia já está indo longe demais...

— Deixa comigo, deixa comigo! E quanto à sua colega de quarto? O queridinho dela é da Alvorada também, não é?

— Os dois ainda estão no hospital. Acho que saem de lá amanhã.

— Ela estava envolvida nessa história de pó de estrela, não estava? Acha que as hortênsias vão encrencar com ela também?

— Não sei – respondeu Cariele, pensativa. Estava tão preocupada com os próprios problemas que nem considerara a possibilidade de a amiga ser expulsa, assim como ela. – Talvez.

— Certo, amanhã você fala com ela e a convida para vir com a gente. Eu vou falar com mais algumas amigas nossas. Acho que podemos juntar um bom grupo, só com garotas do nosso nível. Vai ver só, o barão não vai ter como nos recusar!

Minutos depois, Cariele entrou na sala, ainda atordoada com o mais recente plano maluco de Agneta. Era óbvio que aquilo não ia dar em nada, mas tudo o que ela podia fazer era esperar até que a amiga recobrasse o bom senso. Ela começava a se perguntar até onde Agneta teria coragem de ir com aquela maluquice quando seus olhos foram atraídos para o fundo da sala e, então, ela se esqueceu do que estava pensando, a mente ficando completamente em branco por um momento.

A aula de hoje, obviamente, era prática, pois não havia uma única mesa ou cadeira no local. As paredes também estavam cobertas com cortinas protetoras, do tipo que servia para neutralizar energias místicas de determinada frequência, geralmente usadas para impedir que os atos impensados de algum desastrado causassem danos às dependências da academia.

Mas o que realmente chamou a atenção de Cariele foi o barão, recostado na parede dos fundos, tendo uma conversa descontraída com alguns outros estudantes. A cabeça dele se voltou na direção dela assim que ela entrou, como se ele estivesse esperando por ela. E aquele pensamento enviou-lhe uma onda de calor por todo o corpo, antes de encher seu estômago de borboletas.

Ele estava tão lindo quanto antes, o uniforme da academia lhe caía muito bem. Naquele dia, no entanto, ele não parecia tão tranquilo como de costume, algo na postura dele a alertava de que alguma coisa o estava incomodando. Será que os boatos sobre o fim de semana estavam causando problemas a ele também?

Então ele levantou a cabeça quase imperceptivelmente enquanto as narinas se moviam também de forma bem discreta. Aquilo foi suficiente para trazer um rubor incontrolável ao rosto dela, que tratou de desviar o olhar e se dirigir ao outro lado da sala, tentando evitar novo contato visual com ele.

Agneta adentrou a sala praticamente junto com a instrutora e correu para ficar do lado de Cariele, lançando a ela um sorriso conspiratório. Ah, não, será que ela ainda estava considerando seguir em frente com aquela ideia maluca?

— Boa tarde a todos – disse a instrutora, fazendo um sinal para que um dos estudantes fechasse e selasse a porta com a cortina especial, o que fez parecer que estavam presos numa grande caixa com paredes de pano decoradas com desenhos de formas geométricas aparentemente aleatórias. Ao chegar ao centro da sala, a instrutora colocou no chão uma sacola que estava carregando e olhou ao redor.

— Antes de mais nada, vou me apresentar. Meu nome é tenente Cristalin Oglave. Podem me chamar de "tenente" ou de "oficial", por favor. Tenho formação militar, estando na ativa há mais de 20 anos e tendo me formado instrutora há 15. No momento, sou a única militar no corpo docente da academia de Lassam, ou, pelo menos, a única que continua na ativa. Prazer em conhecer a todos e espero que tenhamos um ótimo período juntos.

Cariele estreitou os olhos. Nos dois anos em que estudara na Academia nunca havia topado com a tenente ou com qualquer outro militar. Primeiro, a monitora a vigiando, agora isso. Estaria apenas sendo paranoica ou tinha algo estranho acontecendo ali?

Daimar, por sua vez, perguntava-se se havia alguma ligação entre Cariele e aquela instrutora. Se a garota era militar, como ele imaginava, as duas deviam se conhecer, não? Mas não houve nenhum olhar, nenhum cumprimento, nada que pudesse corroborar a teoria.

— Certo, estamos em treze aqui, não é? – A instrutora tirou um pequeno cubo de vidro brilhante de dentro de sua sacola e ergueu para todos verem. – Vocês sabem o que é isto?

A reação dos estudantes, no entanto, pareceu não ser o que ela esperava. Franziu o cenho para os murmúrios de incredulidade e confusão.

— Não? Como assim, "não"? – Ela apontou para Agneta. – Você! Alguns de seus colegas parecem não estar familiarizados com esse tipo de instrumento. Poderia, por favor, nos elucidar?

Agneta abriu e fechou a boca várias vezes, totalmente confusa. Quase que sem perceber o que estava fazendo, Cariele ergueu a mão, chamando a atenção de Cristalin.

— Sim?

— É um simulacro.

A instrutora levantou a sobrancelha.

— Só isso? Poderia ser um pouco mais específica?

Droga. A intenção era apenas desviar a atenção da instrutora da amiga, não atrair a atenção de todos para si. Cariele baixou a cabeça e tentou falar num tom hesitante.

— Funciona como um tipo de... depósito de energia. Permite que pessoas com pouca ou nenhuma aptidão para conjuração consigam criar flutuações místicas.

— Muito bem. – A instrutora voltou a encarar Agneta. – Como sua colega disse, este item aqui permite que qualquer um consiga manipular energias místicas. Ou, como se dizia alguns séculos atrás... "soltar magia".

A maior parte dos estudantes riu daquele termo antiquado.

— No entanto, para que alguém consiga utilizar o poder de um simulacro, é necessário um domínio muito bom em matemática. Não precisa ser nenhum gênio, mas saber fazer contas de cabeça e resolver questões simples de trigonometria multidimensional é essencial. Vamos lá, tenho aqui um cubo desses para cada um de vocês, além de algumas peças de madeira de formas e pesos diferentes. Aqueles entre vocês que conseguirem fazer levitar pelo menos três dessas peças de madeira até a altura do próprio olho e depois depositar a peça suavemente no chão usando apenas a energia do simulacro estará dispensado por hoje. E, para os que têm afinidade mística natural, eu já vou avisando: estou avaliando habilidades matemáticas aqui, e não o nível de poder de ninguém. Vocês vão usar a energia do simulacro, e apenas ela, para calcular o peso e o centro de gravidade do objeto, calcular a intensidade necessária de fluxo para iniciar o movimento inicial e liberar a energia aos poucos usando a sua própria geometria corporal. Examinei a ficha de cada um de vocês e sei que todos passaram nas disciplinas básicas de física que explicam o fenômeno da levitação, bem como o papel que os fluxos de energia desempenham nisso. Vamos colocar em prática o que aprenderam.

Cariele estudou o simulacro que recebeu com interesse. Tratava-se de um artefato de altíssima qualidade, muito bem construído e com uma quantidade considerável de energia armazenada nele. Se usado corretamente, provavelmente seria capaz de abastecer uma casa, trazendo água do fundo de um poço até a superfície, ou até uma caixa d'água por uma semana ou mais, antes de precisar ser recarregado. Devia valer uma pequena fortuna.

Levantando os olhos, ela percebeu que a maioria dos estudantes parecia nunca ter visto um objeto como aquele, incluindo Agneta e também, para sua surpresa, Daimar Gretel. O barão parecia bastante inseguro, olhando para o brilho azulado do cubo em sua mão como se o objeto fosse atacá-lo a qualquer momento.

Dizendo a si mesma que não se importava com ele, Cariele sacudiu a cabeça e virou-se para a amiga. Vendo que a instrutora olhava para o outro lado, chamou a atenção de Agneta silenciosamente e sussurrou algumas instruções, esperando que a outra se lembrasse de algo do ano inteiro em que ficara estudando física elementar devido ao fato de ter repetido a disciplina por três vezes.

Cinco estudantes conseguiram passar no teste imediatamente, sendo devidamente elogiados e enxotados da sala pela instrutora. Cariele fingiu ter dificuldades com seu próprio cubo enquanto tentava discretamente ajudar a amiga. Não que fosse uma tarefa fácil ensinar matemática para alguém através de gestos e sem a instrutora perceber, mas, felizmente, Agneta estava se lembrando do básico e, com alguns empurrões na direção certa, logo conseguiu pegar o jeito da coisa.

— Muito bem, caia fora daqui! – disse a instrutora, empurrando Agneta para a porta quando ela finalmente conseguiu passar no teste.

Nesse momento, quase todos os estudantes já tinham conseguido terminar o desafio. Restavam apenas Daimar e mais dois rapazes na sala, além de Cariele. De repente, a voz irritada da instrutora atraiu a atenção de todos.

— Daimar Gretel! Eu já disse a você que nunca vai conseguir resolver esse problema por tentativa e erro. Eu sei que você conhece o básico, então que tal *usá-lo* para variar? – A instrutora apontou para Cariele. – Ei, você! Veja se consegue ensinar alguma coisa para esse tapado. E vocês dois aí, de volta ao trabalho! E se jogarem de novo esse negócio no teto eu prometo que faço o mesmo com a carcaça de vocês, seus inúteis!

Cariele e Daimar se entreolharam.

Ignorando os arrepios que o olhar dele lhe causou, ela percebeu que ele realmente parecia ter problemas com a disciplina e não estava fazendo corpo mole ou coisa do gênero. Ela se aproximou dele.

— Me mostre como está tentando fazer para eu ver se posso ajudar em algo – disse ela, com voz baixa.

Daimar estava com uma recusa na ponta da língua. Não queria a ajuda de ninguém, especialmente a *dela*. Mas a forma como ela falou lhe pareceu tão sincera e sem afetação que ele simplesmente não conseguiu recusar. Como, raios, uma pessoa conseguia ter tantas nuances diferentes na própria personalidade? Tentar entendê-la parecia inútil, então ele simplesmente fez o que ela pediu para acabarem logo com aquilo.

— Concentre-se no seu osso esterno – disse ela, depois que ele falhou em uma nova tentativa de levitar o objeto. – Acumule energia ali e depois tente criar um fluxo espiral no centro de gravidade da madeira.

Ele não tinha a mínima ideia do que o seu osso esterno tinha a ver com aquilo, mas fez o que ela falou e, para sua surpresa, conseguiu levitar a madeira a uns dois palmos de altura antes de derrubá-la de novo.

Ele parecia muito surpreso por ter conseguido aquela proeza.

— Como? Não entendo.

— Geometria, barão. Massa, centro de gravidade, altura, largura, profundidade e frequência. A fórmula de Barcelas vai te mostrar o melhor ponto para concentrar a energia. Mas esse ponto só vai servir para essa peça. Para fazer com outra tem que refazer o cálculo.

— Odeio matemática – disse ele, frustrado.

— Apenas porque ainda não aprendeu a usar. Tente de novo com outra peça. Vai ser mais simples agora.

Todos os estudantes já tinham ido embora quando Daimar finalmente conseguiu passar no teste, depois de Cariele passar um bom tempo trabalhando com ele. A disposição dela para ajudá-lo surpreendeu a ela mesma. Era o mesmo fenômeno que tinha ocorrido quando encontrara Malena desacordada. Como se a presença dele a compelisse a tentar ajudar outras pessoas, esquecendo momentaneamente de seus próprios desejos.

A instrutora bateu palmas quando Daimar fez a última peça de madeira pousar delicadamente no chão.

— Muito bem, garoto. E você, moça, daria uma excelente instrutora, sabia? A forma como conseguiu ajudar sua amiga apenas por gestos foi genial.

— Hã... Eu... – gaguejou Cariele.

— Achou que eu não estava percebendo, não é?

— Eu... A senhora não vai querer que eu faça o teste?

— Não vou perder meu tempo. Você conseguiu fazer dois cabeças-duras passarem nesse teste quando eu mesma tenho dúvidas se conseguiria enfiar as fórmulas na cabeça deles. Caiam fora daqui os dois. Amanhã vamos começar com a parte realmente difícil desse curso complementar, então, venham preparados.

Já estava escuro quando ambos desceram a escadaria principal. Caminhavam lado a lado num silêncio confortável, até que Daimar parou e se virou para ela.

— Escute... Eu... Queria agradecer a ajuda.

Ela se virou para ele e se sentiu mergulhar naquele olhar.

— Não quero agradecimentos.

— Bem, nesse caso, se tiver algo que eu possa fazer para retribuir...

Cariele nunca se sentiu tão impulsiva na vida quanto naquele momento.

— Sim, tem uma coisa. Me deixe entrar para a sua fraternidade.

Capítulo 5:
Arranjos

O supervisor de assuntos gerais da Academia de Lassam suspirou desanimado ao topar com Daimar Gretel esperando-o na soleira da sua porta pela segunda vez na mesma semana. Dessa vez, no entanto, o rapaz não parecia aborrecido. Na verdade, ele tinha um meio sorriso no rosto, parecendo divertido com algo, ou como se estivesse prestes a pregar uma peça em alguém. Aquilo causou uma pontada de apreensão no homem.

— Posso ajudar em algo, barão?

— Sim, pode, mas não se apresse – respondeu Daimar. – Vamos entrar e sentar para conversarmos com calma. A menos, é claro, que o senhor tenha algum outro compromisso. Nesse caso, posso voltar numa hora mais oportuna.

A apreensão do supervisor aumentou ainda mais.

— Não, sem problemas. Só vou abrir esse lugar para arejar um pouco e já conversamos.

— Eu agradeço.

Com um sorriso tranquilo, Daimar seguiu o supervisor para dentro da sala e acomodou-se em uma cadeira em frente à grande mesa, que dominava o ambiente. Da outra vez, Daimar não tinha prestado muita atenção, mas havia mais duas escrivaninhas pequenas ali, lotadas de papéis, penas, tintas e outros materiais de escritório.

— Tem mais duas mesas de trabalho aqui. O senhor tem ajudantes?

O supervisor escancarou uma janela, deixando a luz do sol matinal entrar, antes de olhar para ele.

— Como? Oh! Sim, sim... Duas moças trabalham meio período e me ajudam com a burocracia.

— Certo.

Depois de alguns minutos, o supervisor terminou de ajeitar tudo e, finalmente, acomodou-se atrás de sua mesa, cruzando as mãos sobre o tampo e encarando Daimar.

— Muito bem. Em que posso ajudá-lo?

— Quero modificar o estatuto da república Alvorada. Vamos transformá-la numa fraternidade mista.

O supervisor piscou e o encarou por alguns momentos, confuso. Obviamente, não estava esperando por aquilo.

— Eu... devo dizer que esse é um pedido bastante incomum, barão. Qual seria a justificativa?

— Devido a dois incidentes recentes, quatro dos nossos colegas saíram. Estamos com pouco pessoal para tomar conta de todas as tarefas da fraternidade e, pensando no bem maior, decidimos que aceitar apenas homens limita bastante as nossas opções para recrutamento de novos membros.

— A sua fraternidade é uma das mais populares daqui, barão. Vocês até mesmo precisam *recusar* candidatos de vez em quando. Não consigo imaginar vocês com problemas para recrutar membros.

— Temos um membro no hospital e um ex-membro próximo a entrar no corredor da morte. No momento, nossa popularidade está mais baixa do que nunca.

— E modificar o estatuto iria mudar alguma coisa?

— Sim. Por mais que tenhamos procurado, não conseguimos nenhum candidato do sexo masculino, mas temos pelo menos cinco garotas interessadas.

— Entendo. – O supervisor coçou a cabeça e se virou para a janela, pensativo, por um instante. – Mas não sei se isso será possível.

— Por quê?

O supervisor virou-se novamente para ele.

— Fraternidades mistas têm regras mais rígidas, barão. Uma delas é que exista um monitor residindo em caráter permanente no alojamento para garantir a paz e evitar problemas. E não temos nenhum monitor disponível para essa tarefa.

Daimar sorriu.

— Ah, vocês têm sim.

O supervisor estreitou os olhos.

— Como assim?

— Tem um albino enxerido que me segue toda tarde até minha casa e que está lá me esperando no dia seguinte quando saio. Ele parece não ter nada mais importante a fazer do que ficar me seguindo, não importa para onde eu vá.

— E o que isso tem a ver com a fraternidade?

— Simples: eu vou me mudar para o alojamento. Como esse cara parece que tem a missão de ficar na minha cola, ele pode muito bem se mudar para lá também. Assim, pelo menos, ele faz algo de útil.

— Designamos uma escolta para você por uma razão, senhor Gretel.

— É mesmo? E qual seria ela?

O supervisor hesitou.

— Isso é confidencial.

— É mesmo? Bem, eu não me importo. Só coloque aquele branquelo como monitor permanente da república que eu tentarei me esquecer dele.

— E por que acha que iríamos atender a uma requisição como essa, rapaz?

O sorriso de Daimar aumentou.

— Que bom que perguntou. Sabe, eu andei pensando. Por acaso o senhor já viu os novos simulacros que a turma de atividades complementares está usando? Nossa, são produtos de primeira linha. Até eu, que não tenho afinidade com essas coisas, consegui aprender a usar um deles. Imagine quantas coisas que instrutores competentes podem ensinar com ferramentas como aquela.

— Não estou entendendo aonde quer chegar, barão.

— Sério? Bem, nesse caso, vou ser bem claro: não é meu pai quem toma decisões em relação aos negócios da minha família, supervisor. Sou eu. E nossas doações para esta academia são consideráveis. Aqueles simulacros, bem como diversos outros itens usados aqui, foram criados em nossas instalações e fornecidos a vocês como um gesto de boa vontade. Também fazemos diversas doações em dinheiro vivo, o que imagino que ajude a cobrir muitos dos custos desta instituição. – Daimar lançou um olhar significativo a uma das mesas menores, à sua direita.

O supervisor ficou vermelho.

— Está me ameaçando, rapaz?!

— Não. Só comentando fatos. Acredito que ficou sabendo que o imperador faleceu na semana passada, não? E como a candidata ao trono ainda não atingiu a maioridade, o país está em crise. Ainda mais com todos esses monstros surgindo aleatoriamente por aí, vindos sabe-se lá de onde. O Exército está usando a maior parte dos recursos públicos para proteger as pessoas, duvido que vá sobrar muito para manter o orçamento de instituições como a nossa Academia, ainda mais considerando que ela nunca esteve entre as mais conceituadas de Mesembria.

— Ora, mas isso é...

— Vocês estão cada vez mais nas mãos de colaboradores civis, não estão? Até mesmo o fato de terem colocado uma sombra atrás de mim foi uma requisição de certo ricaço, não foi?

— Não estamos infringindo nenhuma lei! A escolha é para sua própria segurança. Ninguém está querendo violar sua privacidade ou qualquer outro direito que você tenha.

Ele não negou, pensou Daimar. *O que quer dizer que a ordem para me seguir veio mesmo de alguém de fora. Bem, pensarei nisso depois.*

— Como eu disse, não tem problema. Não pretendo fugir das vistas daquele branquelo. Só me faça um favor e coloque-o no alojamento da fraternidade. É um pedido bastante razoável, não acha, supervisor?

— Quem são essas moças que querem entrar? Cariele Asmund está entre elas?

— Por acaso, está sim.

— Não podemos aceitar isso! Vocês dois acabaram de se meter em um escândalo juntos...

— Que escândalo, homem? Encontrar dois colegas com sintomas de *sobredose* e levá-los a um hospital? Qualquer pessoa faria o mesmo.

— O problema é o histórico de vocês dois. Se não evitarem esse tipo de situação, as coisas só tendem a piorar e...

— É, foi isso que o branquelo me disse.

— O monitor tem um nome, sabia disso?

— Sim. Ele se chama Britano Eivindi, serviu o Exército por um ano e saiu depois de um acidente que danificou permanentemente uma parte do músculo da coxa esquerda, o que dificulta que ele faça muito esforço com aquela perna. Especializou-se em inteligência militar, trabalhou para diversas famílias na área de segurança e espionagem industrial, até que cometeu um erro que dizem ter levado seu último empregador à falência. Depois disso ele veio trabalhar aqui, onde faz monitoria há mais de cinco anos. Ah! E devo admitir que ele é ótimo com disfarces.

— Onde conseguiu essas informações?

— Como eu disse, supervisor, *eu* dirijo os negócios da família e sempre avaliamos com cuidado candidatos a cargos em nossos laboratórios. A propósito, nós também temos uma ficha *sua*, caso essa informação lhe interesse.

— Ora, mas isso é um desrespeito!

— Levantamos os seus dados quando pensamos em contratá-lo para uma de nossas novas unidades em Aldera.

— Ora, eu...

— Vamos lá, supervisor. O que estou pedindo não é nenhum absurdo. Isso pode ser feito, não pode?

— Isso é contra as normas!

— Não, não é. É apenas uma situação incomum, que vocês tentam desencorajar para não causar confusão.

— Eu não posso permitir uma mudança dessas sem uma boa justificativa...

— Eu já dei uma justificativa. E muito boa.

O supervisor suspirou e pensou por um instante.

— Certo. Então reserve mais um dormitório para um segundo monitor.

— Uau! Primeiro não tinha ninguém disponível, agora temos dois?

— Britano não vai conseguir cumprir os deveres de monitor de fraternidade tendo que se preocupar em ficar de olho em você. Vou colocar mais alguém para dividir as tarefas com ele.

— Deixa adivinhar... Está se referindo à negra que está "protegendo" Cariele, não é?

— O nome dela é...

— Janica Fridiajova, três anos de serviço militar, pediu baixa por motivos pessoais e passou a trabalhar com segurança particular, formação em Inteligência, currículo bastante similar ao do nosso amigo albino. A diferença é que ela parece ter feito bem menos besteiras do que ele.

— Você está passando dos limites, rapaz.

— A propósito, o albino e a negra, por acaso, são comprometidos? Algum dos dois tem um relacionamento sério?

— Por quê? Não leu isso nas fichas deles?

— Claro que sim, mas achei divertido perguntar. Afinal, vou colocá-los para dividir o mesmo quarto.

— Isso é ridículo!

— Não, não é. Ridículo é termos que desperdiçar mais um quarto num momento em que precisamos de mais pessoas. Ou devo lembrá-lo de que nossos membros fazem *doações* à fraternidade?

— Ora, mas isso é...

— Não é um problema meu. – Daimar levantou-se e dirigiu um último sorriso ao supervisor. – Foi ótimo negociar com você. Vou mandar alguém trazer a papelada mais tarde para as suas... secretárias.

Cariele andava para lá e para cá do lado de fora do hospital, tentando controlar seu estômago. O cheiro de ervas era muito fraco ali, mas não era inexistente, e naquele dia, particularmente, sua intolerância a ele estava muito intensa.

Ela começava a pensar em se afastar dali quando Falcão e Egil saíram, rindo de alguma piada. Ambos ficaram sérios ao notarem a presença dela. Então Egil a cumprimentou, quase com reverência.

— Bom dia!

— Olá – foi o cumprimento educado de Falcão, antes de se virar para o amigo. – Vou até o bar ali da frente. Preciso tomar algo antes de ir para a aula. Te espero lá.

Pelo visto, ainda está irritado com o fora que dei nele, pensou Cariele.

— Valeu! – Quando o amigo começou a se afastar, Egil se voltou para ela. – Veio buscar a Malena?

— Essa era a intenção, antes de eu começar a passar mal.

— Bom, se for para alguém passar mal, não consigo imaginar um lugar melhor para isso... – gracejou ele, apontando para a entrada do hospital.

Cariele deu um sorriso forçado.

— É mesmo, não é?

Ele deu um sorriso sem graça, constrangido com a reação dela.

— Eu... não tive oportunidade de agradecer adequadamente pelo que você fez pela gente. Nós não queríamos vir para cá de jeito nenhum e vocês dois acabaram nos trazendo na marra e com isso meio que salvaram nossas vidas, então...

— Não se preocupe, não foi nada. Se quer agradecer a alguém, agradeça ao seu barão. Foi ele quem cuidou de tudo.

— Mas você socorreu a Malena e aquilo foi importante...

— Foi só sorte de principiante. E se não fosse pelo barão, eu provavelmente não teria feito nada, de qualquer forma.

Egil franziu o cenho, confuso, uma vez que Cariele tinha claramente assumido o comando aquele dia, inclusive dando ordens, que Daimar obedecera sem reclamar.

— É melhor você ir, senão vai se atrasar – lembrou Cariele. – Podemos conversar depois.

— Hã... Certo! De qualquer forma, obrigado!

— Não tem de quê.

Cariele suspirou. Por que, raios, tinha que ter falado aquilo sobre o barão? Não deixava de ser verdade, mas... Droga! Ela estava tendo sérias dificuldades em ser ela mesma desde que Daimar entrara em sua vida.

— Cari!

Voltando-se na direção da voz, ela viu Malena, saindo pela porta, acompanhada por Hadara. Vendo que a amiga parecia bem melhor, Cariele se adiantou e a abraçou, exclamando:

— Bem-vinda de volta à liberdade!

A velha curandeira notou a palidez de Cariele.

— Tudo bem com você?

— Sim, tudo bem. Mas vai ficar melhor ainda quando sairmos daqui. Vamos?

Malena saiu correndo na frente, antes de abrir os braços e dar uma volta em torno de si mesma, sorridente.

— Ah! Me sinto viva outra vez!

— Cuidado para não acabar se machucando – avisou Hadara.

— Se for para me machucar, nada melhor do que fazer isso perto de um hospital, não é?

Cariele soltou um riso involuntário.

— Seu namorado me disse algo parecido. Mas de qualquer forma, acho estranho você dizer isso, uma vez que tive que te trazer para cá praticamente arrastada.

— Detalhes, detalhes! – Malena esperou até que as três estivessem andando lado a lado e sem ninguém por perto antes de continuar. – Cari, Hadara me contou que você está doente.

Cariele suspirou.

— Sim – admitiu, relutante.

— E que você vai precisar de ajuda para usar umas ervas e tal.

— Sim – repetiu Cariele, olhando Hadara de lado. – Minha curandeira insistiu muito nisso, então não tenho escolha.

Hadara balançou a cabeça.

— Como pode ver, Malena, ela é teimosa demais. Por isso eu insisti em vir falar com você pessoalmente. Se deixarmos tudo por conta dela é bem capaz de ela arrumar alguma desculpa para não se tratar e acabar piorando.

— Nunca vou conseguir retribuir o que ela fez por mim, então eu quero ajudar no que puder.

— Eu agradeço – disse Cariele, que não gostava de depender de ninguém, porém não via nenhuma outra saída no momento. – Mas não quero que ninguém fique sabendo.

— Pode contar comigo! Mas onde vamos ficar? Eu soube que nós duas fomos expulsas da República das Hortênsias.

— Essa é a notícia boa. Eu já encontrei um lugar para nós e, para a sua alegria, vai poder morar pertinho do seu namorado.

— Você não pode decidir isso sozinho! – O loiro valentão parecia muito exaltado.

— Foi uma decisão estratégica e com a qual a maioria concordou – retrucou Daimar sem se alterar, sentado calmamente na sua cadeira favorita da sala de reuniões e com os pés cruzados sobre a mesa. – Perdemos vários membros e temos que nos recuperar. Mudando o estatuto teremos monitores residindo aqui, permanentemente. Com isso nossa reputação irá melhorar.

Um moreno de baixa estatura e de cara amarrada se manifestou.

— Mas isso vai tirar toda a nossa liberdade!

— Eu avisei para todos que, se quisessem aprontar, não me deixassem ficar sabendo. Não foi o que aconteceu.

O loiro voltou a retrucar.

— Então por que não expulsa os idiotas que fizeram caca e deixa por isso mesmo?

— Porque a "caca" já está feita. Além disso, não sei se posso confiar que ninguém mais vai aprontar. E, se tivermos mais um escândalo, que seja aqui. A fraternidade vai ser dissolvida e ninguém vai receber nota. Se querem ficar estudando por mais sabe-se lá quanto tempo, o problema é de vocês.

— Mas Daimar, alguns de nós têm namorada. Vai pegar mal se garotas vierem morar aqui com a gente – argumentou um ruivo cheio de sardas.

Daimar sorriu.

— Ora, mas isso é muito fácil de resolver. Convidem suas namoradas para se juntar a nós.

Levou muito tempo para Daimar finalmente conseguir declarar aquele encontro encerrado. A reunião foi demorada e muito pouco produtiva, como ele tinha previsto. No final, perdera mais três membros e vários outros estavam pensando seriamente em sair também.

Mudar o estatuto da fraternidade era uma ideia que nunca lhe ocorrera, e por boas razões. Aquilo iria mudar a rotina dos membros e aqueles riquinhos mimados não gostavam de mudanças. Outro problema era a supervisão. Ele tivera que abrir mão de alguns trunfos e contar algumas meias verdades para conseguir a aprovação. E, depois de ser manipulado daquela forma, o supervisor provavelmente dificultaria sua vida de todas as formas possíveis daqui para frente. Nunca pensara em ir tão longe apenas por causa de algo tão trivial como uma fraternidade.

Por outro lado, aquilo poderia realmente ajudá-los bastante. Aqueles delinquentes estavam sem controle, e nada melhor do que ter mulheres e monitores por perto para coibir os impulsos deles. E os que não se adaptassem podiam simplesmente cair fora, o que também não seria ruim... desde que sobrasse a quantidade mínima de membros para que a fraternidade pudesse continuar existindo. Se Cariele realmente conseguisse trazer mais cinco garotas com ela conforme prometera, a situação ainda estaria sob controle, pelo menos naquele momento.

De qualquer forma, ele não estava muito satisfeito. Bastara ela fazer uma carinha de expectativa, como se fosse um cachorrinho pedindo comida e ele concordara imediatamente em fazer tudo o que ela estava pedindo, mesmo sendo uma coisa complexa, trabalhosa e sem garantias de funcionar. Se aquilo terminasse em um desastre total, ele não tinha ninguém a culpar além de si mesmo.

Como era possível sentir-se atraído e compelido a ajudar uma mulher na qual não conseguia confiar era uma incógnita para ele. E falando em incógnitas, ela não explicara por qual razão queria entrar na Alvorada. Apenas revelara que fora expulsa e pronto. Não seria muito mais simples tentar encontrar outra fraternidade feminina ou mista? Ele deveria ter perguntado, mas não! Estivera muito ocupado se deliciando com o cheiro dela para se dar ao trabalho de cogitar isso!

Tinha que parar de pensar nela e fazer algo de útil.

Saindo do alojamento, ele andou decididamente até um determinado ponto do jardim e olhou para a direita, onde uma figura familiar se encontrava estirada sobre um banco com um livro sobre o rosto.

— Você já me segue a tempo suficiente para saber que não adianta tentar se esconder de mim.

Bem devagar, o homem levantou o livro do rosto, revelando a face pálida e as sobrancelhas brancas do monitor chamado Britano Eivindi.

— E você já deveria saber o suficiente sobre mim para esquecer minha presença e me deixar em paz. O que quer?

Daimar não gostava muito dele, mas era obrigado a respeitá-lo. O homem tinha atitude e não se deixava intimidar, diferente de muitos que abaixavam a cabeça quando alguém de posição social superior falava qualquer porcaria.

— Me disseram que você vai ter que se mudar. Já recebeu o memorando?

O monitor estreitou os olhos.

— E o que você tem com isso?

— Eu estou me mudando para cá também e vou buscar as minhas coisas. Já que você vai ficar indo e vindo atrás de mim quer eu queira, quer não, tenho uma proposta.

O homem se sentou no banco e enfiou o livro num bolso do casaco. Considerando o tamanho do livro e o quanto o bolso era estreito, era certo que um dos dois, o bolso ou o livro, ou talvez ambos, tinham algum tipo de encantamento.

— Estou ouvindo.

— Me ajude a trazer minhas coisas para cá, depois eu passo no seu alojamento e ajudo você a trazer as suas.

— E por que você simplesmente não paga alguém para trazer sua mudança?

— Tem coisas melhores para eu gastar meu dinheiro.

— Rá, rá, rá – foi a resposta, em forma de uma irônica e propositalmente tosca imitação de risada.

— Além disso, nós dois ganharíamos pontos de reputação com o pessoal da fraternidade. Você, por chegar junto comigo, me ajudando a carregar tralhas ao invés de simplesmente invadir o lugar. E eu, por mostrar a todos que estou de olho em você.

O homem deu um meio sorriso.

— Está com medo de que eu tire a sua autoridade?

— Não sei. Devo me preocupar com isso?

Depois de encarar Daimar por um longo momento, o monitor se levantou.

— Certo. Vamos acabar logo com isso.

Cariele estava de ótimo humor. Nada melhor para se esquecer dos próprios problemas do que colocar uma pessoa irritante em uma posição constrangedora. A ideia de Daimar, de recrutarem o casal de monitores para ajudá-los na mudança, tinha sido genial. Primeiro, porque era muito melhor andar ao lado daquela negra do que a sentir às suas costas o tempo todo. Segundo, porque ajudando a carregar as coisas dela, Cariele conseguiu aprender uma ou duas coisas sobre a mulher.

— Você não parece usar muito tratamento para cabelos – comentou Cariele, após depositar uma caixa de madeira sobre a cama, que a monitora imediatamente começou a esvaziar, colocando o conteúdo de forma não muito organizada dentro de um armário.

— Olhe para essa bucha que eu tenho na cabeça – respondeu a mulher, referindo-se ao cabelo encaracolado. – Fazer tratamento para quê?

— Até fiquei com um pouco de inveja. Com essa minha cabeleira enorme, preciso investir uma quantidade considerável de tempo todo dia para cuidar dela. Acho isso um tédio.

A monitora Janica Fridiajova lançou um olhar cético a Cariele.

— Isso é ridículo. Se não gosta de cuidar do cabelo, por que simplesmente não o corta?

— Não posso. É um investimento para o futuro.

— Sei.

— Olha só, Britano – disse Daimar, aparecendo na porta do quarto, carregando uma caixa de madeira nos braços. – Parece que você já tem companhia.

Sem nem mesmo perceber, Cariele abriu um sorriso brilhante, enquanto fazia um gesto para que Daimar entrasse e depositasse a caixa sobre a outra cama.

— O que significa isso? – Janica olhou de um para o outro, confusa.

— Eu é que pergunto – disse o monitor albino, depositando a caixa que carregava no chão, antes de enfiar a cabeça no quarto e lançar um olhar fulminante na direção de Daimar. Ao ver que o barão não lhe dava atenção, pois parecia mais interessado em ficar trocando sorrisos com Cariele, ele se voltou na direção de Janica. E ficou de queixo caído.

Os dois nunca tinham se encontrado sem estarem usando uniforme antes. Ainda mais usando roupas tão leves, devido ao esforço físico e ao calor que fazia hoje. A surpresa deixou ambos sem ação por um longo instante.

— Senhor Britano, acho que já conhece a nossa amiga Janica – disse Cariele, divertida. – Vocês vão ser colegas de quarto a partir de hoje.

— Mas o que...?

— Como assim?

Daimar riu.

— Parece que o supervisor se esqueceu de esclarecer algumas coisas. Ou, talvez, vocês não tenham lido o memorando inteiro. O fato é que estamos reservando uma ala só para as meninas e com isso estamos remanejando os quartos. Como eu também estou me mudando para cá, acabamos ficando apenas com este quarto disponível para vocês. Espero que não se importem de dividi-lo.

— Isso é um ultraje!

— Não vou admitir isso!

— Tudo bem – disse Daimar, pegando Cariele pela mão. – Venha, vamos deixar que eles se entendam com os chefes deles e decidam o que fazer.

Depois de saírem do quarto, Daimar virou a cabeça na direção do casal de monitores, que trocavam um olhar confuso.

— Ah, e se precisarem de mais alguma ajuda, podem nos chamar a qualquer momento. Nós dois estamos dispensados das aulas de hoje por causa da mudança, então, estamos à disposição. Até mais tarde.

Daimar e Cariele andaram apressados até chegarem à cozinha, onde pararam, encararam-se por um instante e caíram na gargalhada. Ele se recostou à parede e olhou para ela.

— Você viu a cara dela?

— E ele, então? Ficou vermelho como um peru! – Aquilo fez com que ambos voltassem a rir por alguns instantes. – Você pediu segredo ao supervisor sobre eles terem que dividir o quarto?

— Eu, não. Sabe-se lá que confusão foi essa, mas não foi culpa minha.

— Bom, com certeza foi engraçado.

— Quase compensou toda a irritação que eles nos fizeram passar antes.

Cariele não se sentia tão bem havia meses, talvez anos. A peça que planejaram pregar nos monitores saíra mil vezes melhor do que o esperado. Mas tinha uma informação que surgira durante aquela cena que ela precisava confirmar.

— Você vai mesmo se mudar para cá? – Ao dizer aquilo, ela sentiu o coração subitamente acelerado.

— Sim, eu não te contei?

Estando do lado dela dessa forma, Daimar não sabia como faria para passar suas noites daqui para frente, porque dormir subitamente lhe pareceu uma impossibilidade. Se mesmo longe dela, a memória de sua fragrância já o acompanhava a noite toda, o que aconteceria agora, que ele poderia sentir o cheiro *real* dela o tempo todo?

— Acho que você omitiu essa parte – respondeu ela, devagar.

Ele se aproximou. Não conseguiu se impedir de fazer isso. Parou bem de frente para ela, os rostos a um palmo de distância.

— Isso é um problema para você?

— Não. – A voz dela se assemelhava a um suspiro.

— Cariele...

— Sim...?

— Quer... você sabe... sair comigo?

Subitamente, Cariele sentiu-se como se tivesse recebido um soco no estômago. Aquilo era tudo o que ela queria ouvir naquele momento e, ao mesmo tempo, era tudo o que *não podia* ouvir.

— Não – disse ela, afastando-se na direção da porta.

Ele pareceu magoado.

— Importa-se de, pelo menos, me dizer por quê?

Ela parou.

— Não posso fazer isso. Eu tenho... Planos. Tenho coisas para fazer, tenho que pensar no meu futuro. E você... Você não vai querer alguém como eu.

Dizendo isso, ela saiu do aposento, apressada, deixando-o parado ali, olhando para a porta.

◆ ◆ ◆

Falsa, mentirosa, idiota!

Cariele não conseguia evitar se sentir mal consigo mesma por tê-lo recusado, mas tinha que usar a razão. Daimar era orgulhoso, nunca iria aceitar alguém com a reputação dela como esposa. E mesmo que conseguisse seduzi-lo a esse ponto, se o ritual estivesse mesmo se revertendo como temia, ele perderia totalmente o interesse nela assim que visse sua aparência real. E a perspectiva de ele vir a rejeitá-la lhe parecia insuportável.

Ela investira tudo para obter uma aparência respeitável e um corpo atraente, mas tinha sido uma aposta de risco: o ritual só podia ser feito uma vez na vida e, dependendo da estrutura corporal, podia não ser permanente, o que parecia ser o caso dela. Mas seu objetivo já estava quase alcançado, só precisava de mais um pouco de tempo.

Só mais um ou dois anos. Depois disso, não precisarei me preocupar com mais nada.

A chave para conseguir seu objetivo era ficar longe dele. Daimar a afetava demais, a fazia se sentir vulnerável, engraçada, competente, viva. E tudo aquilo só servia para confundi-la e fazê-la perder o foco. Precisava esquecê-lo. Precisava de... um homem! Talvez, depois de se divertir um pouco, ela voltasse a raciocinar com clareza. Muitas mulheres não diziam que a atração era assim, como uma fome que precisava ser saciada? Ela nunca sentira esse tipo de... necessidade antes. Claro que saíra com homens e se divertira com eles, mas era como se tudo fosse parte de um jogo, no qual ela tinha total controle das emoções. Nunca fora afetada dessa forma. E o pior era que, naquele momento, não estava com o menor ânimo para se envolver em jogos amorosos com algum cara aleatório. O que faria?

— Cari! – Agneta veio, praticamente dançando na direção de Cariele, cumprimentando dois rapazes que cruzaram com ela no corredor, com um gesto de mão e um sorriso brilhante, que lhe rendeu alguns assobios e cantadas de brincadeira, que ela fingiu ter ignorado. – Menina, eu a-do-rei esse lugar! Que máximo!

Cariele olhou ao redor, dando-se conta, pela primeira vez, que o alojamento era imaculadamente limpo e organizado. Ela estivera preocupada demais com os próprios problemas, senão teria percebido isso antes. Parecia haver alguém fazendo limpeza ou consertando algo o tempo todo. Nesse momento, por exemplo, dava para ver dois rapazes limpando uma janela do corredor enquanto cantavam uma música antiga com vozes desafinadas. Felizmente, eles estavam do lado de fora e o vidro fechado abafava o som o suficiente para não prejudicar seus tímpanos.

— Agora que você falou, aqui é bem arejado e... limpo.

— Eles são suuuuuper organizados! Viu um papel grudado numa das paredes do refeitório? É uma escala de trabalho pelo próximo mês e tem o nome de todos os membros da fraternidade lá. Tudo organizadinho, com divisão igual de tarefas entre todos! Agora que nós entramos, provavelmente o barão vai colocar a gente para trabalhar também. Ele é demais, não é?

— Realmente – respondeu Cariele, distraída. Será que algum dia seria capaz de encontrar algum defeito naquele homem?

Bom, ele não se dá bem com matemática, mas isso não conta, não é?

— Se eu soubesse que as instalações eram tão boas e que as coisas eram tão organizadas eu já teria tentado vir para cá antes.

— Considerando a contribuição que vamos ter que fazer para a república todo mês, é bom que as instalações valham a pena.

— Puxa vida! Eu tinha esquecido completamente disso! Vai ficar muito pesado para você? Quer dizer, eu tenho minha mesada e as outras garotas são bancadas pelos pais, e tal.

— Não se preocupe, eu vou dar um jeito.

A maioria das fraternidades era "gratuita", mas o mesmo não podia ser dito da Alvorada. Ali era exigida uma contribuição mensal de um valor bastante salgado, o que garantia que apenas os filhos das famílias mais ricas conseguissem um lugar.

A mesada que Cariele recebia de seu pai era suficiente apenas para alimentação e vestuário, mas isso não era um problema, pois ela sempre conseguia um ou outro trabalho por fora. Agora, por exemplo, tinha uma verdadeira víbora para capturar, e aquilo lhe renderia moedas mais que suficientes para pagar a contribuição por vários meses.

— Cari, a misteriosa! Espera, vai me dizer que está extorquindo grana de algum bofe?

— O quê? – Cariele fez uma expressão chocada. – Claro que não! Bofes servem para diversão, não trabalho.

Considerando que ela estava querendo agarrar um "bofe" rico para si para ter acesso ao dinheiro dele, ela não conseguia impedir de se sentir uma hipócrita por falar aquilo. Agneta parecia ter pensado a mesma coisa.

— Se você diz... A propósito, aquele bonitinho da turma de Artes está magoado com você. Veio chorar as mágoas comigo, reclamando que você não tem comparecido aos encontros com ele.

Cariele lembrou-se de que não teve ânimo nenhum para sair com o garoto e acabou faltando ao encontro. Então ele remarcou para o outro dia e ela faltou de novo.

— Preciso falar com ele, terminar o relacionamento e acabar logo com isso.

— Uau! O que ele te fez? Espera... vai me dizer que está interessada em outra pessoa?

Cariele limpou a garganta.

— Não, só estou sem vontade, mesmo.

Ah, como gostaria que aquilo fosse verdade.

Tem algo diferente nela.

Daimar não sabia exatamente o que era, mas algo tinha mudado, ele tinha certeza. O perfume dela estava mais intenso, mais penetrante, menos... artificial. A voz dela também parecia ter se tornado um pouco mais grave, mas era uma diferença quase imperceptível. A aparência continuava a mesma... exceto pelo fato de que ela parecia ter adquirido o hábito de usar lenços e chapéus. Nos últimos dias ela estivera sempre com a cabeça coberta o tempo todo.

Ele esperava, com todas as suas forças, que ela voltasse ao normal logo. Aquelas mudanças nela, principalmente o cheiro, estavam-no deixando louco. E como ela não estava interessada nele, não havia nada o que ele podia fazer a respeito. No entanto seus sentidos diziam a ele que ela tinha, sim, certo interesse, mas que tentava ignorá-lo a todo custo.

Onde será que ela está?

Seus sentidos haviam notado o movimento dela, quando deixara o quarto bem depois da meia-noite e saíra pela porta dos fundos, sem fazer barulho. Aparentemente, ela conseguira ludibriar a vigília de Janica, já que ele não ouvira ninguém mais sair do alojamento além de Cariele.

Teria ela ido se encontrar com alguém? Aquela possibilidade o deixava desconfortável e aquilo o irritava. De que adiantava ficar pensando nela? E daí que ela já estava fora há mais de uma hora? Ele tinha coisas mais importantes para se preocupar.

Seu pai, por exemplo.

Delinger não havia dado notícias desde que saíra, o que não era, necessariamente, incomum, mas aquilo o deixava inquieto. Ele avisara aos empregados da casa que estava se mudando para o alojamento e que informassem seu pai disso assim que possível, mas, provavelmente, isso só aconteceria quando ele retornasse. Os administradores que Daimar conhecia também não tinham notícia do paradeiro de Delinger. O homem parecia ter desaparecido no ar.

Os sentidos de Daimar tinham se desenvolvido bastante nos últimos dias. Agora, ele era capaz de reconhecer boa parte dos seus conhecidos através do faro. Até mesmo as garotas que entraram na fraternidade tinham perfumes característicos que ele conseguia diferenciar, apesar de que, se fosse para comparar o cheiro delas com o de Cariele para decidir qual era o melhor, nenhuma delas conseguia chegar nem perto.

Ele se perguntou, não pela primeira vez, se deveria ir logo àquele endereço do envelope e falar com o homem misterioso que seu pai recomendara. Mas estava indeciso. De alguma forma, tinha a assustadora impressão de que aquilo iria mudar sua vida para sempre... e não para melhor.

De repente, uma pequena vibração quase imperceptível no ar o avisou de que Cariele tinha retornado.

Daimar levantou-se da cama e colou o ouvido à porta do quarto.

Ela era incrivelmente silenciosa. Se isso estivesse ocorrendo semanas antes, ele não teria percebido nada, mas agora, com os sentidos mais aguçados do que nunca, ele conseguia percebê-la com uma clareza impressionante. O calor do corpo dela. A respiração e o pulso acelerado. Ela estava animada, alegre, excitada. Algo de bom acontecera com ela.

Ele percebeu quando ela parou na intersecção dos corredores e olhou na direção do quarto dele. E ficou ali parada, por um tempo, só olhando, o que fez com que ele se arrepiasse da cabeça aos pés. Então ela se virou, entrando no que agora era a ala feminina e, pouco depois, destrancando com cuidado a porta do quarto dela.

Daimar voltou para a cama e deitou-se de costas. Aquela seria uma longa noite.

Capítulo 6:
Verdades

Os tribunais de Lassam ficavam em um enorme prédio do outro lado da cidade, que ocupava quase um quarteirão inteiro. Tinha dois andares além do térreo e a fachada era construída em um estilo moderno, com muitas linhas retas, apesar de, pelo menos na entrada principal, os projetistas terem se rendido à cultura damariana, ornando-a com diversas colunas. Aquilo fazia sentido, uma vez que o sistema jurídico atual do Império havia nascido na antiga civilização de Damaria, então nada mais justo que prestar tributo àquele povo através da arquitetura.

Era um lugar impressionante. Daimar nunca estivera ali antes e apreciava os detalhes arquitetônicos, mas com certeza não desejava repetir aquela visita, se pudesse evitar.

Ele e o monitor Britano Eivindi, que continuava seguindo-o por todo lado, passaram pelo arco principal da entrada e viram-se num ambiente espaçoso, com muitos bancos e um balcão de madeira circular atrás do qual trabalhavam duas moças e um rapaz, todos com expressões entediadas enquanto pareciam copiar documentos usando pena e tinta.

Daimar se aproximou do balcão e uma das moças levantou para ele um lindo par de olhos verdes.

— Pois não? – A expressão entediada dela tinha desaparecido de repente, como que por encanto, dando lugar a um olhar surpreso, quase fascinado.

Ele sorriu para ela.

— Bom dia. Viemos para o julgamento de Bodine Gersemi.

A moça piscou e sorriu de volta, o que pareceu transformar completamente o rosto dela. Antes, ela lhe parecera ter uma aparência comum e discreta, mas o sorriso espontâneo a deixava bem mais atraente, quase... Intrigante.

— Oh, sim, se puderem me informar seus nomes, eu vou registrar sua presença e chamar alguém para acompanhar vocês até lá dentro.

Britano recostou-se no balcão e olhou ao redor, incomodado com a facilidade com que Daimar conseguia atrair a atenção das mulheres sem fazer nenhum esforço. Em menos de dez minutos, durante os quais o barão ficou conversando trivialidades com a moça, um soldado uniformizado apareceu e os conduziu até o tribunal.

Havia cerca de uma dezena de pessoas acomodadas, esperando o... *espetáculo* começar. Com certeza, aquele não era nenhum dos grandiosos julgamentos que ele lera a respeito, nos quais as pessoas lotavam as tribunas para assistir. Daimar imaginou quem, entre aquelas poucas pessoas, seriam os familiares do réu.

Enquanto caminhavam por entre os bancos, Britano olhou para ele.

— Por que não perguntou o nome e o endereço da moça? Ela, com certeza, os daria para você.

Daimar encarou o monitor, surpreso.

— E por que eu faria isso?

Britano sacudiu a cabeça.

— Esqueça, eu estava apenas pensando em quanto o mundo é injusto.

— Você se interessou por ela? Se for o caso, vá em frente, ela não é meu tipo.

— Deixa para lá. Mesmo que eu estivesse interessado, nunca conseguiria causar a mesma impressão que você.

— Acho que você está se subestimando.

Eles se acomodaram em um lugar vazio num dos cantos da sala, perto da mureta de madeira que separava a área dos espectadores da plataforma central, que se encontrava vazia. Bem à frente deles ficava o banco dos jurados, um pouco à direita ficavam as mesas da promotoria e da defesa, de frente para a grande e imponente mesa de carvalho escuro onde deveria sentar o juiz. Do outro lado ficavam os lugares dos escrivães e secretários. Na parede, de ambos os lados da mesa do juiz, havia grandes portas de madeira, naquele momento fechadas.

— Por falar nisso, como vão as coisas entre você e a Janica?

Britano olhou para ele de cara fechada.

— Você nos colocou numa posição bastante embaraçosa nos obrigando a morar juntos. Não vou compactuar com a sua noção pervertida de "diversão" fornecendo maiores detalhes.

Daimar riu.

— Calma, meu amigo, nem foi tão ruim assim. Eu até tive o cuidado de me certificar de que nenhum de vocês dois estava envolvido em algum relacionamento.

— Perdoe-me se não demonstrei minha gratidão por você estar xeretando o meu passado, além de metendo o bedelho na minha vida – disse Britano, sem muita convicção, enquanto olhava ao redor, o que fez Daimar imaginar se o monitor estava recebendo um pagamento grande o suficiente para valer a pena continuar com o trabalho de vigiá-lo. - Eu gostaria que isso começasse logo. Odeio esse tipo de lugar.

— E eu gostaria de saber por que, raios, me intimaram para vir aqui.

— Você foi *intimado*?

— Sim. Conhece a instrutora Cristalin Oglave? Ela apareceu no alojamento ao raiar do dia e disse algo como: "Estou aqui não como instrutora, mas como oficial do Exército, e tenho uma intimação para você".

Britano soltou um riso involuntário ante a imitação que Daimar fez do jeito de falar e da voz um tanto grave da instrutora.

— Mas você foi intimado para quê? Vai testemunhar?

— Não, segundo o documento que a instrutora me deu é só para eu assistir à sessão.

O monitor chegou a abrir a boca para responder, mas foi interrompido por uma grande algazarra. Olhando para trás, eles notaram a entrada de três rapazes falando alto e rindo. Daimar os reconheceu imediatamente como ex-membros da fraternidade. Todos os três tinham saído depois da expulsão de Bodine. Um dos soldados que guardava as portas da sala se aproximou deles e falou algo em tom de voz baixo, o que fez com que os três se apressassem em se sentar em silêncio.

Quase que ao mesmo tempo, as portas da plataforma central se abriram e diversas pessoas entraram, como se fossem um bando de formigas, preenchendo todos os lugares, exceto os bancos dos jurados. Bodine foi um dos últimos a aparecer, tendo as mãos imobilizadas atrás das costas por algum mecanismo que o soldado que o acompanhava só removeu quando ele chegou ao seu lugar. Ele parecia bem, mas o macacão esverdeado deixava ver as bandagens nos pulsos e no pescoço. Provavelmente, levaria várias semanas ainda para se recuperar totalmente.

O grupo de ex-membros da fraternidade saudou o réu com gritos, assobios e provocações. Bodine olhou para eles e sorriu, levando as mãos à boca para responder, mas o advogado dele imediatamente o segurou pelo braço e o fez virar-se para frente.

Finalmente, um homem franzino, na casa dos quarenta anos, entrou, usando a característica capa negra que o identificava como juiz. Ele não perdeu tempo. Andou rápido até sua mesa e, ainda em pé, pegou uma concha amplificadora de voz e pediu silêncio, dando início aos procedimentos. Depois de alguns esclarecimentos sobre como a sessão transcorreria, o juiz passou a palavra para o promotor, que se aproximou, pegou a pequena concha e começou a falar, descrevendo rapidamente os acontecimentos que tinham levado ao encarceramento do réu.

— Acredito que temos aqui presente o senhor Daimar Gretel, o responsável pela denúncia inicial.

Sem alternativa, Daimar levantou a mão, o que chamou a atenção de todos, principalmente dos três rapazes barulhentos, que o encararam com raiva.

— O Império agradece por sua colaboração – disse o promotor a Daimar, antes de retomar seu discurso, descrevendo os dias que Bodine precisou passar no hospital e a aplicação do encanto da verdade, sob o qual ele confessou ter cometido o crime.

Daimar olhou para Bodine, que havia se virado para ele e estava sorrindo presunçosamente. O que significava aquilo?

O promotor continuava discursando.

— No entanto, algum tempo depois o réu alegou que não estava pensando com clareza da primeira vez e exigiu que fosse repetido o procedimento. A promotoria não encontrou nenhuma razão para negar o pedido e um novo encanto da verdade foi aplicado, dessa vez em sigilo de justiça. As informações recebidas do réu nesse segundo depoimento foram valiosas para outra investigação que estava em andamento, e nesta madrugada, graças à colaboração de diversos cidadãos, um grupo de pessoas foi preso sob diversas acusações, incluindo assassinato, prática de hipnotismo, sequestro e uso ilegal de informação privilegiada. Esse grupo era formado por membros da família Lenart e por associados.

"A filha mais nova da família, que também está presa, se chama Ebe Lenart, e era a suposta vítima da acusação de estupro que pesa sobre o réu, Bodine Gersemi. Conforme apuramos mais tarde, várias provas confirmam que o réu foi apenas uma das muitas vítimas dessa criminosa, que utilizava artefatos ilegais criados pelos pais para implantar sugestões hipnóticas nos homens dos quais abusava, de forma que não se lembrassem do que tinha ocorrido. No caso do réu, ela decidiu se divertir invertendo os papéis, fazendo com que ele acreditasse que quem havia cometido o abuso era ele."

Daimar viu-se de olhos arregalados. Aquilo era... inacreditável.

O julgamento prosseguiu por duas horas, o promotor detalhando todas as provas em favor do réu, para justificar o fato de todas as acusações estarem sendo retiradas. O julgamento, segundo ele, nem precisaria ocorrer, mas como as novas provas só foram descobertas e confirmadas na noite anterior, não havia como cancelar o procedimento.

Em seguida, o advogado de defesa fez um discurso enaltecendo a ação impecável dos investigadores e a atitude acertada da promotoria, que não medira esforços para encontrar a verdade, mesmo que isso significasse perder uma condenação. Por fim, o juiz perguntou se alguém da plateia tinha algo a acrescentar ao caso e, como nenhum dos poucos presentes se manifestou, ele declarou o réu inocente, mandou soltá-lo imediatamente e encerrou a sessão.

Meia hora depois, os amigos barulhentos escoltavam Bodine – que agora usava suas roupas civis – para fora do prédio, quando toparam com Daimar aguardando-os do lado de fora. Um deles imediatamente esbravejou:

— O que você quer?

Daimar olhou para Bodine.

— Eu ficaria grato se você pudesse me conceder um minuto do seu tempo.

O outro deu um sorriso sarcástico.

— Para quê? Está arrependido do que fez, é?

— Sim.

Aquela palavra, dita sem nenhuma hesitação, fez com que Bodine esquecesse um pouco de sua raiva e encarasse o barão com atenção. Os outros rapazes começaram a lançar insultos a Daimar, mas Bodine levantou a mão e mandou todos calarem a boca, antes de voltar-se novamente para ele.

— Eu estou te devendo um soco. Ou dois.

— A hora em que você quiser. Mas vou avisando que a partir do segundo eu vou revidar.

Bodine arreganhou os dentes e soltou uma risada exagerada, antes de puxar Daimar para um canto e falar baixinho no ouvido dele:

— Sabe, eu não gosto de você. Nunca gostei. Mas meu advogado me disse que você salvou a minha vida quando me mandou para o hospital e me denunciou para o Exército. Se eu recobrasse o juízo e abrisse a boca para qualquer um sobre o que aquela vadia me fez, eu estaria debaixo do canteiro de flores dela, assim como a meia dúzia de outros caras que desenterraram de lá. Ele também me disse que você está no seu direito e que eu me daria mal se tentasse te bater, então não vou fazer isso. – Daimar lembrou-se dos curativos que o outro usava, que eram as consequências diretas de uma tentativa de bater nele, mas achou melhor se manter sério e não falar nada. – Mas pode ficar sossegado que vou pensar numa forma bem divertida de retribuir o que você me fez.

Daimar apenas assentiu. Bodine voltou a arreganhar os dentes e caminhou para junto de seus amigos.

— Deixem esse perdedor aí. Ele não vale a pena.

Depois de lançarem mais alguns insultos a Daimar, os outros três seguiram Bodine e se afastaram. Daimar ficou olhando-os por um longo tempo, imaginando se apenas se declarar arrependido do que fez realmente era suficiente para se redimir. Acabou concluindo que não havia muito mais o que fazer numa situação delicada como aquela. Não podia convidá-los de volta para a fraternidade, pois, se eles aceitassem, isso poderia colocar os outros membros em risco. Afinal, eles poderiam tentar algum tipo de retaliação pelo ocorrido.

Seus devaneios foram interrompidos quando ele pressentiu a aproximação de Cristalin Oglave. Ele se virou para encará-la, o que a deixou levemente surpresa.

— Instrutora. Imagino que esteve envolvida na captura da família Lenart.

— Sim - disse ela, parando diante dele e cruzando os braços.

Cristalin usava um uniforme do Exército, de um tom entre alaranjado e verde, com uma insígnia metálica presa em seu peito, sobre o coração. O símbolo em relevo da peça representava um pássaro de fogo, e abaixo dele tinha algumas linhas e uma estrela, que indicavam a patente militar do oficial que as usava.

— O advogado de defesa elogiou bastante o trabalho de vocês.

— Sim, mas tivemos bastante ajuda - respondeu ela, encarando-o, séria. – Não imaginei que fosse querer acertar contas com Bodine, barão.

Ele deu de ombros.

— Eu nem sequer pensei na possibilidade de ele não ser culpado.

— Ninguém pensaria. A ficha de transgressões dele é bem extensa.

— Mesmo assim, fui injusto.

— Fico contente que pense assim, senhor Gretel, mas devo avisá-lo para tomar cuidado. Muitos estão ressentidos com você depois desse episódio. Recomendo cautela. E bastante atenção na escolha de suas companhias.

Daimar olhou para Britano, que estava encostado numa parede do outro lado da rua, olhando na direção dele e segurando uma caneca numa das mãos enquanto mastigava alguma coisa.

— Nesse caso, que bom que tenho um guarda-costas.

— Apenas pense no que eu disse, tudo bem? E não falte à aula de hoje à tarde.

◆ ◆ ◆

— Aqui está - disse o oficial, oferecendo uma bolsa grande e pesada, que Cariele recebeu com satisfação. – Não vá andar com isso pela rua, duvido que consiga chegar muito longe sem ser assaltada.

— Não se preocupe - respondeu ela, tirando um pequeno lenço preto do casaco com o qual ela envolveu a bolsa e a comprimiu de leve. O volume foi desaparecendo no interior do tecido opaco até que pareceu não restar nada. Ela então, calmamente, dobrou o lenço e o recolocou no bolso.

— Fundo infinito? – O soldado sorriu, impressionado. – Bem que eu gostaria de ter um desses, mas com meu salário...

— E quanto a meus simulacros?

O homem ficou sério.

— Desculpe, Cariele, mas não vou ter condições de repor.

— Mas fazia parte do acordo!

— Não é tão simples recarregar essas coisas, ainda mais três delas.

— Eu sei disso! E é exatamente por isso que eu fiz esse acordo!

— Desculpe, não posso fazer nada, ordens de cima.

— Ah, aquela... aquela... ela vai se ver comigo. Ah, se vai!

Usando um tom de voz conciliatório, o oficial disse:

— Por que não leva os simulacros até um laboratório? Se você seguir à esquerda até o fim da rua vai encontrar um, e ele é bastante confiável, pertence à família Gretel. Fale com eles. Talvez façam um desconto para você.

Cariele estava se preparando para falar poucas e boas para ele, mas esqueceu de tudo ao ouvir o nome "Gretel". Ela conhecia a reputação dos laboratórios da família, mas nunca tinha feito a ligação daquele nome com o do barão da Alvorada. Fazia todo o sentido, afinal, segundo as informações que tinha levantado, a riqueza da família dele era impressionante. Era até possível que existissem duas famílias ricas com o mesmo sobrenome, mas aquilo lhe parecia altamente improvável.

De repente, ela percebeu que tinha ficado calada e pensativa por tempo demais, e voltou a encarar o oficial.

— Tem mais algum trabalho para mim?

— Achei que você fosse querer tirar umas férias depois desse pagamento gordo.

— Está brincando? Vocês nem repuseram o material que eu gastei.

O homem não parecia mais interessado em insistir naquele assunto.

— Bom, não tenho nada do que você costuma aceitar no momento. Mas posso avisar caso apareça algo.

Ela suspirou. Não adiantava nada ficar brava com quem só estava cumprindo ordens.

— Obrigada – disse, levantando-se e ajeitando a massa de cabelos que cascateavam a partir do turbante que usava. – Vou ficar aguardando. Não se esqueça de mim.

Ele sorriu.

— Pode contar com isso.

Até que ele pode ser considerado um homem agradável, pensou ela, *se deixar de lado o fato de trabalhar para uma sacana.*

Ao sair da sala dele e fechar a porta atrás de si, ela refletiu que isso era uma das coisas que considerava essenciais em um homem. Queria um parceiro que fosse agradável e descomplicado. E, claro, muito rico. Não era pedir muito, era?

Os soldados que trabalhavam no posto militar sorriram e a cumprimentaram enquanto ela passava por eles. Já tinha vindo ali tantas vezes nos últimos anos que era considerada "de casa" ali. Retribuindo os cumprimentos, ela caminhou na direção da porta de saída, que se abriu de repente para dar entrada a tenente Cristalin Oglave.

— Cari! – A recém-chegada adiantou-se para dar um abraço em Cariele. – Menina, que trabalho fenomenal!

De alguma forma, elas tinham se tornado amigas com o passar dos anos, depois que Cariele começara a trabalhar para ela ocasionalmente. Apesar de se darem muito bem, a relação de contratante e contratada entre elas exigia que fingissem não se conhecer quando se encontravam fora daquele lugar, principalmente na academia.

— Cris, sua vira-casaca! – Cariele afastou a outra e encarou-a de cenho franzido.

— O que foi? Não recebeu a recompensa? Mandei que deixassem tudo pronto para você.

— Você prometeu que iria repor o material que eu gastasse!

— Se me lembro bem, não foi *exatamente* isso o que eu disse. O que você precisa repor?

— Três simulacros boreais.

Cristalin fechou os olhos e suspirou, levando a mão à testa.

— Você tem treinamento militar, garota, por que fica gastando essas coisas? Sabe o quanto isso custa?

— É claro que eu sei! Mas minha vida estava em jogo, sabia? E eu capturei aquela vadiazinha e mais um monte de capangas sozinha!

— Não posso me responsabilizar por isso. Você não quis aguardar reforço.

Cariele soltou uma risada sem humor.

— Não acredito nisso.

— Você tem que aprender a ser um pouco mais razoável. Agir em equipe não vai te matar. Se continuar nesse ritmo, mais cedo ou mais tarde vai se dar mal.

Aquele discurso sobre sua incapacidade de trabalhar em equipe era uma constante na vida de Cariele. Já o tinha ouvido tantas vezes e de tantas pessoas que adquirira o hábito de ignorá-lo.

— Não posso pegar mais trabalho se não tiver uma fonte de energia para minhas armas.

— Você teria energia de sobra se deixasse de ser teimosa e fizesse um pouco de terapia espiritual.

— Sem chance. Não quero ninguém entrando na minha cabeça, obrigada.

Cristalin suspirou de novo, antes de pegar um pequeno objeto do bolso.

— Aqui – disse ela, jogando o pequeno cubo brilhante para Cariele. – Isso deve servir para você, pelo menos, se proteger por algum tempo.

Depois de analisar o objeto com atenção, Cariele sorriu, satisfeita.

— Uau! Esse é um dos bons! Tem mais energia aqui do que caberia em todos os meus juntos!

— Sim, e recebi como um presente pessoal de um grande amigo. Melhor cuidar bem dele. Vou querer de volta.

— Obrigada. Mas vai ser uma pena gastar isso. Deve custar uma fortuna para recarregar.

Cristalin sorriu, maliciosa.

— Fale com seu amigo Daimar. Talvez ele te faça um preço camarada se você pedir com jeitinho.

Por um momento, Cariele se distraiu imaginando o que poderia fazer para convencer o barão a lhe fazer um favor como aquele. E, para seu horror, sentiu o sangue subir ao seu rosto. A tenente, obviamente, percebeu o fato, mas, felizmente, preferiu deixar aquilo de lado e mudar de assunto.

Depois de se despedir de Cristalin e sair do posto militar, Cariele parou na calçada e olhou ao redor, com todos os sentidos em alerta. Tinha a nítida impressão de que alguém a estava observando. De repente ela se lembrou do que ocorrera durante a madrugada e concluiu que *ele* estava por perto.

Sentiu um frio na barriga ao se lembrar de que, várias horas antes, ela usara seu treinamento militar para tentar localizar a fonte da sensação e se vira encarando o outro lado do corredor, mais especificamente, a porta do quarto do barão. As habilidades especiais de Daimar, obviamente, iam muito além do olfato. Ele tinha algo parecido com a técnica militar conhecida como *percepção*. Isso permitia que ele sentisse a presença dela à distância e a espionasse, mesmo sem poder vê-la.

Ao perceber que a habilidade dele talvez estivesse revelando muito mais sobre ela do que gostaria que ele soubesse, seu coração tinha se acelerado e seu corpo havia sido varrido por uma enxurrada de sensações que não lhe eram muito familiares. Então ela tinha se virado e corrido para o próprio quarto, quase implorando à Grande Fênix que não permitisse que ele a observasse ali dentro. Felizmente, assim que fechara a porta atrás de si, a sensação sumira por completo e ela tinha respirado aliviada.

E agora ela estava ali, no meio da rua, sendo observada de novo, da mesma forma. Estreitando os olhos, ela olhou ao redor e percebeu que havia um bar na esquina, então ela se encaminhou para lá. Sem pensar duas vezes, entrou no estabelecimento e caminhou até o balcão, pedindo um copo de água ao atendente, antes de se recostar ali, olhando na direção da porta.

Cinco minutos depois, Daimar Gretel entrou, encarando-a com um sorriso enquanto se recostava no balcão ao lado dela e pedia uma cerveja.

— Começou a me espiar à distância agora, barão?

— Imaginei mesmo que você perceberia.

O atendente colocou um copo diante dele e o encheu com o conteúdo de uma jarra. Ele jogou algumas moedas para o homem e fez um sinal para Cariele em direção a uma mesa mais afastada das outras, perto da janela.

O estabelecimento estava praticamente vazio àquela hora da manhã, o que tornava aquele lugar propício para o que ela queria falar para ele, então o seguiu até a mesa, onde se sentaram de frente um para o outro.

Ele lhe lançou um olhar especulativo.

— Você tem ligação com os militares, não tem? Percebi que estava conversando com a instrutora Oglave.

— Você está usando habilidades especiais para me espionar – disse ela, ignorando a pergunta. – Por quê?

— Não é proposital, eu juro – disse ele, levantando as mãos. – A primeira vez que isso aconteceu foi quando você voltou ao alojamento esta noite. E, por mais que eu tente, parece que só consigo fazer isso com você.

O coração dela voltou a bater descontroladamente.

— Isso não é nada lisonjeiro.

— Desculpe.

— Não quero que faça isso de novo.

— Não tenho muito controle sobre isso...

— Então aprenda a se controlar!

Sem saber direito como responder àquilo, ele acabou falando a primeira coisa que lhe veio à cabeça.

— Você participou da prisão da família Lenart, não é?

Cariele suspirou.

— E você acha isso por...?

— Você passou boa parte dessa madrugada fora do alojamento. Além disso, você acabou de sair do posto militar e estava conversando com a tenente, que me deu a entender que era responsável pelo caso.

— Está bem – admitiu ela, querendo encerrar logo aquela conversa. – Fui eu que prendi aquele traste da Ebe Lenart. Finalmente.

Ele a estudou por um tempo, tentando digerir aquilo.

— Você sabia que ela era criminosa há bastante tempo, não sabia? Por isso se irritou comigo quando expulsei Bodine da fraternidade.

— Sim, eu sabia. Mas ainda estava juntando provas. Então eu rastreei a dolaneodiproma que nossos amigos tomaram e descobri que tinha vindo de um dos laboratórios deles. Daí até conseguir uma autorização para busca e apreensão foi um pulinho.

— Você investigou a origem da droga que mandou eles para o hospital?

— Sim, por que a surpresa?

— Na época, isso nem me passou pela cabeça.

— Não se pode pensar em tudo o tempo todo.

— Há quanto tempo você faz isso? Trabalhar para o Exército, quero dizer. Você não é oficial, é?

— Eu fui. Pedi baixa há alguns anos e me mudei para cá. Desde então eu trabalho como mercenária.

Ele arregalou os olhos ao ouvir aquilo. Ao perceber a reação dele, ela sorriu.

— O que foi? É um trabalho perfeitamente legal. Eles me contratam quando tem algum trabalho importante que eles mesmos não conseguem fazer por falta de pessoal.

— Então é disso que você vive?

Ela deu de ombros.

— Praticamente.

— Não é perigoso?

— Viver é perigoso. Sabia que teve dois casos ontem de homens morrendo por terem caído do cavalo?

— Se pensa assim, por que saiu do Exército?

Ela tomou um gole da água e olhou pela janela, sem responder. Ele também tomou um gole de sua própria bebida e aguardou um pouco, mas o silêncio prosseguiu e, por fim, ele decidiu não insistir naquilo.

— No trabalho da noite passada... você teve que lutar?

— Claro – disse ela, voltando a encará-lo. – Eu prendi mais de dez criminosos, muitos em flagrante delito. Acha que viriam pacificamente se eu pedisse?

— Pelos céus! E você estava sozinha?! Foi ferida?

Ela sorriu ante à preocupação dele.

— Só em minhas economias. Acabei gastando muito mais energia do que eu previ e agora vou ter que pagar uma pequena fortuna para conseguir novos simulacros. A propósito, a tenente sugeriu que eu seduzisse você para conseguir um desconto. O que acha? Isso funcionaria?

Ele riu, divertido.

— Com certeza, não. A ideia da sedução é interessante, mas não faço essas coisas quando sei que minha parceira tem segundas intenções.

— Que pena.

Na verdade, aquela resposta a fez sentir-se um pouco aliviada. Ali estava um bom motivo para manter-se longe dele.

— Você disse que derrotou mais de dez pessoas sozinha?

— Não. Eu disse que *prendi* mais de dez pessoas. E foi uma de cada vez. Ou melhor, a maioria foi.

— Para gastar mais de um simulacro imaginei que tinha saído soltando bolas de fogo para todo lado.

Ela deu de ombros de novo, desta vez sentindo-se desconfortável.

— Aconteceram... imprevistos.

— Sei. - Ela, obviamente, não queria que ele insistisse naquele ponto, então ele olhou pela janela e viu Britano parado do outro lado da rua, conversando com uma moça que vendia flores. Ele foi associando uma coisa à outra e percebeu algo que não tinha notado até agora. – Ei, onde está Janica? Ela não deveria estar seguindo você, como sempre?

— Ela está no hospital – respondeu Cariele, automaticamente, antes de se dar conta de que não devia revelar essa informação.

— O quê? O que houve com ela? Espere... ela participou da ação com você?

Cariele suspirou e levou a mão à testa, desanimada. Agora que já falara demais não fazia sentido ocultar o resto.

— Ela me seguiu. Quando me dei conta do que estava acontecendo ela tinha sido capturada por aqueles sádicos.

— Então você a salvou?

— Eu consegui libertá-la, mas já tinham dado uma surra e tanto nela. Eu a levei para o hospital, mas, exceto por alguns hematomas, ela está bem. Ficou lá apenas para observação e deve receber alta daqui a umas duas horas.

— Você está dizendo que atacou a casa de uma família que tinha um grupo grande de seguranças, libertou uma refém e a protegeu enquanto derrotava todo mundo, *sozinha*? Tudo isso sem sofrer nenhum arranhão?

— Eu não sou nenhuma amadora, sabia? Eu tinha planos de contingência.

— Isso explica por que precisou de tanta energia. O Exército não deveria dar novos simulacros para você?

— Parece que isso não estava no contrato. Alegaram que eu não segui as regras.

— Pelo que me disse, você salvou uma vida. Isso não é uma justificativa adequada?

Ela se empertigou.

— Eles não precisam saber disso.

— Como é?!

Cariele suspirou.

— Ela estava lá por culpa minha. Eu me garanti para sair do alojamento sem ser percebida, mas acho que ela deduziu que eu ia sair e ficou escondida em algum lugar do lado de fora, esperando. Depois que me afastei do prédio eu não ativei minha *percepção* para economizar energia, e ela me seguiu. Se a Cris ficar sabendo que isso aconteceu, eu nunca mais vou conseguir trabalho com ela de novo. E você tem que manter segredo!

Ele tomou um gole da cerveja morna, pensativo. Imaginara diversos cenários que pudessem explicar a postura e a forma de se mover de Cariele, mas nunca poderia imaginar que ela ganhasse a vida daquela forma, fazendo os trabalhos que nenhum soldado queria fazer. E ela, aparentemente, era muito competente nisso.

— Eu acho que você está exagerando. A culpa não é sua, é de quem a colocou para seguir você. Não acho que Cristalin iria despedir você só por causa disso. Aliás, você não pensou em pedir para ela investigar quem mandou o supervisor colocar Janica na sua cola?

Cariele soltou um riso sem muito humor.

— Não creio que ela tenha interesse em me deixar saber dessa informação.

Ele estreitou os olhos.

— Você acha que ela está envolvida?

Dando de ombros, Cariele terminou de tomar sua água e largou o copo sobre a mesa, voltando a olhar pela janela. Depois de algum tempo, ele decidiu mudar de assunto.

— Por que não me dá os simulacros? Eu darei um jeito de recarregar eles para você.

Ela olhou para ele de cenho franzido.

— Como assim? De graça?

Foi a vez de ele dar de ombros.

— Eu mandei um cara inocente para o hospital e depois para a masmorra. Você prendeu a verdadeira criminosa e, assim, tirou ele de lá. Acho que eu te devo essa.

Ela refletiu sobre aquilo por alguns instantes. Trocando favores daquela forma eles acabariam se aproximando ainda mais e ela não queria isso, apesar de ter uma parte dela que se sentia muito excitada com a ideia. Se ela recusasse a oferta ele provavelmente não ia gostar, pois aparentemente se sentia mesmo responsável pela prisão indevida de Bodine. Era curioso, inclusive, ele estar demonstrando um senso de responsabilidade tão grande.

— Como você consegue convencer as pessoas de que é um delinquente?

Ele riu.

— Não sei. Talvez da mesma forma que você convence os outros que é uma caçadora de fortunas.

Ela ficou séria.

— Eu não tento convencer ninguém disso. Não preciso, porque é exatamente isso o que eu sou.

Ele quase se engasgou com o gole de cerveja que estava tomando.

— Você está brincando?

— Não.

— Eu não entendo. Por quê?

— Não é de sua conta.

Ele suspirou, impaciente.

— Você é cheia de segredos.

— Assim como você.

Ficaram se encarando, desafiadoramente, por um longo momento, até que ele resolveu mudar de assunto.

— A instrutora permite que você a chame de "Cris"? Não deveria ser "oficial" ou "tenente"?

Aquela pergunta a pegou totalmente de surpresa. Ela hesitou um momento, antes de dar de ombros e responder:

— Depois de tanto tempo trabalhando com ela acho que abolimos as formalidades.

Voltaram a ficar em silêncio, um avaliando ao outro.

E ele já estava ficando farto daqueles silêncios desconfortáveis.

— Você vai me dar os simulacros?

— Estão em minhas armas. – Ela sorriu. – E você não vai querer que eu saque elas dentro de um bar, não é?

— Carrega suas armas com você para todo lado?

— Claro.

— Espere... você anda armada dentro da academia? Até nos alojamentos?

— Quantos militares você já conheceu?

— A ponto de chamar de "amigo"? Nenhum.

— Se conhecesse algum saberia que isso é procedimento padrão.

— Certo – disse ele, não parecendo muito convencido. – Mas se os simulacros estão descarregados, por que estão equipados nas suas armas?

— Planos de contingência, lembra? Eu tenho muitos deles.

— Então por que não vamos para um lugar onde não tenha ninguém por perto para que você possa me mostrar suas... armas?

Ela sorriu.

— Que tipo de proposta é essa, barão? Tem algum lugar em mente?

— Talvez. Que tal meu quarto no alojamento?

— Tenho que passar no hospital e depois tenho aula.

— Eu também. Por que não me deixa acompanhá-la? Podemos deixar essa conversa sobre as armas para a calada da noite, que tal?

Cariele não se lembrava de alguma vez ter flertado tão abertamente com um rapaz apenas por diversão, sem ter nenhum real interesse em se envolver com ele. Também não se lembrava de algum dia ter se divertido tanto com uma troca de palavras de duplo sentido.

Daimar, por sua vez, sentia-se muito bem consigo mesmo. Ela continuava escondendo muita coisa dele, mas ele tinha a impressão de que hoje tinha feito enormes progressos na árdua tarefa de entendê-la. Assim, permanecera pelo resto do dia em um estado de satisfação e ansiedade pelo que aconteceria à noite.

Aquilo o fez sorrir com a reação de Britano ao ficar sabendo que Janica estava no hospital. E mais ainda quando conseguiu convencer o monitor a comprar algumas flores para ela.

O fez rir da expressão exagerada de surpresa no rosto de Janica ao receber as flores.

Fez com que se divertisse com a expressão de Cariele quando a monitora declarou que continuaria fazendo seu trabalho de vigilância, mesmo agora que sabia que tipo de trabalho a outra fazia.

Mais tarde, o fez achar interessante o comportamento de Cariele e Cristalin, que realizavam um ótimo trabalho em fingir que não se conheciam durante as aulas.

Já à noite, fez com que apreciasse muito a beleza do céu estrelado enquanto voltava para o alojamento.

Também o fez achar comovente uma carta anônima com uma declaração de amor que alguém colocou em seu quarto por debaixo da porta.

E, por fim, fez com que ficasse muito, mas *muito* decepcionado quando, finalmente, concluiu que Cariele não viria em seu encontro naquela noite.

Na manhã seguinte, recebeu uma carta de seu pai. Delinger Gretel lamentava pela ausência prolongada e avisava que provavelmente ficaria fora por mais algumas semanas. E ainda pedia para Daimar não tentar localizá-lo.

Capítulo 7:
Revoada

Daimar contornou uma pilha enorme de lixo jogado na calçada e olhou ao redor, resistindo ao impulso de levar a mão ao rosto para se proteger do mau cheiro. Aquele lugar fedia não só a lixo, mas a esgoto e a podridão.

— Ei, senhor! – Ele acenou para um homem que passava montado em um cavalo que já vira dias melhores.

O homem fez a montaria parar antes de olhar para ele de cima a baixo, analisando com cuidado seu uniforme acadêmico.

— Sim?

— Esta é a Rua das Camélias?

— Por quê? Está procurando alguém?

— Sim, acho que é um alquimista. Sabe se tem algum por aqui?

— O Alquimista das Camélias? É naquele prédio lá – o homem apontou para uma construção de pedra à distância, cercada por terrenos baldios tomados pelo mato. – Mas se quer um conselho, rapaz, não fique andando muito por aí. Coisas ruins podem acontecer com você.

Dito isso, o homem cravou os calcanhares no lombo do cavalo, que saiu andando, num trote um tanto desengonçado.

Daimar não tinha medo de encarar um assaltante ou dois. Fazia tanto tempo que não entrava em uma luta de verdade que quase ansiava por uma oportunidade de enfiar seu punho na cara de alguém. Na última vez que fizera isso, acabara mandando o pobre Bodine para o hospital. Não que o idiota não merecesse, lógico. Mas não dava para chamar de "luta" quando o oponente caía com um único golpe.

Ele enfiou a mão no bolso e tocou o envelope. Tudo o que tinha que fazer era ir até aquele prédio e entregá-lo a quem quer que estivesse ali. E pronto.

Mas, de repente, ele percebeu que não era aquilo que queria. Podia muito bem esperar para ouvir as explicações direto de seu pai quando ele voltasse. Afinal, Delinger parecia estar bem, a carta que ele tinha mandado não continha nada fora do comum. As palavras do pai foram as mesmas de sempre, demonstrando preocupação com ele e discutindo um pouco dos negócios da família, encarregando Daimar de algumas tarefas administrativas num dos laboratórios deles em Lassam.

Não, definitivamente, não era por causa da carta de Delinger que ele estava ali. O que o estava incomodando a ponto de fazê-lo sair de sua rotina normal e vagar pela cidade daquele jeito era *ela*.

Passara a maior parte da noite acordado, esperando ansiosamente que Cariele viesse a seu encontro, como um tolo apaixonado. E despertara antes do nascer do sol, quando seus sentidos o avisaram de que ela estava saindo do alojamento. Ele tinha corrido para fora do quarto e a procurado pela janela, vendo-a se afastar na direção dos prédios principais da academia, com passos longos e determinados, fazendo com que Janica quase tivesse que correr para não a perder de vista. Ele esperava que a monitora não tivesse complicações por causa daquele esforço, afinal, mal tinha saído do hospital após ter sido sequestrada e duramente agredida.

Estaria Cariele se metendo em mais uma missão perigosa? Mas se fosse o caso, ela não iria precisar dos simulacros que ela não tinha ido pegar com ele?

Aquela mulher era um mistério. Era melhor esquecê-la por enquanto e voltar para a academia. O sol já tinha nascido há muito tempo e ele provavelmente chegaria atrasado para a primeira aula do dia.

Ele virou-se e se deu conta de que estivera tão entretido pensando em Cariele e em seu pai que se esquecera completamente de Britano. Teria ele despistado o monitor sem querer? Nem havia se lembrado dele ao sair do alojamento.

Após virar uma esquina, ele se deparou com uma cena surpreendente. Britano Eivindi, com seu engomado uniforme de monitor, acabava de derrubar um homem com um violento soco no queixo. E havia outros dois, também nocauteados, caídos aos pés dele.

Britano então levantou a mão e disparou um pequeno projétil energético para cima. O construto alaranjado subiu uns vinte metros e explodiu com um estrondo, formando uma pequena chuva de partículas brilhantes, que durou alguns segundos antes de se desvanecer. Daimar reconheceu aquilo como o sinal militar padrão para chamar ajuda. Os guardas, com certeza, veriam aquilo e viriam correndo.

Atravessando a rua, apressado, Daimar se aproximou do monitor.

— O que houve?

— Nada de mais – respondeu Britano, massageando o punho direito. – Essas pessoas estavam perdidas e precisavam de informações. Nossos amigos do posto militar mais próximo irão ajudá-los, com todo o prazer.

Daimar viu duas espadas e um tipo de chicote caídos ali do lado e notou que nenhum dos três atacantes parecia seriamente ferido.

— Você derrubou três assaltantes armados *sozinho*?

Britano deu um de seus raros sorrisos.

— Conhece alguma forma melhor de iniciar um dia de trabalho?

◆ ◆ ◆

— Alta condicional? Como assim, *alta condicional*?

— Filha, não precisa gritar – ralhou Baldier Asmund.

— Você não pode estar falando sério! Eu... eu achei que tinha mais tempo!

Alta condicional era um termo popular que os sábios e curandeiros repudiavam, diga-se de passagem, para descrever uma situação em que a condição do doente tinha piorado tanto que não fazia mais diferença ficar sob os cuidados de profissionais da saúde.

— O tempo passa mesmo que você não esteja olhando e isso é algo que ninguém pode evitar. Meus dias de professor de hospital estão encerrados. Agora estou entrando na última etapa de minha jornada.

— Por que o senhor não me contou antes?

— Que diferença ia fazer? Você tem que cuidar de sua própria vida, filha. Não pode ficar se preocupando comigo. Além disso, não há nada que você possa fazer mesmo.

— E quando você vai voltar para casa?

— Devo ficar aqui até o fim da semana.

Cariele não conseguiu impedir que uma lágrima escorresse pelo rosto. Imediatamente, virou-se de costas, enxugando a face com a manga e tentando se recompor.

— Ei, ei! – Baldier se aproximou dela, carinhoso. – Para que isso?

— Eu... eu queria poder fazer alguma coisa... se eu tivesse mais tempo...

— Ei, olha para cá! Vamos, me olhe nos olhos! Isso! Agora me responda uma coisa: *quem você pensa que é?*

Cariele sobressaltou-se, surpresa com o repentino tom cortante da voz dele.

— Eu sou Baldier Asmund, um dos maiores sábios que já viveu. Você acha que pode desafiar minha posição? Acha que algum dia vai conseguir me superar?

— Claro que não!

— Acha que sabe mais do que eu?

— Lógico que não, pai! Por que está falando isso?

— Porque eu venho estudando essa doença há *vinte anos*. E, de repente, você chega para mim e me diz que podia fazer alguma coisa se tivesse "mais tempo". Rá! Quem você pensa que é para falar uma coisa dessas?

— Desculpe. Mas é que você fez tanta coisa por mim, não pode esperar que eu não queira retribuir...

— Ora, cale essa boca!

Cariele levou a mão aos lábios, agora assustada. Nunca tinha visto seu pai falar daquele jeito antes.

— Você acha que me deve alguma coisa? Pois deixa eu esclarecer para você: não importa quem tivesse nascido do ventre da sua mãe, você ou qualquer outra pessoa, eu trataria exatamente da mesma forma. E sabe por quê? Porque eu fui treinado para ser assim! Sabe o que eu fiz por você nesses vinte anos? Quase nada! Você acha que eu fiz direito meu trabalho como pai? Isso é porque você não conheceu sua avó. Minha mãe foi até as últimas consequências para nos manter vivos, alimentados e saudáveis. Você nem imagina pelo que passamos. Você não imagina pelo que *ela* passou, o que teve que sacrificar, até onde teve que ir para me dar um futuro. Mesmo que ela ainda estivesse viva, até hoje eu ainda não teria conseguido retribuir nem uma pequena parte do que ela fez por mim. Acha que tudo o que eu fiz nesses últimos anos foi por você? Não foi. Foi por mim! Porque eu nunca conseguiria conviver comigo mesmo se não tivesse dado cada passo que dei. Você acha que me deve alguma coisa? Bobagem! A única pessoa para quem você deve algo é para si mesma. Você é a única com a qual eu quero que se preocupe. – Ele fez uma pequena pausa para recuperar o fôlego. – Você não entende? Isso dói! Ver você deprimida e desperdiçando momentos preciosos de sua vida por minha causa é horrível! Não faça isso comigo, por favor!

Obviamente, o pai estava tão ou mais assustado do que ela com a perspectiva de sua vida estar chegando ao fim para perder o controle das emoções daquele jeito. Aproximando-se, ela o abraçou apertado, enquanto tentava controlar as lágrimas, que agora caíam em profusão.

Daimar olhou para ela pela enésima vez. Alguma coisa tinha acontecido. Ela parecia abalada, triste e ao mesmo tempo determinada, algo bem diferente da expressão usual dela. Normalmente, ela agia como se não tivesse nenhuma preocupação na vida, parecendo displicente e até mesmo entediada, demostrando pouco ou nenhum interesse pelo estudo ou pela instrutora, e sem nunca perder uma oportunidade de bater papo com as amigas.

Agneta, que ele concluíra ser a melhor amiga dela, parecia tê-la abandonado e agora estava gravitando ao redor *dele*. Depois de Daimar ter dado a ela algumas dicas sobre um trabalho de História, a garota não perdia mais nenhuma oportunidade de ficar colada nele o máximo que conseguia.

— O que há com Cariele? – Já que a moça não o largava, ele resolveu perguntar a ela diretamente.

Agneta olhou para a amiga, do outro lado da sala, e deu de ombros.

— Acho que o pai dela piorou.

— Como assim?

— Ah, eu não sei direito, mas ele está internado no hospital há anos.

— O que ele tem?

— Não sei.

Ele olhou para ela, incrédulo.

— O quê? Sua melhor amiga está com o pai internado há anos e você nunca quis saber por quê?

Agneta abriu e fechou a boca duas vezes, aparentemente sem encontrar palavras.

— Deixe para lá, desculpe - disse ele, balançando a cabeça.

Subitamente, Daimar se sentiu um lixo por estar ressentido com Cariele por sua falta de interesse *nele*, enquanto ela estava passando por uma crise familiar como aquela.

— Ela... ela não gosta de falar sobre isso – disse Agneta, em um sussurro. – Nem mesmo comigo.

— Entendo. Tudo bem, não se preocupe, eu exagerei. Isso não é da minha conta.

— Imagino, senhor Gretel, que o exercício que eu acabei de passar seja de sua conta! – A instrutora Cristalin Oglave apareceu do lado dele de repente, como se tivesse se materializado do nada. – Chega de conversa mole, quero todo mundo trabalhando!

Naquele momento, a porta da sala foi escancarada, assustando quase todo mundo. O monitor albino entrou e olhou diretamente para a instrutora, fazendo alguns rápidos gestos com as mãos.

Cariele arregalou os olhos ao reconhecer aqueles sinais militares.

Estamos sob ataque.

— Certo, pessoal! – Cristalin bateu palmas, atraindo a atenção de todos. – Uma coisa inesperada aconteceu e vamos precisar evacuar este andar. Vamos sair em fila, com calma, virar à direita e pegar a escadaria para subir até o telhado. Eu e dois outros monitores estaremos com vocês o tempo todo, então não precisam se preocupar. Por favor, fiquem em silêncio e lembrem-se de seguir à risca qualquer ordem dada por mim ou por qualquer um dos monitores. Agora, vamos sair. Vamos começar com o pessoal à minha esquerda. Andem devagar e em fila, seguindo o monitor Britano. Vamos!

Sem entender muito bem o que estava acontecendo, os estudantes foram saindo um a um. Agneta seguiu Daimar de perto e, quando estavam no meio da escadaria, agarrou-se a seu cotovelo, recebendo dele um olhar questionador.

— Estou com medo – explicou ela, colando-se ainda mais a ele.

Resignado, ele permitiu que ela continuasse agarrada a seu braço enquanto terminavam de subir e atravessavam um corredor empoeirado e, depois, uma porta muita antiga, cheia de manchas de umidade. O terraço do prédio não continha nada de muito interessante além de algumas caixas d'água e de uma área com uma profusão de ervas secando ao sol, dispostas sobre toalhas e cobertores velhos. Mas o fato de estarem relativamente alto e não terem nenhuma obstrução além do parapeito proporcionava uma vista fabulosa das dependências da academia, principalmente dos jardins, bem como de boa parte da cidade para além dos muros da instituição. A oeste, o céu começava a tingir-se de várias cores, conforme o sol do fim da tarde baixava na direção do horizonte.

Cariele lançou um olhar intrigado a Daimar e Agneta, mas logo desviou a atenção para a porta ao ver os últimos estudantes e a outra monitora chegarem. Não foi surpresa nenhuma perceber que se tratava de Janica. Fosse qual fosse a emergência que estivesse ocorrendo, ela e Daimar pareciam nunca conseguir se ver livres daqueles dois.

— Fiquem juntos! – Cristalin sinalizou para que Janica fechasse a porta. – Mantenham-se à vista o tempo todo e não tentem sair do terraço. Neste momento, esse é o lugar mais seguro para vocês.

— Tem um pessoal lá embaixo que não sabe disso – comentou Daimar, apontando para uma pequena multidão que corria de forma desorganizada na direção dos portões.

— Não se preocupem com eles – disse a instrutora. – Existe pelo menos um monitor cuidando da proteção de cada uma das turmas e levando o pessoal para locais seguros. Nós ficaremos por aqui.

Cariele olhou para ela.

— E estamos fugindo do quê?

— Daquilo – respondeu Britano, apontando para além dos muros, onde era possível ver alguns pontos de luz, ao longe, entre os prédios.

Enquanto os demais estudantes murmuravam em voz baixa, tentando entender o que estava acontecendo, Cariele e Daimar se aproximaram da amurada para tentar ver melhor. Agneta tratou de seguir o seu príncipe e ficar grudada nele o máximo que conseguiu.

No horizonte, Cariele viu um ponto de luz que saiu voando para cima, sendo perseguido por outros.

— O que é aquilo?

Cristalin parou à direita dela, observando a cena ao longe com expressão séria.

— Consegue usar *visão longínqua*?

— Só se eu tiver um catalisador – respondeu Cariele.

— Crie um com isto. – Cristalin colocou um cubo dourado na mão dela.

Cariele arregalou os olhos, espantada. Tratava-se de um simulacro da mais alta qualidade, provavelmente o melhor que ela tinha visto na vida.

Obedecendo à ordem, ela pegou um lenço do bolso e rasgou um pedaço dele. Não era o melhor tipo de material para fazer um catalisador, mas pelo menos estava limpo e sem contaminação energética. Então ela levou o tecido à têmpora, ao lado do olho direito, onde ficou segurando-o com dois dedos enquanto apertava com força o simulacro com a outra mão. Em poucos segundos, o pedaço de pano já estava energizado o suficiente para servir como fundamento para que ela abrisse um *túnel de observação*. Concentrando-se, ela fez mentalmente os cálculos para ir ajustando progressivamente o encanto até que a imagem do que se passava há muitos quilômetros de distância ficasse clara.

Daimar e Agneta observaram com certa fascinação enquanto os olhos de Cariele escureciam cada vez mais, até atingir um tom brilhante de azul marinho, quando o encantamento se completou.

Os pontos de luz eram criaturas voadoras, que estavam disparando rajadas elétricas ou de fogo umas nas outras. Parecia que três delas estavam perseguindo a outra. Apesar de se moverem com velocidade e manobrabilidade similares, as criaturas tinham aparências bem distintas.

— São monstros – disse Cariele, em voz alta. – Enormes monstros voadores.

Daimar olhava para o céu, incrédulo.

— A cidade está sendo atacada por *monstros*?

— Ai, que medo! – Agneta agarrou o braço esquerdo de Daimar enquanto os demais estudantes murmuravam entre si, inquietos.

— Não, eu acho que eles estão brigando entre si – respondeu Cariele, fazendo mentalmente mais alguns cálculos para tentar estabilizar o encantamento e não precisar ficar corrigindo o foco o tempo todo.

A criatura maior era uma espécie de quimera, tendo o corpo de uma águia gigante de cor marrom com três cabeças que pareciam ser cada uma de um animal diferente, apesar de Cariele não conseguir uma visão muito nítida devido às muitas rajadas e explosões, sem contar a fumaça. A quimera liderava outros dois monstros, um que lembrava uma gigantesca arraia esverdeada e outro que parecia uma cobra gigante com asas.

Então, depois de um brilho intenso, a cobra subitamente mudou de forma, assumindo uma aparência draconiana, com grandes escamas azuis e brilhantes cobrindo todo o corpo.

— Um deles mudou de forma!

— Sim, são todos transmorfos – explicou Cristalin. – Consegue ter uma visão clara da batalha?

— Um dragão dourado está sendo perseguido por uma quimera, um tipo de arraia, e agora um dragão azul. Mas é difícil ver com clareza, com tantos brilhos e explosões.

Cristalin levou a mão aos lábios, surpresa.

— Três contra um?!

Conseguindo subitamente uma visão bem nítida do dragão que estava sendo perseguido, Cariele soltou uma exclamação, impressionada:

— Uau!

Ele era coberto por escamas muito grossas e brilhantes de cor dourada, que apresentavam saliências que pareciam espinhos, como os de um ouriço. A cauda era comprida e terminava em uma estrutura que lembrava uma ponta de lança. Na parte de baixo do corpo, se é que ela podia chamar assim, as escamas eram muito menores e mais claras, o que destacava o peito e o abdômen. Possuía chifres na mesma cor das escamas mais escuras e quando abria a boca revelava fileiras assustadoras de dentes. As patas dianteiras possuíam garras que pareciam mortíferas, mas as traseiras não eram tão imponentes, sendo menores e, aparentemente, bem menos perigosas. Mas o mais impressionante na criatura eram as enormes asas, cobertas na maior parte pelas escamas pontudas. Ele deveria ter quase uns quarenta metros de envergadura, se os cálculos dela estivessem certos.

Daimar desviou os olhos de Cariele e contemplou os pontos de luz no céu à distância, tentando ignorar o calor do corpo de Agneta, ainda agarrada a ele. Não era desagradável ser tocado por uma mulher e aquela era razoavelmente atraente, por isso ele estranhou um pouco a súbita vontade que sentiu de empurrá-la para o lado.

Os pontos continuavam se movendo no céu e ele, subitamente, sentiu alguma coisa, um tipo de familiaridade, de empatia.

— O dragão dourado foi atingido! Uma rajada da quimera o acertou em cheio. Não vejo mais ele, apenas fumaça.

Daimar olhou para a sua direita e percebeu que Cristalin apertava os punhos com força, mas não deu muita atenção ao fato, pois a impressão de familiaridade persistia, intensificando-se conforme Cariele descrevia a batalha. Num impulso, ele fechou os olhos, concentrando-se naquela sensação.

Atrás deles alguns estudantes soltavam exclamações excitadas, enquanto outros pareciam aterrorizados. Os monitores estavam tendo trabalho para mantê-los quietos e controlados.

Sem se dar conta do que acontecia à sua volta, Cariele continuava observando a batalha. Percebeu que os outros monstros também tinham aparência impressionante, com tamanho igual ou maior que o do dragão dourado, mas não eram como ele. Pareciam mais velhos, mais... desbotados, era difícil descrever.

E os três tinham manchas escuras em partes aparentemente aleatórias do corpo, que não pareciam ser machucados recentes.

— Os outros três estão começando a descer – disse ela em voz alta. – Vão atacar os prédios e... Espere! O dourado reapareceu! Surgiu bem em cima da arraia e a atravessou com a cauda.

Espantada, Cariele observou enquanto o dragão dourado segurava o monstro ferido com suas garras e puxava a cauda pontuda de dentro do corpo dele, lançando no ar uma quantidade impressionante de sangue. A arraia, então, brilhou e pareceu encolher, transformando-se numa massa disforme e ficando, em poucos segundos, com menos de dois metros de comprimento. Então o dragão dourado fez uma manobra, lançando a criatura no ar antes de...

— Argh! Ele a comeu! – Cariele desviou os olhos e piscou, tentando se livrar da sensação ruim que a cena lhe dera. – Ela diminuiu de tamanho e ele a engoliu inteira!

Daimar abriu os olhos devagar, surpreso. Quase tinha conseguido visualizar a cena que Cariele descrevera.

— Um a menos! Consegue ver os outros dois?

A instrutora parece envolvida um pouco demais com essa luta, pensou Daimar, vendo Cariele voltar a se concentrar.

— Estão dando a volta e seguindo na direção do dourado. A quimera mudou de forma, virou um dragão também. Agora temos três dragões: um dourado fugindo de um verde e de um azul. Engraçado que todos eles são muito parecidos, apesar das cores diferentes.

— É uma forma estável, fácil de ser mantida – explicou Cristalin, distraída.

— Você parece saber muito sobre eles – concluiu Daimar.

— Estou no Exército há 30 anos, rapaz.

— O dourado está indo cada vez mais alto, mas os outros dois o estão alcançando – disse Cariele. – Estão disparando rajadas nele.

Daimar voltou a fechar os olhos, concentrando-se na sensação de familiaridade, e voltou a visualizar a batalha conforme Cariele a descrevia. Não tinha a menor ideia de como aquilo era possível, mas estava acontecendo. E tudo por causa daquela sensação estranha de proximidade com as criaturas que lutavam lá no céu.

— O dourado é muito ágil – continuou Cariele. – Consegue manobrar com muito mais facilidade que os outros e está se esquivando dos ataques.

Agneta aproximou a boca do ouvido de Daimar e sussurrou:

— Você está bem?

— Sim – respondeu ele, frustrado por ela tê-lo feito perder a concentração. – Só estava tentando captar imagens da batalha.

— Você consegue fazer isso? – Ela pareceu impressionada, quase se esquecendo do próprio medo. – Você é demais, sabia?

Daimar olhou para ela e concluiu que precisavam ter uma conversa. E logo.

— Vou tentar me concentrar de novo, está bem?

— Sim, sim, desculpe – disse ela, não parecendo muito sincera.

Alguém atrás deles, parecendo em pânico, gritou:

— Céus! E se eles vierem para cá?!

Imediatamente, pôde-se ouvir a voz exasperada de Janica:

— Cale a boca! Vamos ficar todos calmos, está bem? Estamos nesse lugar por um motivo. Apenas fiquem quietos, todos vocês, e esperem!

Daimar sacudiu a cabeça, frustrado com tantas interrupções, e fechou os olhos novamente.

— Estão dando voltas – disse Cariele. – Espere! O dourado agora olhou para trás e soltou alguma coisa pela boca. Parece um tipo de gás esverdeado. Está formando uma nuvem enorme atrás dele.

Percebendo a cena com bastante clareza, Daimar notou quando o dragão azul tentou atacar o dourado soltando uma bola de fogo pela boca, mas quando o fogo entrou em contato com o gás, a nuvem entrou em combustão imediata, causando uma explosão espetacular.

— Agora ocorreu uma explosão enorme – continuou Cariele. – Tem muita fumaça, não estou conseguindo ver nada. Espere! O verde está saindo por cima! E agora o azul também.

— Eles estão feridos – comentou Daimar.

— Sim, a explosão parece ter causado um estrago neles – concordou Cariele. – Uau! O dourado apareceu por trás deles de repente e disparou um relâmpago pela boca. Acertou os dois em cheio! Mas eles já estão se recuperando e reiniciaram a perseguição. Só que agora não estão mais soltando rajadas.

— Sabe o que dizem sobre gato escaldado – comentou Cristalin, sorrindo.

— Tem algumas coisas presas nos dois – disse Daimar. – Parecem... arpões.

Cariele piscou e olhou para ele.

— Então é você que está se intrometendo em meu túnel de observação!

Ele abriu os olhos e a encarou.

— Como assim?

— Você está se aproveitando do meu encantamento. Está espiando através do meu túnel.

— Sério? Isso foi meio que por instinto. Juro que nem sabia direito o que estava fazendo.

— Ah, esqueça ele! – Cristalin demonstrava impaciência. – O encanto já está estabilizado. Ter outra pessoa olhando através do túnel não vai fazer diferença nenhuma. Foco, garota! Preciso saber o que está acontecendo lá em cima!

Usar um túnel místico aberto por outra pessoa não era nem de longe algo tão simples a ponto de se conseguir fazer aquilo por acidente ou por impulso, mas Cariele decidiu deixar para esclarecer aquilo depois e voltou a olhar para frente, ainda segurando o pedaço de tecido contra a têmpora.

— Continuam em perseguição – disse ela, depois de um momento. – O dourado parece estar ficando mais lento e os outros estão se aproximando dele. Ah, e o barão tem razão, tem alguns objetos de metal fincados entre as escamas dos perseguidores. Ou os monstros não perceberam, ou não se importaram. Talvez sejam pequenos demais para causar dano.

Cristalin sorriu.

— Filho duma mãe!

Se ainda tivesse alguma dúvida de que a instrutora sabia mais sobre a batalha do que estava disposta a revelar, agora não teria mais, pensou Cariele.

Daimar espantou-se, de repente.

— O que foi aquilo?

— O verde e o azul parecem ter trombado em alguma coisa – respondeu Cariele.

— Uma parede invisível?

— É o que parece. Mas já estão se recuperando.

— O dourado vai atacar de cima!

— Sim, e com outro relâmpago. E, de novo, não teve muito efeito. Os outros estão retomando a perseguição, e agora estão muito perto.

— É, mas olha no corpo dos dois!

— O que tem... – Cariele franziu o cenho ao perceber a que ele se referia. – Hã?! Não tinha tantos arpões no corpo deles antes, tinha?

— Não. Acho que o dourado está colocando aquelas coisas lá, só não entendi como.

— Eles estão ignorando. Parecem só ter interesse na perseguição.

Cristalin desviou o olhar do céu e encarou Cariele e Daimar, surpresa com a forma como observavam a batalha juntos e trocavam impressões com tanta facilidade.

Sem muito interesse em uma briga de monstros voadores e subitamente sentindo-se deixada de lado, Agneta afastou-se deles e recostou-se a uma das caixas d'água, junto de outras garotas da turma.

Cariele continuava com a narrativa.

— O que há com o dourado? Não está manobrando muito bem. Essa não! Ele não viu o azul se aproximando e está virando do lado errado!

— Ai! O azul o pegou de jeito – disse Daimar, preocupado. – Cravou os dentes na lateral do corpo dele e não quer largar.

— Acabou com as chances de ele escapar. O verde vai atacar também.

Preocupada, Cristalin exclamou:

— Pela misericórdia!

— Agora os dois estão com os dentes cravados nele – disse Daimar. – O que estão fazendo?

— Estão tentando voar para trás. Acho que querem arrancar pedaços dele. Espere, o dourado virou a cabeça para trás. Está soltando outra daquelas rajadas elétricas. Mas de que vai adiantar isso?

— Espere! Olha os arpões!

— É verdade! Estão brilhando!

— O brilho está envolvendo o corpo deles! Estão sentindo dor! Largaram ele!

— Ele está sangrando bastante, mas fora isso parece estar bem. Parou no ar e está observando os outros dois.

— Agora tem descargas elétricas saindo deles e indo para todos os lados. Eles brilham tanto que nem dá para ver direito.

— Estão caindo! O brilho está diminuindo, mas ainda não dá para ver o que aconteceu com os dois. Parece que estão encolhendo.

— É a mesma coisa que aconteceu com a arraia antes. O que quer que tenha sido esse ataque com os arpões de metal foi extremamente efetivo.

— Não param de diminuir de tamanho. Estão minúsculos! E agora o dourado está mergulhando na direção deles. Vai agarrá-los com as patas dianteiras.

— Argh! - Cariele virou a cabeça para o outro lado. – Não quero ver isso de novo.

— Uau! Acho que esse dragão não comia nada há semanas. Nem sequer sentiu o gosto, engoliu os dois sem mastigar.

— Pare com isso – reclamou Cariele. – Não quero ouvir!

Cristalin soltou o ar que estivera prendendo.

— O que ele está fazendo agora?

— Continua descendo, mas está desacelerando, acho que vai pousar – respondeu Cariele, depois de voltar a olhar. – Está brilhando igual aos outros quando se transformaram.

— O que aconteceu? Não consigo mais ver nada – declarou Daimar, confuso.

— Ele deve ter pousado – explicou Cariele. – Agora tem muitos obstáculos entre nós e ele, não vai dar para ver mais nada a menos que ele volte a subir.

Cristalin abaixou a cabeça e soltou um suspiro aliviado.

— Filho da mãe!

Instantes depois, Britano aproximou-se dela.

— A guarda mandou o sinal, tenente. Parece que acabou.

Cristalin levantou a cabeça e soltou mais um suspiro rápido, antes de encarar os estudantes.

— Muito bem, seus medrosos, a festa terminou. A monitora vai abrir a porta e soltar vocês. Estão todos dispensados. Vão para casa e descansem. E não corram pelos corredores!

Enquanto os outros saíam, Cariele desfez o encanto, finalmente podendo desencostar o tecido do rosto, e olhou para a mão que segurava o cubo energético. Tinha apertado tanto o objeto que fundas marcas avermelhadas tinham se formado na pele. O dedo mindinho estava apresentando uma tonalidade arroxeada devido à falta de circulação. Ela pegou o objeto com a outra mão enquanto flexionava os dedos com cuidado, percebendo que a mão estava bastante dolorida.

— Aqui está – disse ela, devolvendo o cubo a Cristalin.

— Obrigada. Mas... o que é isso? O que você fez? Isso está quase completamente descarregado!

— Bom, a distância era grande – Cariele tentou se justificar.

— Céus, menina! Ninguém te ensinou a canalizar o fluxo de energia do seu próprio corpo, não? Esse negócio aqui era só para dar um empurrãozinho no começo. Não precisava drenar ele desse jeito!

— Acho que ainda tenho muito o que aprender – disse Cariele, dando de ombros e dirigindo-se calmamente à saída.

Daimar aproximou-se de Cristalin, enquanto olhava a moça se afastar.

— Ela consegue mesmo fazer esse tipo de coisa só calculando e resolvendo fórmulas matemáticas de cabeça? Quero dizer, ela parece ter tanta facilidade para usar essas coisas. – Ele apontou para o cubo na mão da instrutora.

Cristalin olhou para ele, de cenho franzido.

— Andou matando as aulas de física, barão?

— Digamos que esse não é meu forte.

— O que move o mundo é a causalidade. Causa e efeito. As coisas tendem a ficar paradas e inertes a menos que alguma força atue sobre elas. E tudo ao nosso redor seria estéril, imóvel e disforme se não tivesse surgido uma infinita fonte de energia que nós chamamos de "vida". Praticamente, tudo foi moldado pela vida. De certa forma, a vida também foi moldada pelo mundo, mas o pontapé inicial foi da vida. Não sabemos qual foi a entidade que deu origem a tudo o que conhecemos, mas sabemos que ela fez um trabalho sensacional. Cada ser vivo possui um fluxo inesgotável que afeta a tudo à sua volta, mas nada disso é aleatório. A vida, a energia e o movimento obedecem a leis muito bem definidas. Conheça essas leis e você poderá mudar a realidade.

— Acho que já ouvi isso tudo em algum lugar.

— Espero que tenha ouvido mesmo. Agora, vá embora. Não posso mais perder tempo com vocês. Tenho que encontrar a guarda e exigir alguns relatórios.

— Aquele dragão dourado era diferente dos outros monstros – insistiu Daimar. – Parecia, sei lá, bem mais jovem. E você estava torcendo por ele.

— Sim, eu o conheço – admitiu ela, dirigindo-se para a porta, antes de olhar para ele por sobre o ombro. – Como eu disse, já andei muito por aí.

◆ ◆ ◆

Daimar encontrou com Agneta num dos corredores do alojamento da fraternidade.

— Posso conversar com você um minuto?

— Claro – respondeu ela, sem muita animação.

Ele a conduziu até o jardim, que era iluminado pelo suave brilho alaranjado dos cristais de luz contínua no alto dos postes. Ela sentou-se ao lado dele em um banco de madeira, parecendo nervosa.

— Escute – começou ele. – Você parece interessada em um relacionamento, mas eu devo dizer que neste momento não vou ser capaz de retribuir esse tipo de interesse. Me desculpe.

— É por causa dela, não é?

— *Dela*?

— Eu vi o jeito que você olha para ela. Vocês estão se dando muito bem, ficam ótimos juntos.

— Está falando de Cariele? Escute, isso não tem nada a ver com o que estou tentando dizer...

— Ela é assim mesmo, não é? O que eu poderia fazer? Ela escolhe o alvo e ataca com tudo o que tiver até atingir o objetivo! Eu não deveria estar surpresa...

— Do que você está falando? Eu disse que não tem nada a ver...

Ela se levantou, visivelmente alterada.

— Eu sabia que era furada querer ser amiga dela. Sabia que ela não tinha jeito, mas eu fui boba o suficiente para gostar da infeliz. Maldita seja!

— Aí você já está sendo cruel!

— Cruel? Você não sabe de nada! Primeiro foi aquele cretino do Erlano. Ela assediou o cara por semanas até conseguir roubar ele da Eivinde. E quando ele caiu na rede, ela não quis mais saber dele. No fim, o cara teve que se mudar de cidade. Depois foi o Crisler. Esse, depois que ela o fez abandonar outra amiga dela, ninguém sabe que fim levou. Provavelmente, voltou para a Sidéria. E antes ainda teve o... Ah, esquece! O fato é que aquela lá não se importa com ninguém além de si mesma. Você vai se arrepender de se envolver com ela!

Dizendo isso, Agneta virou-se e saiu pisando duro.

Daimar achou melhor não tentar dizer mais nada. Apoiando os braços no encosto do banco, ele ficou ali por um longo tempo, pensando. A figura que Agneta tentou pintar não combinava com Cariele. Ele tinha certeza de que ela não era nem de longe tão superficial e egoísta a ponto fazer aquelas coisas, mas, de alguma forma, ele duvidava que algo naquele desabafo de Agneta fosse mentira. Como era possível?

Quando estavam observando juntos a batalha, ele sentira uma espécie de compatibilidade entre os dois. Não era nada tão romântico como Agneta pensava, uma vez que Cariele não tinha interesse nele. Mas os dois pareciam se dar muito bem quando trabalhavam juntos. Parecia-lhe inconcebível a ideia de que estivesse julgando erroneamente a personalidade dela. Deveria haver uma boa explicação e ele iria descobrir qual era.

◆ ◆ ◆

A carruagem, preta, reluzente e puxada por cavalos muito bem cuidados, parou em uma rua mal iluminada do subúrbio. O condutor ficou olhando atento para as redondezas daquela região perigosa, enquanto a tenente Cristalin Oglave descia, usando um vestido vermelho justo e decotado, e andava na direção de uma velha casa de pedra caindo aos pedaços. Qualquer observador imaginaria tratar-se de uma ricaça atrás de algum tipo de aventura, o que não era exatamente incomum naquela sociedade.

Tirando do bolso um pequeno bastão com um cristal de luz contínua na ponta para iluminar o caminho, ela percorreu alguns cômodos da habitação há muito abandonada, até chegar ao que deveria ter sido o quarto de alguém. Colocando o bastão sobre uma velha mesa, ela tirou do bolso outro pequeno objeto, cujo brilho alaranjado refletiu nos pedaços de um velho espelho quebrado, formando inúmeros padrões de luz e sombra nas paredes sujas. Então uma parte do piso subitamente começou a se tornar transparente, até desaparecer por completo, revelando uma escadaria.

Pegando novamente o bastão, ela desceu por ali e chegou a um longo corredor com paredes de pedra, contendo pesadas portas de madeira a intervalos regulares, de ambos os lados. As portas tinham pequenas aberturas com grades, o que revelava a real natureza do lugar: era uma antiga masmorra.

Determinada, ela caminhou até uma cela específica e empurrou a porta, surpreendendo Delinger Gretel, que aparentemente tinha acabado de tomar banho. Estava com os cabelos molhados e usava uma calça velha e desbotada, e no momento estava no processo de vestir uma camisa igualmente velha. O quarto estava iluminado por vários candelabros nas paredes, que continham cristais brilhantes ao invés de velas, o que deu a Cristalin uma boa visão dos horríveis hematomas que ele tinha no ventre e do lado direito do peito.

— Você deu um espetáculo e tanto para meus estudantes hoje.

— Espetáculo maior seria se eu não estivesse lá.

— Você disse que eles não teriam coragem para fazer um ataque direto.

— Acho que superestimei a inteligência dos anciãos. Era óbvio que eles não tinham chance contra alguém que não está em degeneração. E agora já perderam cinco de seus membros mais fortes.

Ele terminou de abotoar a camisa e sentou-se na cama rústica, soltando um gemido de dor.

— Teria sido muito mais fácil se você tivesse me deixado ir junto.

— Não dá, tenente. Se eles descobrirem como eu estou combatendo a doença... – Ele balançou a cabeça. – Não quero nem pensar nas consequências.

Cristalin aproximou-se e se sentou ao lado dele.

— Cris.

— Não vou adotar intimidades com você. Já deixei isso bem claro.

Ela suspirou.

— Teimoso! Escute, você tinha razão, estão recrutando humanos. Tentaram atacar Daimar hoje cedo.

Ele fechou a cara.

— Eu sabia! Como ele está?

— Desconfiado. Britano conseguiu se antecipar e não teve muito trabalho para derrubar os três atacantes. Depois de algumas horas na solitária, eles estavam ansiosos para contar tudo. A descrição que eles deram de quem os contratou bate com a daquela mulher que veio até você no dia da sua mudança. Seu filho pensa que foi apenas uma tentativa de assalto, mas não vai demorar muito para ele começar a ligar os fatos. Ele foi até a Rua das Camélias hoje cedo, mas aparentemente mudou de ideia e voltou sem entrar na loja do alquimista.

— Eu queria poder estar com ele, mas não posso ficar andando por aí.

Delinger sabia que, com os sentidos aguçados característicos de sua raça, seria muito simples determinarem a localização dele, a menos que se mantivesse em um tipo especial de abrigo, como aquela masmorra.

— Seu filho assistiu a maior parte da sua luta.

— É mesmo?

— Uma das alunas abriu um túnel de observação e ele usou os próprios sentidos para espiar através dele – ela sorriu. – Ele percebeu que eu estava torcendo por você e eu tive que revelar que o conheço.

— Tome cuidado.

— Hei, eu sou uma profissional treinada, lembra? E por que você está com essa cara? Você venceu! Agora eles não vão mais poder atacar a cidade, sobraram tão poucos deles que você acabaria com todos de uma vez, se tentassem. Talvez resolvam voltar para a caverna e nos deixar em paz.

Ele suspirou.

— Isso nunca vai acontecer, e você sabe disso. Tenho que terminar o que comecei.

— Tudo bem – resignou-se ela.

— Quer mesmo continuar me ajudando? Daqui para frente vai ficar cada vez mais perigoso.

— Eu já disse que vou com você até o fim, e nada vai me fazer mudar de ideia.

— Muito bem. Nesse caso, acho melhor você tirar esse vestido, se não quiser sujá-lo.

Capítulo 8:
Impulsividade

— Ai! – Com uma careta, Cariele Asmund virou um pouco a cabeça para conseguir encarar sua colega de quarto por sobre o ombro.

— Desculpe, esbarrei o cotovelo em você sem querer – explicou Malena Ragenvaldi, levando a mão à boca para tentar ocultar um bocejo. – Machucou?

— Está tudo bem – respondeu Cariele, voltando a olhar para o espelho sobre a mesa, acariciando as mechas prateadas do próprio cabelo, enquanto as segurava na frente do corpo para que Malena pudesse passar aquela gosma malcheirosa em suas costas.

Seus cabelos continuavam tão sedosos e brilhantes quanto estiveram nos últimos anos. Sua pele também continuava branca, suave e macia. As maçãs do rosto apresentavam um corado saudável e os lábios e olhos continuavam com o formato certo. Investira tanto tempo e esforço para manter aquela aparência, mas só agora percebia que nunca tinha parado para realmente apreciá-la. Era como se tivesse se tornado uma estranha para si mesma. Observando-se agora, descobriu que gostava do que via. Pena só ter realmente notado isso quando corria o risco de perder tudo.

— Está muito escuro. Deixa eu pôr isso aqui – disse Malena, colocando um candelabro sobre uma cadeira, ao lado dela. – Por que você tem que acordar tão cedo?

— Se não fizer assim, não vou ter tempo de me tratar. Ainda tenho que fazer meus exercícios.

— Não sei como você aguenta uma rotina como essa. Você foi dormir bem depois da meia-noite e aposto que ainda faltam horas para o sol nascer.

— Uma hora e meia, no máximo. Já estou atrasada.

Malena revirou os olhos e balançou a cabeça, passando a parte interna do braço pelos próprios cabelos, tentando organizar um pouco os cachos negros desalinhados, mas tomando cuidado para não os sujar com a gosma.

— Por que foi dormir tão tarde? Tem a ver com aquela gritaria que a Agneta fez?

— Não, é que eu estava com muita coisa na cabeça.

Na verdade, o escândalo de Agneta a tinha afetado muito mais do que ela gostaria de admitir. Pensara que tinha encontrado uma amiga que poderia manter, apesar das diferenças entre elas, mas se enganara muito.

Não sei como pude um dia pensar que gostava de você! Não sei como pude ser tão idiota! Os sinais estavam na minha frente o tempo todo! Fui uma tola em acreditar que você me trataria diferente das outras! Você nunca pensou nos sentimentos delas, assim como nunca pensou nos meus. Tudo o que você quer saber é de farra e diversão, não está nem aí para ninguém! Só porque tem essa aparência você se julga melhor do que todo mundo! Estou cansada de você! Eu te odeio!

Cariele perdera todas as amigas que conseguira fazer nesses últimos anos. Algumas, de propósito, mas não todas. Ela sabia o tempo todo que o caminho que escolhera seria solitário, mas, às vezes, era bem difícil não se sentir para baixo.

— Eu ouvi ela gritando um monte de besteiras – disse Malena. – Se fosse você, eu teria dado uns tapas nela para tentar fazer ela voltar a raciocinar.

— Ela acha que eu seduzi o príncipe encantado dela.

— Se quer minha opinião, se você seduziu ele, acho que não fez mais do que a obrigação.

— Malena!

— É verdade! – A morena lavou as mãos numa pequena bacia e pegou um pano limpo para começar a remover o excesso do creme de cheiro forte, já que nem todo ele seria absorvido pela pele. – Eu acho que cada um tem que lutar por sua própria felicidade com todas as armas que tiver. Está certo que tentar competir com alguém como você é pura perda de tempo, mas isso não é desculpa para sair estragando amizades desse jeito.

Cariele riu.

— Pelo visto, você está se dando bem com o *seu* príncipe.

— Ah, Egil é um amor. Acho que ainda não me perdoou pelo episódio do pó de estrela, mas as coisas estão caminhando bem.

— Espero que você tenha desistido de fazer essas maluquices.

— Por enquanto, sim.

— Malena!

— Ora, o que seria da vida sem um pouco de aventura?

Pegando uma grande toalha, Malena cobriu as costas de Cariele com ela.

— Pronto, agora vamos começar com esses cabelos. Uau! Você é tão linda!

Cariele jogou os cabelos para trás e virou o rosto de leve para tentar observar no espelho o ponto atrás da orelha direita. Ela mesma não conseguia ver muita coisa, mas sabia que a falha continuava ali. Hadara dissera que, se ela seguisse o tratamento direitinho, existia uma chance de que o cabelo voltasse a crescer naquela área, mas Cariele conhecia o suficiente sobre física e anatomia para saber que a chance era negligível.

Acompanhando o olhar da amiga, Malena tocou o ponto em questão e sacudiu a cabeça de leve.

— É uma pena que isso tenha acontecido, mas acho que você está se preocupando demais. Se prender os cabelos um pouco de lado e não muito apertado, ninguém nem vai perceber. Nem precisa ficar usando esses lenços, chapéus e sei lá mais o quê.

— Não posso correr riscos.

— Mas me diga uma coisa – disse Malena, começando a espalhar outro tipo de unguento pela cabeça de Cariele. – Você seduziu mesmo o barão?

Cariele riu de novo.

— Como se eu pudesse.

— Olha, amiga, se *você* não pode, duvido que alguém mais possa.

— Não é isso. Eu... Ele... Nós só não combinamos, está bem?

Aquilo era uma mentira tão grande que Cariele quase se engasgou com ela. Lembrou-se do dia anterior, primeiro do incômodo que sentira ao vê-lo agarrado com Agneta, depois da irritação por ele atrapalhar sua concentração olhando pelo túnel de observação, e, finalmente, do que sentira ao observar a batalha junto com ele. Seu coração acelerou ao lembrar-se dele ao seu lado, de olhos fechados, conversando com ela, dividindo aquele momento. Pareceu-lhe algo tão íntimo, tão pessoal, tão... revelador.

Cariele já havia lutado contra monstros antes, mas nunca tinha visto criaturas tão imponentes e perigosas. Tinha sido assustador constatar a dimensão do corpo daqueles dragões e o fato de que com um simples gesto, por menor que fosse, uma criatura daquele tamanho poderia facilmente abreviar a vida de um ser humano. E tinha sido ainda mais impressionante vê-los lutando entre si, liberando toda aquela energia... E toda aquela violência.

O fato de Daimar estar ali ao seu lado servira como uma âncora, mantendo-a presa à realidade e permitindo que observasse e até mesmo narrasse tudo até o final.

E, o que era ainda mais impressionante, fizera-a esquecer completamente de seu pai e do fato de ele estar voltando para casa. Do fato de não haver mais nada que os curandeiros pudessem fazer por ele. Da realidade de que a casa deles ficava do outro lado do continente e, apesar das pontes de vento tornarem a viagem para lá quase instantânea, não era algo que ela poderia fazer com frequência. Pelo menos não se quisesse poupar boa parte do dinheiro que conseguisse.

Talvez devesse procurar outra república, já que a doação mensal exigida na Alvorada faria um estrago em suas economias se não encontrasse logo um trabalho grande. Talvez pudesse falar com o barão e pedir um desconto. Por um momento, a ideia lhe pareceu agradável, até perceber que quanto mais tempo passava com ele, mais se envolvia, e aquilo só iria atrasar seus planos. Não tinha tempo para se envolver com ninguém. Não mais.

Malena a fez pender a cabeça para trás para começar a enxaguar o unguento com a água da bacia, o que era um trabalho bastante demorado. Grata pela colega de quarto não insistir mais no assunto, Cariele fechou os olhos e deixou o pensamento vagar, lembrando-se da aparência impressionante daquele dragão dourado. Era óbvio, pelo que ele fizera na batalha e pelo comportamento de Cristalin, que aquela criatura havia lutado para proteger a cidade. As notícias que circulavam era de que a guarda havia matado o monstro quando ele caiu no chão, fraco e muito ferido, mas ela não acreditava naquilo. Cristalin não era uma mulher que se encantava com qualquer coisa e deu para perceber que estava muito mais envolvida com aquele dragão do que gostaria de revelar.

— Esse negócio deixa seus cabelos tão macios – comentou Malena, começando a fazer uma trança com as mechas molhadas. – Fica tão fácil de trançar. Sem contar o brilho. Olha que bonito!

— Pode passar no seu, se quiser. Tem bastante de onde veio esse.

Cariele omitiu propositalmente o fato de o unguento custar uma pequena fortuna e de ser relativamente complicado encontrar um caixeiro viajante disposto a trazer o produto do outro lado do país.

— Ah, não. Isso é muito caro – retrucou Malena. – Sem contar que seria um desperdício usar um produto tão bom numa vassoura como essa minha.

— Não seria mais justo se os melhores produtos fossem usados por quem mais precisa?

— Quem mais precisa é *você*. – Terminando de trançar o cabelo de Cariele e se levantando, Malena pegou um pano e enxugou as mãos. – Isso aí é um remédio, lembra? Pode se vestir agora.

— Obrigada.

— Espero que você não se importe de eu invejar você um pouquinho. Essa sua silhueta é um arraso.

Cariele sorriu e tratou de vestir algo para cobrir a parte de cima do corpo.

— Desde que esteja ciente de que você não faz meu tipo, tudo bem.

— Que os céus me livrem! Vire essa boca para lá! Estou muito bem servida atualmente, obrigada. Não preciso pender para esse lado, não. Ah! E pode deixar essa bagunça aí que eu arrumo quando eu acordar.

Dizendo aquilo, Malena jogou-se sobre a própria cama.

— Tudo bem. Obrigada pela ajuda.

— De nada. Ah! E sobre aquilo que você queria saber, parece que os caras vão se encontrar hoje à noite. Ouvi um deles comentando com os amigos na sala, ontem.

Cariele parou o que estava fazendo e encarou a colega de quarto.

— Tem certeza?

— Claro. Mas o que você está pretendendo fazer?

— Nada de mais – respondeu Cariele, pensativa. Então ela sorriu e voltou a se concentrar em vestir as calças. – Só ouvi dizer que eles sabem como dar uma festinha. Acho que vou dar uma de penetra.

— Ouvi dizer que esses caras são barra pesada. Não era você outro dia me dando sermão por querer me divertir de forma... aventureira? Olha que Hadara mandou você se cuidar, hein?

— Não se preocupe. Garanto que vou me divertir bastante sem colocar nenhum fio de cabelo meu em risco.

— Está bem – disse Malena, com um grande bocejo, antes de fechar os olhos. – Divirta-se.

Cariele terminou de vestir seu traje para exercícios, composto por uma túnica de mangas compridas e uma calça, ambas de cor escura, bem folgadas e de tecido leve. Em seguida, calçou as botas pretas e cobriu a cabeça com um lenço, também negro como a noite, o que contrastava fortemente com a cor clara dos cabelos. Saindo silenciosamente, ela dirigiu-se, determinada, até a porta do quarto dos monitores, e bateu três vezes. Dez segundos depois, a porta abriu-se apenas o suficiente para deixar ver parte do rosto sonolento de Janica.

— Ah, é você – disse a monitora, com uma voz ainda mais sonolenta que sua aparência.

— Bom dia – Cariele a cumprimentou, animadamente. – Só passei para avisar que estou saindo. Até mais!

— Espere! Ah, droga!

Cinco minutos depois, Janica saía pela porta da frente do alojamento, ainda terminando de vestir um agasalho. Olhando ao redor, viu Cariele sentada em um banco no jardim, acenando para ela.

Soltando um suspiro frustrado, a monitora foi até ela.

— O que significa isso?

Cariele se levantou e apontou na direção dos prédios principais.

— Estou indo até a arena. Vamos?

As duas começaram a andar juntas, lado a lado.

— Posso saber o que quer fazer a essa hora da madrugada?

— O mesmo que venho fazendo todos os dias a essa hora. Imagino que esse seja o único lugar até onde você não me seguiu ainda.

— Eu preferia continuar ignorante desse fato. Por que me chamou?

— Para ver como ficava essa sua cara preta no escuro. Como estão as coisas com Britano?

Janica estreitou ainda mais os olhos.

— Não é de sua conta. Vocês já se divertiram o suficiente nos obrigando a dividir o quarto.

— A intenção era que um de vocês se recusasse a isso e pelo menos um de nós dois tivesse um pouco de liberdade.

— Você não vai arrancar informações de mim.

— À sua esquerda, do outro lado da cerejeira – disse Cariele, séria e em voz baixa, olhando para frente.

Janica deu uma olhada discreta na direção indicada antes de voltar a encarar Cariele.

— É só um casal passeando, provavelmente querendo ver o sol nascer.

— Bobagem, são militares. E bem treinados. Achei que Cristalin tinha dito que era a única oficial aqui dentro.

Janica suspirou. Quando aceitara aquele trabalho, pensara que estaria acompanhando o dia a dia de uma pirralha inconsequente que tinha mais curvas do que miolos. Mas agora ficava cada vez mais óbvia a razão de quererem alguém de olho nela. A garota era afiada e cheia de recursos, o que a tornava muito perigosa. Era melhor responder com sinceridade.

— A tenente pediu reforços depois do ataque dos monstros. Deve ter patrulhas espalhadas por toda a cidade.

— Que ótimo – ironizou Cariele, torcendo os lábios. – Mais bisbilhoteiros para ficarem de olho na minha vida.

— Deve ser interessante acreditar que o próprio umbigo é o centro do mundo.

Cariele olhou para a outra, com um sorriso.

— Já ouviu falar da *Teoria de Ravarki*? Segundo ele, o mundo é um plano infinito em todas as direções, sem começo e nem fim. Como é infinito, qualquer ponto dele pode ser considerado seu centro. Partindo desse princípio, eu não apenas acredito ser o centro do mundo, eu *sei* que sou.

Janica soltou uma imitação irônica de risada.

— Ah-rá-rá!

As duas continuaram andando por mais dez minutos, até chegarem ao prédio circular, no interior do qual era efetuada a prática de esportes em grupo. Cariele olhou para os lados antes de tirar uma grande chave de um bolso oculto da túnica.

Janica olhou para ela, espantada.

— Onde conseguiu isso?

Cariele usou a chave para destrancar um portão lateral do prédio.

— Pelo visto, a tenente não contou muito sobre mim a você, não é?

— Claro que não! Por que contaria?

— Entendo – respondeu Cariele, trancando novamente o portão de ferro depois que ambas entraram e tirando um cristal de luz contínua do bolso para iluminar o caminho. – Por aqui.

Seguiram por um corredor cheio de curvas, desceram alguns lances de escada e pegaram outro corredor até chegarem a mais um portão, que Cariele voltou a destrancar com outra chave que ninguém além dos instrutores deveria ter.

Assim, ambas entraram numa área circular a céu aberto, com uns dez metros de diâmetro e com o chão coberto de areia. Havia quatro estátuas de guerreiros antigos em tamanho natural junto às paredes, a intervalos regulares, como se estivessem observando tudo o que acontecia ali dentro. A pouca iluminação fazia com que o lugar parecesse muito sinistro.

Janica olhou ao redor, espantada.

— Uma área de treinamento para gladiadores! Não sabia que existia uma aqui, achei que tinham destruído todas depois que as lutas até a morte foram proibidas.

— Esta sobreviveu – disse Cariele, andando até as estátuas e colocando cristais brilhantes dentro dos suportes especiais que existiam em cada uma delas. Como resultado, o local ficou razoavelmente iluminado.

— Interessante. Você disse que vem aqui todos os dias?

— Sim, tenho que me manter em forma.

— E está me mostrando isso por quê?

— A princípio, para ver sua reação. Você me parece bastante surpresa.

— Com certeza.

— Me responda uma coisa... Por que continua fazendo esse trabalho de me seguir, mesmo depois de quase ter morrido por causa disso?

Janica deu de ombros.

— Não foi minha primeira surra e, provavelmente, não será a última. Eu aceitei fazer um trabalho e pretendo fazê-lo até o fim.

— Escute, eu cometi um erro e não percebi que estava me seguindo. Eu sinto muito por aquilo.

Os olhos de Janica se arregalaram em total espanto.

— Achei que isso tudo já tivesse sido esclarecido.

— Eu não tive oportunidade de me desculpar.

— E eu nunca imaginei que você fosse do tipo que se desculpava por alguma coisa a alguém.

— Eu não estou na minha melhor fase – admitiu Cariele. – Estou cometendo erros. Não quero arrastar mais ninguém para uma situação daquelas, não importa quem seja. E já que você não vai parar de me seguir e não vai contar por que está fazendo isso ou por ordem de quem, prefiro que você esteja por perto, de forma que eu também possa ficar de olho em você.

— Tem ideia do quanto isso soa estranho?

— Eu costumava ser uma boa juíza de caráter. Espero não estar muito enferrujada nessa área, mas o fato é que eu confio em você.

Aquilo era a mais pura verdade. Janica sempre agira de forma profissional, apesar de tê-la irritado muito nessas últimas semanas. A monitora mantinha-se séria e comedida o tempo todo, tratando os estudantes de forma polida, mas firme. Se ainda fosse militar, seria um ótimo soldado. Mas claro que as informações que Daimar lhe passara sobre a negra tiveram um peso enorme na decisão de confiar nela.

Janica olhou ao redor, notando novamente as quatro assustadoras estátuas, que brilhavam de forma sinistra por causa do reflexo dos cristais.

— Certo, e o que, exatamente, vai querer fazer comigo aqui dentro?

— Com você, nada – disse Cariele, enrolando a trança loira na nuca, por sob o lenço, e prendendo-a com um pequeno objeto de madeira. – Pode fazer o que quiser. Tem um banco de madeira ali, se quiser se sentar. Eu vou treinar um pouco.

Depois de observar Cariele iniciar uma longa série de alongamentos, Janica soltou um suspiro desanimado e tratou de sentar-se, contrariada.

A expressão da monitora, no entanto, foi se modificando com o passar do tempo, conforme Cariele iniciava a execução de um *kata* composto por uma variedade impressionante de golpes com os pés, punhos, joelhos e cotovelos. Para quem estava familiarizado com treinamento militar, era fácil reconhecer a maioria daqueles movimentos, assim como o nível de habilidade e prática necessário para executá-los daquela forma. Aquela sequência intercalava movimentos básicos com outros, extremamente avançados, com uma simplicidade e precisão impossíveis de serem adquiridos, senão através de muita prática e disciplina.

Cariele, obviamente, estava num nível muito superior ao dela, ou de qualquer soldado de primeiro escalão. Janica não demorou muito a perceber que poderia aprender muitas coisas apenas observando aquele treinamento.

Mais de quarenta minutos se passaram, enquanto Cariele, sem parecer nem um pouco cansada, completava diferentes sequências, intercaladas por alguns minutos de meditação. A resistência dela era impressionante e o controle que tinha da respiração era fenomenal.

Então Janica subitamente levantou a cabeça ao perceber uma presença intrusiva. Virando-se para uma determinada direção, ela se concentrou, levando os dedos à testa. Ao perceber do que se tratava ela relaxou, com certo alívio.

— Identificou quem é? – Cariele interrompeu o movimento que fazia para olhar para ela.

— Parece que o seu barão está interessado em saber o que você faz fora da cama a esta hora.

Ele estava ali, observando-a com aqueles sentidos especiais dele. Os mesmos que ele disse só funcionarem com ela.

Endireitando-se, Cariele sacudiu a cabeça, tentando afastar esse pensamento, bem como a súbita onda de euforia que tomara conta dela. Então, sem dizer nada, tirou do bolso a chave do portão, arremessando-a para Janica, antes de retomar a posição para reiniciar a sequência de movimentos.

— Vocês dois vão acabar se dando mal por estarem invadindo instalações da academia sem permissão.

Cariele notou que Janica levantou a cabeça e fez um movimento rápido com os dedos. Sorriu consigo mesma, sabendo qual o tipo de encantamento que a outra tinha conjurado. Pelo visto, o casal de monitores já tinha ficado íntimo a ponto de combinarem sinais para se comunicarem à distância.

Mas, no momento, aquilo não era importante. Sabendo que era observada, ela visualizou o rosto arrogante do barão e começou a imaginar-se desferindo cada um daqueles golpes nele.

Quando Janica destrancou o portão para a entrada de Daimar e Britano, ela estava coberta de suor e respirando pesadamente, concentrando-se em cada movimento como se sua vida dependesse daquilo.

Os recém-chegados se entreolharam, perplexos, ao verem o que parecia uma imensa fúria sendo extravasada através de golpes poderosíssimos e movimentos bastante complicados, todos sendo executados numa velocidade quase sobre-humana.

Completando um dos katas mais difíceis que ela já tentara, e sem cometer nenhum erro sequer, Cariele sentia-se eufórica. Encerrou o exercício juntando as mãos na frente do peito e fazendo uma reverência na direção de algum ponto entre duas das estátuas.

Daimar olhava para ela, impressionado.

— Devemos aplaudir?

— Não – respondeu Cariele, olhando para ele. – Ao invés disso, que tal revelar o motivo de sua presença aqui? Achei que tinha deixado claro que não gosto de ser espionada.

Daimar olhou para Janica.

— Acho que essa alfinetada foi para você.

— Muito engraçado – disse Cariele, caminhando até as estátuas para recolher os cristais.

Os primeiros raios de sol já cruzavam o horizonte, e mesmo sem a luz contínua já era possível enxergar relativamente bem depois que os olhos se acostumavam.

— Eu só estava curioso – explicou Daimar.

— Como conseguiu entrar aqui?

— Tenho meus métodos.

— É, infelizmente, ele tem – resmungou Britano, contrariado.

Cariele guardou os cristais no bolso e olhou de um para o outro, por um momento, antes de encarar Daimar.

— Interessante. Deixa eu adivinhar: o motivo de você ter uma ficha corrida tão extensa é por entrar nos lugares sem ser convidado?

— Exato – responderam Daimar e Britano, em uníssono.

Ela sorriu, divertida.

— E você se orgulha disso?

— É um dom – respondeu ele, com um sorriso tranquilo. – Mas que moral tem você para me criticar? Já estava aqui dentro quando eu cheguei.

— Eu tenho autorização para entrar aqui.

Daimar e os dois monitores lançaram olhares incrédulos a ela.

— Que foi? – Ela colocou as mãos na cintura. – Se querem conferir, podem me denunciar na supervisão.

Daimar não conseguiu esconder a surpresa.

— Sério?

— Está me chamando de mentirosa?

— Não – respondeu ele, com um sorriso provocador. – Mas já que tocou nesse assunto, você não compareceu no lugar que tínhamos combinado, então eu achei que deveria entregar isso a você. – Ele estendeu a mão, revelando três cubos que emitiam um brilho multicolorido, como se fossem arco-íris aprisionados dentro de pedaços de vidro.

Cariele olhou para os artefatos, desconfiada.

— Tem certeza disso?

— Eu disse que estava te devendo, não disse?

— Não sei se posso confiar em você.

— Isso não serve como um gesto de confiança? – Ele fez um gesto de cabeça na direção dos simulacros.

— Você só está querendo ver minhas armas.

Ele sorriu.

— Mas é claro. Você me deixou curioso.

Com um movimento muito rápido, ela pareceu tirar algo do bolso e levantou as mãos, nas quais se materializou imediatamente um par de tonfas de madeira. Então, segurando as duas peças com uma das mãos, ela deu uma pequena pancada na lateral delas, fazendo com que um cubo colorido surgisse, parecendo sair de dentro da madeira sólida.

Entregando o simulacro exaurido para ele, ela pegou um dos novos e o inseriu nas armas, com uma facilidade impressionante, como se aquele acoplamento fosse algo corriqueiro e não um procedimento complexo e cheio de etapas bem definidas.

— Impressionante – disse ele.

— Essas coisas velhas?

— Não. Me referia à sua habilidade em manusear isso aí.

— Não estou tentando impressionar ninguém – disse ela, guardando as armas ainda mais rápido do que as tinha sacado.

— Bom, está conseguindo.

Daimar, Britano e Janica apenas observaram em silêncio enquanto ela repetia o procedimento de troca de simulacros para um par de luvas com punhos de metal e uma pequena besta sem arco, com abertura para três projéteis.

Conhecendo um pouco sobre armas devido aos negócios da família, Daimar sabia que bestas sem arco disparavam dardos usando energia mística para impulsioná-los, ao invés de um dispositivo mecânico.

— Quando foi a última vez que levou essas armas em um ferreiro? – perguntou Janica, de repente.

— Já faz um bom tempo.

— Imaginei. Elas já devem ter perdido mais da metade da eficiência.

Aquilo era verdade, pensou Daimar. Não que as armas estivessem *fisicamente* ruins, mas, nos dias atuais, em que a conjuração de efeitos místicos era considerada muito mais importante que o potencial de dano físico da arma, era necessário efetuar manutenções periódicas para manter abertos os canais invisíveis por onde a energia mística fluía.

— Isso explica por que você está gastando tanta energia para lutar com elas – concluiu Daimar.

— Não consigo entender como ainda consegue lutar com essas coisas, com ou sem simulacros – disse Janica.

— É um pouco complicado achar alguém que trabalhe com esse tipo de material, e a manutenção também sai muito caro.

— Nesse caso, deveria procurar armas mais baratas – sugeriu Britano.

— Temos uma ferraria no centro de Lassam – disse Daimar. – Por que não leva tudo lá para nosso pessoal dar uma olhada?

Cariele franziu o cenho.

— Não acha que está levando essa dívida de honra com Bodine um pouco longe demais, barão?

— Veja por este lado: eu posso garantir que o meu pessoal trabalha bem e que vai cobrar um preço justo pelo trabalho.

— Vou pensar. Agora vamos embora antes que alguém encontre você aqui. Não queremos manchar ainda mais a sua ficha, queremos?

No fim da tarde, Daimar voltou para o alojamento com certo desapontamento. Cristalin Oglave havia mandado mensagens a todos os membros da turma especial, avisando que ela iria ficar presa com algum tipo de burocracia militar e que por causa disso estavam todos dispensados da aula naquele dia. Era irônico ele se sentir desapontado por isso agora, sendo que tinha ficado tão irritado logo que lhe impuseram aquela carga extra de estudos.

Mas o fato é que havia se acostumado a observar Cariele, a senti-la por perto. E a sensação agradável que isso lhe dava acabara por fazê-lo esquecer de seu ressentimento e, nos últimos dias, tinha até mesmo se divertido com as aulas. Claro que grande parte do mérito daquilo era da instrutora, uma das melhores que ele já tivera na vida.

Ele caminhava pelo corredor na direção do seu quarto quando sentiu a presença familiar e levantou a cabeça, olhando para os lados até avistá-la saindo do próprio quarto, toda arrumada, provavelmente se dirigindo para algum tipo de encontro.

Ela estava linda em um conjunto muito chamativo, tanto pela cor vermelha quanto pela forma como parecia aderir à pele dela. Para os padrões da época, chamar aquela calça de "justa" era um eufemismo. Mas pelo menos ela se cobria da cabeça aos pés, ao contrário de muitas outras que abusavam de decotes e saias curtas, o que ele costumava achar um tanto vulgar. Os cabelos estavam presos pouco acima da nuca por um enfeite também vermelho, do qual pendia uma espécie de véu curto, que cobria a maior parte do lado de cima da cabeça.

Percebendo que era observada, ela levantou a cabeça e olhou diretamente para ele, franzindo o cenho.

Entendendo a indireta, ele levantou as mãos num pedido silencioso de desculpas e se voltou, retomando o caminho para o seu quarto.

Agora não posso nem a encontrar por acaso em lugar público sem tomar bronca.

Destrancando a porta, ele se pegou imaginando o que ela tinha que lhe chamava tanto a atenção. O corpo dela era maravilhoso, mas por alguma razão ele não se sentia particularmente atraído por aqueles belos atributos físicos. Acabou concluindo que o que mexia com ele mesmo era a voz, o perfume, a personalidade, a atitude, a *presença* dela.

O que há comigo? Como é possível estar e não estar atraído por alguém ao mesmo tempo?

Cariele, por sua vez, irritava-se com Daimar sempre que o via por causa de seus próprios sentimentos descontrolados. Enquanto andava, determinada, na direção dos portões, tentava esquecer as sensações que aquele olhar dele havia provocado nela e tratou de se concentrar em seu trabalho.

Não demorou muito para ela encontrar seu alvo dessa noite. Também não foi nada difícil se colocar entre o infeliz e a pretendente dele. A garota não ficou nem um pouco satisfeita em ser trocada por outra e fez um pequeno escândalo, mas ela não se importou, tratando de agarrar o cara pelo braço e afastá-lo dali o mais rápido possível. Convencê-lo a levá-la até a *festinha* em que ele iria com os amigos também foi muito simples. Algumas frases bem colocadas e ela se tornara uma loira com muitas curvas e pouco cérebro, o que, obviamente, era o tipo de mulher favorito dele.

O lugar era um pardieiro. Tratava-se de uma construção grande, mas muito velha e caindo aos pedaços, cercada por terrenos baldios cheios de lixo. Dois homens e uma mulher, todos com muitas tatuagens no corpo, vigiavam a entrada, enquanto fingiam bater papo e flertar. Dava para ouvir, vindo de lá de dentro, sons de piano e uma voz feminina, surpreendentemente bela, cantando uma canção popular.

A mulher tatuada aproximou-se e revistou Cariele, enquanto seu pretenso acompanhante recebia o mesmo tratamento de um dos homens.

Cariele imaginou que coisas como *bolsos infinitos* não deviam ser nada comuns para essas pessoas. Provavelmente, nenhum deles tinha visto algo assim, então não dava para culpá-los por estarem deixando uma caçadora de recompensas fortemente armada entrar na festinha deles.

Agora é a hora da verdade, pensou ela, consigo mesma. Ela tinha dois palpites sobre quem havia contratado Janica para ficar atrás dela. O primeiro palpite era Cristalin, mas aquilo parecia cada vez mais improvável, por isso restava apenas o segundo, e, se ele estivesse certo, Cariele estava caminhando diretamente para uma armadilha. Mas era melhor confirmar isso agora, quando ela tinha um plano de contingência preparado, do que ser pega de surpresa mais tarde.

Assim, ela entrou naquele lugar, não se surpreendendo ao ver quantos jovens e adolescentes havia por ali. A aparência interior do prédio não era muito melhor que a exterior, mas todos pareciam "altos" ou bêbados demais para se importarem. Depois de ficar um tempo na festa e ser apresentada a uma infinidade de pessoas, muitas delas obviamente sob efeito de entorpecentes ilegais, ela conseguiu escapar com a velha desculpa de ir ao banheiro.

Ao se ver sozinha, tratou de esconder-se nas sombras e vasculhar o lugar. Não demorou muito para conseguir a primeira evidência sólida que precisava: uma fumaça adocicada e levemente cítrica, que parecia vir de um andar subterrâneo.

Tratando de cobrir a boca e o nariz com um lenço especial, que amarrou atrás da cabeça, ela tirou do bolso um artefato em formato de octaedro, que absorvia mais luz do que emitia, tendo, por causa disso, uma aparência escura, quase desfocada.

Ela lançou o pequeno objeto no ar e o deixou flutuar por alguns segundos, até ter certeza de que tudo o que ela via, ouvia e cheirava tinha sido gravado. Aquilo lhe dava uma justificativa, perante a lei, para investigar mais a fundo o lugar, até mesmo à força, se necessário.

Enquanto isso, no telhado de um prédio a algumas quadras de distância, Janica baixou a luneta com a qual estava vigiando a entrada do lugar onde Cariele tinha entrado e olhou para cima, analisando a posição da lua no céu. O tempo estava se esgotando.

◆ ◆ ◆

Daimar ainda pensava em Cariele quando desceu até o refeitório, encontrando Egil e Falcão sentados a uma mesa no canto, batendo papo. Os dois o saudaram efusivamente e o convidaram a se sentar com eles, oferta que ele resolveu aceitar.

— O que há de novo?

— Nada de mais – respondeu Falcão. – Mas talvez seja bom você ficar ciente.

— O que houve?

— Parece que Cariele andou criando polêmica de novo. Deixou uma aluna do primeiro ano de Artes soltando fogo pelas ventas.

— O que ela fez?

— Ora, Daimar – disse Egil, com um sorriso. – Você conhece aquela figura. O que volta e meia ela faz que deixa outras mulheres bravas?

— "Bravas" é um eufemismo – alfinetou Falcão.

— Sei lá! – respondeu Daimar. – Rouba o namorado delas?

Falcão levantou um dos braços.

— E temos um vencedor!

Daimar levantou uma sobrancelha.

— Sério? Ela fez isso de novo?

— Ela é bastante competente nesse departamento – comentou Egil, rindo.

Daimar pensou por um momento.

— Essa história se repete bastante, não? Ouvi falar sobre vários caras que ela "roubou", incluindo um camarada chamado Erlano. E depois teve outro, acho que o nome era Crisler.

— Pff! – Falcão fez um gesto de pouco caso. – Esse Erlano era um tranqueira. Se quer minha opinião, Cariele fez um favor para a ex-namorada dele. Hoje, ela parece uma pessoa completamente diferente, está namorando um boa pinta e pensando em casamento. Antes, a coitada parecia um espantalho, vivia com medo de todo mundo. Eu acho que o cara abusava dela.

Egil levantou uma mão.

— Opa, mas ninguém tem provas disso!

— Não, mas que o cara não valia nada, isso não valia.

Daimar lançou um olhar curioso para os amigos.

— Onde está esse cara? Vocês sabem o nome inteiro dele?

— Acho que o nome era Erlano Larsoni. Agora, onde ele está, ninguém sabe – respondeu Falcão. – Provavelmente, foi procurar outra gangue, ou teve uma *sobredose*, sei lá. Dizem que foi para outra cidade, mas se foi isso, ele foi embora sem levar nada além da roupa do corpo. A pocilga onde ele morava foi interditada pelo Exército por causa de algum crime cometido por lá e dizem que tudo o que ele tinha continua lá até hoje.

Daimar assentiu, impressionado com a quantidade de informações que o ruivo tinha.

— E quanto a esse Crisler?

— Crisler... Crisler... – disse Egil, tentando se lembrar.

— Rideliam – disse Falcão. – Crisler Rideliam. Cariele perdeu uma boa amiga por causa dele.

O rosto de Egil se iluminou ao se lembrar do ocorrido.

— Ah! Verdade! Mas não foi essa amiga aí que não levou nem uma semana para ir morar com outro cara?

— Acho que foi essa mesma. E se a intenção dela foi se vingar do infeliz, acho que não adiantou nada, porque depois descobriram que ele tinha feito as malas e se mandado no dia seguinte. Dizem que voltou para a Sidéria.

Intrigado, Daimar perguntou:

— Esse cara era gente boa?

— Ah, sei lá, nem lembro direito, mas ele parecia meio estranho – respondeu Egil.

— Fiquei sabendo que ele foi preso uma vez, por tráfico – disse Falcão. – Mas foi solto logo depois por falta de provas.

Então é isso.

— Vejo vocês mais tarde – disse Daimar, levantando-se de repente.

Falcão riu daquela atitude intempestiva, tão incomum ao barão.

— O que deu em você?

— Preciso falar com uma pessoa.

◆ ◆ ◆

O lugar era imenso. Devia ter sido uma espécie de abrigo construído durante uma das grandes guerras do passado. Depois de mais de uma hora de exploração, sendo que a maioria desse tempo ela passou escondida ou driblando os numerosos vigias, Cariele conseguiu chegar até o terceiro nível subterrâneo, que, felizmente, parecia ser o último. O cheiro ali era forte o suficiente para ela sentir, mesmo através do lenço.

Ela usou novamente o octaedro negro para registrar o lugar antes de se aventurar pelos corredores estreitos, úmidos e escuros, e precisou usar um de seus itens especiais para lançar sobre si um encanto chamado *caminho das sombras*, para poder passar por dois vigias de expressão entediada sem ser percebida. Após isso, ela examinou seus bolsos e percebeu que já tinha gasto energia demais. Seus artefatos de poder estavam quase todos no fim da carga. Tinha que terminar aquilo logo, ou estaria em sérios problemas.

Suspirou, com misto de alívio e empolgação, quando finalmente descobriu o laboratório em que as substâncias ilegais estavam sendo produzidas. Havia muitos ruídos e fumaça vindos de dentro, indicando que havia várias pessoas ali e a produção estava ocorrendo a todo vapor.

Deixando o laboratório de lado momentaneamente, ela seguiu em frente pelo corredor e encontrou outras câmaras, que serviam como depósito. A quantidade de mercadorias legais e ilegais armazenada ali era impressionante. Obviamente, aquela operação deveria ser bem lucrativa.

Concluindo que não restava mais nada a fazer além de acabar com a festa daquela quadrilha, ela voltou silenciosamente até onde estavam os vigias, sacou suas tonfas e tratou de colocá-los para dormir da forma mais rápida e discreta que conseguiu.

Em seguida, voltou ao laboratório e escancarou a porta, surpreendendo as cinco pessoas que estavam ali dentro. Um homem e duas mulheres estavam atrás de uma mesa, usando panos para cobrir o rosto enquanto mexiam no conteúdo de pequenos potes de cerâmica. Outros dois se encontravam mais perto da porta, à sua esquerda, conversando.

Lançando o octaedro no ar para gravar tudo, ela levantou a besta e disparou três dardos com precisão impecável, derrubando os três que estavam mais longe, antes de largar aquela arma e sacar novamente as tonfas para encarar os outros dois. Com esses ela não teve tempo para ser gentil, o que era ótimo, já que estava precisando mesmo extravasar um pouco de toda aquela tensão acumulada.

Com todos inconscientes, ela recolheu a besta e os dardos e olhou em volta. Era hora de dar um jeito de colocar para dormir o máximo possível de pessoas que estivessem naquele lugar, e também de assegurar sua fuga dali.

Num canto da sala havia um caldeirão grande, que estava pendurado sobre uma fogueira e do qual saía a maior parte da fumaça que se espalhava pelos corredores. Identificando com facilidade as substâncias que havia nos desorganizados armários, ela juntou alguns potes, destampou-os e despejou seu conteúdo no caldeirão, junto com um dos pequenos simulacros esféricos que havia por ali e que aquelas pessoas provavelmente usavam para catalisar a mistura de ingredientes. Imediatamente, a fumaça branca mudou de cor, assumindo um tom esverdeado, e o volume dela que saía do caldeirão começou a aumentar.

Um rapaz apareceu na porta da sala de repente e parou, aturdido.

— Mas o quê?

Ela mal teve tempo de sacar suas armas, quando, após arregalar os olhos, o jovem virou-se e saiu correndo.

Soltando um praguejamento, ela saiu correndo atrás dele.

Cristalin Oglave estava sentada em sua sala no posto militar, com as botas sobre a mesa e os braços cruzados atrás da cabeça. Depois dos eventos da noite anterior, sentia-se exausta e enfraquecida, mas a sensação de bem-estar e satisfação era tão grande que valia a pena qualquer sacrifício.

Sua porta foi escancarada de repente, o que fez com que ela abrisse os olhos. E topasse com o olhar desconfiado de Daimar Gretel.

Imediatamente, ela se endireitou.

— O que está fazendo aqui?

Ele entrou e fechou a porta atrás de si, lançando a ela um sorriso provocador.

— Achei que estava sobrecarregada com burocracia. Resolveu negligenciar seus deveres como instrutora só para poder ficar cochilando em sua cadeira?

— Tive muitos assuntos para... resolver hoje. O que você quer? Como entrou aqui?

Ele se aproximou e o sorriso irônico desapareceu do rosto dele, substituído por genuína preocupação.

— Você está bem? Está pálida.

— Excesso de burocracia pode exaurir uma pessoa. Agora, quer, por favor, responder minhas perguntas? Onde está Britano?

Ele a encarou por mais um instante, antes de assentir e dirigir-se à janela, sorrindo e fazendo um gesto brincalhão de cumprimento para alguém do lado de fora.

— Olha ele lá. Quer dar um oi?

— Não, quero saber é como entrou aqui.

Ele afastou-se da janela, sentando-se em uma das cadeiras na frente da mesa dela.

— Os soldados lá na frente pareciam muito ocupados, então eu não quis incomodá-los, uma vez que eu só queria ter uma conversa com você.

— Você invadiu uma repartição militar. Isso é um crime grave.

— Só queria fazer algumas perguntas.

— Espero que seja algo importante. Se não for, você vai ter problemas.

— Certo, então vamos lá. Como sabe, eu me mudei para Lassam há menos de um mês. Logo no final da minha primeira semana na academia, o barão anterior renunciou ao cargo e acabaram me colocando na liderança da fraternidade. O fato, tenente, é que venho percebendo que muitos criminosos escolheram a academia como área de atuação e isso me deixou preocupado. Os casos de Bodine e Ebe Lenart parecem ser ocorrências preocupantemente comuns.

Cristalin cruzou as mãos sobre a mesa, séria, mas aquela palidez e o cansaço evidente davam a ela um ar de fragilidade que contrastava muito com a postura.

— Certo, barão. Aonde quer chegar?

— Eu gostaria de um relatório de atividades ilegais registradas na academia nos últimos seis meses. Preciso saber no que estou me metendo.

— Esse é um pedido válido, senhor Gretel. Por que não o faz através dos canais regulares?

— Achei que poderia obter sua colaboração para agilizar as coisas.

— Certo, vou repassar seu pedido adiante. Mais alguma coisa?

— Os criminosos que foram presos... Eu gostaria de saber para onde foram enviados.

— E por que eu lhe daria essa informação?

Ele sorriu.

— E por que não?

Ela suspirou.

— Ebe Lenart foi para a masmorra militar em Boars, junto com a família dela. Provavelmente, vão ser todos enforcados até o fim do mês.

— Ótimo. E quanto aos outros? Erlano Larsoni e Crisler Rideliam, por exemplo.

— Larsoni pegou perpétua e Rideliam não pode mais prejudicar ninguém.

Ele sorriu.

— É mesmo?

Cristalin percebeu que tinha falado mais do que deveria.

— Mas o quê?! Que raios você quer, barão?

— Foi Cariele quem prendeu os dois, não foi?

Ela suspirou, desanimada. A exaustão era tão grande que devia estar prejudicando seu raciocínio. Definitivamente, deveria ter ficado em casa naquele dia.

— Isso é assunto mais do que sigiloso, garoto. Se uma palavra sobre esses casos se espalhar, a vida dela não valerá mais nada. Consegue entender isso?

— Claro que sim – respondeu ele, sério.

Um soldado bateu na porta antes de abri-la.

— Tenente! – O oficial foi entrando, mas ficou subitamente paralisado, sem saber o que fazer, ao perceber a presença de Daimar.

— Fale – ordenou ela.

— Busca e apreensão sendo efetuada no distrito Coroados. Parece que é algo grande. E seu operativo está envolvido.

Cristalin levou uma mão à testa.

— Ah, droga!

◆ ◆ ◆

Perseguindo o rapaz, Cariele acabou topando com dois dos vigias do andar superior. Um deles tinha um bastão que parecia ser do tipo que emite rajadas elétricas e o outro um enorme martelo de batalha. Ela tentou atingi-los com dardos, mas o cara do martelo se adiantou e os defletiu, mostrando que aquela arma não tinha só tamanho e força bruta. Com cuidado, ela equipou suas luvas e assumiu posição de luta, andando ao redor do homem, olhos fixos no martelo. Com um sorriso presunçoso, ele avançou sobre ela e desferiu um poderoso golpe, atingindo-a em cheio do lado direito do corpo e arremessando-a contra a parede do outro lado.

Aproveitando a inércia, ela caiu rolando pelo chão e puxou um dardo do bolso, que arremessou com incrível precisão na garganta do outro homem. Ele pareceu ficar engasgado por alguns segundos antes de perder a consciência, o perigoso bastão rolando de sua mão enquanto ele desabava no chão.

Aliviada por ter neutralizado o perigo maior, ela se levantou bem no momento que o homem do martelo a atacava novamente, dessa vez com um golpe de cima para baixo. Num movimento rápido, ela levantou a mão enluvada e segurou a ponta do martelo no ar. O impacto entre o martelo e a luva provocou um estrondo enorme, mas graças ao movimento especial de Cariele e de muita energia do simulacro, toda a força de impacto foi devolvida ao atacante, que acabou sendo violentamente arremessado para trás.

Sem tempo a perder, ela saiu correndo para a saída, em meio à névoa verde, levando o pesado martelo consigo.

◆ ◆ ◆

Soldados cercavam a velha construção, da qual a fumaça verde parecia sair por cada fresta. Poucas pessoas conseguiram sair antes de desmaiarem por causa do gás e boa parte delas tinha sido capturada pelos militares.

Cristalin desceu da carruagem com a ajuda de Daimar, que insistira em ir junto, e ela acabara concordando para poder ficar de olho nele. Britano, que havia ido com eles, desceu em seguida.

Janica imediatamente veio correndo até deles.

— Então foi você quem nos chamou – concluiu a tenente.

— Cariele me pediu para dar o alerta se demorasse demais para sair de lá – respondeu a negra, olhando, preocupada, para a velha construção.

De repente, uma das paredes laterais explodiu, lançando pedras para todos os lados, e uma figura vestida de vermelho saiu pelo buraco, largando um enorme martelo de batalha no chão e andando, cambaleante, na direção dos militares.

Ao reconhecer Cariele, Daimar olhou para Cristalin.

— Céus! No que foi que você a meteu dessa vez?

— Não faço ideia. Mas vou descobrir.

Capítulo 9:
Consequências

Cariele não estava de bom humor. Primeiro, porque estava cansada depois das consecutivas batalhas que tivera que lutar para sair de dentro daquele antro de criminosos. Segundo porque estava com o corpo todo dolorido. Tomara diversos golpes, e a martelada que recebera do lado direito do corpo tinha sido muito mais forte do que ela antecipara. O escudo corporal não foi capaz de absorver todo o impacto e isso resultou em uma grande área que se tornava mais arroxeada e sensível a cada minuto que passava. Terceiro, porque estava sentindo náusea e dor de cabeça, sintomas provocados, com certeza, pela prolongada exposição à fumaça tóxica que ela mesma criara. Quarto, por Daimar Gretel tê-la visto nesse estado. E, por último, mas definitivamente não menos importante, pelos soldados da tenente Oglave a terem tratado como uma criminosa qualquer e a levarem, algemada, até uma sala de interrogatório de um posto militar.

Quanto tempo iriam mantê-la sentada naquela cadeira desconfortável com a perna acorrentada ao chão, como se fosse algum tipo de animal descontrolado?

De repente, a porta se abriu.

— Finalmente! Eu... – ela se interrompeu, frustrada, quando encarou um rosto desconhecido. – Quem é você? Onde está a tenente?

O homem sorriu e fechou, calmamente, a porta atrás de si, antes de aproximar-se dela devagar.

Ele era muito alto e tinha longos cabelos castanhos. Era muito bonito e parecia estar de bom humor enquanto se sentava calmamente diante dela. Usava um traje de boa qualidade em tons de verde e azul, que a fazia se lembrar de contos que lera na infância sobre elfos e duendes.

— Prazer em conhecê-la – disse ele, com uma voz profunda que apresentava um sotaque característico de pessoas que vinham do sul. – Meu nome é Alvor. Aspirante Alvor Sigournei, da província de Ebora.

— Que raios? Por que você está aqui? Eu quero falar com a tenente!

— Sim, estou ciente disso, senhora Asmund. No entanto temos algumas coisas para esclarecer e acredito que a tenente esteja em tratamento neste momento, por isso fui enviado para conversar com você, de forma a não desperdiçar muito de seu tempo.

Cariele franziu o cenho.

— Tratamento? O que houve com ela?

— Ah, não se preocupe, não parece ser nada grave. Creio que tenha sido só uma pequena indisposição. Você poderá conferir por si mesma assim que terminarmos de colher o seu depoimento.

Ela cruzou os braços.

— Você não espera mesmo que eu responda qualquer coisa enquanto estiver acorrentada como uma criminosa, espera?

Ele arregalou os olhos.

— Acorrentada...? Oh, perdão! – Ele tirou rapidamente uma chave do bolso e ajoelhou-se ao lado dela, tratando de soltar o grilhão de seu tornozelo. – Pronto, espero que não esteja machucada.

— E eu espero que alguém me explique que raios está acontecendo aqui!

— Certamente. Estamos com cerca de 160 pessoas em custódia, que vão responder por diversas acusações, desde apropriação indébita até tráfico e produção de substância ilegal. Algumas eram procuradas por delitos mais sérios, como extorsão e assassinato. Sabemos que a senhorita foi responsável não apenas por identificar os suspeitos, mas também por... imobilizar quase todos eles.

Cariele suspirou.

— Escute, eu sou uma mercenária. Quando o Exército oferece algum trabalho que pague bem, eu aceito. E tem uma recompensa em aberto pelo líder desse bando há quase um ano. Faz meses que estou procurando pistas sobre as atividades dele e ontem, finalmente, consegui encontrar o muquifo em que ele se escondia, apesar de eu não ter encontrado ele lá. Os soldados que me prenderam confiscaram tudo o que eu tinha. Se olhar vai ver que eu gravei imagens da operação toda.

— Sim. Já assisti toda a gravação. Foi por isso que demorei um pouco para vir falar com você. A propósito, o líder está sob custódia sim. Ele era um dos que você... digamos... atacou com mais entusiasmo. Ele tinha mudado a aparência, deve ser por isso que não o reconheceu. Vai passar algumas semanas à base de sopa até conseguirem fazer os dentes dele se regenerarem.

— Ótimo, então não tenho mais nada a relatar. Posso pegar minha recompensa e ir embora?

— Eu gostaria de fazer mais algumas perguntas, se não se importar.

— Eu me importo!

Ele riu, divertido, não parecendo nem um pouco afetado pelas palavras dela. Mesmo furiosa, Cariele tinha que admitir que o homem tinha um certo charme.

— Me reportaram que a senhora já foi militar. Me parece que vem aperfeiçoando o seu treinamento desde então.

— Eu saí do Exército há dois anos e vim a esta cidade para estudar. Faço esse tipo de trabalho ocasionalmente, apenas para conseguir um dinheiro extra.

— Se me permite, a operação que você levou a cabo essa noite foi muito eficiente e meticulosa. Uma demonstração impressionante de planejamento, técnica e capacidade de improviso.

— E daí?

— Estou curioso. Me pergunto por que não quis transformar todo esse potencial em uma profissão oficial. O Exército tem muitas áreas que poderiam interessar a você. Guarda de Elite, Operações Especiais...

— Não estou interessada.

— E por que não?

— Escuta, eu sei como as coisas funcionam com os militares. Você disse que é um aspirante, não? Com essa patente, você tem pleno acesso à minha ficha, mesmo ela sendo confidencial, então imagino que você já leu tudo a meu respeito muito antes de entrar nessa sala.

Ele apenas sorriu novamente, o que confirmou a suposição dela e a irritou ainda mais.

— Você já sabe tudo o que precisa saber a meu respeito! Por que, simplesmente, não me deixa ir embora?

— Eu gostaria de ter mais algumas informações em relação às suas motivações. Por exemplo: por que ainda faz esse trabalho? Depois de tudo pelo que passou, seria compreensível se quisesse apenas viver uma vida tranquila, sem exigir demais do seu corpo dessa forma...

— Isso não é de sua conta! E já chega dessa palhaçada! Se tem alguma acusação contra mim, me prenda logo, senão eu quero ir embora!

— A porta está destrancada e eu já a soltei. Pode fazer o que quiser.

Cariele se levantou e andou determinada até a saída, mas parou de repente e se voltou para ele.

— Espere aí! Você é da Tropa de Operações Especiais, não é?

Ele olhou para ela, surpreso.

— Como adivinhou?

— Você não está usando uniforme e fala de um jeito muito informal. Acho que passa muito mais tempo em campo do que a maioria dos outros na sua posição.

— Estou impressionado. – Ele sorriu novamente.

— Vocês estão me sondando.

Ele levantou as mãos.

— Apenas aproveitei uma situação incomum para fazer algumas perguntas.

— Balela! Foram vocês! Vocês contrataram uma espiã para ficar me seguindo por aí o tempo todo!

A expressão dele agora era quase cômica, de tão surpresa.

— Eu sabia – disse ela, interpretando a reação dele como confirmação. – Vocês estão preocupados, achando que eu seja algum tipo de vulcão prestes a entrar em erupção. Acham que eu posso voltar a me descontrolar e sair destruindo tudo por aí. Estão com medo e querem me manter numa coleira!

— Desculpe, moça, mas não é bem assim...

— Pois fique sabendo que não têm com o que se preocupar! – Ela apertava os punhos, muito exaltada. – Não mais! Acabou! Não sobrou mais nada! Você viu a gravação, não viu? Agora eu não consigo fazer nada sem essas porcarias dessas parafernálias que custam o olho da cara! Eu não sou mais nada do que eu era! Não sirvo para nada! Podem largar do meu pé!

Enxugando as lágrimas que começavam a escorrer pela face, ela saiu da sala, provocando um estrondo ao bater a porta com toda a força atrás dela.

Surpreso com o desabafo, Alvor ficou ali sentado por um longo momento, imaginando quantas pessoas seriam capazes de completar uma missão complicada e perigosa como aquela com aquele nível de eficiência, apenas com o uso de "parafernálias", sem nenhuma habilidade mística natural. Mas ele já trabalhara com muitas pessoas excepcionais antes e aquilo não era tão surpreendente para ele. A real pergunta ali era o que teria acontecido para levar aquela garota a acreditar que "não servia para nada".

◆ ◆ ◆

Nem um pouco surpreso, Daimar viu quando Cariele saiu, praticamente bufando, da sala de interrogatório, e levantou-se, colocando-se no caminho dela.

O fato de vê-lo na sua frente não serviu em nada para melhorar o péssimo humor em que ela se encontrava.

— Que raios você está fazendo aqui?!

— Cristalin quer ter uma palavra com você. Poderia me acompanhar até a sala dela?

— Com muito prazer! – Ela saiu marchando pelo corredor e fazendo-o quase correr para poder acompanhá-la.

— Escute... – tentou ele. – Tem algumas coisas que talvez eu deva explicar...

— Feche essa boca antes que eu faça isso por você! E você aí! – Ela apontou para Britano, que estava encostado ao lado de uma janela, mastigando alguma coisa. – Venha também!

O monitor olhou de um para o outro por um instante e acabou optando por obedecer a ela sem dizer nada.

Uma curandeira estava colocando uma compressa na testa de Cristalin no momento em que Cariele irrompeu pela porta, assustando as duas. A curandeira olhou para a expressão de Cariele e decidiu que seria melhor realizar uma saída estratégica.

— Já deve ser suficiente. Agora tome isso – ela apontou para uma caneca, cheia de um líquido verde e viscoso. – Até a última gota.

— Obrigada – respondeu Cristalin, apresentando uma palidez preocupante enquanto tomava um gole, fazendo uma careta de desgosto.

Satisfeita, a curandeira tratou de escapar da sala, cumprimentando os recém-chegados com um gesto de cabeça. Cariele esperou até a mulher fechar a porta para encarar a tenente e cruzar os braços.

— Quero fazer uma queixa formal!

Cristalin suspirou. Parece que aquela conversa seria bem pior do que tinha antecipado.

— Muito bem. Pode falar.

Cariele apontou para Daimar.

— Este cara está me perseguindo!

— O quê?! – Daimar e a tenente exclamaram, ao mesmo tempo, perplexos.

— Anda monitorando a hora que eu chego, a hora que eu saio e fica me seguindo por aí. – Ela olhou para Britano. – O monitor aqui pode confirmar.

— Sim, eu posso – concordou ele, com expressão neutra.

— Espere um pouco aí! – Daimar exclamou, fazendo cara feia para Britano.

Cristalin levantou uma mão, pedindo silêncio, e suspirou novamente, antes de tomar mais um desagradável gole do líquido verde. Então, limpando a boca com a mão, ela encarou a moça.

— Está falando sério, Cariele? Você está nervosa, não é melhor pensar bem no assunto? Já vou avisando que não vou tolerar reclamações sem fundamento ou baseadas em algum tipo de briga de namorados.

— "Briga de namorados"? – Cariele desdenhou. – De que raio está falando?

— Por que está fazendo isso? – Daimar olhou para ela, confuso.

Ela se virou para ele, os olhos azuis faiscando de fúria.

— Quantas vezes eu falei para você me deixar em paz?

— Mas eu...

— Quantas, monitor?

— Que eu tenha presenciado? Pelo menos duas – Britano respondeu, calmamente.

— Que droga! Eu não fiz nada de mais... – começou Daimar.

— Então, o que está fazendo aqui?

— Eu... Bom, eu...

— Você invadiu uma instalação militar – disse Cristalin, devagar, mas de forma incisiva – e se aproveitou da minha condição para arrancar informações sobre ela.

Imediatamente, Cariele se voltou para a tenente, indignada.

— Mas que droga, Cris!

— Recomendo que dê o fora, rapaz – continuou Cristalin, ignorando Cariele e fazendo um gesto de cabeça na direção da porta. – Tenho duas acusações muito sérias contra você aqui. Se tem algum amor à própria pele, não me deixe pegar você cometendo nenhuma infração desse tipo de novo.

— Cariele, por favor – insistiu ele. – Isso não precisa terminar assim!

— Eu já falei antes, você é que parece não entender! *Eu não estou interessada em você*! Vá fazer algo de útil da sua vida e me esqueça!

Ele a encarou por um instante, depois soltou um suspiro desanimado e saiu, balançando a cabeça. Britano olhou para Cristalin e, após um assentimento dela, saiu no encalço do barão.

Assim que ficaram sozinhas, Cariele encarou a tenente, furiosa.

— O que contou a ele sobre mim?

— Ele me perguntou do paradeiro de dois dos seus e eu tive um lapso e me esqueci momentaneamente de que eles estavam oficialmente "desaparecidos" ao invés de "presos".

— Droga! Já era ruim o suficiente ele saber sobre Ebe. E por que você mandou me prender?

— Queria que todos daquela vizinhança soubessem que você estava comigo? Eu fiz todos pensarem que se tratava de uma briga entre facções criminosas que saiu do controle. Sob a acusação de ser parte de uma facção, não tive problemas para trazer você para cá sem que ninguém além de pessoas de confiança visse o seu rosto.

— Confiscaram minhas coisas e ainda me deixaram acorrentada por horas!

— Procedimento padrão. Agora está na hora de *você* me dar algumas explicações, mocinha. O que você tem nessa cabeça? Por que foi invadir um antro de criminosos sozinha daquele jeito?

— Eu fiz meu trabalho! Entrei lá para fazer reconhecimento, encontrei brechas na segurança deles e me aproveitei disso. Que droga! Seu departamento vai ser ainda mais popular agora!

— Mas que droga, garota! Quem impôs a condição de sigilo no seu trabalho foi você, não eu! Você não queria que seus antigos superiores te achassem aqui, só que ninguém sobe os degraus da hierarquia militar sendo um completo idiota! Ou você acha que todos vão falar: "Uau, essa tenente Oglave é muito eficiente! Olha como o crime está diminuindo na jurisdição dela!". Pois saiba que não é assim que funciona! As pessoas se perguntam "como" e "por que", ligam os pontos. Acha que esse aspirante gostosão veio parar aqui por coincidência?

— Eu não fiz nada demais! Tive a situação sob controle o tempo todo e tinha planos de contingência. Além disso, foi uma linha de ação bastante simples...

— Me poupe, garota! Linha de ação simples uma ova! Sua arrogância é grande demais para perceber a diferença entre uma missão simples e uma suicida? Ou será que nós, pessoas normais, não somos dignas de compreender o que se passa numa mente "superior" como a sua? Faça-me o favor!

— Apenas me dê minha recompensa, que eu vou embora e paro de incomodar você.

— Não tenho nada para você.

— Como é?! Eu capturei o chefe da operação! O cartaz ainda está na parede! Você não pode fazer isso!

— Você se mete sozinha, sem autorização, num buraco com quase *duzentos* criminosos procurados, deixa todo mundo preocupado e ainda quer uma *recompensa* por isso?

As lágrimas voltaram a cair de novo, mas Cariele estava transtornada demais para percebê-las.

— Não pode fazer isso! Eu gastei tudo o que eu tinha! Meus dardos, meus simulacros... Minhas armas estão todas danificadas! Não tenho como pegar mais nenhum trabalho desse jeito! Vou ter que gastar uma fortuna para poder reparar e repor tudo!

— Devia ter pensado nisso antes de se jogar naquela toca – disse Cristalin, antes de tomar mais um gole da caneca, enquanto Cariele apenas a observava, absolutamente chocada. – Por que você fez isso? A captura dos Lenart rendeu dinheiro suficiente para você se manter com conforto por, sei lá, um ano, talvez mais!

— A recompensa de hoje era vinte vezes maior!

— E para que quer tanto dinheiro?

— Não interessa! Você não pode fazer isso comigo! Tinha mercadorias naquele lugar no valor de, no mínimo, umas 300 mil moedas de ouro! A recompensa era só 12 mil, então não pode alegar que não tem dinheiro para me pagar!

— "Só 12 mil"?

— Achei que podia confiar em você!

— Que coincidência! Eu também! Mas sabe o que eu descobri? Que você não sabe trabalhar em equipe, quer resolver tudo sozinha e não deixa ninguém ajudar você. Sabe o quanto isso é frustrante?

Cariele enxugou o rosto e olhou para a tenente, percebendo mais uma vez a palidez no rosto dela.

— Você está bem? O que houve com você?

— Só uma indisposição, mas já fui tratada, não se preocupe.

Cristalin respirou fundo e tratou de forçar o restante daquela coisa verde goela abaixo, depois fez algumas caretas antes de suspirar aliviada por aquela tortura ter terminado e colocar, triunfantemente, a caneca de lado. Mais calma, ela voltou a encarar Cariele.

— Escute, o seu trabalho foi magnífico. Eu vou dobrar a recompensa e repor todo o material que você quiser. Me faça uma lista.

— Está falando sério? – Cariele franziu o cenho, tomada de surpresa.

— Leve suas armas na loja dos Gretel. Pode consertá-las ou até trocar por novas, se quiser. Eu acerto tudo com eles depois e não farei perguntas.

Cariele encarou a tenente por um instante antes de estreitar os olhos.

— Mas tem uma condição, não tem?

— Sim, tenho. A partir de agora você não trabalha mais para mim.

— O quê?!

— Lembra dos dragões de anteontem? Pois saiba que aquilo foi só o começo. Tem muito mais monstros de onde aqueles vieram. As coisas podem ficar muito feias e eu não quero lutar ao lado de pessoas em quem não possa confiar. Não quero mais ver você por aqui.

◆ ◆ ◆

Tem muito mais monstros de onde aqueles vieram.

O sol já tinha nascido e Cariele ainda pensava naquilo quando chegou ao alojamento da fraternidade. Como não podia fazer nada em relação àquele assunto, ela decidiu deixar a preocupação de lado e resolver outro assunto pendente.

Parou em frente à porta do quarto dos monitores, respirou fundo e bateu.

Janica abriu a porta quase imediatamente e, sem dizer nada, fez um gesto, convidando-a para entrar. O lugar estava limpo e bem arrumado, com as duas camas encostadas uma na outra e com um cobertor estendido por cima, como se fosse uma cama de casal, inclusive com os dois travesseiros bem encostados um no outro. Em qualquer outra ocasião, Cariele acharia aquilo divertido e se sentiria orgulhosa por, de certa forma, ter dado um empurrãozinho para aqueles dois. Naquele momento, no entanto, nada daquilo importava.

A monitora olhou para ela de alto a baixo, notando que usava as mesmas roupas vermelhas da véspera.

— Você esteve fora a noite toda? O que houve?

Cariele deu de ombros.

— Eu sabia que não ia conseguir dormir, então fui dar uma volta para esfriar um pouco a cabeça. – Ela fez uma pausa e respirou fundo antes de encarar Janica. – Você tomou bronca por eu ter descoberto quem é o seu contratante?

A monitora não fez rodeios.

— Não. O aspirante foi bem simpático, na verdade.

— Ele disse o motivo de me acharem perigosa o suficiente para quererem ficar de olho em mim?

Janica levantou uma sobrancelha.

— Bom, depois do que você fez essa noite, acho que o motivo ficou bem óbvio.

Cariele piscou, confusa por um momento, mas depois se deu conta de que a monitora ainda não sabia de nada.

— E agora, o que vai acontecer?

— Bom, o aspirante me pediu para ficar por perto, mas apenas se você permitir.

— Nada mais de me espionar contra minha vontade, então?

— Foi o que ele disse.

— Você vai reportar tudo o que eu fizer para ele?

— Eu nunca fiz isso. Meu trabalho sempre foi investigar e reportar ocorrências incomuns. Desde que não esteja colocando ninguém em risco, sua vida particular não me interessa, e nem a ele.

— Entendo. Sabe, por um momento eu acreditei que você trabalhava para os bandidos.

Aquilo fez com que a monitora arregalasse os olhos, surpresa.

— Essa noite eu meio que esperava estar caindo em uma armadilha – continuou Cariele.

— Se eu achasse que alguém estava me traindo, eu daria uma surra primeiro e faria perguntas depois.

— Não vi necessidade. Eu estava preparada, e não importava o que acontecesse, eu tinha certeza de que conseguiria minha recompensa.

— Minha função aqui nunca foi atrapalhar a sua vida. A intenção era que você nem percebesse minha presença, mas você é muito mais bem treinada do que eu.

— Mas eu não percebi você me seguindo da outra vez. E talvez tenha subestimado as consequências da ação de ontem. Ando cometendo muitos erros.

— Se quer minha opinião, você me parece bem mais confiável ultimamente.

Cariele encarou a outra, perplexa.

— O quê?!

— No começo era difícil de entender você. Agia como uma delinquente, mas era misteriosa, fechada, não deixava ninguém se aproximar muito. Parecia fria e egoísta na maior parte do tempo. Mas desde que conheceu Daimar, você mudou bastante.

— Como assim? Mudei de que jeito?

— Ah... Começou a expressar mais as emoções, ficou mais confiante, mais alegre e parou de fazer aquele papel de "garota malvada". Até sua aparência está melhor, parece que começou a se cuidar mais.

— Estou me cuidando por ordens da minha curandeira. Além disso, ninguém pode mudar tanto assim em tão pouco tempo. Conheço ele há o quê? Duas, três semanas?

— Semanas atrás não imaginaria você conversando comigo dessa forma. Ah! E seu desempenho nas provas da semana passada também foi melhor do que sua média, segundo os instrutores.

— Ah, droga! Sério?

— Sim, você está se parecendo muito mais com alguém da sua idade agora. Erros todo mundo comete, é parte do que nos faz humanos. Mas achei estranho quando soube que você terminou com ele.

— Com quem? Daimar? Nada a ver! Não se pode "terminar" algo que nunca começou.

— E por que nunca começou? Não venha me dizer que não está interessada.

— Eu não tenho tempo para essas coisas. E ele passou dos limites.

— Certo, certo. Britano comentou sobre isso. E está tudo bem entre você e a tenente Oglave?

— Não. Se quiser dinheiro agora, vou ter que procurar trabalho em outro lugar.

— Puxa! E o que você vai fazer?

Cariele sorriu.

— Vou encontrar um cara rico e me casar com ele.

— O quê?! Mas...

Cariele a interrompeu:

— Bom, agora que esclarecemos tudo, eu tenho que fazer meu tratamento de beleza. – Ela se levantou, dirigindo-se à porta. – Podemos tomar uma cerveja depois, se você quiser. Quase todas as minhas amigas... Bem... Não são mais minhas amigas.

◆ ◆ ◆

Daimar não estava em um de seus melhores dias. Dormira mal, acordara de mau humor e, como estava com o olfato mais sensível do que nunca, o cheiro das pessoas, principalmente o perfume de algumas garotas, estava lhe dando dor de cabeça.

Ao aproximar-se do alojamento, subitamente sentiu-se observado e olhou para o longo caminho através dos jardins, onde, ao longe, uma figura toda vestida de preto e com a cabeça coberta por um capuz parecia olhar diretamente para ele. Não dava para ver nada devido à distância, mas ele teve a impressão de ter ouvido uma risada sinistra antes de a pessoa se virar e se afastar.

Era só o que me faltava... Agora estou começando a ouvir coisas!

Sacudindo a cabeça, ele tentou tirar da mente aquela cena surreal e retomou seu caminho, entrando no refeitório da fraternidade. Cumprimentando as pessoas com gestos de cabeça, ele se serviu de um prato de sopa e escolheu a mesa mais afastada, nos fundos, para tentar apreciar o seu almoço em paz. Felizmente, era o dia de Egil na cozinha e o rapaz era um verdadeiro prodígio no preparo de refeições.

O humor dele piorou quando percebeu a entrada de Cariele. Ela estava mais linda do que nunca e, instintivamente, ele fechou os olhos e inspirou fundo. O aroma familiar provocou uma onda de sensações extremamente agradáveis, que percorreram seu corpo todo, espantando até mesmo a dor de cabeça.

Quão patético eu me tornei?

— Daimar Gretel!

Ele abriu os olhos e viu duas moças caminhando na direção dele, exibindo largos sorrisos.

— Brigite! Gerda! – Surpreso, ele levantou-se para recebê-las.

— Há quanto tempo! – Brigite exclamou, envolvendo-o em um apertado abraço, antes de colar os lábios aos dele por um momento. – Soube que ganhou um título de nobreza agora! As pessoas estão chamando você de "barão"!

Brigite era uma morena de estatura mediana, dois anos mais velha que ele e que tinha uma beleza incomum. Cabelos negros ondulados até o meio das costas, olhos verdes, nariz arrebitado, boca um pouco grande, mas com lábios delicados e muito bem desenhados. Ela era mestre em uso de maquiagem, conseguindo melhorar ainda mais seus atributos naturais com aplicação de cores discretas nos lugares certos.

— Isso não é título de nobreza – respondeu ele. – É só outro nome para "escravo". Nem imagina o quanto tenho que trabalhar por aqui. Mas você parece ótima, como sempre.

— Ah, não exagere.

— Bom te ver de novo, Daimar! – Gerda se aproximou e deu a ele o mesmo tratamento que a amiga, com a diferença de que Daimar tinha que olhar para cima para beijá-la.

Se ele tivesse que definir Gerda com uma palavra seria "grande". Devia ter quase dois metros de altura e, mesmo usando roupas folgadas, seria difícil ela conseguir esconder o porte atlético e musculoso. Os cabelos castanhos, bem cuidados, estavam amarrados em um rabo de cavalo e o rosto bem proporcional apresentava olhos de um tom castanho esverdeado e lábios generosos.

Por um momento, Daimar ficou olhando para as duas velhas amigas com certa perplexidade. Ambas eram muito atraentes, mas a beleza física delas não chegava nem aos pés da de Cariele. Então por que ele se sentia muito mais atraído fisicamente por essas duas do que por ela?

— Bom ver vocês também – ele disse, finalmente. – Sentem-se, sentem-se. Me deixaram curioso. O que as traz tão longe de casa?

Do outro lado do salão, Cariele tinha certeza de que iria passar mal. Ver aquelas duas mulheres lindas beijando o barão na boca lhe causou uma sensação tão ruim que foi quase uma dor física. Ver os três conversando com tanta intimidade era um quadro tão repulsivo que ela simplesmente não conseguia continuar olhando.

Por um instante, ela caminhou a esmo pelo salão com seu prato na mão até que se viu diante de uma mesa. Automaticamente, ela se sentou, preparando-se para comer. Só então percebeu que Falcão estava sentado na cadeira do lado oposto da mesma mesa, olhando-a com uma expressão estranha.

— Desculpe, eu estava distraída. Se quiser, posso procurar outra mesa.

— Não, não, pode ficar à vontade.

Ela assentiu e tentou engolir um pouco da sopa, mas parecia que aquilo não tinha gosto de nada.

— Dia ruim?

— Noite longa – respondeu ela.

— É mesmo? Pois você me parece muito bem. Quero dizer, exceto por essa expressão... preocupada.

Vendo que não iria conseguir comer, ela decidiu deixar a colher de lado.

— Escute, eu... queria dizer que sinto muito pelo que eu disse na última conversa que tivemos.

Ele levantou a sobrancelha, intrigado.

— É mesmo? Mudou de ideia sobre sair com pobretões?

— Não, não mudei. Mas realmente sinto muito por aquilo. Não é nada pessoal contra você...

— Você é estranha, sabia?

— É, andaram me dizendo algo parecido.

— Trocando uma ideia com Egil e o barão ontem, eu percebi uma coisa. Você sofre de *síndrome de herói*.

— Como é que é?

— Nunca ouviu falar? É quando a pessoa sente necessidade de ser inabalável, indestrutível, de resolver todo problema que apareça, não importando os sacrifícios que tenha que fazer para isso.

— Desculpe. Acho que não estou entendendo.

— Você tem expectativas muito altas de si mesma. Quer fazer coisas que outras pessoas nem sonhariam em conseguir fazer. Não é verdade?

— Ora essa, as pessoas são diferentes. Não tem como comparar essas coisas.

— Claro que tem.

Ela estreitou os olhos.

— O quanto sobre mim o barão contou a você?

— Nem uma palavra. Daimar provavelmente é o cara mais confiável que existe dentro deste prédio. Se tem algo que você não quer que ele espalhe, provavelmente, ele vai levar para o túmulo.

— Certo – disse ela, ameaçando se levantar. – Desculpe, perdi o apetite.

— Espere! – Ele a segurou pela mão. – Só me responda uma pergunta, está bem?

— Tudo bem. – Ela suspirou enquanto voltava a se sentar.

— Você tem interesse em arrumar um marido rico, certo?

— Certo – respondeu ela, por entre os dentes.

— Eu nunca pedi um compromisso com você. Tudo o que eu fiz foi te convidar para sair, tomar alguma coisa, se divertir um pouco. Você estava disponível, e até onde eu sei não estava saindo com ninguém. Por que me dispensou? Eu sou tão entediante ou pouco atraente assim?

— É claro que não!

— Então, por quê?

— Eu não queria... dar falsa esperança a você.

— Mas eu não pedi nada, não estabeleci nenhuma condição. Que eu me lembre, não dei a entender que estava procurando um relacionamento. Ou dei?

— Não, acho que não.

— E aí está meu ponto. Você se preocupou mais comigo do que com a sua própria diversão. Por isso me rejeitou.

— Isso não faz o menor sentido!

— Vou dar outro exemplo. Lembra daquela sua amiga Eivinde?

— Vai querer dizer o que, agora? Que eu estava preocupada com ela quando saí com o... homem dela?

— Quanto tempo você ficou com ele? Um dia, se muito. Depois disso o cara sumiu, sabe-se lá para onde. Aí, depois de um tempo a Eivinde se encontra, começa a se cuidar, acha um pretendente muito melhor para ela e, praticamente, vira outra pessoa. Nem raiva de você ela tem mais. Até onde eu sei é *você* quem evita ela.

— Pare com isso!

— Só estou dizendo que ninguém espera que você saia ajudando todo mundo desse jeito. As pessoas gostam de você do jeito que é e...

— Quem? – Cariele o interrompeu, ríspida. – Quem gosta de mim? Ninguém! Ninguém me suporta, todos me acham uma interesseira e egoísta. Já cansei de ouvir isso por aí.

— Será mesmo? Será que são os outros que pensam isso de você ou será que isso é apenas o que *você* pensa de si mesma?

— Ora, cale essa boca! – De cara feia, ela se levantou e caminhou na direção da saída.

Não conseguiu resistir à tentação de lançar mais um olhar na direção de Daimar e se arrependeu imediatamente disso ao ver as duas *vagabundas* praticamente em cima dele, tocando-o na perna e nos ombros enquanto se desmanchavam em sorrisos e o faziam rir de uma forma alegre e descontraída, algo que nunca o vira fazer antes. Sentindo o estômago revirar, ela tratou de apressar o passo. A náusea era incontrolável e tudo o que ela podia fazer era correr o mais rápido possível para algum reservado.

Daimar percebeu o momento em que Cariele levou a mão à boca e saiu correndo do salão e ficou imediatamente tenso.

— O que houve? – Gerda quis saber.

— Uma moça acabou de passar mal e saiu correndo. Me deem um minuto, sim? Preciso mandar alguém atrás dela para ver se precisa de ajuda.

Sem esperar por uma resposta, ele se levantou e marchou até a porta da cozinha, onde Egil e a namorada lavavam panelas.

— Malena, você já pode sair? Cariele parece estar passando mal, talvez seja melhor você dar uma olhada nela, ver se precisa de algo.

— Céus! Posso sair sim, claro, onde ela está?

— Acabou de sair. Se correr você ainda a alcança.

Novamente sem esperar resposta, ele andou determinado até a mesa onde Falcão estava parado, com uma expressão um tanto confusa no rosto.

— O que aconteceu aqui?

— Não sei, cara. Sério, acho que ela está com algum problema.

— Ela estava bem quando entrou. Sobre o que vocês conversaram?

O ruivo ficou vermelho e hesitou. Daimar olhou para os dois lados. Estava quase no fim do horário de almoço e tinha apenas mais umas cinco pessoas por ali. De qualquer forma, ele se sentou diante do outro, empurrou o prato quase intocado de Cariele para o lado e apoiou os antebraços na mesa.

— O que você fez, Falcão? – O tom de voz baixo deixou o rapaz ainda mais vermelho.

— Não foi nada demais. Sério! Ela veio com um papo estranho, pedindo desculpas por ter me dispensado. Aí eu resolvi tirar uma onda com ela e falei um monte de baboseiras daquelas que a instrutora de psicologia tanto gosta. Sério mesmo, eu achei que ela ia se tocar e dar risada. Mas a guria quase surtou!

— Você não tem olhos não, cabeção? Ela estava acabada. Não passou a noite aqui, não deve ter dormido nada! Está com o pai seriamente doente e tem mais um monte de problemas pessoais.

— Ei! Eu não sabia de nada disso não, está bem? E de "acabada" ela não tinha nada, você está exagerando. Ela parecia um pouco confusa, mas...

— Vocês dois não acham melhor ir conversar lá fora? – Egil interrompeu, aproximando-se enquanto desamarrava o avental da cintura.

Daimar olhou ao redor e repreendeu-se mentalmente. Tinham elevado a voz e atraído a atenção de todo mundo.

Gerda e Brigite se aproximaram.

— Você parece estar ocupado, barão, então não se preocupe conosco. Nos vemos mais tarde.

— Me desculpem por isso. Converso com vocês depois, obrigado – disse ele, dirigindo um rápido sorriso a elas, antes de voltar-se novamente para Falcão. – Vamos resolver isso lá fora. Egil, venha também.

Os três saíram e caminharam por alguns minutos até chegarem a um local do jardim que ficava deserto àquela hora.

— Você está exagerando, cara – disse Falcão, jogando-se sobre uma grande pedra polida pintada de branco que fazia as vezes de banco em frente a uma mesa que parecia ter sido esculpida, sabe-se lá como, de um bloco sólido de basalto. – Foi só uma brincadeira de nada.

Com uma expressão entre preocupada e curiosa, Egil se recostou num poste. Daimar deu uma boa olhada ao redor, antes de sentar-se no banco de pedra do outro lado da mesa.

— *O que você disse a ela?*

— Ah, sei lá, cara – respondeu Falcão. – Eu só fiquei pensando na nossa conversa de ontem. Meio que deu a impressão de que ela poderia ter sumido de propósito com aqueles caras para ajudar as amigas. Depois do jeito que ela socorreu a Malena, me pareceu possível. Aí eu disse que ela tinha *síndrome de herói*.

Daimar lembrou-se do que acontecera na noite anterior e praguejou baixinho. Depois de Cariele ouvir Falcão dizendo aquilo, a carapuça provavelmente serviu. Ela devia estar bastante abalada.

Egil cruzou os braços.

— Depois disso ela passou mal e saiu correndo?

— Praticamente – respondeu Falcão.

Egil olhou para Daimar.

— Acho que você deveria conversar com ela. Tem algo errado. Ela sempre foi um poço de autoconfiança, não iria ficar assim por causa de uma bobagem como essa. Falcão tem razão, em um dia normal ela provavelmente iria rir disso.

— Se depender da minha ajuda ela vai é continuar passando mal – resmungou Daimar.

— O quê?! – Falcão e Egil exclamaram, ao mesmo tempo.

— Ela fez uma queixa contra mim no posto militar ontem.

Rapidamente - e tentando ocultar os segredos de Cariele o máximo que pôde -, Daimar fez um resumo dos fatos.

— Espera aí. Deixa eu ver se entendi – disse Egil. – Você seguiu ela três vezes, sendo que nas duas primeiras ela deixou bem claro que não queria você atrás dela. É isso?

Vendo a situação daquela forma parecia embaraçoso. Se bem que da primeira vez, no dia do julgamento de Bodine, ele não a seguira. Pelo menos não exatamente. Foi mais como se ele tivesse sido atraído por ela. Na manhã do dia anterior, ele realmente a havia seguido até a arena. E à noite… bem… ele fizera algo um pouco pior do que simplesmente segui-la.

Assumindo o silêncio dele como admissão, Falcão perguntou:

— Por que fez isso, cara?

— Ah, não sei! Acho que estou interessado nela ou algo assim.

— Então por que não a chama para sair?

— Já fiz isso. Ela recusou.

— E você andou seguindo a garota por aí *depois* de ela ter dispensado você?

— É... Acho que sim.

— Nesse caso, eu acho que você não tem moral para chamar ninguém de "cabeção".

— É isso aí, Daimar – concordou Egil. – O que você fez foi uma baixaria, e das grandes. Do jeito que ela é, lógico que ia tomar uma atitude. E está coberta de razão.

Sim, realmente fora um erro, ele admitiu consigo mesmo. Tudo por culpa daqueles sentimentos absurdamente intensos que ela despertava nele e que o impediam de raciocinar direito.

— Escutem – ele perguntou, de repente. – Vocês acham que seria normal... Tipo, um cara olhar para o corpo dela e não se sentir... atraído?

Os outros dois riram.

— Não seria muito normal, não – disse Falcão. – Mas a atração entre duas pessoas é o resultado da intercalação de diversos fatores, então, tudo é possível.

— Pois eu acho é que você anda lendo livros de filosofia demais – retrucou Egil.

— Não, é sério. Pessoas diferentes têm níveis de exigência diferentes. Eu posso gostar de uma mulher ao mesmo tempo em que você a considere horrível.

— Mas é de *Cariele Asmund* que nós estamos falando, e não de qualquer uma.

Daimar ficou calado, apenas ouvindo os dois amigos tagarelarem, enquanto dava mais uma olhada nos arredores.

— Veja bem: ela rejeitou Daimar – insistiu Falcão. – Faz sentido ele não se sentir mais atraído, porque ele não quer correr o risco de ser rejeitado de novo.

— Isso é besteira. Ela também rejeitou você. Vai dizer que agora você também não tem mais nenhum interesse nela?

— Bom, tem isso. Mas no caso do Daimar, ele já conseguiu encontrar uma substituta. Aliás, uma não, *duas*.

— É verdade, barão! – Egil encarou Daimar, sorrindo de forma provocativa. – Quem são aquelas coisinhas lindas que estavam com você?

Daimar deu de ombros.

— Eram vizinhas nossas lá na minha cidade natal. Estavam de passagem por Lassam e vieram me fazer uma visita.

— Se tivesse duas beldades daquelas na mira, eu provavelmente também não iria querer olhar para nenhuma outra.

— Menos, Falcão – retrucou Egil. – A "outra" é *Cariele Asmund*, lembra?

— E você não está sendo muito enfático nisso não? Você nem deveria estar reparando tanto em outras mulheres. Lembre que agora é um cara comprometido e... – Falcão se interrompeu, ao ver Daimar olhar de um lado para o outro mais uma vez. – Ei, o que foi, cara? Por que está olhando tanto em volta desse jeito? Está com medo de ser assaltado ou algo assim?

— Mais ou menos. Antes do almoço, eu vi uma figura encapuzada andando por aí que me deu uma sensação ruim.

— Andam comentando que tem algumas pessoas estranhas passeando pelas dependências da academia ultimamente – comentou Egil.

— Ei, parem com isso, vocês dois – reclamou Falcão. – Estão tentando me assustar, é?

◆ ◆ ◆

— Então você resolveu dar as caras novamente – disse Delinger Gretel, saindo de trás do tronco de uma grande árvore.

A mulher encapuzada parou abruptamente, surpresa, mas se recobrou rápido e colocou um sorriso arrogante nos lábios.

— Então é aí que você está – disse ela, inclinando um pouco a cabeça para o lado, como se o estivesse avaliando.

Assim como da outra vez, ela estava vestida em trajes escuros e pesados, mas usava um capuz no lugar do chapéu. Também não usava o tapa-olho, e um pouco da parte degenerada de seu rosto podia ser vista, apesar de os olhos estarem totalmente encobertos.

— Cinco de vocês já pereceram. – Ele colocou as mãos na cintura. – Não acha muita idiotice andar por aqui sabendo o destino que levou aqueles que tentaram invadir minha cidade?

Um súbito vento frio soprou, agitando-lhes as roupas e tornando as palavras de Delinger ainda mais sinistras. Aquele lugar onde estavam era um dos pontos mais remotos dos jardins da academia. Raramente alguém ia por aqueles lados e os sentidos dele confirmavam que não havia nenhuma outra pessoa nas proximidades.

— Estive observando o seu filho – respondeu ela, ignorando o tom de ameaça da voz dele. – Parece bastante saudável. E também não se parece em nada com você.

Delinger sorriu e cruzou os braços.

— É mesmo? Não sei, para mim ele parece ter os meus cabelos, meus olhos e meu tom de pele.

— Você fala como se essa fosse sua aparência real. Além disso, ele pode enxergar.

— E daí?

— Os outros sentidos dele não se desenvolveram. E ele não pode se transformar. É um fraco.

— Isso depende da sua definição de "força".

— Os anciãos vão gostar de ter essa informação.

— Mas você é muito presunçosa mesmo, não? Por que acha que eu deixaria você viver?

O sorriso desapareceu do rosto dela.

— Eu não vim aqui para lutar com você.

— Não se preocupe, eu nem sonharia em entrar numa briga com uma *fêmea*. E doente, ainda por cima. Você parece bem pior que da outra vez. Por que está degenerando tão rápido?

— Vamos ver se você vai continuar tão arrogante quando a doença pegar você. Ou seu filho.

— Espere... Você andou tomando o elixir negro?

— E o que você tem com isso?

Ele levou uma das mãos à testa.

— Céus! Eu não queria acreditar que seriam tão estúpidos. A fonte de força no mundo das pedras, vocês não queriam usar aquilo para atacar a cidade, não é? Queriam aquilo para fazer mais dessa poção maldita!

— É graças a ela que estamos vivos!

— Agora tudo faz sentido. Por isso meus avisos não tiveram efeito. Aquela porcaria já afetou todos a ponto de perderem a razão! Achei que depois que acordassem da hibernação, os anciãos voltariam a raciocinar com um pouco mais de clareza, mas vejo foi uma esperança em vão!

— O que o faz pensar que você é tão superior? Você está tomando algum remédio também, não está? Por isso consegue lutar tão bem. Você encontrou a cura e prefere a manter para você mesmo enquanto prejudica seu próprio povo!

— Não encontrei cura nenhuma. Isso não existe. Somos amaldiçoados, nada pode curar isso! Existe uma única forma de a nossa raça sobreviver, e eu avisei a todos vocês muitos anos atrás.

— Misturar o nosso sangue com o de... humanos? Não me faça rir. Não sei como você conseguiu viver tantos anos ao lado deles! E ainda morando na mesma casa que aquela... coisa! – Ela apontou na direção dos prédios da academia.

— Você nunca teve um filho. E nunca terá. Por isso, nunca irá entender.

— Os humanos são a causa da nossa desgraça! Por que você não pode compreender isso? Você deveria se unir a nós! Poderíamos exterminar todos eles!

— E depois? Quando o último humano morrer, o que vai acontecer? Vamos todos enlouquecer lentamente até que comecemos a matar uns aos outros?

Ah, não, desculpe, você gosta de tomar o elixir, então prefere enlouquecer bem mais depressa, não é? Na verdade, eu acho que você *já* enlouqueceu. Não existe nenhuma razão para você se colocar em risco vindo até aqui sozinha. Você foi compelida a vir aqui pela sua raiva, não foi?

— Eu não tenho mais nada a dizer a você! – Ela tentou passar por ele.

— Não tão rápido. – Ele agarrou-a pelo pescoço com uma das mãos, levantando-a do chão. – Acho curioso o fato de, mesmo com tanta raiva de mim, você não ter coragem para me atacar. Você foi muito bem domesticada, não?

— Você disse... que não queria lutar...

— Sim, não quero. E nem vou precisar, pois você não vai sobreviver ao primeiro golpe.

— Como pode... matar seu próprio povo?

— Eu matei minha própria esposa, a pessoa que mais amava no mundo. Por que acha que eu iria poupar você?

— Você está... louco...

— Será mesmo? Sabe, essa maldição que nós temos é muito cruel. Ela mata o espírito, mas mantém o corpo vivo. Enfraquecido, mas vivo. Norel reviveu, sabia? Duas vezes ela voltou a respirar depois de eu desferir o golpe fatal. Eu vi minha esposa morrer três vezes, pelas minhas mãos. E sabe por que eu tive que passar por isso? Porque não tinha sobrado *nada* dela além da resiliência e da sede por violência. Então, acredite: estou lhe fazendo um favor.

Como os jardins estavam vazios, não havia ninguém por perto para ouvir os terríveis urros, gemidos e rosnados que ecoaram por entre as árvores nos instantes seguintes.

Capítulo 10:
Aposta

Cristalin chegava a sua casa no meio da tarde, agradecendo aos céus por seu expediente ter acabado mais cedo naquele dia. Exausta como estava, não percebeu nada de diferente até entrar no quarto alugado... e tomar o maior susto ao encontrar um homem sentado em seu sofá, todo à vontade.

— Mas o quê?!

Delinger Gretel olhou para ela com uma expressão preocupada.

— Você não parece bem.

Ela tratou de fechar a porta devagar e trancá-la antes de se virar para ele.

— O que está fazendo aqui?

Ele se levantou e parou na frente dela com os olhos fechados daquela forma que ele às vezes gostava de fazer... e que a deixava muito desconfortável. Ela apenas ficou parada, deixando-o usar seus sentidos para examiná-la, por um instante que pareceu uma eternidade.

— Sente-se – disse ele, finalmente. – Vou providenciar algo para você comer.

— O que o faz pensar que vou permitir que fique todo à vontade em meu quarto?

— O fato de você mal ter forças para se aguentar em pé. Sente-se.

Ele apontou para o sofá antes de virar-se para o fogão à lenha e começar a se preparar para acender o fogo. Suspirando, Cristalin chegou à conclusão de que não adiantava brigar com ele. Afinal, estava mesmo muito cansada. Então, acomodou-se no sofá e olhou para ele.

— Por que veio aqui?

— Vim pedir para você entregar uma carta ao Daimar.

— E por que você mesmo não entrega? Por que não vai vê-lo e acaba logo com isso?

— Não posso.

— Por que não?

Ele riscou uma pederneira com a parte cega de uma faca várias vezes, até que a palha começou a queimar, então, ajeitou o carvão e a lenha em volta, antes de se voltar para ela.

— Não conseguirei seguir em frente com isso se eu olhar para ele agora. Preciso manter o foco.

— Você sempre pode desistir. Ninguém está obrigando você a fazer nada.

— Eles estão tomando o elixir, tenente. E há bastante tempo. Esta cidade estará em sérios problemas se eu não fizer nada.

— Cris.

— Eu não...

— Mesmo depois de tudo o que aconteceu você ainda insiste nessa baboseira? Não é um pouco tarde demais para dizer que "não quer se envolver"?

— Olhe para o seu estado!

— Nunca me senti tão bem na minha vida.

Ele soltou uma exclamação entre divertida e perplexa antes de encher um caldeirão de água e colocá-lo sobre a chapa de ferro.

— Você pode acabar morrendo. Preciso acabar com isso logo, não quero ter que... fazer aquilo de novo.

— Sou mais resistente do que pensa – disse ela, colocando os pés sobre a mesinha de centro e soltando um bocejo.

— Estou vendo – retrucou ele, irônico.

— Como descobriu sobre o elixir?

— Encontrei aquela fêmea hoje de novo. Ela confirmou que eles queriam usar a energia do mundo das pedras para fazer mais daquela poção maldita. Já devem ter perdido completamente a sanidade.

— Isso só significa que eles irão se destruir sozinhos. Você devia descansar.

— Você não sabe o que está falando. Não teve que ver seus próprios pais... – Ele balançou a cabeça, incapaz de continuar.

— Sim, e eu também nem imagino como é ver um cônjuge passar por isso. No entanto, se você continuar, vai gastar energia demais e acabará enfraquecendo. E eu não vou suportar ver essa mesma tragédia acontecer com você!

Ele suspirou.

— Desculpe. Não posso atender às suas expectativas. Essa era outra razão pela qual não queria me envolver.

— Podíamos, sei lá, ir embora para bem longe. Enquanto eu estiver viva, você não correria perigo...

Ele balançou a cabeça, resoluto.

— Já tentei isso antes, com Norel. E você sabe o que aconteceu.

— Isso não é justo!

— O que não é justo é eu te deixar desse jeito. Pálida, esgotada... Até sua pele está diferente, opaca, sem vitalidade.

— Daqui a uns dias estarei pronta para outra.

— Não pode estar falando sério!

— Pode contar com isso! E nem pense em sair por aí dando uma de vingador solitário, porque daqui para frente eu estarei do seu lado o tempo todo.

— Você tem seu trabalho...

— Para o inferno com ele.

— Como pode dizer isso? Você dedicou mais da metade de sua vida para construir essa carreira!

— E agora achei algo muito mais importante. É assim que as coisas são. E, quando eu disse que nunca me senti tão bem na minha vida, eu falava sério. Não há mais volta para mim também. Não posso mais permitir que passe por tudo isso sozinho.

◆ ◆ ◆

Daimar se aguentou até quase o fim do dia, mas não resistiu e acabou cabulando uma aula para voltar ao alojamento da fraternidade. Por pura sorte, acabou encontrando Malena no corredor.

— Como ela está?

— Olá, barão! – A morena sorriu para ele. – Ela está bem, está descansando. Eu chamei a curandeira e ela aplicou um bálsamo que tirou toda a tensão, com isso acabaram os sintomas e ela adormeceu. Vai acordar nova em folha. Ou melhor... quase.

— Como assim?

— Ah, ela tem um machucado feio no lado direito do corpo e parece que está com algumas costelas quebradas também. Vai ter que andar com o peito enfaixado por alguns dias, mas fora isso está tudo bem.

Ele baixou o tom de voz, perguntando com cuidado:

— Ela disse como se machucou?

— Disse que caiu um tombo, mas não acredito muito, não. Acho que ela andou foi se metendo em alguma briga ontem à noite. Você não ficou sabendo de nada, não é?

— Eu sabia que ela tinha saído, mas não que tinha se machucado. Achei que ela estava só... Não, deixa para lá.

Por mais que ainda estivesse ressentido pelo que ela havia feito com ele, Daimar não tinha o direito de revelar segredos dela. Sim, ele pensou que ela estava apenas cansada, afinal, ela não mostrara nenhum sinal de estar se sentindo mal quando a vira derrubando uma parede de pedras com a maior facilidade. E nem depois, quando a encontrara, furiosa, no posto militar.

Mas, pensando bem, fora ingenuidade dele acreditar nisso. Ela devia ter passado por maus bocados naquele lugar. Qual a chance de alguém conseguir prender mais de 150 criminosos perigosos sem sofrer nenhum arranhão?

— Certo – respondeu Malena, estranhando um pouco a expressão que viu no rosto dele. – Obrigada por me chamar para cuidar dela, barão. Eu vou voltar ao quarto agora. Não quero deixar ela sozinha por muito tempo.

— Vocês duas estão precisando de alguma coisa?

— Não, mas é muito gentil de sua parte se preocupar, obrigada.

— Qualquer coisa, é só mandar me chamar.

Aliviado por saber que Cariele estava bem, e ao mesmo tempo frustrado por não conseguir deixar de se preocupar com ela, ele tratou de dar meia-volta e se dirigir novamente ao prédio principal da academia.

O sol começava a se esconder no horizonte, criando um espetáculo multicolorido no céu, enquanto os cristais de luz contínua brilhavam no alto dos postes, compensando a perda de luz natural e mantendo assim muito bem iluminados os jardins e as estradas do interior da enorme propriedade da Academia de Lassam.

Ele estava quase chegando à escadaria principal quando ouviu o barulho de uma carruagem se aproximando e se virou para ver, reconhecendo imediatamente o veículo da tenente Oglave.

Os imponentes e bem cuidados cavalos pararam imediatamente quando o condutor puxou as rédeas. Então a porta lateral se abriu e Cristalin desceu, vestindo seu uniforme de instrutora e parecendo bem mais disposta do que na véspera, apesar de ainda apresentar certa palidez.

Ela dispensou o condutor, que agitou novamente as rédeas e a carruagem partiu, levantando uma pequena nuvem de poeira.

Ela olhou para ele e sorriu.

— Que coincidência, barão, queria mesmo falar com você.

Ele levantou as mãos.

— Eu não fiz nada.

— Ótimo. Continue assim que não terá problemas – disse ela, andando na direção da escadaria. – Venha comigo.

Sem dizer nada, ele a seguiu pelos corredores, passando por diversos estudantes, além de monitores, instrutores e outros empregados da academia, todos se movendo apressados para concluir suas últimas tarefas do dia e ir para casa.

Cristalin o levou até uma sala no segundo piso, que Daimar concluiu ser o gabinete dela. Com uma naturalidade nascida da prática, ela tirou uma chave do bolso e destrancou a porta, fazendo um gesto para que ele entrasse.

O lugar não tinha quase nenhum enfeite, mas estava abarrotado com livros, caixas e papéis. Havia dois quadros nas paredes com gravuras de pergaminhos contendo fórmulas matemáticas escritas com uma fonte estilizada. O artista que pintou aquilo era muito bom, pois mesmo ele, que entendia pouco do que aqueles símbolos significavam, conseguia admirar a beleza da obra.

— Belos quadros.

— Você gostou? – Ela olhou para ele, surpresa, após fechar a porta. – Achei que física não fosse o seu forte.

— E não é mesmo, mas de arte eu entendo um pouco e essas pinturas têm certo atrativo, algo bem mais abstrato do que o que elas estão retratando.

Cristalin foi para trás da escrivaninha e se sentou.

— E eu achando que fórmulas algébricas, por si só, já eram mais abstração do que qualquer um poderia desejar. Aqui, tome. – Ela tirou um envelope do bolso e estendeu para ele.

Ele olhou para o papel, desconfiado.

— O que é isso?

— Uma carta do seu pai.

— Você sabe onde ele está!

— Sim, eu sei.

Ele pegou o envelope e o abriu, revelando várias folhas cuidadosamente dobradas, escritas com a caligrafia caprichada e inconfundível de Delinger Gretel.

— Ele não está viajando.

— Não. Está trabalhando em um caso, junto com a minha unidade.

— Como aquelas missões secretas da Cariele.

— Exato.

Daimar suspirou.

— Isso quer dizer que você não vai me contar mais nada a respeito, certo?

— Certo.

— Foi ele quem pediu para colocarem Britano na minha cola, não foi?

— Sim, foi uma medida preventiva, caso algo... inesperado aconteça.

— Pode ao menos dizer quando acha que isso vai acabar?

— Não, não posso. As coisas estão um pouco complicadas no momento.

— Entendo. Obrigado por me contar.

— Eu achei que você merecia saber, pelo menos, isso. Só não se esqueça de que ninguém, absolutamente ninguém mesmo, pode saber dessa história, caso contrário, tanto eu quanto seu pai estaremos correndo risco de vida. Guarde muito bem isso aí, de preferência queime depois de ler. Mas, agora, onde estão suas coisas? Vá buscar. A aula complementar vai começar em vinte minutos.

A maioria das salas e dos corredores dos prédios da academia eram tão bem planejados e tinham janelas tão amplas que os cristais de luz contínua eram ofuscados pela luminosidade natural durante o dia. Mas naquele momento, quando o entardecer dava lugar à noite, os artefatos brilhavam em toda a sua glória. Dispostos em lustres e candelabros, os pequenos pedaços de rocha em ignição perpétua, como eram chamados por alguns físicos, formavam um espetáculo à parte.

Daimar estava grato pela ótima iluminação do ambiente, enquanto organizava as coisas em seu armário. Tinha saído com tanta pressa naquela tarde para ver como Cariele estava que jogara suas anotações de qualquer jeito lá dentro e agora estava complicado encontrar o que precisava levar para a aula.

Como se o seu pensamento tivesse o poder de invocá-la, ele a sentiu entrar no salão e dirigir-se ao armário dela, que ficava do outro lado, depois de várias fileiras de armários de madeira. A presença dela era tão marcante para ele que ofuscava a das outras duas moças que estavam com ela, assim como tudo o mais. A sensação de tê-la ali perto despertava sentimentos tão intensos que ele levou algum tempo para perceber que tinha se imobilizado, esquecendo completamente do que estava fazendo.

Balançando a cabeça com certa frustração, ele terminou de reunir seu material e fechou o armário, dirigindo-se à saída, quando foi abordado por uma das amigas de Cariele.

— Olá, barão!

— Olá – respondeu ele, virando-se para ela. – Achei que suas aulas já tinham terminado.

— Ah, nós viemos aqui apenas para dar apoio moral para a Cari.

— Oi, barão – disse a outra amiga, saindo de trás da fileira de armários. – Que bom, agora podemos deixar a Cari aos seus cuidados.

Aquelas duas também eram membros da fraternidade Alvorada, fazendo parte do sexteto que ocupava a ala feminina. Daimar achava curioso o fato de que Cariele não parecia ter uma ligação afetiva muito forte com nenhuma delas, exceto Agneta e Malena, mas todas as garotas demonstravam gostar muito dela.

— Eu posso cuidar muito bem de mim mesma – declarou Cariele, aparecendo com uma pequena pilha de livros e papéis embaixo do braço. – Obrigada pela preocupação de vocês duas. Agora já podem ir para a noite e se divertirem.

Depois de alguns comentários bem-humorados e alguns olhares nem um pouco discretos na direção dele, as duas foram embora, deixando Daimar e Cariele em um silêncio desconfortável.

Ele limpou a garganta.

— Está se sentindo melhor?

— Sim. Obrigada por avisar a Malena. Ela me ajudou bastante.

— Disponha. Eu... acho melhor irmos para a sala, senão vamos nos atrasar.

— Sim, vamos.

Os dois caminharam em silêncio pelos corredores quase vazios. Ele percebeu que ela ainda estava um pouco pálida, mas nada muito preocupante. Ela parecia descansada, tinha a respiração e os batimentos cardíacos em ritmo normal e a temperatura corporal dela também era a mesma de sempre. O que quer que a tivesse acometido, parecia não ter deixado resquícios.

Subitamente, ele se deu conta dos próprios pensamentos e perguntou-se desde quando ele conseguia ouvir a respiração e o coração de outra pessoa daquela forma. E até mesmo o calor dela ele conseguia sentir, mesmo a mais de um metro de distância. Não era só uma impressão, como o cheiro dela que parecia ficar em seu nariz quase o dia todo. Ele realmente podia ouvir e sentir o corpo dela. Mesmo fechando os olhos, ele conseguia saber exatamente onde ela estava e acompanhar cada movimento que ela fazia.

Percebeu claramente quando ela olhou para ele e franziu o cenho.

— Por que está andando de olhos fechados?

— Ah, desculpe – disse ele, olhando para ela e descobrindo que o que ele via não parecia combinar muito bem com o que sentia. – Apenas treinando meus sentidos.

— Não comece a usar essas coisas em mim de novo, por favor.

— Isso é quase como pedir para eu não ver você ou não ouvir sua voz enquanto fala comigo.

— Se não ficasse me seguindo por aí seria bem fácil de não me ver nem me ouvir.

— Desculpe por aquilo. Não vou fazer de novo.

— Assim espero – respondeu ela, com uma expressão de quem não estava muito convencida.

— Posso fazer uma pergunta?

— Pode fazer o que quiser. Se eu vou te dar atenção é outra história.

— Naquela noite, quando nos encontramos pela primeira vez, Janica comentou que "se meter em brigas não fazia parte do seu acordo". Do que ela estava falando?

— Ela disse isso?

— Sim.

Cariele suspirou.

— Certa vez, eu me meti em uma confusão dentro da academia e acabei... mandando algumas pessoas para o hospital.

— Achei que o trabalho dos monitores era policiar os corredores e jardins para evitar esse tipo de coisa.

— Bem, digamos que o monitor que tentou apartar a briga foi um dos que ficaram... feridos.

Ele arregalou os olhos.

— Você está brincando?

— Agneta e outras moças testemunharam a meu favor e me livrei das acusações de agressão. Mas com a supervisão da academia as coisas não foram tão simples. Com muito sacrifício eu consegui um acordo: deveria evitar me meter em confusão, caso contrário, seria expulsa. Foi assim que me deram a chave daquela arena de treinamento, para que eu pudesse "dar vazão aos meus impulsos" através de exercícios físicos e, assim, suprimisse meus "instintos violentos".

Ele riu.

— Obviamente, eles não conheciam você.

Ela olhou para ele.

— Não conte vantagem, pois você também não me conhece.

— Aparentemente, não. – Ele a estudou por um momento. – Espere um pouco, Janica não parecia saber dessa história da chave.

— Poucas pessoas sabem disso – ela respondeu, dando de ombros.

— Entendo. E emocionalmente, como você está? Agneta me disse que você estava preocupada com a saúde de seu pai.

Nesse momento chegaram às escadas, que ela subiu com cuidado, tendo, assim, uma boa desculpa para adiar a resposta. Como poderia responder àquilo?

Quando chegaram ao andar superior, ela lhe lançou um olhar zombeteiro.

— Você tem recursos para descobrir a resposta sozinho, não tem?

Ele a encarou com expressão irônica.

— E correr o risco de ser preso?

— Achei que você fosse um bisbilhoteiro crônico.

— Eu consigo parar quando sei que passei do limite.

Ela suspirou. De repente, ele não parecia mais tão ameaçador e irritante quanto antes.

— Me desculpe por abrir queixa contra você. Eu estava fora de mim depois de tudo o que havia acontecido.

— Só se você me desculpar por meter o nariz nos seus assuntos.

Ela pensou por um momento, mas acabou balançando a cabeça.

— Eu nunca fiquei realmente ofendida com isso – admitiu.

— Que bom. Mas você está fugindo da minha pergunta. E seu pai?

Ela suspirou.

— Sim, ele está muito doente. Semana passada fiquei sabendo que é terminal.

— Oh... Lamento muito.
— Obrigada. Faz parte da vida, eu acho.
— Eu perdi minha mãe quando tinha dez anos. Foi uma barra.
— É mesmo? Você era muito ligado a ela?
— Bastante. Ela era uma pessoa incrível. Ou, pelo menos, é assim que me lembro dela. E sua mãe, como era?
— Não sei, eu não a conheci. Ela morreu durante o parto.
— É mesmo? Lamento.
— Já estamos chegando, então é melhor deixar as lamentações e desculpas para outra hora.

Chegaram à sala e, silenciosamente, dirigiram-se para seus lugares, nos lados opostos do ambiente, que tinha as mesas e cadeiras formando um círculo, sendo que a mesa da instrutora estava posicionada bem no meio dele.

Agneta estava sentada nos fundos e fez questão de não olhar para nenhum dos dois quando entraram. Daimar também percebeu que alguns dos outros estudantes que estavam ali evitaram contato visual com Cariele, mesmo ela passando bem diante deles.

Cristalin chegou alguns minutos depois, bem como os estudantes que faltavam. Depois de anotar os nomes dos presentes, a instrutora se levantou, esfregando as mãos.

— Muito bem, vocês todos tiveram performance razoável nas nossas últimas aulas, então eu decidi dar uma pequena recompensa. – Enquanto os estudantes se entreolhavam e murmuravam exclamações de surpresa e antecipação, ela tirou duas peças de dentro de uma sacola e as colocou sobre a mesa. Lembravam crânios humanos, cada um deles esculpido em um tipo bem distinto de rocha, mas tinham um formato estilizado, com muitas linhas retas, e não eram exatamente idênticos. – Alguém conhece essas belezinhas aqui?

Daimar franziu o cenho, tentando se lembrar de onde havia lido algo em relação a esculturas como aquelas.

Já Cariele estudava os dois objetos com interesse. Tudo neles, desde a matéria-prima com que foram feitos até os intrincados entalhes, dava a impressão de que se tratava de artefatos com enorme potencial canalizador de energia.

Os demais estudantes tiveram variadas reações, entre surpresa, confusão e perplexidade.

— Ninguém? Nesse caso, é bom irem se acostumando. Essas duas relíquias serão seus novos melhores amigos durante as próximas semanas. Vou dividir vocês em duas equipes. Vejamos... Quem está do meu lado direito contra quem está do meu lado esquerdo. Serão sete contra sete. Cada equipe vai ficar com um artefato e no dia da Fênix vão me entregar um trabalho por escrito, com tudo, e quando eu digo tudo, quero dizer *tudo mesmo*, sobre ele. O que é, quem criou, quando, como, por que, para que serve, como é utilizado, quais os efeitos que causa, quais os efeitos colaterais, pelas mãos de quem já passou, como chegou até minhas mãos e, principalmente: por que são tão feios.

Os estudantes soltaram risos nervosos.

— Na semana seguinte após a entrega, cada equipe irá fazer uma apresentação para cinco instrutores, que farão papel de juízes. Não haverá limite de tempo e todos deverão falar ou fazer algo de construtivo na apresentação. Uma equipe não poderá assistir à apresentação da outra. Cada um de vocês receberá uma pontuação individual, no entanto, a equipe que somar mais pontos será usada como base de comparação, o que quer dizer que *todos* da outra equipe serão penalizados com a diferença de pontos entre as duas equipes. Se a equipe da direita fizer 20 pontos a mais do que a da esquerda, todos da equipe da esquerda serão penalizados em 20 pontos. E essa pontuação é o que vai decidir os créditos de vocês nesse bimestre.

— Mas isso é injusto – reclamou uma moça.

— Não é, não – retrucou Cristalin. – A chave aqui é trabalho em equipe. Vocês precisarão trabalhar juntos para tentar nivelar as notas de todo mundo. Quem for mal na apresentação provavelmente ficará sem crédito nenhum a menos que faça parte da equipe vencedora. Na verdade, dependendo do resultado, a equipe perdedora inteira poderá ficar sem créditos.

Outro estudante levantou a mão.

— Mas onde vamos encontrar informações sobre essas coisas? Não vai nos dar nem uma dica?

— Ah, sim vou. Temos uma excelente biblioteca no prédio ao lado. Também tem muitos lugares nessa cidade onde vocês poderão encontrar muita informação. Laboratórios, ferrarias, casas de alquimia, hospitais... A lista é grande.

Durante a meia hora seguinte, os estudantes crivaram Cristalin de perguntas, mas ela não deu mais informações, mandando que eles se organizassem e investigassem por conta própria. Afinal, não existiam muitos artefatos no formato de um crânio humano por aí.

Daimar viu o pessoal da sua equipe se organizar com razoável eficiência e não viu razão para assumir a liderança. Ele estava acostumado a manter o controle das coisas, mas depois da conversa com Cariele ele começou a se perguntar se não vinha se comportando como um controlador compulsivo nos últimos anos. Talvez fosse uma boa experiência apenas se deixar levar e ver o que acontecia. Apesar de ele ter dúvidas sobre a capacidade de boa parte daquela equipe.

Já Cariele, por sua vez, foi lançando sugestões e tentando organizar as coisas na equipe dela desde o começo. Daimar notou que ela parecia muito motivada para aquele desafio e isso poderia ser um problema sério para a equipe dele.

No entanto, em determinado momento, as coisas na equipe dela começaram a ficar estranhas. As outras moças começaram a questionar se ela merecia liderar alguma coisa. Reagindo a comentários maldosos, ela devolveu alguns deles e não demorou muito para as coisas esquentarem a ponto de ofensas começarem a ser gritadas a plenos pulmões.

Perplexo, Daimar viu os seis outros membros da equipe se voltarem contra ela a ponto de exigir que ela saísse, alguns deles repetindo em altos brados as mesmas acusações que ele tinha visto Agneta fazer contra ela.

Então, mais perplexo ainda, ele viu sua própria equipe discutindo entre eles o que fariam se Cariele mudasse de equipe. Viu que nenhum deles estava disposto a trocar de lugar com ela. Na verdade, nenhum deles parecia querer ficar na mesma equipe que ela, incluindo Agneta.

Sem entender direito como as coisas tinham chegado a esse ponto, ele olhou para Cristalin e percebeu que a instrutora acompanhava com atenção cada palavra que era dita, mas não esboçava nenhuma reação. O que, raios, ela estaria tramando?

Por fim, Cariele decidiu parar de discutir e declarou que não pertencia mais àquela equipe, o que fez com que a confusão terminasse, apesar de todos continuarem olhando para ela com reprovação.

Ela olhou para o outro lado e não demorou a perceber que a outra equipe também não a queria.

Então ela empalideceu visivelmente. A julgar por aquela reação, ganhar aqueles créditos era muito importante para ela.

— Instrutora! – Ele levantou a mão. – Permissão para criar uma terceira equipe!

A sala inteira caiu em silêncio, todos parecendo muito surpresos. Até *ele mesmo* estava surpreso. Não tinha o hábito de se meter voluntariamente nesse tipo de confusão.

— Não – foi a resposta, curta e grossa.

— É a maneira mais simples de resolver esse conflito.

Cristalin pensou por um momento.

— Certo, vamos ver. Quem quer fazer uma equipe com Cariele levante a mão!

Ao ver todos ficaram em silêncio, Cristalin lançou um olhar irônico a Daimar.

Vendo que até mesmo Agneta se recusava a ficar do lado da antiga amiga, ele se levantou.

— Eu fico na equipe dela.

O silêncio continuou. Ninguém mais se manifestou. Cariele olhava para ele com uma expressão que não deixava dúvidas sobre o que estava pensando. *Que raios acha que está fazendo?*

Cristalin balançou a cabeça.

— Dois artefatos, duas equipes – sentenciou ela. – Última chance, resolvam essa picuinha agora mesmo ou eu vou mudar as regras e as coisas podem ficar muito ruins para alguém.

Todos continuaram em silêncio. Daimar e Cariele permaneceram em pé.

— Muito bem. Se é isso o que querem, então vamos lá. Tem alguém aí disposto a montar uma quarta equipe? Não? Então que seja. As equipes agora serão Daimar e Cariele contra o resto de vocês. Em vez de cada equipe ficar com um artefato, as duas equipes terão que falar sobre os dois. E a regra de pontuação agora será tudo ou nada. A equipe que tiver a menor pontuação média vai ter que repetir esse bimestre, ou talvez até o semestre todo, pois não irá receber nenhum crédito. E empate não é uma opção. Vou dar uma última chance de vocês se acertarem: querem reconsiderar?

Muitos riram, outros fizeram comentários zombeteiros. Daimar e Cariele se entreolharam, sérios, mas de alguma forma, aquela troca de olhares teve um efeito reconfortante em ambos.

Cariele se voltou para a instrutora.

— Vamos em frente.

◆ ◆ ◆

Quando voltavam ao alojamento, depois da aula, Daimar perguntou a ela:

— Você conhece a história de Serino Albanieri?

Cariele franziu o cenho.

— Você se refere ao sábio que aconselhou o governador de Mesembria a se render ao Império?

— Argh! Não esperava isso de você!

— O quê?

— Mesembria *nunca* se rendeu. O que fizeram foi um acordo.

— E daí? A província deixou de ser um país livre e se submeteu ao governo imperial. Não é a mesma coisa?

— Nós temos uma parceria de ajuda mútua com o Império. Isso é muito diferente de uma "rendição".

— Isso é só semântica. Mesembria poderia até ter feito algum estrago nas forças do Império na época, mas nunca conseguiria vencer. E o Império também não tinha nenhum interesse em arrasar este lugar, pois aqui havia estruturas e processos estabelecidos que eram muito valiosos: alquimia, metalurgia, ferraria e sei lá mais o quê. No fim, Mesembria fez exatamente o que o Império queria, o que é praticamente a mesma coisa que uma rendição.

Ele riu.

— Logo você, que entende tanto de poderes místicos, vem me falar um negócio desses?

— Qual o problema? É a verdade.

— Tínhamos uma vantagem muito grande: os veridianos tinham muito pouco conhecimento de física na época.

Foi a vez de ela de rir.

— Isso é uma falácia. A maior parte do conhecimento de Mesembria era teórico. E Verídia já dominava mais da metade do continente, tinham não apenas infantaria e cavalaria, mas também artilharia e tropas de apoio com diversos tipos de especialização. E isso nas mãos de um dos melhores estrategistas da história.

— Onde está o seu orgulho de mesembrina?

— Não sou mesembrina. Sou *veridiana*.

Aquilo era novidade para ele.

— Você não é daqui?

— Não. Nasci em uma cidade chamada Calise, no litoral da Província Central.

— Uau! Você está bem longe de casa.

— Nem me fale. Mas, voltando ao assunto, eu *tenho* orgulho de Mesembria. O governador conseguiu garantir um acordo muito vantajoso com o Império e sem derramar uma gota de sangue sequer.

— Mas todo mundo sabe que Verídia estava em grande desvantagem na batalha em que esse acordo foi feito.

— Isso é verdade. Mas sem o acordo, Mesembria venceria aquela batalha e perderia a guerra.

— Como pode ter tanta certeza?

— Andei pesquisando e descobri que muitos dos artefatos de que os mesembrinos se gabavam na época simplesmente não funcionavam. – E o resultado daquela pesquisa tinha sido uma enorme frustração para ela. Se algumas daquelas coisas funcionassem, a vida dela hoje poderia ser muito diferente. Mas Daimar não precisava saber de nada daquilo. – Vocês não tinham nem um décimo da organização e eficiência de hoje, e que conseguiram em grande parte graças ao nosso Exército.

Ele olhou para ela franzindo o cenho.

— Tem certeza de que você não é só mais uma simpatizante fanática do imperador Riude Brahan?

— Eu simpatizo com ele, sim. Um homem com sérias dificuldades de dicção, mas que era capaz de impor respeito, comandar um país, combater doenças e vencer guerras. É um exemplo a ser seguido por qualquer soldado, uma prova de que, com determinação e coragem, você pode enfrentar qualquer batalha.

— Então é isso, você nasceu em Verídia, e ainda foi soldado. Aposto que as academias militares de lá fazem lavagem cerebral em todos, para que pensem dessa forma.

Cariele olhou para trás, avistando Britano e Janica à distância.

— Podemos perguntar para os dois pombinhos ali atrás, para saber como eram as coisas no quartel onde eles serviram.

Daimar nem precisava olhar. Podia senti-los com bastante clareza com seus sentidos aguçados.

— Deixa para lá – respondeu ele. – Eles parecem felizes no mundinho deles, não vamos atrapalhar.

— Tudo bem. Mas por que você perguntou sobre o sábio Albanieri?

— Eu imagino que é por onde temos que começar a nossa pesquisa. Lembro de ter visto um desenho bem similar àqueles crânios num livro que reúne o conteúdo de diversos pergaminhos da época.

— Não imaginava que aquelas coisas feias fossem algo tão importante a ponto de ter ligação com a anexação de Mesembria.

— Bem, como a tenente nos dispensou das aulas dela pelas próximas semanas, temos as noites livres. Quer ir à biblioteca amanhã?

— Claro. Não podemos perder tempo se quisermos mesmo fazer com que todos aqueles babacas percam um bimestre.

— Eles pareciam particularmente agressivos com você hoje. Por que será?

— Não sei. Provavelmente alguém andou espalhando mais algum boato.

— Quer descobrir? Posso perguntar por aí, se quiser.

— Não, obrigada. Isso não me importa mais.

— Entendo. - Na verdade, ele não entendia, mas estava com medo de aborrecê-la se insistisse no assunto. – Você viu a atitude da instrutora? Ela ficou observando a confusão toda sem fazer nada.

— É mesmo? Não reparei.

— Não achou estranha a reação dela? Fiquei com a impressão de que ela nos colocou contra o resto da turma de propósito.

— No mínimo deve estar querendo me punir. Você não precisava tentar me ajudar. Acho que te devo um agradecimento.

— Não foi nada. Mas você sabe que pode entrar com uma reclamação contra ela na supervisão, não sabe? Esse desafio é injusto, pois colocou você em desvantagem.

— Está com medo de continuar?

— Não gosto de deixar as coisas pela metade. As brigas que eu compro eu vou até o fim. Estarei com você, não importa o que decida.

Ela olhou para ele, surpresa com as emoções descontroladas que surgiram dentro dela ao ouvir aquilo. Então ela balançou a cabeça, tentando se controlar.

— Eu quero ver aqueles panacas sofrerem. Vou ferrar com eles. Se acham que 12 contra 2 é muita vantagem, estão muito enganados.

— Mas e quanto ao seu...

Ele foi interrompido por duas vozes femininas, muito animadas.

— Da-i-maaaaaar!!!

Cariele olhou para frente e viu as duas... *atrevidas* de antes, na porta do alojamento, acenando freneticamente para o barão. Ao menos ele teve o bom senso de ficar constrangido com aquela recepção fútil e exagerada.

O sorriso dele era forçado ao perguntar:

— O que vocês duas estão fazendo aqui a esta hora?

— Que pergunta! Nós viemos para dormir com você!

Pela primeira vez, Cariele viu Daimar ficar corado. Não que aquilo importasse muito, pois ouvir aquela declaração fez com que sentisse alguma coisa se quebrando dentro de si, causando uma dor quase insuportável.

— Preciso descansar. Vou para o meu quarto – disse, apressada. – Boa noite.

Cumprimentando as *fulanas* com um gesto de cabeça, ela passou pela porta e desapareceu lá dentro.

— Ei! - Brigite olhou para Daimar, apontando para trás. – Aquela não era a moça que tinha passado mal no refeitório durante o almoço?

— Sim – respondeu ele. – Ela recebeu tratamento e já está bem melhor.

— Que bom – disse Gerda. – Ela é linda, não é? Aqueles cabelos platinados são um sonho!

— Pensando em se dar bem com a belezoca, barão?

— Não. Ela não está interessada. Viemos juntos hoje apenas porque estamos na mesma turma.

— Que bom, porque essa noite não queremos você pensando em nenhuma mulher além de nós duas!

◆◆◆

Na manhã seguinte, Cariele conseguiu convencer Janica a treinar com ela, e as duas passaram momentos bastante divertidos, trocando golpes em diversas modalidades de combate.

A monitora tinha algumas limitações físicas, em parte por ainda estar se recuperando da surra que tomara dias antes, mas Cariele também estava se poupando devido aos próprios ferimentos, então o treinamento acabou sendo um festival de erros, gemidos de dor e risadas.

O bom humor de Cariele, no entanto, durou apenas até voltarem ao alojamento, onde ela pôde ver Daimar se despedindo das duas *atrevidas* com muitos abraços e beijos.

Ela tratou de dar a volta e se dirigir à entrada do lado oposto do prédio.

Parecia uma sonâmbula enquanto tomava banho e se arrumava para a aula. Sentia-se completamente perdida e seu corpo se movia apenas por força do hábito. Quando finalmente estava pronta, parou no meio do quarto e ficou olhando ao redor, tentando se lembrar do que tinha que fazer em seguida. Então, uma nova pontada no peito fez com que ela se jogasse sobre a cama, de costas, e encarasse o teto acima dela, pensativa.

Como posso estar com ciúmes? Logo eu?

Então, subitamente teve uma revelação. Seu projeto de encontrar um marido rico tinha afundado. Provavelmente, nunca mais conseguiria ter interesse em outro homem. Parecia uma colocação dramática demais para ela, mas era assim que se sentia naquele momento. Prometera para si mesma que quando embarcasse em qualquer projeto, dedicar-se-ia a ele com todas as forças que tivesse. Mas sentia que não tinha mais condições para encarar um marido de conveniências. Não conseguiria se dedicar a ele, por mais que tentasse.

Já não podia mais tratar aquilo como um simples caso de *paixonite aguda*. As coisas para ela tinham se tornado muito mais sérias. Tão sérias que, mesmo que ele se mostrasse interessado, ela nunca conseguiria fazer para Daimar a mesma proposta que antes ela pretendia fazer para outros, que, na verdade, já fizera para alguns, inclusive. Aquilo nunca seria suficiente para ela e não tinha tempo nem recursos para correr atrás de algo que fosse.

Meu tempo está se esgotando.

Que droga! Ela precisava de dinheiro e um marido rico era a forma mais simples de conseguir o que queria. Passara tanto tempo correndo atrás desse objetivo que agora que não podia mais seguir por aquele caminho, sentia-se completamente perdida.

Tinha apenas uma coisa que podia fazer: continuar estudando para terminar logo aquele curso. Mas e depois? Cristalin havia pagado as vinte e quatro mil moedas que prometera, o que já era alguma coisa, mas aquilo não duraria muito tempo. Não com o projeto que ela tinha em mente.

Tinha que ir logo à loja dos Gretel para consertar suas armas, coisa que ela estava postergando. Talvez conseguisse encontrar outros trabalhos como mercenária que pagassem bem. Podia tentar procurar em outra cidade. Aldera, talvez.

Balançando a cabeça, ela tratou de se levantar, pegar seu material e sair. Uma coisa de cada vez. No momento, tinha que ir para a sala de aula.

Aquele sentimento monstruoso de tristeza e derrota não poderia durar para sempre, poderia?

♦ ♦ ♦

Depois do almoço, Daimar, finalmente, conseguiu algum tempo livre para ler a carta de seu pai. Dirigiu-se a uma parte afastada dos jardins e sentou-se num banco escondido entre muitas árvores.

Abriu, então, o envelope e começou a ler a primeira folha, surpreendendo-se bastante, pois o conteúdo era muito diferente do que tinha imaginado.

Meu filho,

Você já deve suspeitar que não estou em uma viagem de negócios, e não estou mesmo. A verdade é que estou trabalhando em um caso junto ao Exército, tentando resolver um problema pelo qual sou responsável, porque minhas ações impensadas do passado acabaram por complicar tudo e colocar a vida de muitas pessoas inocentes em perigo. Você já é um adulto e tem uma cabeça sobre os ombros, apesar de não exercitar muito sua responsabilidade, por isso não vou insultar sua inteligência dizendo que o que estou fazendo é simples ou que estarei de volta em breve.

Venho, nestas linhas, tentar escrever as palavras que deveria ter dito há muito tempo, mas que nunca consegui.

Eu tenho muito orgulho de você. Assim como sua mãe tinha. E teria até hoje se ainda estivesse conosco. Você foi o pilar que sustentou minha existência quando Norel se foi. É a razão de eu ainda estar vivo e disposto a lutar. É a razão de eu querer trabalhar para tornar esse mundo um pouco melhor.

Sei que falhei com você em muitos aspectos. Devido à minha falta de competência como pai você acabou se tornando um tanto rebelde e aventureiro. Não culpo você pelo que aconteceu em Maresia, eu devia ter percebido antes o quanto você estava se sentindo sozinho, isolado. Você me acusou de eu o ter colocado em uma redoma, como se quisesse esconder você do mundo, e hoje vejo que você tinha toda a razão.

É doloroso admitir isso, mas eu estava apavorado com a possibilidade de você vir a contrair a mesma doença que sua mãe. Essa é a verdade. Claro que isso não justifica meu comportamento em relação a você, eu sei que exagerei, e muito. Mas eu gostaria que você encontrasse um pouco de amor dentro do seu coração, só o suficiente para me perdoar. Não sei se tenho direito a pedir uma coisa dessas, mas você é a coisa mais importante do mundo para mim, e isso me faz egoísta o suficiente para pedir.

Devo confessar também que minha decisão de virmos para Lassam tinha outros objetivos, não era apenas para começarmos uma vida nova e deixarmos os erros de Maresia para trás. No passado, muito antes de você nascer, eu decidi fugir de um problema, achando que ele se resolveria por si só e que não mais me incomodaria, mas descobri que minha ausência apenas tornou as coisas muito piores, a ponto de se tornar uma ameaça para pessoas inocentes. Mesmo depois que chegamos aqui eu ainda acreditava que as coisas poderiam ser resolvidas de forma simples e rápida. Novamente, subestimei o problema, e, por causa disso, não posso virar as costas para ele agora.

Você já é perfeitamente capaz de dirigir sozinho os negócios da família. Apenas mantenha as coisas organizadas, da forma como você gosta de fazer, que tudo irá se ajeitar.

Visite o alquimista. Ele irá esclarecer coisas sobre o seu passado que não seria correto eu tentar explicar por escrito. Ele é uma pessoa de confiança, pode ficar tranquilo. Espero que me perdoe por eu não poder estar presente para poder, eu mesmo, lhe contar tudo.

Com amor,

Delinger Gretel

As outras folhas do envelope tinham anotações em relação a diversas lojas e laboratórios da rede de negócios da família.

Daimar ficou ali sentado, olhando para o papel sem vê-lo por um longo tempo enquanto os pássaros cantavam e pulavam de galho em galho nas árvores ao redor dele.

Que raios?

Capítulo 11:
Confiança

O supervisor de assuntos gerais da Academia de Lassam bocejava enquanto redigia mais um tedioso relatório, quando a porta de sua sala foi aberta abruptamente, fazendo-o quase cair da cadeira de susto.

— Mas o que é isso, barão? Não tem modos não? Droga! Olha o que você fez! - Ele apontou para a enorme mancha que se formou sobre a folha em que estava trabalhando, devido à pena, que tinha derrubado. – Isso é jeito de entrar no local de trabalho dos outros? O que quer dessa vez?

— Estou procurando a instrutora Cristalin Oglave.

— E acha que vai encontrá-la *aqui*?

— Eu acho que ela está desaparecida.

— Como é?

— Fui ao posto militar onde ela trabalha, mas ninguém lá sabe dela. Parece que tirou uma licença ou algo assim. Ela não está em casa e também não está em lugar nenhum na academia.

— Quando foi a última vez que você a viu?

— Ontem à noite tivemos uma aula com ela.

— *Ontem à noite*?! Não sei como as coisas eram na cidade de onde veio, mas por aqui ninguém aceita denúncias de desaparecimento depois de tão pouco tempo. E posso saber, em nome da Fênix, o que está fazendo aqui? Que assunto é esse tão urgente que você tem para tratar com ela, afinal?

— Eu... Bem...

— Ora, faça-me um favor! Tem uma boa justificativa para estar aqui desperdiçando meu tempo? Sim ou não?

— Sim, eu tenho, mas... Ah, droga, deixa para lá.

— Não teste a minha paciência, rapazinho. Não tenho tolerância a esse tipo de brincadeira. Saia logo daqui antes que eu decida lhe aplicar uma punição por perturbação da ordem e desacato. E pense muito bem da próxima vez que tiver um impulso irresistível de vir me atazanar de novo!

— Desculpe – foi tudo o que Daimar conseguiu dizer antes do homem empurrá-lo para fora e bater a porta na cara dele.

Suspirando, ele começou a caminhar na direção do alojamento quando avistou Britano Eivindi vindo em seu encontro.

— Então é aí que você está! Aconteceu alguma coisa? Você deveria estar na sala de aula.

Daimar apontou um dedo para ele.

— Você! Você sabe onde ela está, não sabe?

— Perdão?

— Cristalin! Onde está a tenente?

— Não sei. Nesse horário deveria estar na sala dela, no posto.

— Não está. Disseram que ela tirou uma licença ou algo assim.

— Tem certeza? Talvez ela apenas não estivesse querendo receber você.

— Ela não estava em lugar nenhum daquele prédio! Também não está na academia. Ela sumiu!

Britano estreitou os olhos.

— Você andou invadindo de novo?

— Não, só usei aquilo, como é que vocês chamam? Percepção?

— Estabelecimentos militares possuem proteção contra esse tipo de habilidade.

— Bom, se eles têm isso, não me afeta. Onde mais ela poderia estar?

— Barão, acho que seria melhor você se acalmar...

— Não venha falar para eu me acalmar!

Então ele ouviu uma voz feminina muito familiar à sua direita.

— O que há com você?!

Virando-se naquela direção, ele avistou Cariele e Janica se aproximando, parecendo ambas muito preocupadas.

O que aconteceu naquele momento foi algo totalmente estranho para ele. O som da voz e a presença de Cariele invadiram seu corpo, parecendo acordar todas as suas terminações nervosas. Ele sentiu como se tivesse mergulhado numa refrescante piscina, como se estivesse sendo lavado de toda a tensão e aflição que passara nas últimas horas.

A preocupação de Cariele aumentou ainda mais ao vê-lo ficar parado olhando para ela sem dizer nada com uma expressão estranha no rosto.

— Você está bem? O que houve?

— Hã... O que você está fazendo aqui?

— Britano não conseguiu te encontrar e veio me perguntar se eu tinha visto você. Como você nunca some desse jeito, eu estava ajudando os monitores a procurar.

Ele deu um sorriso bobo.

— Você estava me procurando?

— Não seja idiota. Metade da fraternidade está procurando também. Seus amigos estão todos preocupados.

— Desculpe.

— Você não parece muito bem, barão – disse Janica. – Venha, vamos nos sentar ali. Acho que você precisa de um descanso.

Os quatro se dirigiram a uma das inúmeras mesas de pedra que pareciam existir por toda parte nos jardins da academia. Cariele se sentou diretamente na frente dele enquanto os monitores se acomodaram um de cada lado.

— Por que estão todos preocupados? Deve fazer uma hora, se muito, que eu saí.

— Olhe para a posição do sol, barão. – Cariele apontou para o céu. – Você sumiu depois do almoço e já é quase fim da tarde.

— Ouvimos vários relatos de pessoas que viram você correndo por aí – disse Britano. – Como isso não é de seu feitio, é natural que seus amigos se preocupem.

Ele suspirou.

— Eu só fui até o posto militar. Queria falar com a tenente, mas não achei ela em lugar nenhum. – Ele voltou a olhar para Britano. – Não era para ela que você reportava? Você não tem mais nenhum contato com os militares? Na ausência dela você trabalha para quem?

— Eu trabalho para a academia. O supervisor me orientou a reportar para ela, mas como instrutora e não como tenente. Na ausência dela... – Britano fez um gesto significativo na direção da sala da supervisão, de onde Daimar tinha acabado de ser expulso.

— Droga!

— Escute, você está muito agitado – disse Cariele. – Que tal respirar fundo e começar a contar tudo desde o início?

Sentindo-se tranquilizado pela presença dela, ele acabou seguindo a sugestão e mostrou a carta de Delinger. Estava desobedecendo uma ordem direta da tenente ao fazer aquilo, mas não conseguiu evitar. De uma forma que ele não sabia explicar, tinha confiança absoluta nela, e Britano e Janica também eram profissionais treinados, que ele passara a conhecer e confiar nas últimas semanas.

Cariele terminou de ler a missiva e olhou para ele.

— Ele diz para "procurar um alquimista". Do que se trata?

— Meu pai me deu um endereço e pediu para eu falar com alguém que mora lá.

— Na Rua das Camélias – concluiu Britano.

— Isso mesmo. Ele disse que tem algo importante sobre o meu passado que esse alquimista pode me contar.

— E você não foi até ele? – Cariele perguntou.

— Fui até lá uma vez, mas acabei desistindo e vim embora antes de entrar. – Daimar olhou para Britano. – Tem certeza de que ninguém falou nada a você sobre isso?

— Ninguém me disse nada. Mas quando eu reportei para a tenente que você tinha ido até lá, ela não se mostrou nem um pouco surpresa.

— Ela sabia de tudo o tempo todo!

Cariele deixou a carta, que ainda segurava, sobre a mesa, e se endireitou, cruzando os braços.

— Olha, eu sei que você está preocupado com seu pai e tudo mais, mas será que você não está exagerando um pouco?

— Como assim?

— Seu pai disse que está em uma missão com o Exército...

— Uma missão *perigosa*!

— ... e a tenente, aparentemente, está junto com ele. Você não conhece a Cris há muito tempo, mas eu sim. Aquela mulher pode ser uma verdadeira mestre na arte do improviso, mas ela nunca corre riscos desnecessários. Seu pai está em boas mãos.

— Mas essa carta soa como uma despedida!

— Leia de novo. A única coisa que ele disse foi que não tem previsão de quando vai voltar.

Daimar pegou o papel e passou os olhos novamente pela caligrafia caprichada de Delinger.

— Acho que... você pode ter razão.

Britano fez um gesto de cabeça para Janica, e os dois se levantaram. Cariele olhou para eles, curiosa.

— Aonde vocês vão?

— Estaremos por perto – respondeu Janica.

Britano olhou para Daimar.

— Barão, se precisar de alguma coisa, pode contar conosco a qualquer hora.

Com isso, os dois monitores se afastaram, caminhando lado a lado, cochichando e sorrindo um para o outro. Parecia um perfeito casal de namorados.

Daimar suspirou.

— Acho que eu fiz uma tremenda tempestade em copo d'água, não foi?

— Eu acho normal você se preocupar. Eu pulava da cadeira toda vez que ficava sabendo que alguma coisa tinha mudado no quadro do meu pai no hospital.

— Obrigado.

— Pelo quê?

— Por ter vindo até aqui. Por ter falado comigo. Eu estava com os nervos à flor da pele. Acho que tem um monte de gente gostando bem menos de mim depois desta tarde.

— Depois que seu pai voltar, você pode pedir desculpas para todo mundo e explicar o que aconteceu. Agora, vamos dar um jeito nisso aqui.

Ela pegou a carta das mãos dele e segurou diante de si durante alguns segundos, enquanto se concentrava. Logo o papel começou a mudar de cor, assumindo um tom amarelado, e ela largou a folha sobre a mesa. Imediatamente, o papel pegou fogo e, em segundos, foi consumido e transformado em pequenos montes de cinzas.

Ele ficou tão surpreso com a ação dela, que quando pensou em reagir já era tarde demais.

— Por que fez isso?!

— Foram ordens da tenente, não foram? Você já leu a carta, já sabe que seu pai se importa com você, sabe que ele sente muito por ter transformado você em um delinquente e sabe que ele te considera a coisa mais importante do mundo. Quantas vezes você leu e releu esse papel?

— Um monte de vezes.

— E se ficasse com ele, continuaria relendo. Isso não seria bom para você.

Ele sorriu.

— Não é você quem gosta de dizer que não se importa com ninguém além de si mesma?

— Eu preciso de você. Tenho um trabalho e uma apresentação para fazer que valem todos os créditos do bimestre. E se isso não fosse motivação suficiente, no processo ainda vou calar a boca de um monte de fofoqueiros egoístas que me expulsaram da equipe deles. Então, barão, eu quero que você esqueça essa confusão com a tenente e venha comigo para a biblioteca.

— Acho que esse foi o melhor convite que eu recebi em toda a minha vida.

Cariele levantou-se e saiu caminhando, sabendo que ele iria correr para acompanhá-la.

Sabia que não havia sido totalmente honesta. Quando ficara sabendo que Daimar tivera uma espécie de "chilique" e saíra correndo que nem louco pela academia, ela quase morrera de preocupação. Ele podia ser um enxerido, mas era uma pessoa geralmente calma, comedida. Ela imaginou que algo muito ruim pudesse ter acontecido e, infelizmente, tinha razão. Receber uma carta como aquela seria uma barra para qualquer filho. Felizmente, ela conseguira acalmá-lo um pouco, mas seria bom ficar de olho nele por algum tempo.

Pensando bem, mesmo que não tivesse todas aquelas razões lógicas e razoáveis para ajudá-lo, ainda existia a irritante compulsão que sentia em cuidar dele. Querendo ou não, estava presa àquela situação. Ela percebeu que a única forma de ela se afastar dele num momento como aquele seria se ele lhe pedisse. E aquilo seria tão doloroso que ela não conseguia nem mesmo se forçar a imaginar.

Daimar, por sua vez, estava perplexo com a facilidade com que Cariele o tinha feito se acalmar e olhar para a situação de forma mais objetiva. Mais uma vez ficou claro que ela era muito mais do que a aventureira inconsequente que fingia ser. O que ela representava para ele ia muito além daquela sensação incômoda que o fazia perder o sono às vezes. Ela era a companheira, a aliada que qualquer um gostaria de ter para o resto da vida.

A noite passou muito rápido. Depois de encontrarem a primeira pista em relação aos artefatos no livro que Daimar tinha sugerido antes, os dois se envolveram numa intensa busca por respostas, consultando livro atrás de livro e tendo que visitar as prateleiras dos mais diversos assuntos.

Aparentemente, a invenção inicial tinha sido uma daquelas ideias geniais que acabavam sendo mal implementadas, causando constrangimento e descrédito para o inventor. No entanto, como o potencial da coisa era bem grande e abrangente, diversas pessoas acabaram criando invenções mais simples baseadas na ideia original.

Já estava quase na hora da biblioteca fechar quando toparam com um nome que Daimar reconheceu.

— Eu conheço essa família – cochichou ele. – São os administradores da nossa forjaria em Lassam.

— Isso bate com as dicas que a Cris nos deu – respondeu ela, sussurrando. – Laboratórios, hospitais, ferrarias.

— Você tem aulas amanhã?

— Não. Agora só na semana que vem.

— Que tal darmos uma passada lá? A propósito, ainda precisa consertar suas armas?

— Sim. Posso aproveitar e resolver isso também. Ih, lá vem a bibliotecária. Acho que estamos prestes a ser expulsos.

Minutos depois, ambos deixavam o prédio, aproveitando o clima ameno e agradável de fim de outono.

— Logo, logo, deve começar a esfriar – comentou ele.

— Ainda bem que Mesembria tem clima temperado – disse ela. – Minha cidade natal é quase na divisa com Lemoran e os invernos por lá são bem intensos.

— É. Isso é uma das coisas que eu gosto em Lassam. Maresia também fica mais ao norte. Lá parece que tudo é mais intenso, inverno mais frio, verão mais quente, primavera mais florida...

— "Maresia" é um nome curioso. Cidade litorânea?

— Sim. A sua é também, não é? Olha que interessante, ambos nascemos perto do mar.

— Sim, mas em lados opostos do continente.

— Não deixa de ser interessante. Você veio sozinha para cá? Conhece algum conterrâneo seu que viva por aqui?

— Vim com meu pai, quando o quadro dele piorou.

— Quanto tempo faz isso?

— Dois anos.

— Que barra, hein?

Ela deu de ombros, decidindo retomar o assunto anterior.

— Nunca topei com nenhum conhecido por aqui. – *Graças aos céus*, completou ela, em pensamento.

— Deve ter sido solitário. Quero dizer, vir para uma cidade nova, sem conhecer ninguém.

— Eu estava mesmo precisando de uma mudança de ares. E quanto a você? Encontrou algum conterrâneo por aqui?

— Só a Gerda e a Brigite, aquelas duas que você conheceu ontem.

E que passaram a noite com ele.

— Ah... Elas agiam mesmo como se... conhecessem você há bastante tempo.

Algo no tom de voz dela fez com que ele se sentisse culpado.

— Hã... Escute... Sobre aquelas duas, tem algo que eu preciso te contar.

— Você não precisa se explicar para mim.

— É que acho que as coisas não são como você está pensando.

— Você não passou a noite com elas?

— Sim, passei, mas...

— Eu também já passei muitas noites com homens. Quero dizer, nunca com mais de um ao mesmo tempo, mas de qualquer forma, você não precisa se explicar para mim.

Aquilo não era novidade para ele, mas o fato de ela ter colocado em palavras lhe causou uma sensação extremamente desagradável.

— Elas estavam precisando de ajuda com os estudos.

— *Como é?!*

— É que elas são muito brincalhonas, sabe? Falaram tudo aquilo na sua frente para tentar me deixar constrangido. E conseguiram.

— Tem ideia do quão furada parece essa explicação?

Ele pensou um pouco e acabou rindo.

— Sim, tenho, mas não posso fazer nada sobre isso. A verdade é que as duas eram minhas vizinhas em Maresia e estudavam na mesma academia que eu. Tínhamos o costume de dormir um na casa do outro com frequência.

— Vai querer me convencer de que nunca teve interesse em nenhuma delas?

— Não, não vou. Mas nunca aconteceu nada.

— Sei. E vocês passaram a última noite estudando?

— Não. Como sempre, elas acabaram pegando no sono depois de umas duas horas. História, Filosofia e coisas do gênero, para elas, é um tédio só.

— Então acho que tenho algo em comum com elas.

Cariele ainda não sabia se podia confiar nele, mas o alívio que sentiu ao ouvir aquela explicação foi tão grande que chegou a deixá-la com as pernas bambas por um instante.

— Que pena – disse ele. – Eu gosto de História, acho muito satisfatório aprender sobre a origem das coisas, das pessoas, das palavras. Olhe aquela estátua ali, por exemplo. – Ele apontou para um busto esculpido no topo de um pilar de granito. – Sabia que ela foi feita 352 anos atrás, logo depois que o grande lago que tinha nesta região foi evaporado enquanto as grandes entidades lutavam entre si?

Ela parou e encarou a estátua. Havia um nome gravado na rocha.

— É mesmo? Nunca ouvi falar desse cara. E por que, numa situação dessas, alguém se daria ao trabalho de esculpir uma estátua ao invés de, sei lá, correr para procurar um abrigo?

Ele riu e parou ao lado dela.

— O homem retratado ali era um sacerdote que fez certa oferenda e conseguiu acalmar uma das entidades. Dizem que é graças a ele que esta região foi poupada de uma destruição ainda maior. Não há evidências que confirmem essa história, mas há várias homenagens a ele por aí. Acredito que a estátua tenha sido concluída cerca de um mês após o suposto ato de heroísmo dele.

— Quer dizer que esse negócio homenageia um homem que nem sequer sabemos com certeza se merece homenagem?

— De certa forma, sim. – Ele voltou a rir.

— E qual é o nexo disso?

— É mais pelo simbolismo, entende? Para mantermos acesa a esperança, para nos lembrarmos de que, mesmo diante das mais cruéis adversidades, sempre é possível encontrar uma forma de triunfar.

Foi a vez de ela rir.

— Comece a falar desse jeito por aí e pode dizer adeus à sua fama de delinquente.

Ela deu mais uma olhada na escultura. Não era uma das mais bonitas que ela já vira, mas, no geral, era um bom trabalho. Sólido. Durável.

Simbolismo, hein? Mas, pensando bem, fazia certo sentido. Nomes tendem a ser esquecidos com o passar dos séculos, mas ideais podem viver para sempre.

— Para algo que ficou 300 anos tomando chuva e vento, até que está bem conservada – concluiu ela.

— Já foi restaurada diversas vezes com o passar dos séculos. Por melhor que tenham sido os restauradores, é bem provável que esteja um pouco diferente de sua forma original.

— Certo. Imagino se todas as estátuas desse lugar têm uma história como essa.

— Eu conheço a história da maior parte delas. Posso contar todas a você, se quiser.

Ela o encarou, incrédula.

— E como pode conhecer todas as estátuas daqui tendo se mudado para cá há tão pouco tempo?

— Eu gosto de ler sobre essas coisas. Achei tudo tão fascinante quando vim para cá que passei dias inteiros estudando. Ainda tenho uma lista de leitura bem grande para terminar, mas as estátuas, acho que já conheço quase todas.

Ela voltou a olhar para o rosto esculpido.

— É... Parece que existe gosto para tudo mesmo...

E assim, entre conversas e provocações, os dois fizeram o restante do percurso até o alojamento e despediram-se alegremente, indo cada um para o seu quarto.

Daimar se sentia leve e animado, além de abençoadamente cansado depois de tantas horas ininterruptas de pesquisa. O cheiro de Cariele continuava em suas narinas, como uma presença constante, mas aquilo não lhe causava mais o menor incômodo. Na verdade, tinha se tornado reconfortante. Pela primeira vez ele compreendeu o que seu pai sentira todos aqueles anos. De repente, a perspectiva de carregar aquele aroma com ele constantemente para o resto da vida não parecia nem um pouco desagradável.

Nem mesmo se ela continuasse rejeitando-o. E isso era o mais surpreendente.

Ele jogou-se sobre a cama e respirou fundo, deixando aquela sensação prazerosa se espalhar por todo o corpo. E adormeceu com um sorriso bobo nos lábios.

Cariele fechou a porta do quarto com todo cuidado para não acordar Malena e caminhou com cuidado no escuro até a pequena mesa onde ficavam produtos de beleza e também os cremes receitados pela curandeira.

Com cuidado, ela desamarrou o lenço que cobria seus cabelos e tirou a pequena tampa que a colega de quarto tinha colocado sobre o candelabro. Descoberto, o pequeno cristal de luz contínua brilhou intensamente e ela tratou de rapidamente cobri-lo com o lenço, bloqueando parte da luz e deixando o quarto mergulhado numa suave penumbra.

Então ela soltou um suspiro e sentou-se na cadeira, forçando-se a passar no rosto um daqueles desagradáveis cremes. Curiosamente, aquela tarefa não lhe parecia tão incômoda quanto de costume.

Ela estava mais do que exausta, afinal, ficar pesquisando sobre a vida de pessoas que viveram séculos antes estava muito longe de ser a especialidade dela. Mas ainda bem que era a de Daimar. Felizmente, ele tinha tomado a dianteira, explicando como as coisas deveriam ser feitas e não esperando nenhuma contribuição genial da parte dela.

Era bom vê-lo em seu elemento. Ele era metódico, criativo e perspicaz. Fazia questão de anotar tudo e conseguia condensar quantidades inacreditáveis de informação em poucas linhas bem escritas. Era impressionante.

Quando o creme finalmente foi absorvido pela pele, ela forçou-se a tampar novamente o candelabro e tratou de cair na cama. A perspectiva de passar boa parte do dia seguinte ao lado dele a deixava ansiosa para que a noite passasse rápido, apesar de ela tentar convencer a si mesma de que precisava ir devagar e não se envolver tão completamente assim, e tão rápido.

Ela adormeceu quase que imediatamente, envolvida por um sono profundo e reparador.

◆◆◆

A cara, mas muito discreta carruagem parou em frente à Ferraria Gretel poucos minutos depois do nascer do sol. O condutor uniformizado desceu e abriu a portinha com uma reverência.

Daimar Gretel desceu e agradeceu ao empregado com um sorriso. Naquele dia, ele vestia roupas sociais que lembravam bastante as que seu pai costumava usar. O "uniforme de trabalho", como Delinger gostava de chamar.

Ele se virou para oferecer ajuda a Cariele, que apenas o encarou com uma sobrancelha levantada.

Antigamente, o gesto de ajudar uma donzela costumava ser bastante valorizado na sociedade. Mas hoje em dia, com donzelas como essa, capazes de pulverizar qualquer um que ousasse incomodá-la, aquele tipo de lógica não funcionava mais. Era uma pena. Ele deu de ombros e se afastou, dando espaço para que Cariele, Britano e Janica descessem. E constatou, com certa inveja, que a monitora não tinha nenhum problema em aceitar a ajuda do companheiro dela para descer.

— Eles realmente abrem cedo – constatou Cariele, olhando para a imponente fachada da loja, que tinha uma vitrine com diversos produtos expostos. Havia armas, enxadas, foices, machados, atiçadores, ferraduras e diversos outros itens, dispostos de forma harmoniosa por todo o espaço. A porta da frente estava aberta e as pessoas pareciam em plena atividade lá dentro.

— São trabalhadores dedicados – respondeu Daimar, dirigindo-se para a porta.

Cariele o seguiu e se maravilhou com o interior do estabelecimento. Tudo ali era muito limpo, a despeito da poeira levantada pelos cavalos na rua lá fora. A organização também era um primor e os itens em maior destaque eram de um nível de qualidade muito superior ao que ela estava acostumada a ver.

Uma onda de saudosismo a invadiu e ela suspirou, não conseguindo evitar imaginar se algum dia poderia voltar a trabalhar com o encantamento de peças como aquelas.

Daimar a observou com curiosidade, mas não disse nada, apenas esperou que ela viesse até o balcão, onde ele estava conversando com a esposa do ferreiro.

— Cariele, esta é Lina, nossa especialista – ele as apresentou. – Você pode mostrar suas armas para ela. Imagino que prefira privacidade para tratar de seus negócios então, se não se importar, vou lá dentro cuidar de alguns assuntos.

Com Daimar fora de vista e com os dois monitores namorando ao lado da carruagem do lado de fora da loja, Cariele tratou de aproveitar para resolver logo aquele assunto, que não deixava de ser um pouco constrangedor para ela.

— Essas armas são customizadas – concluiu Lina, após um rápido exame. – Parecem ter sido confeccionadas manualmente via alquimia. E foi um ótimo trabalho. Você sabe quem as criou?

— Fui eu mesma.

O queixo da outra quase caiu.

— Você?! Oh, me perdoe. Você... é muito talentosa.

— Talvez um dia tenha sido. Hoje não faço mais essas coisas.

— É mesmo? É uma pena.

— Acha que consegue dar um jeito nelas?

A mulher voltou a analisar os objetos com atenção.

— É possível restaurar. Mas devo confessar que nosso nível de qualidade é bem inferior ao dessas peças. Será um processo um pouco dispendioso e não posso garantir que conseguiremos restaurar completamente todos os canais místicos.

— Faça o que puder, por favor. Não estou preocupada com o preço. Acredito que a tenente Cristalin Oglave tenha deixado uma autorização para efetuar esses reparos.

Lina sorriu satisfeita.

— Oh, sim, deixou sim! – A mulher foi até uma mesa nos fundos e virou algumas páginas de um livro cheio de anotações. – Você é Cariele Asmund?

— Sim.

— Temos instruções para priorizar esse trabalho, então não irá demorar muito. Pode voltar, digamos, em cinco dias?

No passado, tendo o material e um bom laboratório, Cariele levaria bem menos tempo do que aquilo para criar uma arma nova, mas de que adiantaria reclamar? Segundo Daimar, aquelas pessoas estavam entre as mais eficientes da província.

— Você teria algo que eu possa usar até lá, caso ocorra alguma emergência? De preferência, que seja de um material com nível de pureza similar ao das minhas.

— Pode ser uma espada? Não, acho que a que eu tenho não é tão similar. Mas que tal esse aqui? – Ela pegou um bastão que estava pendurado ao lado de diversas outras armas. Olhos que não fossem bem treinados poderiam achar que aquele bastão fosse a mais inferior de todas. Tratava-se de um cilindro de quase dois metros de comprimento sem nenhum tipo de ornamento.

Cariele pegou a arma e a girou no ar uma vez, antes de fazer alguns movimentos para sentir sua afinidade com o material. Não era excepcional, mas era muito boa. Numa luta puramente física, ela teria dificuldades, pois fazia muito tempo que não treinava com esse tipo de arma, mas do ponto de vista místico a conversa era outra, bastaria ter um bom simulacro equipado.

— Este está perfeito. Posso levá-lo?

— Fique à vontade.

Ela então enfiou o bastão no bolso de fundo infinito e agradeceu à mulher, antes de sair em busca de Daimar.

Os dois saíram do estabelecimento 40 minutos depois, um tanto frustrados. Britano olhou para eles, curioso.

— O que houve?

— Parece que nossa pesquisa chegou num beco sem saída – revelou Daimar. – Os ferreiros não puderam nos ajudar, mesmo sendo descendentes diretos do homem que criou os artefatos.

Janica olhou dele para Cariele.

— E o que vão fazer agora? Voltar à biblioteca?

— Acho que não temos opção... – respondeu Daimar.

— Um minutinho aí – disse Cariele, lançando-lhe um olhar questionador. – E quanto ao alquimista?

— Qual?

— O da tal Rua das Camélias.

— Ah, ele.

— Vamos visitá-lo.

Ele olhou para ela, intrigado.

— Por que isso agora?

— Porque você está procrastinando. Vamos lá agora, resolvemos logo esse assunto e depois continuamos a pesquisa.

— Não há pressa.

Ela colocou as mãos na cintura.

— Você está com medo.

— Claro que não!

— Está sim. Por isso não foi lá ainda.

— Meu pai me disse para ir lá só em caso de emergência!

— Bobagem! Na última carta ele te mandou ir lá de qualquer forma!

Ele abriu a boca para responder, mas acabou desistindo e respirou fundo, passando a mão pelos cabelos.

— Sabe, não é muito legal expor as fraquezas de outra pessoa assim, na frente de um monte de gente – reclamou ele.

— Ela tem razão, barão – disse Britano. – Melhor acabar logo com isso. Podemos ir todos com você, se quiser.

— Sim – Janica manifestou-se. – E sabemos que você está passando por uma situação complicada. Em minha opinião, você está se saindo muito bem, inclusive.

— Não dá para raciocinar direito com toda essa pressão – concordou Cariele. – Meu sargento gostava de dizer que "quando não é possível confiar eu seu próprio julgamento, escute pessoas em quem confia".

— Você fala como se eu tivesse, sei lá, batido a cabeça e ficado... – ele fez círculos ao redor do ouvido com o dedo.

Britano e Janica riram. Cariele sorriu, inclinou a cabeça para o lado e olhou significativamente para ele.

— Está bem, está bem! – Daimar adiantou-se e abriu a porta da carruagem, fazendo sinal para todos entrarem. – Mas que fique registrado que eu ganhei automaticamente o direito de me meter na vida de vocês quando eu tiver vontade.

Para a decepção de todos, no entanto, o alquimista não estava em casa, e nenhum dos vizinhos conseguiu informar quando ou *se* ele voltaria.

◆ ◆ ◆

Após o almoço, Daimar e Cariele permaneceram no refeitório, sentados um de cada lado de uma mesa próxima a uma das grandes janelas.

Repassaram todos os pontos da pesquisa que tinham feito no dia anterior e a entrevista com os ferreiros. Então ela, graças ao seu conhecimento avançado de física e objetos misticamente encantados, percebeu algumas incongruências naquelas histórias. Ela expôs isso a Daimar e ambos acabaram mergulhados em uma discussão envolvendo misticismo, política, motivações pessoais e diversos outros assuntos.

Em certo momento, as outras garotas da fraternidade entraram no refeitório. Agneta e Malena ficaram conversando perto da porta enquanto as outras três se aproximaram deles.

— Oi, barão! Oi, Cari! Como você está hoje?

— Boa tarde, meninas. – Daimar dirigiu-lhes um sorriso amigável.

— Olá – respondeu Cariele. – Eu estou bem, obrigada.

— Menina, fiquei sabendo que a instrutora da classe especial colocou você contra o resto da sala, e que de todos eles só o barão quis te ajudar, é verdade?

Cariele suspirou.

— Uau, já estão falando disso por aí?

— Como não, garota? Esse babado é uma coisa de louco! Você vai registrar uma reclamação, não vai?

— Eu, não.

As três fizeram uma cara horrorizada.

— Como não?!

— Simples – respondeu Daimar com toda a calma. – Nós vamos ganhar essa aposta.

— Vocês vão mesmo competir com um grupo de *doze* pessoas?

— Eu fui tão culpada pela confusão quanto todos os outros – disse Cariele. – E, como eu não quero retirar nada do que eu disse na sala, seria muita covardia da minha parte querer fugir do castigo. Mas não se preocupe, como o barão disse, não pretendemos perder.

Agneta parecia estar prestando mais atenção no que Cariele dizia do que na conversa que estava tendo. Em certo momento os olhares de ambas se encontraram e Agneta tratou de desviar o olhar, deu algum tipo de desculpa e saiu do refeitório.

Malena então se aproximou deles.

— Oi, Cari! Oi, Barão! Tudo bem com vocês?

Daimar e Cariele retribuíram o cumprimento educadamente, enquanto uma das moças encarou Malena, toda excitada.

—Menina! Eles vão mesmo peitar a outra equipe! Dois contra *doze*! É mole?

Malena olhou de Cariele para Daimar.

— Por alguma razão isso não me surpreende. – Malena virou-se para as outras. – E quanto a vocês? Não têm um trabalho para fazer também?

As moças então se despediram, não antes de exigirem participar de uma "noitada" comemorativa depois que Cariele e Daimar vencessem a aposta. Cariele estava muito curiosa sobre o que Malena e Agneta conversaram, mas achou melhor não perguntar.

— E vocês dois? – Malena puxou uma cadeira e sentou-se ao lado deles. – Vão voltar ao trabalho também? Precisam de ajuda?

— Na verdade, eu gostaria de pedir um favor – disse Daimar, estendendo uma chave para ela. – Poderia ir ao meu quarto e trazer uma pilha de anotações que está sobre a minha mesa, no canto direito? E também uma pena e um vidro de tinta?

— Deixa comigo. Volto já.

Então Daimar e Cariele voltaram à discussão anterior, ligando alguns pontos e, aparentemente, desvendando parte do mistério sobre os crânios esculpidos.

Quando Malena voltou, com os braços cheios de papéis, encontrou os dois falando animadamente e sorrindo um para o outro. Na opinião dela, era uma cena adorável.

— Pode colocar aqui, obrigado – disse Daimar, liberando espaço na mesa.

— Está tudo aí? – perguntou Malena, depois de ajeitarem tudo.

— Sim, você trouxe até mais do que eu pedi. Obrigado.

— Por nada. Vocês parecem estar se divertindo, então vou seguir meu caminho. Vejo vocês mais tarde.

Daimar se despediu e a observou se afastar. Quando voltou a olhar para Cariele, viu que ela tinha pegado uma folha de papel e estava lendo, com a testa franzida.

— O que foi?

— O que é isso aqui? Parece um projeto para construir alguma coisa.

— Hã? Ah, droga! Malena deve ter pegado por engano. Não é nada, é só uma ideia maluca que venho tentando melhorar quando tenho tempo livre. Sabe, como um passatempo.

Cariele colocou a folha cuidadosamente de lado e pegou outra, começando a ler avidamente.

Constrangido, Daimar não pôde fazer nada além de observá-la enquanto ela lia as cinco primeiras folhas do projeto particular dele. Por fim, ela levantou a cabeça e o encarou, ainda com a testa franzida.

— Isso aqui é genial. – Ele percebeu que ela disse aquilo não como um elogio, mas como se estivesse constatando um fato, o que o deixou muito orgulhoso.

— Você acha?

— Já fez algum teste de campo? Construiu algum protótipo?

— Não, eu nem sei por onde começar ainda. Isso envolve muita física e matemática para o meu gosto.

— Me parece bastante simples. Tão simples que não sei como ninguém nunca pensou nisso antes. Você pode fazer uma fortuna.

— Não era exatamente essa a minha principal motivação, mas imagino que dê para fazer um bom dinheiro, sim.

— Você é surpreendente.

— Sério? Vindo de você, isso é um elogio e tanto. – Ele sorriu.

— Parece que cada vez que converso com você aparece uma coisa nova, uma faceta diferente de personalidade, sei lá.

— Curioso. Essa é a exata impressão que eu tenho sobre você.

— Acho que tédio nunca vai ser um problema entre nós, não é? – Ela sorriu também.

— Com certeza, não.

De repente, ambos se deram conta de que estavam debruçados sobre a mesa, com os rostos bem próximos. Então se olharam nos olhos por um longo tempo, até que não conseguiram mais se conter e começaram a se aproximar cada vez mais, sem deixarem de se fitar, até que, por fim, seus lábios se encontraram.

Aquilo não foi o que nenhum dos dois esperava. Foi estranho, quase que... decepcionante. Parecia ter algo de errado, alguma coisa faltando... ou sobrando.

Os dois se separaram e voltaram a se ajeitar nas cadeiras, muito constrangidos. A experiência em si não tinha sido nada boa, mas o desejo que os levou a ela, curiosamente, continuava lá, tão forte quanto antes.

— Desculpe – ambos disseram ao mesmo tempo, e aquilo os fez rir, diminuindo um pouco do constrangimento.

Ela achou melhor mudar de assunto.

— Posso ajudar você com isso depois, se quiser – ofereceu ela, apontando para o projeto dele. – Mas temos algo mais urgente para nos preocupar primeiro.

— Sim, tem razão – concordou ele, relutante, sentindo-se mais confuso do que nunca. – Vamos organizar todos esses pontos que discutimos sobre o trabalho e decidir nosso próximo passo, tudo bem?

A tarde já estava quase no fim quando, finalmente, terminaram de revisar todas as anotações e elaborar um "plano de ataque" a ser colocado em prática na biblioteca.

Cariele soltou um suspiro satisfeito enquanto caminhavam pelos jardins.

— Fazia muito tempo desde a última vez em que trabalhei em um projeto tão minucioso – disse ela. – Duvido que a outra equipe consiga reunir tantas informações.

— Não se esqueça de que a parte mais difícil é a apresentação.

— Se você se encarregar da lenga-lenga de motivações políticas, econômicas, éticas e não sei o que mais, eu me viro com a parte de física, matemática e metodologia.

— Você é a mulher dos meus sonhos.

Apesar de ter dito aquilo em tom de brincadeira, Daimar se arrependeu imediatamente, pois aquilo voltou a trazer à tona o clima estranho que ocorrera com eles depois do beijo.

— Sabe... – disse ela. – Eu não costumo, sei lá, provocar caras para depois rejeitar. Eu não sei o que aconteceu comigo hoje, só me deu uma sensação esquisita e eu meio que fiquei sem saber o que fazer.

— Uau! Você é mesmo incrível.

— Por quê?

— Por conseguir colocar isso em palavras desse jeito.

— Isso estava me incomodando, então eu resolvi fazer algo a respeito. Algum problema?

— Não, não. É que nesse ponto somos muito diferentes. Eu... Eu senti algo estranho também. Sei lá, como se estivesse tocando em algo... frio, sem cor, uma coisa estranha, que não parecia ser você.

— É mesmo? Essa é precisamente a sensação que eu tive – disse ela, franzindo o cenho.

— Que bom. Estou aliviado que não seja só eu.

— Tem algo errado com um de nós.

— O quê?

— Eu achei que tinha algo a ver com... falta de química, ou algo assim. Mas esse tipo de coisa nunca é sentido exatamente da mesma forma pelas duas pessoas envolvidas. Vamos pensar de outra forma. Eu já tive relacionamentos antes, e quanto a você?

— Sim, eu tive alguns.

Aquela resposta não a surpreendeu, mas, mesmo assim, deixou-a muito desapontada.

— E nunca sentiu isso com nenhuma outra, não é?

— Definitivamente, não.

— Tem algo errado. Esse tipo de... incompatibilidade não é normal.

Ele suspirou e moveu os ombros, sentindo-se desconfortável.

— E como se investiga algo como isso?

— Não sei. Não é como se...

Ela se interrompeu ao ver que se aproximavam de um grupo grande de estudantes, reunidos ao redor de mesas de pedra dos dois lados da calçada. Vários colegas da classe especial estavam entre eles, incluindo Agneta.

Ao verem Cariele e Daimar se aproximando, alguns deles começaram a lançar zombarias e insultos a ela, em tom de deboche.

Cariele franziu o cenho e apertou os lábios, mas continuou seguindo em frente sem dar atenção a eles. Daimar chegou a pensar em falar umas verdades, mas ao ver que ela se esforçava para manter-se controlada, preferiu apenas segui-la em silêncio.

Conforme passavam pelo grupo e começavam a se afastar, os insultos foram ficando mais ofensivos, até que uma das moças a acusou de ser uma farsa e ter feito um ritual de modificação corporal para ter aquela aparência, perguntando-se em voz alta que tipo de aberração ela devia ter sido antes para ter feito uma coisa daquelas.

Parando de andar, Cariele virou-se e encarou a moça, enfurecida.

— Eu era uma aberração sim, se você quer saber. E já que vocês parecem ter tanta inveja de como eu sou agora, acho que é melhor vocês darem uma olhada nisso aqui.

Ela desenrolou o lenço da cabeça e virou-se de lado, permitindo que todos dessem uma boa olhada na grande falha em seu couro cabeludo.

Daimar pensou em pegá-la pela mão e tirá-la dali, mas ficou completamente estarrecido ao olhar para a cabeça descoberta dela.

— Estão vendo isso? Rituais podem parecer uma coisa bacana, mas tenho uma novidade para vocês: eles raramente funcionam. No meu caso, ele já está perdendo o efeito, portanto, vocês não têm mais com o que se preocupar. Logo, logo, eu voltarei a ser o dragão que era antes, ou talvez eu acabe ficando pior ainda. De qualquer forma, ninguém mais vai precisar se preocupar em ter que competir comigo!

Sem se dar ao trabalho de voltar a cobrir os cabelos, ela virou-se e saiu pisando duro.

Daimar lançou um olhar furioso na direção dos estudantes e percebeu que Agneta encolhia-se toda no banco de pedra. A infeliz podia não ter aberto a boca para falar nada contra Cariele, mas também não se deu ao trabalho de dizer nada a favor.

Ele chegou a começar a falar algo, mas acabou mudando de ideia e saiu correndo atrás de Cariele.

Alcançá-la não foi um problema, mas ela parecia tão transtornada que ele simplesmente não conseguiu encontrar nada que pudesse dizer, então apenas a acompanhou em silêncio enquanto ela continuava marchando pela trilha que cortava os jardins da academia.

Depois de um tempo, ele aproximou-se e pegou o lenço que ela segurava por uma das pontas, quase arrastando a outra no chão.

— Não vai querer recolocar isso?

— Para quê?

— Não sei. Por que você usava antes?

— Para não ficarem fazendo fofoca sobre mim!

— Já foi a um curandeiro para ver isso?

— Sim, eu fui! Foi a primeira coisa que eu fiz! Não sou uma procrastinadora como você!

— Ei, isso é injusto.

— Não me venha falar de injustiça!

— Não quer sentar e conversar um pouco?

— De que vai adiantar?

— Alguém recentemente me disse que em certas situações é bom ouvir as pessoas em quem você confia.

Ela parou subitamente e o encarou por um momento, parecendo travar um debate interno consigo mesma. Por fim, ela apontou para o lenço.

— Não preciso mais usar essa coisa, porque minha aparência não importa mais. Nunca vou conseguir me casar com um ricaço, pois não consigo mais suportar a ideia de ficar com ninguém além de você! E hoje eu ainda descobri que com você não sou capaz nem mesmo de trocar um simples beijo! Então não me venha falar em injustiça!

◆ ◆ ◆

Delinger Gretel entrou correndo na câmara e seus piores temores pareceram ganhar vida ao ver Cristalin Oglave jogada num canto da caverna, coberta de sangue.

Um rápido olhar ao redor mostrou a ele que o que quer que a tivesse agredido não era mais ameaça, pois o lugar estava coberto de sangue e de inúmeros pedaços do que um dia devia ter sido um ser vivo.

No momento em que ele começou a se ajoelhar ao lado dela, Cristalin soltou a respiração e levantou o tronco, passando a mão pelo rosto para remover o sangue e a sujeira de sobre os olhos.

— Você está bem?

Ela teve um súbito acesso de tosse.

— Exceto por essa gosma e esse cheiro insuportável, estou ótima. – Ela lutava para normalizar a respiração. – Céus! Vocês todos cheiram tão mal assim por dentro?

Ele riu, aliviado.

— Não saberia dizer. Nossos sentidos funcionam de forma diferente dos seus, então, o que é ruim para você pode não ser, necessariamente, desagradável para nós. E vice-versa. Consegue se levantar?

— Sim – disse ela, pondo-se de pé com uma careta enquanto olhava ao redor. – Um a menos. Eu disse a você que eu não seria um peso morto.

— Estou vendo.

— E quanto aos outros?

— Nosso trabalho aqui está encerrado – disse ele, caminhando até um canto.

— Ótimo. Isso quer dizer que acabou?

— Não. Está faltando pelo menos mais um deles.

— Como sabe?

Delinger abaixou-se, analisando com cuidado algo que estava no chão.

— Um dos anciãos fez questão de me contar que a morte dele não seria em vão e que a justiça a nosso povo seria feita quando a raça humana extinguisse a si mesma.

— Isso não soa nada bem.

— Não. Agora pode me esperar lá fora?

— Por quê?

— Se o cheiro já é suficiente para incomodar você, acredite em mim quando digo que não vai querer ver o que eu vou fazer agora.

Capítulo 12:
Rebeldia

A revelação de Cariele caiu sobre Daimar como se fosse uma bomba. Ele precisou de alguns segundos para absorver aquilo e conseguir esboçar uma reação. Então ele sorriu.

— Bem, fico muito satisfeito em ouvir isso.

— Pensa que estou brincando?!

— Não, claro que não. Mas não é todo dia que se ouve uma declaração como essa. Desculpe minha reação, mas não tenho como evitar. Afinal, eu me sinto de forma bastante similar em relação a você.

Desde o dia em que uma parte de seu cabelo caiu, Cariele vinha tentando se acalmar e deixar de lado o terrível pensamento de que poderia perder a aparência que ganhara naquele ritual. De que tudo o que ela havia planejado poderia ir por água abaixo.

De alguma forma ela tinha conseguido segurar as pontas. Até que aqueles *infelizes* a provocaram dizendo que ela era uma *farsa*. Então, subitamente, ela não conseguia mais se controlar. Ela não *queria* mais se controlar. Tudo o que queria era colocar toda aquela raiva e frustração para fora. Queria acabar logo com tudo aquilo.

E só agora percebia que tinha revelado demais.

Não consigo mais suportar a ideia de ficar com ninguém além de você.

Sim, ela tinha dito aquilo, com todas as letras. E ele agora estava dizendo que se sentia da mesma forma em relação a ela.

Sem conseguir se controlar, ela levantou a cabeça e soltou uma risada histérica.

Daimar voltou a ficar sério ao vê-la continuar rindo, enquanto lágrimas escorriam dos olhos dela. E mais ainda ao vê-la levantar as mãos para cobrir os olhos enquanto continuava soltando aquele riso forçado. Então ele se adiantou para segurá-la, quando o corpo dela começou a tremer e as pernas pareceram não ser mais capazes de sustentar seu peso.

Ajoelhado diante dela, ele a segurou firme contra o peito enquanto a risada se transformava num choro quase convulsivo.

Ele imaginou quanto peso uma pessoa forte como ela deveria estar carregando para chegar àquele estado emocional. Apertou-a um pouco mais ao concluir que nunca realmente a compreendera e, a bem da verdade, nunca fizera grandes esforços naquele sentido. Sim, ele correra atrás dela, tentando descobrir informações sobre sua vida, mas o tempo todo tivera uma ideia completamente errada dela e das motivações que a moviam.

Um longo tempo depois, quando ela parecia ter se acalmado um pouco, ele perguntou:

— É a doença do seu pai, não é?

Ainda com o rosto colado ao peito dele, ela perguntou, confusa:

— O quê?

— É por isso que você está estudando. Para isso queria tanto dinheiro. Para encontrar uma cura.

Era uma explicação tão simples, tão lógica, que ele ficou com vontade de chutar o próprio traseiro por nunca ter pensado naquela possibilidade antes.

Ela afastou-se, virando de lado e apoiando as mãos sobre o calçamento enquanto sentava-se no chão e estendia as pernas para frente. Depois de ele já ter descoberto tanto sobre ela, não faria muita diferença que soubesse o resto.

— Os sábios chamam de "mal do desacoplamento progressivo". É uma condição na qual seu corpo gradualmente vai perdendo a conexão com o espírito, então o fluxo de energia vital vai diminuindo cada vez mais até... parar.

Ele sentou-se no chão ao lado dela, contente por poder dar um alívio aos próprios joelhos.

— É isso que está acontecendo com você?

— Como assim?

— Isso aqui - disse ele, gentilmente tocando a pele branca da cabeça dela, uma espécie de ilha na linda cabeleira loira.

— Não. Isso aí é só o efeito do ritual que está desvanecendo.

— Então o que disse àquele pessoal é verdade.

— Sim.

— Mas como pode ter tanta certeza disso? Não pode ser, sei lá, algum outro tipo de doença?

Com um pouco de dificuldade, ela puxou uma das pernas da calça que usava até acima do joelho.

— Olhe aqui.

Ele viu que a pele da parte de trás do joelho dela estava escura, avermelhada e enrugada, como se tivesse sofrido uma feia queimadura.

— Mas o que foi isso?

— Minha perna inteira era assim. Essa pele aqui é minha verdadeira aparência. – Ela apontou para a falha no couro cabeludo. – E isso aqui também. O ritual me deu uma pele nova, mas aos poucos ela está caindo. Eu venho sentindo algum desconforto em várias partes do corpo há bastante tempo, mas nas últimas semanas... Bom, você está vendo.

— Você não tinha cabelos?

— Não. Também não tinha diversas outras coisas.

— Mas... Por quê? Qual é a causa disso?

— Um acidente que aconteceu há uns três anos.

— Que tipo de acidente?

— Do tipo que, quando ocorre dentro de uma base militar, nós somos proibidos de falar a respeito.

Aquilo não era totalmente verdade, mas ela sentia que voltaria a chorar se contasse *aquela* parte de sua vida para ele. Na verdade, ela não queria nem mesmo pensar sobre aquilo no momento.

— Entendo. Mas nesse caso, o Exército não deveria fazer algo a respeito.

— Eles fizeram. Colocaram todos os recursos que tinham na época à disposição do meu pai – ela puxou uma mecha de cabelo para frente e a observou enquanto deslizava os dedos por ela. - E este foi o resultado.

— Você não deveria voltar lá e ver se eles não encontram alguma forma de consertar isso? Sei lá, refazer o ritual ou algo assim?

— Não há mais o que fazer. Foi uma jogada arriscada desde o começo. Sabe por que modificação corporal é considerada um tabu? É porque você só pode fazer um ritual como esse uma vez na vida, e raramente funciona. No meu caso, eu tive muita sorte de ter mantido essa aparência por tanto tempo.

Ele olhou para ela de cenho franzido.

— Quem mais sabe disso tudo?

Ela suspirou.

— Eu, meu pai, Hadara, que é a minha curandeira, e alguns oficiais da primeira divisão do Exército. E agora você.

— Nem mesmo Cristalin?

— Não. A menos que ela tenha desconfiado e pedido minha ficha.

— Que barra. Deve ser complicado segurar um fardo desses sozinha.

Ela apenas balançou a cabeça, incapaz de responder.

— E quanto a essa doença do seu pai? Por que você está se sacrificando tanto por isso? Não devia ser responsabilidade do Império procurar por uma cura? Não é para isso que cobram impostos?

Cariele soltou um resmungo de contrariedade, enquanto apoiava as mãos atrás de si e levantava a cabeça para olhar a cobertura natural acima deles, na qual dezenas de pássaros celebravam o fim de tarde pulando de galho em galho e cantando alegremente, indiferentes a qualquer coisa além de seus próprios instintos.

— Você sabe qual é a maior causa de mortalidade no Império?

— Aí você me pegou. Não me lembro de ter lido muita coisa sobre esse assunto.

— O parto. Milhares de mães e crianças morrem todo ano, praticamente um em cada 50 casos de gravidez resulta em luto. Agora imagine que você esteja comandando um país com muitos milhões de habitantes, no que você iria investir? Em combater algo que afeta um em a cada 50 pessoas ou em algo que ocorre com um a cada, sei lá, um milhão de pessoas? Até hoje houve apenas oito casos documentados de desacoplamento progressivo.

— Mesmo assim, isso não me parece muito justo.

— Pesquisa exige muito tempo e dinheiro. Meu pai descobriu que sofria do mal muito antes de eu nascer. Passou quase a metade da vida trabalhando nisso e gastou praticamente todo o dinheiro que tinha, sem nunca chegar a nenhuma conclusão prática.

— E você pretendia continuar o trabalho dele.

Ela suspirou e fechou os olhos.

— Essa era a ideia. Encontrar um cara muito rico e convencê-lo a investir uma pequena fortuna todo ano na minha pesquisa.

Ele franziu o cenho.

— E como pretendia convencer alguém a fazer isso?

Ela olhou para ele.

— Fazendo qualquer coisa que ele quisesse.

Então, para sua satisfação, ela o viu corar pela segunda vez desde que o conhecera.

— Hã... Isso é... Como eu poderia dizer... Você... realmente estava determinada a... *se vender* por isso?

Ela cruzou as mãos atrás da cabeça e se deitou na calçada.

— Para falar a verdade, não sou muito fã de pessoas ricas.

Ele olhou para ela levantando uma sobrancelha.

— E não adianta me olhar desse jeito – disse ela. – Desenvolvi essa antipatia muito antes de conhecer você.

Ele se deitou também, ao lado dela.

— Vários criminosos que eu prendi eram delinquentes filhos de famílias ricas – explicou ela. - Tendo dinheiro suficiente, você sempre encontra algum jeito de fugir da força ou da masmorra. Alguns casos em que eu trabalhei foram bem... frustrantes. Quando vim para cá descobri logo que existe muita criminalidade aqui, então tive a ideia de encontrar alguém de quem eu pudesse... me aproveitar, sem sentir remorsos.

Ele sorriu.

— Devo considerar então que, por causa disso, você não me considerava adequado?

Ela sorriu também.

— Não fique muito convencido. – Ela fez uma pausa e soltou um suspiro. – No fundo eu acho que tentei provocar você de propósito naquele primeiro encontro. Queria entender você, ver sua reação. Fiquei um pouco surpresa por você nunca agir como um mau caráter.

— Ainda não consigo acreditar que você pretendia se unir a alguém assim.

— Eu tinha pouco tempo. E, em minha defesa, devo dizer que não tinha a menor intenção de me tornar escrava de alguém ou coisa do tipo.

— Eu ainda não entendo como alguém tão inteligente pôde pensar num plano tão idiota.

Ela riu. Não se lembrava da última vez em que se sentira tão leve antes.

— Talvez eu não seja tão inteligente assim.

— Você pretende continuar a pesquisa de seu pai? Mesmo depois que... Quero dizer...

Mesmo depois que a doença dele atingiu o estágio terminal, era o que ele pretendia dizer, mas como se pergunta algo assim sem parecer um babaca insensível?

Ela suspirou de novo, entendendo perfeitamente o que ele quis dizer.

— Sim, eu pretendo continuar. Por mais que me doa dizer isso, agora é tarde demais para fazer algo por meu pai. Mas mesmo assim eu quero uma resposta. Quero saber o que é essa doença e como curá-la. Quero fazer algo que possa ajudar a vida de alguém.

— E pretende encarar essa empreitada sozinha?

— Não, claro que não. Meu pai fez muitos amigos ao longo da vida. Diversos deles estão dispostos a trabalhar comigo, desde que não precisem sacrificar o bem-estar de suas famílias no processo. Quando eu disse a eles que estava procurando um patrocínio, eles se animaram e me pediram para chamá-los assim que conseguisse.

— E o que você faria se eu decidisse patrocinar você?

Ela ficou séria e sentou-se, lançando um olhar cauteloso para ele.

— E por que faria isso?

— Malena me disse que você estava machucada. Tem certeza de que deveria estar se deitando e levantando desse jeito? Não vai piorar suas costelas?

— Minhas costelas estão ótimas, obrigada. Estão muito bem protegidas por uma faixa especial cheia do unguento mais fedorento que Hadara conseguiu encontrar. Com seu nariz, nem sei como você aguenta ficar por perto.

— Mesmo? – Como que para confirmar, ele levantou o nariz e fechou os olhos enquanto farejava o ar. – Não sinto nada de diferente. Para mim, você continua com o mesmo cheiro agradável de sempre.

De repente, Cariele começou a sentir um perfume suavemente adocicado, profundo, envolvente e estranhamente familiar. Ela olhou para os lados, para cima e para baixo, mas não conseguiu identificar de onde vinha. Parecia estar em toda a parte.

Ele abriu os olhos e voltou a encará-la.

— Mas, voltando ao assunto, meu pai me deixou responsável pelos bens da família, então eu tenho dinheiro. Você não deveria tentar... me convencer a te ajudar?

Ela olhou para ele, esquecendo-se momentaneamente do perfume.

— Eu não vou me aproveitar de você dessa forma.

— E por quê?

— Porque você está envolvido comigo. Isso não é justo.

Ele se sentou também.

— Mas esse é justamente o ponto. O que é importante para você, é importante para mim também.

— Você não sabe o que está falando. Sabe o quanto custa uma pesquisa como essa?

— Não. Por que não me diz?

— Se contar com a equipe completa que estou querendo, estamos falando de cerca de um milhão de moedas de ouro.

Ele riu, zombeteiro.

— Só isso?

— *Por ano.*

— Oh. – Ele ficou sério imediatamente. – *Isso* já é um problema. Durante quantos anos?

— Meu pai trabalhou por quase trinta.

— Mas não tinha um orçamento como esse.

— Não, mas já sabemos que não é uma pesquisa simples. Não há como estimar quanto tempo isso levaria.

— Você estava *mesmo* disposta a levar um delinquente à falência, hein?

— Isso seria um bônus. Mas você não é um delinquente.

Ele teve uma súbita inspiração.

— E que tal o meu projeto? Se eu investisse um pouco e focasse em criar algo que pudesse vender, daria para conseguir um montante razoável.

— Mas não o suficiente.

— Não, mas daria para investir nos outros negócios, abrir mais lojas, expandir as coisas. Poderíamos ser capazes de manter esse orçamento de pesquisa que você quer em menos de um ano.

Ela o encarou, séria.

— Isso é mesmo possível? Sem vender nada e sem tirar o emprego de ninguém?

Ele sorriu.

— Oh? *Agora* você se preocupa com isso? Não pensou que, se acabasse com a fortuna de algum infeliz, isso também poderia acontecer?

A bem da verdade, Cariele nunca tinha parado para pensar seriamente naquele plano maluco. Ela simplesmente não tinha conseguido imaginar outra alternativa e estava transtornada com a piora progressiva do quadro de seu pai e ansiosa para fazer alguma coisa, *qualquer coisa*.

— Está bem, eu posso não ter pensado em alguns detalhes...

— Em *muitos* detalhes, eu diria.

— Mas você não me respondeu. Aquilo que disse é possível?

— Você viu o projeto, não viu? Você mesma disse que era "genial". Eu conheço o potencial dos negócios da minha família. Com o investimento certo, posso aumentar em muito os nossos lucros.

— Eu posso terminar meu curso em seis meses, talvez menos. Tudo depende de...

— Conseguir os créditos da classe especial – disse ele, levantando-se e estendendo a mão para ela.

Sem nem mesmo pensar, ela aceitou a ajuda dele, o que o deixou bastante satisfeito.

— Você também ainda não me respondeu – afirmou ele, continuando a segurar a mão dela. – O que você faria se eu decidisse patrocinar você?

Ela olhou no fundo dos olhos dele e sentiu-se derreter.

— Eu prometi a mim mesma que faria qualquer coisa que meu benfeitor quisesse. E quantas vezes ele quisesse.

— Uau! E quem pode resistir a uma proposta dessas?

Ele a puxou para si e ela passou os braços pelo pescoço dele. Continuaram se fitando por um longo tempo, um tanto indecisos, lembrando-se do que acontecera antes.

Daimar, então, segurou o queixo dela e gentilmente virou-lhe o rosto de lado, encostando os lábios em sua bochecha. A sensação estranha ocorreu novamente, obrigando-o a se afastar, sobressaltado.

Ao mesmo tempo, ela o soltou e franziu o cenho enquanto levava a mão aos próprios lábios.

Ele riu, sem graça.

— Que tal acrescentarmos um orçamento extra para pesquisar o que raios tem de errado comigo?

— Não é só você. Eu senti isso também. Na boca e não no rosto. Foi como se eu tivesse tocado os lábios em algo esquisito... vazio, sem vida.

— Hã... Certo – disse ele. - Esse negócio está ficando cada vez mais estranho. – Ele soltou um suspiro exagerado e deu uma olhada nos arredores antes de voltar a olhar para ela. - Sou só eu que estou achando isso *extremamente* frustrante?

— Não, não é só você – respondeu ela, com um sorriso.

Frustrada, mas de certa forma contente com o fato de ele também estar, ela inspirou fundo e voltou a sentir o mesmo perfume de antes. Na verdade, ela o estivera sentindo o tempo todo, mas parecia uma sensação tão familiar, tão normal, que era quase como se estivesse com ela havia anos e só a percebesse quando se concentrava nela.

— Vamos para a biblioteca – sugeriu ela.

Novamente, a noite passou rápido. Quando deram por si, a bibliotecária já estava vindo para mandá-los ir embora, que era hora de fechar. A quantidade de anotações que eles tinham acumulado era tão grande que foram obrigados a guardá-las nos armários da biblioteca, já que não tinham como levar tudo aquilo, principalmente por causa da chuva que ameaçava cair a qualquer momento.

— Semana que vem temos muitos lugares para visitar – disse Daimar, enquanto andavam apressados pelo calçamento de pedras. - Se fecharmos essas pontas soltas, acho que o trabalho já está praticamente pronto.

— Isso rendeu bem mais do que eu esperava – respondeu Cariele. - Você é muito bom nessas coisas.

— Não teria nem conseguido nem sair do lugar se você não estivesse ajudando. Um projeto como esse precisa muito mais de cérebro e instinto do que de organização.

— Se está me elogiando para tentar se dar bem comigo sinto informar que está perdendo seu tempo – disse ela, sorrindo.

— E quanto a você? Conseguiu descobrir alguma coisa sobre o... mistério do beijo?

— Mais ou menos. Descobri que, na verdade, são dois problemas. Um de cada um de nós.

— É mesmo? E qual é o seu?

— Não sei ainda, estou trabalhando nisso.

— Isso quer dizer que você pesquisou o meu primeiro?

— Não exatamente.

Nesse momento, a chuva começou a cair, forçando-os a correr. Mas, infelizmente, não conseguiram chegar ao alojamento antes de ficarem completamente ensopados.

Cansados e rindo, os dois entraram pela porta principal e toparam com Janica e Britano, que os aguardavam no hall de entrada.

— Que alívio – disse Janica, entregando toalhas a eles. – Por um momento pensei que iam ficar aguardando a chuva passar em algum lugar. Se eu tivesse que sair nesse toró atrás de vocês eu ia ficar bastante irritada.

— Vocês normalmente ficam *atrás* de nós – disse Daimar, enxugando os cabelos. – Como é que chegaram aqui antes?

— Estávamos observando do telhado do alojamento – respondeu Britano. – Vimos quando saíram da biblioteca e descemos aqui quando começou a chover.

— Não sei direito o que pensar de vocês – declarou Cariele. – Estavam lá em cima para nos vigiar ou para ficarem os dois sozinhos curtindo a companhia um do outro?

— Britano fez um chá quente – disse Janica, ignorando Cariele completamente. – Vão trocar as roupas, depois venham para a cozinha. Melhor se aquecerem para não pegar um resfriado.

Após uma rápida troca de roupas, eles se encontraram no refeitório, onde se sentaram ao redor de uma mesa, segurando canecas fumegantes enquanto o forte vento soprava lá fora.

Em horas como aquela valia a pena fazer parte de uma fraternidade com orçamento tão generoso, pensou Cariele, bebericando seu chá. Aquele tipo de bebida era perfeito para esse tipo de situação, mas estava bem longe de ser um produto que pudesse ser considerado "popular".

— Nós presenciamos o que aconteceu hoje à tarde – Britano disse a ela. – Se quiser registrar uma reclamação formal contra aquele bando, podemos testemunhar a seu favor.

— É – concordou Janica. – Aquilo foi totalmente gratuito e sua reação foi exemplar. Ah! E sinto muito pelo seu... segredo – ela apontou para a cabeça descoberta de Cariele. – Depois de você ter mostrado isso para eles daquele jeito, acho que todo mundo já deve estar sabendo.

— Imaginei mesmo, quando a bibliotecária não pareceu nem um pouco surpresa ao me ver assim. De qualquer forma, não quero reclamar de ninguém. Quero só terminar esse curso o mais rápido possível.

Janica olhou para a cabeça dela mais uma vez.

— Não vai mais voltar a usar lenços?

Cariele balançou a cabeça.

— Isso não importa mais.

— Obrigado por ficarem aqui nos esperando – disse Daimar. – Isso foi bastante gentil da parte de vocês.

— Cuidar do bem-estar dos estudantes é nosso trabalho – respondeu Britano.

Enquanto eles falavam, Cariele percebeu que aquela era uma ótima ocasião para testar uma teoria. Com cuidado para ninguém perceber, tirou um simulacro do bolso e o apertou com força por baixo da mesa.

— Sabia que você ia falar algo assim – Daimar disse a Britano, rindo. – Mas de qualquer forma, nós... Aaaaaaaau!!

Os monitores se sobressaltaram ao verem Daimar e Cariele saltarem do lugar de repente. Ela logo voltou a se acomodar, mas ele se levantou de forma apressada, fazendo a cadeira cair para trás.

— O que foi? – Janica olhou de um para o outro, preocupada.

— Tem alguma coisa na minha cadeira – disse Daimar, tocando com cuidado no assento do móvel caído e recolhendo imediatamente o dedo. – Está fervendo. – Ele olhou para os outros três, franzindo o cenho. – Algum de vocês está querendo me pregar uma peça ou algo assim?

Janica olhou para Cariele.

— Tem algo errado na sua também?

— Não. Acho que eu só reagi ao susto dele, mesmo.

Britano levantou-se e examinou a cadeira caída.

— Foi um *trote* – concluiu ele, referindo-se a um tipo de encantamento bem simples e geralmente sem grandes consequências que jovens e adolescentes costumavam fazer para sacanearem uns aos outros. – Já está esfriando. Não há nenhum dano estrutural.

— Só o suficiente para queimar meu traseiro – reclamou Daimar, contrariado.

Britano levantou a cadeira e a colocou de lado antes de olhar para os outros, pensativo.

— Alguma brincadeira que não deu certo, talvez?

— Se foi isso, pode ter certeza de que eu vou descobrir quem foi o engraçadinho – declarou Daimar, pegando outra cadeira de uma mesa ao lado e a estudando com cuidado, antes trazê-la para o lugar onde estava sentado antes. – Ainda bem que eu não estava segurando minha xícara, senão teria espalhado chá para todo lado.

— Tome cuidado – disse Janica. – Podem ter mais "armadilhas" por aí.

— Vamos ver – falou Cariele, colocando o simulacro sobre a mesa e encostando o dedo indicador sobre ele. Logo, uma tênue luz esverdeada se espalhou pelo ambiente todo, mudando para um tom amarelado apenas ao redor da cadeira onde Daimar estivera sentado antes. – Não – concluiu ela, desencostando o dedo do artefato e fazendo com que a névoa verde se desvanecesse. – Parece que está tudo limpo.

— Aparentemente, você teve azar, barão – declarou Janica.

— Ou nós que tivemos sorte – retrucou Cariele, sorrindo.

— Por acaso, não tem limites para o que você consegue fazer com essas coisas? – Daimar apontou para o simulacro.

— Não é nada de especial. Muita gente consegue fazer detecção de energia naturalmente, sem nem mesmo precisar disso – respondeu ela. – É tudo uma questão de conhecimento e prática.

Britano olhou para Janica.

— Está tarde. Acho que é hora de ir para cama.

— Sim – concordou a monitora, antes de se virar para Daimar. – Se precisarem de alguma coisa, sabem onde nos encontrar.

Daimar e Cariele despediram-se deles e depois ficaram olhando um para o outro sem dizer nada, enquanto os monitores sumiam de vista. Aquela troca de olhares durou tanto tempo que, no fim, ambos acabaram caindo na risada.

— Parecemos dois bobos – disse ele, sentando-se.

— E daí?

— Nada. Foi só uma constatação. Parecemos um casal de heróis de um livro de comédia romântica.

— Não duvido. A propósito, você gosta muito de ler, não? Como consegue encontrar o que procura com tanta facilidade naquelas prateleiras todas?

— Prática. O sistema de organização é similar em quase qualquer lugar.

— E como um delinquente mimado conseguiu adquirir tanta prática?

Ele olhou para ela por um momento.

— Não conta para ninguém?

Ela assentiu. Ele reclinou-se na cadeira e soltou um suspiro.

— Quando eu tinha doze anos eu roubei um livro.

Ela levantou uma sobrancelha, zombeteira.

— É mesmo? Não tinha dinheiro para comprar?

— Na casa diante da nossa morava uma senhora que todo santo dia ia para a varanda e passava horas sentada numa cadeira de balanço, lendo. Naquela época, eu ficava a maior parte do tempo fechado dentro de casa. Meu pai quase não me deixava sair. Contratava tutores para eu não precisar ir até a academia infantil. Eu vivia entediado, irritado com todo mundo. E de vez em quando eu dava um jeito de fugir. Sabe como é: explorar a cidade, andar na praia...

— Se meter em brigas... – sugeriu ela.

— Isso mesmo. Eu aprendi muitas coisas que meu pai não aprovava. Me juntei a um pequeno grupo de adolescentes ricos tão entediados quanto eu. A gente entrava em casas, lojas, templos, o que encontrasse pela frente, apenas por diversão. Depois que a brincadeira cansava, a gente voltava para casa. Quando eu era pego sempre tinha um castigo, e ele ia piorando após cada escapulida. Mas sabe como as crianças são. Eu não conseguia resistir. Então, um dia, eu estava trancado no quarto de castigo e vi a vizinha lendo aquele raio daquele livro. E fiquei imaginando que droga poderia estar escrito ali de tão interessante. Um tempo depois eu consegui escapar de novo e invadi a casa dela, achei o livro sobre uma mesa e levei ele embora comigo. Consegui entrar em casa escondido, sem ninguém perceber, o que não era muito difícil depois de eu ter feito isso tantas vezes antes, e levei o livro para o meu quarto.

— E aí você leu o livro e ele mudou sua vida – disse ela, irônica.

Ele riu.

— Não. Quero dizer, não imediatamente. Era um livro de poesia. Não do tipo moderno de poesia, mas, sim, uma história contada em rimas. Eu nunca tinha visto nada parecido com aquilo antes e me lembro de ter rido muito. Achava muito divertidas aquelas rimas bobas, então, comecei a ler aquilo escondido, quando estava sozinho no quarto. Devo ter lido e relido tudo umas dez vezes, até as folhas começarem a se soltar. Lembro que nos mudamos para outra casa e eu levei o livro comigo. Depois de alguns anos, eu acabei me esquecendo dele. Nessa época, eu estava bem mais... experiente. Vendo que não adiantava tentar me manter preso em casa, meu pai tinha me colocado na academia. E, bem, por lá eu andava por onde desse na telha. Entrava onde não podia, invadia as salas dos instrutores, levava meninas comigo lá para dentro, mexia nas coisas, conseguia as listas de questões dos exames, abria os armários dos outros estudantes, enfim: fazia o que queria.

— E sua vida era uma droga.

— Exato. Eu... Ei!

Ela riu.

— O que foi? Era o que você ia dizer, não era?

— Sim, mas é bem mais vergonhoso quando *você* diz isso.

— Como sabe? Nunca disse isso para ninguém, disse?

— Está usando seus poderes em mim, é? Como sabe o que eu disse, fiz ou deixei de fazer?

Ela parecia estar se divertindo muito com aquilo.

— Não ligue para mim – disse ela. – Pode continuar.

Sem entender direito qual era a dela, ele pegou o bule e serviu um pouco mais de chá a ambos enquanto retomava o relato.

— Um dia, muito entediado, comecei a revirar minhas coisas e encontrei o livro. Levado pela nostalgia, me sentei no chão e comecei a ler. Mas dessa vez foi diferente. Acho que *eu* estava diferente, afinal, agora eu tinha 15 anos em vez de 12. O que eu li dessa vez não era um amontoado de rimas com palavras engraçadas. Quero dizer, as palavras e as rimas eram as mesmas, mas o que eu realmente vi naquelas páginas dessa vez era a história de um homem que havia perdido tudo e que trabalhou muito, mas muito duro, para recuperar sua fortuna e seu prestígio na sociedade. Vi os enormes sacrifícios que ele fez e todas as provações pelas quais passou. O amor que perdeu e o novo que encontrou. O que sentiu quando segurou seu filho nos braços pela primeira vez. Era uma história de luta e superação. Quando terminei de ler o livro, eu estava sentindo inveja do protagonista. Estava desejando aquela nova vida que ele tinha trabalhado tão duro para conquistar. Então, subitamente, eu percebi que eu *já tinha* aquela vida. Quero dizer, não a esposa, filhos e tal. Mas tinha todo o resto.

— E quando que *aquelas duas* entram nessa história?

— Quem? – perguntou ele, confuso. Então, lembrou-se e riu. – Ah, Brigite e Gerda? Eu ia chegar lá.

— Tenho certeza de que ia – disse ela, em tom irônico.

— Você fica uma graça quando está com ciúmes.

— Vai, prossiga!

— Depois daquilo, um dia eu resolvi ir à biblioteca. Queria ver se encontrava algum outro livro como aquele. No fim, não achei nada nem sequer parecido, mas me dei conta de que existiam milhares de outros livros com histórias de pessoas, de povos, de lugares, do que você imaginasse. Comecei a ler sobre um monte de coisas diferentes e descobri que gostava daquilo. Não era como as lições dos instrutores, que nos forçavam a procurar alguma coisa naqueles livros chatos que eles levavam na sala. Era algo real, palpável, histórias que aconteceram de verdade. Acabei lendo sobre a linha de negócios do meu pai. Fiquei tão empolgado com aquilo que acabei invadindo o gabinete dele. Li tudo o que pude encontrar lá: cartas, detalhes de projetos em andamento, livros de contabilidade, puxa, tinha tanta coisa lá. Então, um dia, meu pai me pegou lá dentro.

— Isso não deve ter sido agradável.

— Na verdade, foi. Ele me viu ali, no meio de toda aquela papelada, e me disse que aquilo ali era tudo meu, era a minha herança. E que minha mãe ficaria muito orgulhosa ao me ver me interessando pelos negócios. – Ele soltou um suspiro antes de continuar. – Bom, o resto é o resto. Passei a me envolver com os negócios da família e comecei a me esforçar de verdade nos estudos. Como consequência, acabei fazendo novos amigos, incluindo Brigite e Gerda, que, por coincidência, moravam cada uma de um lado da nossa casa. Elas sempre tiveram dificuldade com disciplinas como História e Línguas, então eu acabei criando o hábito de ajudá-las sempre que pudesse.

— Sei.

— É sério - ele riu de novo. – Então, um dia, tive que me despedir de todo mundo, porque estávamos nos mudando para Lassam. Logo que eu entrei aqui pela primeira vez, eu vi Falcão e Egil pregando uma peça de mau gosto em um calouro. Me pareceu que tinha algo errado. Sabe quando você tem aquela impressão de que as pessoas estão fora de seu ambiente? Que algo não combina? Então eu conheci a fraternidade Alvorada e percebi duas coisas: que a maioria eram delinquentes piores do que eu e que boa parte deles parecia fazer aquilo não por maldade, mas por...

— Falta de um apoio, uma fundação.

— Isso mesmo. Eu entrei para a fraternidade num impulso, porque eu acho que me identifiquei com eles. Eu os entendia, sabia por que muitos deles agiam daquele jeito.

— E então você decidiu se tornar o alicerce deles.

— Você falando assim, parece meio idiota.

Ela apenas levantou uma sobrancelha, irônica.

— Tem razão, tem razão – admitiu ele, depois de pensar um pouco. – Eu também sempre achei uma ideia idiota. Mas não pude evitar. No fim, descobri que eu tinha razão sobre muitos deles. Quando o barão anterior foi embora, eu era o que mais entendia de organização e administração de recursos. Como muitos consideravam aquilo um saco, ficaram felizes quando aceitei assumir o cargo.

— Você fez um excelente trabalho aqui. Os verdadeiros delinquentes saíram e os que ficaram se inspiraram em você e melhoraram muito. Falcão e Egil, por exemplo, são ótimas pessoas.

Ele franziu o cenho.

— Você já andou arrastando sua asinha para o lado do Falcão.

Ela sorriu.

— Não. Eu estava cortejando o dinheiro de um delinquente. Aí percebi...

— Que ele não tinha dinheiro e não era um delinquente?

— Sim, mas não necessariamente nessa ordem.

Ele franziu o cenho.

— Decidiu *não* sair com o cara porque descobriu que ele é gente boa?

— Mais ou menos.

Ele riu.

— Você é inacreditável.

— A propósito, que fim levou o tal livro que você roubou da vizinha?

— Está no meu armário, em casa. Eu tentei devolver alguns anos atrás, mas ela não quis aceitar de volta. Disse que meu pai havia comprado alguns livros novos para ela logo que ficou sabendo que o dela tinha desaparecido. Me falou que aquela obra seria muito mais útil nas minhas mãos do que nas dela.

— Então seu pai saía por aí consertado as besteiras que você fazia?

Ele suspirou.

— É. Mas, mudando de assunto, e quanto ao caso do... – ele apontou para os próprios lábios. – Você me disse que tinha um problema comigo.

— Não é exatamente um problema. É só um... fato interessante.

— Seu objetivo é me deixar curioso? Se for isso, está conseguindo.

Ela sorriu, misteriosa.

— Você é inteligente. Mais cedo ou mais tarde vai se dar conta sozinho.

— Então você tem um problema e eu tenho um "fato interessante", é isso?

— Aparentemente, sim. – Ela estendeu uma das mãos na direção dele, com a palma para baixo. – Aqui, tente encostar sua boca na minha mão.

Ele pegou a mão dela e acariciou-a por alguns instantes, o que fez com que ela segurasse o fôlego involuntariamente. Satisfeito com a reação dela, ele se inclinou para frente até tocar a pele dela com os lábios. Era como beijar uma parede ou um pedaço de metal. Ele se endireitou e olhou para ela, contrariado.

— É como se tivesse uma barreira que me impedisse de sentir o calor de sua pele – disse ele. – Mas parece que quando encosto a boca no seu rosto ou nos seus lábios a sensação é bem pior. – Ele se curvou sobre a mesa e envolveu o rosto dela com as mãos. – O curioso é que eu consigo sentir você numa boa, assim.

Ele acariciou-lhe os lábios com o polegar e ela fechou os olhos por um momento.

— Minha teoria é que seus sentidos aguçados estão detectando algo de errado comigo – disse ela, voltando a fitar aqueles lindos olhos castanhos. – Não tenho muita certeza ainda do que possa ser a causa, mas vou descobrir. – Com relutância, ela se afastou dele e se levantou. – Já passou da hora de eu me recolher.

— Já? – Ele parecia desapontado.

— Sim, conversamos amanhã.

— Ei! – Ele a segurou pelo braço. – Não tem nada de "errado" com você.

— Como não? Por acaso você ia querer uma namorada que nunca pudesse tocar?

— Se a namorada fosse você, isso não seria tão ruim. Esses últimos dias foram fantásticos.

— Besteira. Boa parte disso é expectativa, vontade de ir para o próximo estágio.

— Eu não sou assim! Você não pode me acusar disso!

— Você, eu não sei, mas *eu* sou assim. Boa noite!

Aquela declaração calou fundo dentro dele, mostrando, de forma inequívoca, que, na verdade, ele também desejava muito aquilo.

— Boa noite – resmungou ele, incapaz de falar qualquer outra coisa.

Ela caminhou até a porta antes de olhar para ele por sobre o ombro.

— A propósito, me desculpe pela cadeira.

Ele franziu o cenho.

— Então foi você?! Mas por quê?

— Para ver sua reação – respondeu ela, com expressão zombeteira, antes de sair.

Cristalin Oglave entrou na velha construção abandonada e suspirou. Já sabia que aquilo seria difícil, mas não imaginava que seu problema pudesse despertar a atenção *daquelas* pessoas.

Seu capitão e o major, superior direto dele, estavam em pé perto da porta e a saudaram com uma continência. Enquanto retribuía a saudação, ela lançou um olhar furtivo para outras nove pessoas que estavam sentadas ao redor da grande mesa. Um deles era o aspirante Alvor Sigournei, que parecia ter algum tipo de interesse em Cariele. Ao lado dele estava Edizar Olger, que havia participado da incursão ao mundo das pedras junto com ela e Delinger. Não conhecia a maior parte dos outros, mas a julgar pelas vestimentas e pela forma de se portarem, ela não duvidava que fossem todos das Tropas Especiais.

No entanto, quem mais a impressionava naquela sala era o sábio que estava sentado na cabeceira da mesa. Ele a fitava com aqueles olhos verdes penetrantes como se pudesse ler a sua alma. E, sabendo muito bem de quem se tratava, ela não duvidava de que ele pudesse mesmo. Era um homem na casa dos 50, com cabelos curtos começando a ficar grisalhos e que tinha uma expressão serena, mas ao mesmo tempo parecia estar muito atento a tudo o que acontecia a seu redor. Usava trajes discretos, mas de boa qualidade.

Ela havia estranhado quando o capitão a convocara para uma reunião nesse lugar, mas a presença daquele homem era uma boa explicação para isso. Quando uma pessoa era famosa por resolver problemas, sua mera presença podia ser vista como mau agouro pela população. Então fazia sentido ele querer se manter oculto.

O capitão olhou para ela.

— Tenente, esses senhores e senhoras vieram para reforçar nossas fileiras temporariamente a fim de resolver essa crise.

Todos se levantaram e a saudaram, respeitosamente.

— Acredito que já conhece alguns deles. Quanto aos demais, teremos tempo para apresentações mais tarde. – O capitão virou-se para o sábio. – Imagino que queira continuar a partir daqui, senhor.

— Obrigado, capitão – disse o homem, olhando para Cristalin. – A julgar por sua expressão, imagino que saiba quem eu sou, tenente.

— Sim, senhor.

— Ótimo, isso vai facilitar as coisas. Vamos nos sentar. – Ele apontou para as cadeiras vagas e aguardou que todos se acomodassem. – Inicialmente, quero deixar bem claro que todos os oficiais aqui presentes são de inteira confiança. Pode se expressar livremente aqui, tenente.

— Sim, senhor.

— Então, queremos ouvir o seu relato. Por favor, nos diga como essa situação começou e o que, exatamente, iremos enfrentar.

Tentando ser o mais objetiva possível, Cristalin narrou fatos ocorridos desde que pusera os olhos em Delinger Gretel pela primeira vez, tantos anos atrás; a causa de ele ter ido embora de Lassam e o motivo de ter retornado, bem como tudo o que ele realizara, com a ajuda dela, nas últimas semanas. Terminou o relato com a promessa velada do último ancião, de fazer com que a humanidade extinguisse a si própria.

O major encarou Cristalin.

— Tenente, qual é a razão do senhor Gretel, se é que podemos chamá-lo assim, não estar presente e sob custódia?

— Eu não tenho nenhuma acusação contra ele, senhor.

O sábio levantou uma das mãos, falando com serenidade:

— Mil perdões, major, mas eu gostaria da sua permissão para fazer indagações à nossa convidada sobre esse assunto, se não se importar.

Aquele homem tinha autoridade mais do que suficiente para simplesmente ordenar que o major calasse a boca. E, pelo que Cristalin sabia, tinha poder suficiente para acabar não só com o major, mas com todos que estavam dentro daquela sala de uma vez só, se quisesse. Por isso, ela achou incrível que falasse de forma tão educada. Não havia o menor traço de ironia ou ameaça nas palavras dele.

— Claro, senhor – respondeu o major, engolindo em seco.

— Obrigado. Tenente, poderia nos dizer o paradeiro do senhor Gretel?

— Não, senhor.

— Mas a senhora sabe onde ele está – O tom foi de afirmação. Não era uma pergunta.

— Sim, senhor.

As pessoas ao redor da mesa se entreolharam, incrédulas.

— E por qual razão a senhora prefere esconder o paradeiro dele de nós?

— Para ganhar a confiança dele e impedir que aja sozinho na cidade sem nenhuma supervisão, eu fiz uma promessa. Não posso trair essa confiança.

— Pelo que eu entendi, tenente, todos os indivíduos da raça dele, sem exceção, sofrem com essa doença, ou *maldição*, como disse que alguns deles a chamam. Isso está correto?

— Sim, senhor.

— E como podemos saber se o próprio senhor Gretel não irá se descontrolar e se voltar contra nós?

Ela suspirou.

— Ele prefere morrer a permitir que qualquer inocente seja ferido.

— Você parece muito convicta disso.

— Perdão, gostaria de corrigir minha última afirmação. A verdade é que ele *vai* morrer antes de ferir qualquer inocente.

Aquilo causou uma onda de murmúrios entre os presentes.

O major voltou a falar, aparentando irritação.

— Tenente, está ciente de que pode estar colocando sua patente e sua carreira em risco ao ocultar o paradeiro dessa... *criatura* de nós?

— Sim, senhor. Com todo respeito, senhor, minha patente e minha carreira não são minhas maiores preocupações no momento. O que eu quero é salvar vidas inocentes, por isso eu reportei esses fatos ao capitão, e é por isso que eu estou aqui.

— Cuidado, tenente – avisou o capitão. – Está caminhando sobre gelo fino.

— Não se dê ao trabalho, capitão – aconselhou o sábio. – Acredito que as prioridades da tenente ficaram bem claras. Ela parece determinada a cumprir sua promessa, mesmo que seja levada daqui direto à masmorra. Não é verdade, tenente?

— Sim, senhor.

Cristalin sabia muito bem que poderiam simplesmente coagi-la a falar com o *encanto da verdade*, mas, com os poderes de sua raça, Delinger ficaria sabendo imediatamente caso alguém fizesse aquilo a ela, graças à ligação que os dois agora tinham.

O sábio voltou a olhar para os oficiais.

— A propósito, major, essa *criatura*, como o senhor o chamou, de acordo com todas as informações que temos, agiu com mais humanidade do que muitos de nós. – Ele voltou a se virar para Cristalin. – Não somos seus inimigos, tenente. Todos aqui têm o mesmo objetivo que você. Eu gostaria muito de conversar pessoalmente com o senhor Gretel, se essa oportunidade vier a se concretizar no futuro. Mas, no momento, creio que podemos nos concentrar em assuntos mais urgentes.

Esse homem é um dos maiores heróis do Império e, realmente, sabe se portar como tal, pensou Cristalin. Por um momento ela refletiu nas decisões de Delinger, ponderando se uma delas, em especial, realmente era acertada.

O sábio olhou para ela com curiosidade.

— Tem algo mais a acrescentar, tenente?

Delinger pode saber o que é melhor para si próprio, mas não para os outros, concluiu ela.

— Sim, senhor. Delinger Gretel tem um filho. É um estudante da Academia de Lassam. Acho bastante provável que ele seja um dos alvos principais de nossos inimigos.

Capítulo 13:
Cerco

Os dias seguintes de Daimar e Cariele foram bastante movimentados. Fizeram enormes progressos no trabalho, ou melhor, na "aposta", conforme gostavam de se referir àquilo. Nos momentos vagos, ela o levou para conhecer os lugares favoritos dela nos jardins. Ele, por outro lado, começou a mostrar para ela diversos fatos interessantes em relação à arquitetura e decoração da academia, em especial, os efeitos visuais dos lustres que antes ela considerava "horrendos".

Ficou claro para ambos que as visões que tinham da instituição não faziam jus ao conjunto total das características do lugar. Daimar reconheceu que tinha uma visão muito acadêmica de tudo e Cariele percebeu que tendia a ver somente o lado prático, o que a impedia de apreciar muitas coisas. Quando compartilhavam suas impressões, a coisa toda parecia adquirir um valor muito maior, muito mais interessante.

Não demorou muito para se tornarem o casal mais famoso da academia. Os fofoqueiros de plantão se divertiam espalhando histórias sobre o "mais novo alvo da maior caçadora de fortunas de Lassam" ou sobre a "mais nova conquista do mais depravado delinquente da instituição". Ou, ainda, sobre os motivos de Daimar ser o único a apresentar algum interesse em Cariele, agora que o ritual de beleza dela estava perdendo o efeito.

Ambos descobriram que tinham um no outro seu maior aliado e, juntos, enfrentaram de cabeça erguida o descaso e o escárnio de boa parte das pessoas.

Caras novas entraram na fraternidade, outras saíram, e, no fim, Daimar percebeu que o clima ali dentro havia mudado completamente se comparado ao primeiro dia em que ele entrara naquele alojamento. Não apenas pelo fato de agora haver mulheres ali, mas havia se estabelecido uma atmosfera de disciplina e respeito que extrapolou muito as expectativas dele. E também ficava cada vez mais óbvio que todos ali dentro torciam para as coisas darem certo entre ele e Cariele. Considerando que existia animosidade em relação aos dois em quase todos os lugares dentro da instituição, a fraternidade acabou se tornando um refúgio seguro para os dois, um lugar onde podiam relaxar e agir normalmente sem se preocuparem se seriam julgados ou se teriam que se defender de ataques gratuitos.

E havia ainda, é claro, aquela ligação sobrenatural entre eles. Cariele explicou a ele sobre a "brincadeira" que fizera com a cadeira, em que ela estava tentando confirmar se ele transmitia os pensamentos ou emoções a outras pessoas além dela. E, desde então, os dois se divertiram fazendo "pegadinhas" um com o outro em momentos inusitados, o que só comprovou que aquele vínculo afetava mesmo apenas a eles.

Perceberam que as sensações, sentimentos e, às vezes, até mesmo os pensamentos de um podiam ser transmitidos ao outro. Se estivessem juntos, ela podia andar de olhos fechados pelo ambiente, de certa forma "acessando" os sentidos dele para se guiar. Também era interessante ver os sentimentos dela sendo transmitidos a ele quando ela se sentia particularmente nervosa, faminta ou entediada.

— Então você acha que essa ligação telepática é culpa minha?

— Não acho que isso seja "culpa" de ninguém – respondeu ela. – Mas acho que tem a ver com a forma como seus sentidos funcionam. Lembra do dia da batalha entre os dragões? Eu achava que você tinha espiado através do meu túnel de observação, mas por mais poderoso que você fosse, não seria matematicamente possível fazer isso a menos que eu te passasse algumas coordenadas. Basicamente, você estava lendo a minha mente.

— Mas por que isso só funciona às vezes e não o tempo todo?

— Normalmente, é assim que esse efeito funciona: começa fraco ou errático e vai se fortalecendo com o tempo.

— Isso quer dizer que vamos chegar a um ponto em que vou poder saber o que você está pensando a qualquer hora?

Ela sorriu.

— Talvez. Só tome cuidado que isso é uma lâmina de dois gumes.

Ela não entendia como podia se sentir tão tranquila em relação àquilo. Para alguém que passou tantos anos acostumada a contar apenas consigo mesma, a possibilidade de compartilhar seus mais profundos pensamentos com outra pessoa deveria ser algo desconfortável ou assustador, não deveria? Mas tudo o que ela sentia era o fortalecimento de seu relacionamento com ele, o que gerava um sentimento de pertencer, algo tão forte e fundamental, que não deixava espaço para dúvidas.

Em tão pouco tempo, seu amor tinha se tornado tão profundo, tão intenso e completo, que não conseguia mais imaginar sua vida sem ele. E graças àquela misteriosa e mágica ligação entre eles, ela podia perceber claramente a reciprocidade do sentimento.

Só havia o problema de não conseguirem se tocar. E aquilo estava se transformando em um verdadeiro martírio, pelo menos para ela. De alguma forma, a atração física que ele sentia era bem menos intensa, o que aumentava a suspeita de que os sentidos dele estavam detectando algum problema com ela. Infelizmente, ela não conseguiu progressos na investigação sobre esse assunto.

Ele se aproximou dela e a abraçou pela cintura, olhando-a com carinho.

— No outro dia você me disse que, antes do ritual, você não tinha "várias outras coisas" além dos cabelos. Sei que você não gosta de falar sobre isso, mas parece ser algo que a incomoda. Não quer dividir comigo?

Ela suspirou e olhou para aqueles olhos castanho-claros que pareciam capazes de enxergar sua alma. E agora, com aquela ligação entre eles, talvez fossem mesmo.

— Eu nunca vou poder ter filhos.

Ela conseguiu dizer aquilo de uma forma tão tranquila que surpreendeu muito a si mesma. Aquele fato era o que mais a tinha abalado depois de ter se recuperado dos efeitos da enorme explosão que havia dilacerado boa parte de seu corpo. Ela contou a ele sobre os meses de tratamento e regeneração, e de diversas outras sequelas, como a perda do uso de um braço, de uma perna, de um olho e de ambos os ouvidos.

A esperança de todos era que o ritual desse a ela uma nova chance de ter uma vida normal. Mas, apesar de seus membros, visão e audição terem sido plenamente recuperados, a modificação corporal não teve qualquer efeito sobre seu útero, que continuava irremediavelmente danificado.

— Eu não me importo com isso – foi a resposta dele.

Vendo a sinceridade no fundo daqueles olhos, a única coisa que ela conseguiu foi abraçá-lo apertado.

Naquele momento, ambos se lembraram de que os efeitos do ritual pareciam estar acabando e que não havia como prever o que aconteceria com ela dali para frente. A possibilidade de ela voltar a ficar incapacitada era aterrorizante demais e nenhum dos dois quis tocar no assunto.

Os tais segredos do passado de Daimar continuavam sendo um mistério para eles. O alquimista tinha simplesmente desaparecido. Apesar de ele fazer visitas diárias à Rua das Camélias, nunca conseguiu encontrar o homem. E como Delinger e Cristalin também não deram mais nenhuma notícia, tudo o que podiam fazer era esperar.

Em certo momento, Daimar decidiu abrir o tal envelope sigiloso que Delinger pedira para entregar ao alquimista, mas descobriu que não havia nada dentro. A teoria de Cariele é que a missiva tinha alguma proteção mística que se ativou quando o envelope foi aberto, mas não tinha como ter certeza.

Outro assunto que começou a ficar bastante popular entre os estudantes da academia era sobre o ataque dos monstros voadores. Aparentemente, o episódio estava se transformando em uma espécie de atração turística para Lassam. Muitas pessoas vinham conhecer a cidade onde "dragões lutavam nos céus", apesar de não ter aparecido mais nenhum monstro nas redondezas desde então.

Alguns iam embora desapontados, outros diziam que "sabiam o tempo todo que aquilo tudo não passava de uma grande farsa".

Bem que Cariele gostaria que tudo fosse uma farsa, assim, não existiriam diversas pessoas internadas no hospital devido a ferimentos sofridos durante o ataque, antes de o dragão dourado aparecer e atrair os demais para longe das ruas.

Apesar de o Exército ser enfático ao dizer que aquilo tinha sido um caso isolado e que não voltaria a ocorrer, Cariele não conseguia se livrar da impressão de que não tinha acabado. Não havia como evitar imaginar se não havia uma ligação direta com o problema no qual Cristalin e Delinger Gretel estavam trabalhando. Apesar de não conversarem sobre esse assunto, ela sabia que Daimar também já tinha feito essa associação. O comportamento da instrutora tinha sido muito suspeito naquela tarde, no terraço.

Pensar em Cristalin fazia com que Cariele lembrasse que não tinha mais um "emprego". A tenente realmente a tinha ajudado bastante naqueles dois anos, sempre encontrando uma ou outra missão para ela, mesmo quando havia contingente disponível. Duvidava que fosse encontrar algum outro tenente que simpatizasse com ela da mesma forma. Agora, com Daimar disposto a financiar sua pesquisa, ela não tinha mais necessidade de fazer aquele trabalho, mas lhe era desagradável a ideia de nunca mais prender criminosos. Aquilo tinha feito parte de sua vida por tanto tempo, que a perspectiva de nunca mais sair em missões lhe parecia tediosa e insossa, mesmo que conseguisse resolver os problemas de sua vida amorosa.

Suas costelas já tinham se curado e ela, graças à Fênix, não precisava mais usar aquele unguento de odor desagradável. Não se sentia, exatamente, pronta para outra experiência como aquela última missão, mas seu corpo tinha acumulado bastante energia e ela começava a se sentir ansiosa por um pouco de ação.

E foi nessa atmosfera de preocupações, dúvidas, ansiedade e excitação, que teve início a sequência de ocorrências que mudaria para sempre a vida dos dois.

◆ ◆ ◆

Querendo passar o máximo de tempo que pudesse com ela, Daimar se oferecera para ser o parceiro de treinamento de Cariele todas as manhãs.

Foi com certa surpresa que ela descobriu que ele era bastante competente em luta corpo a corpo, herança das muitas brigas em que andara se metendo na adolescência. A força física dele também era muito maior do que o normal para alguém do porte dele sem uso de encantos místicos. Ele podia ter muito menos técnica e experiência do que ela, mas a força e a malícia dele acrescentavam um nível de desafio bastante interessante ao embate.

O grande problema, no entanto, era aquela bendita ligação telepática, que volta e meia se manifestava, fazendo com que um soubesse o que o outro faria em seguida. Como resultado, a luta ficava frustrante, infrutífera e, às vezes, hilária.

Depois de várias tentativas frustradas de fazer um treinamento para valer, ambos acabaram deitados lado a lado sobre a areia, gargalhando.

— A culpa não é minha – disse ele. – É esse seu perfume, que fica me distraindo.

— Não duvido – respondeu ela, rindo. – Esse cheiro distrai até a mim.

— Não creio que *até isso* você consegue sentir também?

Exibindo sua incrível agilidade, ela fez um movimento com as pernas e se projetou para cima, caindo em pé.

— Parece que posso sentir qualquer coisa que você sente, desde que seja algo intenso. E essa sensação em particular é bem marcante.

Ele se forçou a se pôr em pé.

— Então você pode ter uma ideia pelo que passei nessas últimas semanas. Tive sérios problemas para dormir.

— Pobrezinho.

— Ei! Isso é golpe baixo.

Ela voltou a rir.

— Acho que já é hora de irmos – disse ele, olhando para o céu, que começava a ser iluminado pelos primeiros raios de sol. – Antes que nossos guarda-costas resolvam aparecer por aqui.

— Eles devem é estar se agarrando lá no telhado – disse ela, começando a recolher os cristais de luz contínua dos suportes nas estátuas.

— Com inveja?

— Bastante.

Ele sorriu, enquanto entregava a ela o cristal que tinha recolhido.

— Sabia que essas estátuas representam antigos deuses da guerra?

— Vai dizer que essas coisas feias também têm séculos de idade?

— Não. Mas acho que são reproduções de obras bem antigas. Andei lendo um pouco sobre elas depois que vim aqui naquela primeira vez.

Cariele sorriu enquanto ouvia a explicação dele. Ao passarem pelos diversos corredores até a saída do prédio, ele, como de costume, já a tinha feito pensar de forma completamente diferente naquelas estátuas e naquela arena de treinamento em si.

Não sei como ele consegue levantar tanta informação tão fácil, ou como consegue memorizar tudo desse jeito, pensou ela, enquanto abria o portão externo.

— Anos de prática – respondeu ele, saindo e olhando ao redor.

Ela estacou e olhou para ele.

— Eu disse aquilo em voz alta?

— Hã? Pensando bem, eu acho que não.

A telepatia entre eles parecia estar ficando mais forte. Às vezes, eles percebiam a linha de pensamento um do outro, mas nunca a ponto de um conseguir *literalmente* ouvir o que o outro estava pensando.

Tentando fazer um teste, ele olhou para ela brevemente e fechou os olhos, imaginando-se fazendo uma pergunta.

Pode me ouvir?

Ouvindo claramente os pensamentos dele, ela sorriu e virou-se para trancar o portão.

Sim. Nossa ligação está se fortalecendo mais rápido do que eu imaginava.

Para Daimar, aquilo era uma coisa fantástica e miraculosa, e ele estava ansioso para explorar todas as... possibilidades. Infelizmente, aquele não parecia ser o momento apropriado.

Você disse que tinha autorização para treinar neste lugar, certo?

Sim. Por quê?

Porque tem um grupo vindo para cá, com cara de poucos amigos.

Cariele virou-se na direção que ele apontava e viu dois homens e duas mulheres marchando na direção deles. Vestiam roupas civis, mas pela forma como se moviam ficava claro que eram soldados, ou, pelo menos, tinham treinamento militar. E estavam todos armados.

Continuando a conversa mental, Daimar perguntou:

Conhecidos seus?

Não que eu me lembre.

Os recém-chegados pararam a uns dez metros de distância.

— Você é Daimar Gretel?

Instintivamente, Cariele se posicionou na frente de Daimar.

— E se ele for?

O que parecia o líder apontou para os dois.

— Peguem eles!

Imediatamente, os outros sacaram suas espadas e avançaram.

Fique atrás de mim, pediu ela, silenciosamente, enquanto sacava o bastão de seu esconderijo, no bolso de fundo infinito. Como suas armas ainda não estavam prontas, ela tinha que se contentar com a que a mulher da ferraria tinha lhe emprestado.

Sentindo-se como se estivesse dentro da mente dela, Daimar pôde visualizar perfeitamente todas as etapas do movimento que ela fez a seguir. A forma como ela moveu os braços a fim de girar o bastão à sua frente algumas vezes, as estimativas de peso e velocidade dos alvos que ela fez antes de efetuar um cálculo quase instintivo, que levou a três números distintos que usou para direcionar os movimentos do corpo e para extrair energia do simulacro equipado na arma, para que ela pudesse manipular uma outra coisa, algo sem forma definida, que ficava dentro dela, mas que não fazia parte de seu corpo, sendo algo mais metafísico, mais espiritual. E, enfim, viu os movimentos do corpo e daquela força interior interagirem entre si, canalizando energia do ambiente ao redor, antes de finalmente liberá-la violentamente.

O processo todo teve tantas etapas, tantas nuances diferentes, que pareceu levar uma eternidade, mas, na verdade, tudo aquilo levou menos de um piscar de olhos.

Quando ela terminou o último giro do bastão, o encantamento gerou uma onda de choque energética que se propagou em formato de leque na frente dela, atingindo os três soldados mais próximos e jogando-os para trás, além de arruinar os canteiros de flores mais próximos e derrubar dois postes.

Então ela gritou para eles:

— Exijo uma explicação para isso!

A resposta do líder foi apontar uma besta para ela e disparar vários dardos na sequência, obrigando Cariele a segurar o bastão na vertical e conjurar uma barreira etérea em forma de cunha, que defletiu os projéteis para os lados.

Um dos soldados caídos se levantou e utilizou um ataque do tipo *arrancada*, disparando na direção dela com incrível velocidade. Ela conseguiu aparar o ataque sem grandes dificuldades, mas as duas mulheres também entraram na briga, forçando-a a dividir sua atenção para repelir os ataques dos três ao mesmo tempo.

O líder! Preciso que você derrube o líder!

Daimar viu que o homem em questão estava recarregando a besta.

Como?

Sua capacidade espiritual é bem forte, eu posso sentir.

O que eu faço?

O processo todo foi bem complexo, com diversas etapas que só puderam ser vencidas através de tentativa e erro, mas a vasta experiência dela no assunto, aliada àquela ligação, que parecia unir as mentes dos dois a ponto de parecer que tinham se tornado um único ser, permitiu que ele aprendesse o que tinha que fazer na velocidade do pensamento.

Soltando um grito, ele se ajoelhou e desferiu um violento soco no chão. As pedras à frente dele começaram então a voar pelos ares, levantadas por uma onda de choque que brotava do chão e se movia, afastando-se dele em linha reta e com altíssima velocidade, enquanto ia perdendo força aos poucos até desaparecer, mas não antes de causar uma trilha de destruição no calçamento e de atingir em cheio uma das mulheres e o líder, que tomaram um duro golpe e foram arremessados violentamente para o alto e caíram de cara no chão.

Com golpes físicos precisos e eficientes, Cariele conseguiu rapidamente desarmar e machucar os outros dois atacantes o suficiente para que ficassem caídos no chão sem poderem fazer nada além de soltarem murmúrios de dor. Ela olhou para Daimar e viu que ele já tinha incapacitado a outra mulher e, naquele momento, derrubava o líder com um invejável cruzado de direita.

A sensação que se apoderou dela foi fantástica. Nunca em sua vida havia sentido tanto orgulho, satisfação e senso de unidade. Parecia desproporcional que tudo aquilo fosse fruto de um pequeno ato que exigiu uma quantidade tão pequena de esforço da parte dela. Se amar significava sentir-se daquela forma, então ela podia compreender por que tantos gostavam de criar poesias, odes e aquelas baboseiras todas.

Sorrindo, ela tratou de pegar os pequenos bastões especiais que sempre carregava consigo e eram conhecidos como *algemas*, para imobilizar os dois atacantes que tinha derrubado. Com a precisão nascida da prática, ela os fez deitar de bruços e enrolou os bastões ao redor de seus pulsos.

— Nada mal, hein? – Daimar disse, sorrindo, quando ela se aproximou dele. – Pena que essa parte do jardim nunca mais será a mesma.

Você nunca deixa de me surpreender, pensou ela. *Nunca imaginei que tivesse tanto potencial.*

Eu também não, mas duvido que exista alguém mais incrível que você.

Cariele se abaixou e virou o líder de bruços, imobilizando os braços dele da mesma forma que tinha feito com os outros.

— O que está acontecendo? – Ao não receber resposta, ela agarrou o homem pelos cabelos e levantou a cabeça dele. – Qual a razão deste ataque?

Em resposta, o homem soltou um grito a plenos pulmões, ao que ela respondeu empurrando-lhe a cabeça para baixo, golpeando-o contra o chão gramado, num ângulo determinado de forma a deixá-lo imediatamente inconsciente.

Acho que isso foi um pedido de reforços, pensou Daimar. *Ouço gente correndo nesta direção e acho que são soldados como esses aqui.*

Ótimo! Vamos quebrar a cara de mais alguns deles e conseguir respostas.

Você parece gostar tanto disso que está até me assustando.

Os dois correram na direção dos soldados, que foram pegos de surpresa e mal tiveram tempo de reagir, sendo devidamente espancados e derrubados em tempo recorde.

Daimar sorriu.

Contra nós dois, ligados dessa forma, soldados normais não têm a menor chance.

Ela concordava, mas era melhor tomar cuidado.

Mantenha a guarda. Ainda não sabemos o que está acontecendo.

Com muita satisfação, Daimar observava aquela faceta de Cariele, que era nova para ele. O soldado. Tenaz, implacável, inventivo, decisivo. Mas, acima de tudo, era fácil perceber o quanto ela gostava daquele tipo de ação. É como se ela tivesse nascido para aquilo. Não era apenas por uma questão monetária que ela decidira se tornar caçadora de recompensas. Aquele trabalho simplesmente era parte dela, tanto quanto sua aparência ou seus conhecimentos de física. Era algo que a definia. Pela primeira vez desde que a conhecera, ele finalmente teve a impressão de que começava a entendê-la de verdade.

Infelizmente, da mesma forma que o líder da primeira leva, aqueles homens não fizeram nada além de gritar depois que foram derrubados, o que forçou Cariele a deixá-los inconscientes para que calassem a boca.

Não falam nada quando estão em pé, menos ainda depois que caem – concluiu ele.

Nem sinal de Britano e Janica – lembrou ela. – *Algo pode ter acontecido no alojamento.*

Então vamos para lá.

Não avistaram ninguém durante o trajeto, o que era uma clara indicação de que o ataque que sofreram não era um caso isolado. Era como se a academia tivesse sido evacuada.

Ao se aproximarem do alojamento da fraternidade, avistaram uma enorme confusão. Correram para lá ao perceberem que Britano, Janica e mais dois monitores enfrentavam um grande grupo de soldados uniformizados. Os membros da fraternidade assistiam a tudo das janelas do segundo andar, parecendo bastante assustados.

Com precisão e eficiência, Daimar e Cariele entraram na luta e trataram de colocar todos para dormir. Esses soldados eram mais bem treinados e equipados do que os outros, levando Cariele a gastar um pouco de energia e Daimar a "praticar" mais algumas vezes sua recém-aprendida habilidade, para azar do calçamento.

Os estudantes formaram uma espécie de torcida organizada nas janelas e vibraram, felizes, quando a batalha acabou. E acabaram tomando uma bela bronca de Britano.

— Se querem ser úteis – disse ele, depois de passar-lhes uma bela descompostura –, preparem cordas e itens de primeiros socorros e levem tudo para o refeitório!

Cariele olhou para Janica.

— O que está acontecendo? Por que estão nos atacando?

— Estão sendo afetados por um tipo de controle mental. Pelo que sabemos, isso está acontecendo por toda a cidade.

Apesar de diversos tipos de encantamentos místicos serem parte do dia a dia das pessoas do Império, controle mental era algo bastante raro. Primeiro, porque era uma espécie de sacrilégio, que desagradava fortemente tanto a Grande Fênix quando o Espírito da Terra, as duas entidades que tinham grande influência no governo e eram veneradas em quase todo o continente. Segundo porque, apesar de ser possível em teoria, era algo bastante complicado de se pôr em prática devido à natureza da ligação da mente com o espírito e à forma como a energia fluía.

Daimar franziu o cenho.

— Mas como isso é possível?

— Também não sabemos.

Britano aproximou-se deles enquanto os outros dois monitores começaram a levar os soldados desacordados para dentro.

— Felizmente, ninguém morreu – disse ele. – Mas seria bom não se empolgar demais nesse tipo de batalha, barão. Dois dos que você atingiu estão em estado crítico.

— Não pode esperar que eu pegue leve quando estão tentando me matar.

— De qualquer maneira, não é seguro para você permanecer aqui.

— Por quê?

— Esses soldados estavam perguntando por você e fazendo todo tipo de ameaça se você não aparecesse e se entregasse. Parece que você é o alvo principal.

— Mas que raios?

— E a tenente Oglave mandou uma mensagem – continuou Britano. – Você deve ir até a casa do alquimista.

— Estou indo lá todo dia, mas nunca encontro ninguém.

— Ele estava detido em algum lugar contra a vontade, mas a tenente o libertou e o mandou para lá. – O monitor albino se voltou para Cariele. – A tenente também deu uma missão para você. Assegure-se de que o barão consiga chegar até o alquimista em segurança. Se fizer isso, ela vai usar toda sua influência para reintegrar você ao batalhão.

Era engraçado como, às vezes, as prioridades das pessoas pareciam mudar completamente de uma hora para outra. Duas semanas antes, Cariele teria ficado eufórica ao receber uma oferta como aquela. Naquele momento, no entanto, aquilo simplesmente não significava nada.

— Você realmente acha que eu preciso de incentivo para cumprir essa missão?

— Eu, não. Mas a tenente, aparentemente, não conhece você como nós.

— Vem vindo mais um grupo – alertou Janica.

— Vão pelos fundos – ordenou Britano. – Vamos segurar eles aqui e proteger o alojamento. Quanto mais longe vocês dois estiverem daqui, melhor para todos nós.

♦ ♦ ♦

Delinger Gretel desferiu um poderoso soco no soldado, que em circunstâncias normais seria suficiente para separar-lhe a cabeça do corpo, mas graças aos escudos pessoais e outras técnicas de proteção, o homem apenas caiu desacordado. Provavelmente, ficaria sem alguns dentes por um tempo, mas pelo menos ainda estava vivo.

Olhou ao redor e viu que seus supostos aliados já haviam neutralizado os demais membros daquele batalhão de elite, que tinha sofrido o encanto de *sugestão*. Era fácil para ele ver que aqueles homens e mulheres, apesar de lutarem ao seu lado, não confiavam nele e não gostavam de sua presença ali.

O ruído de galopes chamou sua atenção e ele se virou para ver uma conhecida e seriamente danificada carruagem virando a esquina. O condutor, que usava bandagens nas mãos e na cabeça, puxou as rédeas com força, fazendo com que os animais parassem. Então Cristalin Oglave saiu pelo enorme buraco que havia na lateral do veículo, bem onde, um dia, houvera uma bela e delicada porta.

Eles correram um na direção do outro até se encontrarem e ela pular no pescoço dele, num abraço apertado, enquanto os membros das Tropas Especiais os observavam com expressões variadas. Enojados. Perplexos. Divertidos. Deliciados.

Delinger se sentiu como Cordelius, o personagem principal de uma ópera famosa, que atraía a atenção de todos por onde passava e arrancava reações distintas e, às vezes, até opostas de pessoas diferentes, graças aos seus discursos insanamente contraditórios. Delinger odiava o personagem, bem como óperas, em geral.

Gentilmente, ele segurou Cristalin pelos ombros e a afastou.

— Encontrou Dafir?

— Sim, ele está bem, está em casa agora. Não devem ter conseguido dobrar a mente dele, por isso o estavam mantendo preso. Ficou trancado lá por mais de uma semana.

— Ele concordou em proteger Daimar?

— Claro que sim. Qualquer um nessa situação concordaria. Achei que conhecesse bem esse homem e até confiasse nele.

— 21 anos atrás isso era verdade. E quanto a Daimar? Temos alguém na academia?

— Só os monitores, mas recebemos sinais de que a situação está relativamente sob controle por lá. Seu filho já recebeu a mensagem para encontrar Dafir na casa dele.

— Encontrou alguma escolta confiável?

— Sim, pode ficar tranquilo. Ela é a melhor soldado com quem já trabalhei, provavelmente uma das mais competentes do país todo. Entre os membros da minha unidade não há ninguém que seja páreo para ela, nem mesmo eu.

— Então ela pode se tornar perigosa se for sugestionada.

— Não creio que isso seja possível. Nesse departamento ela é tão casca grossa quanto Dafir, talvez até mais.

— E eu ainda não creio que, mesmo depois de tanto planejamento, ainda tenhamos sido pegos de surpresa por esse ataque.

— Não há com que se preocupar. Isso nem é um "ataque", é só uma medida aleatória, desorganizada e desesperada. É o último recurso deles, já que frustramos os planos de dominarem as mentes das autoridades da cidade.

O grito de um dos soldados chamou-lhes a atenção.

— Tem um monstro ali na frente!

— Acho que é hora de você entrar em ação – concluiu Cristalin. – Vá lá e mostre a esses bobocas das Forças Especiais como se faz.

— Quanto mais poder eu usar, mais eles vão me temer – respondeu Delinger.

— Isso não faz realmente diferença, faz?

— Tem razão, não faz – disse ele, puxando o rosto dela para um rápido beijo nos lábios antes de se virar na direção apontada pelo soldado e sair em disparada.

◆ ◆ ◆

Daimar estava sentado no banco do condutor, controlando habilmente sua carruagem enquanto cortava as ruas quase desertas da cidade em velocidade máxima, com Cariele sentada a seu lado.

Estava pensando em dar um nome para aquele golpe – comentou ele, telepaticamente. – *Que tal, "Onda Poderosa"?*

Ela riu.

Só concordaria com isso se você fosse capaz de gritar esse nome bem alto toda vez antes de socar o chão.

Tem razão. Isso seria mico demais para mim.

Cuidado! Tem alguém naquele telhado!
Mas o que aquele cara está fazendo lá?
Essa não! Pule!
O quê?
Solte as rédeas e pule! Agora!

Ambos saltaram da carruagem, cada um para um lado, e caíram rolando pelo chão empoeirado. Enquanto isso, uma bola de fogo cortou o ar e atingiu em cheio a carruagem, explodindo com um estrondo enquanto mandava pedaços fumegantes de madeira para todos os lados e fazendo com que os cavalos se assustassem e disparassem, arrastando atrás deles o pouco que restara do veículo.

Cariele pôs-se em pé com agilidade e olhou para o telhado tentando imaginar que tipo de contra-ataque poderia utilizar naquela situação sem acabar com boa parte do que restava da carga do simulacro. O homem começava a se preparar para disparar outra bola de fogo, quando uma flecha o atingiu no meio do peito, fazendo-o cair por cima das telhas e depois escorregar para o que seria uma feia queda de mais de cinco metros de altura.

Virando-se para trás, ela avistou o aspirante Alvor Sigournei, que abaixava o arco e fazia uma série de gestos rápidos para ela.

Nós cuidamos das coisas por aqui. Apressem-se e vão para o lugar combinado.

Cariele fez um rápido gesto de continência, para indicar que tinha entendido, e chamou Daimar.

Vamos!

Eles saíram andando apressados, na direção da Rua das Camélias.

Ele falou mesmo tudo aquilo só com aqueles gestos? Isso é incrível.

Incrível é você ficar lendo a minha mente o tempo todo.

Ele sorriu.

Isso é, praticamente, um sonho tornado realidade. Agora você não pode mais esconder nenhum segredo de mim.

E nem você, não se esqueça disso.

De repente, um enorme rugido pôde ser ouvido, bem como o som de madeira se quebrando. Sem hesitar, ambos passaram a correr, tentando colocar a maior distância possível entre eles e a fonte do barulho.

Você viu aquilo? – Daimar perguntou.

Pareciam dois monstros gigantes lutando. Acho que o que vimos foi um deles pulando sobre o outro ou algo assim.

Aquele rugido é familiar, não acha?

Sim, me lembra daquele dragão dourado que vimos do telhado da academia.

Acha que as duas coisas têm relação?

Cristalin está envolvida. E provavelmente o seu pai também.

Em que raio de encrenca será que estou metido?

Estamos.

O quê?

Nós dois estamos metidos. O que quer que seja, vamos enfrentar juntos.

Dez minutos depois, eles pararam de correr por um minuto para recuperar o fôlego.

— Obrigado – disse ele, ofegante. – Confesso que estou preocupado com o que possa descobrir hoje. É bom poder contar com o seu apoio.

— Não há necessidade de agradecer. Você esteve dentro da minha mente. Sabe que eu te amo.

— Sim, eu sei. E você sabe que o sentimento é mútuo, não sabe?

Ela assentiu, antes de adiantar-se até a esquina e lançar um olhar cauteloso aos dois lados da rua.

Essa não! Aquela é a loja do alquimista?

Ele adiantou-se e olhou por sobre o ombro dela.

Sim.

Droga!

Três soldados observavam enquanto outros dois tentavam derrubar a porta da loja usando um grande tronco de madeira como aríete. Dava para ver duas outras pessoas caídas no chão, imóveis e aparentemente feridas.

No momento em que as fechaduras finalmente cederam e a porta caiu para frente com um estrondo, Cariele já estava próxima o suficiente e usou a onda de choque do bastão para arremessar os soldados contra a parede.

Eles vão se recuperar rápido. Entre lá e veja se o alquimista está bem.

Não vou deixar você enfrentar essa luta sozinha!

Não seja estúpido! Estou em plena forma, já ele pode estar ferido, ou pior!

Tudo bem, tudo bem! Mas se precisar de ajuda, grite.

Não precisarei.

Daimar irrompeu porta adentro e começou a averiguar os cômodos. O lugar era grande e até mesmo um pouco luxuoso, apesar da aparência externa decadente.

Havia diversas vitrines com uma infinidade de objetos em exibição. Cada sala parecia dedicada a um tema em particular. Uma exibia pentes, broches, espelhos e inúmeros outros objetos de beleza, incluindo potes e garrafas, que deviam conter unguentos e coisas do gênero. Outra exibia facas, punhais, adagas e espadas curtas de diversos formatos e cores. Outra exibia roupas e armaduras.

— Olá? Tem alguém aí? Estou aqui para ajudar!

Um súbito barulho de passos o fez virar-se para uma escadaria que levava ao andar superior.

Ouvindo os ruídos da luta lá fora ele fechou os olhos por um segundo, deixando-se invadir pelas sensações que Cariele experimentava. Excitação, um pouco de frustração, raiva, preocupação, vontade de acabar logo com aquilo. Então concluiu que ela estava bem e subiu as escadas com cuidado.

— Olá?

A primeira porta do corredor estava aberta. Parecia um quarto de dormir. Ele aproximou-se e deu uma espiada. Então, um homem que estava encostado na parede, fora das vistas de quem estivesse no corredor, pulou na frente dele e aplicou-lhe um golpe no peito com a palma da mão, jogando-o para trás até chocar-se com a parede.

Sem reação por causa da intensa dor, ele mal conseguiu olhar para o rosto de seu agressor antes de ele realizar algum tipo de encantamento, que fez com que quatro arpões de metal se materializassem do nada em seu peito e abdômen.

Não houve dor alguma, apesar de ele sentir o metal transpassando-o, as pontas riscando a parede atrás dele.

— Mas o quê...?

O homem levantou a mão, da qual saiu uma espécie de descarga elétrica, que atingiu os arpões.

— Morra, monstro!

Daimar gritou, agoniado. A dor era muito maior do que qualquer pessoa podia suportar e ele perdeu a consciência.

Cariele derrubava o último soldado quando sentiu que Daimar tinha sido atingido no peito. Virou-se e correu para dentro da construção, guiada pela ligação telepática, que mostrava com clareza qual caminho ele tinha tomado. Estava na metade da escadaria quando ouviu o grito agoniado dele e chegou ao andar de cima no momento em que ele tombava ao chão.

Nesse instante, o elo que tinha com ele foi cortado bruscamente, deixando no lugar apenas um enorme vazio, frio, desesperador.

Ele estava morto!

Ela olhou para o agressor, que se preparava para lançar mais algum encantamento contra o corpo caído, mas que, ao perceber a presença dela, parou e analisou-a de cima a baixo.

— Você é humana.

— Você o matou – disse ela, apertando os punhos ao redor do bastão.

— Sim. Mas, por favor, afaste-se que eu preciso terminar o serviço...

— Você o matou!!

O homem arregalou os olhos, surpreso, ao vê-la correndo para cima dele, e se afastou alguns passos para dentro do quarto, levantando a mão e materializando um escudo transparente.

Cariele sentiu o bastão se chocar com aquela barreira quase invisível e percebeu que tinha usado a pior tática possível. O escudo repeliu a arma com a mesma intensidade, tendo sido projetado para devolver o golpe contra o agressor. Num reflexo, ela girou o corpo e soltou a arma, que voou de sua mão e se chocou contra a parede do quarto com um estrondo.

Na fração de segundo que levou para virar-se novamente para o homem, ela percebeu que nada mais lhe importava. Se Daimar não estava mais com ela, não havia nenhuma razão para permanecer nesse mundo e prolongar ainda mais aquele sofrimento. Mas o responsável por aquilo iria junto com ela.

O homem levantou a outra mão e preparou-se para disparar uma descarga energética.

Com uma velocidade sobrenatural, ela adiantou-se e segurou a mão dele, pressionando com força suficiente para quebrar-lhe os dedos. Em seguida, ela o soltou e atingiu-o no plexo solar com o cotovelo, arremessando-o até o outro lado do quarto, fazendo-o chocar-se contra um velho armário, quebrando e afundando as portas para dentro do móvel.

Ela percebeu vagamente que o homem usava algum tipo de escudo corporal, pois não parecia muito ferido enquanto levantava a cabeça e olhava para ela. Aquele, provavelmente, tinha sido o golpe mais poderoso que ela já tinha desferido contra alguém em sua vida, mas não tinha sido o suficiente.

Ótimo.

Ao vê-la correr na direção dele com o punho erguido, o homem levantou as duas mãos e conjurou outro escudo. Então, completamente estarrecido, viu o golpe dela romper suas proteções místicas como se elas nem mesmo existissem, e atingi-lo diretamente no abdômen.

Um enorme rombo se fez na parede, pelo qual o homem e os pedaços do armário saíram voando pelo ar, até atingirem o telhado de um velho estábulo.

O homem percebeu que seu escudo pessoal não aguentaria mais nenhum ataque como aquele. Mas não teve tempo para raciocinar, pois viu que aquela mulher insana tinha saltado atrás dele com intenção de acertá-lo com os pés.

Imaginou, então, que aquela poderia ser a chance dele que, se conseguisse bloquear aquele golpe, poderia virar a luta a seu favor. Então canalizou todas as energias que tinha num novo escudo. E constatou, perplexo, que ele não serviu nem sequer para desacelerar o golpe dela.

O estrondo foi grande quando metade do telhado de palha desabou.

O corpo do homem caiu dentro de um velho cocho de madeira, com diversos ossos quebrados. Tentou abrir os olhos, mas tudo o que conseguiu foi sentir um punho atingindo-o violentamente no queixo.

Dolorido e confuso, Daimar tentou abrir os olhos, mas não foi bem-sucedido. Seu corpo parecia feito de geleia, mole, amorfo. O que estava acontecendo? Como parecia não conseguir se mover, tentou usar seus outros sentidos e percebeu que havia um grande buraco na parede diante dele. Algo tinha saído por ali, fazendo um enorme estrago. O que poderia ser?

Então ele se lembrou da cena na semana anterior, quando viu uma parede de pedra ser completamente destruída e Cariele sair pelo buraco, em meio àquela fumaça esverdeada e jogando um enorme martelo de batalha para o lado como se não pesasse mais do que uma pena.

Cariele!

De alguma forma, ele conseguiu chegar até a beira do buraco. Não podia vê-la, mas podia senti-la em algum lugar ali fora. Furiosa. Perdida. Desesperada. Ele a sentiu levantando o punho para dar o golpe final em seu oponente. E, de alguma forma, ele sentiu que aquele seria o último golpe que ela aplicaria, porque a vida dela iria se esvair junto com aquele rompante de energia que ela conjurava.

— Cari! – De alguma forma, ele conseguiu gritar.

Então ele sentiu quando a mão dela paralisou no ar. Sentiu quando ela se voltou na direção dele, não o vendo, mas sentindo-o da mesma forma que ele a sentia. Então, várias emoções a invadiram. Alívio. Alegria. Amor. Ela chegou a sorrir, antes de cair sobre os escombros do telhado desabado, inconsciente.

O aspirante Alvor e o sábio Edizar chegaram ao lugar e se depararam com a porta arrombada e diversas pessoas, seriamente feridas, caídas pelo chão. Entreolharam-se por um segundo, perplexos, e então se puseram em ação. Alvor tratou de disparar o sinal de alerta para chamar ajuda enquanto Edizar examinava os feridos.

— Estão vivos, mas não por muito tempo se não tiverem cuidados.

— Algum deles é o garoto Gretel?

— Nenhum bate com a descrição.

— Vamos procurar lá dentro.

Então, ao chegarem ao segundo andar, ouviram um terrível rugido e se aproximaram do buraco na parede do primeiro quarto.

E viram um enorme dragão com escamas de um tom entre azul e prateado levantando a cabeça por entre os escombros de um telhado arruinado e olhando diretamente para eles.

— Droga, é um deles – sussurrou Edizar, dando um passo para trás. – O que vamos fazer?

— Espere – disse Alvor. – Ele está segurando alguma coisa. É... Acho que é uma pessoa.

Então o dragão soltou mais um terrível rugido, antes de olhar diretamente para Alvor e depois abaixar a cabeça e encostar o focinho no corpo inerte de Cariele, que ele carregava em suas enormes garras.

Capítulo 14:
Genealogia

— Não sabia que essas coisas eram tão poderosas – comentou o capitão, enquanto passava um martelo para Cristalin.

— E não são – respondeu ela, pegando a ferramenta e usando-a para desentortar uma barra de metal antes de começar a pregá-la num pedaço de madeira. – Ele está usando alguma fonte externa de energia. Esses filhos da mãe são muito bons nisso.

Não muito longe deles, a luta titânica prosseguia. O dragão dourado, muito ferido, tentava se defender dos ataques das presas mortais de um gigantesco monstro em forma de leão. Ambos já haviam perdido suas asas na batalha, mas apesar dos ferimentos, prosseguiam com o embate no solo, de forma violenta.

As casas e os prédios ao redor estavam quase que completamente destruídos, e grande parte dos que ainda estavam em pé ardia em chamas.

— E o nosso aliado não pode usar também?

— Claro que pode. Como você acha que ele foi capaz de matar todos os outros?

— Os preparativos para o portal estão prontos, tenente – disse o sábio de olhos verdes, aproximando-se. – Não gostaria de compartilhar conosco qual é o plano do senhor Gretel para forçar nosso inimigo a entrar nele?

— Sem tempo agora. Apenas abra esse negócio quando eu der o sinal.

Ela endireitou-se e correu na direção dos monstros, levando com ela a tábua cheia de barras de metal pregadas.

— Senhor – disse o capitão ao sábio –, se esse plano der certo, o que faremos depois? Quero dizer, vamos deixar aquele monstro livre?

O sábio contemplou a batalha por um momento. As duas gigantescas criaturas agora andavam uma ao redor da outra, feridas e quase sem forças, mas determinadas a lutar até o fim, os olhos brilhando de forma sinistra.

— Eu vejo apenas *um* monstro, capitão. O responsável por todo esse caos.

— Delinger Gretel disse a todos que tudo isso está acontecendo por culpa dele.

— Monstros não sentem culpa, capitão. Muito menos arriscam a vida tentando corrigir seus erros.

— Mas como podemos deixar uma criatura como essa solta por aí?

O sábio pensou em dizer que conhecia muitos humanos bem mais poderosos e perigosos que aquele dragão, mas decidiu que naquele momento não tinha tempo a perder debatendo aquele assunto.

— Não se preocupe. Se eu entendi direito a estratégia dele, o senhor Gretel não tem nenhuma intenção de permanecer "solto por aí".

Aproveitando que Delinger estava distraindo o inimigo, Cristalin se aproximou de ambos e jogou a tábua no chão, lançando alguns itens sobre ela, antes de correr para longe, levantando o braço. Reconhecendo o sinal, o sábio se concentrou para iniciar o processo de ruptura espacial. Nesse momento, o dragão dourado lançou-se sobre o leão e ambos rolaram pelo chão, passando por cima da armadilha idealizada pela tenente.

Imediatamente, as duas criaturas foram envolvidas por um poderoso campo energético, que lançava faíscas para todos os lados. Aos poucos, a energia deles começou a ser absorvida por aquele campo negativo e, enquanto se debatiam inutilmente, suas forças se esvaíam e seu tamanho diminuía.

Impressionados, o capitão e os demais soldados viram os dois monstros encolherem progressivamente até voltarem à forma humana. Só então a armadilha mística se desativou e ambos puderam voltar a se mover. Nesse momento, o sábio terminou o encantamento e uma espécie de esfera negra surgiu poucos metros à frente deles.

O leão se mostrou ser apenas um adolescente franzino, com o corpo bastante ferido e coberto com assustadoras manchas negras. Também bastante ferido, Delinger adiantou-se e tentou agarrá-lo pelo pescoço. O outro reagiu e os dois começaram a medir forças.

Cristalin olhou na direção em que estava o sábio e o capitão e sorriu, fazendo um gesto de continência alguns segundos mais longo do que o normal.

O capitão perguntou, confuso:

— O que ela vai fazer?

— Como eu pensava... – disse o sábio, com um suspiro desanimado.

O rapaz conseguiu repelir o ataque de Delinger e os dois se separaram por um instante. Sendo aquela a chance que Cristalin esperava, ela utilizou um encantamento de *arrancada* e saiu correndo na direção do inimigo, com a intenção de atingi-lo com o ombro. O oponente já tinha recuperado suas forças o suficiente para conseguir se proteger do ataque, mas não para evitar ser lançado vários metros para trás, caindo diretamente dentro da esfera negra e desaparecendo.

Cristalin e Delinger trocaram um olhar por um momento, antes de virarem e correrem na direção da esfera, saltando para dentro dela. O encantamento do portal, subitamente, começou a falhar, e a esfera foi se encolhendo aos poucos até desaparecer.

O capitão disse ao sábio:

— Por que você fechou o portal? Abra de novo, temos que tirar a tenente de lá!

— Não fui eu quem fechou. Foi ela. Deve ter acionado alguma forma de *expurgo* logo que entrou. Dificilmente conseguiremos encontrá-los novamente, a menos que eles mesmos encontrem uma saída, o que é pouco provável.

— Mas por que ela faria algo assim?

— A armadilha tinha o efeito de absorver a energia externa da criatura por apenas alguns poucos instantes. A fonte de energia do monstro é grande, muito maior que a do senhor Gretel. Com o tempo, ele poderia encontrar uma forma de abrir um portal de volta. Eles provavelmente o seguiram para impedir que faça isso.

— Se a intenção era neutralizar o monstro, qual a razão desse portal? Por que não fizeram isso aqui mesmo?

— Porque, capitão, eles pensam como você.

— Como assim?

— Eles acreditam que Delinger Gretel é um monstro perigoso demais para ficar à solta.

◆ ◆ ◆

— Céus! O que será que aconteceu com essa garota? – Edizar Olger olhava, preocupado, para o corpo que o dragão colocava sobre uma pilha de palha com todo cuidado.

— Ela parece estar melhor do que esse cara aqui – respondeu o aspirante Alvor Sigournei, abrindo um frasco e despejando uma poção azulada sobre o rosto e o pescoço ensanguentados do outro homem, que permanecia dentro do cocho de madeira.

Edizar se aproximou da moça com cuidado, tratando de manter a criatura em seu campo de visão. Ele já tinha trabalhado várias vezes com Delinger Gretel, mas nunca tinha precisado interagir com o homem quando ele estava... transformado. E o filho dele conseguia ser tão intimidador naquela forma quanto o pai, talvez até mais.

A moça tinha perdido todos os fios de cabelo da cabeça, que estavam amontoados no chão em pequenas pilhas loiras. O mais preocupante, no entanto, era a pele avermelhada e enrugada que cobria quase toda a parte esquerda da cabeça, rosto e pescoço dela. Parecia ter sofrido uma queimadura e tanto. O curioso é que não havia nenhum sinal de ferimento recente. A respiração estava preocupantemente fraca, bem como o pulso. Ela usava um uniforme da Academia de Lassam, todo rasgado e sujo, o que permitia ver que o braço e a perna esquerda também apresentavam marcas de queimadura.

Edizar fez um rápido encanto de detecção energética, não ficando muito surpreso com o resultado obtido.

— O corpo dela está bem. Acho que o problema não é físico.

— Queria poder dizer o mesmo desse cara aqui – respondeu Alvor, enquanto fazia tudo ao seu alcance para salvar a vida do homem ferido.

O dragão grunhiu ameaçadoramente quando Edizar levou a mão até o peito da moça e a tocou de leve, pronunciando algumas palavras ininteligíveis. Ela pareceu tomar um choque e se sentou bruscamente, fazendo Edizar se sobressaltar e cair sentado. Ela respirou pesadamente por um instante, como se tivesse ficado muito tempo prendendo a respiração.

Edizar tratou de se levantar e se afastar quando o dragão abaixou a cabeça na direção da moça. Ela abriu os olhos, olhou para a fera diante dela e deu um sorriso um tanto quanto débil.

— Você está bem!

Então ela levantou uma das mãos e tocou o enorme focinho. Nesse momento, a criatura começou a brilhar e a encolher cada vez mais, ficando disforme até assumir a forma de um rapaz.

— Parece uma cena de romance brega – disse Alvor, sorrindo, enquanto o casal se abraçava. – O que você fez para acordar a moça?

— Nada – respondeu Edizar. – Eu ia tentar usar um encanto de *energização*, mas não tive tempo.

— Eles têm um elo mental – respondeu uma voz débil atrás deles. – Ele deve ter chamado por ela, e isso a acordou.

— Oh, que bom que você acordou também – disse Alvor, ajoelhando-se novamente ao lado do homem ferido. – Você é o alquimista Dafir Munim?

— Sim.

◆ ◆ ◆

Cariele sentia-se acabada. Todo seu corpo doía e latejava. A pele estava muito sensível, principalmente nas partes que mais tinham sido queimadas tantos anos antes. Sentia uma dor de cabeça muito forte, como se estivessem enfiando espinhos em seu crânio. A boca estava seca e com gosto de areia.

Daimar aproximou-se, usando roupas velhas e fora de moda, que ele provavelmente devia ter pegado de um dos armários do alquimista, e lhe estendeu um copo com água.

— Tome.

Ela forçou-se a tentar beber um pouco do líquido, mas sua língua parecia inchada e dolorida, e ela teve que desistir depois do primeiro gole, tendo um acesso de tosse.

— Tudo bem, tudo bem, devagar – disse ele, pegando o copo de volta e fazendo-a se recostar nas almofadas. – Como se sente?

— Como se tivesse tomado a maior surra da minha vida. E além disso, estou horrível. Não sei como você consegue olhar para mim.

— Bobagem, você está ótima. E olha só isso – ele aproximou-se e deu-lhe um beijo nos lábios.

Quando ele se afastou, ela levou a mão ao lábio inferior, surpresa.

— Mas o quê...?

Ele sorriu.

— Viu só? A sensação ruim desapareceu completamente. Posso beijar você o quanto quiser agora.

Ela se mexeu sobre as almofadas, procurando uma posição mais confortável. Suas forças pareciam estar retornando aos poucos e o mal-estar começava a desaparecer.

— Mesmo com essa pele queimada?

— E o que tem? Acha que eu iria me horrorizar por causa disso? Você nem mesmo piscou quando me viu... daquele jeito.

— Eu meio que já desconfiava, então não foi nenhuma grande surpresa.

— Bom para você. Se eu não estivesse tão preocupado com você na hora eu acho que teria tido um chilique quando percebi no que tinha me transformado.

Ela soltou um riso fraco.

— Que amável da sua parte se preocupar tanto assim comigo. Mas o que aconteceu? Minhas memórias estão confusas... Achei que você tinha morrido.

— É, eu também.

O aspirante Sigournei entrou na sala.

— Então você é mesmo Cariele Asmund?

— Ah, você... – resmungou ela, desconfiada.

— Não precisa fazer essa cara. Dessa vez não estou aqui por sua causa. Meu batalhão todo foi acionado para ajudar a proteger a cidade. Consegue se levantar? O alquimista quer falar com vocês dois.

Com o apoio de Daimar, ela se levantou e caminhou até um quarto grande, com livros e quinquilharias espalhados por toda parte.

Dafir Munim estava deitado numa cama, com uma curandeira terminando de enfaixar-lhe o peito, enquanto Edizar observava, sentado em uma cadeira junto à janela. Alvor tirou um monte de objetos estranhos de cima de uma cadeira e fez um gesto para que Cariele se sentasse. Ela assentiu e se acomodou ali, com a ajuda de Daimar, que ficou em pé ao lado dela.

— Você é forte – disse o homem a Cariele, assim que a curandeira saiu do quarto.

Dafir devia estar na casa dos 50, apesar de ser difícil dizer com certeza com tantos hematomas e curativos no rosto. Ele tinha um queixo largo e olhos inteligentes, de um tom castanho esverdeado.

— Você tentou nos matar!

— E você me impediu. Serei eternamente grato por isso.

— Como é?!

— Eu nunca me perdoaria se tivesse... feito algum mal ao meu filho. – O alquimista desviou o olhar para Daimar, que franziu o cenho.

— O quê? *Filho*? Que história é essa?

O homem suspirou.

— Então Delinger não contou nada, não é?

— Não, mas ele insistiu que eu viesse conversar com você.

— Eu nunca imaginei que você fosse herdar os poderes de sua mãe. Não a esse nível, pelo menos. Quando eu vi você na minha frente, pensei que se tratava de um dos... outros.

— Certo – disse Cariele, olhando para o homem com desconfiança. – Estamos ouvindo. Comece do princípio.

Dafir olhou novamente para Daimar.

— Sua mãe descende de uma antiga linhagem conhecida como "a tribo baracai".

Conta uma antiga lenda que, na chamada "Era dos Dragões", existia uma tribo que vivia na parte sul do que hoje conhecemos como as Montanhas Rochosas. Essa tribo foi atacada diversas vezes por feras voadoras e muitos de seus membros pereceram. Uma fera, particularmente perversa, usou seus poderes de destruição para lançar um veneno fortíssimo, na forma de uma névoa esverdeada, sobre os lugares onde as pessoas moravam. Além de causar diversas doenças, o veneno tirou a visão de todos os membros da tribo. Mesmo depois que a névoa se dissipou, os efeitos permaneceram. E não apenas isso: desde então, todos os bebês da tribo passaram a nascer desprovidos de olhos.

Foi, então, que dois membros da tribo, um rapaz e uma moça recém-casados, decidiram procurar uma das Grandes Entidades para pedir ajuda. Sem visão e doentes, o casal percorreu um imenso território selvagem, subindo e descendo montanhas.

Alguns dizem que os dragões se divertiam vendo os dois caminharem em círculos ou errando o caminho e depois tendo que voltar, e que por causa disso não os devoraram. Ninguém sabe direito como sobreviveram durante os longos meses de jornada. Há quem diga que se alimentavam apenas de vegetais que encontravam no caminho, mas outros contam histórias de que eles eram muito inventivos e conseguiam construir armadilhas para capturar pequenos animais. O fato é que, com muito esforço, o casal conseguiu chegar até o santuário de uma das entidades, que era conhecida como Dulgarir, que quer dizer "grande terremoto".

A entidade, então, perguntou a eles: "O que vocês buscam?".

O homem respondeu: "Queremos uma esperança de sobrevivência para o nosso povo".

Já a mulher disse: "Queremos paz".

A entidade teria ficado tão comovida com a coragem e a dedicação daquele casal, que decidiu dar a todos os membros remanescentes da tribo e aos seus descendentes três bênçãos.

A primeira delas foi o desenvolvimento dos sentidos, para compensar a falta da visão, uma vez que a tribo e toda sua descendência estavam condenadas a viver para sempre na escuridão.

A segunda foi a habilidade de se transformarem em criaturas maiores, de forma a poderem se defender de qualquer atacante.

E a terceira foi um presente a todos da tribo que tivessem sentimentos tão sinceros um pelo outro como aquele casal. Um elo mental que os uniria ainda mais, permitindo que um até mesmo pudesse ouvir os pensamentos do outro, mesmo a grandes distâncias. A entidade teria ficado tão fascinada pela forma como aqueles dois se entendiam tão bem com poucas palavras ou toques que decidiu conceder aquele sentimento de união a todos os membros da tribo.

"Vão e vivam em paz", foi o que Dulgarir disse.

Assim, o casal voltou para casa de modo triunfal, matando todos os dragões que se colocaram em seu caminho. Eles, então. reuniram o que restou da tribo e reconstruíram seu lar.

Tribos vizinhas começaram a chamá-los de "baracais", que no antigo idioma das tribos das montanhas significa algo como "pessoa iluminada" ou "pessoa poderosa".

Séculos se passaram e a tribo cresceu, tendo fundado uma segunda vila em uma montanha próxima. Então, um dia, essa segunda vila foi atacada por bárbaros humanos. A lenda conta que os bárbaros também tinham conseguido a bênção de Dulgarir para as suas conquistas, e por causa disso eles eram insuperáveis na arte da guerra. A vila baracai foi completamente devastada e os habitantes, aniquilados.

O restante da tribo, ao saber do ocorrido, preparou-se para a guerra. Usando seus grandes poderes, aprenderam a abrir portais para outros mundos, de onde passaram a drenar energia para se fortalecer. Então, depois de alguns anos, quando tinham reunido poder suficiente, eles atacaram os humanos, tanto os bárbaros quanto todas as tribos vizinhas, no que ficou conhecido como "o grande massacre".

Não satisfeitos em vingar-se dos humanos, os baracais se voltaram contra a entidade Dulgarir, que, no ponto de vista deles, era uma traidora. Utilizando a energia e artefatos de outros mundos, eles conseguiram derrotar e matar a entidade.

Antes de morrer, Dulgarir tentou remover as bênçãos que havia concedido aos baracais, no entanto, a entidade estava enfraquecida demais por causa da batalha e tudo o que conseguiu foi lançar uma maldição que os enfraqueceria aos poucos.

O corpo dos baracais lutava contra a maldição, mas essa é uma daquelas batalhas que não se pode vencer e, eventualmente, entrava num processo conhecido como "degeneração". Partes do corpo começavam a escurecer e a se dissolver. Nem mesmo suas habilidades de transformação conseguiam reverter o processo. Se o coração fosse afetado, a morte era imediata. Mas quando a cabeça era afetada, o efeito era ainda pior, pois o indivíduo era tomado pela loucura, tendo que ser sacrificado para que não causasse mal aos demais.

Aterrorizados pela maldição, os baracais pararam de atacar as tribos vizinhas e se isolaram nas cavernas, evitando conflitos, pois quanto mais energia gastassem, mais depressa a degeneração avançava. Mesmo assim, a maldição diminuiu consideravelmente o número deles com o passar dos séculos.

Com o desaparecimento da maioria das entidades, não havia a quem pedir ajuda. Como a Grande Fênix e o Espírito da Terra eram conhecidos por proteger humanos, os baracais se recusaram a buscar o auxílio deles.

Assim, eles saíram de suas terras e vieram para o sul, tentando passar despercebidos e evitando ao máximo o contato com outras tribos, que eles tinham passado a se referir como "outras raças".

Bem, a lenda termina aqui. O resto, segundo Delinger, são fatos verídicos.

Há cerca de 70 anos, os baracais criaram, pela primeira vez, o que eles chamam de "elixir negro". Era uma espécie de poção que aumentava a vitalidade daqueles que a consumiam, prolongando o tempo de vida. Houve muita comemoração, afinal, pela primeira vez em séculos eles tinham uma forma de lutar contra a degeneração.

Infelizmente, eles levaram quase 20 anos para descobrir que aquele tinha sido o maior erro que haviam cometido. O elixir impedia, sim, a degeneração, mas quanto mais ele era consumido, mais ele afetava a razão. E nessa época ocorreu a maior catástrofe da tribo, quando os baracais precisaram lutar entre eles mesmos. Indivíduos ensandecidos começavam a atacar aos outros sem nenhum motivo, lutando até a morte. A população, que já era de menos de mil indivíduos, foi quase totalmente erradicada, restando apenas umas poucas dezenas, composta, em sua maioria, por indivíduos mais jovens e que não tinham tomado o elixir por tanto tempo. O episódio ficou conhecido como "o genocídio" e depois dele o uso do elixir foi proibido.

Esse foi o cenário em que nasceu Delinger Gretel. Ainda criança, ele viu seus pais sucumbirem à loucura e serem sacrificados. Desde então, ele decidiu dedicar sua vida a encontrar uma cura para a degeneração. Os anciãos, que eram indivíduos mais velhos, sobreviventes do genocídio, ao verem a degeneração começar a mostrar seus efeitos, decidiram voltar a fazer experimentos com os ingredientes do elixir negro, em busca de uma cura.

Aos 17 anos de idade, Delinger se colocou radicalmente contra aquela ideia, pois ele acreditava que não havia como atenuar os efeitos daquele composto. Ele era um jovem muito inteligente e engenhoso, ganhando certo respeito entre a tribo por causa disso, mas suas pesquisas e experimentos sobre a degeneração nunca deram resultado.

Foi nessa época que ele e Norel se apaixonaram. Ela era uma moça atraente e espirituosa. Não tinha a mesma genialidade que ele, mas se comprometeu a ajudá-lo no que pudesse.

Assim, o tempo foi passando, até que um dia, estudando a história de seu povo, uma das frases supostamente ditas pela entidade Dulgarir chamou a atenção deles: "Vão e vivam em paz". Perceberam, então, que seu povo havia se isolado completamente das outras tribos e que viam os humanos normais como seus inimigos desde o ataque dos bárbaros, tantos séculos antes.

Quando a cidade de Lassam foi fundada, não muito longe das cavernas onde viviam, Delinger propôs a ideia de buscarem fazer amizade com os habitantes daqui, talvez até mesmo pedir a ajuda deles. Mas os anciãos rechaçaram completamente a ideia, convencidos de que seria impossível fazer amizade depois de tudo o que as raças tinham feito uma à outra.

Acreditando que aquela era a melhor chance que eles tinham, Delinger e Norel começaram a estudar os humanos, observando-os de longe. Os baracais nasciam desprovidos de olhos e o casal não era exceção à regra, mas Delinger conseguiu aperfeiçoar uma transformação que o deixava indistinguível de um humano normal e, graças a isso, ele e Norel puderam entrar na cidade e andar livremente sem chamarem atenção.

Quando ficaram sabendo o que o casal estava fazendo, os anciãos ameaçaram bani-los do seio da tribo, mas Delinger argumentou que era necessário conhecerem mais do mundo se quisessem ter sucesso na busca de uma cura e que os humanos tinham acumulado muito conhecimento que poderia ser de utilidade para eles.

Os anciãos não gostaram muito, mas permitiram que eles continuassem as incursões na cidade. E foi, então, que Delinger conheceu um humano chamado Satu Munim. Meu pai.

Ele era um dos sábios da recém-formada academia, um homem muito inteligente e generoso. Conseguiu convencer Delinger e Norel a contarem a ele sua história e prometeu ajudá-los em tudo o que pudesse. Corajoso, ofereceu-se a ir com eles até os anciãos para pedir permissão para que ambas as raças pudessem trabalhar juntas naquele problema.

Assim, numa certa manhã, meu pai partiu de Lassam ao lado dos baracais. E nunca mais retornou.

Delinger nunca me contou em detalhes o que realmente aconteceu naquele dia, apenas que um dos anciãos tentou intimidar meu pai, mas não obteve êxito. Então ele... simplesmente o matou.

Então houve uma grande luta, com o casal atacando ferozmente os anciãos. Delinger foi seriamente ferido e quando viu que Norel tinha sido capturada pelos mais jovens e que ele não teria a menor chance de sobreviver, usou suas últimas forças para escapar e assim ele chegou até a minha casa. Eu tinha 19 anos quando ele apareceu na minha frente, dizendo que sentia muito e que meu pai não voltaria mais para mim.

Eu o odiei por anos por causa daquilo, por ser o responsável direto pela morte de meu pai. Mas, por alguma razão insana, eu resolvi ajudar, cuidando de suas feridas e fornecendo abrigo e alimento até que ele começou a recobrar a saúde. Ele já estava começando a planejar uma volta às cavernas para libertar a amada dele quando, um dia, Norel apareceu a minha porta.

Os anciãos haviam gastado muita energia na batalha e para tentar evitar os efeitos da degeneração, decidiram hibernar, através de um encanto que os faria dormir por muitos anos, até que suas forças estivessem totalmente restabelecidas. Os jovens então tinham soltado Norel, com a condição de que ela levasse Delinger de volta. Afinal, ele era o mais inteligente de todos eles e, sem os anciãos, estavam sem nenhuma liderança.

Delinger, no entanto, recusou-se a retornar, e Norel jurou nunca mais se afastar dele. Então os dois se casaram segundo as nossas tradições e se estabeleceram em Lassam.

Usando sua genialidade, Delinger teve grande progresso no estudo de física e começou a inventar formas inovadoras de encantar objetos, como armas e armaduras. Não levou muito tempo para se tornar um alquimista de renome e juntar uma grande fortuna.

Entretanto não eram apenas os anciãos que tinham gastado energia demais naquela batalha. Depois de alguns anos, Norel começou a apresentar os primeiros sintomas de degeneração.

Lembro do dia em que Delinger entrou em minha casa, desesperado, implorando para que eu fornecesse algumas gotas do meu sangue a ele. Fiquei perplexo com o pedido, mas ele me explicou que, de acordo com alguns velhos pergaminhos a que ele teve acesso, alguns componentes do sangue de um humano normal poderiam ser a chave para deter a degeneração baracai.

Eu concordei, claro, mas não demorou muito para descobrirmos que o sangue só tinha efeito se Norel o consumisse ainda fresco. Estávamos nos recuperando da surpresa com aquela descoberta quando fomos visitados por outros baracais. Eles vieram insistir para que Delinger retornasse, mas ele se negou terminantemente a ir com eles. Quando os membros de seu povo finalmente foram embora, Norel decidiu que era hora de abandonar a experiência com o sangue. Não havia como prever o que os baracais fariam se ficassem sabendo daquilo.

Confesso que eu tinha me apaixonado por Norel já havia bastante tempo. Ela era uma pessoa maravilhosa e não merecia ter sua vida tomada daquela forma. Então eu ofereci a ela o meu sangue. Disse a ela que eu estaria à disposição para quando ela precisasse. Desesperado com a perspectiva de perder sua amada, Delinger concordou com a ideia, prometendo que encontraria outra forma de curá-la, mas, para isso, precisava que ela permanecesse viva.

Foi então que fiz a maior bobagem da minha vida.

Delinger tinha elaborado a teoria de que uma criança baracai que nascesse com sangue humano poderia ser imune à maldição. Norel tinha muita vontade de ter um filho, mas se recusava a tentar, pois não queria condenar a criança a passar pelo que ela estava passando. Então surgiu a ideia. E se o pai da criança fosse humano? A princípio parecia que aquilo era só uma brincadeira, mas ela começou a pensar cada vez mais sério naquilo até que um dia me fez a proposta. Na época, ela vinha me visitar várias vezes por semana para... Bom, para pegar a dose de sangue dela. Eu estava tão encantado por ela que... Bem, acabei aceitando aquela oferta maluca.

O problema é que depois que ela finalmente engravidou, eu não suportava mais a ideia de me separar dela. Cheguei a pedir que ela abandonasse o marido e vivesse comigo, ao que ela recusou sem pensar duas vezes. Ela disse que nunca tinha me visto daquela forma e que, apesar de nosso... envolvimento ser agradável, ela nunca havia retribuído meus sentimentos.

Então, como um idiota, eu resolvi confrontar Delinger. Falei para ele tudo o que eu sentia e o quanto eu queria a esposa dele para mim. Disse a ele que ele não a merecia porque não se importava com ela. Essa foi a única vez que eu o vi realmente abalado. Ele abriu a boca e começou a falar, a descrever tudo o que ele havia passado, todos os momentos em que vivera ao lado de Norel e de tudo o que fizera por ela.

Envergonhado, eu percebi que não passava de um egoísta. Não era eu quem tinha um elo mental com ela, era ele. Aquele homem amava a esposa a ponto de fazer qualquer sacrifício pela felicidade dela. Ele nunca tinha sido indiferente. Eu, em minha tolice, criei uma fantasia de que seria possível ter uma vida ao lado daquela mulher, mas aquilo sempre esteve completamente fora de cogitação, pois eu nunca seria capaz de fazer nem metade das coisas que ele... Bem, eu nunca chegaria nem aos pés dele.

De qualquer forma, acabamos cortando relações naquele dia. Delinger e Norel foram embora de Lassam e eu voltei à minha vida solitária de pesquisas. Ocasionalmente, no entanto, Norel me enviava cartas com notícias sobre meu filho. Eu ficava contente pela criança estar bem e saudável e por, aparentemente, ser um humano normal. Norel comentou numa carta que ela e Delinger ficaram tão felizes pelo menino ter olhos funcionais que decidiram mudar a cor dos deles para ficarem parecidos com o *tom castanho claro da íris da criança. Mais tarde eu vim a perceber que eles fizeram o mesmo com o tom de pele. Ser um transmorfo tem lá suas vantagens.*

Acredito que, para não criar confusão devido à mudança de aparência, eles decidiram se mudar de novo, indo parar numa cidade costeira chamada Maresia.

Um dia, as cartas de Norel pararam de chegar. Eu imaginava o que tinha acontecido, mas não pude me conter e viajei até Maresia. Descobri que eles tinham encontrado outro doador de sangue para Norel, mas mesmo assim não tinha adiantado. No máximo, tinham conseguido estender a vida dela por mais uns seis ou sete anos.

No fim, ela acabou perdendo totalmente razão, mesmo nunca tendo consumido o tal elixir negro. Baracais são bem difíceis de matar e a loucura da degeneração parece fortalecer ainda mais essa característica. Delinger foi obrigado a...

O alquimista se interrompeu de repente e olhou para Daimar.
— Desculpe, filho, acho que você não precisa saber disso.
— Fale! – Daimar, praticamente, ordenou. – Quero ouvir tudo!

Olhando para o rosto transtornado e determinado daquele que acreditava ser seu filho, bem como para os dedos dele, fortemente unidos aos de Cariele, Dafir soltou um suspiro, antes de continuar.

Delinger precisou matar sua mãe três vezes, pois o corpo dela, mesmo... danificado, conseguia voltar à vida depois de certo tempo.

Quando encontrei Delinger, ele estava perdido, completamente desiludido. Sugeriu diversas vezes que eu levasse meu filho comigo e o deixasse sozinho. Me recusei terminantemente a isso, afinal, o garoto estava bem cuidado, saudável e adorava o pai adotivo. O que mais eu podia fazer?

Passei alguns meses lá. Nesse tempo tivemos longas conversas, que pareceram ajudar um pouco. Até que Delinger, finalmente, recuperou o equilíbrio e passou a dedicar sua vida a seu filho e à sua pesquisa, o que ampliou ainda mais a grande fortuna que ele já tinha juntado até então.

Voltei para a casa e depois disso passamos a nos corresponder periodicamente, compartilhando resultados de nossas pesquisas. Ele também sempre me passava informações sobre o garoto, como ele se desenvolvia e como era inteligente.

Então, os anos foram passando e, um dia, uma garota baracai apareceu à minha porta. Me disse que os anciãos tinham acordado de sua hibernação e que queriam falar com Delinger. Me recusei a conversar com ela, mas, então, ela me disse diversas coisas que os baracais não tinham como saber, a menos que estivessem nos espionando durante anos.

Eles sabiam da morte de Norel. Sabiam como ela tinha perecido. Sabiam que ela tinha tido um filho. E também sabiam que Delinger não era o pai.

Viajei novamente para Maresia para conversar com Delinger. Minha intenção era pedir algum dinheiro emprestado a ele para que eu pudesse ir embora para Lemoran ou Halias. Tudo o que eu queria era ir para o lugar mais longe que pudesse. E sugeri que ele fizesse isso também. Mas ele se recusava a fugir. Ao invés disso, ele me convenceu a voltar para cá. Me prometeu que iria resolver esse assunto definitivamente, custasse o que custasse, e que podia precisar da minha ajuda.

Desde logo depois da morte de Norel, eu e Delinger tínhamos começado a estudar formas de lutar contra os baracais. Delinger insistia que era necessário alguém ter um meio de pará-lo caso ele viesse a se descontrolar.

— E foi, então, que desenvolvemos a técnica dos arpões de metal que usei contra você – concluiu o alquimista.

Daimar estava perplexo. Era muita informação para absorver tudo de uma vez só.

— Não entendo. Afinal, por que tentou me matar?

— Cerca de uma semana atrás, um baracai me atacou pelas costas e me trancou em uma caverna. Não me queria morto, pois havia comida e água suficiente para um batalhão lá dentro. Eu acho que ele estava tentando fazer algum tipo de encantamento em mim, mas aparentemente não deu muito certo. Então oficiais do Exército apareceram, me libertaram e me trouxeram para cá. Fiquei sabendo que os baracais tinham desenvolvido uma técnica para controlar a mente de humanos e que estavam atacando a cidade. Dois soldados ficaram protegendo minha porta, mas, então, eles foram subitamente atacados e a porta foi arrombada. Quando vi você na minha frente, achei que era um deles e ataquei com tudo o que eu tinha, pois imaginei que não teria a menor chance contra você além do elemento surpresa.

— Então Cariele veio atrás de mim.

Dafir olhou para ela, notando a expressão de desafio em seu rosto. Compreensivelmente, a moça não confiava nele.

— Sim.

— E o que você fez com ela?

Dafir encarou Daimar, surpreso.

— Eu não tive oportunidade de fazer nada. Não está vendo o estado em que ela me deixou?

— Sim, mas por que ela... regrediu a essa forma?

O alquimista olhou para Cariele, que desviou o olhar.

— Acredito que a moça saiba explicar isso melhor do que eu.

Ela suspirou, mas permaneceu calada, parecendo muito indecisa.

O aspirante estreitou os olhos de repente, ao se lembrar de um dos relatórios de Janica sobre as visitas de Cariele ao hospital, e sobre a pequena investigação que ela tinha feito em relação ao estado de saúde de Baldier Asmund, em que constavam os sintomas da doença que ele tinha.

— Você tem o mal do desacoplamento progressivo – concluiu ele, olhando para ela com atenção. – Não é?

— Não – disse Daimar. – Quem tem isso é o pai dela... – Ele hesitou ao vê-la fugir do olhar dele. – Não é?

— Não – respondeu ela, em voz baixa. – Essa doença é hereditária. E meu caso é bem mais sério do que o do meu pai.

— Você mentiu para mim?!

— Não. Você me perguntou se era a doença que tinha causado isto – ela apontou para a própria cabeça. – E eu disse que não, porque não foi mesmo.

— Você passou por um ritual de modificação corporal depois do acidente – disse Alvor, para surpresa de Edizar e Dafir. – Mas a doença reverteu os efeitos do ritual quando você se esforçou demais para... – ele fez um gesto com a cabeça na direção de Dafir.

— Mas isso é impossível – contestou Edizar. – Não existem rituais de modificação corporal. Isso é só uma lenda urbana.

— Você não diria isso se tivesse visto a aparência dela de antes – respondeu Alvor.

Dafir olhou para o aspirante.

— Desacoplamento progressivo? O que é isso?

O aspirante fez um breve resumo da doença e seus efeitos.

— Acho que faz sentido – disse o alquimista, por fim. – Ela tem uma afinidade energética fora de qualquer escala que eu já tenha visto. É bem possível que ela contenha os efeitos desse mal se concentrar suas forças apenas para isso.

Daimar olhou para Cariele.

— Isso é verdade?

— Sim.

— Então é por isso que você gosta tanto de usar esses simulacros. Para poupar sua própria energia?

Ela deu de ombros.

— É a única forma de me manter viva. Quando tinha 15 anos, os curandeiros me disseram que eu não tinha mais do que seis meses de vida.

— Eu sempre tive dificuldade de entender algumas coisas na sua ficha – admitiu Alvor. – Não me surpreendi por você ter causado uma explosão tão grande quanto aquela, mas nunca entendi o que tinha levado você a se descontrolar tanto.

— Disseram que eu era um prodígio – disse ela, desgostosa. – Que eu seria uma das pessoas mais poderosas do mundo. Mas então veio isso. É irônico, não? Que alguém nasça com tantos poderes que nunca vai ser capaz de usar.

— Eu não diria isso – respondeu o aspirante. – Se a doença é hereditária, você a teria de qualquer jeito. O fato de ter desenvolvido tanta afinidade mística pode ter sido uma forma de o destino compensar as coisas para você.

— Não poderia me importar menos com "destino" neste momento. Me esforcei tanto apenas em viver por mais um dia. Só mais um dia. Consegui fazer isso durante anos – ela olhou para Daimar, com lágrimas nos olhos. – Então eu vi você ali, caído, com aquelas coisas enfiadas no seu corpo. Nosso elo sumiu e você não estava respirando. Então eu... achei que não valia a pena viver por mais tempo.

Daimar a abraçou e ficaram todos num silêncio desconfortável por um longo tempo.

— Parece que nosso paciente aqui precisa de descanso – comentou Edizar, apontando para Dafir, que parecia ter adormecido.

— Acho que é uma boa ideia todo mundo descansar um pouco – concluiu Alvor, batendo nas costas de Daimar. – Sendo ele seu pai natural ou não, Delinger Gretel é um cara e tanto. Você pode se orgulhar dele.

— Sabe onde ele está?

— Sim, está lá fora, lutando, como sempre esteve desde que veio para Lassam. Ele descobriu que os baracais sobreviventes voltaram a tomar o elixir negro, estão quase todos ensandecidos por causa disso e querem destruir a raça humana a todo custo. Desde então, impedir isso passou a ser o objetivo de vida dele. De alguma forma, ele acha que poderia ter dissuadido os baracais de tomar o elixir se tivesse voltado para a caverna anos atrás e se sente responsável por toda essa confusão.

— Eu nunca aprovei a forma de agir de Delinger – disse Dafir, de repente, mostrando que ainda estava acordado. – Mas sempre o apoiei. "Por quê?", você pode perguntar. E eu digo: imagine a pessoa que mais ama no mundo perdendo a sanidade. Imagine você tendo que a matar. Imagine o que você sente depois que um ato desses é concluído. Então imagine alguém passando por tudo isso não apenas uma, mas *três* vezes. Não é qualquer um que consegue manter a sanidade depois de tudo isso. Ainda mais tendo presenciado os próprios pais enlouquecerem e serem sacrificados quando ainda era uma criança. No entanto ele conseguiu seguir em frente e construir uma vida para o filho. Um filho adotivo, ainda por cima.

— Como eu disse, ele é um grande cara – disse Alvor, voltando a olhar para Daimar. – Mas o que me deixou bastante surpreso mesmo foi a sua transformação. Ninguém imaginava que você tivesse herdado os poderes de sua... tribo.

— Imagine eu, que nem sabia que essa tribo existia.

— Leve a moça para o outro quarto. Vocês merecem um descanso. Temos patrulhas aí fora, então pode ficar tranquilo que aqui vocês estão em segurança.

Minutos depois, os dois entravam no quarto. Então, sem fazer qualquer cerimônia, Daimar a tomou nos braços e a colocou deitada na cama, para surpresa dela.

Eu posso estar um pouco fraca, mas ainda sou capaz de subir numa cama sozinha.

Considere isso um bônus.

Ela sorriu. Voltar a ouvir os pensamentos dele daquela forma depois de tudo o que tinha acontecido era maravilhoso.

Você ficou preocupado comigo.

Que afirmação mais redundante! Claro que fiquei preocupado com você!

Você me chamou de volta quando eu desmaiei.

E você fez com que eu virasse um monstro.

Ele se deitou na cama ao lado dela e Cariele se aconchegou nele.

Eu senti que estava perdendo as forças. Eu queria fazer algo para que você pudesse se defender, caso aquele homem voltasse a atacar você.

Então você entrou na minha cabeça e ativou o modo dragão.

Não foi tão ruim, foi?

Acabou com o melhor uniforme que eu tinha.

Ambos riram.

Meu uniforme também já viu dias melhores.

As caras do aspirante e do sábio Edizar quando me viram naquela forma foram impagáveis. Eu provavelmente teria rido se não estivesse com você inconsciente nos braços. E ainda mais, desse jeito.

Ele pontuou as palavras acariciando a pele enrugada ao redor do olho esquerdo dela.

Não vai mais poder se gabar por ter conquistado a garota mais linda da academia.

Que nada, a meus olhos você está ótima.

Ela ficou séria, de repente.

Você vai atrás do seu pai, não vai?

Sim, ele pode estar precisando de ajuda. Mas no momento vamos nos concentrar em você.

Eu estou bem.

Estou falando sério. Eu nunca conseguiria sair por aí numa aventura como essa sem você. Preciso da sua experiência, do seu treinamento, do seu poder.

Ela sorriu.

Isso foi lindo.

Vamos ver seu pai.

Como é?

Você ouviu o sábio, não ouviu? Ele disse claramente que não existem rituais de modificação corporal.

Ele pode apenas estar mal informado.

Vamos ver seu pai. Ele também pode esclarecer alguns outros mistérios.

Como o quê?

Você tinha me dito que não podia usar um braço, uma perna e um olho. Mas, a meu ver, está tudo funcionando perfeitamente.

Ela levantou o braço esquerdo e encarou a pele arruinada da mão por um instante. Agora que ela tinha parado para pensar naquilo, a pele queimada podia estar um pouco sensível, mas não a incomodava em nada. Sem coceiras, sem dores. E não era só aquilo, ela também tinha recuperado a sensibilidade em todas as partes queimadas do corpo, que antes eram insensíveis ao toque, bem como ao frio ou calor.

Tem razão. Mas tem certeza de que não se incomoda mesmo em me ver desse jeito?

Ele riu.

Quantas vezes vai me perguntar isso? Para falar a verdade, eu sempre achei que tinha algo errado com sua aparência. Talvez seja por causa dos meus sentidos. É possível que eu tenha inconscientemente percebido que aquilo não era real. Gosto de pensar que é por isso que agora não tenho mais problemas em beijar você. E, para falar a verdade, essa sua aparência atual também tem seu charme.

Como assim?

Eu olho para você agora e vejo cicatrizes. E imagino o tamanho das dificuldades pelas quais você passou, o quanto você é forte por suportar tudo isso. Fico até com certa inveja.

Agora você está me deixando sem graça.

Ótimo. Isso desconta um pouco do constrangimento que você me fez passar por aqueles caras me flagrarem sem roupa.

Eles riram novamente.

E como foi a experiência de ser um dragão por alguns minutos?

Dolorida. Sinto como se tivesse tomado a maior surra da minha vida, meu corpo inteiro dói.

Você parece estar aceitando isso tudo muito melhor do que era de se esperar.

Para mim, essa história toda é muito surreal. Estou tentando não pensar muito nela, pelo menos não ainda. Na verdade, ignorar isso é muito fácil, já que estou muito mais preocupado com você e com o que você tem passado nesses anos todos. Aliás, tem certeza de que não quer ver a curandeira de novo?

Ela não encontrou nada no primeiro exame que me fez, duvido que encontre alguma coisa agora.

Então vamos descansar.

Ambos ficaram perdidos em pensamentos durante um longo instante, até que ela voltou a olhar para ele, séria.

Sabe, eu queria me desculpar.

Pelo quê?

Por me... descontrolar daquele jeito. Eu sinto que não confiei em você. Acreditei muito rápido que você... Enfim, eu odeio te deixar preocupado. Prometo que nunca mais vou perder a cabeça daquela forma de novo.

Bobagem, você salvou minha vida. Dafir bate forte, me derrubou em questão de segundos. Se você não tivesse usado seus poderes, poderíamos estar os dois mortos. E tudo por causa de um equívoco estúpido.

É. Foi um engano estúpido mesmo, não foi?

Ela, então, sentiu o apelo irresistível do sono. Mas não antes de se perguntar: *será mesmo?*

Capítulo 15:
Decisões

A tarde chegava ao fim quando, finalmente, a carroça coberta do hospital chegou. Alvor e Edizar se surpreenderam quando o sábio de olhos verdes pulou agilmente de dentro dela e se aproximou deles.

— Boa tarde, senhores.

— Senhor – responderam ambos, respeitosamente.

Alvor não sabia qual era a maneira correta de cumprimentar aquele homem. Ele não era um oficial do Exército, mas exercia uma posição extremamente influente na província, de forma que até o general obedecia a ordens dele. No entanto ali estava ele, pegando uma carona numa velha carroça de hospital, usando roupas simples e andando tranquilamente ao lado de meros soldados e enfermeiros.

— Boas notícias – disse o sábio. – O embate terminou. A cidade está tranquila e aqueles que foram sugestionados já voltaram ao normal.

— Que alívio – respondeu Alvor. – Tivemos muitas baixas?

— Infelizmente, houve algumas. No entanto, é fato que essa situação tinha potencial para se tornar uma verdadeira catástrofe. A atuação da equipe especial foi magnífica, aspirante. Estamos em débito com vocês.

— Obrigado, senhor – Alvor levou a mão à parte de trás da cabeça, sem jeito.

— Como estão as coisas por aqui?

Enquanto Edizar conduzia os enfermeiros até o alquimista, Alvor fez um rápido relatório sobre o fatídico encontro dele com os jovens. O sábio pareceu particularmente fascinado pelas condições de saúde de Cariele.

Logo os enfermeiros passaram, levando Dafir Munim sobre uma maca. O homem estava adormecido, sob o efeito das poções para dor.

— Eu estava dizendo ao sábio que Dafir nos contou uma história e tanto – disse Alvor, quando Edizar se juntou a eles novamente.

— Considerando a gravidade daqueles ferimentos, estou surpreso por ele ter conseguido falar tanta coisa – comentou Edizar.

Os três observaram enquanto a maca era colocada sobre uma espécie de colchão de palha no chão da carroça e os enfermeiros o examinavam uma última vez. Um soldado aproximou-se, trazendo um bonito cavalo malhado.

Após entregar as rédeas ao sábio, ele voltou correndo para a carroça, que já estava partindo em direção ao hospital.

O sábio pegou uma folha de papel enrolada de dentro de uma bolsa presa à sela de sua montaria e a estendeu para Edizar.

— Isso pode ser útil. Trata-se da fórmula para anular o encanto de *sugestão* usado pelos baracais.

— Obrigado, senhor.

— Em relação a esses dois jovens, vocês diriam que algum dos dois, digamos... *se descontrolou* durante essa ocorrência?

— Eu não diria isso, senhor – respondeu Edizar. – O que temos é apenas um buraco em uma velha parede e o desabamento de um telhado mais velho ainda.

— E um alquimista com muitos ossos quebrados – acrescentou Alvor.

— Mas vivo – retrucou Edizar.

— Um alquimista bastante poderoso, pelo que me consta – disse o sábio de olhos verdes, lançando um olhar à carroça, que virava uma esquina e sumia de vista. – Você disse que a especialidade da moça é conjuração?

— É o que diz a ficha dela – respondeu Alvor.

— Eu realmente não creio que ela tenha se descontrolado – insistiu Edizar. – A menos que as habilidades dela tenham mudado muito nos últimos anos, o que me parece pouco provável.

— Concordo – falou Alvor. – Um conjurador do nível dela poderia facilmente transformar todo esse lugar em cinzas. Inclusive, ela fez algo assim, alguns anos atrás, quando ficou sabendo que estava doente. Mandou um quartel inteiro pelos ares, com proteções místicas e tudo.

— Você a vem monitorando há quanto tempo, aspirante?

— Desde que ela começou a chamar a atenção do pessoal de inteligência. Não tenho os números comigo agora, mas sei que, sob a orientação da tenente Oglave, em pouco mais de dois anos, ela mandou uma parcela muito significativa da população criminosa desta cidade para a masmorra. E sozinha.

— Entendo. Se me permite uma sugestão, eu recomendo modificar um pouco sua tática de monitoramento.

◆ ◆ ◆

Cariele e Daimar foram recebidos com uma grande ovação quando entraram no alojamento da fraternidade. Ou melhor, *Daimar* recebeu uma ovação, pois ninguém fazia a menor ideia de quem era aquela magricela careca cheia de marcas de queimadura, e que ainda por cima usava um uniforme da academia largo demais para ela, além de todo sujo e rasgado.

Todos ficaram em um silêncio aturdido quando Daimar agradeceu as boas-vindas, mas que ele iria levar *Cariele* até o quarto dela. Ele preferia esperar um pouco antes de revelar a identidade dela para todo mundo, mas ela havia deixado claro que não queria esconder nada de ninguém.

Cariele ouviu suas amigas a chamarem, preocupadas, mas não estava com o menor ânimo para socializar no momento.

— Obrigada – disse a ele, ao abrir a porta de seu quarto. – Preciso tomar um banho e encontrar alguma coisa que me sirva no meu armário. Mais tarde conversamos.

— Tudo bem – respondeu ele, antes de se aproximar e dar-lhe um breve beijo nos lábios. – Estarei no refeitório.

Ela tratou de fechar e trancar a porta, antes de se recostar nela e soltar um suspiro. Aquilo era difícil, mas não havia mais volta. A única alternativa era encarar. Juntando toda a sua coragem, ela endireitou-se e foi até a janela, começando a puxar as cortinas, mas logo mudou de ideia e resolveu fechar ambas as folhas, mergulhando o quarto numa suave penumbra.

Assegurando-se de que a janela estava completamente fechada e travada, ela aproximou-se da mesa e removeu a tampa do candelabro, que logo banhou o quarto todo com sua luz amarelada. Então se sentou e ficou encarando a si mesma no espelho por um longo momento.

Seus olhos continuavam com o mesmo tom azul claro. Eram a única parte de sua aparência que nunca tinha mudado, exceto pelo fato de ter perdido um deles naquela maldita explosão.

Agora que olhava com atenção, ela começou a perceber algumas coisas que estavam diferentes da última vez em que se olhara no espelho antes do ritual.

Além de não haver mais um buraco horripilante no lugar de seu olho esquerdo, a orelha e a sobrancelha esquerda também tinham ressurgido. Ela passou um dedo sobre os pelos negros e não sentiu nada de diferente. Era como se sempre tivesse estado ali. Pensando bem, depois de uma boa noite de sono ao lado de Daimar, ela não sentia absolutamente nada de estranho em nenhuma parte de seu corpo. Se fechasse os olhos e esquecesse sua aparência externa, ela podia facilmente fingir que o dia anterior não tinha existido. Não havia absolutamente nada que parecesse fora do lugar.

Depois que percebera que tinha... *mudado*, Cariele estivera tão apreensiva com seu corpo que havia se recusado a tirar suas roupas, até mesmo quando a curandeira pedira para examiná-la.

Daimar não tivera escolha além de pegar um traje emprestado, pois o uniforme dele havia sido totalmente destruído, primeiro pelo ataque do alquimista, e depois pela transformação dele. Ela, no entanto, não quisera trocar de roupa, primeiro por não gostar da ideia de vestir algo que fosse de outra pessoa, mas principalmente, pelo pânico que tinha sentido ante a perspectiva de olhar para o próprio corpo, de ver o que tinha perdido, de encarar o que tinha voltado a se tornar.

Tinha se recusado até mesmo a remover as botas. Daimar havia oferecido mandar um de seus empregados passar na fraternidade e pegar algumas roupas, mas ela havia recusado. Queria estar em um lugar familiar quando tivesse que lidar com aquilo.

Endireitando-se, ela removeu o blazer arruinado e desabotoou os primeiros botões da camisa, antes de respirar fundo e olhar para baixo. E constatou, aliviada, que seu seio esquerdo estava ali, no local onde, antes do ritual, havia apenas pele queimada. Ela apalpou a mama com cuidado, mas não parecia haver nada de errado com ela, exceto pela cor avermelhada, como de toda a pele ao redor. Nem mesmo o peso do seio lhe parecia diferente, o que era estranho, pois o volume a que estava acostumada, aquele que o ritual tinha lhe concedido, era bem maior. Também deveria ser mais pesado, não devia?

Ela terminou de tirar a camisa e se levantou para se olhar no espelho. A marca da queimadura cobria todo o lado esquerdo do seu corpo, com a pele avermelhada clareando aos poucos até atingir seu tom pálido natural, formando uma linha irregular que descia por entre os seios indo até a virilha. A pele queimada da cabeça, rosto, pescoço e mão esquerda, além de avermelhada, era irregular, levemente enrugada. No restante do lado esquerdo do corpo, no entanto, apesar da vermelhidão, a pele continuava macia e suave ao toque.

Terminando de se despir, ela concluiu que seu corpo não estava nada mal. Se Daimar tinha aceitado tão facilmente seu rosto, provavelmente não teria nenhum problema com o resto.

Ela riu de si mesma e se olhou criticamente por alguns instantes.

O ritual tinha lhe dado um corpo bem mais voluptuoso, coxas mais grossas, quadris mais largos, cintura mais fina. Não, pensando bem, sua cintura tinha permanecido igual, todo o resto é que tinha aumentado. E agora que o efeito do ritual se fora, ela parecia bem mais magra. Seus músculos, no entanto, estavam todos ali, apesar de menos pronunciados.

Seu pé esquerdo, que tinha sido quase totalmente perdido na explosão, parecia perfeitamente bem. Ele apresentava o mesmo tom avermelhado e enrugado de outras áreas queimadas, o que incluía parte da perna, mas só o fato de ele estar ali já era motivo de alegria.

Ela voltou a encarar seus próprios olhos no espelho, percebendo que não desgostava daquela aparência, pelo menos não tanto quanto imaginara. Por um instante, ela considerou o quanto daquela aceitação se devia à reação de Daimar.

Ou melhor, à *falta* de reação dele, uma vez que continuara olhando para ela da mesma forma que antes, como se nada tivesse acontecido. Talvez fosse por causa dos outros sentidos dele, que provavelmente produziam uma "imagem" mais interessante para ele do que a aparência física.

De qualquer forma, olhando para si mesma agora, ela sentia uma espécie de alívio, como se um grande peso tivesse sido tirado de suas costas. Lembrou-se, de repente, que não precisava mais fingir ser uma garota "descolada". Não precisava mais impressionar as outras mulheres e muito menos se mostrar atraente para os homens. Aquilo nem era possível agora, mesmo que quisesse. Então ela percebeu o quanto sua vida social tinha sido vazia e insatisfatória nesses últimos dois anos. Se não fosse pelo seu trabalho com a tenente, nunca teria suportado passar por tudo aquilo.

Estava tão perdida em pensamentos, que tomou um grande susto ao ouvir uma batida na porta, seguida pela voz abafada de Malena.

— Cari? Você está aí?

— Cariele! Abra já essa porta!

Aquela ordem, naquele tom de voz, não poderia vir de ninguém além de Hadara. Tratando de enrolar-se em um lençol, ela destrancou a porta e a abriu, surpresa com a própria falta de pudor.

— Bom dia.

A velha curandeira arregalou os olhos, surpresa, e a olhou de cima a baixo, antes de empurrá-la para dentro do quarto e puxar Malena para dentro pelo braço, antes de fechar a porta com um estrondo e trancá-la.

Malena, aparentemente, não sabia o que dizer, limitando-se a olhar para Cariele com preocupação, da mesma forma que tinha feito quando ela havia chegado ao alojamento com Daimar.

— Seu corpo reverteu quase que completamente – constatou Hadara, aproximando-se dela e analisando com cuidado a pele de seu rosto e da cabeça. – Mas está com uma cor bem mais saudável, se minha memória não me falha. Tire esse lençol, deixe dar uma boa olhada em você.

— Um bom dia para você também – respondeu Cariele, irônica. – O que está fazendo aqui?

— Com toda a confusão de ontem nessa cidade, imaginei que você tivesse se metido em problemas. Agora cale a boca e tire esse pano da frente para eu poder avaliar o tamanho do estrago.

◆ ◆ ◆

Daimar percebeu que se sentia muito bem, enquanto tomava um gole de um excelente vinho que alguém tinha levado ilegalmente para dentro da academia. Como Britano e Janica também tinham copos nas mãos enquanto conversavam animadamente num canto, ele imaginou que aquela pequena transgressão talvez não fosse causar tantos problemas como ele inicialmente tinha pensado.

Seu corpo estava bem menos dolorido depois de uma das melhores noites de sono que ele tivera em meses. Sem contar que acordar ao lado de Cariele tinha sido uma das mais fantásticas experiências da vida dele.

Por isso, ele estava de muito bom humor, enquanto conversava animadamente com Egil, Falcão e mais uma série de pessoas. O refeitório estava lotado e havia mais um monte de gente do lado de fora, como se aquilo fosse uma espécie de festa. Mesmo tendo sido decretado recesso de três dias, a maior parte dos estudantes tinha preferido não se aventurar fora dos muros da academia e, aparentemente, alguém tinha decretado que a fraternidade Alvorada era o ponto de encontro mais "quente" do lugar.

A luta de Daimar e Cariele, ao lado dos monitores, contra os soldados *sugestionados*, parecia ser o assunto mais interessante do mundo para aquele pessoal. Ele já tinha ouvido diversas versões diferentes do acontecimento, algumas sangrentas e outras hilárias. Mas todos pareciam considerar ele e Cariele como se fossem deuses da guerra ou algo do gênero, exagerando bastante o papel que tiveram na batalha. Aquilo, pelo menos, valeu umas boas risadas.

Participar daquela confraternização estava sendo muito bom para ele. Depois de ter passado por aquela situação surreal no dia anterior, ele estava mesmo precisando pôr os pés no chão e relaxar um pouco. Esquecer, nem que fosse por pouco tempo, a estarrecedora verdade sobre sua origem e as implicações que aquilo traria para sua vida dali para frente.

Claro que a perspectiva de ter Cariele com ele tornava tudo bem mais fácil de encarar. Se ela conseguia olhar para ele como se nada tivesse acontecido, então ele também podia aceitar o fato de ser um membro de outro povo, uma raça que estava entrando em extinção. Bem como o fato de ele próprio poder estar condenado ao mesmo destino que eles.

Era curioso que aquele fato não o incomodava em absoluto, principalmente depois de saber da doença de Cariele, de perceber que ambos carregavam uma maldição similar. No fim, aquilo acabara se tornando apenas mais um elo a uni-los.

Ainda havia a preocupação com seu pai, a necessidade que tinha de encontrá-lo, de confrontá-lo, de dizer que o compreendia, e que, apesar de todos os desentendimentos que tivera com ele, nunca realmente o odiara. Mas, no momento, Cariele era sua prioridade. Delinger entenderia isso. A vida dela tinha acabado de virar de pernas para o ar e ela precisava dele. Assim como ele precisava dela.

Também havia Dafir. Não sabia o que pensar sobre ele. Apesar de o alquimista afirmar que era seu pai natural, Daimar não conseguia se esquecer da expressão do rosto dele quando o atacou. Não houvera raiva, não houvera medo, só uma determinação assassina, e aquilo era bastante perturbador. Daimar teria sérias dificuldades para acreditar na história dele, se não fosse pela confirmação de Alvor e Edizar, que haviam lutado ao lado de Delinger, e que afirmaram ter ouvido relato similar dele quando lhes pedira para protegerem seu filho adotivo.

E havia a memória do ataque que sofrera. Era quase impossível esquecer a sensação de seu corpo simplesmente se desligando depois de receber aquele ataque, de ele deslizar para o chão e perder lentamente a consciência, repreendendo-se por ter caído no que parecia uma armadilha e por estar deixando Cariele sozinha. Sem contar a sensação estranha que veio depois, de acordar aos poucos, absolutamente sozinho e isolado de tudo e de todos. Sem Cariele. Sentira como se estivesse num corpo diferente, algo viscoso, quase líquido, que parecia escorrer pelo chão como água derramada. Então tinha ouvido a voz de Cariele dentro de si, percebendo que seu vínculo com ela estava se restabelecendo, que ele não estava mais sozinho, e que ela estava ali fora, a seu alcance, e que precisava dele. De alguma forma, seu corpo tinha começado a se mover sozinho e a crescer, transformar-se. Ele se lembrava do impacto de seus pés no chão quando se colocara entre ela e o alquimista, que tinha ficado miraculosamente menor, tão pequeno que ele poderia facilmente esmagá-lo com as mãos. Mas, para sua frustração, a batalha já tinha acabado e o inimigo estava caído, sem condições de se mover. Então ele olhou para sua amada, apenas para perceber que ela também estava largada no chão, imóvel. Lembrava-se de pegá-la com cuidado, de vê-la tão pequena entre suas mãos e de ter dado vazão a toda a sua frustração com um enorme rugido. Lembrava-se de Alvor e Edizar olhando para ele com expressões estupefatas e de ter tentado pedir ajuda a eles. E depois, do alívio quando Cariele finalmente acordou e olhou para ele com aquele lindo sorriso.

— Ei, barão, está me ouvindo?

De repente, Daimar percebeu que Egil acenava com a mão diante dos seus olhos. Então ele sorriu e balançou a cabeça.

— Desculpe, estou um pouco distraído hoje.

— Você está precisando relaxar um pouco – disse Falcão.

Egil olhou para Falcão, de cenho franzido.

— Cara, se você nunca viu uma namorada sua passando por maus bocados, então não tem ideia do quanto é difícil pensar em qualquer outra coisa.

— Está tudo bem – disse Daimar. – Ele tem razão, está sendo bom poder me distrair um pouco. A propósito, quem vai fazer a limpeza deste lugar?

— Não esquenta – respondeu Egil. – Essa galera é gente boa, eu falo com todo mundo depois. Garanto que não vão faltar voluntários.

— Exceto pelo estrago que você fez na calçada lá fora – comentou Falcão, olhando para Daimar. – Aquilo lá vai ficar por sua conta.

Daimar riu.

— É, eu já imaginava.

— Ótimo – disse o ruivo, levantando-se e batendo nas costas dele. – Agora, se me dão licença, vou resgatar uma donzela. Me desejem sorte.

Daimar e Egil ficaram olhando, surpresos, ao verem Falcão andar por entre as pessoas até chegar a uma mesa no fundo, onde Agneta estava sentada, sozinha, olhando para o copo em suas mãos, aparentemente sem vê-lo. Viram o amigo se aproximar dela, chamando-lhe a atenção, e depois trocar algumas palavras com ela, fazendo-a sorrir. Então, Falcão puxou uma cadeira e se sentou diante dela, conversando animadamente.

Egil olhou para Daimar, incrédulo.

— Olha só! Acredita nisso?

— Não sabia que ele tinha interesse nela.

— Ele chegou a comentar comigo que ela andava triste, principalmente depois de Cariele ter contado a todo mundo sobre o... Você sabe...

— O ritual.

— Isso. Mas nunca imaginei que ele fosse querer animar a moça pessoalmente. A propósito, como Cariele está? Imagino que esteja sendo uma barra para ela.

— Ela está bem, por incrível que pareça. Um pouco abalada, naturalmente, mas acho que ela está reagindo muito bem. Melhor do que eu, inclusive. Escute, mudando de assunto, tenho um favor para pedir a você.

— Diga.

— Consegue cuidar da fraternidade por alguns dias?

— Claro. Está pensando em ir para algum lugar?

Daimar não chegou a responder à pergunta do amigo, pois estava ocupado demais se levantando e olhando na direção do corredor.

Depois de alguns instantes, Cariele apareceu, trajando um engomado uniforme militar. Tratava-se de um conjunto de calças e camisa em tom verde-escuro, bem como um cinturão com diversos bolsos de couro em quase toda sua extensão, exceto do lado esquerdo, onde deveria ficar o suporte para a bainha da espada, um item que, diga-se de passagem, parecia estar faltando ali, de tão... *oficial* que ela parecia. A cabeça estava coberta por uma espécie de quepe, também da cor verde-escura.

As mãos e o rosto dela estavam completamente à mostra, a pele grosseira e avermelhada da queimadura contrastando com o verde do uniforme e criando uma imagem um tanto intimidadora. Ela carregava uma pasta de couro na mão direita, o que intensificava ainda mais o ar de oficial militar que ela exalava.

Ela andava, ou melhor, *marchava* pelo corredor de uma forma que provavelmente deixaria qualquer sargento ou tenente orgulhoso. Os lindos olhos azuis brilhavam com determinação e se suavizaram consideravelmente ao vê-lo ali, esperando por ela.

Assim que ela entrou no salão, seguida por Malena, as conversas pararam imediatamente, todos olhando para ela, surpresos.

— Boa tarde a todos — saudou ela, educadamente, e o local de repente pareceu voltar a ganhar vida, com murmúrios, interjeições de espanto, assobios e brincadeiras bem-humoradas.

Ela estava, simplesmente, sensacional. E Daimar não demorou a perceber que ele não era o único a pensar daquela forma.

Aproximando-se dele, ela lhe estendeu uma folha de papel enrolada.

— O que é isso?

— Aí cita o seu nome, por isso achei melhor ver se não faz nenhuma objeção à entrega disso na supervisão.

Curioso, ele sentou-se e começou a ler enquanto Cariele cumprimentava Egil e os demais, sendo rapidamente cercada por um grande grupo de pessoas, incluindo a maior parte dos membros femininos da fraternidade.

— Cari! É você mesma?

— De longe nem dá para reconhecer, mas esses seus olhos são inconfundíveis!

— Que visual, hein, garota? Está arrasando!

Cariele riu, um tanto surpresa. Nunca imaginara que as outras moças a tratariam com aquela familiaridade ao verem-na daquele jeito. Aquilo lhe provocou uma intensa onda de alívio.

— Calma, pessoal. Só vesti isso porque é a única roupa do meu armário que me servia. Ainda bem que desisti de jogar isso fora anos atrás.

— Esse uniforme é seu?

— É verdade que você foi soldado?

Levou um bom tempo até que as amigas ficassem satisfeitas o suficiente para permitir que Cariele escapasse. Ao se sentar ao lado dele, Daimar lhe devolveu o papel.

— Tem certeza de que quer fazer isso?

— Sim, estou farta de segredos.

Ele olhou ao redor e concluiu que era melhor fazer a próxima pergunta através do elo mental.

A tenente Oglave me disse que você poderia correr risco caso alguém descobrisse os seus segredos. Tem certeza de que não vai ter problema?

Desde que ninguém descubra que eu fui a responsável pela prisão de boa parte dos criminosos da masmorra, estarei bem. Ainda mais agora, com essa mudança de aparência.

Ele assentiu e apontou para o papel.

— Então que tal deixarmos nosso casal favorito cuidar disso aqui?

Ela concordou e os dois se dirigiram à mesa de Britano e Janica, que fizeram sinal para que se sentassem junto com eles. Cariele jogou a pasta de couro e a folha enrolada sobre a mesa na frente de Britano antes de se acomodar.

— O que é isso tudo?

— Meu pedido de dispensa das aulas pelos próximos dias. Junto com um relato do que aconteceu ontem e que me fez reverter a esta forma. E essa pasta é minha ficha militar.

Janica e Britano se entreolharam, perplexos.

— Você não precisa fazer isso – disse a monitora. – Quero dizer, sua ficha era considerada sigilosa, não era? Se entregar isso na supervisão, vai virar conhecimento público.

— Essa é a intenção.

Daimar inclinou-se para frente.

— Vocês podem cuidar disso para nós? Vou acompanhar Cariele até a casa dela, na Província Central. Provavelmente, passaremos alguns dias por lá.

— Sem problemas – respondeu Britano. – Já esperávamos por isso. O aspirante Sigournei nos disse que vocês dois foram atacados e que precisavam de tempo para se recuperar. Com um relatório militar oficial como atestado, nem precisava dessa documentação toda – concluiu, apontando para a pasta.

— Então acho que é isso – disse Daimar. – Vocês dois ainda vão continuar sendo nossa sombra?

— Nem – respondeu Britano, tomando o último gole de seu copo. – Ficar perto de vocês é um trabalho perigoso demais para o meu gosto.

— Fomos demitidos – revelou Janica, com um sorriso.

Cariele sorriu também.

— É mesmo?

— Agora voltamos a ser monitores em tempo integral – disse Britano, pegando a garrafa e servindo mais uma dose de vinho a Janica e outra para si mesmo. – Nosso único trabalho no momento é investigar uma denúncia de que alguém vem trazendo bebidas alcoólicas para dentro da academia, o que é ilegal. Já que você, barão, que não devia permitir esse tipo de coisa, não está fazendo seu trabalho, nós temos que fazê-lo por você.

◆ ◆ ◆

A carruagem parou em frente à praça principal de Lassam e ambos desceram. Enquanto Daimar passava instruções ao condutor, Cariele olhou ao redor, sentindo-se inquieta.

Ela visitava o pai em Calise sempre que podia desde que ele saíra do hospital, mas nunca se sentira relutante em sair da cidade antes. De repente, percebeu que tinha desenvolvido certa afeição por Lassam nos dois anos que passara ali. Havia muitas pessoas boas naquela cidade. A despeito do fato de ter fingido ser alguém que não era durante todo aquele tempo, ali moravam pessoas que gostavam dela e que não a julgavam pelo que tinha feito.

No centro da praça, cercada por lindos e bem cuidados jardins, ficava o artefato místico conhecido como *ponte de vento*, capaz de transportar instantaneamente pessoas ou coisas para qualquer ponto do Império.

Daimar precisou se segurar para não rir quando os dois soldados que montavam guarda se empertigaram e prestaram continência para Cariele. Sem nem mesmo pensar no que fazia, ela retribuiu e continuou caminhando, como se realmente fosse uma oficial.

Então o casal se posicionou sobre a plataforma feita com uma rocha de um tom esverdeado. Daimar tirou um pergaminho do bolso, desenrolou-o e o colocou no chão. O objeto mergulhou na pedra como se estivesse afundando na água e a plataforma toda brilhou por um momento, até que, de repente, tudo ao redor ficou borrado. Então o borrão desapareceu como se fosse uma cúpula que tivesse sido erguida e a imagem de outra praça bem diferente surgiu diante deles.

E outro guarda os recebeu, também prestando continência.

— Bem-vindos a Calise!

O ar ali era diferente. Daimar podia sentir o cheiro do mar, o que lhe causou uma imediata onda de saudade de sua cidade natal.

Em silêncio, caminharam até a esquina, onde Daimar contratou um dos muitos coches de aluguel que havia por ali para levá-los à residência Asmund. Enquanto o pequeno veículo os levava pelas ruas arborizadas da cidade, ele olhou para Cariele.

É muito divertido ver esses soldados prestando continência para você.

Ela balançou a cabeça.

Tolos desatentos.

Mas com você vestindo essa roupa, ninguém pode culpar os coitados.

Claro que posso. Qualquer um pode vestir essa roupa, não há nenhuma lei contra isso. O que separa um oficial de um civil é sua insígnia, que tem que ficar presa aqui – ela apontou para o lado esquerdo do peito.

Mesmo assim, duvido que todas as oficiais femininas possam ficar tão bem nesse uniforme quanto você.

Melhor se comportar, barão, não é local nem hora adequados para gracinhas.

Pode dizer o que quiser, mas você adora minhas gracinhas.

Ela riu e balançou a cabeça.

Minutos depois, o coche parou próximo à calçada, em uma rua calma, onde as casas eram bastante simples, mas bem cuidadas. Enquanto Daimar pagava o condutor, Cariele se distraiu olhando para a vizinhança. Vendo-a perdida em pensamentos, ele se aproximou pelo lado esquerdo e deu-lhe um beijo na pele avermelhada do rosto. Ela sobressaltou-se com aquilo, o que o fez rir.

— O que foi?

— Nada – ela respondeu.

— Sei – ele levantou a sobrancelha, com expressão irônica.

— Só me lembrando de quando me trouxeram do hospital, depois da explosão. Na época eu achava que nunca mais sairia de dentro de casa. Engraçado como quase nada mudou por aqui desde então.

— Espero que você tenha aprendido a lição.

— Como é?

— Depois de tantos anos convivendo consigo mesma, teve tempo mais do que suficiente para perceber que nada é capaz de segurar você por muito tempo. Eu devo ter levado umas duas horas para perceber isso, no máximo.

Ela riu.

— Que exagero. Venha, vamos acabar logo com isso.

— Está vendo só?

— Bobo – disse ela, enquanto batia na porta da modesta casa de madeira pintada de verde-claro, onde passara toda a infância e adolescência.

Foram recebidos por uma governanta idosa e sorridente, que não reconheceu Cariele imediatamente, mas ao ficar sabendo quem era ela, envolveu-a num apertado abraço e lhe deu um monte de conselhos sobre remédios caseiros antes de lhes acompanhar até a porta que dava para o jardim dos fundos, onde Baldier Asmund estava ajoelhado diante de um canteiro de tomateiros.

— Sempre achei que essas coisas fossem venenosas – disse Daimar, saindo para o jardim, ao ver que Cariele continuava parada, apenas olhando para as coisas do pai, indecisa.

— Isso é só uma lenda urbana, criada por pessoas com péssimos hábitos higiênicos — respondeu o pai de Cariele, levantando-se com certa dificuldade, antes de olhar para eles. Ao ver a filha, ele estacou, surpreso, antes de abrir um sorriso brilhante. — Filha! Você... Você voltou ao normal!

Cariele e Daimar se entreolharam por um instante.

— O senhor não parece surpreso — disse ela.

— Estou *muito* surpreso! Você está esplêndida!

Minutos mais tarde, os três se sentavam ao redor de uma mesa, sobre a qual a governanta havia colocado uma jarra gigante com chá, além de biscoitos suficientes para alimentar uma dezena de pessoas.

— Deixe eu ver se eu entendi — disse Cariele, levando uma mão à têmpora. — Está me dizendo que *não houve ritual nenhum?*

— Sim. Rituais de modificação corporal não existem. É uma impossibilidade matemática. A primeira prova disso foi proposta há uns 30 anos, mas hoje em dia existem inúmeras outras.

Vendo a expressão frustrada de Cariele, Daimar comentou:

— Desculpe, senhor, mas não é, exatamente, a matemática por trás disso que nos surpreende.

Baldier sorriu.

— Você não acha adorável quando ela fica impaciente?

— Papai!

— Prefiro não me manifestar em relação a isso — disse Daimar, levantando as mãos e fazendo Baldier rir.

Apesar de toda a surpresa e frustração que sentia, Cariele não conseguiu evitar que seus lábios se curvassem num sorriso. Era ótimo ver o pai tão bem-disposto. Ela não o ouvia falar de forma tão tranquila e descontraída havia anos.

— Eu me lembro de ter feito algumas mensurações das suas conjurações quando você tinha 13 anos — disse Baldier a Cariele. — Nunca fiquei tão confuso na minha vida. Nenhuma das escalas marcava nada. Levei um tempão até entender que a verdade é que não existiam escalas grandes o suficiente para medir o seu poder.

— Isso é bobagem — retrucou Cariele. — Não existem escalas ou métodos capazes de medir o poder de ninguém.

— De forma geral, não, mas certos efeitos podem, sim, ser medidos. Suas habilidades sempre foram muito superiores às que estávamos acostumados a lidar. Então, quando ocorreu aquele acidente...

— Não foi um acidente, pai. Por mais que eu saiba que isso seja errado, naquela hora eu *quis* acabar com tudo.

Baldier olhou para Daimar.

— Você conhece a história dela, não? Acha que, naquela situação, alguém pode culpar uma pessoa por desejar isso?

— Eu teria feito pior – revelou Daimar, em tom sério, fazendo Cariele encará-lo, surpresa.

Baldier sorriu para ele.

— É mesmo?

— Sim. Ela tentou acabar com tudo de uma vez. Eu, com essa idade, tinha tanta revolta dentro de mim que provavelmente tentaria destruir tudo e todos primeiro, só usaria o golpe final em mim mesmo, quando não restasse mais nada.

Cariele se lembrou da carta de Delinger e do sofrimento que pai e filho passaram por causa de um segredo terrível demais para ser revelado.

Baldier sorriu e deu alguns tapinhas amigáveis no ombro de Daimar.

— Ainda bem que ela percebeu no último segundo o que estava fazendo e conseguiu se proteger da maior parte da explosão.

— Mas o esforço foi grande demais e fez minha doença progredir e blá, blá, blá – disse Cariele.

— Conforme se recuperava, seu corpo instintivamente direcionou toda a energia que pôde para combater a doença, o que foi um verdadeiro milagre. Mas isso não era suficiente. Tratamentos de regeneração não funcionavam, pois a doença já tinha bloqueado vários pontos-chave do seu fluxo espiritual. Apenas outro milagre poderia fazer com que voltasse a andar e a enxergar. Então eu pensei: já que seus poderes tinham feito um milagre, por que não poderiam fazer mais um? O problema é que você estava muito abalada. Tudo o que eu pude pensar na época foi numa fórmula bastante complicada, que exigiria muita concentração e sangue frio para ter a mais remota chance de sucesso. Só você conseguiria criar o tipo de flutuação necessária para aquilo funcionar, mas eu não podia jogar uma responsabilidade como essa nas mãos de uma pobre garota de 15 anos, que estava sofrendo tanto.

— E você resolveu inventar um ritual.

— Na verdade, foi apenas uma espécie de sugestão hipnótica. Tentamos fazer com que você direcionasse um pouco de seu próprio poder para se curar. Mas o resultado acabou sendo muito diferente do que esperávamos.

— Isso quer dizer... que aquele cabelo, aquele corpo... eram só...

— Construtos místicos – completou Daimar.

— Exato – concordou Baldier.

Ela balançou a cabeça, descrente.

— Mas ninguém é capaz de manter um construto por tanto tempo assim!

— Isso porque não era apenas *um* construto – respondeu Baldier. – Eram milhares, talvez milhões, e eles se renovavam continuamente.

— Mas isso é... Eu não posso... Eu tive todos aqueles sintomas... Coceira, enjoos, um pedaço do meu cabelo caiu!

— Não tenho respostas para isso, mas imagino que manter aquela aparência fosse bastante difícil com o pouco de energia que você podia usar.

— E quanto a Hadara? E todos aqueles cremes e poções dela? Nada daquilo era de verdade?

— Pelo contrário. *Tudo* era de verdade. Os construtos reagiam a estímulos externos quase como se fossem realmente parte de seu corpo.

— Eu não consigo acreditar... Quando você pediu para eu escolher a aparência que eu queria ter...

— Não era esse o efeito que eu tinha em mente – respondeu Baldier, ao ver que ela estava com dificuldade para concluir a pergunta. – Eu imaginei que você fosse se imaginar sem essas... – ele apontou para a pele avermelhada da mão esquerda dela, sem conseguir encontrar uma palavra adequada para concluir a frase – E pensei que isso facilitaria o processo de cura. Mas os seus poderes, novamente, se mostraram imprevisivelmente grandes. Mesmo com quase todo ele direcionado exclusivamente para a tarefa de manter você viva.

Daimar segurou a mão de Cariele, que olhou para ele por um longo instante, em silêncio, até que Baldier voltou a falar.

— Mas agora você foi forçada a direcionar a energia que mantinha os construtos ativos para outra finalidade e eles foram dissipados. E podemos ver, claramente, que grande parte do que planejamos originalmente, de fato, ocorreu. Você regenerou seus membros, sua orelha, seu olho. Até um pouco da sua pele.

Daimar encarou Baldier.

— Por que não fazemos esse "ritual" de novo?

Cariele olhou para ele, muito espantada.

— O quê? Para quê?

— Ora, você não quer voltar a ser como antes?

— Não quero mais aquele rosto falso!

— Eu quis dizer de antes da explosão.

— Não creio que seja possível – disse Baldier, balançando a cabeça. – Quanto mais o tempo passa, mais difícil se torna o processo de regeneração. Depois de tantos anos, não acho que tenha mais nada que possamos fazer quanto a isso. Pelo menos não com os parcos conhecimentos de física e anatomia que temos hoje.

◆ ◆ ◆

O assobio do vento soava de forma ameaçadora, vindo do abismo. O terreno acidentado era totalmente seco e estéril, não se avistava nada além de pedras, poeira e enormes formações rochosas como aquela onde estavam, que se estendiam por toda a parte até o horizonte, separadas por gigantescas fendas cujo fundo não podia ser avistado. O céu apresentava um tom acastanhado, que dava um aspecto ainda mais desolado ao lugar. Os raios avermelhados daquele sol minúsculo não eram suficientes para combater o frio e as correntes de ar enregelavam até os ossos.

Mas, naquele momento, o ambiente hostil era a menor preocupação de Delinger Gretel. Estava ficando cada vez mais difícil manter aquela forma. Já não tinha energia suficiente para regenerar suas asas e podia sentir que seus sentidos e até mesmo seus pensamentos já não eram mais como antes. Mas não podia enlouquecer. Ainda não. Não quando Cristalin estava ali com ele. Precisava acabar logo com aquele embate.

Justiça seja feita: seu oponente parecia muito pior que ele. Aquele garoto já tinha perdido há muito tempo a capacidade de manter uma forma estável e naquele momento parecia um quadrúpede disforme, cheio de chifres e esporas de variadas formas espalhadas pelo corpo. Talvez a intenção dele tivesse sido a de se transformar em algo similar a um ouriço, mas o resultado foi apenas uma coisa bizarra e desengonçada.

De qualquer forma, o garoto ainda estava em pé e conseguia lutar. Abrindo a boca, ele emitiu um sopro de fogo na direção deles.

Enviando um sinal mental para que Cristalin ficasse atrás dele, Delinger levantou a gigantesca cabeça de dragão e soltou um rugido enquanto batia violentamente com uma das patas no chão, o que fez com que uma poderosíssima onda de choque surgisse diante dele, partindo a rocha enquanto cortava a parede de fogo em duas, defletindo as chamas para os lados. A onda prosseguiu em linha reta, quebrando o chão rochoso até atingir o garoto, que foi lançado para longe, caindo perto do abismo.

Pressentindo que o oponente ainda poderia ter alguma carta na manga, Delinger aproximou-se dele devagar, as enormes patas fazendo com que a rocha tremesse a cada passo que ele dava.

Imobilizou-se, no entanto, ao ver o garoto abrir os olhos e golpear o chão com força, fazendo com que a rocha sobre a qual estava se partisse, desprendendo-se e despencando para o abismo, levando-o junto com ela.

Delinger correu para a beirada e olhou para baixo, a tempo de ver o corpo monstruoso do rapaz desaparecer numa explosão alaranjada. Então ele fechou os olhos e deixou que a energia que o envolvia se dissipasse. Seu corpo começou a brilhar e, depois de alguns segundos, ele estava de volta a sua forma humana, com enormes marcas de cortes em quase todo o corpo. Suas pernas não puderam sustentar o peso do corpo e ele caiu de joelhos.

Cristalin correu até ele.

— Tudo bem?

A voz dela saía abafada pela máscara de tecido xadrez, que lhe cobria a boca e o nariz, permitindo que respirasse naquele lugar.

— Só... cansado... – respondeu ele, tentando recuperar o fôlego. O ar desse mundo era rarefeito, o que tornava aquela tarefa difícil até mesmo para ele.

— E o monstro?

— Fugiu. Conseguiu... abrir um portal.

— Podemos ir atrás dele?

Ela passou-lhe um cantil, do qual ele tomou um longo gole antes de responder.

— Sim. Reconheci o encanto pela cor e formato da explosão. – Ele suspirou. – Não sei se ele se confundiu, faltou energia ou se fez de propósito, como um tipo de último recurso, mas ele foi para um lugar que meus primos chamavam de Vindauga.

— E isso é ruim?

Ele olhou para ela.

— Se formos para lá, mesmo que um dia consigamos sair, provavelmente não voltaremos a encontrar nenhuma das pessoas que conhecemos.

— Se não o perseguirmos, acha que ele vai poder voltar?

— Sim. E talvez não tenha ninguém para impedir que ele faça um bom estrago antes que a degeneração o mate.

— Então, o que estamos esperando?

— Precisa me perdoar por isso, mas tenho que pedir para que volte.

— Sim, seu nobre ato de macho protetor está devidamente anotado e registrado. – Ela estendeu a mão para ajudá-lo a se levantar. – Precisa de alguma coisa? Comida? Sangue?

— Comida seria bom, mas seu sangue será mais útil correndo nas suas próprias veias. Gastei energia demais, não há mais como conter a degeneração.

Como evidência daquilo, ele ergueu as mãos com as palmas para cima, exibindo os antebraços, que tinham quase toda a parte interior escurecida.

— Isso só quer dizer que temos que fazer valer cada momento daqui para frente – disse ela, sem titubear, entregando-lhe um pedaço de pão.

— Os únicos arrependimentos que tenho na vida foram não ter estado lá quando minha tribo mais precisou de mim e não ter sabido lidar com um filho adolescente. – Ele deu uma mordida e mastigou em silêncio por alguns instantes. Então, engoliu e olhou para ela. – Todos os momentos que passei com você valeram. Sem exceção.

◆ ◆ ◆

Cariele e Daimar andavam de mãos dadas pela areia, as ondas do mar ocasionalmente banhando seus pés. O sol descia lentamente, prestes a se esconder atrás das montanhas, ao longe.

— E quanto aos militares? Acha mesmo que vão largar do seu pé?

— O aspirante vai marcar minha ficha com código azul.

— O que isso quer dizer?

— Quer dizer que virei pessoa de interesse.

— Considerando tudo que você fez nesses dois anos, praticamente sozinha, não tiro a razão de serem cuidadosos.

— Suponho que tenha razão.

— Mas é só isso? Ele vai te dar um código azul e largar do seu pé?

— Ele diz que sim. E me deu um sinalizador.

— Hã? Para quê?

— Segundo ele, para eu utilizar quando estiver precisando de algum tipo de ajuda.

— Parece útil.

— Se está pensando nisso como um sinal de emergência para chamar reforços, pode esquecer. O aspirante está voltando para Ebora. Se eu usar esse negócio, ele pode até receber o sinal, mas vai levar dias até conseguir me encontrar.

— Ah... Nesse caso, mudei de ideia. Pode jogar esse treco fora.

Ela riu.

— Vou guardar. Nunca se sabe.

Ficaram um longo tempo em silêncio. Daimar percebia que as últimas revelações tinham deixado Cariele pensativa demais. E ele sabia muito bem como era ter coisa demais na cabeça.

— Ei! Alguma vez você já sobrevoou o oceano?

— O quê? Não, claro que não!

— Então que tal fazermos um passeio interessante?

— Você quer dizer...

— Por que não?

— Achei que você não fosse querer se transformar de novo tão cedo.

Ele deu de ombros.

— Que diferença faz? Esperar não vai mudar os fatos, então, vamos, pelo menos, aproveitar um pouco.

— Então, tá. Pode começar a tirar a roupa.

— O quê?

— Da última vez alguém me culpou por ter estragado seu uniforme, lembra?

— Você quer que eu tire a roupa na sua frente?

— Por que não? Eu ouvi todos os seus pensamentos pervertidos desses últimos dois dias, acha que eu iria me envergonhar com isso?

— Ei! Seus pensamentos são muito mais pervertidos que os meus!

— Se já nos conhecemos tão bem assim, não faz nenhum sentido ficar com vergonha de tirar a sua roupa.

— Então, tudo bem. Tire a sua primeiro.

— Não sou eu quem vai virar um réptil de 200 toneladas.

— Nem vem, que eu não sou tão grande assim.

Ela riu.

— Vai, logo!

Sorrindo, ele caminhou até a parte seca da areia e olhou para ela enquanto desabotoava a camisa. Percebeu que era capaz de fazer qualquer coisa por aquele sorriso. Até mesmo aceitar com alegria o fato de ser o último descendente de uma raça amaldiçoada.

Nos dias seguintes, houve dezenas de relatos na cidade, de pessoas que juravam ter avistado um monstro gigante cuspidor de fogo sobrevoando a costa. Como a maioria dos depoimentos divergia quanto ao tamanho e formato do monstro, bem como à hora do avistamento, as autoridades concluíram que se tratava de algum tipo de trote e não deram muita atenção ao fenômeno.

Capítulo 16:
Perigo

A tarde já ia pela metade quando o casal, finalmente, saiu do quarto.

— Boa tarde, pombinhos! – Baldier Asmund os saudou, observando-os com um sorriso, antes de deixar de lado o livro que lia para ajeitar as almofadas atrás de si até encontrar uma posição mais confortável na velha poltrona.

— Oi, pai – respondeu Cariele, soltando um grande bocejo enquanto se dirigia à cozinha.

— Boa tarde – disse Daimar, sentando-se em uma das cadeiras de encosto alto que ficavam ao redor da mesa. Aquelas cadeiras, diga-se de passagem, pareciam ser o artigo mais caro ou vagamente luxuoso que existia naquela casa.

— A governanta me disse que vocês só voltaram hoje de manhã.

Daimar imaginou que seu cansaço deveria estar mais do que aparente, então, não fazia sentido fingir que nada acontecera.

— Passamos a noite na praia.

— É bom ser jovem.

Cariele entrou na sala carregando duas canecas e entregou uma delas a Daimar, com um discreto sorriso, antes de se acomodar ao lado dele.

— Como está se sentindo hoje, pai?

— Como sempre. Meus níveis de energia ainda estão todos dentro das escalas, então, vocês ainda vão ter que me aguentar por algum tempo.

Daimar apoiou os antebraços na mesa e entrelaçou os dedos das mãos.

— Senhor Baldier, ouvi dizer que é muito respeitado entre os sábios de Mesembria.

O homem soltou uma risada.

— Sabe como dizem por aí... As pessoas temem o que não entendem.

Cariele riu, quase se engasgando com um gole de cerveja. Daimar olhou de um para o outro, confuso.

— Desculpe, acho que não entendi.

— Aqueles autoproclamados "sábios", na verdade, não sabem de muita coisa. Tudo o que eu fiz foi terminar de resolver algumas equações que outras pessoas não tiveram tempo enquanto ainda estavam vivas. Só porque ninguém pensou em fazer isso antes de mim, alguns me atribuem uma genialidade que não tenho. A maioria deles, por outro lado, não quer dar o braço a torcer e alegam que o meu processo é complexo demais. Mas, na verdade, são eles que não têm disciplina e metodologia como os sábios de antigamente, por isso não me entendem. E, ao verem os experimentos confirmarem todas as minhas soluções, algo que são incompetentes demais para conceber, ficam intimidados.

Daimar olhou para Cariele.

— Algo me diz que o que seu pai fez foi um pouco mais importante do que ele está dando a entender.

Ela confirmou com um movimento de cabeça, sorrindo.

— Ele resolveu quatro problemas que foram considerados paradoxos por séculos. Muitos dos efeitos que eu mostrei a você ontem são perfeitamente descritos por fórmulas derivadas de um dos *Teoremas Asmund*.

Baldier teve uma reação curiosa ao ouvir aquilo.

— Argh! Pelo amor da Fênix! Me deixe morrer primeiro antes de usar meu nome assim!

— É só uma homenagem, pai. E merecida.

— Esse tipo de homenagem se dá a *gênios*. E só se pode ter uma razoável certeza de alguém ter sido um gênio ou não *séculos* depois de sua morte. Qualquer um pode muito bem acordar inspirado amanhã e encontrar uma prova de que o teorema está errado. Conhecimento não se constrói da noite para o dia.

Com um sorriso, Daimar levantou-se e entregou uma folha de papel ao velho senhor.

— Eu adoraria saber a opinião do senhor em relação a esta ideia.

Curioso, Baldier pegou o papel e estreitou os olhos, enquanto lia atentamente as anotações. Daimar retornou a seu lugar e levou a caneca aos lábios, tomando um longo gole da cerveja para disfarçar o nervosismo.

Devagar aí! Não vá ficar bêbado na frente do meu pai!

Ele baixou a caneca abruptamente, com um súbito acesso de tosse. Quando, finalmente, conseguiu se recuperar, lançou a Cariele um olhar ameaçador.

Estou com sede, dá licença?

Ela o olhou com uma expressão zombeteira.

Problema seu. Se está cansado, a culpa é toda sua.

Não é não. Como eu poderia imaginar que você era tão depravada?

Então já está se dando conta da fria em que se meteu quando decidiu namorar comigo?

Sim. Acabei de perceber que estou condenado a ficar permanentemente exausto e sorridente como um boboca até o fim dos meus dias.

— Um conselho a vocês dois – disse Baldier, sem tirar os olhos do papel, fazendo com que o casal se sobressaltasse. – Se querem trocar segredinhos de casal entre si, sugiro que controlem melhor suas expressões faciais. A menos que não se importem que o que quer que estejam conversando deixe de ser segredo.

— Desculpe – disseram os dois, em uníssono.

Baldier baixou o papel e olhou para Daimar, apontando um dedo para a folha.

— De quem foi esta ideia?

— Foi dele – respondeu Cariele.

— Isso aqui é simplesmente genial – declarou Baldier, devolvendo a folha. – Se isso funcionar, e tudo indica que *pode* funcionar, irá melhorar a vida de muita gente.

Cariele sorriu para Daimar.

— Eu não disse?

— Obrigado, senhor.

Baldier encarou Daimar com seriedade.

— Senhor Gretel, se o que está querendo é me impressionar, saiba que já fez isso no momento em que entrou nessa casa com minha filha pela primeira vez.

— Ora, eu...

— Você vem fazendo um ótimo trabalho cuidando dela, e isso não é nada fácil.

— Pai!

— Para ser sincero, eu não fiz muita coisa – disse Daimar. – Ela, por outro lado, já me salvou algumas vezes.

— Mesmo que não perceba, está, sim, fazendo um ótimo trabalho. Nada me deixa mais feliz do que ver minha filha sorrindo.

— Vou me lembrar disso.

— Ótimo.

— Então, o senhor não tem nada contra se eu e ela... Quero dizer...

Ao invés de responder a Daimar, Baldier olhou para Cariele.

— Você encontrou um par e tanto para você, filha. Eu, no seu lugar, não teria feito escolha melhor.

— Obrigada, pai – respondeu ela, com um sorriso radiante.

Depois de todo o arrebatamento que tomou conta deles na noite anterior, dessa vez eles se contentaram em ficar quietinhos nos braços um do outro na cama do quarto de hóspedes. As experiências pelas quais passaram tinham sido fonte de grande euforia, mas também os tinham deixado exaustos.

Daimar tinha aprendido a controlar sua transformação e descobriu que aquilo não era nada ruim. Na verdade, era muito libertador ser capaz de bater as asas e voar sem rumo. Era como se todo um novo universo se descortinasse para ele, de repente. Sentia-se como se tivesse encontrado uma parte de si mesmo que estivera procurando por anos, sem nem mesmo saber disso.

Cariele, por sua vez, tinha descoberto que agora que não tinha mais que manter a aparência de mulher fatal, tinha alguma reserva de energia que podia gastar, o que era um grande alívio, pois não precisava mais depender exclusivamente de armas especiais e artefatos para poder lutar.

E então, depois que ambos já tinham voado por horas e gasto a maior parte de suas reservas energéticas criando flutuações de todos os tipos que podiam, tinham voltado para a praia e caído um nos braços do outro, ansiosos por outro tipo de descoberta.

E agora, tudo o que queriam fazer era descansar.

Na manhã seguinte, ambos acordaram cheios de disposição. Considerando o quanto tinham sido agradáveis aqueles dois dias, era uma pena terem que voltar para casa, mas tinham coisas para fazer.

O sol começava a aparecer no horizonte quando chegaram até a ponte de vento, junto com Baldier Asmund, que fez questão de acompanhá-los. Segundo ele, o curandeiro tinha recomendado que fizesse bastante exercício, e nada era melhor do que uma caminhada matinal.

— Se precisar de qualquer coisa é só mandar um mensageiro que nós viremos correndo – disse Cariele, dando um abraço apertado no pai.

— Não se preocupem comigo, vocês dois. Vão e aproveitem bem o começo dessa nova vida juntos.

— Obrigado por sua hospitalidade – agradeceu Daimar, apertando a mão de Baldier. – Vou me esforçar para atender suas expectativas.

— Assim espero. A propósito, eu ia quase esquecendo. Um amigo de vocês passou em casa ontem à noite.

Daimar e Cariele se entreolharam.

— Quem?

— Um homem de cabelo e sobrancelhas brancas. Chegou pouco antes da meia-noite. Eu disse que vocês já tinham se recolhido e que pretendiam voltar para Lassam hoje cedo. Então ele agradeceu e disse que conversaria com vocês quando chegassem lá. Disse que não era nada urgente e que não queria incomodar vocês, só queria saber se estavam bem.

— Seria o Britano? – perguntou Daimar.

— Sim, acho que era esse mesmo o nome dele.

— Mas não faz sentido. Por que ele viria atrás de nós nesse horário? E para que se dar ao trabalho de vir até aqui e ir embora sem falar com a gente? Aliás, como ele nos encontrou?

— O endereço está na minha ficha – lembrou Cariele. – Creio que é melhor irmos direto para a academia e ver o que ele quer.

— Sim, tem razão. Obrigado por tudo, senhor Asmund.

— Tchau, pai, obrigada!

— Por nada! Sempre que quiserem, minha casa é de vocês.

Baldier acenou para eles até que a ponte de vento foi ativada e o casal desapareceu de vista.

A praça principal de Lassam parecia calma. Havia uma fila de pessoas do outro lado, onde ficava outra plataforma de vento. Apesar das duas plataformas poderem servir a ambos os propósitos, cidades de médio porte ou maiores costumavam reservar uma para saída e outra para entrada de pessoas na cidade. Algumas cidades muito grandes possuíam várias plataformas para ambas as finalidades.

— Tem muita gente indo embora da cidade ultimamente – comentou Daimar, enquanto se afastavam da plataforma.

— Imagino que não dá para culpar ninguém por isso – respondeu Cariele, olhando desconfiada para um soldado que se aproximava deles, esbaforido.

— Bom dia, oficial, algum problema?

— Você é Daimar Gretel?

— Sim, sou eu mesmo – disse Daimar, depois de trocar um rápido olhar com Cariele. – O que posso fazer por você?

— Recebi ordens do tenente Ivar de entregar uma mensagem. – O homem pegou uma folha de papel do bolso e a estendeu na direção dele.

Depois de pegar o papel, Daimar o desenrolou e começou a ler em voz alta.

— "Favor comparecer ao local de sua residência civil assim que possível, para tratar de assunto de grande urgência, e de seu total interesse". Mas que raios...?

Cariele olhou para o soldado.

— Oficial, há quanto tempo recebeu essa ordem?

— Há cerca de uma hora, senhora.

— Obrigada, vamos para lá imediatamente.

— O que será que está acontecendo? – Daimar perguntou, correndo para acompanhar as passadas largas dela.

— Algo sério deve ter ocorrido durante a madrugada. A tropa não costuma usar soldados como mensageiros, ainda mais esse tenente em particular.

Apesar da preocupação, Daimar se sentia tão bem que não resistiu a dar um sorriso enquanto a olhava de lado.

Se a coisa realmente é tão urgente, poderíamos ir voando, que tal? Estaríamos lá em dez minutos.

É mais provável que fôssemos derrubados do ar em cinco. Depois do que aconteceu por aqui, os soldados provavelmente vão atacar primeiro e fazer perguntas depois.

Como você é pessimista.

Por que não se transforma em algo mais discreto, como um cavalo, por exemplo? Eu não me importaria de cavalgar você.

Vou me lembrar disso mais tarde.

Ambos entraram em uma carruagem de aluguel, após Daimar prometer algumas moedas extras ao condutor se os levassem até seu destino em velocidade máxima.

— Quem é esse tenente Ivar?

— É o oficial que comanda o primeiro batalhão de Lassam. Na ausência da Cris, imagino que ele esteja encarregado da tropa dela também.

Ele podia perceber certo sentimento de desgosto emanando dela toda vez que alguém citava o nome do tenente.

— Você não gosta dele.

Ela deu de ombros.

— Tem muita gente nesse mundo de quem eu não gosto.

Estalando o chicote, o condutor fez com que os cavalos quase voassem pelas ruas da cidade, ainda quase sem nenhum movimento àquela hora da manhã. Em pouco mais de vinte minutos, ele puxava as rédeas e fazia com que a carruagem parasse em frente à mansão Gretel. Ou melhor, ao que restava dela.

A neblina ácida era densa e tinha um cheiro horrível. Parecia ter sido criada especificamente para confundir seus sentidos, pensava Delinger, enquanto pulava de um galho para outro. A julgar pelo aspecto do chão, o melhor curso de ação parecia ser se manter o mais longe possível dele, pois estava coberto por uma versão líquida e, ao que tudo indicava, bem mais mortal daquela névoa.

Era surpreendente que aquelas árvores mortas conseguissem permanecer de pé, mesmo no estado petrificado em que se encontravam. Boa parte dos ramos e folhas já tinham se perdido há muito tempo, deixando apenas troncos e galhos quebrados. O que quer que tenha deixado a floresta daquele jeito, parecia ter acontecido há muito, muito tempo.

Ele parou e aguçou os sentidos por um momento, tentando se orientar. Imaginou como estaria Cristalin. Perdera contato mental com ela pouco depois de entrar na névoa e, agora, parecia que apenas o cheiro dela, impregnado em suas narinas mesmo depois de tanto tempo, era só o que o impedia de sucumbir à maldição e enlouquecer. Sabia que tinha que manter aquele maldito baracai longe dela, apesar de que a deixar sozinha naquele lugar também não lhe parecera correto.

Mas ela era capaz de cuidar de si mesma, não era? Soltando um riso triste, concluiu que, no estado em que se encontrava, ela provavelmente representaria um desafio muito maior ao outro baracai do que ele.

E ela ainda tinha a vantagem de não precisar ficar pulando de galho em galho como se fosse algum tipo de macaco. Como é que aquelas árvores permaneciam em pé, afinal? Há quanto tempo essa floresta estaria assim?

Ele sacudiu a cabeça ao perceber que seus pensamentos voltavam a andar em círculos. Aquilo estava ocorrendo com irritante frequência, o que era uma evidência de que ele já passara em muito da possibilidade de redenção. Tudo o que lhe restava agora era enlouquecer aos poucos até que sua mente, finalmente, parasse de funcionar.

Por isso havia se separado de Cristalin. Ela não estaria mais segura ao seu lado. Ninguém estaria. Só existia uma única coisa que ele podia fazer por ela agora. Livrar-se da ameaça que estava por ali em algum lugar.

De repente, uma leve brisa o atingiu, clareando seus sentidos por um momento, o que lhe permitiu encontrar o que estava procurando.

Finalmente.

Usando o que restava de suas forças, ele saiu em disparada, saltando de um tronco ao outro.

Percebeu que sua presa não estava muito longe. O infeliz pulava de uma árvore para outra tentando fugir, mas estava muito fraco, o que o tornava lento demais. Delinger sabia que, com o artefato que o outro carregava consigo, poderia facilmente escapar se lhe desse tempo suficiente para absorver a energia necessária do ambiente. Não podia deixá-lo escapar de novo.

Isso acaba aqui. Para nós dois.

Usando toda a energia que conseguiu reunir, ele saltou, usando uma flutuação mística para empurrá-lo pelo ar, caindo diretamente sobre seu adversário. O impulso era grande demais para permitir qualquer tipo de equilíbrio sobre o galho, então Delinger se concentrou apenas em agarrá-lo com força e levá-lo consigo, enquanto despencava na direção da mortal gosma ácida.

Muito longe dali, Cristalin caminhava com dificuldade pelo terreno pedregoso, com a ajuda de um par de muletas improvisadas. Exausta, ela sentou-se em uma grande pedra, ajeitando com cuidado a perna ferida, protegida por talas, também improvisadas.

Pela milionésima vez, ela repreendeu a si mesma por ter sido tão idiota a ponto de se descuidar na luta contra aquela louca descontrolada. Mesmo sozinha, ela já dera conta de outros baracais antes. Por isso, era difícil aceitar que tinha deixado aquela fugir, mesmo depois da maldita ter esmagado os ossos pouco acima de seu tornozelo direito.

Mais dez segundos. Era tudo o que ela precisaria para dar cabo daquela doida. Mas, ao invés de lutar, a infeliz tinha preferido fugir. Cristalin a vinha perseguindo desde então. Quanto tempo fazia isso? Uma semana? Duas? Delinger dissera que o tempo nesse mundo seguia um ritmo diferente. Quanto tempo teria se passado em Lassam?

Ela levantou a cabeça e contemplou o céu por um momento. De certa forma, aquele lugar era similar àquele que Delinger chamava de "Mundo das Pedras". A diferença é que ali as escalas eram maiores. Em vez de pedras flutuando, existiam "ilhas" vagando pelo céu, como se alguma força tivesse arrancado pedaços de terra de muitos quilômetros de extensão e lhes concedido o poder de flutuar livremente por entre as nuvens. Muitas dessas ilhas, inclusive, pareciam grandes o suficiente para poderem ser chamadas de "continentes". Era possível ver a superfície da parte de cima de algumas delas, à distância, com grandes faixas verdes e abundância de vida, em contraste com o relevo irregular, rochoso e estéril da parte de baixo. Também havia cachoeiras, nos lugares em que os rios chegavam até a borda e caíam, desmanchando-se no ar depois de algumas dezenas de metros e formando lindos espetáculos de luz e cor ao serem iluminados diretamente pelos raios do sol.

O sol, diga-se de passagem, era o elemento mais curioso daquela paisagem. De alguma forma, ele nascia, cruzava todo o céu e se escondia novamente por trás das montanhas todos os dias, sem nunca ser ofuscado por nenhuma das ilhas voadoras, apesar do fato de todas elas estarem constantemente mudando de direção e velocidade de forma aparentemente aleatória.

A ilha onde estavam, basicamente, consistia em um terreno central, totalmente dominado pela névoa negra, cercado por uma cadeia de montanhas. Aquelas, inclusive, eram, com certeza, as maiores e mais extensas montanhas que ela já tinha visto. Ela tinha ficado curiosa para saber se existiam outras ilhas abaixo desta, mas para confirmar isso teria que chegar ao outro lado da montanha e praticar alpinismo não estava em sua lista de prioridades no momento, ainda mais na sua condição.

Existia bastante vegetação e insetos por ali, além de muitas espécies de animais selvagens, geralmente bastante agressivos. Definitivamente, não era o local mais indicado para se tirar férias.

Cristalin olhou ao redor e viu alguns pedaços de tecido jogados no chão ali perto. Respirando fundo, ela agarrou as muletas rústicas e forçou-se a se levantar. Devagar, aproximou-se da pilha de objetos, franzindo o cenho. Com a ponta da muleta, rolou o que parecia ser uma pequena pedra circular. Ao ver a runa que estava gravada do outro lado do objeto, ela praguejou alto.

— Maldita seja!

A infeliz tinha conseguido escapar. Conseguira fugir de Cristalin por tempo suficiente para que o artefato absorvesse do ambiente a energia necessária para abrir a droga do portal.

Ela abaixou a cabeça, desanimada, uma terrível sensação de derrota apoderando-se dela.

Então olhou para sua direita. Podia ver claramente o topo da neblina negra, a zona proibida, na qual Delinger tinha entrado, perseguindo o outro baracai, sem saber que tinham restado dois deles em vez de apenas um.

Havia perdido a ligação mental com ele no momento em que tivera sua perna quebrada. A dor ainda era intensa e aquilo dificultava bastante que se concentrasse.

Sabia que ele não tinha intenção de retornar. Sabendo de tudo o que ele tinha passado em sua vida, do quanto ele havia sofrido, ela entendia.

Mas não podia evitar sentir desesperadamente a falta dele. Ou o desejo de ir atrás dele, mesmo sabendo que seu corpo pereceria em minutos dentro daquela névoa venenosa. No fundo, tudo o que desejava era se juntar a ele, nem que fosse no esquecimento eterno.

Então ela ouviu um barulho, som de madeira contra madeira, vindo de não muito longe dali. Ela sabia o que era aquilo. De repente, descobriu que, apesar de toda a tristeza e desolação que sentia, seus instintos de sobrevivência continuavam funcionando.

Abaixando-se com dificuldade, ela pegou o artefato arredondado e colocou no bolso. Podia não ter conseguido impedir que aquela maldita escapasse, mas aquilo não ia terminar assim. Iria atrás dela, não importava quantas semanas, meses ou anos aquela pedra fosse levar para carregar novamente.

Mas, para isso, precisava sobreviver, e isso significava se manter o mais longe possível daquele som.

Com bastante esforço, ela voltou a se pôr de pé e se afastou, o mais rápido que sua condição lhe permitia.

♦ ♦ ♦

Daimar e Cariele desceram, apressados, e ficaram encarando, incrédulos, a enorme pilha de destroços que um dia tinha sido uma bela e sólida construção. Rolos de fumaça escapavam por toda parte, denunciando que camadas inferiores da pilha de madeira e pedras ainda queimavam. O portão principal estava aberto, com dois soldados de guarda. Diversos outros se espalhavam pelo terreno, caminhando por sobre o que tinha sobrado dos jardins. Um deles jogava um balde de água sobre uma parte dos destroços, extinguindo o fogo que ainda queimava ali.

Um oficial alto e bastante atraente saiu pelo portão e aproximou-se deles.

— Senhor Gretel?

— Sim?

Discretamente, Cariele afastou-se, caminhando até o condutor da carruagem e estendendo-lhe algumas moedas, que o homem aceitou, muito agradecido.

— Meu nome é Nilsen Ivar, sou o tenente do primeiro batalhão.

Daimar concluiu que aquele homem devia fazer bastante sucesso com as mulheres. Tinha os cabelos castanho-claros muito bem cuidados e aparados com esmero. Os olhos, também castanhos, pareciam atentos a todos os detalhes do que via. A pele apresentava um saudável bronzeado e as roupas não escondiam a musculatura muito bem desenvolvida.

Educadamente, Daimar apertou a mão que o tenente lhe estendeu antes de voltar-se para a cena de destruição.

— O que houve aqui? Onde estão meus empregados?

— Estão todos bem. No momento, estão em casas de amigos ou familiares. Não havia ninguém dentro da mansão quando isso aconteceu.

— Mas como? Tem uma família inteira que mora e trabalha aqui!

— Não falamos com eles ainda, mas pelo que disseram quando nos contataram, parece que, pouco antes do amanhecer, pessoas invadiram a casa e os colocaram para fora antes de destruírem o lugar.

— Céus!

Depois que o condutor tinha subido de volta na carruagem e partido, Cariele se aproximou da cerca formada por barras verticais de ferro, analisando rachaduras que encontrou no chão.

— Ei, garota – chamou o tenente, ao ver que ela usava um encanto de *detecção mística*. – O que pensa que está fazendo? Essa área está sob investigação. Vou ter que pedir para que se afaste.

Daimar aproximou-se dela.

— Descobriu alguma coisa?

Ela se levantou, soltando um suspiro.

— Tem mais um deles por aí.

— Você quer dizer...?

Daimar se interrompeu ao notar a chegada de Edizar Olger, acompanhado por um senhor idoso. Ele adiantou-se ao reconhecer o mordomo de seu pai.

— Kiers! Você está bem?

— Senhor Daimar! Que bom ver você!

— Onde estão os outros? Alguém se feriu?

— Não, senhor. Estão todos na casa da minha prima e no vizinho dela. Só estão um pouco assustados.

— Que bom. Pode me dizer o que aconteceu?

— Sim, senhor. Fomos acordados antes do amanhecer por um barulho. Desci para olhar e vi que a porta da frente tinha sido arrombada e tinha dois rapazes e uma moça andando pelo andar de baixo. Aquele que parecia ser o chefe me mandou tirar todos da casa se não quiséssemos morrer queimados. Então ele cuspiu em um sofá, que começou a pegar fogo. Corri para cima, acordamos as crianças e saímos todos correndo no meio da fumaça. Enquanto isso, eles ficaram lá, rindo e zombando de nós. Quando saímos, ouvimos barulho de coisas quebrando lá dentro e continuamos correndo, sem olhar para trás.

O tenente se adiantou.

— Bom dia, senhor. Eu sou o tenente Ivar, encarregado desse caso. Posso assegurar que iremos encontrar esses criminosos. O senhor consegue descrever a aparência deles?

— Sim, senhor. Aquele que pôs fogo no sofá era um grandão loiro. Não devia ter mais que uns 20 anos.

O tenente fez diversas perguntas e quanto mais detalhes o mordomo acrescentava, mais parecido o invasor ficava com alguém que Daimar conhecia bem.

Cariele percebeu a reação dele.

Você sabe de quem se trata?

Parece ser o Bodine. Mas não faz sentido, ele não tem esse tipo de poder.

Assentindo, ela aproximou-se do sábio Edizar.

— Pode me dizer uma coisa? Baracais podem assumir a forma que quiserem, incluindo a de outras pessoas?

— Não sei dizer com certeza. Pelas explicações que Delinger nos deu, parece ser possível, mas nunca o vimos fazendo isso.

— Duvido que meu pai fizesse isso, mesmo que pudesse – declarou Daimar. – A menos, é claro, que fosse forçado.

Cariele olhou para ele.

— E quanto ao alquimista? Ele conviveu bastante tempo com seus pais. Talvez devêssemos perguntar a ele.

— Eu gostaria que isso fosse possível – lamentou Edizar. – Mas ele está desaparecido.

— Como é?! – Daimar franziu o cenho.

— Ele sumiu misteriosamente do hospital há dois dias.

— Mas que raio está acontecendo?

— A academia! – Cariele exclamou, de repente, virando-se para Ivar. – Tenente!

Nilsen Ivar, que ainda pegava o depoimento do mordomo, olhou para ela, irritado pela interrupção.

— Estou um pouco ocupado no momento.

— Você mandou procurarem Daimar, não foi?

— Sim.

— Mandou um soldado à academia?

— Claro que sim.

— Ele voltou de lá?

Ivar suspirou.

— Não, moça. Mas ainda não se passou tanto tempo...

Ela deu as costas ao tenente e encarou Daimar.

Temos que voar para lá! Agora!

Não acredito que vai me fazer tirar a roupa de novo, e na frente de um monte de gente!

Pode rasgar tudo, se preferir. Mas enquanto você perde tempo se preocupando com isso, alguém pode estar em perigo.

Ah, droga!

Surpresos, Ivar, Edizar e o mordomo Kiers observaram Daimar e Cariele se afastarem, apressados.

— Ei, vocês! – chamou o tenente. – Voltem aqui!

Kiers soltou uma exclamação abafada ao ver Daimar parar no meio da rua, quase deserta àquela hora, e começar a se despir.

Então, um grande brilho o envolveu e ele cresceu, assumindo a gigantesca forma de dragão, com seu corpo de mais de dez metros da altura coberto por escamas azuladas e brilhantes. A forma draconiana dele era parecida com a de seu pai, porém, sem os apêndices em forma de espinhos pelo corpo. Tinha as mesmas garras afiadas, a mesma cauda pontuda, e os chifres que se projetavam para o alto, mas, no geral, a figura era bem menos intimidadora.

Cariele saltou, invocando uma *lufada de vento*, que a impulsionou para cima com força e depois a fez descer suavemente até que estivesse montada no pescoço dele, logo acima dos ombros. Depois de virar a enorme cabeça de um lado para o outro, ele estendeu as impressionantes asas reptilianas para cima e saltou, levantando voo com grande facilidade e afastando-se, na direção da academia.

O tenente pôs as mãos na cintura.

— Filho da mãe! Então ele *pode* fazer isso! Você sabe quem é a moça?

— Cariele Asmund – respondeu Edizar, para a incredulidade do tenente. – Ela ficou daquele jeito depois do último ataque.

Ivar voltou a olhar para cima, ainda boquiaberto.

— Pela Fênix! Deve ter passado por maus bocados, coitada. De qualquer forma, parece estar com muita energia, apesar de todas aquelas queimaduras. Sobre o que os dois conversaram com você?

— Eles suspeitam que o ataque foi feito por um baracai.

— Como é? Mas foi feita uma varredura energética na cidade toda. Não restava mais nenhum! Quero dizer, exceto ele – o tenente apontou para Daimar, que sumia à distância.

Edizar olhou na direção dos destroços.

— Delinger Gretel foi o responsável direto pela derrota dos baracais. Se tiver algum deles vivo, faz sentido que ataque a família dele. E devo lembrar que essas coisas podem dominar mentes.

— Droga! Cuide do mordomo – ordenou o tenente, enquanto se afastava, chamando alguns de seus soldados.

Kiers estava muito pálido. Ao ver Edizar se aproximar, ele apontou para o céu.

— O que... O que aconteceu com ele? O senhor Daimar virou um...

— Senhor Kiers, acho que precisamos ter uma conversa.

Aquilo tudo ainda era uma experiência muito nova para Daimar. Tanto a sensação gloriosa de poder voar pelo céu da cidade quanto o fato de não se importar que outras pessoas o vissem naquela forma.

Mentalmente, ele sorriu consigo mesmo ao se dar conta de que aquilo não deixava de ser uma manifestação de sua rebeldia juvenil. Afinal, se ele precisava conviver com o fato de ter aqueles poderes, então todo mundo também teria que se acostumar com aquilo.

Você não podia me fazer uma calça mágica? Algo que simplesmente sumisse quando eu me transformasse seria bastante conveniente.

Não existe "magia". Mas acredito que seja possível criar um construto desse tipo, sim. No entanto, quem teria que fazer isso é você mesmo.

Parece complicado. A propósito, como você sabe que foi um "deles" que destruiu minha casa?

Lembra da "onda poderosa"? Detectei uma assinatura de energia residual idêntica.

Isso quer dizer que eles não só puseram fogo na casa, mas usaram ondas de choque para fazer com que ela desabasse?

Sim, mas acredito que tenha sido uma única onda de choque.

O que quer dizer que o infeliz é bem poderoso.

Provavelmente.

Tem gente no telhado do alojamento.

Cariele segurou com força nas escamas maiores do pescoço dele, que se projetavam levemente para cima em alguns pontos, e fechou os olhos, concentrando-se em tentar "ver" a mesma coisa que ele via.

E ele achou muito estranho uma das coisas que ele "viu".

Estão usando... pijamas?

E estão conjurando bolas de fogo. Acelere!

Daimar mergulhou na direção da construção, enquanto diversos projéteis místicos eram lançados contra ele. Cariele se utilizou de sua recém-adquirida energia extra para defletir o efeito das explosões até que Daimar estivesse perto o suficiente para abrir a boca e emitir uma poderosa descarga elétrica, que atingiu o telhado da construção, abrindo um rombo na estrutura, ao mesmo tempo em que eletrocutava as três pessoas que estavam ali.

Abrindo as asas, ele reduziu a velocidade da descida e reverteu a transformação enquanto a *lufada de vento* de Cariele os fez descer devagar os últimos metros até pousarem suavemente sobre o telhado.

Era uma armadilha.

Sim, estavam esperando por nós.

Ela jogou as roupas para ele antes de correr na direção das pessoas caídas, tirando um frasco de vidro do bolso.

São dois instrutores da academia e um oficial.

Ela examinou brevemente cada um dos três antes de derramar o líquido do frasco sobre eles. Quando Daimar terminou de se vestir, o soldado já tinha recobrado a consciência e levava as mãos ao pescoço de Cariele, com nítidas intenções assassinas.

No entanto, no estado em que ele se encontrava, ela se livrou facilmente e se afastou, fazendo alguns gestos no ar. O soldado levou a mão ao rosto e gemeu antes de voltar a fechar os olhos e cair para trás, ficando imóvel.

O que ele tem?

Estava sendo sugestionado. Ainda bem que o sábio Edizar me mostrou como anular isso.

Isso quer dizer que o responsável é mesmo um deles.

Sim – concordou ela, usando o encantamento de anulação nos dois instrutores, antes de se levantar. – *Vão acordar depois algum tempo, vamos sair daqui.*

Vai custar uma nota consertar essa bagunça.

A culpa é sua, por ainda não ter aprendido a controlar o relâmpago direito.

Ah, nem vem com essa. Você poderia muito bem ter me guiado.

Não vou estar sempre por perto para segurar você pela mão.
Você está afiada hoje, hein?

Ela parou de andar e o agarrou pelo colarinho, colando sua boca à dele para um beijo demorado.

Você foi ótimo, estou orgulhosa. Está melhor assim?
Posso me acostumar com isso.
Não se acostume.

Ela se virou e continuou a descer as escadas, imaginando que nunca em sua vida agira de forma tão impetuosa durante uma situação de perigo. E que também nunca tinha se divertido tanto e nem se sentido tão viva.

Não havia ninguém no segundo piso do alojamento, que estava uma bagunça, com as portas todas abertas e objetos pessoais caídos por toda parte. Depois de descerem os últimos lances de escada, viram que o primeiro piso não estava muito diferente.

Estou sentindo pessoas se aproximando do lado de fora.

Cariele sacou seu bastão e removeu dele o simulacro. Daimar olhou para ela.

Com falta de energia? Não quer usar a minha?
Não posso usar sua energia. O máximo que consigo é guiar você para que a use. E não creio que você tenha o nível de afinidade necessário para libertar as mentes deles.
Por que não? Quem os enfeitiçou foi um baracai.
É, mas não usando sua própria energia.

Ela segurou o simulacro com uma mão e se posicionou com um braço levantado, enquanto dava um sinal de cabeça para ele. Daimar, então, escancarou a porta e ela correu para fora, enquanto movia o braço no ar.

As nove pessoas que se aproximavam foram tomadas de surpresa e não tiveram tempo suficiente para reagir antes que ela terminasse de completar o movimento, e foram imediatamente afetadas por uma intensa tontura antes de caírem no chão, inconscientes.

Daimar soltou um assobio.

— Uau! Nove deles de uma vez? Impressionante.

— Acho que alguns se machucaram ao cair – disse ela, guardando o simulacro. – Vamos trazer eles para dentro.

— Todo mundo de roupinha de dormir, que coisa linda – comentou ele, irônico. – Parecem ser todos estudantes. Conhece alguém?

— Alguns.

Sentindo os pensamentos dela através do elo, ele a olhou, incrédulo.

— Você já saiu com todos eles?!

— Com os do sexo masculino, sim. – Quatro das pessoas inconscientes eram mulheres. – Mas achei que você tinha dito que não ligava para o que eu tinha feito no passado. Vem me ajudar ou não?

◆ ◆ ◆

— Vocês são *idiotas*?!

Edizar Olger estava recostado numa das paredes do refeitório, enquanto Daimar e Cariele ouviam, sentados, o desabafo do tenente, que andava de um lado para o outro.

— Se sabiam que isso podia ser uma armadilha, por que, em nome da Fênix, decidiram *pular direto dentro dela*? Podem me responder a isso?

— Desculpe, tenente – disse Daimar, com dentes cerrados. – Mas achamos que nossos amigos estavam correndo perigo.

— E estavam mesmo! Ainda estão, inclusive! Que diferença fez vocês saírem voando pela cidade feito loucos e assustando os cidadãos? Se existe mesmo um baracai à solta por aí, agora ele já sabe que você pode se transformar. O que vai ser agora dos estudantes e monitores que ele sequestrou?

— Tenente... – disse Cariele. – Estamos perdendo tempo. Temos que...

— Eu digo o que iremos fazer! Vamos colocar vocês de molho. Os dois vão ficar quietos e deixar os profissionais trabalharem.

Ela estreitou os olhos.

— Eu sou uma profissional.

— É mesmo? Se jogando de cabeça numa situação potencialmente suicida como esta?

Daimar estreitou os olhos.

— E o que vocês, *profissionais*, vão conseguir fazer contra um baracai? Se não fosse pelo meu pai, eles já teriam varrido esta cidade do mapa.

— Ora, seu...

Edizar se adiantou e colocou a mão no ombro de Ivar.

— Me permite, tenente?

Ivar olhou para o sábio por um momento e suspirou, virando-se para a parede, na qual encostou a testa, visivelmente alterado.

— Senhor Gretel – disse Edizar. – Precisamos trabalhar juntos aqui. Você tem razão quando atribui a seu pai todo o crédito pela vitória que tivemos dias atrás. Mas não apenas por causa dos poderes dele. Delinger Gretel é um estrategista nato. Ele nos contatou, pediu nossa ajuda, de forma bastante humilde, diga-se de passagem, e usou nossos recursos de maneira brilhante. As únicas batalhas em que ele teve que se envolver fisicamente foram nos confrontos diretos com os baracais, o Exército cuidou de todo o resto, levantando informações, protegendo as vítimas e neutralizando aqueles que tinham sido *sugestionados*. Foi uma estratégia extremamente eficiente, pois Delinger poupou toda a energia dele para as batalhas, conseguindo lutar com força total e aniquilando os adversários rapidamente.

— Meu pai pode ser um dos prisioneiros desse monstro — reclamou Daimar. — Não acha mesmo que eu vou ficar parado pensando em estratégia enquanto...

— Ouça, rapaz, eu estou nesse ramo há muitos anos. O tenente aqui também. Raros são os oficiais que nunca tiveram problemas com seus entes queridos, e nós não somos exceção. Além disso, eu tenho orgulho de poder dizer que lutei lado a lado com seu pai várias vezes. Ele salvou a minha vida em incontáveis situações e nada me agradaria mais do que ter a chance de poder salvá-lo, nem que o papel que eu venha a ter nisso seja mínimo. Mas o fato é que nós realmente somos profissionais. Sabemos o que estamos fazendo, fomos treinados para isso. Já encaramos a morte de frente inúmeras vezes. Então eu lhe pergunto: por quantas situações de vida e morte você já passou em sua vida?

Daimar suspirou, desanimado, e preferiu se manter em silêncio.

— E você, senhora Asmund, sabemos, pelos relatórios da tenente Oglave, que gosta de agir sozinha. Mas, desta vez, devo pedir, encarecidamente, que não nos deixe de fora. O que está em jogo aqui é simplesmente grande demais. Mesmo que não se importe com civis inocentes que possam se ferir no processo, deveria se lembrar de que não está mais sozinha. Agindo sem pensar dessa forma está colocando em risco não apenas sua própria vida, mas também a do seu companheiro.

— Desculpe — disse ela, contrariada.

— Ótimo — falou o tenente, virando-se para eles. — Agora que nos entendemos, vamos aos fatos: antes da meia-noite, um dos monitores da academia viajou até a cidade de Calise, especificamente para procurar vocês dois. Ao saber que estavam dormindo e que iriam voltar para Lassam hoje cedo, decidiu deixar vocês descansarem e veio embora, sem nem mesmo deixar um recado. Isso está correto?

— Sim, senhor — disseram Cariele e Daimar, em uníssono.

— Duas horas antes do amanhecer, a academia de Lassam foi invadida por um elemento ainda não identificado e grande parte dos guardas, monitores e estudantes de vários alojamentos foram *sugestionados*. A fraternidade na qual vocês dois moram parece ter sido o foco central do ataque. Todos os estudantes e monitores que estavam lá desapareceram. Uma hora depois, a mansão Gretel foi atacada, supostamente por estudantes da academia. No entanto, os moradores não foram *sugestionados*, mas deixados livres para contar a história de como a construção foi queimada e destruída. E, então, vocês dois apareceram. O sábio Edizar pode continuar a partir deste ponto.

— Sim, senhor – disse Edizar. – Depois que vocês dois saíram correndo, ou melhor, voando, e de forma bastante imprudente, diga-se de passagem, nós pedimos novamente reforços da tropa de Operações Especiais e corremos para cá. Vasculhamos a academia inteira e libertamos várias vítimas de *sugestionamento* que tentavam impedir que estudantes e membros do corpo docente saíssem de seus alojamentos. Não há sinais de luta em parte alguma, exceto pela destruição que vocês causaram no telhado.

O tenente olhou, sério, para Daimar e Cariele.

— E vocês dois sabem muito bem o que isso tudo significa, certo?

— Sim – respondeu Daimar. – Estão querendo me atingir.

— E nosso inimigo deve estar preparando uma armadilha – complementou Cariele. – Algo provavelmente bem mais sofisticado do que um comitê de recepção com três conjuradores num telhado.

— Exato – concordou o tenente. – Pelos relatos das pessoas sugestionadas, supomos que um único baracai foi o responsável por toda essa confusão. Também é bastante provável que o inimigo não saiba que o Exército conseguiu criar um encantamento de anulação do *sugestionamento*, o que é um grande trunfo a nosso favor. Como o baracai, aparentemente, se fez passar por um de seus antagonistas para atacar sua casa, senhor Gretel, imaginamos que essa seja a melhor pista para encontrá-lo. Se quisesse achar esse tal Bodine Gersemi, onde procuraria?

— Em um casarão da parte leste da cidade. Eu soube que ele se mudou para lá junto com vários rapazes que abandonaram nossa fraternidade.

— Muito bem. Me passe o endereço. Vou preparar a operação. Podemos não ser tão bons estrategistas quanto Delinger Gretel, mas vamos mostrar, pelo menos, o quanto aprendemos com ele.

Cariele caminhava, impaciente, pelo quintal da casa que estava servindo como base improvisada para a operação, desviando dos diversos canteiros de legumes que pareciam não ser regados há semanas.

— Então, é você mesma – disse o tenente Ivar, saindo pela porta da cozinha, que tratou de fechar, antes de aproximar-se dela. – Não a reconheci quando a vi na frente da mansão. Mas agora, olhando para seus olhos, não sei como isso foi possível.

— Tenente, eu tenho um companheiro. Como sabe, eu tenho um elo mental com ele, portanto, se sua intenção for me dizer algo que ele não deva saber, é melhor não dizer nada. Mesmo que eu quisesse esconder algo dele, eu não poderia.

— Eu nem pensaria numa coisa dessas.

— Não sei. No passado, você foi bem... inconveniente.

— Eu já me desculpei por aquilo.

— Então por que me chamou aqui?

Ele estendeu a mão para ela.

— Que tal esquecermos que tudo aquilo aconteceu? Deixarmos o passado para trás? Temos uma missão importante aqui. Não quero que velhas rixas venham a nos causar problemas.

— Quem está se lembrando de velhas rixas é você – disse ela, ignorando a mão dele e caminhando em direção à porta.

Ele adiantou-se e segurando-a pela mão.

— Espere!

Nesse momento, a porta da cozinha foi aberta.

— Tenente – disse Daimar, lançando um olhar frio para Ivar. – Os oficiais mandaram avisar que estão todos em posição.

— Ótimo – respondeu Ivar, soltando Cariele. – Vamos resolver logo essa encrenca.

Capítulo 17:
Ofensiva

A casa em que Bodine estava morando com seus amigos não chegava a ser uma mansão, mas estava bem perto disso. Tratava-se de uma construção relativamente nova, de três pisos, e feita de pedra em vez de madeira como outras ao redor. Devia ter espaço mais do que suficiente para umas três famílias morarem dentro, o que não era de se surpreender, afinal, os pais daqueles rapazes eram pessoas de posses.

Cariele não sabia exatamente o que esperar, mas, com certeza, não era ver o delinquente que destruíra a mansão Gretel recostado na parede ao lado da porta, olhando para eles como se não tivesse nenhuma preocupação na vida.

— Ele está nos esperando – disse ela.

— Não é "ele", é "ela" – revelou Daimar.

— Como é?

— Deve ser uma baracai. E parece bastante ferida.

Cariele fechou os olhos e tentou enxergar através dos sentidos dele. De uma forma confusa, as imagens de Bodine e de uma morena bem mais baixa do que ele se sobrepunham. A garota não parecia ter mais do que quinze anos de idade e dava para ver manchas negras em quase todas as partes do corpo que estavam expostas pela roupa, larga demais para ela. Ela usava as mesmas roupas de Bodine, uma camisa sem mangas e uma calça velha, cujas pernas pareciam ter sido rasgadas e arrancadas pouco abaixo dos joelhos.

— Então é assim que os baracais enxergam uns aos outros? Conveniente. Podem se reconhecer não importa que aparência assumam.

A novidade daquilo tudo não deixava de ser fascinante para ela. Os sentidos especiais de Daimar realmente eram incríveis. Ela podia "ver" tudo o que estava acontecendo ao redor deles de olhos fechados. Não havia nem mesmo a necessidade de focar numa única direção específica: ela podia dizer tudo o que havia à sua frente, atrás, à direita, à esquerda e até mesmo acima deles, sem precisar mover a cabeça.

— Não sei – replicou Daimar. – Dizem que sou só "meio" baracai, então não dá para ter certeza se é assim mesmo que eles enxergam.

— Já que está esperando por nós, vamos ver o que "ela" quer – disse o tenente.

Caminharam pela rua, com cuidado, atentos aos arredores, acompanhados por três soldados, de armas em punho. Cariele também segurava seu bastão enquanto Ivar carregava uma grande lança com ponta dourada.

A baracai não parecia nem um pouco impressionada ou temerosa. Olhava para eles com uma expressão vazia, como se não tivesse emoção alguma.

Daimar já enfrentara negociações tensas antes. Afinal, vinha ajudando a gerenciar os negócios da família havia anos. Já tivera que apaziguar brigas, acalmar ânimos e cobrar favores de concorrentes. Já chegara até mesmo a ter que despedir pais de família, o que considerava a pior coisa que alguém pode fazer naquele ramo. Mas nenhum negócio sobrevive apenas fazendo caridade, e quando ele tinha que escolher entre manter a estabilidade financeira de uma família ou manter o negócio lucrativo a ponto de conseguir pagar dezenas de outros empregados, não havia escolha. Não quando os demais empregados eram mais produtivos e também tinham família para sustentar.

Ele já imaginava que o encontro com aquela criatura à sua frente seria tenso. Ela devia ser uma das últimas sobreviventes da tribo, talvez até mesmo a última. Da *sua* tribo, ele tinha que lembrar a si mesmo, pois por mais que se esforçasse, não conseguia sentir nenhuma ligação com aquele povo. Claro que amava o pai e tinha adorado a mãe, mas ele sempre havia vivido no seio do Império. Ele *gostava* do Império, apesar de todos os problemas. Havia muita maldade no mundo, mas era evidente que a maioria das pessoas fazia um esforço genuíno para cuidar uma das outras e gerar inovações que viessem a melhorar a vida de todos cada vez mais.

Ele simplesmente não sentia afinidade com um povo que decidiu se afastar e se isolar do resto da humanidade apenas por causa de seus poderes. Não quando havia pessoas ali dispostas a apoiá-lo, mesmo se sentindo um pouco apreensivas em relação a ele, como aqueles soldados. Estavam todos ali, dispostos a lutar ao seu lado, da mesma forma como tinham estado ao lado de seu pai.

E, lógico, havia Cariele, que não apenas o aceitava, como o amava pelo que ele era. Ela o incentivava a se soltar, a conhecer seus poderes, a aceitar a si próprio. E estava disposta a ficar ao lado dele, independentemente do que acontecesse. Era impossível saber se conseguiria passar por toda essa provação sem enlouquecer caso ela não estivesse com ele.

Naquele momento, ali estava ela, andando ao seu lado, de olhos fechados, utilizando os sentidos dele para avaliar toda a área ao redor. E aquilo despertou uma emoção tão forte dentro dele que, pela primeira vez, sentiu-se realmente grato por ser descendente daquela raça. Aquela ligação especial com ela parecia a coisa mais vital do mundo para ele. Até mesmo a leve sensação de embriaguez que o aroma constante dela em suas narinas causava havia se tornado uma parte especial e necessária dele, apesar da distração que aquilo lhe causava, às vezes.

A cerca de dez metros de distância de "Bodine", Daimar fez um gesto de mão pedindo que todos parassem.

— Onde estão meus amigos? – Daimar não queria soar agressivo ou nervoso, pois não era bom demonstrar esse tipo de sentimento em uma negociação. Mas era bem difícil se controlar.

A estratégia de Ivar era que Daimar tentasse conversar com a baracai, caso tivesse oportunidade. Era provável que a única pessoa a quem membros daquela raça pudessem dar ouvidos seria o filho de Delinger.

— É surpreendente que você possa sustentar uma aparência tão saudável – respondeu ela, usando uma voz rouca e feminina, que parecia bastante estranha saindo da boca de Bodine. – Há quanto tempo os humanos o vêm alimentando com sangue? Ou você simplesmente o suga do corpo deles quando tem vontade?

Os oficiais arregalaram os olhos, espantados com a desagradável colocação, enquanto Cariele apertava os punhos ao redor do bastão, furiosa. Daimar estreitou os olhos. Os baracais não deviam saber sobre o sangue. O alquimista tinha garantido que aquele segredo, pelo menos, tinha sido guardado.

— Eu não sou como você e você sabe disso – retrucou Daimar. – Meu pai natural é um humano. Todo o sangue que eu preciso é o meu próprio.

Ele não tinha ideia se aquilo era mesmo verdade, mas precisava de todos os pontos de vantagem que pudesse conseguir.

— Você é uma aberração, é uma afronta a tudo pelo qual nosso povo lutou durante séculos. Sua existência é simplesmente inadmissível. Mas é um erro que agora será corrigido. Como Delinger não está mais entre os vivos, não restou mais ninguém capaz de protegê-lo, ou à sua cidade, de nossa justa fúria.

Daimar podia sentir a tensão vinda dos soldados ao ouvirem aquilo, mas não via razão para ele mesmo se alarmar. A ideia de perder seu pai era horrível, mas depois de tudo o que esse monstro à sua frente tinha feito, ele duvidava muito de que qualquer coisa que dissesse pudesse ser verdade.

O local estava completamente cercado por soldados, apesar de não ter ninguém à vista além deles. Daimar podia sentir a presença ao redor dele e tinha certeza de que a baracai também podia. Doente como estava, ela não teria a menor chance numa luta direta contra metade do Exército de Lassam, ainda mais com ele e Cariele ali. A infeliz devia saber muito bem disso.

— Ninguém está interessado em suas bravatas – disse ele. – Seu único trunfo são os estudantes que você sequestrou. Deixe eles irem e ninguém fará mal a você.

O rosto de "Bodine" se modificou pela primeira vez, mostrando uma expressão ironicamente desafiadora.

— Me acusa de lançar "bravatas" enquanto as lança você mesmo. Por que os aleives que saem da sua boca seriam dignos de atenção?

— Porque eu sou o filho de Delinger Gretel.

— Por acaso é ignorante do embuste que Delinger manteve por tanto tempo, para sua própria diversão? Ele não era capaz de procriar, por isso permitiu que Norel se unisse a outro. A palavra que melhor define você é "bastardo". Ou os humanos já se degradaram tanto a ponto de isso ser tão comum que nem lembram mais o significado dessa palavra?

Ora, ora, e não é que a cretina sabia falar grosso?

— Se sua intenção é me irritar, pode esquecer. Delinger me ensinou tudo o que eu sei, inclusive a não me intimidar diante de ninguém. E também, através do exemplo, ele me ensinou a nunca mentir. Desista e liberte meus amigos e você estará livre. Podemos até mesmo ajudar a procurar uma cura para sua doença, se quiser.

— É fato que uma maldição divina não pode ser removida. Apregoar o contrário apenas mostra o seu desconhecimento sobre fatos a que ousa se referir.

— Nada é impossível. Se não conseguimos mudar alguma coisa é meramente porque não temos conhecimento suficiente sobre ela.

Aquela era a frase preferida de Delinger. Daimar o ouvira dizer aquilo inúmeras vezes desde que se conhecera por gente.

A expressão no rosto da criatura agora era de ódio. Daimar, aparentemente, não era o único que tinha ouvido Delinger dizer aquilo.

— Não admito que se dirija a mim usando as palavras de um traidor imprestável! Quanto conhecimento ele conseguiu adquirir depois de viver tanto tempo entre essa raça imprestável? Ou se esqueceu de que o fato de ter se tornado a meretriz dele não serviu em nada para sua progenitora?

De onde vem tanta raiva, afinal? – Daimar pensou.

Ela está tentando ganhar tempo.

Cariele, pare de apertar esse bastão. Está machucando suas mãos. Até eu estou começando a sentir dor.

Não se distraia.

Quem está me distraindo é você. Apenas ignore ela e relaxe.

Em voz alta, Daimar disse:

— Escute, moça, não sei como sabe tanto, ou pensa saber, sobre a vida de meus pais, mas sua opinião sobre mim ou minha família não me incomoda. Então por que não diz logo alguma coisa que realmente interessa? Onde estão meus amigos?

— Como pode se preocupar tanto com *humanos*? Se soubesse do que são capazes não suportaria respirar o mesmo ar que eles!

— Eu sei do que são capazes. Na verdade, eu sei muito bem do que *todos nós* somos capazes. Afinal, todos somos humanos, incluindo eu e você.

— Não *ouse* me comparar a essa raça maldita! Você não sabe nada sobre mim ou meu povo!

— Eu sei que vocês acreditam numa velha lenda que diz que uma entidade concedeu poderes especiais a um grupo de *humanos* e que esse grupo decidiu se isolar dos outros.

— A partir do momento em que recebemos a dádiva nos tornamos muito superiores aos humanos!

— A meu ver, não há diferença alguma. Vocês sentem dor, sentem raiva, sentem orgulho e muitas outras coisas, igual a qualquer pessoa. Acha que meu pai teve que fingir algo para viver no Império? Pois saiba que ele nunca precisou fazer nada além de ser quem ele era. Acha que esses poderes que temos são especiais? Pois existem pessoas aqui muito mais poderosas que nós.

— Compreendo. Delinger o aliciou a acreditar em todo esse despropósito. Não há salvação para você, assim como não houve para ele. – "Bodine" se virou e abriu a porta da casa antes de lançar um olhar para Daimar por sobre o ombro. – Se quer seus... amigos de volta, então venha buscá-los.

Tendo dito isso, ela entrou e encostou a porta sem muito cuidado, deixando-a levemente entreaberta.

Daimar olhou para o tenente com uma expressão frustrada no rosto.

— Você foi muito bem – disse Ivar. – Ela não queria negociar, só humilhar e ofender você.

— Ela pareceu ora indiferente, ora irritada, ora desesperada – comentou Daimar. – Não acho que esteja raciocinando direito. É impossível prever o que nos aguarda se formos atrás dela.

— Não temos escolha – declarou Cariele.

— Não, não temos – concordou Ivar, virando-se para um dos soldados. – Mande todos se aproximarem e ficarem a postos. A qualquer sinal de problemas, entrem em ação. O sábio Edizar está no comando a partir de agora.

— Sim, senhor – disse o rapaz, saindo em disparada.

O tenente fez um gesto na direção da porta, olhando para Cariele.

— Senhora Asmund, se quiser fazer as honras, estaremos logo atrás de você.

Para Cristalin Oglave, a alquimia era uma ciência fantástica. Tudo o que existia era composto por uma parte física e uma parte imaterial, que também era conhecida como "energética" ou "mística". Modificações na composição ou no volume de uma das partes afetava diretamente a outra, o que permitia, em termos leigos, "transformar" um material em outro.

Claro que, na prática, a coisa não era, nem de longe, tão simples. Mas com o devido conhecimento e possuindo o grau de afinidade adequado, uma pessoa podia fazer, praticamente, qualquer coisa.

A chamada "arte da cura", tão estimada pelas pessoas e praticada em hospitais por todo o Império, não deixava de ser um processo alquímico, que consistia em equilibrar a ligação entre o corpo e o espírito, de forma a fazer com que os tecidos se regenerassem e a saúde se restabelecesse.

Considerando que o espírito humano, também conhecido como "alma", podia ser uma fonte infinita de energia, o processo alquímico da cura podia saltar várias etapas, de forma a fazer com que muita gente pensasse que tratar ferimentos fosse algo completamente diverso de criar ou consertar uma arma encantada. Mas, na verdade, tratava-se de fenômenos bastante similares, regidos pelas mesmas regras.

E, naquele momento, Cristalin estava determinada a, mais uma vez, confirmar aquele fato.

Ela conhecia muito pouco das nuances e práticas modernas da arte da cura. Nunca se interessara muito pela disciplina, uma vez que a afinidade dela era muito maior para outras coisas. Ela poderia ter se tornado uma alquimista profissional se quisesse, mas devido a uma série de acontecimentos, ela acabou entrando para o mundo militar e, inesperadamente, acabou tomando gosto pela coisa. Assim, passara toda a sua vida adulta concentrada em proteger e servir, usando seus conhecimentos e habilidades para ajudar pessoas e prender criminosos.

Mas, naquele momento, quem mais necessitava da ajuda dela era ela própria.

A dor do tornozelo vinha ficando mais forte a cada dia e o inchaço era visível. Poções curativas não podiam fazer muito além de postergar a morte dos tecidos, o que, certamente, levaria à necessidade de uma amputação. E o estoque que ela tinha não duraria muito tempo, então, era necessário resolver aquele problema, e rápido.

O som de batidas ritmadas podia ser ouvido não muito longe dali. Os nômades já deviam ter montado seu novo acampamento. Ficar tão perto daquele povo era muito perigoso. Eles pareciam pessoas normais, eram capazes de criar ferramentas e armas, conseguiam até mesmo construir casas de madeira, mas fora isso, pareciam animais. Tinham costumes estranhos, como o que ela chamava de "batucada", em que pelo menos um deles ficava batendo em troncos de madeira ocos ou em pedaços de bambu o tempo todo, dia e noite. Eles não falavam, interagiam o mínimo possível uns com os outros e eram extremamente agressivos com qualquer coisa que lhes parecia estranha. Ela e Delinger tiveram um breve encontro com eles logo que chegaram a esse lugar e, ao perceber que não havia como dialogar, tiveram que fugir para evitar um conflito.

Ao ouvir barulho de passos curtos e rápidos, Cristalin afastou ligeiramente a folhagem e viu que uma das nativas tinha terminado a coleta de frutas das árvores próximas e estava, provavelmente, voltando para junto dos outros. Ela não devia ter mais do que dezoito anos e tinha a pele escura, mas não necessariamente negra; a cor tendia mais para uma espécie de cinza-azulado. Tinha o corpo pequeno, com uma estatura bem abaixo da média das mulheres do Império. Vestia-se com peles de animais costuradas de forma bastante rudimentar, com algum tipo de cipó. Nos braços, ela carregava uma espécie de bolsa, também feita de forma rudimentar com couro e cipós. A bolsa estava cheia de frutas e raízes.

Ela parecia apressada e tinha uma expressão fechada no rosto, como se não estivesse satisfeita com algo, mas o que realmente importava para Cristalin é que a nativa tinha o item que ela precisava. E, melhor de tudo, estava sozinha.

Então, saindo dos arbustos, exclamou:

— Ei!

A moça virou-se e, ao vê-la, imediatamente contorceu o rosto numa expressão de fúria. Mas não teve tempo suficiente para nenhuma outra reação, pois foi atingida entre os olhos pela pequena bola que Cristalin arremessou contra ela. Com o impacto, a bolinha estourou, liberando uma pequena nuvem de um pó fino, cor de areia.

Imediatamente, a nativa levou a mão aos olhos, soltando a bolsa que segurava e fazendo com que a mesma se espatifasse no chão, espalhando frutas para todos os lados. Então, depois de ter inalado o pó algumas vezes, os membros da mulher começaram a ficar pesados e ela caiu de joelhos, antes de perder a consciência e desabar no chão.

Cristalin aproximou-se, andando de forma desajeitada com as muletas no terreno irregular. Olhando para ambos os lados, ela abaixou-se devagar e pegou a sacola de couro do chão, sacudindo-a para que o restante do conteúdo caísse. Para sua sorte, além daquele couro, dois dos demais ingredientes que ela precisava também estavam ali, o que lhe facilitaria um pouco as coisas.

Ela pôs as duas raízes sobre a sacola e enrolou o couro, enfiando o embrulho improvisado dentro da própria camisa. Então voltou a agarrar as muletas e se levantou, afastando-se da nativa o mais rápido que podia.

Infelizmente, não conseguiu chegar muito longe.

Nem dez minutos haviam se passado quando ela ouviu um urro furioso e passos correndo em sua direção. Olhou para trás e viu a expressão raivosa da nativa.

Droga! Ela devia dormir por horas!

— Afaste-se!

A moça a ignorou e continuou se aproximando.

— Eu avisei – disse Cristalin, largando uma das muletas e pegando algo do bolso, que atirou no chão entre elas.

Subitamente, o solo explodiu, lançando terra e pedregulhos para todos os lados, além de levantar uma pequena nuvem de fumaça. A nativa foi atingida em cheio pela explosão, sendo lançada para trás com força.

Para surpresa de Cristalin, no entanto, a mulher voltou a se levantar e avançar na direção dela, ignorando completamente os inúmeros ferimentos que sangravam profusamente.

Será que essas pessoas não sentiam dor? Não tinham senso de sobrevivência? Nem mesmo animais irracionais continuariam atacando depois de serem feridos daquela forma.

Encurralada, Cristalin sacou uma pequena adaga de um bolso escondido e a arremessou para frente com toda a força que tinha, o movimento fazendo com que ela caísse de costas sobre o chão coberto de folhas secas.

A nativa esboçou uma leve expressão de surpresa ao ver a arma cravada em seu ventre. Então ela parou de andar e tocou a adaga, que imediatamente liberou uma mortal descarga elétrica, fazendo com que ela soltasse um grunhido horrível antes de tombar, sem vida.

Cristalin suspirou aliviada quando percebeu que a nativa não iria mais importuná-la. Então se forçou novamente a recolher as muletas e a se levantar. Lançando um último olhar para trás, ela tratou de se afastar dali.

Horas depois, ela amarrava o couro roubado da nativa ao redor de seu tornozelo ferido, antes de derramar sobre ele a poção improvisada que ela tinha preparado. Felizmente, ela sempre saía de casa levando consigo uma série de instrumentos e utensílios para situações como aquela.

Pegando um pedaço de madeira que queimava na fogueira, ela levantou a cabeça e fechou os olhos.

— Grande Fênix, me dê forças!

Então ela aproximou o fogo do couro, que imediatamente se incendiou, provocando uma reação violenta, lançando faíscas para todos os lados.

O grito de dor que ela deu pôde ser ouvido a quilômetros de distância.

Depois de um bom tempo, a dor começou a desaparecer aos poucos e ela soltou um gemido de alívio.

Era muito perigoso usar alquimia para religar ossos quebrados daquela forma, mas seria muito mais perigoso para ela continuar naquele lugar hostil com mobilidade reduzida.

Ela olhou para o tornozelo. O couro e a poção tinham desaparecido e a pele estava escurecida e apresentava algumas queimaduras. Mas o mais importante é que a dor excruciante que sentia há semanas finalmente se fora.

Com cuidado, experimentou mover os dedos dos pés e quase riu com a abençoada sensação de voltar a se sentir inteira de novo. Então, outra sensação, ainda mais agradável, atingiu-a, quando percebeu seu elo com Delinger voltar a se formar.

Você está vivo!

Fico feliz que você também esteja. Estive em uma aflição constante desde que perdemos contato.

Vaso ruim, lembra? E você? Por que não está aqui? Não conseguiu vencer?

Sim, eu venci. Em vários sentidos.

Ela sentiu os olhos se encherem de lágrimas.

Isso quer dizer que não vai voltar?

Não posso mais, sinto muito.

Aquilo a devastou, muito mais do que a dor física que sentira momentos antes. Tentando segurar as lágrimas, ela se forçou a dar um sorriso.

De qualquer forma, que bom que conseguimos voltar a nos falar. Tenho uma boa notícia para você.

◆ ◆ ◆

Cariele empurrou a porta e olhou para dentro, analisando o interior da casa com cuidado. Estava tudo em silêncio. Ela podia ver uma sala de estar com móveis caros, quadros na parede e um lustre pendurado no teto que devia conter várias dezenas de minúsculos cristais de luz contínua.

Fique atento à sua retaguarda – ela pediu a Daimar.

Por quê?

A baracai não tentou sugestionar nenhum de nós.

Talvez ela não visse necessidade.

Ou talvez ela já soubesse que tínhamos nos precavido contra isso.

Você acha que ela está com o alquimista?

Acho coincidência demais ele ter sumido do hospital.

Checando seu escudo corporal e a carga energética do bastão, Cariele arriscou dar dois passos para dentro da construção. Não havia dúvidas de que aquilo era uma armadilha, a questão era *que tipo* de armadilha seria. Pelas leituras energéticas dos instrumentos militares era muito pouco provável que a casa fosse explodir ou algo do gênero, e os caríssimos escudos místicos militares podiam dar a eles uma boa segurança por algum tempo. Mas todo cuidado era pouco.

Daimar e os outros a seguiram, devagar.

Havia uma escadaria à esquerda, mas Cariele preferiu seguir até a porta que levava à cozinha. Subitamente, o ambiente começou a escurecer e a luxuosa casa começou a adquirir a aparência de uma caverna. A porta por onde tinham entrado subitamente desapareceu, para desespero do soldado que tinha ficado de guarda ali. Em poucos instantes, não havia mais sinal da casa, e tudo caiu na escuridão.

— Fiquem calmos – ordenou o tenente, levantando um pequeno cristal brilhante, que iluminou o lugar.

Estavam em uma câmara grande e úmida, com estalagmites apontando do chão e estalactites de aspecto assustador pendendo do teto. O chão era irregular, tendo uma água esbranquiçada escorrendo por ele em vários pontos em direção a uma abertura mais adiante.

Cariele tirou um lenço do bolso e o utilizou como venda, amarrando-o atrás da cabeça e cobrindo seus olhos.

Daimar olhou para ela.

— O que está fazendo?

— Emprestando seus sentidos. Nessa situação, eles são mais eficientes do que a minha visão.

Quer dizer que, agora que são convenientes, você não odeia mais meus sentidos, não é?

Eu não disse isso.

— Por aqui – disse ela, em voz alta, liderando o grupo na direção da passagem.

Um dos soldados perguntou:

— Mas como vamos voltar?

— Edizar Olger vai cuidar disso – foi a resposta do tenente. – No momento, vamos apenas nos focar na missão, entendido?

— Sim, senhor – responderam os dois soldados.

Atravessaram a passagem e entraram em outra câmara, bem maior. A escuridão era total e o cristal de luz contínua não era forte o suficiente para iluminar o lugar inteiro.

— Também não tem ninguém aqui – disse Daimar.

O tenente olhava ao redor, franzindo o cenho.

— Este é um dos mundos baracai?

— Não sei. – Daimar olhou para Cariele. – Se fosse, eu deveria sentir alguma afinidade com o lugar?

— De acordo com o que o aspirante Alvor nos disse, sim. A teoria de seu pai é que os mundos alternativos de onde tiram sua energia não foram "descobertos" pelos baracais, mas, sim, *criados* por eles. São como versões maiores das *bolhas de espaço alternativo* que usamos, mas com características diferentes devido à frequência energética singular que eles usam.

— Ah... Por "bolhas de espaço alternativo" você quer dizer coisas como esse seu bolso sem fundo?

— Ele não é "sem fundo", mas, sim, é isso mesmo.

O tenente levantou uma sobrancelha.

— Vocês acham que não foi a baracai quem criou este lugar?

— Eu duvido – disse Cariele.

— Você parece muito certa disso.

— Tenho meus motivos.

Cariele parou de repente, analisando com cuidado uma vibração que sentiu, vinda do teto. Os outros pararam também, em alerta.

Daimar, se o que o alquimista disse for verdade, quanto mais energia você gastar, maior a chance da degeneração se manifestar no seu corpo.

Estou ciente.

Está disposto a continuar com isso mesmo assim?

Se não estivesse, não estaria aqui.

Então está na hora de mostrar o quão cabeça-dura você pode ser.

Você vai estar do meu lado não importa o que aconteça?

Tanto quanto você pretende estar do meu.

Então, lá vamos nós! Parede da direita, certo?

Sim, parece ser a mais fina.

Só não se esqueça de que você ainda está me devendo uma calça mágica.

O tenente estranhou ao ver Daimar arrancar as roupas, apressado.

— Mas o quê?

— Máscaras! – Cariele gritou, tirando um tecido xadrez do bolso e amarrando sobre o nariz e a boca.

Você fica uma graça com a cara toda coberta de pano desse jeito.

Devia se preocupar mais com o fato de estar mostrando esse traseiro branco para todo mundo. Notou que ela está esperando do lado de fora?

Sim, deixa comigo.

O tenente e os soldados também colocaram as máscaras improvisadas e olharam, com certo espanto, enquanto Daimar assumia aquela que ele chamava de "terceira forma".

Seu corpo brilhou e cresceu, adquirindo a aparência de um gigantesco rinoceronte, com mais de três metros de altura e cerca de oito de comprimento.

Ele então se virou para um determinado canto da caverna e, depois de arranhar o chão pedregoso algumas vezes com uma das patas dianteiras, arrancou naquela direção, fazendo o chão tremer.

— Atrás dele! – Cariele gritou, a voz levemente abafada pelo tecido enquanto corria naquela direção, sendo seguida pelos demais.

Daimar concentrou sua energia da forma como Cariele havia lhe ensinado e materializou uma espécie de concha energética na frente de sua cabeça um segundo antes do impacto com a parede de pedra. A espessura da rocha era considerável, mas o poder de destruição de uma *arrancada* feita por uma criatura com aquele peso e poder muscular era uma força, praticamente, irresistível.

Com um enorme estrondo, a parede cedeu, com inúmeros pedaços de pedra sendo arremessados para fora com violência e abrindo um enorme rombo.

O tenente olhava para ela um tanto confuso.

— Do que estamos correndo?

— Da morte.

Como se estivesse apenas aguardando aquela deixa, o teto da caverna tremeu e começou a desmoronar. Mal tiveram tempo de sair pela abertura antes da câmara inteira vir abaixo.

O ar ali fora era denso, pesado e tinha um tom alaranjado. Ao sair da caverna, Daimar sentiu imediatamente seu corpo reagir e se adaptar sem que ele precisasse fazer nada para isso. Cariele e os outros, no entanto, não tinham aquele poder e, de acordo com o que ouviram, precisariam usar as máscaras molhadas em vinagre para conseguirem respirar.

Mesmo sabendo do perigo que enfrentava, Daimar não conseguia evitar sentir-se dominado pela excitação. Seus sentidos estavam mais aguçados do que nunca, permitindo que ele tivesse noção total de tudo o que havia ao seu redor. Conseguira dominar muito bem duas transformações depois de apenas uma noite praticando, sob a tutela de Cariele. E colocar aquelas habilidades em prática lhe causava enorme satisfação.

Seus sentidos haviam percebido a baracai ali fora esperando por eles, por isso não foi nenhuma surpresa quando notou uma bola de fogo voando em sua direção.

Quase que por instinto, ele reuniu suas energias da forma como Cariele lhe havia mostrado e a concentrou nas quatro patas. O chão pedregoso se afundou embaixo dele quando ele saltou, a energia mística o projetando para cima com violência para bem alto, apesar do enorme peso daquele corpo.

A bola de fogo se chocou contra o chão perto de onde ele estava, gerando uma enorme explosão e lançando terra, pedra e fumaça para todos os lados. Devido à alta densidade do ar, no entanto, a velocidade com que a fumaça se espalhava foi diminuindo rápido, até ficar quase que completamente parada, formando uma espécie de nuvem alaranjada.

Uma vez no ar, Daimar ativou novamente seus poderes de transformação, assumindo a forma de dragão. Satisfeito consigo mesmo, ele percebeu que suas asas também se adaptavam automaticamente ao ambiente, tornando-se mais grossas e musculosas, o que lhe permitia manobrar razoavelmente naquela atmosfera densa.

Então ele decidiu pôr aquela capacidade de manobra à prova e virou-se na direção de onde veio a bola de fogo, já abrindo a boca e conjurando um *relâmpago*.

A baracai, em forma de um dragão amarelo bem menor, preparava-se para lançar um novo ataque, mas foi pega de surpresa pela velocidade de reação dele e não teve como evitar ser atingida pela violenta descarga elétrica.

Durante alguns instantes, ela não conseguiu mover as asas e começou a cair, o movimento revelando diversas manchas escuras pelo corpo dela, além de várias pequenas regiões irregulares em que as escamas pareciam ter caído e a pele branca aparecia, desprotegida.

Mas ela se recuperou rápido e voltou a manobrar, afastando-se e saindo do alcance dele, que não pensou duas vezes antes de começar a persegui-la.

Cariele e os outros escaparam do desabamento da caverna por muito pouco. Parando de correr, o tenente e os soldados olharam para trás, vendo a pilha de pedras em que a caverna tinha se transformado. Era como se a montanha inteira tivesse vindo abaixo e se afundado no chão, deixando apenas pedaços irregulares de rocha empilhados de forma aleatória.

Ivar olhou para Cariele.

— Como sabia que o lugar iria desmoronar?

— Vi através dos sentidos dele – ela respondeu, apontando para o céu alaranjado, onde Daimar continuava perseguindo o dragão amarelo.

O terreno ao redor era muito acidentado, com profundos vales e altos picos montanhosos. O lugar onde estavam era um dos raros montes de topo arredondado que podiam ser avistados. Não havia árvores ou outro sinal de vida em parte alguma. Nem mesmo sol parecia existir ali, apesar de tudo estar iluminado. Não havia sombras e nem qualquer outro indicativo de onde estaria a fonte de luz do lugar.

— Com ele tão longe de você ainda consegue ver alguma coisa? Quero dizer, com os olhos vendados desse jeito...

Cariele também estava surpresa com o raio de alcance daquela habilidade. Mas não teve tempo de responder, pois percebeu um movimento vindo da pilha de pedras.

— Espalhem-se – orientou ela, apertando o bastão com ambas as mãos.

Ao verem as pedras começando a se mover, os militares trataram de obedecer, colocando bastante espaço entre eles. Então, cinco criaturas humanoides que pareciam ser feitas de pedra se levantaram do meio dos escombros.

◆◆◆

— Mas que droga!

O sábio Edizar arrancou o chapéu pontudo que gostava de usar e o jogou com força sobre a mesa. Não satisfeito, desferiu um chute em uma cadeira, fazendo com que ela se chocasse com a parede, o que causou um barulhão.

— Que nervosismo é esse, meu amigo?

O sábio olhou para a porta e viu o aspirante Alvor, recostado no batente e observando-o com um sorriso.

— Ah! Finalmente você chegou!

— Existem milhares de cidades no Império com problemas além de Lassam, sabia?

— Também existem milhares de soldados para cuidar dos problemas das outras cidades!

— Certo, me desculpe – disse Alvor, ficando sério ao ver o nível de preocupação do outro, e aproximando-se. – Eu vim o mais rápido que eu pude. Fiquei sabendo que o tenente Ivar foi dar um passeio em outro mundo junto com o nosso casal favorito, mas o senhor não é o tipo de pessoa que costuma perder a calma desse jeito. O que houve?

— Estou tentando reabrir a droga do portal que eles atravessaram, mas não estou tendo sucesso. Tenho aqui todos os atributos da energia residual que ficou no ar quando a passagem fechou, mas não consigo refinar as equações a ponto de isolar as coordenadas de destino.

Alvor olhou para a mesa atrás de Edizar, onde havia o que parecia ser um monte de barras de metal torcidas umas em torno das outras, com pequenos cristais brilhantes afixados em posições aparentemente aleatórias.

— A meu ver, o senhor parece já ter feito quase todo o trabalho.

— Sem as coordenadas, isso tudo é inútil! O portal poderia se abrir em qualquer parte do espaço alternativo, inclusive debaixo da terra ou dentro da água, supondo que exista terra ou água por lá. Preciso encontrar algum indício da posição em que eles se encontram lá dentro ou não vai ser seguro ativar esse negócio.

— Nesse caso, por que não usa isso aqui?

Alvor tirou do bolso um pequeno dispositivo retangular de metal com diversas runas em relevo.

— Isso aí não é um *coletor de emissões*?

— Isso mesmo.

Edizar estreitou os olhos.

— Você *grampeou* Daimar Gretel?!

"Grampear" era um termo militar utilizado para indicar quando um *emissor* era escondido no corpo, nas roupas ou pertences de uma pessoa para monitorar sua localização. O nome era derivado do tipo mais comum de *emissor*, que tinha o formato de um grampo de cabelo.

— Não, nem sonharia nisso. Grampeei foi a namorada dele.

Edizar pegou o pequeno objeto e o ativou com alguns gestos, fazendo com que pequenos pontos de luz aparecessem nos cantos das runas.

— Achei que as ordens do professor tivessem sido para parar de monitorar aqueles dois.

— E foram mesmo. Mas eu ofereci um sinalizador para ela e ela aceitou de bom grado.

Virando-se para o estranho aparato sobre a mesa, Edizar começou a mover algumas das barras de metal e a trocar a posição de alguns cristais.

— E você disse para ela que o emissor estava grampeado?

— Não. Mas nem tinha necessidade. O senhor viu a ficha dela, não?

— Se tem algo que aprendi durante esses anos todos na ativa é que coisas não ditas, por mais óbvias que possam parecer, podem causar muitos problemas. Mas me diga, quantos membros das Tropas Especiais vieram com você?

— Todos os que consegui trazer. A galera toda está aí fora. A propósito, parece que o senhor se tornou bastante popular. Conseguiu conquistar várias admiradoras entre os membros da nossa tropa.

— Que honra – respondeu Edizar, irônico, sabendo que não deveria ter quase ninguém naquela tropa que tivesse mais do que a metade da idade dele.

Alvor apontou para o mecanismo em que Edizar trabalhava.

— Voltando ao assunto, o tenente Ivar não tinha consciência de que algo assim poderia acontecer? Por que ele próprio não levou um *emissor*?

O sábio voltou a estreitar os olhos.

— É o que pretendo perguntar a ele.

Os *golens* eram muito fortes e arremessavam rochas como se não pesassem nada. E, por alguma razão, concentravam os ataques apenas em Cariele.

Ela se defendeu como pôde, esquivando-se quando podia e destruindo as pedras com golpes especiais aplicados com o bastão, quando não tinha escolha.

Percebeu que suas reservas de fluxo energético não durariam muito se continuasse a gastá-las daquela forma, então decidiu partir para o ataque.

Girando o bastão no ar, ela criou uma corrente de ar que fez com que as rochas arremessadas mudassem de direção, algumas delas acertando diretamente os três primeiros golens.

Tendo menos adversários lançando projéteis contra ela, foi mais fácil se aproximar e derrubar os outros dois, com golpes precisos, mas que gastaram boa parte da energia do simulacro.

Quando um dos oponentes caiu, uma parte da casca rochosa que cobria o corpo dele se quebrou, revelando um rosto conhecido.

— Agneta?

Surpresa, ela usou os sentidos especiais para contemplar o rosto machucado da amiga, que apresentava uma palidez extrema e estava frio. Muito frio. Era como se estivesse morta.

Ela, então, virou-se para os demais golens, que estavam se levantando, e percebeu com o que estava lidando.

Soltando um grito de fúria, ela fez algumas manobras com o bastão, girando o corpo e a arma algumas vezes antes de parar abruptamente, o que fez com que uma espécie de lâmina de vento esbranquiçada surgisse e se projetasse para frente, atingindo em cheio os quatro oponentes.

Aquilo era um movimento militar conhecido como *expurgo*, que tinha a capacidade de dissipar construtos e conjurações místicas, desde que, é claro, o criador das conjurações não tivesse um nível de afinidade muito maior do que quem estivesse usando o movimento. O que, felizmente, não era o caso.

A carapaça rochosa de todos eles se desintegrou, revelando outros membros da fraternidade, que imediatamente tombaram ao chão, todos aparentando um estado igual ou pior do que o de Agneta.

Antes que pudesse fazer qualquer coisa a respeito deles, no entanto, Cariele percebeu que, no céu, a baracai dava as costas para Daimar e se virava na direção dela, abrindo a boca e lançando uma enorme bola de fogo.

Ela poderia se esquivar, mas seus amigos seriam atingidos em cheio, então ela reuniu suas últimas forças e segurou o bastão com as duas mãos na direção do ataque, tentando conjurar o maior e mais forte escudo que jamais tentara fazer em toda a sua vida.

Impressionado, o tenente Ivar viu quando a bola de fogo a atingiu em cheio, mas a explosão foi completamente defletida para cima, formando um de cone de fogo por alguns instantes, antes de se transformar em uma cortina de fumaça alaranjada, suspensa no ar. Então ele correu até ela ao vê-la cambalear, aparentemente sem forças.

Sabendo que Cariele tinha seus recursos, Daimar forçou-se a focar em sua própria batalha e aproveitou a brecha que a baracai abriu ao olhar para o outro lado e bateu suas próprias asas com força, usando um movimento aéreo de *arrancada*. O golpe a atingiu em cheio, danificando seriamente suas asas, o que a fez cair, girando descontroladamente.

Enquanto isso, tendo gastado mais que sua cota de energia, Cariele largava o bastão e caía de joelhos, tentando recuperar o fôlego. Percebeu o tenente se aproximando e a segurando pelo braço, mas sentia-se cansada demais para reagir, principalmente agora, que Daimar, finalmente, tinha conseguido atingir a miserável de jeito.

Só percebeu que tinha cometido um erro fatal quando era tarde demais.

Ivar enrolou uma *algema* no pulso dela. O artefato, criado com o intuito de neutralizar a capacidade de manipulação de energia mística, imediatamente cortou o elo de ligação dela com Daimar, o que lhe causou uma sensação angustiante de desorientação, principalmente pelo fato de perder o acesso aos sentidos dele.

— Mas o quê?!

Ela removeu a venda dos olhos e olhou para o tenente. Ivar mostrou-lhe, então, um pequeno cristal esverdeado, que brilhou brevemente, enviando uma onda de energia que fez a cabeça dela rodar. Ela mal teve tempo de se recriminar por ter deixado sua guarda aberta, antes de perder os sentidos.

Daimar notou a perda de seu elo com Cariele e virou-se na direção deles, vendo Ivar a segurar contra o peito enquanto colocava uma mão na testa dela. Então o tenente olhou para cima, na direção dele e, ao ver que era observado, levantou o braço, fazendo um sinal de "positivo".

Por um momento, Daimar se perguntou que raio de bola de fogo tinha sido aquela para conseguir fazer com que Cariele perdesse os sentidos, sendo que, duas noites antes, enquanto praticavam, ela tinha defletido os ataques dele como se não fossem nada.

Mas, de qualquer forma, já que o tenente estava cuidando dela, era melhor se concentrar em ir atrás da baracai e terminar o serviço.

Ele viu que ela já tinha se recuperado da queda e mudado de forma, transformando-se num grande felino, similar a um leopardo, e que começava a correr para longe. Daimar saiu no encalço dela, mas aquele ar denso não permitia que ele atingisse uma velocidade muito grande. De qualquer forma, a baracai não conseguiria ir muito longe, pois tudo o que havia mais adiante era um profundo abismo.

Minutos depois, quando ele finalmente conseguiu se aproximar o suficiente para ela ficar no alcance de seu *relâmpago*, ela chegou à beira do penhasco e, em vez de parar, como ele imaginava que faria, ela simplesmente continuou correndo e saltou no vazio.

Ele sobrevoou o abismo por algum tempo, apenas para confirmar o que seus sentidos já tinham lhe mostrado. Ela não estava mais ali. Tudo o que tinha restado da maldita era uma pequena nuvem de fumaça, provavelmente efeito residual da abertura de um portal.

E havia algo de familiar naquela fumaça. De alguma forma, ele sentia, instintivamente, o que ela significava. A baracai tinha voltado para casa. Para Lassam.

Bem que ele gostaria de saber como fazer o mesmo para ir atrás dela, mas Cariele havia lhe dito que não conseguia sentir aquele tipo de afinidade nele. Talvez, a abertura de portais fosse uma habilidade exclusiva de baracais puro sangue.

Então ele manobrou para voltar até os outros. Logo percebeu que o número de pessoas em frente à caverna desabada tinha aumentado bastante. Os reforços tinham chegado. *Antes tarde do que nunca.*

Ele não gostava nem um pouco da ideia de aparecer sem roupas na frente dos soldados, mas a única forma que lhe permitia falar era a humana. Então pousou no chão atrás de algumas rochas a uma certa distância e desfez a transformação.

Para sua surpresa, no entanto, percebeu que não tinha voltado completamente ao normal. Sua pele apresentava escamas azuis, as mesmas que ele tinha na forma de dragão. As escamas lhe cobriam o corpo inteiro, exceto a cabeça, era como se estivesse usando uma espécie de armadura. Aquilo o deixou muito confuso por alguns instantes, até ele perceber que não tinha voltado à forma humana como imaginara antes, pois o gatilho místico mental que ele usava para desfazer as transformações continuava ali, a seu alcance. Talvez tivesse assumido aquela forma de modo instintivo.

Então ele tinha descoberto sem querer uma "quarta forma"? Interessante. Aquilo estava muito longe de ser a "calça mágica" que ele queria, mas teria que servir.

O aspirante Alvor o recebeu com alegria na voz, abafada pela máscara de tecido, quando Daimar se aproximou.

— Senhor Gretel! Que bom ver você novamente.

— Olá, aspirante. Onde está Cariele?

— O tenente já a levou de volta. – Alvor apontou para uma espécie de buraco escuro no ar, para onde dois soldados, também mascarados, dirigiam-se, carregando uma maca improvisada com alguém amarrado nela. Ao entrarem naquela escuridão, os homens desapareceram. – Meus colegas acabaram de levar o último dos estudantes que encontramos. A propósito, gostei dessa sua aparência. Nossa tropa teria sido poupada de grande constrangimento se seu pai usasse uma forma como essa quando deixava de ser dragão.

Daimar decidiu ignorar a conversa sobre amenidades.

— Esse buraco vai me levar de volta para casa?

— Sim.

— Então, vamos! Aquela infeliz escapou de mim, mas está muito machucada. Preciso ir atrás dela e dar um fim nisso.

Infelizmente, não demorou muito para Daimar deixar a rixa com a baracai de lado.

Passando pelo buraco, ele e Alvor saíram no meio de uma rua de Lassam que estava numa situação um tanto caótica. Havia soldados feridos por toda parte, recebendo atendimento.

Alvor arrancou a máscara do rosto e olhou ao redor.

— Mas o que aconteceu aqui?

— Foi o tenente, senhor – respondeu um soldado.

— Como assim?

— Ele queria levar a senhora Asmund para o hospital pessoalmente, mas o curandeiro pediu para fazer um exame nela antes. Então o tenente se descontrolou e... bem... atacou o curandeiro. Depois mandou que os soldados dele nos atacassem enquanto ele saiu a cavalo levando a moça.

Daimar se adiantou, alarmado.

— E ninguém foi atrás dele?

— Sim, senhor. O sábio Edizar partiu em perseguição com dois dos nossos.

— Para que lado eles foram?

— Espere, senhor Gretel – disse Alvor, segurando-o pelo ombro.

— Esperar o quê?!

— Talvez queira levar isto com você.

Alvor estendeu para ele o pequeno artefato capaz de rastrear o emissor que Cariele levava consigo.

♦ ♦ ♦

Nielsen Ivar prendeu a ainda inconsciente Cariele pelos pulsos e tornozelos com correntes na velha mesa de tortura.

— O que... você está fazendo... Ivar?

Edizar Olger falava com dificuldade, transpassado no ventre pela lança do tenente, fincada à parede atrás dele.

— O que sempre quis fazer – respondeu Ivar, começando a cortar a camisa dela com uma faca. – Foram anos me aguentando, me segurando, mas agora, finalmente, ela é minha!

— Você... enlouqueceu!

— Se essa cena romântica for demais para você, sábio, é só deixar de ser teimoso e morrer logo.

Nesse momento, parte de uma das paredes de pedra da velha masmorra foi colocada abaixo com um enorme estrondo, o que fez com que Ivar se virasse naquela direção, apenas para encarar o frio olhar draconiano de Daimar.

— Como... Como me encontrou?

Daimar voltou sua atenção para Cariele, totalmente indefesa sobre aquela mesa. Graças à Fênix, ainda estava viva.

Assumindo novamente a "quarta forma", ele começou a caminhar, devagar, na direção de Ivar.

O tenente virou-se e correu na direção de Edizar, agarrando o cabo da lança e arrancando-a da parede e do corpo do sábio, que tombou no chão, sangrando abundantemente.

Daimar apenas continuou caminhando na direção dele, com olhar frio. Sentindo-se encurralado, o tenente usou suas próprias habilidades para juntar energia antes de sair em disparada na direção de Daimar. Um ataque de *arrancada* como aquele, quando usado com uma lança especial, podia ser um dos mais devastadores do manual militar.

Mas, contra aquela forma de Daimar, não teve absolutamente nenhum efeito. Não com ele tendo tempo para usar suas próprias energias para enrijecer a pele, enquanto silenciosamente ativava sobre si mesmo um encanto de *imobilidade*.

No final, a lança caiu no chão, partida em diversos pedaços, enquanto Daimar segurava o tenente no ar, pelo pescoço.

Cariele ficaria orgulhosa se pudesse vê-lo naquele momento.

— E agora, tenente, o que será que eu faço com você?

Capítulo 18:
Determinação

Daimar estava sentado, impaciente, em um dos bancos do posto militar que antes era comandado por Cristalin Oglave. As coisas estavam surpreendentemente organizadas por ali, considerando que a tenente estava desaparecida e seu pretenso substituto estava agora trancado numa cela da masmorra.

O miserável! Por que, raios, eu não quebrei o pescoço dele?

Interrompendo seus pensamentos assassinos, Daimar se levantou quando o aspirante Alvor Sigournei se aproximou e lhe estendeu uma pilha de roupas e um par de sapatos.

— Imagino que se manter nessa forma consuma sua energia – disse o recém-chegado, apontando para o torso coberto de escamas de Daimar. – Este uniforme acabou de vir da lavanderia e creio que seja do seu tamanho.

— Obrigado – agradeceu Daimar, aceitando a pequena pilha. Ele começava a vestir a camisa do uniforme, quando percebeu a aproximação de uma ruiva atraente, que foi recebida por Alvor com um sorriso cortês.

— Senhor Gretel, essa aqui é uma de minhas colegas de tropa, sargento Loren Giorane, da província da Sidéria.

A moça não aparentava ser muito mais velha do que Daimar e usava um uniforme num tom marrom esverdeado similar à camisa que ele estava vestindo. Com a insígnia metálica de sargento brilhando do lado esquerdo do peito, ela pareceria com qualquer outro soldado dali, se não fosse pelo grande número de facas e punhais que ela carregava presos por quase toda parte no uniforme.

— Prazer em conhecê-lo, senhor Gretel.

— A sargento Loren é nossa especialista em interrogatórios.

Daimar cumprimentou a moça com um gesto de cabeça antes de vestir rapidamente as calças e se virar para Alvor.

— Me dê boas notícias, por favor.

Alvor puxou duas cadeiras de um canto, de forma que ele e a sargento pudessem se sentar de frente a Daimar.

— Ouvi dizer que ficou esse tempo todo no hospital – disse Alvor, depois de se acomodar. – Está com fome? Podemos providenciar alguma coisa, se quiser.

— Não, obrigado.

Daimar terminou de fechar os botões da camisa, considerando a praticidade daquilo. Entre os mais ricos daquela sociedade, usar botões nas roupas era quase uma marca de ostentação. Por causa disso, ele próprio não estava muito acostumado a eles, pois apesar de todo o dinheiro da família, eles nunca realmente chegaram a frequentar a "alta sociedade". No entanto, surpreendentemente, ele não teve problema nenhum em usar os pequenos, discretos e práticos objetos para fechar a veste.

Então ele desativou a transformação, vendo as escamas desaparecerem de sua pele como se nunca tivessem existido. Sentir que tinha aquele controle sobre seu corpo lhe dava uma sensação boa, reconfortante, apesar de toda a raiva e preocupação que sentia.

A sargento observou com certa fascinação as mãos dele voltando ao normal antes de sacudir a cabeça e limpar a garganta.

— Tudo o que podemos dizer no momento, senhor Gretel, é que conseguimos identificar o encanto que foi lançado sobre o tenente Ivar.

Daimar sentou-se e começou a calçar os sapatos.

— Como assim? Ele não estava *sugestionado*, como tantas outras pessoas?

— Receio que o caso dele, bem como dos soldados dele, seja um pouco mais complicado.

— Por quê?

— Existem nuances demais no encanto.

Daimar olhou para ela.

— E o que isso quer dizer?

— O senhor já deve ter ouvido sobre pessoas que nascem com certas afinidades místicas e que sofrem... digamos... acidentes fatais por causa disso.

— Sim, claro.

— Vamos supor alguém que tenha afinidade de conjuração de relâmpagos, como o senhor. A primeira vez que essa pessoa for usar essa habilidade, intencionalmente ou não, pode ser que ela use um ponto focal deslocado da posição ideal. Isso pode acontecer devido à falta de prática. Nessa situação, existe uma pequena chance de o ponto focal usado ficar em algum ponto dentro do corpo da pessoa ou até mesmo atrás dela.

— E quando o relâmpago é conjurado, ele atinge o próprio conjurador. – concluiu Daimar, enquanto flexionava os dedos dos pés, testando os calçados e concluindo que davam para o gasto.

— Isso mesmo. Conforme as pessoas ganham experiência, os encantamentos vão naturalmente ganhando "ajustes", como salvaguardas para situações perigosas como essa, ou melhorias nos efeitos. É a isso que nos referimos como "nuances". Analisando a energia residual, às vezes é possível perceber resquícios deles.

Ele estreitou os olhos.

— Você está querendo dizer que quem hipnotizou o tenente era muito mais experiente.

— Exato.

— O alquimista – concluiu Daimar. – Ele deve estar ajudando a maldita.

— Todas as evidências indicam que sim – respondeu Alvor.

A sargento continuou:

— Mesmo que estivesse usando uma técnica que acabou de adquirir, a vasta experiência dele acrescentaria automaticamente diversas nuances ao encanto, pois isso é algo que as pessoas fazem instintivamente.

— Ele já devia estar sugestionado quando tentou me matar.

— É possível – concordou Alvor.

— E aquela história toda que ele contou pode ser mentira.

— Talvez, mas não encontramos nenhuma contradição com as coisas que já sabíamos.

Daimar suspirou. Não adiantava se preocupar com aquilo agora.

— Conseguiram reverter a *sugestão* do tenente?

— Isso será um pouco complicado – respondeu Loren. – O tratamento para essa variação pode levar alguns dias.

— Cariele conseguiu fazer com que os estudantes da academia voltassem ao normal com apenas um gesto.

— O encanto lançado no tenente e nos soldados dele é bem mais complexo e provavelmente leva bem mais tempo para ser conjurado. No caso do ataque à academia, a baracai teve que sugestionar uma quantidade grande de pessoas em apenas alguns minutos.

— Certo. E quanto ao interrogatório? – Daimar não conseguia impedir de revelar a fúria em sua voz ao se lembrar da expressão no rosto do tenente enquanto cortava as roupas de Cariele. – Conseguiram arrancar alguma coisa do infeliz?

— Sim – respondeu ela. – O *encanto da verdade* teve total efeito, mesmo ele ainda estando sugestionado.

— O que ele fez com Cariele?

A sargento e o aspirante se entreolharam por um instante.

— Acreditamos que ele não sabe de nada sobre o estado dela – respondeu Alvor.

— Como assim?!

— Ele usou nela uma técnica chamada *adormecer*, que é um encanto de nível muito baixo. Tanto que costuma ser eficaz apenas em crianças. Ela só foi afetada por causa da algema, que anulou todas as defesas místicas dela.

— E por que ela não acordou ainda?!

— Sinto muito, mas não sabemos.

Daimar passou a mão pelos cabelos.

— E de que me adiantou poupar a vida daquele imbecil?

A sargento limpou a garganta e falou, devagar:

— Se me permite, senhor Gretel, eu acredito que essa foi uma decisão acertada da sua parte.

— Ah, é mesmo?

— Sim, pois tudo indica que a senhora Asmund só continua viva por causa dele.

Daimar baixou os braços e lançou um olhar carregado de incredulidade e irritação a ela.

— Ele resistiu à sugestão – ela tratou de explicar. – As ordens que ele recebeu da baracai eram para matá-la assim que tivesse a oportunidade.

— Mas... Como?

— Nossa teoria – disse o aspirante – é que o tenente tinha certa... obsessão pela senhora Asmund. E esse sentimento era grande o suficiente para conseguir sobrepujar o poder de sugestão. Ao invés de usar a oportunidade para matar, ele decidiu fugir com ela.

— Eu sabia! Devia mesmo ter dado cabo do maldito quando tive a chance! Sempre achei estranho o jeito que ele olhava para ela. Não entendo como deixam uma pessoa assim chegar ao posto de tenente.

— Um dos efeitos da *sugestão* é a quebra das inibições – respondeu Loren. – Ele resistiu à ordem para matar, mas não ao resto do encanto. Ele confessou que chamou a senhora Asmund para sair várias vezes, anos atrás, mas parou de assediá-la a partir do momento em que ela deixou claro que ele a estava incomodando.

— Todos nós temos sentimentos dos quais não nos orgulhamos – explicou Alvor. – Mas temos o nosso senso de certo e errado, que nos inibe de fazer certas coisas. O melhor exemplo disso é justamente o fato de o senhor ter poupado a vida dele. E o encanto de *sugestão* simplesmente remove todas essas inibições.

— Está bem, que seja. E quanto ao esconderijo? Ele deu alguma pista de onde a maldita pode estar? Ou os meus amigos?

— Não – respondeu a sargento. – Ele viu os demais estudantes sendo levados para algum lugar, mas ele mesmo nunca foi até lá.

Tomado pela ansiedade em voltar para o lado de Cariele, Daimar concluiu não tinha mais nada de relevante a fazer por ali e se levantou.

— Eu vou embora.

— Espere... – disse Alvor, levantando-se também.

— Tem algo de útil a me dizer, aspirante? Porque tenho a impressão de que estou apenas perdendo meu tempo aqui.

— Entendo. Posso remover esse emissor do seu pulso, se quiser.

Daimar olhou para o pequeno aro metálico em seu braço como se o visse pela primeira vez. Tinha se esquecido completamente daquilo. Alvor tinha pedido para usá-lo para que ele e os demais soldados pudessem segui-lo até o cativeiro de Cariele.

Graças àquele objeto, as Tropas Especiais conseguiram chegar à velha masmorra a tempo de salvar a vida de Edizar Olger. E, justiça seja feita, também a de Nielsen Ivar, pois àquela hora Daimar já estava perdendo a paciência com ele, que não parava de repetir que não sabia o que tinha de errado com Cariele ou o porquê de ela não acordar.

— A propósito, você ainda não me explicou como essa coisa permanece no meu braço mesmo quando mudo de forma.

— Eu não saberia dizer. Tudo o que sei é que é uma das invenções de seu pai.

Daimar olhou da pulseira para Alvor e depois para a pulseira de novo, surpreso.

— Ele costumava usar um desses quando partia para a batalha, deixando um coletor de emissões com a tenente Oglave ou com o sábio Edizar. Facilitava bastante o nosso trabalho de monitorar as batalhas e evacuar as pessoas de áreas de risco.

— Não sabia que meu pai criava esse tipo de coisa.

— Ele tem um histórico bem longo de colaboração com o Exército.

Aquilo era novidade para Daimar. Delinger sempre tivera boas relações com as autoridades, considerava muitos deles amigos pessoais, mas nunca passou pela cabeça dele que o pai pudesse *trabalhar* para o Exército.

— Não sabia disso.

— Posso lhe passar os nomes de alguns oficiais que trabalharam com ele, se quiser.

— Obrigado. – Daimar pensou um pouco antes de voltar a encarar o aspirante. – Acho que vou ficar com essa pulseira, já se mostrou útil uma vez, talvez volte a ser novamente.

— Não se sente desconfortável sabendo que podemos monitorar seu paradeiro o tempo todo?

— Não tenho nada a esconder. – Daimar olhou para a sargento e depois de volta para o aspirante. – E, de qualquer forma, vocês mostraram ser de confiança.

— Obrigado.

— E quanto à baracai? Encontraram algum sinal dela?

— Nada ainda. Mas estamos vasculhando a cidade.

— Lassam é grande demais e ela pode estar em qualquer parte da área urbana ou das redondezas. Pode demorar demais para encontrar a maldita desse jeito, apenas com seus soldados.

— Tem alguma sugestão melhor?

Daimar pensou por um instante.

— Na verdade, tenho.

Depois de Daimar ter saído, Alvor e Loren se dirigiram para a sala da tenente Oglave, que o aspirante estava ocupando temporariamente.

Ela perguntou:

— Acha mesmo que esse plano dele é uma boa ideia?

Ele deu de ombros.

— Acho que não custa tentar. Os boatos sobre os poderes dele já estão correndo pela cidade toda, então, não acho que ele tenha muito a perder.

— Desde que você termine rápido essa missão, por mim tudo bem.

— Por que a pressa?

— Nessa confusão toda, acabamos não tendo tempo de conversar, mas eu vim aqui para buscar você.

— É mesmo?

— Sim. – Ela estendeu um envelope para ele. – Parece que eu e você andamos atraindo a atenção das pessoas certas. Tem um certo capitão interessado em montar um grupo de elite. E nós dois fomos convocados.

Alvor arregalou os olhos ao ler o nome do remetente.

A carruagem parou em frente ao hospital. Daimar sentiu uma nova pontada de apreensão no peito ao olhar para a velha construção.

Seu administrador, um homem baixo, que usava óculos e roupas que deveriam ter estado na moda uns 50 anos atrás, perguntou:

— Algo mais que deseja que eu providencie, senhor?

— Sim. Assegure-se de encontrar casas para os antigos empregados da mansão. Eles precisam de um lugar para morar.

— Temporárias?

— Não, definitivas. Dê a eles a opção de escolher a localização. Se não for possível comprar, alugue.

— Muito bem.

— A proprietária do terreno concordou em negociar?

— Com uma oferta generosa como aquela, ela teria que ser muito estúpida para não aceitar. Quero dizer, o senhor está até pagando o valor integral por um prédio que não existe mais.

— Excelente. Monte uma equipe para limpar o terreno o mais rápido possível. Preciso que a construção comece logo.

— Com as especificações que o senhor me passou será um trabalho bastante demorado e dispendioso.

— É um investimento.

— Se o senhor quer assim...

— Também quero que mande uma mensagem para todos os pais ou familiares dos membros da fraternidade Alvorada. É de suma importância que compareçam ao pronunciamento de amanhã.

— Como quiser.

Daimar abriu a porta e desceu, antes de lançar um último olhar para o administrador.

— Encontre também alguns trabalhadores e os mande à fraternidade. Muitos danos foram causados ao teto e ao calçamento do alojamento. Também seria bom fazer uma limpeza completa. Provavelmente, você vai precisar de autorização da supervisão, que deverá designar um monitor para acompanhar tudo.

— Sim, senhor, cuidarei disso – disse o homem fazendo uma anotação numa das páginas amareladas de um velho caderno.

— Você está fazendo um ótimo trabalho. Sinto muito por estar aumentando suas responsabilidades desse jeito.

— Não se preocupe, senhor. Saiba que eu, assim como os outros empregados, aprecio muito tudo o que o senhor está fazendo. Nada me deixará mais satisfeito do que quando o culpado pelo sequestro dos estudantes for levado à justiça.

Daimar apenas assentiu e fechou a porta, dando um sinal para o cocheiro, que agitou as rédeas. Enquanto a carruagem partia, Daimar virou-se e caminhou, decidido, para o hospital.

O pessoal que trabalhava na recepção, reconhecendo-o, atendeu-o com cortesia e respeito. Assim, ele não teve problemas em chegar rapidamente até um dos quartos do terceiro piso, encontrando Baldier Asmund, que acabava de sair.

— Senhor Gretel – o pai de Cariele o cumprimentou, sério.

— Senhor Asmund. Alguma mudança no quadro?

Daimar teve um breve vislumbre de Cariele, muito pálida, deitada sobre a cama com um monte de parafernálias sobre e ao redor dela, bem como de enfermeiras se movendo de um lado para o outro, antes de Baldier fechar a porta e apontar para uma janela no fim do corredor. Os dois caminharam até lá em silêncio. Então Baldier suspirou e disse:

— Ela permanece inconsciente e seus sinais vitais estão diminuindo.

— Mas o que pode ter causado isso? Ela foi envenenada, ou algo assim?

Baldier apoiou os cotovelos na beirada da janela e olhou para fora.

— Não, nada tão simples assim.

— Mas já conseguiram descobrir o que ela tem?

— Sim. Eu estava em reunião com os curandeiros agora. Profissionais muito competentes, diga-se de passagem. Estou em débito eterno com você por estar bancando tudo isso.

— Não é minha intenção contabilizar favores, senhor Asmund. Somos uma família, não somos?

Baldier deu um sorriso triste.

— Sim, claro. Sobre o quadro dela... Bem... Na verdade, acho que nós já sabíamos o que ela tinha. Há anos.

Daimar empalideceu.

— O senhor quer dizer... a doença que ela combatia usando os poderes dela?

— As evidências indicam que sim. O nível de cognação transcendente dela está menor do que o meu. E olhe que o meu caso já é terminal. Me deram seis meses, no máximo. No caso dela... acho difícil que sobreviva por mais seis dias.

Daimar recostou-se na parede, sentindo como se alguém tivesse lhe dado um soco no estômago.

— Não pode ser! Como é possível? Ela estava ótima antes! A curandeira tinha dito que tinha ocorrido até uma regressão na doença!

— A algema.

— Como?

Baldier olhou para ele, os olhos marejados.

— O tenente Ivar manteve uma algema militar enrolada ao redor do pulso dela por mais de uma hora. Isso desligou completamente os poderes dela, que eram a única coisa que a vinha mantendo viva.

331

— Mas eu tirei aquela porcaria dela! Por que ela não se restabelece?

Baldier colocou uma mão no ombro dele.

— Filho, nós dois sabemos que não é assim que as coisas funcionam. Sem a oposição dos poderes dela, a doença progrediu assustadoramente rápido. E quanto mais o espírito se desliga do corpo, menor é o nível de poder que o indivíduo possui. Ela, simplesmente, não tem mais energia para reagir.

— Não, eu me recuso a acreditar nisso! Não pode ser verdade! Eu já vi Cariele usando uma daquelas coisas antes! A tenente Oglave mandou prenderem ela uma vez e eu vi os soldados amarrando os pulsos dela com aquilo!

— Ela me contou sobre esse episódio. O que você viu foi apenas metal maleável, não era realmente uma algema. Era tudo uma encenação da tenente para que ninguém pensasse que Cariele trabalhava para ela.

— Mas como é possível que ela tivesse uma vulnerabilidade tão grande a esse negócio durante tanto tempo e ninguém perceber? Ela mesma carregava um treco desses com ela o tempo todo! Ela prendeu gente com isso na minha frente!

— Não fazíamos ideia de que tão pouco tempo de exposição ao material teria efeitos tão devastadores.

— O senhor tinha me dito que ela estava *combatendo* a doença! Que tipo de combate é esse que vai todo por água abaixo quando a pessoa simplesmente descansa um pouco? Isso não faz sentido!

— Acredite, filho, estou tão surpreso quanto você. Ela é um caso único, não há registro de ninguém que já tenha passado pela situação dela. Pela lógica, ela deveria ter morrido há muitos anos. Nunca entendemos direito como ela conseguiu sobreviver por tanto tempo. Existem tantas nuances dos poderes dela que contrariam diretamente as teorias da física... que essa situação era... simplesmente... impossível de se prever. Sinto muito.

Daimar forçou-se a se controlar quando viu que Baldier enxugava as lágrimas que desciam pelo rosto enrugado.

— Não, senhor. Eu é que sinto. Me descontrolei, me perdoe.

Os dois se aproximaram e trocaram um abraço carregado de tristeza.

— Se quiser fazer uma visita a ela, posso pedir ao curandeiro para liberar você por alguns minutos.

Daimar se afastou, tentando controlar as emoções.

— Não, agora não. Eu preciso... digerir tudo isso primeiro. Não acho que vá fazer bem nenhum a ela se eu entrar naquele quarto agora.

— Compreendo.

— Vou ver como estão os estudantes que ela salvou.

— Não se esqueça de se alimentar, filho. Ela não gostaria de ver você se adoentar por causa dela.

Daimar lembrou-se da expressão que ela costumava exibir quando alguém fazia algo que ela não aprovava e acabou sorrindo, meio que sem querer.

— Tem razão. Vejo o senhor mais tarde.

Baldier observou o jovem senhor Gretel se afastar com passos decididos e, subitamente, lembrou-se de um comentário que uma das enfermeiras lhe fizera sobre Cariele, semanas antes, quando ele ainda estava internado ali.

Prepare-se, porque quando ela arrumar um namorado que valha a pena, aí sim as coisas vão mudar para valer.

Aquelas foram palavras proféticas.

Felizmente, Daimar não precisou se preocupar em providenciar material ou encontrar curandeiros adequados para cuidar dos estudantes resgatados, uma vez que eles vinham de famílias abastadas e os próprios pais tomaram a iniciativa de cuidar de tudo e garantir que eles tivessem o melhor tratamento que o dinheiro pudesse pagar.

Ele passara boa parte da noite respondendo perguntas sobre Agneta e os outros, fornecendo a maior quantidade de informações que pôde para que os profissionais pudessem fazer seu trabalho. Não que ele soubesse muita coisa sobre como tinham ficado naquele estado, mas, aparentemente, detalhes sobre a alimentação e hábitos dos pacientes podiam dar pistas importantes para que pudessem investigar.

A curandeira contratada pela família de Agneta era uma mulher de meia idade com aparência invejável e cheia de energia. Ele a encontrou numa sala reservada, sentada em frente a uma mesa com uma caneca de cerveja numa mão e um pedaço de pão na outra.

— Bom dia – cumprimentou ele.

Ela lhe dirigiu um sorriso irônico.

— Ninguém lhe disse que essa é uma área restrita, senhor Gretel?

Ele se forçou a sorrir também.

— Achei que fosse proibido consumir esse tipo de bebida dentro de um hospital.

— Faz dois dias que não prego os olhos. E considerando a bagunça que é este lugar, nunca vou conseguir descansar por aqui se não encher a cara antes.

— E por que não vai para casa?

— Porque tem uma vida dependendo de mim aqui e posso ser chamada a qualquer momento – respondeu ela, aparentemente não vendo problemas em estar sob efeito da bebida quando esse hipotético chamado ocorresse. – Alguma razão em especial para o senhor estar aqui?

— Eu só queria saber se poderia ser útil em alguma coisa. E como me disseram que a senhora estava dando uma pausa para descanso, achei que pudesse querer conversar um pouco.

— Já vou avisando que se o senhor também vier me sugerir como fazer meu trabalho, eu vou chamar os guardas.

— Não se preocupe, estou acostumado a trabalhar com profissionais. Devo supor que os pais da garota não são muito hábeis nesse sentido?

Ela riu e deixou o pão de lado enquanto tomava mais um gole da bebida.

— Sente aí – ela apontou para a cadeira do outro lado da mesa e aguardou até que ele se acomodasse. – Quer saber se os pais dela me deram trabalho? Sim, eles deram. Muito. Mas acredito que um pai tenha todo o direito de surtar quando recebe a notícia de que sua filha está morta.

Daimar ficou sério.

— Ela morreu?!

— Tecnicamente, sim. A pobre coitada teve quase todo o sangue drenado do corpo. E isso ocorreu várias horas antes de ela ser resgatada.

— Mas como? Ela estava se movendo, chegou até a atacar minha companheira.

— Sim, estou ciente. Acredito que estamos lidando com alguém com habilidades necromânticas. Existem traços de energia negativa emanando da paciente. Ela está sob o efeito de um encantamento de *tempo congelado* ou algo similar, capaz de preservar o cadáver ligado ao espírito, de forma a conseguir se mover e realizar certas tarefas, mas sem vontade própria.

Daimar arregalou os olhos.

— Isso é horrível!

— Mas tem um lado bom. – Ela tomou outro gole de cerveja. – O encanto necromântico deve ter sido usado imediatamente depois do óbito, ou talvez até um pouco antes. Ela não tem ferimentos sérios, só alguns arranhões e perfurações em algumas partes do corpo, por onde ela foi drenada. Se conseguirmos estimular o corpo para que produza bastante sangue e dissiparmos a energia negativa no momento certo, é possível fazer com que ela reviva.

— Uau! Nunca imaginei que ouviria alguém usar os termos "energia negativa" e "reviver" na mesma frase.

Ela riu de novo.

— Irônico, não é? Acho que demos sorte por termos começado a trabalhar com os garotos antes de o encanto perder completamente o efeito. O *expurgo* que sua namorada usou neutralizou outros feitiços que estavam sobre eles, mas a energia negativa é um pouco mais resistente e, numa situação como essa, se dissipa bem devagar.

— Que bom.

— Resta saber o que queriam fazer com tanto sangue. Cinco garotos, todos na faixa dos 20 anos de idade e saudáveis. É um volume e tanto.

Daimar se lembrou das diversas manchas no corpo da Baracai.

— É, eu acho que sei por que a maldita fez isso com eles.

A curandeira se ajeitou melhor na cadeira e voltou a pegar o pão.

— Por que não me conta enquanto forro meu estômago? A propósito, quer um pedaço?

— Não, obrigado. Acabei de passar na taverna ali em frente e estou satisfeito. Bom apetite.

— Obrigada. Esta é minha primeira refeição desde o jantar de ontem. Foi uma noite e tanto.

— Nem me fale – ele suspirou.

— Então, vamos lá, me conte tudo.

Daimar tentou ser o mais conciso possível, mas a história dos baracais não era fácil de ser resumida. No fim, a narrativa acabou se estendendo por mais de vinte minutos.

— Que história fascinante – disse ela, antes de soltar um enorme bocejo. – Desculpe. Como pode ver, minha estratégia para chamar o sono já está funcionando.

— Tudo bem. – Ele suspirou, frustrado. – O mais desesperador nessa história toda é saber que tem mais de 20 estudantes desaparecidos, provavelmente estão todos com ela, o que quer dizer...

— Que vão aparecer mais pacientes na mesma situação de Agneta Niklas.

— Ou talvez em situações piores. Eu não entendo. O que há de tão especial no sangue humano? Por que ele tem que ser "consumido"? E como isso pode ter o poder de retardar uma doença, ou maldição, ou o que quer que seja?

— Acredito que só tem uma forma de saber. Deixe uma amostra do seu sangue conosco. Posso aproveitar que tem vários figurões por aqui e pedir ajuda para analisar.

— Mas por que analisar o *meu* sangue?

— Ora, você não disse que é filho de uma baracai com um humano? Se o sangue humano causa mesmo alguma reação, o seu corpo deve estar sofrendo essa reação o tempo todo. E mesmo que não esteja, ainda poderemos analisar o que acontece se misturarmos o seu sangue com o de outra pessoa. Isso deve nos dar algumas respostas.

◆ ◆ ◆

A tarde já ia pela metade quando Daimar desceu da carruagem na frente do prédio da prefeitura, perplexo com o tamanho da multidão que estava ali. Mais ainda com a sensação de expectativa que se apoderou de todos, no momento em que notaram a aproximação dele.

O prefeito adiantou-se e veio cumprimentá-lo com um aperto de mão caloroso.

— Senhor Gretel. Estamos gratos pelo que tem feito por nossa cidade.

— Obrigado, senhor, mas até o momento não fiz nada além de revidar um ataque contra minha casa, meus empregados e meus amigos.

— Sim, claro, mas se não fosse pela sua presença e atitude, vai saber quantos inocentes essa criminosa já teria transformado em vítimas.

— O senhor não vê problemas em eu conversar com essas pessoas?

— Pode ficar à vontade. Mesmo que não tivesse ouvido coisas fabulosas a seu respeito, a cidade de Lassam deve muito a seu pai.

— Fico feliz em ouvir isso – disse Daimar, apesar de não gostar daquela bajulação toda. Políticos sempre serão políticos. E ele sabia muito bem que essa gente gosta de dizer coisas para fazer com que as massas acreditem que estão do lado delas.

Daimar e o prefeito foram cortando caminho por entre a multidão até chegarem ao topo da escadaria que dava acesso ao prédio. O aspirante Alvor o aguardava lá, segurando uma pequena concha de caramujo.

— Senhor Gretel. Parece que a sua ideia atraiu mais atenção do que antecipamos.

Daimar olhou para a praça. Parecia que metade da cidade estava presente. Ele não se lembrava de ter visto tanta gente reunida em um só local antes. Reconheceu diversos instrutores, monitores, comerciantes, alquimistas, curandeiros e até mesmo diversos estudantes da academia.

— Estou vendo.

— As histórias sobre você e seu pai são o assunto mais comentado da cidade. – Alvor lhe estendeu a concha, com um sorriso. – Isso é o que dá sair voando por aí daquele jeito.

— Como está Edizar Olger?

— Vai sobreviver. Provavelmente, vai passar meses no hospital, mas está reagindo bem ao tratamento de regeneração, apesar da idade. Deve recuperar a consciência em breve.

Daimar assentiu.

A expectativa no ar era palpável quando ele se adiantou um pouco e encarou a multidão. Todos ficaram em silêncio quando ele aproximou a concha dos lábios e começou a falar, sua voz amplificada soando alta e clara por toda a praça.

Saudações a todos! Para aqueles que não me conhecem, meu nome é Daimar Gretel. Sou o filho de Delinger Gretel e minha família possui uma ferraria, algumas lojas e diversos outros negócios na cidade.

Estou muito grato pela presença de todos aqui. Eu havia solicitado às pessoas que trabalham para mim que espalhassem a notícia de que eu tinha um favor pessoal a pedir para todos os nossos clientes e amigos. Mas, mesmo com a ajuda do Exército, não imaginava que tantas pessoas pudessem se reunir aqui para me ouvir. Isso, para mim, foi uma abençoada surpresa.

Ele fez uma breve pausa.

Tendo dito isso, peço a todos o favor de ouvir minhas breves palavras, pois eu tenho um pedido muito importante a fazer. Neste momento, eu tenho diversos amigos e entes queridos internados no hospital de Lassam, lutando contra a morte. E existem dezenas de outros jovens inocentes que neste momento estão nas garras do inimigo e precisam ser resgatados.

Antes de mais nada, preciso deixar bem claro alguns fatos. Minha família viveu em Lassam por muitos anos no passado, mas tivemos que nos mudar e voltamos para cá apenas recentemente. Durante mais de 25 anos, minha família guardou um segredo. Até mesmo devido ao fato de ele não ser relevante. E vivemos em paz... até agora.

O fato é que minha família descende de um clã que viveu isolado durante muitos séculos. E algumas pessoas desse clã se descontrolaram e começaram a atacar a cidade nestas últimas semanas.

Murmúrios começaram a surgir de todos os lados, enquanto Daimar estendeu a concha para o aspirante para poder despir a parte de cima do uniforme militar. A maioria das pessoas se entreolhava, não entendendo direito o que estava acontecendo. Então, Daimar entregou a camisa a Alvor e pegou a concha de volta.

Este aqui é o segredo da minha família. E de todo o meu clã.

Ele levantou o punho esquerdo e o encarou, ativando a sequência de transformação. Em segundos, as escamas azuis apareceram, cobrindo totalmente seus braços e seu torso. Exclamações de espanto vieram da multidão, alguns chegando a se afastar dele, enquanto outros tentavam chegar mais perto para ver melhor.

Alvor fez um sinal para os soldados que estavam de prontidão por ali e eles prontamente formaram um cordão humano na frente da multidão, impedindo que as pessoas subissem as escadas.

Os monstros que atacaram a cidade, na verdade, eram pessoas do meu clã, que se utilizaram desta incomum habilidade de transformação, da qual todos partilhamos. E o dragão dourado, que muitas pessoas viram lutando contra os "monstros", era Delinger Gretel. Meu pai arriscou a vida para proteger esta cidade. E eu pretendo fazer o mesmo.

Alguém gritou:

— Você é um monstro!

Se eu sou um monstro? Acho que isso depende, não é mesmo? "Monstro" é uma palavra que se usa para definir algo ameaçador, perigoso, perverso, assustador. Mas isso é apenas uma impressão pessoal, o que parece um monstro para uma pessoa, não necessariamente parece assim para outra.

— Ouvi dizer que você é metade humano!

Se sou "metade humano"? Não, isso é mentira. Eu sou humano por inteiro, igual a qualquer um de vocês. Assim como meus pais e todos do meu clã. Temos poderes incomuns? Certamente. Mas o mesmo se aplica aos curandeiros que neste momento estão no hospital usando suas habilidades especiais para salvar vidas. Ou aos agricultores que usam sua afinidade para trabalhar na terra como ninguém mais consegue. Ou aos alquimistas, que têm o poder de preparar poções e criar artefatos. E nada disso os torna menos humanos. E muito menos, monstros.

Mas é verdade que Delinger Gretel é meu pai adotivo. Meu pai natural é um habitante de Lassam, um cidadão trabalhador e dedicado, assim como qualquer um de vocês.

Agora, querem saber o eu acho que é um "monstro"? Para mim, monstro é alguém capaz de sequestrar dezenas de jovens e mantê-los presos contra a vontade, forçando-os a fazer sabe-se lá o quê enquanto as famílias ficam aqui, desesperadas, sem ter nenhuma pista do paradeiro de seus filhos, seus irmãos, seus primos.

Um monstro é alguém capaz de atacar pessoas inocentes por motivos egoístas, ou até mesmo sem motivo nenhum. E é por causa de um monstro desses que eu vim até aqui, pedir ajuda.

Impressionados, Alvor e o prefeito observaram enquanto Daimar revelava diversos fatos sobre a baracai à multidão, encarando de peito aberto o fato de possuir os mesmos poderes que ela e ser, potencialmente, tão perigoso quanto.

Quando ele, finalmente, fez o pedido para que todos ficassem atentos para qualquer fato estranho que pudesse acontecer na cidade e nas redondezas, as pessoas entenderam. Concordaram enfaticamente em procurar as autoridades se algo fora do comum ocorresse. A generosa recompensa que ele ofereceu por informações que levassem à descoberta do paradeiro da criminosa foi como uma espécie de golpe final.

O problema que, antes, era dele e das autoridades, agora tinha se tornado o problema da cidade toda.

Surpreso e satisfeito com a reação das pessoas a seu pequeno discurso, Daimar fazia os agradecimentos finais quando percebeu um soldado, esbaforido, tentando abrir caminho em meio à multidão.

— Gostaria de pedir um favor – disse ele à multidão, enquanto apontava na direção do rapaz. – Abram espaço para aquele oficial passar. Obrigado.

Com o caminho subitamente livre, o soldado chegou até a escadaria em tempo recorde. Tentando recuperar o fôlego, ele prestou continência ao aspirante e ao prefeito, antes de se virar para Daimar.

— Senhor Gretel, estão solicitando a sua presença no hospital, com urgência.

Houve uma comoção geral entre a multidão, mas aquilo não era nada perto da intensidade da sensação avassaladora que tomou conta de Daimar. Por alguns segundos, ele ficou parado no lugar, completamente incapaz de qualquer reação, mas no momento seguinte, uma urgência incontrolável o invadiu e ele olhou uma última vez para as pessoas na praça.

— Mais uma vez, obrigado por sua atenção. Agora, se me derem licença, preciso atender a um assunto urgente. Por favor, comuniquem qualquer informação que tiverem às autoridades. Obrigado.

Dito isso, ele arremessou a pequena concha para o aspirante, antes de, rapidamente, livrar-se dos sapatos e da parte de baixo do uniforme que Alvor havia lhe dado e ele não tinha tido tempo de trocar até agora.

Então vamos lá, pensou ele, tentando se concentrar. *88 quilos, 1 metro e 79 de altura, escala 3 de temperatura, sem vento, sem nuvens no céu, centro de energia no abdômen...*

Torcendo para estar se lembrando direito de todas as etapas, ele concluiu os cálculos e fez um gesto dramático com os braços, como se desenhasse algo no ar. Imediatamente, surgiu uma espécie de vácuo no espaço acima dele, sugando-o com certa violência para cima e o arremessando a dezenas de metros de distância do chão.

Tendo bastante espaço ali em cima, ele assumiu sua gigantesca forma draconiana e bateu as asas, tomando a direção do hospital, enquanto a multidão abaixo observava. Muitos, perplexos, outros, amedrontados e, alguns, muito excitados.

O prefeito olhou para Alvor.

— Colocar o garoto para falar com as pessoas da cidade foi uma estratégia brilhante, aspirante.

— Obrigado, senhor, mas a ideia foi toda dele. E eu nunca imaginaria que ele tivesse tanto carisma assim.

— É verdade, olhe para eles – o prefeito apontou na direção da multidão que se dispersava. – Agora eles têm um ícone, uma figura palpável que representa a luta contra todo esse caos que se abateu sobre nós. Ele se tornou um símbolo de esperança. Se Delinger Gretel tivesse concordado em fazer algo similar, com certeza não teríamos tantos cidadãos abandonando a cidade.

— Provavelmente.

— A propósito, aspirante, o capitão não designou ainda novos comandantes para as tropas de Lassam?

— Não, senhor. De acordo com as ordens dele, minha equipe está trabalhando junto às tropas, tentando formar novas lideranças. Como o senhor deve saber, a Quarta Divisão do Exército Imperial está bastante atarefada e não há bons comandantes disponíveis no momento.

— O povo de Mesembria, tradicionalmente, é composto mais por intelectuais do que por guerreiros.

— Com todo o respeito, senhor, não sei se posso concordar com isso. Como o senhor Gretel bem disse, somos todos humanos, não somos?

Daimar não perdeu tempo tentando entrar pela porta da frente do hospital. Ao invés disso, chegou pelo teto. Ele exercitou novamente as técnicas que tinha aprendido com Cariele, voltando a assumir a "quarta forma" em pleno ar e usando um encantamento especial para pousar suavemente, surpreendendo as pessoas que estavam por ali, recolhendo as roupas que secavam ao sol, penduradas em varais rústicos.

Minutos depois, ele entrava no gabinete da administradora do hospital, que estava sentada atrás de sua enorme mesa. Diante dela, havia quatro outras pessoas sentadas, incluindo a curandeira de Agneta. Baldier Asmund, que se encontrava em pé próximo a uma janela, virou-se para ele com uma expressão preocupada no rosto.

Daimar franziu o cenho.

— O que está acontecendo? Como está Cariele?

— Não houve mudança no quadro dela, senhor Gretel – disse a administradora. – Por favor, feche a porta e sente-se.

Daimar encarou Baldier, que apenas fez um gesto afirmativo com a cabeça. Soltando um suspiro de alívio, ele encostou a porta e se acomodou na única cadeira desocupada.

— Senhor Asmund, pode fazer o favor de explicar ao senhor Gretel sobre a descoberta?

— Sim, claro – disse o pai de Cariele, adiantando-se e pegando alguns papéis do canto da mesa. – Os resultados da análise do seu sangue são fascinantes, rapaz.

Daimar levantou a sobrancelha.

— É mesmo?

— Ainda tem muita coisa que não entendemos. Levaria anos para estudar todas as nuances. Mas descobrimos nele uma emanação de energia em uma frequência bastante peculiar.

— Por favor, me diga que encontrou um jeito de saber onde a baracai está se escondendo.

— Infelizmente, não. Mas creio que descobrimos uma forma de salvar a vida de Cariele.

A explicação era bastante complexa e envolvia um monte de conceitos de física que Daimar não tinha a mais remota perspectiva de um dia vir a compreender.

Os curandeiros conseguiram encontrar aquilo que parecia ser a razão do sangue humano reverter a degeneração baracai. Descobriram que o sangue dele tinha emanações místicas capazes de estimular o aumento do nível da chamada "cognação transcendente", que era a capacidade do indivíduo de manter ativa a ligação entre o corpo e o espírito.

Era bastante provável que o sangue baracai reagisse a componentes do sangue humano, originando, assim, aquele tipo de reação.

Como ele possuía os dois tipos de sangue correndo, misturados, em suas veias, provavelmente, estava completamente imunizado contra os efeitos da maldição dos baracai.

Aquelas pessoas tinham acabado de provar que Delinger Gretel, mais uma vez, estava certo.

Outra descoberta interessante era que o sangue meio baracai dele podia servir como uma ponte intermediária, permitindo aumentar temporariamente o nível de cognação, mesmo quando a ligação estava quase toda comprometida.

Com a cooperação de Daimar, os curandeiros e sábios trabalharam arduamente para criar uma poção especial, o que não foi nada fácil. Como não havia tempo para refinar a técnica de separação do componente ativo do sangue dele, Baldier precisou de várias dezenas de litros de matéria-prima. Mesmo na forma de dragão, a perda de tão grande quantidade de sangue o deixou bastante enfraquecido.

Assim que a poção foi dada a Cariele, mesmo estando inconsciente, ela passou a ter acesso a parte de seus poderes. E como o corpo dela estava condicionado a combater a doença, ao receber uma nova dose de energia, ele automaticamente passou a lutar para se recuperar, gerando uma reação em cadeia que fez com que, em poucas horas, o nível de cognação dela tivesse se restabelecido completamente.

◆ ◆ ◆

O sol da manhã entrava pela janela, banhando seu rosto, quando ela recobrou a consciência.

A primeira coisa que percebeu, antes mesmo de tentar abrir os olhos, foi que a ligação mental com Daimar tinha se restabelecido. Sentindo uma sensação maravilhosa de "pertencer", ela instintivamente acionou o gatilho mental que a permitia ter acesso aos sentidos dele.

Sentiu, então, que estava deitada em uma cama, provavelmente no hospital, a julgar pelos diversos instrumentos e pelas emanações místicas peculiares, presentes por toda parte.

Ela inspirou o ar pelo nariz e sentiu o cheiro de ervas, que sempre a fazia passar mal. Surpreendentemente, dessa vez não houve nenhuma sensação de mal-estar. Na verdade, não se sentia tão bem há anos.

Daimar estava esparramado em uma poltrona ao lado da cama, dormindo numa posição, aparentemente, bastante desconfortável. Ele estava muito cansado e abatido, e ela podia sentir a intensidade da carga de preocupação dele.

Ela não conseguia se lembrar de nada que ocorrera depois que o tenente Ivar colocara aquele maldito cristal diante de seus olhos, mas para a terem levado até o hospital, e Daimar estar ali daquele jeito, algo ruim deveria ter acontecido com ela, apesar de ela não perceber nada errado em nenhuma parte do próprio corpo.

Levantando os braços, ela espreguiçou-se, alongando os músculos, privados de exercício por tanto tempo. Sem dificuldade, ela se sentou e se virou para ele, finalmente abrindo os olhos. Ele estava usando roupas brancas, bastante parecidas com os uniformes dos enfermeiros. Estava um pouco pálido e parecia bastante cansado, mas, aos seus olhos, continuava sendo o mais atraente espécime masculino que ela conhecera.

Descendo da cama, ela ficou parada em pé por alguns instantes, tentando se livrar do restante da sensação de letargia provocada pelo longo tempo de sono. Então suspirou e olhou mais uma vez para ele. Não tinha como alguém descansar direito naquela posição.

Fazendo um gesto com ambas as mãos, ela usou a técnica de aumento de força, o que a permitiu erguê-lo com facilidade e ajeitá-lo com cuidado sobre a cama. Deu-lhe um pequeno beijo na bochecha antes de se afastar.

Ele permaneceu dormindo o tempo todo, mas seus lábios se curvaram levemente em um arremedo de sorriso. Esperava que estivesse sonhando com ela.

Olhando ao redor, ela localizou suas roupas, que formavam uma pilha cuidadosamente dobrada sobre uma cadeira. Livrando-se daquela camisola horrível de hospital, ela tratou de se vestir antes de sair do quarto, abrindo e fechando a porta devagar.

Em seguida, dirigiu-se à janela no final do corredor, onde Baldier Asmund olhava para fora, de costas para ela.

— Oi, pai. O que está fazendo aqui?

Baldier virou-se para ela, com uma expressão enorme de alívio no rosto enrugado.

— Filha! Filha! – Ele correu para ela e a envolveu num abraço apertado. – Filha! Pela Fênix! Minha Filha!

Ela riu.

— Calma! Eu estou bem, pai. Sério! Por que tanta preocupação? O que aconteceu?

Levou bastante tempo para Baldier finalmente conseguir explicar a situação toda para ela. Estava terminando quando o aspirante Alvor apareceu.

— Senhora Asmund! Que bom ver você de volta ao mundo dos vivos!

— Aspirante.

— E onde está seu companheiro?

— Descansando. – Ela encarou Baldier com uma expressão desaprovadora. – Aparentemente, meu pai quase o matou para tentar me ajudar.

Alvor riu.

— É, fiquei sabendo. Acho que, depois de tudo, ele merece mesmo algum descanso.

— O que o traz aqui, oficial?

— Recebemos diversos relatos que podem nos dar pistas sobre o paradeiro da baracai.

Cariele estreitou os olhos.

— Então vamos lá, quero ouvir tudo.

O aspirante hesitou e lançou um breve olhar para Baldier antes de voltar a encará-la.

— Mas... Tem certeza de que está mesmo tudo bem com você? Afinal, acabou de passar por uma situação de vida ou morte.

— Não, não estou "bem". E só vou ficar depois que acabar com a raça daquela miserável. Quando eu terminar com ela, pode escrever o que eu digo, não vai restar nenhum indício de que aquela criatura algum dia existiu!

Capítulo 19:
Recursos

Sangue e morte estavam espalhados por toda a parte.

Cristalin engoliu várias vezes, tentando controlar a sensação de enjoo, mas aquela era uma tarefa hercúlea, principalmente devido ao fato de ela própria estar coberta de sangue.

Olhou para as adagas em suas mãos por um momento. Elas estavam banhadas com o líquido escarlate e ainda pingavam, apesar de estarem escurecidas em diversos lugares onde o sangue já havia coagulado. Há quanto tempo tinha estado lutando? Quantos tinham encontrado seu destino fatal nas mãos dela?

Então ela fez um esforço para abrir os dedos calejados, deixando as armas caírem. As mãos ardiam muito, as palmas estando quase em carne viva. Seu corpo estava todo dolorido.

Mas estava acabado. Finalmente.

Homens, mulheres, crianças, velhos, estavam todos mortos.

Você não teve escolha – disse a voz telepática de Delinger.

Será mesmo? No momento, não me parece.

Tente não ser dura demais com você mesma. Eu sei como é passar por isso, pois eu matei quase todo o meu clã. Também não foi fácil, nem indolor, mas tinha que ser feito.

Seu clã estava doente, é diferente.

Não, não é. E você sabe disso.

Aqueles nativos, na verdade, eram descendentes de uma antiga tribo que havia sucumbido à loucura havia muitos séculos e tinham sido banidos para Vindauga pelos anciões. Delinger não tinha certeza de qual havia sido a origem daquela loucura, era provável que os próprios baracais fossem os responsáveis. Ele também ignorava a razão de os anciões terem se dado ao trabalho de bani-los, principalmente considerando a animosidade que sentiam em relação a outros povos. Parecia mais lógico que tivessem simplesmente erradicado a todos. Como Cristalin tinha sido obrigada a fazer.

Ela se virou e encarou mais uma vez o paredão de pedra atrás dela.

Isso não teria sido necessário se eu não tivesse me deixado encurralar.

Era só questão de tempo até uma situação como essa acontecer, depois que eles começaram a perseguir você.

Ela levantou um braço, de forma a cobrir o nariz com a manga da camisa, e começou a se afastar da carnificina.

Não entendo como criaturas sem o menor senso de sobrevivência tenham conseguido permanecer vivas aqui por tanto tempo.

As pessoas conseguem ser muito teimosas, às vezes.

Quando achou que já estava longe o suficiente, Cristalin se jogou no chão, rolando sobre a poeira. O cheiro de terra seca era uma bênção e era mil vezes preferível ficar coberta de barro e pó do que de sangue coagulado.

Quanto tempo mais terei que ficar neste lugar? Já se passaram quatro meses!

Não dá para fazer um cálculo preciso. Não aqui. E, infelizmente, com meu corpo petrificado, não serei de grande ajuda para você.

Ela respirou fundo, inadvertidamente inalando bastante poeira. Aquilo acabou provocando-lhe um ataque de tosse, que a obrigou a se sentar. Quando, finalmente, conseguiu se recuperar, ela apoiou as mãos no chão atrás dela e olhou para cima, onde as enormes ilhas flutuantes continuavam seu perpétuo e aparentemente aleatório caminho.

De repente, ela franziu o cenho.

Você está mesmo aí?

Que raio de pergunta é essa?

Desculpe, mas às vezes eu fico pensando se eu não enlouqueci e se neste exato momento eu não estou simplesmente discutindo comigo mesma.

Se eu for só uma criação da sua mente, tenho que parabenizá-la, pois você, com certeza, tem uma criatividade impressionante.

Aquilo fez com que ela tivesse outro ataque, mas dessa vez, de riso.

Eu amo você.

Eu também a amo, Cris. Um dia de cada vez, lembra? Viva um dia de cada vez. O talismã deverá se recarregar bem mais depressa agora que... – ele interrompeu-se.

Agora que tem menos gente vivendo por aqui, uma vez que eu chacinei todos.

Eu não colocaria dessa forma, e ainda existem mais deles por aí. Mas, de maneira geral, é isso mesmo. Você tem que ver o lado positivo das coisas e seguir em frente. Pode parecer hipócrita da minha parte dizer isso agora, quando não posso mais estar aí com você, mas preciso que você sobreviva. Não se esqueça de que tem uma boa razão para isso.

◆ ◆ ◆

Cariele percebeu a forma como as pessoas a olhavam quando desceu da carruagem em frente à ferraria. Olhares que variavam de surpresa a perplexidade. As crianças ficavam com medo dela e se escondiam atrás de seus pais.

Ela estava feliz em ter voltado àquela forma. Não tinha nem um pouco de saudade de seu antigo corpo de mulher fatal e fora um alívio muito grande quando ele se foi e ela pôde voltar a deixar de se preocupar com futilidades. Mas sua cabeça careca e as cicatrizes permanentes da queimadura pareciam ser um incômodo visual para as outras pessoas. Obviamente, aquelas que realmente importavam não ligavam para aquilo, mas uma das características inerentes do ser humano é querer pertencer, ser aceito no grupo em que ele está, qualquer que seja ele. E, por isso, ser vista como uma espécie de aberração não deixava de ser desagradável, mesmo ela estando satisfeita consigo mesma.

Com um suspiro, ela atravessou a calçada e entrou na loja. Lina, a esposa do ferreiro, recebeu-a com um sorriso, olhando para ela com total naturalidade.

— Bom dia! Em que posso ajudá-la?

Aquela era mais uma prova de que as pessoas que realmente importavam não ligavam para sua aparência.

— Olá. Eu sou Cariele Asmund.

A outra a encarou boquiaberta por um instante.

— Oh! Me perdoe. O administrador dos Gretel me disse que você viria, mas está tão diferente da última vez que a vi, que não a reconheci.

— Vá se acostumando.

— Com certeza, com certeza. Suas armas estão prontas.

Fazia mesmo apenas alguns dias desde que ela estivera ali pela última vez? Parecia que tinha se passado toda uma vida desde então.

— Preciso de um trabalho alquímico – disse Cariele, caminhando até o balcão, sobre o qual colocou alguns objetos que tirou do bolso. – Eu quero uma *fusão etérea* entre esses artefatos.

Lina abriu uma gaveta e tirou dela um objeto que se assemelhava a um minúsculo martelo, tendo pouco menos de dez centímetros de comprimento. Aproximou-se dos itens sobre o balcão e bateu com o martelinho sobre o primeiro deles, um grosso anel com uma safira em formato oval.

Cariele não conseguia impedir-se de lembrar das escamas de Daimar toda vez que olhava para a cor azulada daquela pedra.

O anel emitiu um leve brilho e diversas fagulhas luminosas surgiram no ar acima dele. Ambas observaram atentamente os padrões de luz.

— Esse anel parece ser um artigo de alta qualidade – disse Lina. – Mas perdeu a sua carga já há um bom tempo.

— Pouco mais de três anos. Você consegue reativar?

— Sim. Por sorte, temos os materiais aqui. Ele gera um campo de proteção em torno do usuário, certo? Um tipo de escudo. Ele vai ser o elemento principal da fusão?

— Isso mesmo.

Lina voltou-se para o próximo objeto, um paralelepípedo de metal no tamanho de uma caixa de joias, daquelas usadas para guardar anéis ou brincos. Da mesma forma como fizera com o anel, ela golpeou o objeto com o martelinho e observou novamente as faíscas de luz que surgiram. Então franziu o cenho.

— Mas isso aqui é um emissor. Parece militar.

— Sim, mas tenho autorização para ficar com ele. Pode reportar à base deles, se quiser.

Lina assentiu, e olhou para o terceiro objeto, que era feito de cobre e tinha o formato de uma ferradura. Lina o analisou da mesma forma que tinha feito com os outros dois.

— Isso é uma *âncora*?

— Presente de despedida da minha antiga sargento. Ela gostava de dizer "almeje os céus e o infinito, mas mantenha os pés no chão".

Lina sorriu.

— Quanto simbolismo, não? Mas devo avisar que a fusão vai ativar a *âncora*. Com isso, o artefato final vai ficar vinculado permanentemente ao local onde a fusão foi feita.

— Sim, esse é o objetivo.

De alguma forma, Cariele sentiu o momento exato em que Daimar acordou. Fechando os olhos, ela conseguiu visualizá-lo perfeitamente, sentando-se na cama, confuso, ao perceber que ela não estava lá.

Bem-vindo de volta ao mundo dos vivos.

Obrigado – foi a resposta dele, carregada de alívio. – *Vejo que está tudo bem com você.*

— Está tudo bem com você?

Cariele abriu os olhos de repente, vendo Lina olhar para ela preocupada. Ficou muito surpresa, tanto por ouvi-la dizer em voz alta as mesmas palavras que Daimar tinha dito telepaticamente, quanto pelo fato de que, por um momento, ela tinha se esquecido completamente de onde estava.

— Ah, sim. Apenas me lembrei de outra coisa. – Cariele apontou para os objetos no balcão. – Pode cuidar disso com urgência? Você pode cobrar a taxa extra. É só pedir para o administrador me mandar a conta.

— Sem problemas. Mas vai levar um pouco mais de uma hora.

— Obrigada, eu aguardo.

Lina pegou os objetos e desapareceu pela porta dos fundos.

Onde, raios, você está? – Daimar parecia perplexo.

Na ferraria.

Desde quando nosso elo tem alcance tão longo?

Aparentemente, desde que meu pai me fez beber seu sangue.

Ei! Não fizemos nada tão nojento assim com você!

Pode até ser, mas alguma coisa está diferente agora. Posso até visualizar você na janela. Você está olhando diretamente na minha direção.

Tem razão, estou sentindo a sua presença à distância também. A sensação aumenta quando eu fecho os olhos.

Se você tinha alguma intenção de se ver livre de mim, pode esquecer. Parece que estamos mais ligados do que nunca.

Fico feliz em saber disso.

Eu amo você, seu bobo. Obrigada por arriscar sua vida para me salvar.

E eu amo você, sua cabeça-dura. Você não acha mesmo que eu tinha qualquer escolha, acha?

Me desculpe pela minha falha de julgamento durante a batalha. Não imaginei que eu pudesse ser o alvo. Não pensei que a filha da mãe me considerasse importante o suficiente para isso. Acabei me descuidando.

No final, deu tudo certo, e é o que importa.

Não necessariamente. Temos que aprender com nossos erros, não temos? Vamos atrás dela de novo. Dessa vez eu tenho um plano.

Ele riu.

Um plano principal com mais uma meia dúzia de planos de contingência?

Naturalmente.

A propósito, não preciso mais de uma "calça mágica". Você enrolou demais para me arrumar uma e eu acabei encontrando outra solução para o problema.

É mesmo?

Ela sorria, divertida, quando Lina retornou. Tratou de abrir os olhos, depressa.

— Meu marido está providenciando tudo. Vou pegar as suas armas.

Cariele olhou ao redor da loja por um momento.

— Sabe me dizer onde eu posso conseguir vestimentas especiais?

— Talvez. O que está procurando?

— Como está, meu amigo?

Edizar Olger levantou os olhos do livro que estava lendo e encarou o aspirante Alvor.

— Ah, é você.

— Que recepção mais fria – reclamou o aspirante, com uma careta, entrando no quarto e aproximando-se da cama.

— Desculpe. Estou irritado hoje. Deve ser efeito dessas poções horríveis que estão me dando. Obrigado por salvar minha vida.

O velho sábio parecia ainda mais velho. Tratamentos de regeneração eram bons, mas cobravam um preço. Claro que envelhecer alguns anos era muito melhor do que morrer imediatamente, mas Edizar não estava apenas parecendo mais velho, estava também muito magro e abatido. As mãos que seguravam o livro pareciam quase esqueléticas.

— Só coordenei os recursos de Lassam para que fizessem seu trabalho, amigo. Pessoalmente, eu não fiz nada.

— Eu acho que você tem feito um excelente trabalho por aqui.

— É... Deve ser por isso que meus superiores querem me premiar com mais trabalho.

Edizar sorriu.

— Dizem que ter bastante trabalho é melhor do que não ter nenhum.

— Sábias palavras, como eu esperava do senhor. E aí? Pronto para nos ajudar a pôr um fim nos atos de terrorismo baracai?

— Estarei preso a essa cama por várias semanas, aspirante. Nem ir ao reservado sozinho eu posso. Uma situação altamente humilhante para alguém da minha idade.

— Mal consigo imaginar o senhor saltando no lombo de um cavalo e saindo em perseguição a um sequestrador – disse Alvor, divertido. – Se não fosse minha parceira de tropa me contando essa história, eu não teria acreditado.

O velho sábio ficou sério.

— Como está o tenente?

— Ex-tenente agora. Vai ficar confinado até pegarmos a baracai, por medida de precaução, mas depois deve voltar para casa da família dele, em Aldera.

Edizar franziu o cenho.

— Vocês não podem expulsar o homem da tropa por causa de algo que ele fez quando não tinha qualquer controle sobre seus atos!

— Concordo plenamente com o senhor. O capitão e o major, também. Mas parece que o tenente não pensa assim.

— Ele pediu baixa?

— Sim, hoje de manhã. – Alvor olhou para a janela e respirou fundo. – Ele se lembra de tudo. O que ele fez, o que falou, o que sentiu, tudo mesmo.

— Pela Fênix! Isso deve ser horrível!

— Sim, e ele não parece estar aceitando o fardo muito bem. Gostaria de pedir que o senhor tivesse uma conversa com ele, se possível.

— Absolutamente. E como está a senhora Asmund?

Alvor voltou a sorrir.

— Ah, o senhor conhece aqueles dois, ela e o namorado. Não se abatem com nada. O máximo que as desventuras da vida conseguem é fazer com que desacelerem um pouco, mas logo já estão na luta outra vez.

— Não passam de crianças inexperientes.

Alvor lançou ao outro um olhar divertido.

— Não são muito mais jovens do que eu.

— Sim, você também é jovem demais para um cargo com a importância desse que está ocupando aqui.

— Bom, antes o senhor disse que eu estava fazendo um bom trabalho, então vou tomar isso como um elogio. – Alvor se dirigiu até a porta. – Tem algo mais que eu possa fazer pelo senhor?

— Sim. Dê um fim naquela baracai. E resgate o alquimista. Ele é a nossa única chance de encontrar Daimar Gretel e Cristalin Oglave.

— É mesmo? Achei que eles tinham optado por um… "caminho sem volta", como disse o grande sábio.

Edizar balançou a cabeça.

— Eu já repliquei um portal baracai antes, posso fazer isso de novo. Faça o alquimista falar. Me consiga as coordenadas do mundo onde os dois podem estar que eu mando vocês para lá.

— Não seria melhor interrogarmos a baracai ao invés dele?

— Você assistiu às lutas de Delinger contra os outros da tribo dele. Acha mesmo que seria possível capturar aquela maldita viva?

Daimar se aproximou da carruagem assim que ela parou em frente ao posto militar. Cumprimentando o condutor, ele se aproximou da porta e a abriu. E teve uma grande surpresa.

Espantado, ele piscou os olhos por um instante antes de olhar ao redor. Vendo que não tinha ninguém por perto, ele entrou no veículo e fechou a porta, sentando-se à frente de Cariele e analisando-a com cuidado.

Ela usava uma capa com capuz na cor azul marinho, sob a qual ela usava peças também azuis, mas de um tom um pouco mais claro. O tecido da capa e do capuz apresentava diversas formas abstratas desenhadas em um tom mais claro, que lembravam um pouco ramos de uma videira seca. No dedo médio da mão direita ela usava um anel com uma pedra de cor muito parecida com a do traje. Ela levantou a cabeça levemente, permitindo que a luz do sol que entrava por uma fresta da cortina lhe iluminasse o rosto. Os olhos dela estavam vendados por uma faixa de tecido da cor do céu. A dualidade de cor de pele do rosto dela contrastava de forma interessante com o azul. Ela exalava poder e mistério.

Ele limpou a garganta.

— Não sei se essa era sua intenção, mas você está linda.

Ela sorriu.

— Confesso que isso não é um efeito indesejado.

— Você comprou todo o tecido dessa cor que havia na cidade?

— Todo o que consegui encontrar, pelo menos. Foi o tom mais próximo que consegui das suas escamas.

Ele olhou para ela por um longo momento. No fundo, ele sabia que ela devia ter razões mais práticas para se vestir daquela forma, mas o fato de ela fazer algo assim pensando nele o deixou emocionado.

— Isso foi... inesperado. E por que o anel?

— Eu preciso que você veja uma coisa.

— O quê?

— Apenas confie em mim e fique parado.

Ela enfiou a mão no interior do manto e tirou dele um pequeno bastão metálico. Daimar arregalou os olhos ao reconhecer o objeto. A algema que quase a tinha matado.

Sem nenhuma hesitação, Cariele levantou o braço esquerdo e bateu nele com o objeto, fazendo com que o metal flexível se enrolasse ao redor de seu pulso. Com toda a tranquilidade, ela terminou de enrolar o restante antes de levantar o dedo indicador e fazer uma pequena volta no ar. Com aquele breve movimento, o ar se aqueceu levemente e uma chama surgiu, como se estivesse consumindo seu dedo. Depois de alguns segundos, ela baixou novamente a mão e a chama desapareceu como se nunca tivesse existido.

Daimar soltou a respiração, que tinha prendido sem nem perceber.

— Você me deu um baita susto!

— Melhor aqui do que durante uma batalha. Preciso que você saiba que não estou mais correndo risco por causa desse negócio – disse ela, desenrolando a algema do pulso e voltando a guardá-la no bolso do interior do manto.

— Não imaginei que estivesse. Você não é nenhuma idiota.

— Lembre-se de que você está falando com alguém que acreditou por *anos* no conto de fadas do ritual de modificação corporal – retrucou ela, franzindo o canto do lábio, em desgosto.

— Você só depositou sua confiança em uma pessoa mais do que qualificada e o resultado não poderia ter sido melhor – ele respondeu, sorrindo. – Mas como conseguiu imunidade à algema? É o anel?

— Sim. Originalmente, era um artefato militar, com o objetivo de neutralizar campos de absorção de energia como o da algema. Conjuradores geralmente usam coisas como essa, para evitar que alguém anule suas habilidades e, assim, os deixe indefesos. Ganhei isso no dia em que fui enviada para a minha primeira missão externa. Você sabe... Fora do posto militar.

— Por que "originalmente"?

— Eu fiz algumas modificações.

Ele riu.

— Você é mesmo cheia de recursos.

Levantando-se, ele se inclinou para frente até colar os lábios aos dela, num longo beijo. Ambos estavam com a respiração ofegante quando se separaram.

— Já estava com saudades disso. E aí? Pronta para a festa?

— Estou sempre pronta.

Cariele prestou atenção aos arredores enquanto saíram da carruagem e se dirigiram ao posto. Usar os sentidos de Daimar não era a mesma coisa que usar seus próprios olhos, mas ainda era possível perceber as reações das pessoas ao redor, não necessariamente pelas expressões faciais, mas, sim, por outras reações, como movimentos do corpo e alterações no ritmo da respiração.

Aparentemente, sua mudança de visual teve o efeito que ela esperava. Ao invés de encará-la com medo ou com pena, as pessoas agora sentiam apenas curiosidade ao olhar para ela.

A reação dos soldados também foi interessante. Como a maior parte deles já a conhecia, a reação inicial ao vê-la vestida daquela forma foi de admiração e de um respeito levemente temeroso.

— Hã... Você está usando um traje bastante peculiar – foi o primeiro comentário de Alvor Sigournei.

— Ao menos, de olhos vendados, sou poupada de ter que olhar para sua cara feia. E, sim, sargento, posso vê-la acenando para mim com toda a clareza.

Loren soltou uma risada.

— Desculpe, não consegui evitar – disse a outra, não parecendo nem um pouco arrependida.

A reunião com os oficiais das Tropas Especiais foi breve e objetiva. Reviram os principais depoimentos recebidos de cidadãos de Lassam, que sugeriam que o possível esconderijo da baracai ficava numa propriedade rural a poucos quilômetros de distância da cidade.

— Vamos mandar alguém para olhar de perto e fazer um reconhecimento – disse o aspirante.

— Eu faço isso – Daimar se ofereceu. – Meus sentidos me permitem ver muito mais longe do que qualquer um de seus homens, e eu também tenho mais mobilidade, posso sobrevoar o local.

— Eu vou com você – disse Cariele, num tom que não admitia recusa.

— Delinger Gretel conseguia detectar a presença de outros baracais a grandes distâncias – lembrou o aspirante. – É possível que ela também possa. Se você se aproximar demais, ela vai saber que você está lá.

— Não se eu mascarar nossa frequência energética – disse Cariele.

Todos olharam para ela, surpresos. Alvor levantou a sobrancelha.

— Você sabe como fazer isso?

— Conversei com Edizar Olger antes de vir para cá. Ele me deu algumas dicas.

— E consegue ficar invisível também?

— Não completamente, mas posso mascarar a presença o suficiente para não sermos avistados de longe.

O aspirante sorriu.

— Isso é muito bom. Escutem, sei que a última experiência que vocês dois tiveram com o Exército não foi boa. Mas eu realmente gostaria que trabalhássemos juntos nisso.

— Aqui – disse Cariele, estendendo ao aspirante um familiar objeto retangular com runas em relevo.

Ele pegou o objeto e olhou para ela, sem entender.

— Eu já tenho o *coletor de emissões* da pulseira do senhor Gretel.

— Fique com os dois. Se perceber que nos separamos é porque atraímos a atenção dela.

— Não temos intenção de agir sozinhos – declarou Daimar. – Quando a hora chegar, vamos fazer o possível para afastar a infeliz dos prisioneiros. Precisamos que seus oficiais os resgatem.

Alvor olhou de um para o outro por um momento e sorriu. A atitude deles agora era diferente de antes. Não havia dúvidas ou hesitação. Estavam ambos em seu elemento, como se tivessem nascido para aquilo. Os dias calmos e tediosos deles como meros estudantes da academia pareciam ter ficado para trás.

— Nesse caso, podem contar conosco.

◆ ◆ ◆

A região de Lassam não era muito conhecida pela fertilidade de seu solo. Por isso, existiam muito mais pastagens do que plantações, o que ficava bem evidente ao observar tudo a 200 metros de altura. Os formatos irregulares das propriedades rurais pareciam grandes remendos em um gigantesco tapete verde escuro formado por florestas de pinheiros e de outras árvores que se adaptavam bem ao terreno arenoso.

Sentir o peso de Cariele sobre ele era reconfortante. Era muito mais agradável voar quando ela estava ali com ele. Aquilo parecia acrescentar um colorido, uma vibração, uma emoção intensa, que tornava a experiência completamente diferente.

Daimar manobrava com cuidado, voando em círculos a uma distância razoável de um grupo de casas lá embaixo, protegido pelos encantos de ocultação que ela, de alguma forma, conseguira conjurar.

Parece que você conseguiu um monte de poderes novos – comentou ele.

Acha que você é o único que tem direito a isso?

A presença da baracai era óbvia para ambos. O elo mental entre os dois tinha se tornado tão intenso que Cariele conseguia utilizar a quase totalidade dos sentidos naturais dele como se fossem dela própria. A vontade de entrar em ação era grande, mas precisavam aguardar a chegada dos soldados.

Se continuar nesse ritmo, daqui a pouco você nem vai mais precisar de mim.

Ela riu.

Eu não tenho afinidade com nenhuma dessas coisas. Apenas conheço a matemática que rege os fenômenos. Não é nada fácil reproduzir os efeitos, pois, sem afinidade, tenho que fazer tudo de forma indireta. A propósito, vamos receber uma conta um pouco alta da ferraria este mês.

Deixa eu adivinhar: você pegou todos os simulacros que eles tinham por lá.

Isso e mais algumas coisas. E já gastei uma boa parte delas na nossa camuflagem.

Outra coisa que ambos podiam sentir com bastante intensidade é que a baracai estava ansiosa, parecia estar esperando por alguma coisa. Provavelmente, por eles.

Estou vendo que você vai ser uma esposa bastante dispendiosa.

Ah, mas não tem problema, pois você vai ser um marido generoso, não vai?

Espero não ir à falência.

Ambos ficaram perdidos em seus próprios pensamentos por alguns instantes. O assunto "casamento", definitivamente, não era algo que nenhum dos dois considerava tão pouco importante a ponto de poder ser tratado em um momento como aquele.

A aproximação dos militares chamou a atenção de ambos, fazendo com que deixassem aqueles pensamentos de lado.

Chegaram, finalmente. É hora da festa – concluiu ele.

Se podemos sentir a presença dos oficiais, é sinal de que ela também pode. Não há por que esperarmos mais.

Pode ser uma armadilha de novo.

E pode ser que tenhamos chegado antes do que ela esperava. Não podemos perder tempo.

Então se segura!

Daimar manobrou com facilidade, iniciando um mergulho na direção das construções abaixo deles, enquanto Cariele desativava o campo de ocultamento.

No chão, a sargento alertou o aspirante ao perceber uma mudança no *coletor de emissões*.

— Estão descendo!

Alvor olhou para o céu e viu o dragão azul aparecer no ar subitamente, com a cabeça virada para baixo e as asas fechadas, em plena queda livre. O espetáculo ia começar. Ele se virou para as tropas.

— Avançar!

Nesse momento, o céu pareceu mudar de cor, de repente.

— Alvor – chamou Loren, apreensiva. – Pelo amor da Fênix, me diga que isso não é o que estou pensando!

— Recomendo que pense apenas no bônus que vamos ganhar depois que a missão acabar. Avançar! Continuem avançando!

Enquanto preparava seu arco, o aspirante olhou para cima por um momento, encarando, apreensivo, a nuvem alaranjada que tinha se formado a centenas de metros de altura.

Vamos lá, vocês dois, me surpreendam!

Daimar abriu novamente as asas e interrompeu a descida, ao perceber uma onda poderosa de energia acima dele.

Mas que raios?!

Com alguns gestos rápidos, Cariele ativou um encanto de leitura energética. Diversas fagulhas luminosas apareceram no ar na frente dela.

Essa não!

Não me diga que alguma coisa vai sair dessa nuvem bizarra aí em cima.

Não vai sair "uma" coisa. Provavelmente, sairão dezenas, talvez centenas de coisas. É uma chuva de meteoros.

Aquela conjuração apocalíptica que usavam para destruir cidades durante a guerra? Tem certeza?

Sim, venho estudando isso há anos.

Mas como a baracai conseguiria criar um negócio desses?

Cariele concentrou-se atentamente nas luzes coloridas que dançavam diante de seus olhos vendados.

Não sei, mas temos um minuto, talvez menos. Suba na direção da nuvem!

Por que não tentamos tirar todo mundo daqui?

Não vai dar tempo! E os prisioneiros serão mortos!

Daimar bateu as asas com força, percorrendo um caminho em espiral conforme subia.

O que vamos fazer?

Vá mais rápido! Chegue o mais alto que puder. O encanto foi apressado. Vai ter uma zona de ruptura bem grande.

E o que é isso?

Uma região onde os construtos estarão frágeis.

Você consegue parar uma chuva de meteoros destruindo eles um por um?!

Eu, não. Minhas reservas de energia são limitadas demais para isso. Mas as suas não são. Mais rápido!

E o que, exatamente, quer que eu faça?!

Primeiro, você vai precisar de mais cabeças.

O solo ficava cada vez mais distante deles enquanto Cariele passava mentalmente uma sequência de instruções. A formação energética crescia, devagar, filtrando a luz que chegava até o chão, dando a tudo um aspecto amarelado, esmaecido. Aos poucos, a nuvem começou a ficar mais densa, escura e a ganhar movimento, girando como se fosse um redemoinho.

Cariele ativou uma *coluna de vento inversa*, que a retirou dos ombros dele e a propeliu vários metros para cima, onde ela usou um encanto de *queda suave*. Após um momento, Daimar ativou seus poderes de transformação, torcendo para conseguir fazer aquilo direito.

Segundos depois, ele concluiu que o resultado acabou saindo melhor do que ele esperava. Essa forma era bastante similar à anterior, sendo apenas alguns metros maior e com escamas um pouco mais escuras. O que se destacava nela, no entanto, eram suas quatro cabeças com pescoços compridos, lembrando uma lendária criatura conhecida como hidra.

Seu sentido humano de visão não funcionava naquela forma, o que ele imaginava que era uma vantagem. Afinal, ver imagens de oito olhos de uma vez provavelmente seria bastante confuso.

Ele não teve muito tempo para se alegrar com a conquista da sua "quinta forma", pois logo surgiu o primeiro meteoro, brotando da nuvem alaranjada envolto em chamas e indo na direção dele. Tratava-se de uma rocha com formato arredondado, com cerca de três metros de diâmetro. Mas ela não ficaria daquele jeito por muito tempo, pois a tendência era a rocha crescer a ponto de ficar com dezenas de metros e, ao cair no chão, além do dano causado pelo impacto, ela iria explodir com mais de cem vezes o poder de destruição de uma bola de fogo. Segundo os livros de História, a maior conjuração de meteoros conhecida gerou mais de 400 projéteis como aquele e destruiu completamente uma grande cidade da província central.

Cariele, no entanto, duvidava que essa nuvem tivesse sequer um décimo daquele poder de destruição. Afinal, os livros diziam que a conjuração usada na grande guerra precisou de *anos* de preparativos.

Esperando que tivesse entendido direito tudo o que ela lhe disse mentalmente, Daimar fez um rápido cálculo e levantou uma das cabeças, abrindo a boca e disparando uma rajada elétrica para cima enquanto tentava manter a intensidade da energia utilizada no mínimo possível.

Seus esforços se mostraram válidos quando o enorme construto místico explodiu no ar ao ser atingido, seus fragmentos se desmaterializando logo em seguida.

Então, três novos objetos surgiram.

Ter quatro cabeças lhe permitia utilizar até quatro conjurações simultaneamente, mas não tinha nenhuma outra vantagem além dessa, pois sua mente continuava sendo uma só. As cabeças não tinham autonomia, ele precisava controlar cada uma delas individualmente, exercitando ao máximo sua capacidade multitarefa.

Com certa dificuldade, ele conseguiu posicionar as cabeças e lançar uma *bola de fogo*, um *cone de frio* e um *relâmpago* simultaneamente e em direções distintas. Os ataques tiveram sucesso e os meteoros se desmaterializaram.

Acho que estou pegando o jeito, mas não sei quanto tempo minha energia vai durar nesse ritmo.

Você vai ficar bem. Se surgirem muitos de uma vez, foque nos que tiverem mais chance de atingir as casas.

Cariele continuava caindo lentamente, enquanto mantinha-se concentrada no que acontecia acima dela. A nuvem continuava ficando mais densa e mais meteoros continuaram surgindo, numa sequência preocupante.

◆ ◆ ◆

Os militares estavam entrando no quintal da propriedade quando as explosões começaram lá em cima. Mais uma vez, Alvor deu ordens aos oficiais para ignorarem o barulho e seguirem em frente. No entanto ele mesmo não conseguiu seguir suas próprias instruções e lançou um olhar demorado para o céu.

Ele não sabia o que era mais impressionante: a quantidade de poder bruto que aquele rapaz possuía ou a forma precisa e eficiente com que ele o utilizava. Era difícil acreditar que ele havia descoberto as próprias habilidades apenas alguns dias antes.

Estava prestes a se juntar aos oficiais que se preparavam para invadir as casas quando, subitamente, o telhado de uma delas explodiu e uma gigantesca criatura saiu voando, fazendo com que ele e os demais soldados tivessem que usar suas habilidades para se protegerem dos escombros que foram lançados para todos os lados.

◆ ◆ ◆

Cariele e Daimar perceberam imediatamente que a baracai vinha na direção deles.

Não posso brigar com ela e com os meteoros ao mesmo tempo.
Eu cuido dela.

Dizendo isso, Cariele dissipou a *queda suave* e começou a cair, a força do vento descobrindo sua cabeça enquanto usava outros encantamentos para ajustar o ângulo da queda. Notou, então, que a baracai abria a boca, preparando-se para lançar algo na direção dela.

Preciso de um relâmpago – pediu ela, esforçando-se para ajustar corretamente seu posicionamento. – *Dispare contra mim com força total. Agora!*

As experiências recentes fizeram com que o nível de confiança que tinham um no outro aumentasse dramaticamente. Eram quase como se fossem um só ser. Daimar deu cabo de mais dois meteoros antes de virar uma cabeça para baixo e, sem nenhuma hesitação, lançar uma descarga elétrica mortal na direção dela.

Cariele sentiu a carga energética percorrendo o espaço em uma incrível velocidade, dividindo-se em três ramificações, que a contornaram por diferentes direções antes de se juntarem novamente pouco à frente e atingir a bola de fogo lançada pela baracai.

Um breve pensamento passou por sua cabeça enquanto a energia se desviava dela, graças ao encantamento do anel: se aquilo fosse um relâmpago natural, o estrondo do trovão provavelmente a teria privado de sua audição naquele momento. Ou talvez até de algo mais vital do que isso. Felizmente, o som emitido por aquela rajada, apesar de alto, estava longe de ter um poder tão destrutivo.

As duas conjurações se chocaram e mediram forças por alguns milésimos de segundo, mas o raio de Daimar se mostrou mais forte e acabou por dissipar o fogo antes de atingir o seu alcance máximo e se extinguir também.

Ela continuou caindo e atravessou a pequena nuvem de fumaça gerada pelo choque energético, enquanto sacava as suas tonfas.

Outro pensamento fugaz veio à sua mente. Criar uma arma através de processos alquímicos era uma atividade que exigia bastante experiência e afinidade. Aquelas tonfas, no entanto, tinham sido produto de extrema afinidade com muita sorte, já que experiência ela não tinha quase nenhuma na época. Provavelmente, ela nunca mais conseguiria criar outra arma do mesmo nível que aquelas em sua vida. Apesar de ter parte de seus poderes de volta, seu atual nível de energia era insignificante comparado ao de antes. De qualquer forma, tinha outros objetivos para sua vida agora. E não iria ficar com sentimentalismo por algo que não mais a interessava.

Ativou, então, o processo de *disrupção*, o que fez com que as tonfas começassem a brilhar intensamente. A emanação luminosa era tão forte que ela conseguia ver a luz mesmo através da venda e das pálpebras fechadas.

A baracai tentou fazer uma manobra evasiva para se afastar de seu caminho, mas Cariele tinha previsto aquele movimento e mudou a própria direção de forma a interceptá-la. Não que aquilo tivesse sido uma tarefa fácil. Tinham sido necessários três encantamentos diferentes para permitir aquela manobra e dois simulacros já tinham se esgotado desde que ela tinha saído de perto de Daimar.

Ela não chegou a colidir com o dragão amarelo. Ao invés disso, manobrou para passar acima dele, perigosamente perto, a pouco mais de um metro de distância. Ela fez um último giro com as tonfas e, pouco antes do encontro, bateu com uma na outra, completando, assim, o ritual de *disrupção*.

As armas se desmaterializaram, toda a sua energia acumulada sendo liberada em uma onda de choque na forma de um semicírculo, que foi aumentando de tamanho por várias dezenas de metros, ficando cada vez mais fraca até se dissipar completamente. Mas não antes de atingir as asas da baracai.

Com certa satisfação, ela ouviu o barulho de ossos se quebrando e o ensurdecedor rugido agoniado do dragão enquanto passava à toda velocidade por ele. Tinha muito pouco tempo para controlar a própria queda e não podia se distrair verificando se seu ataque tinha tido o efeito esperado. A distância era curta demais para um encanto simples como *queda suave*, então, ela precisou gastar parte de suas energias criando um *campo inerte*.

Segundos depois, ela atingia o chão, no meio de uma grande pastagem, com enorme violência, abrindo um belo buraco e causando um grande estrondo, que serviu para fazer com que os animais que estavam por perto se assustassem e saíssem em disparada.

Comprovando que seu ataque tinha sido bem-sucedido, o dragão atingiu o chão pouco tempo depois, mas numa queda bem mais deselegante, espalhafatosa e barulhenta. Pelo visto, a baracai não tinha um campo de inércia para protegê-la da queda.

◆ ◆ ◆

Os oficiais das Tropas Especiais e os reforços da unidade de Lassam agora se viam às voltas com um pequeno exército de golens de pedra.

A sargento Loren fez uma careta, frustrada.

— *Expurgo* não está funcionando!

— Então vamos ter que fazer isso do modo difícil – respondeu Alvor, atirando flechas para dar cobertura aos demais.

Cariele Asmund tinha conseguido neutralizar quatro deles com um único *expurgo*, mas, aparentemente, aquelas coisas tinham evoluído desde então. O grande problema era o fato de existirem pessoas dentro daquelas criaturas de pedra. E os soldados precisavam quebrar o invólucro rochoso para poder libertá-las, e ainda tinham que fazer isso com cuidado para não as deixar mais feridas do que já estavam, se é que isso era possível.

Alvor percebeu vagamente o barulho de algo grande se espatifando no chão não muito longe dali e esperou que não tivesse superestimado as habilidades do casal.

◆ ◆ ◆

Daimar já tinha perdido a conta de quantos meteoros tinha destruído e sentia suas forças no fim. O alívio o invadiu quando viu a nuvem começar a diminuir, mas aquele sentimento logo deu lugar ao pânico quando viu o que parecia uma infinidade de meteoros surgir de uma vez só, todos saindo do ponto central da nuvem e se afastando dela em diferentes direções.

Recuperando-se rapidamente, ele analisou o que tinha embaixo dele, grato, mais do que nunca, por seus sentidos poderem perceber coisas à distância em qualquer direção.

Ele concluiu que o grupo de pedras que estava diretamente acima dele era o que tinha mais chance de atingir as pessoas lá embaixo, e dirigiu todos os seus ataques naquela direção, com força total, tentando atingir a maior quantidade de construtos que pudesse. Como resultado, meia dúzia de meteoros foram destruídos, mas cerca de dez ou doze acabaram escapando, passando ao redor dele e saindo da área de *ruptura* enquanto cresciam cada vez mais.

Poucos segundos depois, os enormes projéteis se chocavam contra o chão, explodindo e causando muito barulho e destruição. Grandes trechos de florestas e plantações foram dizimados. Terra, poeira, rochas, pedaços de madeira e outros tipos de destroços voaram por todos os lados, formando uma enorme nuvem. Felizmente, os meteoros caíram a uma boa distância de onde estavam os soldados, mas, mesmo assim, o local todo foi rapidamente encoberto por poeira e fumaça.

Daimar só esperava que os soldados tivessem *mesmo* retirado todos os camponeses e suas famílias das redondezas antes de a batalha começar, como disseram que iriam fazer.

Acima dele, a formação energética de origem dos meteoros se dissipava, o que o fez agradecer aos céus. O cataclismo, finalmente, tinha chegado ao fim.

Bem como as energias dele. Mal podia continuar batendo as asas, e tentou apenas planar, lutando para conseguir manter aquela forma tempo suficiente para chegar até o chão.

◆ ◆ ◆

Cariele se levantava e começava a caminhar na direção da baracai quando os meteoros caíram, fazendo com que o chão tremesse violentamente e formando um grande círculo de destruição ao redor. Ela manteve o equilíbrio com certa dificuldade, enquanto a densa nuvem de poeira e fumaça cobria todo o lugar, obrigando-a a pegar no bolso a máscara especial de tecido xadrez e a amarrar atrás da cabeça, cobrindo a boca e o nariz.

A baracai tinha revertido à forma humana e estava bastante ferida. Manchas arroxeadas e outras mais escuras cobriam quase todo o corpo jovem e magro da garota. Ela tinha um ferimento na cabeça e os curtos cabelos castanhos estavam cobertos de sangue, que lhe escorria pelo rosto.

Infelizmente, ela ainda respirava, mas aquilo seria resolvido em breve.

De forma desafiadora, a jovem levantou a cabeça, como se estivesse olhando na direção de Cariele. No entanto não havia olhos abaixo de suas sobrancelhas, apenas pele com hematomas.

Cariele ficou grata por estar vendada, pois não apreciaria ver aquela cena com mais detalhes do que os sentidos especiais lhe permitiam. Ela sabia sobre a deficiência visual das pessoas da tribo baracai e já vira ferimentos de batalha em quantidade suficiente para não se impressionar com cortes e machucados, mas as evidentes marcas escuras causadas pela degeneração provavelmente lhe revirariam o estômago.

Aqueles sentidos especiais funcionavam de forma curiosa. Eles lhe permitiam perceber as coisas com bastante precisão, mas tudo chegava a ela de maneira estranha, impessoal, quase como se alguém estivesse descrevendo tudo para ela. O que tinha certa lógica, se considerasse que aqueles sentidos, na verdade, pertenciam a outra pessoa.

A garota deu um sorriso débil antes de levantar uma das mãos e pronunciar algumas palavras ininteligíveis. Uma súbita aura amarelada a envolveu e ela começou a desvanecer.

Cariele correu até ela, mas quando chegou lá a baracai já tinha desaparecido, restando apenas um brilho no ar, composto por energia residual, mas que também já estava sumindo.

Concluindo que não era hora de poupar energia, Cariele ativou seu aumento de força com intensidade máxima e enfiou a mão direita no brilho, seu punho desaparecendo no ar. Ficou satisfeita quando conseguiu agarrar o braço da baracai, onde quer que ela estivesse.

Almeje o infinito, mas mantenha os pés no chão.

O encanto, conhecido como *âncora*, parecia ter funcionado, pois a abertura parou de se fechar. Sem aquele anel, ela provavelmente teria perdido o braço. Mas agora era hora de testar o quão poderoso aquele artefato realmente era.

Usando toda a sua força ampliada, ela puxou. A abertura dimensional resistiu por alguns instantes, mas logo se ampliou o suficiente para que o corpo da garota passasse, sendo arremessado a vários metros de distância enquanto soltava um grito horrível. O corpo dela era extremamente resistente, mas mesmo não tendo o braço arrancado do corpo por aquele puxão, parecia estar sentindo uma dor excruciante.

Cariele concluiu que o anel tinha passado no teste com louvor, enquanto via o portal se fechando lentamente, até desaparecer por completo. Precisava se lembrar de agradecer ao ferreiro.

Então ela se virou, aproximando-se da garota, devagar.

— Se quisesse escapar, devia ter feito isso logo que os meteoros começaram a cair – disse Cariele, com a voz abafada pela máscara.

A garota soltou um grunhido. Aparentemente, os poderes de adaptação baracai também funcionavam contra poeira, pois ela não parecia ter dificuldade para respirar. De qualquer forma, caída no chão, nua, toda machucada e segurando o ombro esquerdo, que deveria estar lhe causando uma dor dos infernos, ela não parecia nada impressionante.

— Por que ficou aqui? Se Daimar não tivesse neutralizado a maior parte da conjuração, você também teria sido atingida. Ou acha que poderia sobreviver àquilo? – Cariele apontou na direção do ponto de impacto mais próximo delas.

Com certa dificuldade, os lábios da garota se curvaram num sorriso provocador.

— E por que eu teria medo da morte?

Um dos oficiais da Tropa de Operações Especiais conjurou um *furacão*. O encanto fez com que uma grande massa de ar de centenas de metros de altura se deslocasse até o chão na direção deles. O forte vento afastou a fumaça e a poeira, restaurando a visibilidade e permitindo que os soldados pudessem voltar ao ataque.

Alvor analisava a batalha, preocupado. Aqueles golens estavam dando muito mais trabalho do que o esperado. Por um instante, ele observou a destruição ao seu redor. As casas, praticamente, não existiam mais, suas paredes tendo perecido ante os impactos dos ataques tanto dos golens quanto dos oficiais.

E o número de soldados feridos estava crescendo assustadoramente.

— Começo a imaginar se o tal bônus é grande o suficiente para valer a pena todo esse sacrifício – reclamou Loren.

— Que nada – respondeu ele, tentando não se deixar abalar, enquanto pegava outra flecha na aljava. – Vamos ter histórias para contar para o resto da vida.

◆ ◆ ◆

A aterrissagem de Daimar tinha sido vergonhosa, de tão ruim, mas pelo menos ele ainda estava inteiro. Voltou a assumir a "quarta forma", grato por não precisar aparecer pelado na frente dos soldados. Se bem que, no meio daquela poeira toda, ninguém conseguiria ver nada.

O ar estava denso, carregado com partículas de terra, cinzas, fumaça e sabe-se lá o que mais. Felizmente, seu corpo conseguia se adaptar a esse tipo de situação. Ele tentou não pensar em que tipo de metamorfose suas narinas tinham passado para conseguir respirar normalmente ali.

Então ele percebeu uma pessoa se aproximando dele.

Levantando-se o mais rápido que o corpo dolorido lhe permitiu, ele se virou na direção da figura, que tinha o rosto totalmente coberto por um tipo de turbante.

Nesse momento, uma forte corrente de ar os atingiu, empurrando toda a poeira para longe. Quando o vento finalmente cessou, o recém-chegado descobriu o rosto e olhou para Daimar com uma expressão de tristeza.

— Sinto muito, filho, mas isso acaba aqui – disse o alquimista Dafir Munim.

Capítulo 20:
Superação

A nuvem de poeira levantada pela queda dos meteoros tinha sido afastada do local, graças às habilidades de um dos oficiais das Tropas Especiais, no entanto, ela não tinha desaparecido. Ao invés disso, ela permanecia ao redor deles, a não mais de 500 metros de distância, e, aos poucos, voltava a se aproximar. Considerando a altura em que o pó e a fumaça tinham chegado, levaria bastante tempo para que todas as impurezas que flutuavam no ar se assentassem.

Tudo estava coberto por poeira e cinzas. As plantas, as casas – ou, pelo menos, o que tinha sobrado delas – e as pessoas.

Alvor balançou a mão, tentando se livrar de um pouco do pó, de forma a poder segurar adequadamente o arco e disparar a flecha. Seus esforços foram recompensados quando o último golem foi atingido e a batalha finalmente chegou ao fim. A "casca" de pedra se quebrou e caiu, libertando o corpo inconsciente da jovem que estava presa dentro dele.

O primeiro impulso do aspirante foi soltar um grito de vitória, mas a grande quantidade de poeira que ele tinha inalado, apesar da máscara, fez com que se engasgasse e teve que tossir algumas vezes até conseguir voltar a respirar normalmente.

Loren soltou um grito.

— Missão cumprida!

O restante da tropa respondeu com uma onda de exclamações não muito entusiasmadas.

Alvor removeu a máscara de tecido e limpou a boca com a mão.

— Bom trabalho, oficiais! Pessoal da unidade 1, comigo. O restante, atendam os feridos e levem as vítimas para o hospital.

— Depois de tudo isso, duvido que algum dos nossos cavalos ainda esteja por aí – disse Loren.

Alvor deu de ombros.

— Nesse caso, eles vão ter que improvisar.

Depois de delegar o comando do resto dos soldados para um dos subtenentes, Alvor olhou para a sargento.

— Onde eles estão?

— Ela está ao norte daqui e, ele, ao sudeste.

Alvor fez um gesto na direção de um casal de oficiais.

— Vamos nos dividir. Vocês dois vêm para o norte comigo.

— Muito bem, então nós iremos até o senhor Gretel – falou Loren, arremessando o *coletor de emissões* de Cariele para o aspirante. – Tente voltar inteiro. Não esqueça que tem um trabalho nos esperando no Forte.

Alvor deu uma última olhada na cena de destruição diante dele. Em meio aos escombros, os soldados tratavam os feridos e tentavam consertar algumas carroças para transportar os jovens desacordados e os feridos.

— Neste momento, eu preferia que tivessem *férias* me esperando.

◆ ◆ ◆

Os trajes, a venda e a máscara que Cariele usava estavam cobertos de poeira. Vendo que, pelo menos por enquanto, poderia voltar a respirar normalmente, ela retirou a máscara e a sacudiu, guardando-a no bolso, enquanto inspirava profundamente uma lufada de ar fresco e o exalava, com certo alívio.

A pastagem estava arruinada e era bem provável que os animais que viviam ali estivessem na zona de impacto quando os meteoros caíram. Os agricultores teriam um prejuízo e tanto. Tudo o que tinha restado era aquele pequeno trecho de grama alta onde estavam, apesar do estrago que a queda de ambas tinha causado por ali.

A garota continuava na frente dela, sem forças para se levantar do chão, mas com energia suficiente para tentar provocá-la com um sorriso zombeteiro.

— Deixa eu ver se entendi – Cariele disse a ela. – Seu objetivo é dar um fim na sua própria vida, mas quer aproveitar para levar todo mundo aqui para o túmulo junto com você. É isso?

— Vida? – A outra deu uma risada curta, que se transformou num acesso de tosse. Depois de se recuperar, ela cuspiu no chão. – Como poderia encerrar algo que nunca tive?

Não passou despercebido a Cariele o fato de ter saído mais sangue do que saliva da boca dela.

— Podemos ajudar você. Delinger Gretel encontrou a resposta. Sabemos como curar a degeneração.

Na verdade, Cariele não estava muito certa se aquilo realmente era verdade, mas precisava fazer uma tentativa, não precisava?

A outra voltou a rir. E a tossir. E a cuspir mais sangue.

— Devo parabenizar vocês. Então, o *bastardo* não está morrendo?

Cariele não gostou na inflexão da voz dela ao pronunciar a palavra, fazendo com que soasse muito mais ofensiva.

— Não, ele não está. Mas já que não está interessada em salvar sua própria vida, por que não me diz, pelo menos, onde está o senhor Gretel?

— Em um lugar de onde não poderá mais voltar.

— E onde seria isso?

— Que tipo de benefício eu poderia colher se revelasse essa informação?

— Que tal uma morte rápida?

— Essa seria realmente uma grande dádiva, mas uma que sua raça não tem poder para conceder.

A infeliz não mostrava nenhum indício de estar com as faculdades mentais em ordem, provavelmente seria impossível negociar com ela. As habilidades de Daimar nesse departamento eram muito melhores do que as de Cariele. Ele, talvez, até pudesse ter algum sucesso. Mas ela podia sentir, através do elo, que ele estava encarando um oponente bem mais perigoso. De certa forma, aquilo simplificava as coisas, pois Cariele podia resolver o assunto da forma com a qual ansiava há dias.

No entanto ela sabia que baracais não eram fáceis de se matar, razão pela qual Delinger Gretel havia *devorado* seus oponentes. Aquele mero pensamento lhe gerou uma sensação de aversão tão grande que ela não conseguiu evitar que um tremor a percorresse.

Considerando os poderes e a resistência da garota, a conclusão óbvia é que não havia como derrotá-la com golpes físicos, e as energias místicas de Cariele estavam no fim. Tinha usado seu maior trunfo para derrubar a maldita do ar. Precisava encontrar uma maneira de encerrar aquele confronto de forma definitiva, e rápido.

— Como conseguiu conjurar aquilo? – Cariele mudou de assunto, apontando novamente para a nuvem de poeira e fumaça causada pelos meteoros, tentando ganhar algum tempo.

A outra tentou rir novamente, sem muito sucesso.

— Somos muito mais poderosos do que pode imaginar.

— Pois eu acho que quem é mais poderoso do que eu imaginava é o *alquimista*.

— Minha raça é suprema – disse a baracai enquanto se levantava, com grande dificuldade. – É impossível para vocês, humanos, compreenderem a grandiosidade do nosso poder.

— Não se faça de idiota. Se pudessem mesmo conjurar algo assim já teriam feito isso há muito tempo.

Mostrando que não estava nem de longe tão ferida quanto fazia parecer, a garota levantou rapidamente a perna direita e pisou com força no chão, criando o mesmo efeito de *onda de choque* que Daimar era capaz de conjurar. Aquilo lançou terra e restos vegetais para todos os lados enquanto abria uma vala através da grama.

Tendo previsto aquele movimento, Cariele se esquivou facilmente do ataque e alcançou a outra com poucos passos, aplicando o golpe mais intenso que conseguiu, atingindo a oponente no abdômen de forma a projetá-la no ar, fazendo com que caísse a vários metros de distância.

◆◆◆

Daimar encarava o alquimista, que parecia hesitar.

— Você não disse que iria acabar com isso? Qual é o problema?

— Eu não quero matar você.

Aquilo podia ser considerado uma boa notícia, uma vez que Daimar não estava em boas condições para enfrentar uma batalha de vida ou morte, ainda mais contra alguém como Dafir Munim.

— E por que não?

— Porque... Porque você é meu filho!

Aquele fato trazia uma sensação desconfortável. Havia acontecido tanta coisa nesses últimos dias que Daimar ainda não tinha parado para realmente refletir sobre aquele assunto. Racionalmente falando, ser filho adotivo de Delinger Gretel não fazia diferença nenhuma, pois não mudava o fato de ter sido muito bem cuidado e educado, a ponto de ele ter se tornado a pessoa que era. Mas, emocionalmente, era bastante complicado saber que sua vida tinha se originado a partir de uma... *experiência* de sua mãe com aquele homem à sua frente.

— E o que isso importa para ela? – perguntou Daimar, amargo. – Afinal, você é só um bonequinho, não é? Um escravo que faz qualquer coisa que ela manda.

— Sana quer você morto. Mas eu, não.

Daimar se lembrou de Nilsen Ivar. Segundo os oficiais, o tenente também tinha resistido a uma ordem da baracai e Cariele só estava viva por causa daquilo.

— Então esse é o nome dela? "Sana"?

— Sim. Ouça, vamos fazer um trato. Peça para sua companheira parar de atacar.

— Em troca do quê?

— Eu deixo você viver.

Daimar se lembrava muito bem do primeiro e desastroso encontro que tivera com Dafir, quando o alquimista o tinha neutralizado facilmente com aqueles arpões místicos.

— Está me deixando confuso. Não acabou de dizer que não quer me matar?

Uma lágrima caiu dos olhos marejados do alquimista e escorreu pelo rosto enrugado.

— Proteger a vida de Sana é a minha prioridade. Não posso permitir que ela sofra mais.

— Você está sendo controlado por ela, não percebe?

— Isso não importa!

Nesse momento, Dafir estremeceu e abraçou o próprio corpo, parecendo sentir dor.

— Não!

O homem olhou para Daimar e levantou a mão esquerda na direção dele, de forma ameaçadora.

— Faça com que ela pare!

— Fazer quem parar com o quê?

— Você não entende? Não sabe o quanto Sana sofreu na vida dela, o quanto foi abusada! Crescendo sozinha no meio de um povo tomado pela insanidade! Ela não merece ser punida por isso! Já teve mais do que sua cota de dor!

— Tudo o que eu sei é que ela é tão insana quanto o resto do povo dela.

— Ela é só uma criança! Uma criança infeliz e solitária! A doença está acabando com ela, sua vida virou um martírio sem fim! E sua companheira a está fazendo sentir ainda mais dor! Faça com que ela pare!

Daimar franziu o cenho.

— Espere! Como sabe disso? Você... pode sentir o que ela sente?

— Claro que sim! Nossa ligação é muito forte.

Agora Daimar arregalou os olhos.

— Formou um elo mental com ela?

— Naturalmente.

— Seu velho pervertido! Você está... Você... Você está *namorando* uma garota que não tem mais do que 15 anos de idade?!

Na verdade, Daimar não considerava aquilo tão importante assim, afinal, se alguém era pervertido ali, deveria ser a garota, já que era ela quem estava controlando a mente do alquimista. No entanto tinha que tentar manter o homem falando. Pelo menos até que Cariele concluísse o trabalho dela.

— Você não entende! Ela é a coisa mais doce e mais maravilhosa que existe! Ela é forte, é determinada, é...

— Pela Fênix! Sinceramente, acho que prefiro morrer logo duma vez do que ficar ouvindo isso! É... nojento!

— Não é nada disso! É um amor fraternal. Você nunca teve um filho, não tem como entender.

— Tolice, eu sei que o elo mental baracai não funciona com "amor fraternal". Além disso, você também não teria como entender nada, pois nunca teve um filho de verdade.

— Como, não? *Você* é meu filho!

— Não sou, não. Meu pai é Delinger Gretel. Foi ele quem cuidou de mim durante todos esses anos, não você. Foi ele quem esteve comigo, me guiando e me moldando para me tornar o que sou hoje.

— Isso não quer dizer que eu não me importe com você!

— Já que se importa tanto comigo, então me diga onde está meu pai.

— Delinger já deve estar morto há tempos. Está preso em Vindauga, ele e aquela amante dele. Um fim merecido aos dois, inclusive, depois de macularem a memória de Norel!

— Vindauga? Que lugar é esse?

— Um mundo onde o tempo corre de maneira irregular. Sana deixou Delinger preso lá dentro quando o passar das horas estava começando a se acelerar. É possível que já tenham passado vários meses, talvez até mesmo anos, lá dentro.

— E como eu faço para entrar lá?

— Não há o que você fazer lá. Delinger e o outro baracai já devem ter matado um ao outro há muito tempo.

— Veremos. Quais são as coordenadas do lugar?

— Você está fazendo perguntas demais!

De repente, Dafir curvou o corpo de leve, levando a mão ao ventre e soltando um gemido abafado de dor. Daimar concluiu que Cariele, no mínimo, devia ter acertado um daqueles ganchos de direita característicos dela. Tentou manter uma expressão impassível enquanto falava:

— Quer que isso pare? É só responder às minhas perguntas.

O alquimista voltou a levantar a mão.

— É assim que vai ser? Pois eu também posso jogar esse jogo.

Daimar gritou quando diversos arpões metálicos surgiram de repente, transpassados em seu corpo. Assim como da outra vez, ele sentiu suas energias sendo drenadas e caiu de costas, lutando desesperadamente para permanecer consciente.

— Quando sentir a sua dor, ela vai parar – disse Dafir, com uma expressão de extremo desgosto no rosto, enquanto as lágrimas escorriam, abundantes. – Vai ter que parar!

Ele parecia tentar, desesperadamente, convencer a si mesmo disso.

◆ ◆ ◆

Alvor Sigournei fez sinal para os outros dois oficiais pararem.

Cariele Asmund acabava de lançar a baracai para longe, com um poderoso soco, que provavelmente teria sido capaz de fazer uma pessoa desprotegida em pedaços. Sua oponente, no entanto, levantou-se quase imediatamente, com uma postura desafiadora.

— Devemos atacar, aspirante?

— Não, vamos aguardar um pouco.

Alvor pegou uma flecha da aljava e encostou nela um pequeno simulacro de formato esférico que tirou do bolso. O artefato imediatamente se fundiu à flecha, desaparecendo.

— Preparem tudo o que puderem. Se precisarmos intervir, teremos que ser decisivos.

— Acha que podemos com aquela coisa?

Alvor pegou seu arco e o avaliou com cuidado, enquanto tentava controlar a própria apreensão.

— Não sei quanto a vocês, mas eu tenho um compromisso inadiável com uma loira sensacional em Talas. E não é uma pirralha qualquer que vai me impedir de comparecer.

Enquanto isso, Cariele usava os sentidos especiais para avaliar as condições físicas da baracai. O corpo da garota tinha um aspecto horrível, mas ela se recuperava dos ataques que recebia em um tempo inacreditável. Era como se seu corpo estivesse sacrificando partes de si mesmo para mantê-la em pé e lutando. E ela não parecia ter controle nenhum sobre aquilo, a tal "maldição baracai" realmente levava o indivíduo a um fim terrível.

— Seu nome é Sana, não é? Olhe para o seu corpo. Está ficando cada vez pior.

— Ótimo.

— Podemos ajudar você, não somos seus inimigos! Se continuar atacando desse jeito sua condição só vai piorar!

— Não quero ajuda! Eu só quero acabar logo com isso!

Cariele chegou a abrir a boca para responder, mas, nesse instante, sentiu um tremor violento percorrer seu corpo e soube que o alquimista, finalmente, tinha iniciado seu ataque a Daimar. Não havia mais tempo para conversas e nem para hesitação. Tinha que acabar com aquilo. Agora.

Sana aproveitou o instante de distração da oponente e assumiu novamente sua forma de dragão. No entanto a condição do corpo reptiliano dela parecia ainda pior que a da forma humana. Manchas escuras a cobriam quase toda e boa parte da pele estava exposta, como se as escamas tivessem caído. E as asas, simplesmente, não estavam mais lá.

Como se quisesse mostrar o quão poderoso era, o dragão inspirou fundo e abriu a enorme boca, disparando um terrível jato de chamas.

Cariele levantou o braço, invocando o *vácuo*, que imediatamente a lançou para cima, enquanto o que restava da grama era imediatamente carbonizado pelo terrível ataque. Ela sabia que *sopro de dragão* não era um tipo de conjuração exatamente fácil de ser executado, nem mesmo por baracais. Pelo que ouvira dos oficiais, Delinger e os outros da tribo dele preferiam usar *bolas de fogo* ou *relâmpagos*, que tinham um poder destrutivo muito menor, mas que podiam ser usados várias vezes por dia, dependendo do nível de afinidade.

O dragão levantou a cabeça, o mortal jato de fogo continuando a se projetar de sua boca enquanto ele tentava atingir Cariele. Então ela, finalmente, compreendeu como poderia acabar com aquilo. Ela tinha certeza de que iria se arrepender amargamente depois, mas tratou de bloquear da mente o horror e a apreensão que a súbita ideia que lhe veio à mente causou. Haveria tempo para autorrecriminações mais tarde.

— Avançar! – Alvor ordenou, quando percebeu que o *sopro de dragão* iria atingir Cariele em cheio. Os três oficiais saíram em disparada na direção do dragão, preparando-se para entrar numa batalha impossível.

Cariele viu o fogo vindo em sua direção e encolheu o corpo, abraçando os joelhos enquanto invocava uma última lufada de vento, que a empurrou para baixo, diretamente ao encontro das chamas.

— Parem! – Alvor gritou novamente, poucos segundos depois, ao perceber que o *sopro de dragão* tinha sido interrompido e que o enorme corpo reptiliano da baracai se convulsionava de forma estranha.

— O que houve?

— Ela jogou algo na boca dele?

— Eu acho que ela *se jogou* dentro da boca dele – respondeu Alvor, arregalando os olhos quando viu o pescoço e o corpo da criatura começarem a brilhar, enquanto as convulsões se intensificavam. – Essa não! Recuar! Recuar!

Os três oficiais se viraram e correram alguns metros, jogando-se no chão quando ouviram o barulho da explosão.

Daimar não estava, exatamente, despreparado para o ataque "antibaracai" do alquimista. Ele conversara com Cariele sobre aquilo e tinha uma ideia geral de como aquele dreno de energia funcionava. Mas a diferença entre a teoria e a prática, naquele caso, era muito grande. Foi necessário um extremo esforço para conseguir direcionar seu fluxo energético de forma a impedir que os arpões o exaurissem totalmente. E não levou muito tempo para o alquimista perceber o que ele estava fazendo.

— Você está resistindo! Como pode estar resistindo?!

Perplexo por Daimar não ter sucumbido imediatamente à técnica que vinha aperfeiçoando há mais de 20 anos, Dafir levantou o outro punho, o que fez com que uma infinidade de outros arpões surgisse, antes de lançar uma descarga elétrica para ativá-los.

Era demais! A força combinada dos arpões agora era dez vezes maior. Daimar sentia-se como se estivesse sendo empurrado para um precipício, sem ter absolutamente nada em que pudesse se segurar.

Loren e os outros oficiais chegaram ao local a tempo de ouvir o grito abafado de Daimar, que estava caído no chão com dezenas de objetos finos e compridos de metal enfiados em todas as partes do corpo. Não havia sangue, o que mostrava que aquilo não era um ataque físico, mas, de qualquer forma, o rapaz tremia como se estivesse agonizando.

O alquimista estava diante dele, apertando os punhos no ar. No entanto o velho não parecia estar nada satisfeito com o que estava fazendo.

Loren sacou dois punhais e preparava-se para arremessá-los quando o homem, de repente, perdeu a concentração e soltou um grito, levando as mãos à cabeça.

— Nããão!

O pânico começava a tomar conta de Daimar, quando, de repente, ele percebeu que a força que o "empurrava" começava a oscilar, como se tivesse perdido o foco. Ele imediatamente reagiu, usando toda a energia que lhe restava para tentar defletir aquela força para outra direção.

Os oficiais deram alguns passos para trás ao verem o corpo de Daimar subitamente começar a brilhar, aumentar de tamanho e mudar de forma. O processo de transformação foi bem mais lento do que os que eles já tinham presenciado antes, mas logo ele se completou, o brilho desaparecendo e a forma do dragão azul se tornando clara. Os arpões de metal, no entanto, continuavam presos ao corpo dele.

O alquimista se assustou com aquilo e deu alguns passos para trás, mas acabou tropeçando e caindo de costas.

O dragão levantou a cabeça e soltou um horrível rugido, antes de sua imagem começar a ficar borrada e se desvanecer no ar, como se nunca tivesse existido. Então Daimar, de volta à sua "quarta forma", levantou-se, os arpões metálicos caindo no chão ao redor dele e, em seguida, desaparecendo.

Desajeitadamente, o alquimista também se colocou de pé.

— Acabou, Dafir – declarou Daimar. – Ela se foi!

— Não! Você não a conhece! Ela não pode ser derrotada tão fácil assim!

— E você não conhece Cariele Asmund. Por que ainda insiste nisso? O efeito da *sugestão* que ela usou em você deveria estar se dissipando.

— Não! Isso não vai acabar assim.

O alquimista começou a levantar a mão novamente na direção de Daimar, mas a reação do rapaz, dessa vez, foi mais rápida. Ele levantou o pé e pisou no chão com força, invocando uma onda de choque na direção de Dafir, que foi obrigado a interromper o que ia fazer para criar um escudo místico. A onda de choque o atingiu em cheio, mas acabou sendo defletida para os lados.

Daimar então correu na direção dele enquanto usava o encanto de *aumento de força* em si mesmo. Quase não lhe restavam forças, estava com dificuldade até mesmo para se manter em pé, quanto mais para correr, mas não podia dar tempo para que o outro se recuperasse.

Ele não tinha muito conhecimento sobre *escudos místicos*, mas graças às inúmeras brigas em que se metera durante a adolescência, ele sabia reconhecer muito bem a aura de um *contragolpe balanceado*, um encanto capaz de voltar a força de um atacante contra ele mesmo. Aquela habilidade era capaz de virar qualquer briga, por isso, quase todos os membros da gangue dele acabaram sendo obrigados a desenvolver a técnica, bem como o único golpe capaz de neutralizar seu efeito, que a molecada da época chamava de *punho de martelo*.

Esse golpe consumia energia e era mais fraco que diversos outros que ele conhecia, mas a vantagem é que liberava a força de ataque de uma forma não focada, de maneira que ela não podia ser redirecionada. Aquela tinha sido a técnica que o fizera se destacar dos outros na época, pois ninguém conseguia usar o *punho de martelo* tão bem quanto ele.

Fazia muitos anos que ele não usava aquele golpe, mas tinha treinado aquilo tanto e por tanto tempo, que acabou usando a técnica por instinto.

O escudo de energia transparente recebeu o impacto e ondulações surgiram em sua superfície, como uma pedra atirada num lago. Sem dar tempo para Dafir reagir, ele atacou novamente, com o outro punho. Lembrando-se de que Cariele conseguira derrotar o alquimista de forma similar no primeiro encontro deles, ele decidiu investir tudo o que tinha, ou melhor, o que lhe restava, naquela sequência de ataques.

O barulho dos golpes contra o escudo era como o de um aríete tentando derrubar o portão de uma fortaleza.

Daimar tinha percebido a presença dos oficiais, que observavam o embate a uma distância segura, mas sentia que aquela luta era de sua responsabilidade. Ele nunca tinha arregado de uma boa briga antes, e não começaria agora.

Foram necessários muitos golpes, mas o primeiro escudo do alquimista finalmente se dissipou. Dafir chegou a conjurar outro, mas ele devia estar abalado demais, e o novo escudo acabou saindo sem o efeito de *contragolpe*. Com isso, Daimar pôde deixar o *punho de martelo* de lado e atacar com força total.

O segundo escudo acabou se dissipando muito mais rápido que o primeiro e, sem dar chance de nova reação ao alquimista, Daimar o agarrou pelo pescoço e o levantou do chão, apertando-lhe a traqueia até que o homem perdesse os sentidos.

◆ ◆ ◆

Alvor sorriu, aliviado, quando viu Cariele Asmund se levantar, aparentemente ilesa, do pequeno buraco que havia se formado no lugar onde estivera o dragão momentos antes. Começou a caminhar na direção dela, mas parou imediatamente ao vê-la levantar um dos braços, no gesto militar que significava "pare" ou "mantenha distância".

Ele franziu o cenho, mas esperou onde estava, junto com os outros oficiais, enquanto ela caminhava na direção deles com visível dificuldade, desviando dos restos mortais da baracai, que estavam espalhados por toda parte.

Por causa da venda que ainda usava, não dava para ver direito a expressão do rosto de Cariele, mas estava claro que tinha os dentes cerrados e sentia bastante desconforto, apesar de não haver nenhum ferimento externo evidente. Nem mesmo as roupas dela pareciam ter sofrido qualquer dano, nem pelo fogo e nem por ter sido engolida viva.

Alvor chegou a abrir a boca para fazer uma pergunta quando ela estava a apenas alguns poucos passos de distância, mas parou quando ela se virou bruscamente e levantou um punho, como se estivesse dando um gancho de esquerda no ar. Uma pequena nuvem esverdeada se formou no ar à frente dela e a poucos metros do chão. Quando a nuvem estava grande o suficiente para cobrir toda a área onde estavam espalhados os restos do cadáver, ela abriu a mão e uma chuva fina começou a cair da nuvem, atingindo o chão e levantando uma fumaça esbranquiçada, enquanto tudo o que estava sobre o solo começava lentamente a se dissolver.

Em menos de um minuto, o solo de uma enorme área tinha se transformado em uma espécie de gosma escura, que exalava um cheiro muito forte e bastante desagradável. Então Cariele fechou a mão e abaixou o braço, o que fez com que a chuva parasse e a nuvem se dissolvesse.

Ela, então, de maneira desajeitada, debruçou-se e devolveu todo o conteúdo do estômago.

— É melhor tirarmos ela daqui – disse Alvor, quando o mal-estar dela pareceu dar uma trégua. Imediatamente, os outros dois oficiais se adiantaram e ajudaram Cariele a se levantar, e, devido à fraqueza que tinha se abatido sobre ela, tiveram que quase carregá-la.

Alvor deu uma última olhada na área devastada pela *chuva ácida*, onde nada restava além de uma massa escura e homogênea, que começava a se solidificar. Ele baixou a cabeça por um instante, num gesto comumente usado em respeito aos mortos, antes de virar-se e seguir os outros.

◆ ◆ ◆

Na tarde do dia seguinte, os oficiais das Tropas Especiais estavam reunidos num bar, segurando canecas de cerveja e conversando, descontraídos, entre brincadeiras e risos.

Um deles imitava a voz de Alvor.

— Vamos atacar? Não, esperem! Agora! Avançar! Não! Parem! Recuar!

A imitação quase perfeita e o inusitado da situação que ele descrevia arrancaram gargalhadas de todos.

— Eu sei como você se sente – disse Loren, dando tapinhas amigáveis no ombro do aspirante, que ria, divertido, nem um pouco ofendido com a zoeira. – Nunca me senti tão supérflua. No momento em que eu achei que teria a chance de fazer alguma coisa útil, baixa um espírito no rapaz e ele sai dando soco para tudo quanto é lado.

— Ah, fala a verdade. Você estava era atordoada depois de ter tomado tanta pedrada na cabeça – comentou outro oficial, apontando para as bandagens que cobriam a testa dela, fazendo com que todos voltassem a rir.

Nesse momento, um soldado entrou no bar e se aproximou de Alvor, prestando continência respeitosamente. Tratava-se de um dos membros da unidade de Lassam, que havia participado da batalha junto com eles.

— À vontade, garoto – disse Alvor, ainda rindo. – Sente-se e tome uma cerveja com a gente.

— Não, senhor. Quero dizer, não posso. Só vim avisar que a nova tenente está aí fora, querendo falar com o senhor.

— Finalmente! – Alvor se virou para Loren, satisfeito. – Parece que vamos ser liberados.

— Não vejo a hora.

Um dos oficiais gritou:

— Um viva para a liberdade do aspirante!

O restante deles soltou um coro de "vivas".

Alvor entregou sua caneca para o soldado.

— Sente-se aqui e assuma meu posto, rapaz.

— Mas... Eu estou de serviço...

— Não está mais. Relaxe e divirta-se um pouco. Acho que você é o único de nós que ainda está trabalhando.

— Sim, senhor! Obrigado, senhor!

Alvor saiu do estabelecimento e avistou uma mulher de aparência imponente conversando com dois soldados. Era muito alta e entroncada, o uniforme provavelmente tinha sido feito sob medida. Usava os cabelos curtos e parecia muito à vontade enquanto dava algumas ordens, antes de dispensar os subordinados. Então ela se virou para ele.

— Aspirante Sigournei, eu presumo?

Ela tinha uma voz tão impressionante quanto o restante dela. Devia estar na casa dos 30 anos. O rosto apresentava algumas cicatrizes e o nariz era ligeiramente torto, provavelmente já tinha sido quebrado algumas vezes. Os olhos eram de um castanho bem escuro.

— Sim, senhora – respondeu Alvor, prestando continência.

— À vontade. Meu nome é Ronia Sissel. Estou assumindo o comando das unidades de Lassam a partir de agora.

Ele sorriu.

— Fico feliz em ouvir isso, tenente.

— Ouvi dizer que fez um ótimo trabalho aqui, aspirante.

— Também ouvi algumas coisas assim, mas tudo o que eu fiz foi dar apoio para que os residentes resolvessem seus próprios problemas.

A tenente assentiu.

— Qual é a situação das pessoas resgatadas ontem?

— Ao todo, trouxemos 32 vítimas, entre estudantes, agricultores, comerciantes e outras, que imaginamos que tenham sido capturados por estarem no lugar errado na hora errada. Oito deles tinham tido o sangue completamente drenado, os demais tinham sido espancados brutalmente. Todos receberam um encanto necromântico quando estavam às portas da morte, que permitiu que fossem controlados como se fossem golens. Os curandeiros conseguiram reverter o quadro da maioria deles, mas tivemos seis fatalidades. Dos sobreviventes, temos sete em estado grave e o restante já está estabilizado. Alguns poderão voltar para casa ainda esta semana.

— Então foram sete fatalidades, se contarmos com a criminosa.

— Sim, senhora.

— Já foi feita uma análise dos restos mortais dela?

— Sim, senhora – repetiu ele. – Tudo o que restou no lugar é uma grande laje rochosa, formada pela solidificação do solo junto com tudo o que foi dissolvido e misturado a ele. Não há nenhum sinal de vida.

— Não costumo desejar o mal a outras pessoas, mas, nesse caso, fico contente em saber que essa criatura tenha sido exterminada.

Alvor voltou a sorrir.

— Nisso eu tenho que concordar com a senhora.

— E quanto ao casal?

— Compreensivelmente, estão exaustos. Creio que vá levar várias semanas para eles se recuperarem fisicamente. Já o emocional, pode levar um pouco mais.

— É verdade que o senhor testemunhou a moça sobrevivendo a um *sopro de dragão*?

— Sim. Cheguei a conversar com ela sobre isso, no hospital. Ela me disse que um *sopro de dragão* é mortal apenas quando a diferença de afinidade entre o conjurador e a vítima é muito grande. Se o ataque tivesse vindo de um dragão real, ela teria virado cinzas, mas um baracai, mesmo em outra forma, tem níveis de afinidade iguais ao de um humano normal. E, bem, entre humanos, é difícil encontrar alguém que supere a afinidade de Cariele Asmund.

— Como ela conseguiu sobreviver ao ataque e ainda mandar a criatura pelos ares?

— Ela disse que usou uma técnica de contragolpe baseada em escudo corporal. Absorveu toda a energia que foi lançada contra ela e a liberou de uma vez só no interior do monstro.

A tenente cruzou os braços.

— A região foi devastada. A criminosa pode não ter sido um "dragão real", mas tinha um poder de destruição e tanto.

— Ah, aquilo foi obra do alquimista. No interrogatório, ele revelou que passou mais de 20 anos se dedicando a criar técnicas para derrotar baracais. De alguma forma, ele teve acesso a estudos relacionados à invocação da tal *chuva de meteoros* e investiu tudo o que tinha para criar os materiais necessários para gerar o efeito.

— Típico. Desenvolvemos uma arma para combater um inimigo e, no final, o inimigo acaba se apossando da arma e a usa como bem entende.

— Isso mesmo.

— E o resultado é que temos um monte de agricultores que perderam suas plantações, seus animais e suas casas. – A tenente suspirou. – De qualquer forma, é necessário um nível de afinidade bastante grande para conseguir completar uma conjuração daquelas, não é?

— Imagino que sim. Tivemos sorte que Cariele Asmund também andou estudando a conjuração e, com a ajuda do parceiro, defletiu a maior parte dos meteoros.

A tenente franziu o cenho.

— E ela disse *por que* andou estudando uma coisa dessas?

— Segundo ela, estava avaliando "caminhos que nunca deveria tomar". Pelo que eu entendi, ela estudou diversos encantos perigosos com a intenção de não conjurar nenhum deles sem querer, ou algo assim.

Ronia Sissel arregalou os olhos.

— Ela é capaz de conjurar uma *chuva de meteoros*?

— Não sei se a senhora leu a ficha dela, mas pelo pouco que eu entendi, fiquei com a impressão de que os poderes dela tinham muito poucos limites na época em que ela serviu o Exército. Hoje em dia, no entanto, não pode mais usar a maior parte deles por causa da doença.

— Sei. E quanto ao alquimista?

— Está na masmorra. Continua agindo como se estivesse apaixonado pela criminosa e se recusa a acreditar que ela esteja morta. Nos acusa de termos maltratado e aprisionado uma criança indefesa e confusa, que nunca conheceu nada além de dor e sofrimento durante toda a sua vida, e exige que nós a devolvamos a ele.

— "Indefesa"?

— É o que ele diz.

— Ele continua sob o efeito da *sugestão*?

— Não conseguimos confirmar isso ainda. Tudo indica que sim, mas com a garota morta, o encanto já deveria ter sido quebrado.

— Conseguiu mais alguma informação com ele?

— Sim, ele nos deu alguns números em relação à provável localização do mundo que os baracais chamavam de Vindauga. Acreditamos que a tenente Cristalin Oglave esteja presa lá, junto com o pai do senhor Gretel. Estamos nos preparando para fazer uma incursão assim que o sábio Edizar Olger conseguir nos abrir um portal.

— Entendido. Tenho que concordar com o major, aspirante. O senhor parece ter realmente cuidado de todos os detalhes por aqui. Ele, particularmente, elogiou sua estratégia de ganhar a confiança da senhora Asmund e do senhor Gretel.

— Eu apenas tratei eles como se fossem pessoas normais. Que é exatamente o que eles são, inclusive, então não há nada de excepcional nisso.

— Muitos não pensam assim. Nosso capitão é um deles.

Alvor torceu os lábios.

— Imagino que todos tenham o direito de ter suas próprias convicções, mesmo eu não concordando com elas.

Ronia assentiu.

— Recebi ordens para manter a sua estratégia e continuar trabalhando com eles na base da confiança mútua.

— Agora que essa confusão toda finalmente acabou, duvido que algum dos dois venha a causar problemas. Mas, de qualquer forma, se quiser ficar de olho neles, tenho uma sugestão.

Sacerdotes, monges e paladinos costumavam dizer que nunca estavam sozinhos, pois a Graça estava com eles o tempo todo.

Cristalin nunca se considerou uma pessoa muito espiritual e crescera numa família que seguia os preceitos da Grande Fênix, que não permitia cultos nem templos. Orações para a Fênix podiam ser feitas, mas tinham que ser algo particular, pessoal. E as bênçãos recebidas geralmente eram subjetivas, muitas vezes impossíveis de identificar.

Com o Espírito da Terra as coisas eram diferentes. Eram necessários grandes eventos, cerimônias, louvores. E pedidos de coisas materiais, às vezes, eram atendidos, se o fiel fosse digno. As pessoas que participavam daquele culto sempre pareceram a Cristalin mais felizes, mais harmoniosas, bem menos propensas a momentos de solidão, tristeza ou depressão.

Naquele momento, ela desejou fazer parte daquela religião. Talvez assim, não estivesse se sentindo tão desanimada e sem forças. Olhou novamente para o pequeno livro em que vinha fazendo anotações com carvão desde que viera para Vindauga. Quanto tempo já tinha se passado? Sete meses? Ou seriam oito? Havia vários lapsos de tempo entre uma anotação e outra, causados pelas constantes batalhas que tivera que travar; pelos ferimentos que sofrera e que, às vezes, levara semanas para se recuperar; pelo mal-estar causado pela alimentação inadequada, que a deixara anêmica; e pelo absurdo cansaço e dores musculares, agravados pelas longas e, muitas vezes, infrutíferas caminhadas em busca de abrigo.

Ela descobrira por que os nativos tinham aquela mania de ficar fazendo barulho o tempo todo. Aquilo servia para manter à distância perigos bem maiores.

Predadores. Existiam inúmeros deles por ali, de variadas espécies e hábitos.

Ao menos aquilo lhe rendera algumas boas peças de roupa, já que o couro de alguns deles era bem resistente e mais do que adequado para manter afastado o perigo de hipotermia durante as gélidas noites.

Não falta muito mais – disse a voz telepática de Delinger Gretel.

Não temos como saber. A carga desse artefato acontece de forma muito errática. Posso muito bem ficar mais uns cinco meses sem perceber nenhum progresso.

Quanto pessimismo. Ele carregou mais da metade em menos de um mês.

E não carregou absolutamente nada nos três seguintes.

Talvez, as leituras que esteja fazendo não sejam precisas o suficiente.

Ei! Eu sei fazer isso, está bem?

Desculpe. Mas é uma possibilidade, não? Que a realidade distorcida deste lugar esteja afetando, de alguma forma, as suas habilidades.

E, talvez, eu esteja simplesmente cansada demais.

Isso também.

Mas não gosto quando você duvida de mim.

Eu nunca duvidei de você.

Às vezes, não tenho tanta certeza.

Eu confiei minha vida a você. Dividi meus segredos, meus sonhos... Permiti que você ocupasse um lugar que ninguém mais tinha ocupado depois que perdi minha esposa. Eu te amei. Até mesmo me recusei a morrer para ficar te fazendo companhia. O que mais você quer de mim?

Eu quero você aqui comigo! Quero ver você, ouvir sua voz, sentir seu cheiro, sua pele, seu gosto...

Então ela levou as mãos ao rosto e caiu num choro compulsivo. Delinger permaneceu em silêncio, pois simplesmente não havia o que dizer.

Capítulo 21:
Incursão

Baldier Asmund bateu duas vezes na porta do reservado.

— Filha? Tudo bem por aí?

— Estou bem, pai – respondeu Cariele, numa voz abafada e trêmula, que revelava que aquilo era, no máximo, uma meia verdade.

— Quer que chame alguém para ajudar?

— Não, pai. Só preciso de mais um tempinho.

Ele suspirou, desanimado, e segurou firme o cabo de sua bengala, enquanto se virava e caminhava, lentamente, pelo corredor. A porta do quarto de Edizar Olger estava aberta e Baldier olhou para dentro, vendo o velho sábio deitado em sua cama enquanto tentava montar uma espécie de quebra-cabeça composto por peças de metal, madeira e cristais multicoloridos, que estavam espalhados por sobre o lençol.

Intrigado, Baldier se aproximou.

— Parece frustrado, Olger. Precisando de alguma ajuda aí?

Edizar voltou os olhos cansados na direção dele. A julgar pelas olheiras, não dormia direito há dias.

— Não morreu ainda, Asmund?

Com um meio sorriso, Baldier entrou no quarto.

— Dei uma olhada na sua aparência e resolvi esperar um pouco antes de bater as botas. Pelo menos até que você morra primeiro. Assim vou ter alguém para esculachar por toda a eternidade.

Edizar soltou um riso abafado.

— Duvido muito que vá ter oportunidade para escarnecer de alguém no inferno.

— Por que não tenta descansar um pouco? Já não passou todas as instruções para os alquimistas do Exército? Deixe que eles trabalhem um pouco, para variar.

Edizar voltou a olhar para as peças que segurava.

— Não posso. Tem um erro nessa configuração que eles querem usar. Estou perto, mas tão perto de resolver isso, que já posso quase ouvir o pedido de desculpas daqueles idiotas teimosos.

— E por que é você quem tem que resolver isso?

Edizar olhou para ele, sério.

— A vida de um amigo depende disso.

— Por que não tira um cochilo, pelo menos? Assim vai conseguir encontrar a resposta muito mais facilmente.

Edizar baixou os braços e olhou para o teto, suspirando.

— Não iria conseguir dormir, nem se quisesse. Como está sua filha?

— Um pouco melhor do que você, mas ainda não consegue manter nada sólido no estômago. O desgaste físico e emocional foi grande demais.

— Não é de se surpreender. Afinal, ela matou uma baracai. Sozinha. Você tem todo o direito de se sentir orgulhoso, diga-se de passagem.

— Segundo ela, o monstro estava bastante debilitado.

— Você nunca esteve numa batalha contra aquelas coisas. Eu já. Quanto mais perto da morte, mais traiçoeiros eles ficam. A propósito, viu o garoto Gretel hoje?

— Sim, ele também já está melhor que você. Consegue até mesmo ir ao reservado sozinho.

— Filho da mãe, sortudo, de uma figa.

Baldier riu e sentou-se numa cadeira ao lado da cama.

— A condição física dele está ruim. Provavelmente, não vai poder usar os poderes por algum tempo.

— Parece que os dois deram tudo o que tinham nessa batalha.

— Pois é. Isso me lembra alguém que eu conheço.

Edizar fechou a cara.

— Não faça isso, Asmund. Eu não sou nenhum herói.

— Você me ajudou a manter minha sanidade. Ninguém pode considerar isso uma tarefa simples.

— Eu não consegui curar você.

Baldier riu e balançou a cabeça.

— Isso é porque não existia nenhuma cura para ser encontrada.

Edizar podia estar exausto, mas não o suficiente para não perceber o tom de tristeza pouco característico do velho amigo.

— Qual o problema? Vai me dizer que, depois de vinte anos de luta, resolveu desistir?

— Não há mais nenhuma batalha para eu lutar, Olger. Minha consciência já está se esvaindo. Pode ser que amanhã eu não consiga mais acordar.

Edizar franziu o cenho.

— E quanto àquela poção que você criou junto com os curandeiros? Ela curou sua filha, não?

Baldier voltou a balançar a cabeça.

— Cariele é um caso especial, um ponto fora da curva. Todo o benefício que aquela gosma pudesse ter em mim seria perdido em questão de minutos.

— Está mesmo desistindo, então.

— Não consigo mais nem mesmo me lembrar do que comi no almoço. Minhas memórias estão falhando, assim como todo o resto. – Baldier suspirou. – Sabe, fico feliz que você tenha mais uma vez bancado o herói e tentado salvar minha filha. Sinto muito que tenha vindo parar aqui por causa disso, mas, pelo menos, isso me deu a chance de me despedir de você da forma adequada.

◆ ◆ ◆

Cariele amaldiçoou veementemente e repetidas vezes a sua decisão de explodir aquele dragão por dentro. Sentiu Daimar se aproximando e abriu a porta, agarrando avidamente a pequena tigela que ele carregava e jogando um pouco de seu conteúdo na boca.

Ele sorriu e recostou-se na parede, enquanto observava ela mastigar.

— Não sabia que cascas de maçã serviam para combater enjoo.

— E não servem – respondeu ela, de boca cheia. – Mas pelo menos fazem eu me sentir melhor.

— Elas têm alguma propriedade mística oculta?

— Sim. Elas são gostosas.

Ele soltou uma risada.

— E isso é uma propriedade mística?

— Claro que é. Se não fosse, os alquimistas não seriam capazes de criar sabores artificiais.

— Então vamos procurar um sabor artificial de casca de maçã e colocar na sua sopa, que tal?

— Eeeeeca!

Ele riu de novo.

— Você não disse que era gostoso?

— Sim, mas não é só por causa do sabor. Também precisa ter, sei lá, consistência.

— Você está se contradizendo.

— E você está me confundindo, de propósito.

Ela fez menção de se afastar, mas ele se aproximou e a abraçou pela cintura.

— Acho que eu nunca tinha visto você assim, tão tranquila, tão relaxada.

Ela virou a cabeça e o encarou, com um olhar irônico, o que o fez voltar a rir.

— Tudo bem, tudo bem – concedeu ele. – Exceto depois de... – Ele se interrompeu e olhou ao redor. – Bom, deixa para lá, você entendeu.

Ela soltou uma risada.

— Estou feliz – ela admitiu, voltando a olhar para frente, enquanto ele se aproximava mais, apoiando o queixo no ombro dela. – Feliz que essa missão tenha terminado. Aquilo foi um desastre, quase nada saiu como eu esperava.

— Mas nós vencemos.

— Sim, e isso foi um alívio. Estou realmente contente por tudo ter terminado. – Ela soltou um suspiro. – Mas não consigo deixar de pensar que, se o seu pai não tivesse dado uma boa sova naquela maldita antes, nós não teríamos a menor chance contra ela.

— Você, muito provavelmente, está certa.

— E eu tive que fazer a manobra mais nojenta da minha vida. Tenho dúvidas se meu estômago algum dia vai parar de se revoltar com aquilo.

— Então talvez seja melhor esquecer dessa parte.

Ela se desvencilhou e voltou-se para ele.

— Mas não sou só eu quem estou passando mal, não é?

Ele suspirou.

— É, eu estou meio acabado. Depois daqueles meteoros e de ser drenado por aqueles malditos arpões, sinto como se mal pudesse levantar um braço sem sentir dor no corpo inteiro.

— Estou contente que tenha conseguido resistir.

— Tanto quanto eu estou contente que você tenha vencido.

Ela passou os braços ao redor do pescoço dele, quase esquecida de que ainda segurava o recipiente com as cascas de maçã.

— Precisamos melhorar. Treinar mais, conhecer melhor nossos limites. Não quero mais ter que passar por uma situação daquelas. Nunca mais.

— Desde que você esteja comigo, posso encarar qualquer coisa.

Ela sorriu.

— É mesmo? Então que tal me pedir em casamento?

Ele sorriu de volta.

— Qualquer coisa, menos isso.

— Por quê? Quer que eu peça, é isso? Seu orgulho é grande demais para te deixar se colocar em uma posição vulnerável?

— Claro. Sou muito orgulhoso. Tenho um nome a zelar.

— Que bonitinho! Se fazendo de difícil. Então está bem.

Ela se aproximou até quase encostar a boca no ouvido dele e sussurrou:

— Quer se casar comigo?

— O quê? Assim? Não vai nem se ajoelhar no chão?

Ela riu e afastou-se, colocando a mão livre na cintura.

— Gente! Vejam só como ele é exigente. Me faz imaginar que tipo de marido você vai ser.

Ele tirou uma pequena caixinha de veludo do bolso e a estendeu para ela.

— Eu sou uma caixinha de surpresas.

Com um sorriso terno, ela entregou o recipiente a ele e pegou a caixa. Quando suas mãos trêmulas se tocaram, ambos sentiram o nervosismo um do outro. Na verdade, o elo mental tornava impossível que qualquer um dos dois conseguisse ocultar os fortes sentimentos de excitação, expectativa e apreensão, mas o toque físico era mais tangível, tornava tudo aquilo mais real. Apesar das gracinhas, ambos estavam muito conscientes da enorme importância daquele momento.

Ela abriu a caixinha e seu sorriso se ampliou ao ver o par de anéis dourados descansando sobre o veludo azul.

— É claro que eu quero me casar com você – disse ele. – Não saberia o que fazer do resto de minha vida se você não estivesse comigo.

Voltando a fechar a caixinha, ela a colocou no bolso e voltou a envolver o pescoço dele com os braços.

— Eu também não – admitiu, enquanto aproximava seus lábios do dele.

— Com licença?

Surpresos, eles se voltaram na direção da voz e viram uma senhora, que os observava, impaciente.

— Será que eu posso usar o reservado agora?

— Oh, claro, desculpe – respondeu Cariele, pegando na mão de Daimar e afastando-se junto com ele.

Depois de alguns momentos, ele não conseguiu mais segurar o riso.

— Meio inapropriado esse lugar que você escolheu para me pedir em casamento, não?

— O que eu posso fazer? Não poderia esperar mais nem que minha vida dependesse disso.

Ele também não conseguiria parar de sorrir nem que sua vida dependesse disso. Aquela era mais uma faceta de personalidade que ela raramente exibia. A Cariele tranquila, brincalhona e apaixonada. E ele a amava mais do que nunca.

— Achei que fosse querer colocar as alianças.

— Antes, vamos achar um local onde não sejamos interrompidos.

De repente, uma exclamação excitada chamou a atenção deles.

— Asmund, você é um gênio!

Daimar e Cariele se entreolharam por um instante, antes de se aproximarem da porta do quarto de Edizar Olger.

— Não seja exagerado, Olger. Só resolvi uma equação.

Baldier Asmund estava sentado em uma cadeira ao lado da cama, de costas para eles, enquanto Edizar trabalhava freneticamente tentando encaixar algumas peças de metal umas nas outras.

— Você levou cinco minutos para descobrir *qual* equação tinha que ser resolvida! Não importa o que você diga, isso foi genial!

Sorrindo ao ver a empolgação no rosto do sábio, Daimar perguntou:

— O que está acontecendo?

Edizar olhou para ele.

— Ah, vocês estão aí. Ótimo! Achem um guarda e peçam para chamar a tenente.

Cariele perguntou:

— Mas o que houve?

— Seu pai acabou de descobrir o caminho para Vindauga.

— Vocês dois não deveriam estar aqui!

A tenente Ronia Sissel olhava, contrariada, para o casal. Cariele usava seu traje azul, que um dos empregados de Daimar tinha conseguido realizar a façanha de limpar, enquanto Daimar estava de volta à sua "quarta forma", que o dispensava do uso de roupas.

— Todos os relatórios que eu recebi – continuou a tenente, com seus modos bruscos – apontam, de forma veemente, que vocês não estarão em plenas condições físicas ou emocionais por semanas. Têm consciência disso?

— Sim, senhora – responderam ambos, em uníssono.

— Estão cientes de que, se alguma coisa acontecer com vocês, eu que serei a responsável?

Os dois assentiram.

— Sinceramente, eu não sei por que estou fazendo isso. Por que querem tanto assim arriscar suas vidas se envolvendo numa missão de baixas chances de sucesso como essa?

— Delinger Gretel é meu pai, tenente. Eu quero ajudar. Eu sei que posso ajudar. Apesar da minha condição física, meus sentidos especiais estão funcionando perfeitamente. E Cariele compartilha essa habilidade comigo. Nenhum de nós dois será um estorvo para a equipe.

— Eu quero vocês dois de volta sãos e salvos, estão me entendendo? Porque vocês vão ficar me devendo essa e eu quero cobrar esse favor. Vão, vão logo, antes que eu mude de ideia.

— Sim, senhora – responderam os dois, antes de se entreolharem e se dirigirem, satisfeitos, ao local onde estavam os oficiais das Tropas Especiais.

A tenente suspirou, frustrada. O aspirante Sigournei sorriu.

— É difícil não simpatizar com eles, não é?

Ronia balançou a cabeça e se virou para o outro lado, observando as árvores além da clareira onde estavam. Tratava-se de uma floresta fechada não muito longe da cidade.

— Jovens idealistas, apostando a vida numa tentativa de fazer o que acham correto. Eu também já fui assim. Me pergunto quando, exatamente, parei de... Ah, deixa para lá!

— Ele é filho de um baracai. E esse pessoal tem uma resistência fora da escala.

— Estou vendo. Você me disse que ele não iria poder se transformar mais por um bom tempo, mas ali está ele, usando uma armadura de escamas.

— Os curandeiros também estão surpresos, mas não acho que ele tenha condições de fazer muitos outros truques além desse. De qualquer forma, o que ele disse é verdade. Os sentidos dele poderão tornar nosso trabalho muito mais fácil. E quanto à senhora Asmund, bom, ela é um soldado. Nunca deixou de ser. E não só isso, é um dos melhores que eu já vi.

— Espero que tenha razão, aspirante. Lembre-se: quero *todos* vocês de volta, de preferência sem nenhum arranhão.

— Sim, senhora. Faremos o possível.

Ambos sabiam que fazer apenas "o possível" podia não ser o suficiente. Iriam para um lugar desconhecido e potencialmente hostil, onde as leis da física eram diferentes. Era, essencialmente, uma missão suicida.

— Tem certeza de que este aqui é o local correto para ativar aquela coisa?

— De acordo com o alquimista, sim. – Alvor apontou para onde Loren e os demais oficiais estavam trabalhando para montar um aparato feito com inúmeras peças de metal. – Foi bem ali onde se abriu o portal que trouxe a baracai de Vindauga para cá. Conseguimos captar as emanações residuais e os equipamentos estão reagindo de acordo com as previsões do sábio Olger.

Nesse momento, a sargento Loren acenou para eles.

— Tudo pronto aqui, tenente!

— É sua deixa, aspirante. Boa sorte.

Ele sorriu.

— Obrigado, tenente. Mais tarde eu te pago uma cerveja para comemorar nossa vitória.

— Assim espero.

Ronia ficou observando de longe enquanto Alvor se aproximava de seus colegas. Ela não gostava nem um pouco de ficar apenas observando enquanto outras pessoas arriscavam a vida para resolver problemas que eram da jurisdição dela. No entanto a equipe de Alvor Sigournei era treinada para aquele tipo de situação. Eles eram os especialistas ali. Tudo o que ela podia fazer era deixá-los concluir seu trabalho sem entrar no caminho deles.

O aspirante dava as últimas instruções à tropa:

— Tudo isso já foi discutido antes, mas vamos repassar mais uma vez. Estamos indo para um lugar onde existe distorção temporal. Existe a possibilidade de que vários anos já tenham se passado por aqui quando voltarmos. Se alguém tiver um encontro romântico marcado, espero que tenha mandado um recado dizendo que pode se atrasar um pouquinho.

Os oficiais soltaram um riso nervoso.

— Nossa missão é localizar e trazer de volta a tenente Cristalin Oglave e o senhor Delinger Gretel, que podem estar presos lá. Cariele Asmund e Daimar Gretel irão nos acompanhar, mas ambos estão se recuperando da batalha anterior e não terão condições de fazer muita coisa além de nos dar apoio estratégico. Então, se tivermos outra chuva de meteoros, somos nós que teremos que dar conta dela.

Mais risos.

— Vindauga é uma dimensão bastante irregular. Não é possível abrir um portal, propriamente dito. Mas Edizar Olger conseguiu, sabe-se lá como, criar um dispositivo capaz de transportar todos na área de efeito lá para dentro. Para voltar, no entanto, o mesmo dispositivo não vai funcionar, por isso vamos utilizar um artefato ancorado, que ficará em poder da sargento Loren. Quando resgatarmos os alvos, formaremos um círculo e ativaremos a âncora, que nos trará de volta. – Ao ver que Cariele fazia um discreto gesto pedindo atenção, Alvor se virou para ela. – Pois não?

— Meu anel também está ancorado, mas o encanto é permanente. Se ficarmos lá dentro por muito tempo, eu posso ser trazida de volta inesperadamente. Se não houver energia suficiente, o anel voltará sozinho, ou, em último caso, vai se autodestruir.

— Quanto tempo você tem?

— Entre quatro e cinco horas.

— Pode interromper o efeito?

— Sim, ele não é imediato, então, se a âncora se ativar, basta eu retirar o anel do dedo e ele volta sem mim.

— Entendido. – Alvor voltou a olhar para sua equipe. – Vamos ter que, de novo, esconder a cara com tecido xadrez, porque esses mundos baracais costumam ter o ar venenoso ou rarefeito. Perguntas? – Ele fez uma pausa, olhando para todos. – Não? Então vamos acabar logo com isso. Coloquem as máscaras. – Ele colocou a dele e esperou que todos tivessem coberto a boca e o nariz com o tecido especial antes de acenar com a cabeça para Loren. – Pode ativar esse negócio.

Daimar provavelmente não precisaria da máscara, mas, por via das dúvidas, também colocou a dele antes de pegar a mão de Cariele e ambos se aproximarem, formando, junto com os outros oficiais, um círculo ao redor do artefato que Loren operava. O objeto em questão parecia um amontoado de peças de metal pregadas ao acaso ao redor de uma estrutura de madeira, e decorado com cristais de diversas cores em locais aparentemente aleatórios. Um leigo, provavelmente, pensaria se tratar apenas de uma escultura de muito mau gosto.

Loren colocou um simulacro esférico sobre o artefato e o empurrou de leve para baixo, fazendo com que ele se fundisse à estrutura. Imediatamente, a realidade ao redor deles começou a se modificar, transformando-se em um borrão, antes de assumir, aos poucos, a forma de outra floresta, bastante diferente.

A tenente Ronia observou, junto com os demais soldados que estavam por ali, enquanto o grupo desaparecia de vista, cada um deles se transformando em um ponto de luz que se desvanecia aos poucos.

Ela começava a abrir a boca para dar ordens aos soldados quando outro brilho apareceu de repente e, então, uma cena de completo caos surgiu diante dela, fazendo-a arregalar os olhos e levar uma mão à boca.

— Pela misericórdia da Fênix!

— Olha só para aqueles dois – reclamou Loren, apontando para Cariele e Daimar, que caminhavam na dianteira, atentos aos arredores. – Eu achei que, nas condições deles, só iriam nos atrasar, mas no final eles mostraram ter mais resistência do que eu.

Alvor riu.

— Isso não é demérito nenhum para você. Sabe disso, não? As pessoas são diferentes e reagem de forma diversa a situações inusitadas. Eu acho que eles precisavam era de estímulo para se recuperar. Em Lassam, eles provavelmente ainda estariam de cama, entediados e infelizes.

— Duvido que esses dois estariam "entediados" ou "infelizes" se estivessem em uma cama juntos.

— Com isso eu tenho que concordar – disse Alvor, rindo.

Cariele e Daimar não se comportavam de maneira inapropriada, mas, ocasionalmente, trocavam rápidos olhares e sorrisos que sugeriam que podiam estar ansiosos para terem alguma privacidade. Também não havia passado despercebido a Alvor e a Loren o fato de o casal agora estar usando alianças no anular direito.

— De qualquer forma, neste momento, eu gostaria de estar em minha cama, entediada ou não.

— Olhe para o lado bom. O tempo aqui, aparentemente, ainda está comprimido, então, é bem provável que consigamos voltar a tempo de atender à convocação do capitão.

— Mas esse lugar é enorme. Mesmo com o detector pode levar meses para encontrar alguma pista deles.

— Pelo menos o ar aqui é respirável e não precisamos ficar usando aquelas máscaras fedorentas. Garanto que, depois de um mês usando aquilo, o suicídio começaria a se tornar uma alternativa interessante.

Ela riu.

— No meu caso, não levaria nem uma semana para chegar nesse extremo.

De repente, Cariele virou-se na direção deles.

— Mais dois linces negros, vindo correndo por trás!

Os oficiais se viraram, sacando suas armas e se preparando para a luta. Os predadores logo surgiram de entre os arbustos, ferozes, fortes, rápidos e agressivos, mas em poucos minutos foram abatidos, como todos os outros que os haviam atacado nos últimos dias. Graças aos sentidos de Cariele e Daimar, eles nunca eram pegos de surpresa, e isso era uma vantagem e tanto ao lutar contra animais traiçoeiros como aqueles. No entanto aquelas batalhas constantes não deixavam de ser cansativas.

Alvor olhou para a expressão de exaustão nos rostos de sua equipe e apontou para uma colina um pouco mais adiante.

— Ali parece ser um bom lugar para descansar. Vamos dar uma parada para o almoço.

Daimar se aproximou dele, falando em voz baixa.

— Se precisarem de ajuda, eu e Cariele podemos lutar também.

— Melhor não – disse Alvor, sério. – Podemos dar conta desses bichos. Preciso que vocês guardem suas forças para quando surgir algo além das nossas capacidades.

— Ou para quando não aguentarmos mais parar em pé – resmungou Loren. – Sinceramente, estou cansada de ficar andando em círculos desse jeito.

Já fazia dois dias que estavam andando, seguindo um trajeto em espiral a partir do ponto em que haviam chegado. O argumento do aspirante, com o qual Daimar e Cariele concordavam, é que, se alguém ficar preso em algum lugar e não tiver escolha além de esperar pelo resgate, o mais inteligente seria ficar o mais próximo possível do local por onde entrou. Se as informações do alquimista estavam certas, eles tinham chegado ali, no mesmo lugar por onde a baracai tinha saído. E como ela havia encontrado Delinger e Cristalin, era provável que o ponto de entrada deles não estivesse muito longe dali.

— Não creio que há muito que possamos fazer – disse Daimar. – Eu até poderia me transformar e fazer um reconhecimento aéreo, mas ainda não tenho certeza se conseguiria me manter no ar por muito tempo.

— É melhor não arriscar – respondeu o aspirante, olhando para a colina, que estava cada vez mais perto.

Loren voltou a reclamar:

— Misericórdia, Alvor! Não acha que está sendo precavido demais, não? Por que insiste tanto em poupar o rapaz? O que de tão perigoso pode aparecer por aqui, afinal?

Cariele, que ia à frente, chegou até a beira do barranco, olhou para baixo e cobriu a boca com a mão. Ao visualizar a mesma cena que ela através do elo mental, Daimar arregalou os olhos e comentou, respondendo à pergunta de Loren:

— Talvez o responsável pela carnificina ali na frente.

Sem perder tempo, os soldados correram até a beirada e olharam para baixo, soltando exclamações de surpresa. Daimar, por sua vez, correu até Cariele, que se jogou contra ele e enterrou a cabeça em seu peito.

Você está bem?

Só me segure por um momento, sim? Meu estômago ainda não estava preparado para isso.

Não se preocupe, não pretendo ir a lugar nenhum.

Acho que estou ficando mole. Parece que não faço outra coisa além de abraçar você toda vez que tenho que encarar uma situação ruim.

Isso é porque você não tinha ninguém para abraçar antes. Não há nada errado com isso.

Próximo à beirada do barranco, Alvor tirou uma luneta da mochila e analisou a cena abaixo deles por um longo momento.

— Não dá para saber direito quantos corpos são. Contei 26, mas o número real pode ser bem maior.

Loren estreitou os olhos, tentando enxergar melhor.

— Será algum tipo de cemitério a céu aberto?

— Acho que todos morreram mais ou menos na mesma época. – Ele passou a luneta para ela. – Parecem estar aí há meses.

Finalmente recuperando a compostura, Cariele se afastou de Daimar e respirou fundo, antes de cobrir a boca e o nariz com a máscara e se aproximar dos outros.

— Vamos descer até lá. Podemos encontrar alguma pista.

Alvor levantou uma sobrancelha.

— Tem certeza de que está bem?

— Não se preocupe comigo. Não podemos perder tempo.

Alvor pediu para um dos oficiais conjurar uma *queda suave* e, no momento seguinte, Cariele e Daimar saltaram do barranco, atrás dos seis soldados.

Não havia restado nada além de ossos e pedaços de roupas. Obviamente, o que quer que tenha acontecido ali, fora há vários meses.

Loren perguntou:

— Será que foi algum animal selvagem?

— Não – respondeu Cariele, enfática.

A sargento colocou as mãos na cintura.

— E você sabe disso porque...?

— Quando ver o trabalho de um predador, você vai entender.

— É mesmo? Você parece bem entendida do assunto. Por acaso já saiu em uma *caçada* alguma vez?

— Loren... – disse Alvor, num tom de aviso.

Cariele olhou para ela.

— Sim. Quando eu estava na ativa.

— Não sabia que existiam predadores na Província Central.

— *Agora* não existem mais.

— É mesmo? E quando foi essa tal caçada?

— Loren! – Alvor tentou intervir novamente.

— Quando eu tinha 15 anos. E eu vi sangue e tripas suficientes por duas vidas. Podemos parar de falar sobre isso?

Ignorando Alvor completamente, Loren voltou a provocar:

— Viu muito sangue é? Por quê? Você surta quando vê monstros mortos? Que tipo de caçadora era você, afinal?

Daimar abriu a boca, mas Cariele fez um gesto para que ele ficasse quieto, antes de respirar fundo e olhar novamente para a sargento. Ao notar a expressão dela, Alvor levou a mão à testa.

— Alguma vez você já teve que encarar os pedaços dos seus companheiros de pelotão? Alguma vez já precisou *você mesma* destroçar o corpo de suas melhores amigas? Se algum dia precisar passar por isso, talvez você me entenda.

Cariele precisou se interromper quando uma onda de náusea a fez levar a mão à boca. Daimar lançou um olhar furioso a sargento antes de se adiantar e segurar Cariele pela cintura, afastando-a dali.

Loren ficou paralisada no lugar, pálida, sem acreditar no que tinha acabado de ouvir. Os outros oficiais olharam para ela por um instante, depois se afastaram, ocupando-se em procurar pistas. Alvor se aproximou e colocou a mão no ombro dela.

— Pelo amor da Fênix, Loren! Poderia me fazer o imenso favor de, quando eu estiver no comando, me *obedecer* quando eu pedir para você manter essa boca grande fechada?

Vários minutos depois, Cariele e Daimar ainda estavam abraçados, a uma boa distância das ossadas. Ao perceber que a respiração dela finalmente estava voltando ao normal, ele decidiu fazer uma pergunta.

Então é por isso que você passa mal ao ver certas... situações?

Na época foi um inferno – admitiu ela. – *Estou bem melhor agora, mas de vez em quando as imagens daquele dia voltam à minha mente e, bem...*

Você nunca para de me surpreender, sabia?

Surpresa com aquilo, ela soltou um riso involuntário.

Só você mesmo para ficar admirado ao descobrir a fraqueza de alguém.

"Fraqueza"? Não pode estar falando sério. Não deixe que as palavras daquela sargento a façam duvidar de si mesma.

Cariele se afastou dele e removeu a máscara, antes de respirar fundo.

Acho que ela só está cansada. Assim como todos nós.

O aspirante se aproximou deles.

— Boas notícias!

Ele mostrou a eles um par de adagas bastante castigadas pelo tempo em que ficaram à mercê dos elementos. Instintivamente, Cariele estendeu a mão e Alvor lhe entregou uma delas.

— É militar – concluiu ela, antes de arregalar os olhos. – É uma das armas que a Cris costumava carregar com ela o tempo todo!

O aspirante sorriu.

— Excelente! Era exatamente o que eu queria ouvir.

Daimar olhou para trás, franzindo o cenho.

— Mas você encontrou isso lá? Acha que algum daqueles corpos pode ser o dela?

— Não, ela não está lá. Mas a julgar pelas marcas que encontramos nos ossos, é possível que boa parte daquelas pessoas tenham sido mortas por estas armas.

— Eu não me surpreenderia – disse Cariele. – O que faremos agora?

— Estamos recalibrando nosso detector a partir da leitura residual que conseguimos das adagas. O que quer que tenha acontecido aqui deve ter sido bem traumático, porque deixou uma impressão mística bem forte. E nenhum dos cadáveres ali apresentou leitura compatível. Se ela sobreviveu àquilo, é quase certo que ainda deve estar por aí em algum lugar. E agora temos uma ótima forma de fazer o rastreamento.

Daimar ficou satisfeito com o fato da sua "quarta forma", agora que se acostumara com ela, poder ser mantida durante tanto tempo e com tão pouco esforço, porque foi necessário mais um dia de caminhada até o artefato detector finalmente dar sinais de que estavam se aproximando de seu alvo.

— Ora, ora, o que temos aqui? – Loren olhava para o que parecia uma família de linces negros, acomodados ao lado de um paredão de pedra.

— Tem alguma coisa estranha naquele paredão atrás deles – disse Daimar.

— Eles parecem estar vigiando ou esperando por alguma coisa. Não acho que vão sair de lá tão cedo, vamos ter que passar por eles – concluiu Cariele.

Alvor suspirou e olhou mais uma vez para sua equipe. Estavam todos exaustos, aquela missão estava sendo um desafio para todos eles, tanto física como emocionalmente.

— Estamos perto agora, pessoal, não vamos desanimar. Segundo a senhora Asmund aqui, ainda não se passaram mais do que três horas em Lassam, então, se terminarmos isso rápido, poderemos estar em casa para o almoço.

Os oficiais soltaram risos nervosos, mas prepararam suas armas, sem reclamar. No minuto seguinte, partiam para mais uma batalha.

Enquanto os soldados lutavam contra as feras, Cariele e Daimar conseguiram se esgueirar até o paredão. Ela pôs a mão sobre a rocha e sentiu resistência, mas não havia sensação de textura e nem de temperatura.

É uma parede ilusória – concluiu ela.

Consegue dissipar?

Vou tentar.

Algumas das feras se voltaram na direção deles, mas dois dos oficiais executaram movimentos de *arrancada* de forma a interceptá-los. Outros predadores estavam surgindo e a batalha ficava cada vez mais acirrada.

Foram necessárias três tentativas até Cariele, finalmente, conseguir acertar a frequência e dissipar o encanto. Parte do paredão imediatamente desapareceu e ambos conseguiram ter uma visão clara do que tinha ali.

Deitada no chão, sobre uma pilha de peles, Cristalin Oglave olhava para eles com um meio sorriso, segurando a enorme barriga enquanto respirava de forma ofegante. As roupas dela estavam rasgadas e havia sangue escorrendo por entre as pernas dela.

Daimar exclamou, perplexo:

— Ela... Ela está grávida!

— Pior do que isso – respondeu Cariele, correndo na direção dela. – Está em trabalho de parto. Chame ajuda!

Ele virou-se para os outros.

— Precisamos de um curandeiro! Ou parteiro, sei lá!

Alvor fez um sinal afirmativo para uma das oficiais, que tratou de guardar suas armas e correr para junto deles.

— Cris! – Cariele segurou a mão da tenente. – Você está bem?

— Vocês... vieram! – Cristalin olhava para ela com uma expressão de alívio nos olhos marejados. – Vocês... são reais, não são?

— Sim, somos. Vai ficar tudo bem.

A oficial se ajoelhou ao lado delas.

— Não se preocupe, tenente! Vai dar tudo certo. Vou examinar você agora, tudo bem? Sabe me dizer há quanto tempo começaram as contrações?

— Horas... Dias... Nem sei mais...

Daimar se adiantou.

— Sabe onde está meu pai?

— No meio da... nuvem negra... ele está dizendo... que é muito bom ver você de novo... e que tem muito orgulho de você.

Ele, imediatamente, virou-se e começou a se afastar. Cariele o chamou:

— Daimar, espere! Espere! Volte aqui, droga!

Mas ele a ignorou completamente e usou o encanto de *vácuo* para se lançar no ar, assumindo a forma de dragão e se dirigindo para a região central do lugar, que era coberta pela névoa escura.

— Tem algo errado com o bebê – concluiu a oficial, fazendo com que Cariele esquecesse seu companheiro para se concentrar no problema mais urgente.

Cariele pôs a mão direita sobre o ventre dilatado de Cristalin e uma sensação curiosa a invadiu. De alguma forma, os sentidos especiais a permitiam visualizar a criança no interior do útero com uma impressionante clareza de detalhes.

— É uma menina – revelou ela. – E está virada ao contrário, a cabeça está para cima. O... cordão está enrolado ao redor do pescoço dela. Ela... está sofrendo.

— Tem certeza?

— Sim. Meus sentidos me permitem ver. – Cariele apontou para uma pequena protuberância no ventre da tenente. – Este aqui é o joelho esquerdo. E a cabeça está ali.

— Isso é ruim.

— Não... se preocupem comigo... – disse Cristalin, com voz fraca. – Só salvem... o meu bebê... Levem ele... para casa...

— Chegamos tarde demais. Ela está muito fraca e perdeu muito sangue – sussurrou a oficial. – Não vai sobreviver, de qualquer forma. – Ela, então, apontou para o ventre protuberante. – Mas se cortarmos aqui, talvez consigamos salvar a vida da criança.

— Não é melhor voltarmos para Lassam? Levar ela para o hospital?

As duas olharam para o lado e viram que mais feras tinham surgido e os soldados estavam embrenhados numa luta ainda mais violenta do que antes.

— Não dá tempo. A tenente está por um fio. Se ela se for, não haverá esperança para a criança. – A moça respirou fundo. – Nunca fiz isso antes. Você pode usar seus sentidos para me guiar?

Cariele sacudiu a cabeça.

— Não, não posso. Eu iria passar mal olhando para isso.

— Mas não temos escolha.

Cariele voltou a colocar sua máscara.

— Sim, temos. Me dê sua adaga. Eu faço isso eu mesma. Enquanto mantiver minha concentração, eu posso ignorar todo o... resto.

— Delinger... diz... – murmurou Cristalin, entre gemidos – ... que está muito feliz por Daimar ter encontrado uma companheira como você.

Cariele olhou para a oficial.

— Consegue fazer *detecção mística*?

— Sim, claro.

— Ela parece ter um elo mental com o senhor Gretel. Veja se consegue detectar as emissões e confirmar a direção onde ele está.

— Certo.

— Cris... – disse Cariele, acariciando de leve os cabelos desgrenhados da tenente. – Vamos tirar o bebê agora, está bem? Você foi muito valente sobrevivendo até aqui, mas precisamos que aguente mais um pouco, tudo bem?

— Obrigada... eu sempre soube que você... era excepcional... uma em... um milhão... apesar de você mesma... não acreditar nisso...

— Tudo bem, Cris, obrigada.

— Você... foi como uma filha para mim... eu amo... você...

Cariele limpou as lágrimas dos próprios olhos.

— Eu também amo você. Agora, cale essa boca, Cris! Senão eu não vou ser capaz de fazer isso!

Alvor, Loren e os demais se sobressaltaram ao ouvir o grito agoniado de Cristalin Oglave quando Cariele fez a primeira incisão.

No momento em que Daimar retornou, quase uma hora depois, encontrou os oficiais cercados por outro grupo de predadores. Havia sangue e cadáveres de monstros por toda parte, e dois dos oficiais estavam caídos, aparentemente muito feridos.

Louco para extravasar sua frustração, ele aterrissou no meio da confusão, fazendo a terra tremer e levantando uma grande nuvem de poeira, assustando os monstros e fazendo com que batessem em retirada. Então ele moveu a cabeça com incrível velocidade, engolindo vivo um dos linces negros que não conseguiu fugir a tempo e lançando repetidas bolas de fogo nos demais até sua energia se esgotar e ele se ver obrigado a reverter à "quarta forma".

Então, tudo o que ele conseguiu foi ficar ali, deitado no chão, no meio da fumaça, encarando a silhueta das ilhas flutuantes no céu.

— Tragam ele para cá – ordenou Alvor.

Um oficial se aproximou e entrou no campo de visão de Daimar.

— Tudo bem, senhor Gretel? Consegue se levantar?

Daimar levantou a mão direita, que o oficial segurou, ajudando-o a se colocar de pé.

Cariele se aproximava, carregando um bebê enrolado em peles. A criança chorava, desesperada.

— Você conseguiu – disse Daimar, forçando um sorriso.

— Sim. Sinto muito por seu pai.

Daimar balançou a cabeça.

— Então essa é minha irmãzinha?

— É o que tudo indica.

Daimar olhou para o rostinho vermelho, ainda sujo de sangue e outras coisas que ele preferia não tentar identificar. Hesitante, ele tocou de leve a bochechinha rosada e o bebê subitamente parou de chorar, passando a emitir alguns resmungos.

Ele desviou os olhos para Cariele.

— E a tenente?

— Não sobreviveu. Ela usou todos os recursos que tinha e até mesmo alguns que não tinha para proteger a filha. Estava subnutrida, anêmica e... Bem, o corpo dela não iria conseguir continuar funcionando de qualquer forma. Nós chegamos tarde demais para poder salvar a vida dela.

O aspirante colocou a mão no ombro de Daimar.

— E quanto a Delinger?

— Está morto – respondeu ele, amargo. – Petrificado no meio do pântano ao lado do baracai. E acho que está lá há muito, muito tempo.

— Sinto muito.

— Eu também.

— Cris pensava que a consciência dele ainda estava com ela – revelou Cariele, triste. – Mas não encontramos nenhum sinal de que o elo entre eles ainda existia.

— Então ela se forçou a acreditar nisso para permanecer viva – concluiu Daimar.

— Não consigo pensar em outra explicação.

Os soldados feridos, depois de receberem tratamento, levantaram-se, fazendo caretas de dor.

— Vocês pareciam estar com a situação sob controle quando eu saí – Daimar comentou, olhando para Alvor.

— Aquela era só a primeira leva. Essa aqui foi a terceira. Bom, deixa isso para lá. Vamos buscar o corpo da tenente. Não há mais nada a fazer aqui. Temos que voltar para Lassam.

Cariele sacudiu a cabeça.

— Ela disse que não queria voltar. Preferia permanecer aqui, junto com... o companheiro. – Ela voltou o olhar para Daimar. – Sei que isso é muita coisa para pedir a você, mas... acha que consegue voar até onde está seu pai mais uma vez?

Cerca de uma hora depois, quando já tinha recuperado um pouco de suas forças, Daimar, finalmente, levantou voo, levando um importante fardo em suas garras, enrolado em peles.

Os quinze minutos do trajeto aéreo até o centro do pântano foram os mais tristes de sua vida. Ele podia sentir a presença reconfortante de Cariele através do elo mental e era muito grato por isso. Nem conseguia imaginar como seria passar por aquilo sem ela.

Ao se aproximar do local, ele desceu, entrando na nuvem escura e sobrevoando as árvores petrificadas o mais baixo possível. Então, sentindo um aperto no peito, ele soltou sua carga, que caiu lentamente, graças ao efeito de um artefato que um oficial tinha colocado no meio das peles. Daimar, então, manobrou, dando meia-volta, e deixou seus sentidos examinarem a cena lá embaixo mais uma vez.

Ele tinha errado o alvo por alguns metros, mas não havia muito que fazer em relação a isso. Era o mais próximo que ele conseguiria deixar aqueles dois. O embrulho permaneceu boiando sobre o líquido venenoso, mas os efeitos petrificadores dele já eram evidentes. As peles começavam a desbotar e enrijecer. Seu trabalho ali estava concluído.

Obrigado por tudo, pai. Sinto muito não ter sido capaz de fazer nada mais por vocês.

◆ ◆ ◆

Quando a *âncora* foi ativada e o grupo finalmente deu adeus ao mundo chamado Vindauga, a primeira coisa que Daimar registrou foi a exclamação de surpresa da tenente Ronia Sissel.

— Pela misericórdia da Fênix!

Ele, então, olhou para si mesmo e para o resto do grupo e percebeu o quão patéticos eles pareciam. Estavam todos sujos, machucados, cheirando a suor e, com exceção dele, com as roupas ensanguentadas e em farrapos. Dois deles nem conseguiam ficar em pé sozinhos. E Cariele carregava um bebê nos braços, que berrava a plenos pulmões.

Um dos soldados que estava ali perguntou, confuso:

— O que aconteceu? O transporte não funcionou?

— Muito pelo contrário – respondeu Alvor, adiantando-se e prestando continência para a tenente. – Missão cumprida!

Epílogo:
Destino

— Você parece ser a única capaz de acalmar essa menina – comentou Daimar, sentando-se ao lado de Cariele no banco, nos jardins do hospital.

— Nem eu entendo como isso pode ser possível – respondeu ela, olhando, terna, para o rostinho adormecido. – Nunca precisei lidar com crianças antes. Na maior parte do tempo não tenho ideia do que fazer.

— Deve ser instinto maternal. – Ele sorriu para ela e acariciou-lhe o rosto por um momento, antes de suspirar e se acomodar no banco. – Acabei de vir do posto militar. A irmã da tenente está mesmo desaparecida. Colocamos uma recompensa por informações sobre ela, mas os oficiais não acham que isso vá adiantar muito.

Cariele acariciou de leve os finos fios de cabelo da criança que apareciam por baixo da touca.

— Isso quer dizer que a coitadinha não tem mais ninguém com quem contar além de nós.

— Sim.

Ela suspirou.

— Sabe, desde que fiquei sabendo que nunca poderia engravidar, eu deixei de pensar sobre maternidade. Com o tempo me acostumei a considerar que nunca carregaria uma criança no colo, não a veria crescer, nem nada dessas coisas que as mães fazem tanta questão de dizer que acham tão importantes. Eu me acostumei com isso e achei que esse tipo de coisa não me faria falta.

— Vai dizer que, depois de carregar a cunhadinha nos braços pela primeira vez, mudou de ideia?

Ela deu um meio sorriso e o encarou.

— Ela pode ser nossa única chance de ter algo similar a um filho.

— Estar com você é tudo o que me importa. – Ele a encarou, terno, por um longo instante, antes de olhar novamente para o rosto do bebê. – Mas, de qualquer forma, ela é meia baracai, como eu. Eu não gostaria de abrir mão dela, mesmo que alguém da família da tenente estivesse disponível. Eventualmente, ela vai precisar de mim, e eu quero estar aqui para ela quando esse dia chegar.

— Então, está decidido – ela sorriu.

— Como vamos chamá-la?

— Que tal "Brinia"?

— Oh... Parece que alguém já andou pensando bastante no assunto.

— Sim, eu pensei. Mas você não respondeu. O que acha do nome?

— "Brinia Gretel"? Soa bem, gostei. A propósito, vamos ter que morar no alojamento da fraternidade por algum tempo, até nossa nova casa estar pronta.

— Hã? Você está construindo uma casa?

— Sim, eu comprei o terreno onde ficava a nossa mansão e coloquei meu administrador para cuidar do trabalho. Era para ser apenas um laboratório, você sabe, para trabalharmos no meu projeto e podermos financiar sua pesquisa. Mas vimos que é possível acrescentar um piso onde possamos morar.

O sorriso dela se alargou.

— Parece ótimo. Não achei que, com essa confusão toda das últimas semanas, você tivesse achado tempo para pensar nisso.

— Está brincando? Minha vida com você é a coisa mais importante do mundo para mim.

— E agora, essa gracinha aqui vai fazer parte disso também.

— Claro.

— Nesse caso, precisamos terminar logo nosso curso na academia para podermos dar início ao trabalho.

— Ah, vocês estão aí... – disse Edizar Olger, aproximando-se deles com dificuldade, apoiado em uma bengala.

— Senhor Olger – disse Daimar, levantando-se. – Que bom ver que está se recuperando.

O sábio olhou para Cariele com uma expressão séria.

— Sinto muito, filha, mas trago más notícias.

"Aqui jaz Baldier Asmund, grande sábio e amado pai".

Cariele leu o epitáfio com dificuldade. Lutando para controlar as lágrimas, ela leu a outra frase em relevo na lápide, uma das favoritas de seu finado pai.

"Ninguém nunca conhece a própria força até o momento em que não tenha outra alternativa além de ser forte".

Então, sem conseguir resistir, ela enterrou o rosto no peito de Daimar e deixou que as lágrimas rolassem. Ele fechou os olhos e a segurou, em silêncio, por longos minutos. Já haviam se passado dois dias desde o enterro, mas a dor da perda não dava sinais de que iria diminuir.

Ao lado do túmulo de Baldier, o Exército havia erguido outros dois, em honra a Delinger Gretel e Cristalin Oglave. Daimar não se sentia, particularmente, ligado àquelas lápides, já que nenhum dos dois estava enterrado ali, mas de qualquer forma, sentia-se grato pela homenagem.

Estavam se preparando para ir embora quando a tenente Sissel, o aspirante Sigournei e a sargento Giorane se aproximaram. Respeitosamente, manifestaram novamente suas condolências, ao que Cariele e Daimar agradeceram.

Então Alvor declarou:

— Viemos nos despedir. Estamos partindo para Talas.

Cariele assentiu.

— Boa sorte para vocês.

Loren se adiantou, insegura.

— Eu gostaria, você sabe, de me desculpar pelo que eu disse aquele dia. Eu estava... com os nervos à flor da pele. Mas nada justifica meu comportamento.

Cariele sorriu.

— Não se preocupe com isso.

— Não – a sargento insistiu. – Quando eu vi você... Salvando a vida do bebê daquele jeito, mesmo depois de tudo o que você disse que tinha passado... Eu vi que fui uma grande idiota. Creio que... Ainda tenho muito que aprender.

— Por isso ainda é uma sargento – respondeu Cariele, o que fez com que todos rissem. – Mas não precisa mesmo se preocupar com isso. De verdade.

— Obrigada.

— Vocês podem ficar com isso aqui – Alvor estendeu para Daimar os *coletores de emissões*, capazes de rastrear a pulseira de Daimar e o anel de Cariele.

— Fique com eles – disse Daimar.

O aspirante arregalou os olhos, surpreso. Cariele declarou:

— Como já dissemos antes, aspirante, não temos nada a esconder. Sabemos que o Exército não pode se dar ao luxo de deixar que pessoas como nós andem livres por aí sem supervisão. E, se vamos ser monitorados de qualquer forma, preferimos que seja por alguém em quem possamos confiar.

Alvor olhou para a tenente. Ronia assentiu.

— Nesse caso, fico muito grato pela confiança.

A tenente limpou a garganta.

— Antes de irmos, senhora Asmund, temos uma proposta para a senhora.

— É mesmo?

— A tenente Oglave havia despachado um pedido de reintegração em seu nome.

Cariele arregalou os olhos.

— O quê? Quando?

— Logo que eu vim para cá – respondeu Alvor. – Lembra da sua última missão, quando prendeu todos aqueles criminosos numa única noite?

— Mas ela... Ela disse que nunca mais queria trabalhar comigo depois daquilo!

— Sim, mas acho que ela estava se referindo apenas ao arranjo que vocês tinham – respondeu Alvor. – Ela realmente pensava em você como uma espécie de filha. Então, dar uma bronca de vez em quando faz parte, você sabe.

Ronia voltou a falar.

— De qualquer forma, o pedido foi aprovado pelo capitão, mas na ausência da tenente, eu preciso autorizar a execução. Fui aconselhada pelo aspirante Sigournei a prosseguir com o processo, se a senhora concordar. Quer voltar a integrar as fileiras do Exército Imperial, Cariele Asmund?

Muito surpresa, Cariele olhou para Daimar, que apenas sorriu para ela. Ainda sem conseguir acreditar, ela perguntou:

— Mas... Por quê?

— Eu sugeri isso porque seria uma forma interessante de ficarmos de olho em vocês – admitiu Alvor. – Nunca imaginei que fossem confiar os coletores a mim. A propósito, se quiseram que eu devolva, é só pedir.

— Eu também recebi relatórios interessantes em relação à forma como o senhor Gretel lida com seus poderes – disse a tenente, olhando para Daimar. – É verdade que foi ela quem o ensinou?

— Sim, senhora – respondeu ele, enfático.

— Estamos recrutando novos soldados para a unidade de Lassam – continuou Ronia, olhando para Cariele. – E precisaremos de bons instrutores. – Ela fez uma pausa, desviando o olhar por um instante para a lápide da falecida tenente. – Cristalin Oglave é insubstituível, pois era uma das melhores da província. No entanto gostaríamos de saber se você não está interessada em seguir os passos dela.

◆ ◆ ◆

Os meses seguintes passaram num ritmo intenso. Às voltas com os cuidados com Brinia, o último semestre na Academia, a recente reintegração à tropa e os preparativos para o casamento, Cariele achou que ficaria completamente louca.

Felizmente, pôde contar com suas amigas de fraternidade, principalmente Agneta.

A "aposta" que Cristalin Oglave tinha proposto e que havia colocado toda a turma especial contra Daimar e Cariele acabou terminando de maneira inesperada. Logo depois de fazerem a apresentação final, a pontuação que o casal conseguiu foi muito melhor que a do resto da turma, no entanto, o supervisor suspendeu os efeitos da aposta, com a justificativa de que um dos outros membros da turma havia entrado com um pedido de anulação, por achar os termos injustos. E o mais surpreendente era que aquele pedido havia sido feito logo no dia seguinte à aposta. Aquele gesto altruísta acabou salvando doze estudantes de terem que encarar aulas por um semestre adicional.

O supervisor nunca revelou o nome de quem pediu a anulação, mas Cariele tinha certeza de que havia sido Agneta.

Depois que a amiga deixou o hospital, as duas voltaram a ser melhores amigas. Na verdade, a amizade agora havia se aprofundado muito mais, pois depois das experiências pelas quais haviam passado, ambas acabaram amadurecendo bastante.

Agneta e Falcão tinham assumido oficialmente o namoro e pareciam estar felizes juntos.

E, falando em "oficializar", depois que saíram do hospital, a primeira coisa que os monitores Britano Eivindi e Janica Fridiajova fizeram foi exatamente isso. E da forma mais discreta possível. Ninguém ficou sabendo de nada até que Cariele questionou o fato de estarem usando alianças na mão esquerda e eles admitirem alegremente que estavam casados.

Egil e Malena também continuavam namorando firme. A experiência de quase morte nas mãos da baracai havia sido bastante traumática, principalmente para Malena, mas há males que vêm para bem. A garota agora tinha deixado um pouco de lado seus impulsos rebeldes e aventureiros, disposta a não se meter mais em encrencas.

As pessoas que tinham recebido o encanto necromântico da baracai – que o alquimista admitiu ter ensinado a ela – passaram a se encontrar semanalmente, para compartilhar suas experiências e superarem juntos o trauma pelo qual haviam passado. Depois de algum tempo, a maioria foi capaz de deixar a experiência para trás e viver vidas produtivas. Infelizmente, não foi possível evitar que alguns deles enveredassem por caminhos destrutivos, como alcoolismo, uso de entorpecentes ou até mesmo suicídio.

O ex-tenente Nielsen Ivar havia procurado Cariele e Daimar. O homem não parecia estar atrás de perdão, mas, sim, de punição, chegando a desafiar Daimar abertamente a um acerto de contas. Cariele acabara perdendo a paciência e nocauteando o homem ela mesma. Depois que as coisas esfriaram um pouco, Daimar havia deixado claro para Nielsen que não gostava dele e que não queria vê-lo nunca mais em sua frente, mas que nunca o havia culpado pelo que tinha feito quando estava sob o controle da baracai. A última notícia que tiveram é que o ex-tenente havia se mudado para a província gelada da Sidéria. O que talvez fosse uma boa ideia, pois, na opinião de Daimar, o homem precisava mesmo esfriar um pouco a cabeça.

Edizar Olger estava escrevendo um livro, narrando toda a heroica luta de Delinger e culminando com a derrota da última baracai e o resgate de Brinia. Ele também incluiu um compilado de todas as lendas dos baracais que foi capaz de arrancar de Dafir Munim. Sua obra prometia ser um grande sucesso.

Alvor Sigournei e Loren Giorane voltaram para a Província Central para integrar um novo, importante e sigiloso pelotão. Cariele e Daimar não ouviram falar deles por muito tempo, exceto por curtas mensagens que o aspirante ocasionalmente mandava, geralmente de felicitações pela passagem de alguma data ou pela ocorrência de algum evento importante.

Já o alquimista Dafir Munim, infelizmente, nunca mais voltou ao normal. Ele não causava problemas, mas parecia ter perdido a sanidade depois de tudo o que a baracai havia feito com ele. Volta e meia insistia no fato de Sana estar presa em alguma masmorra e reclamava que ninguém o deixava vê-la, mas esses rompantes logo passavam e ele voltava a ser nada além de um velho calmo e introspectivo, que passava a maior parte do tempo lendo seus preciosos livros de física. Ele perdeu completamente o interesse em seu próprio trabalho e Daimar acabou levando-o para morar com eles, a fim de ficar de olho em seu pai natural.

Cariele decidiu deixar de lado a ideia de encontrar uma cura para sua doença e se dedicou a levantar informações sobre gravidez e parto. Afinal, muito mais vidas poderiam ser salvas se encontrassem formas de evitar as terríveis complicações que se abatiam a uma porcentagem assustadora de mulheres. No entanto, sendo uma pessoa de ação, ela não suportava ficar fechada dentro de um laboratório por períodos muito prolongados, então, dividir seu tempo entre a pesquisa e seu novo trabalho como instrutora militar acabou sendo um arranjo mais do que perfeito para ela.

Daimar, por sua vez, começou a se interessar por algo que nunca imaginou que tivesse a menor aptidão: a política. Usando sua influência, ele fez com que vários problemas estruturais da cidade fossem resolvidos, o que fez com que ganhasse ainda mais popularidade entre os cidadãos. Assim, quando o antigo prefeito precisou sair do cargo por motivos de saúde, os cidadãos o aclamaram como o novo governante de Lassam.

Não foi nada fácil conciliarem seu trabalho com sua vida familiar e tinham que fazer verdadeiras "acrobacias" para conseguirem cuidar de Brinia e passar um tempo diário juntos. Mas, como os dois eram bons em resolver problemas, aquilo acabou sendo apenas mais um desafio, que ambos encararam de bom grado.

O casamento de Cariele Asmund e Daimar Gretel foi o acontecimento do ano em Lassam. Mas, para o casal, apesar de ter sido um momento inesquecível, aquilo foi apenas o início de uma grande aventura.

— *Fim* —